Jamais je ne t'abandonnerai

ANTOINETTE VAN HEUGTEN

Jamais je ne t'abandonnerai

BestSellers

Collection : BEST-SELLERS

Titre original : SAVING MAX

Traduction française de VALERY LAMEIGNERE

Photo de couverture
Femme : © PLAINPICTURE/MILLENNIUM/LEE AVISON
Réalisation graphique couverture : T. SAUVAGE

83-85, boulevard Vincent-Auriol, 75646 PARIS CEDEX 13.
Service Lectrices — Tél. : 01 45 82 47 47
www.harlequin.fr

ISBN 978-2-2802-8468-4 — ISSN 1248-511X

Pour Bill, grâce à qui tous mes rêves sont devenus réalité.

PREMIÈRE PARTIE

Prologue

Elle traverse le couloir désert de la clinique psychiatrique, ses talons jouant un staccato sur le linoléum désinfecté. Elle s'arrête un instant devant une porte, la pousse, pénètre dans la chambre.

Tout est rouge à l'intérieur, entièrement rouge, couvert d'épaisses éclaboussures de sang. Leurs formes maculent les murs jusqu'au plafond, coulent au sol où des flaques visqueuses se sont formées.

Ses mains se superposent sur ses lèvres, et elle essaie de réprimer le cri que sa gorge ne peut contenir. Son regard se pose sur le corps étendu sur le lit. Le garçon repose bouche bée, ses yeux bleu glacier rivés au plafond. Elle saisit le poignet, mais ses doigts gluants de sang ne trouvent pas de pouls. Elle cherche fébrilement le bouton d'appel pour alerter une infirmière… et se fige brusquement.

Là, au pied du lit, un autre garçon gît en position fœtale. Il n'est pas si différent du corps sans vie qui se trouve juste au-dessus de lui. Son visage et ses mains sont enduits de sang noirci, mais cette fois une faible pulsation se transmet aux doigts qu'elle vient une nouvelle fois de poser, dans un geste éperdu, sur le poignet de l'adolescent. C'est alors qu'elle le voit.

Serré dans sa main se trouve un long objet pointu, trempé du même sang qui souille la pièce à la manière d'un barbouillage macabre.

L'arme du crime.

1

Avec un soupir, Danielle se laisse tomber dans le fauteuil en cuir de la salle d'attente du Dr Leonard. Elle a passé la matinée entière au cabinet d'avocats avec un Anglais suffisant, qui n'arrivait pas à admettre que des irrégularités commises outre-Atlantique puissent lui valoir l'humiliation d'un procès à New York. Max, son fils, prend place à l'endroit habituel, dans un coin de la salle d'attente du psychiatre, aussi loin que possible de sa mère. Il est courbé sur son iPhone, ses pouces pressant furieusement l'écran tactile. Il le tient si souvent entre ses mains qu'on croirait un nouvel appendice corporel. Danielle a acheté le même iPhone pour elle à la demande pressante de son fils. Un fin duvet noir ombrage à peine sa lèvre supérieure, et un piercing argenté marque cruellement son beau visage au niveau du sourcil. Son expression renfrognée est celle d'un adulte, pas d'un enfant. On dirait qu'il sent le regard qu'elle pose sur lui. D'ailleurs, il finit par lever son adorable regard mélancolique avant de le détourner dans le même mouvement.

Elle songe aux innombrables spécialistes que Max a consultés, à tous les médicaments qu'il a ingurgités, à leur incapacité à l'empêcher de s'enfoncer dans cette mystérieuse noirceur qui semble l'emprisonner chaque jour davantage. Le fantôme de son petit garçon surgit dans ses pensées et vient enrouler ses bras minces et bronzés autour de son cou avant de planter sur sa joue un baiser collant de sucreries. Il reste là un moment, son petit corps se soulevant au rythme d'une respiration rapide. Les battements de son cœur deviennent le métronome de Danielle. Après un instant, elle secoue la tête et regarde son fils, qui n'a pas bougé de son fauteuil. Pour elle, il n'y a qu'un seul Max. Tout au fond de cet adolescent énigmatique demeure le plus tendre et le plus doux des enfants : son petit garçon chéri, auquel elle ne peut renoncer.

Les yeux de Danielle reviennent se poser sur le Max d'aujourd'hui. C'est un adolescent, se dit-elle avec une note d'espoir. Mais, alors que cette pensée lui traverse l'esprit, elle sait déjà qu'elle se ment à elle-même. Parce qu'elle ne peut ajouter : « comme les autres ». Non, Max n'est pas un adolescent comme les autres. Il est atteint du syndrome d'Asperger, un « TED », ou « trouble envahissant du développement ». Certains psychiatres ont parlé d'autisme de haut niveau. Bien que brillant, Max ne sait pas comment échanger avec les autres. Ce handicap a été pour lui un facteur d'angoisse et de chagrin tout au long de sa jeune vie.

Max a découvert les ordinateurs alors qu'il n'avait pas cinq ans. A l'époque, son aisance avec ces machines avait stupéfié ses professeurs. Maintenant qu'il en a seize, Danielle ignore l'étendue de ses capacités. Mais elle sait qu'il est un vrai génie de l'informatique. Dans un premier temps, son savoir le rend souvent fascinant aux yeux des autres, mais personne ne parvient à s'intéresser longtemps à ses interminables développements sur des points de détail qui ne passionnent que lui. Les gens souffrant du syndrome d'Asperger — les Asperger, comme on les appelle souvent — ont tendance à s'exalter sur leurs obsessions sans se soucier de ceux qui les écoutent. Le comportement lunatique et les difficultés d'apprentissage de Max lui ont valu bien des moqueries. Pendant longtemps, il y répondait avec une certaine virulence, en gestes ou en paroles. Mais, depuis quelque temps, il semble se renfermer davantage sur lui-même — *s'enfoncer* davantage en lui-même —, comme s'il posait des barbelés sur son cœur.

Sonya, sa première vraie petite amie, l'a quitté quelques semaines plus tôt. Max était effondré. Enfin, il avait une amoureuse — comme un adolescent *normal* —, et voilà qu'elle l'a jeté comme une vieille chaussette devant tous ses camarades de classe. Max en avait été si affecté qu'il avait refusé de retourner à l'école et qu'il avait coupé les ponts avec ses rares amis. Quelques jours après la rupture, il s'était mis à consommer de la drogue. Danielle l'avait découvert lorsqu'elle était entrée sans frapper dans sa chambre et qu'elle l'avait trouvé en train de téter un joint, un nuage bleuté et odorant au-dessus de sa tête. Négligemment éparpillées sur son bureau se trouvaient également un assortiment arc-en-ciel de pilules. Elle n'avait rien dit sur le moment, attendant qu'il prenne une douche quelques heures plus tard pour confisquer le paquet de cannabis et toutes les pilules qu'elle avait pu trouver.

Cet après-midi-là, elle l'avait traîné de force chez le Dr Leonard. La séance avait semblé porter ses fruits. Au moins, Max avait accepté de retourner à l'école. Curieusement, il avait même paru plus heureux qu'avant. Il s'était montré tendre et affectueux avec elle, comme lorsqu'il était ce petit garçon qui voulait toujours faire plaisir à sa maman. Quant à la drogue, des investigations aussi secrètes que poussées dans sa chambre n'avaient pas permis de découvrir d'autres substances illicites. Bien sûr, la marchandise avait fort bien pu être déplacée à l'école ou chez un copain.

Mais, songe-t-elle tristement en promenant les yeux sur la salle d'attente, tout ça n'est pas si grave comparé à ce qui les amène aujourd'hui dans le cabinet du Dr Leonard. Hier, après le départ de Max pour l'école, elle a effectué sa perquisition quotidienne dans la chambre de son fils. Toujours pas de drogue, mais elle a mis la main sur un carnet caché sous le lit. Elle a caressé plusieurs fois la douce reliure en cuir avant de surmonter un affreux sentiment de culpabilité et de se décider à ouvrir le petit cadenas en métal, à l'aide d'un couteau à légumes. Une telle peur s'était emparée d'elle à la lecture de la première page qu'elle avait dû se laisser tomber sur une chaise avant de tourner la page suivante d'une main tremblante. Il y en avait vingt en tout ; vingt pages noircies d'une écriture enfantine ; vingt pages qui détaillaient un projet si tortueux, si terrifiant, que Danielle avait refermé le carnet en larmes et la respiration saccadée. Elle était restée un moment hébétée, à écouter le son de ses propres sanglots en se demandant d'où ils pouvaient bien provenir.

Etait-ce sa faute ? Aurait-elle dû s'y prendre autrement ? Avait-elle failli, d'une manière ou d'une autre, à sa tâche de mère ? Elle n'avait pu réprimer un sentiment de honte, comme si elle était responsable de tout ce malheur.

La porte de la salle d'attente s'ouvre sur une femme blonde et menue. Georgia serre chaleureusement Danielle dans ses bras avant de s'asseoir à côté d'elle. Danielle lui sourit. Georgia n'est pas seulement sa meilleure amie ; elle est comme un membre de sa famille. Fille unique et aujourd'hui orpheline de père et de mère, Danielle a pris l'habitude de compter sur le soutien constant et l'indéfectible loyauté de son amie. Bien sûr, le profond amour que Georgia éprouve pour Max rapproche également les deux femmes. Derrière son air doux, Georgia est une redoutable avocate. Comme Danielle, elle travaille chez Blackwood & Price, un cabinet international qui emploie quatre cents avocats et possède des adresses à New York, Oslo et Londres. A cette heure-ci, elle devrait être assise derrière son bureau toujours bien rangé, une pile de documents dûment paraphés s'élevant à hauteur de son coude. Danielle est si heureuse de voir Georgia… Elle a l'impression de n'avoir jamais été aussi heureuse de voir quelqu'un. Georgia sourit à Max en agitant les doigts.

— Salut, toi.

— Salut.

Une fois cette tâche bisyllabique accomplie, il ferme les yeux et se recroqueville tout au fond du fauteuil.

— Comment va-t-il ? demande Georgia.

— Il vit scotché à son ordinateur ou à son foutu iPhone, murmure Danielle. Il ignore que j'ai trouvé son… journal intime. S'il savait que je l'ai lu, il n'aurait jamais accepté de me suivre jusqu'ici.

Georgia lui presse tendrement l'épaule.

— Ça va s'arranger, tu vas voir… On va se sortir de ce mauvais pas d'une façon ou d'une autre.

— C'est tellement gentil à toi d'être venue… Tu ne peux pas imaginer ce que ça représente pour moi. Au fait, comment ça s'est passé, ce matin ? ajoute-t-elle en s'efforçant d'adopter un ton dégagé.

— J'ai failli arriver en retard au tribunal mais, au bout du compte, je crois que je ne m'en suis pas trop mal tirée.

— Qu'est-ce qui t'a retardée ?

— Jonathan.

Danielle serre la main de son amie. Son mari, Jonathan, un brillant chirurgien plasticien, a un penchant coupable pour la boisson ; penchant qui menace de ruiner non seulement son mariage mais aussi sa carrière. Georgia le soupçonne d'avoir également développé une dépendance à la cocaïne, mais elle n'a jamais osé l'affronter sur ce sujet. Malgré le comportement franchement grossier de Jonathan lors de la dernière soirée de Noël, personne, au cabinet d'avocats, ne semble se douter des problèmes qu'elle rencontre dans son couple. Et ça vaut mieux ainsi : Blackwood & Price, vénérable entreprise new-yorkaise conservatrice en diable, ne regarde pas d'un bon œil ce qui pourrait ternir l'image élitiste et policée dont elle s'enorgueillit. Les avocats du cabinet se doivent d'être irréprochables jusque dans leur vie privée, et un mari alcoolique, voire cocaïnomane, serait extrêmement mal vu. D'autant que Georgia refuse d'envisager le divorce, sans doute à cause de leur fille, âgée de deux ans seulement.

— Qu'est-ce qu'il a fait, cette fois-ci ?

Un nuage noir traverse le regard azur de Georgia.

— Il est rentré à la maison à 4 heures du matin, il a perdu connaissance dans la baignoire et s'est pissé dessus.

— Oh, non…

— Si. Quand je suis entrée dans la salle de bains, ce matin, avec Melissa, et qu'elle a vu son père tout habillé dans la baignoire, elle s'est mise à hurler. J'ai cru qu'elle ne s'arrêterait jamais de pleurer.

Cette fois-ci, c'est Danielle qui serre son amie dans ses bras.

Un sourire forcé se dessine sur les lèvres de Georgia, et elle se tourne vers Max, qui semble dormir, en boule dans le grand fauteuil en cuir.

— Le Dr Leonard a lu son journal ? demande-t-elle avec un discret signe de tête en direction de l'adolescent.

— Je suis sûre que oui. Je le lui ai fait porter hier par coursier.

— Et son école ?

— Il n'y retournera plus.

Le principal avait poliment suggéré qu'un autre « environnement scolaire » serait sans doute plus adapté au « profil spécifique » de Max. En d'autres termes, la direction de l'établissement voulait qu'il débarrasse le plancher.

L'Asperger de Max a pris une tout autre dimension depuis qu'il est devenu adolescent. Tandis que les filles et les garçons de son âge ont franchi un cap dans les rapports sociaux, Max est resté bloqué à l'étage inférieur. Et, malgré son intelligence et son savoir encyclopédique sur certains sujets, ses graves difficultés d'apprentissage forment un obstacle supplémentaire à son intégration. Danielle comprend que Max se replie sur lui-même. Quand on est l'objet de moqueries incessantes, on ne veut plus donner de grain à moudre à ses détracteurs. S'isoler a au moins l'avantage de réduire la souffrance qu'on éprouve à être différent. Ce n'est pas comme si Danielle n'avait rien essayé pour trouver une structure adaptée à son fils. Max a été renvoyé d'un nombre impressionnant d'écoles à Manhattan. Même les établissements spécialisés dans l'accueil d'élèves en difficulté ont fini par se débarrasser de lui. Des années durant, elle a sonné aux portes de médecins en tous genres dans l'espoir de découvrir une autre approche qui puisse aider son fils. Une autre médication. Un autre rêve.

— Georgia, murmure-t-elle, pourquoi est-ce que ça m'est tombé dessus ? Qu'est-ce que je suis censée faire ?

Les deux amies se regardent, et c'est comme si les yeux de Georgia reflétaient sa propre tristesse. Danielle sent les larmes qui montent, qui montent, et elle se met à jouer avec le bas de sa jupe. Il y a un fil qui refuse de tenir en place.

— Tu n'es pas ici pour rien, n'est-ce pas ? Tu fais tout ce qu'il faut faire, Danielle.

La voix de Georgia ressemble à une douce pluie printanière.

— Il y a forcément une solution, ajoute-t-elle, et tu vas finir par la trouver.

Les yeux de Danielle s'emplissent de larmes tandis qu'elle jette un regard à Max, toujours assoupi dans son fauteuil. Georgia sort un mouchoir de son sac et le pose sur les mains jointes et crispées de Danielle, qui s'en tamponne les yeux. Au moment où elle veut le rendre à son amie, celle-ci lui saisit le poignet sans crier gare et remonte la manche de son chemisier jusqu'au coude. Danielle retire vivement son bras, mais Georgia ne lâche pas prise, tirant de nouveau le bras vers elle. De longues griffures rouges zèbrent la peau de Danielle, du poignet jusqu'au coude.

Elle rabat sa manche d'un geste vif avec un cri murmuré :

— Arrête !

Elle respire profondément, retrouve une voix plus calme et reprend :

— Il ne voulait pas me faire mal. Et puis ça n'est arrivé qu'une seule fois, quand j'ai confisqué sa drogue.

Le visage de Georgia exprime une immense inquiétude.

— Ça ne peut plus continuer comme ça, Danielle. Il faut que ça cesse, pour toi comme pour lui.

Danielle reboutonne sa manche avec des gestes brusques, furieux. Les blessures écarlates qui s'étirent sur son bras sont maintenant cachées, mais le secret est éventé. C'est pourtant son affaire, à elle et à elle seule. Oui, même si

2

Max dort pendant le trajet de Des Moines à Plano, une petite ville de l'Iowa. Malgré le chaos de valises, taxis, embouteillages et disputes cauchemardesques, ils ont réussi — Dieu sait comment — à arriver à temps à l'aéroport de New York. Moins de cinq heures de vol plus tard, ils atterrissaient à Des Moines. Des supplications aux menaces, Danielle a tout essayé pour convaincre Max du bien-fondé de cette nouvelle démarche. Max n'a cédé — du bout des lèvres — que lorsqu'elle s'est complètement effondrée, crise de larmes à l'appui. Elle ne lui a pas laissé le temps de changer d'avis. Elle est restée éveillée toute la nuit, faisant d'incessantes incursions dans la chambre de son fils pour s'assurer qu'il était… vivant. Le lendemain, ils embarquaient à bord de l'avion en partance pour Des Moines.

Son angoisse connaît un répit, comme engourdie par la monotonie de la route qui défile derrière le pare-brise. Elle allume une cigarette et baisse un peu sa vitre en espérant que ça ne réveillera pas Max. Il déteste la voir fumer. Le paysage qui borde l'autoroute est aussi plat qu'ennuyeux. Ce n'est qu'après avoir emprunté la sortie pour Plano et rejoint les routes secondaires que la nature explose autour d'eux. Le soleil dépose son or liquide sur le feuillage verdoyant, et Danielle respire l'odeur de la terre gavée d'une pluie récente. Elle imagine une inondation qui laverait le monde de ses horreurs et de ses injustices, puis décide que cette rêverie est un signe d'espoir. Un heureux pressentiment.

La route est peu fréquentée, et elle tourne le visage vers le soleil. Le réconfort de sa bienfaisante chaleur entraîne ses pensées vers des moments heureux. Elle songe à Max quand il était encore petit. Une journée lui revient plus particulièrement à la mémoire. Ça se passe dans la ferme de son père, au cœur du Wisconsin, peu de temps avant sa mort. Sous la véranda ouverte, le lent mouvement de la balancelle berce Danielle, qui se laisse aller à la torpeur d'un après-midi d'été. Elle se sent molle et chaude, comme si ses os étaient faits de guimauve.

Tandis qu'elle s'enfonce plus profondément dans le coussin élimé, Max grimpe sur la balancelle et s'allonge sur ses cuisses. Ils ont passé la matinée à nager, et l'enfant, épuisé, passe ses bras menus autour du cou de sa mère, avant de sombrer dans cet engourdissement des sens propre aux petits garçons. Elle respire à pleins poumons les effluves entêtants des magnolias qui s'invitent sous la galerie couverte, leurs lourdes fleurs semblant sur le point de briser la tige qui les porte. A tout moment, on s'attend à les voir rouler sous la véranda ou sur le gazon verdoyant qui s'étend autour de la maison. Leur parfum se mêle à l'odeur de son fils, mélange de transpiration, de peau chauffée de soleil et d'épices. Elle le serre un peu plus fort contre elle, écoute les battements réguliers du petit cœur qui répondent aux lourdes pulsations du sien. Les yeux clos, elle se laisse aller à l'animalité du moment, à cette douce langueur qui unit une mère et son enfant, moment à la fois fugace et intemporel qui mêle dans son intensité les sentiments les plus extrêmes ; profonde tristesse et joie insondable. *Nous serons toujours ainsi*, avait alors songé Danielle. Rien, s'était-elle juré, ne les séparerait jamais.

C'est alors que la réalité du moment chasse le souvenir. Derrière les vitres de la voiture de location se dressent de hautes grilles. Au-dessus, une façade en pierre affiche des lettres en métal noir violentées par les intempéries.

Maitland, disent-elles, certaines se balançant au vent.

Clinique psychiatrique de Maitland.

3

Assis dans une pièce peinte en orange vif, Danielle et Max regardent la chef de groupe déplacer des chaises bleues en plastique de façon à former un cercle. Avec ses carreaux noirs et blancs et son odeur de désinfectant, le lino donne un peu le tournis. Des parents et des adolescents plus étranges les uns que les autres pénètrent dans la salle d'un pas hésitant. Danielle sent son cœur qui se serre. Que fait-elle ici avec Max ? Les visages des parents expriment tous la même chose — cet affreux mélange d'espoir et d'angoisse, de résignation et de refus d'admettre la cruelle vérité. Derrière ces traits qui deviennent semblables à force d'exprimer une souffrance commune se cache pourtant une histoire toujours unique. Toujours unique et toujours tragique. On dirait des grands brûlés qui s'arment de courage avant de perdre une nouvelle couche de peau.

Max se tient à côté d'elle, à la fois furieux et mal à l'aise, parce qu'il est assez âgé pour très bien comprendre où il se trouve. Il n'a pas dit un mot depuis qu'ils sont arrivés. Il a tellement l'air de… d'un gamin. Un polo deux fois trop grand pour lui tombe sur un pantalon chiffonné en toile kaki, si long qu'on aperçoit à peine ses chaussures de bateau qu'il porte sans chaussettes. La montre de sport qui orne son poignet est également trop grande, renforçant l'impression qu'il s'est déguisé avec les affaires de son père. Sans que Danielle le lui demande, il a rasé sa fine moustache la veille de leur départ de New York. Une ligne mince dessine l'espace entre ses lèvres closes, comme un trait au crayon à papier. Max a conservé son piercing au sourcil — cet acte de rébellion laid et froid — que Danielle déteste.

La porte s'ouvre brusquement et une femme déboule dans la pièce, tirant un adolescent par la main. Elle s'arrête aussi soudainement qu'elle est entrée et promène le regard autour d'elle. Ses yeux bleus croisent ceux de Danielle et elle lui sourit. Danielle balaie à son tour la salle du regard, mais personne ne semble s'intéresser aux nouveaux venus. Lorsqu'elle reporte son attention sur la femme, elle la voit qui marche droit vers elle. L'inconnue s'assoit juste à côté d'elle et tire son fils par le bras pour qu'il fasse de même.

— Marianne, murmure-t-elle en guise de présentation.

— Danielle.

— Bonjour tout le monde !

Une jeune femme avec une crinière rousse et un badge sur lequel on peut lire *Joan* se tient au milieu du cercle. Sa voix frappe l'oreille comme la grêle sur un toit en tôle.

— Cette séance de groupe a pour but d'accueillir les nouveaux patients et leurs parents à Maitland, et de leur permettre de partager leurs émotions et leurs éventuelles inquiétudes.

Danielle déteste les thérapies de groupe. Chaque fois qu'elle a « partagé » quelque chose lors d'une de ces séances, ça lui est revenu en pleine figure d'une manière ou d'une autre. Elle hésite à sortir. Elle a envie — tellement envie — de fumer une cigarette. Joan frappe dans ses mains. Trop tard.

— On va prendre quelqu'un au hasard pour commencer et ensuite on fera le tour complet du cercle, d'accord ? Je vais vous demander de vous présenter et de nous expliquer pourquoi vous êtes ici. Bien entendu, tout ce qui se dit dans cette salle est strictement confidentiel.

Les histoires se succèdent, plus poignantes les unes que les autres. Il y a Carla, la serveuse du Colorado mince comme un fil de fer, qui jette des regards pleins d'amour à son fils tandis qu'elle raconte comment il lui a cassé le poignet et lui a donné un coup de poing dans l'œil dont elle a conservé la trace pendant plus de trois semaines. C'est ensuite au tour d'Estelle, une élégante grand-mère noire qui presse tendrement la main de sa petite-fille au visage de poupée, dont la robe de taffetas rose ne peut entièrement cacher les larges cicatrices qui marquent ses jambes couleur café.

— Automutilation, murmure Marianne. Les parents ont dû craquer et laisser la petite à sa grand-mère.

Le regard affûté de Joan passe les visages en revue, à la recherche d'une nouvelle victime. Il finit par se poser sur Danielle, qui se raidit aussitôt.

Marianne tapote gentiment sa main et lève la sienne.

— Allez-y, dit Joan.

— Je m'appelle Marianne Morrison.

Sa voix traînante semble enrobée de miel.

Le soupir de Danielle résonne, comme prisonnier du cercle. Elle se renverse sur le dossier de sa chaise en plastique et met le bras autour des épaules de Max, mais il se dégage d'un mouvement brusque. Du coin de l'œil, elle se met à étudier la femme qui l'a — momentanément — sauvée.

Marianne est lumineuse comme une fleur au cœur couvert de pollen. Les plis de sa jupe, d'une netteté impeccable, tombent sur ses genoux. L'éclat d'un collier de perles se reflète dans son chemisier en satin, dont la manche droite se ferme sous un bracelet en or. Ses cheveux blonds, coupés à la Jeanne d'Arc, entourent un visage ovale. Son maquillage parfait relève d'un art apparemment inné chez les femmes du Sud. Il met ses traits en valeur, en particulier sa bouche généreuse et le bleu de son regard intelligent. Avec son tailleur-pantalon noir, la coupe sévère de ses cheveux sombres et sa peau pâle, Danielle a l'impression de ressembler à un croque-mort, à côté d'elle. Surtout qu'elle ne porte pas de bijoux, pas de montre, pas le moindre maquillage. A Manhattan, elle a l'air d'une femme d'affaires. Ici, elle a l'air d'une femme austère. Danielle baisse les yeux. Un grand sac posé aux pieds de Marianne déborde de toutes sortes de choses qui attirent l'œil : patrons de couture, pelotes de laine, ouvrages à broder, morceaux de chiffons…

— Et voici mon fils, Jonas.

En entendant son prénom, le garçon secoue la tête en clignant rapidement des yeux. Un mouvement permanent agite ses mains. Des marques de griffures sont visibles sur ses bras. Danielle vérifie machinalement que ses propres bras sont bien couverts par ses manches. Jonas se balance d'avant en arrière, faisant couiner comme par plaisir les embouts en caoutchouc des pieds de sa chaise. A ce pénible bruit de frottement s'ajoutent les grognements sourds et répétitifs du garçon.

— S'il fallait résumer, je suppose que le plus simple serait de dire que je suis originaire du Texas et que je suis infirmière en pédiatrie depuis plus de dix ans.

Voilà qui ne surprend pas Danielle. En revanche, ce que Marianne dit ensuite l'étonne profondément.

— J'ai terminé avec succès mes études de médecine, mais je n'ai jamais exercé.

Elle incline la tête vers son fils.

— J'ai préféré choisir un métier moins prenant afin de pouvoir m'occuper de mon garçon. En fait, je crois que c'est la chose la plus importante à savoir sur moi.

Elle joint les mains avec un petit claquement et décoche un des plus beaux sourires que Danielle ait jamais vus. Son attitude est contagieuse. Les autres parents sourient et hochent la tête comme ces chiens qu'on voit parfois sur la plage arrière des voitures.

— Jonas souffre d'un retard mental et a été diagnostiqué autiste. Il ne parle pas… pas vraiment, en tout cas.

Marianne caresse tendrement le genou de son fils. Il ne semble pas s'en rendre compte. Son regard se cogne aux quatre coins de la pièce tandis qu'il continue à grogner et à se balancer. Les griffures sur son bras ont pris une couleur cramoisie.

— Il est comme ça depuis qu'il est tout petit, explique-t-elle. Comme vous le savez tous, vivre avec le genre de problèmes qu'ont nos enfants est un défi quotidien, mais je fais de mon mieux.

Tandis que les parents lui adressent des regards compatissants, Marianne se met à rayonner comme un arc-en-ciel après la pluie.

— Son père… eh bien, il n'est plus de ce monde. Paix à son âme.

Elle détourne le regard.

— Récemment, Jonas est devenu violent vis-à-vis des autres et de lui-même. Ses pulsions autodestructrices m'inquiètent tout particulièrement. Je souhaite qu'il puisse bénéficier du meilleur suivi médical possible, et c'est pourquoi nous sommes ici.

Tout le monde applaudit lorsqu'elle se tait, mais avec retenue. On n'est pas au spectacle. Deux battements de mains, trois maximum. C'est plein d'admiration et de respect. Marianne se penche alors vers Jonas et lui murmure quelque chose dans une sorte de charabia. En réponse, il pivote vers elle et la gifle si fort qu'elle manque de tomber de sa chaise.

— Jonas ! s'exclame Marianne.

Elle couvre sa joue écarlate, comme pour parer un autre coup. Un homme en blouse blanche entre dans la pièce ; il empoigne Jonas et le met debout avant d'immobiliser ses bras.

— Nomamah ! Aahhnomamah !

L'homme le rassoit sans ménagement sur sa chaise, maintenant fermement ses mains dans les siennes jusqu'à ce que l'adolescent se calme. Tout le monde observe la scène dans un silence glacé. Dès qu'il retrouve sa liberté de mouvement, Jonas se mord le haut de la main avec une telle violence que Danielle ne peut réprimer une grimace de douleur.

Marianne est effondrée. Son vernis d'optimisme se craquelle tristement. Danielle se penche vers elle et la prend maladroitement dans ses bras, où la mère de Jonas se met à sangloter. Les mères d'enfants dits normaux ignorent à quel point elles ont de la chance, pense Danielle. Avoir un enfant qui va à l'école — un enfant qui a des amis et un avenir — leur paraît la chose la plus naturelle qui soit, et pourtant… Pour elle et la femme qui pleure dans ses bras, cela n'existe qu'en rêve. Un rêve à jamais inaccessible, parce qu'elles évoluent toutes les deux dans un autre monde ; un monde presque invisible au commun des mortels malgré le nombre de gens qui le peuple. Tandis qu'elle étreint cette femme brisée, Danielle songe que les liens qui l'unissent à cette étrangère sont plus profonds que ceux qu'elle partage avec ses proches. Elle se nourrit de ce moment de communion, même si elle sait qu'elle en sortira sans doute plus perdue qu'avant. Elle s'en nourrit parce qu'elle n'a rien d'autre à quoi s'accrocher.

Danielle lit et relit les mots inscrits en lettres rouges sur la porte de verre armé : « Unité de soins sécurisée. Accès strictement réservé au personnel autorisé. Laissez-passer obligatoire pour sortir. »

L'impitoyable œil noir d'une des caméras de surveillance l'observe depuis un angle de la pièce. On lui a expliqué qu'elles sont installées dans les espaces communs ainsi que dans les chambres des patients. C'est censé leur donner un sentiment de sécurité.

L'après-midi touche à sa fin. Danielle est devant le bureau de réception de l'hôpital, mais Max se tient en retrait. Danielle sait qu'il est terrifié. Plus un adolescent a peur, plus il se comporte avec détachement. Et Max semble s'ennuyer à mourir.

Danielle peut se mettre à sa place. A la fin de la séance de groupe, elle avait envie de se pendre.

— Madame Parkman ?

L'infirmière lui fait signe de la rejoindre avec un grand sourire.

— Vous êtes prête ?

Prête ? Elle redresse les épaules et s'efforce, une fois encore, de faire bonne figure.

— Je suis descendue à l'hôtel qui se trouve de l'autre côté de la rue. Chambre six cent trente. Pouvez-vous me donner les heures de visite ?

Le sourire se fane sur les lèvres de l'infirmière.

— Vous ne partez pas demain ?

— Non, je compte rester jusqu'à ce que je puisse ramener mon fils à la maison.

Le sourire s'efface complètement.

— Nous n'encourageons pas les parents à rendre visite aux patients durant la période d'évaluation. En général, ils rentrent chez eux et nous laissent travailler.

— Eh bien, rétorque Danielle, je suppose que je serai l'exception qui confirme la règle.

L'infirmière hausse les épaules.

— Si c'est ce que vous voulez… Dans ce cas, vous pouvez retourner avec Dwayne dans l'unité de soins de Fountainview.

Le colosse en blouse blanche qui avait maîtrisé Jonas après la gifle apparaît alors. Son torse est si imposant qu'il menace de faire sauter les boutons de sa chemise. Tandis qu'elle le regarde marcher de son pas lourd mais décidé, Danielle songe aux joueurs de football américain, aux catcheurs, à tous ces hommes dotés d'un taux de testostérone anormalement élevé. Elle regarde son garçon pâle, guère plus lourd que deux serviettes de plage humides, et imagine cette brute en train de le plaquer au sol. Si Max se montre violent, ce type le mettra hors de combat en deux temps trois mouvements, avant de le saisir par la peau du cou comme un chaton inoffensif.

— Bonjour, dit-il. Je m'appelle Dwayne.

Sa main est plus large que la cuisse de Danielle.

— Bonjour, répond-elle en souriant du bout des lèvres.

Elle regarde sa main disparaître un instant dans celle du mastodonte.

Il se tourne vers Max.

— Allons-y, mon garçon.

Danielle s'avance pour aller l'embrasser, mais Max se rue sur elle, poing levé et visage furibond.

— Je ne resterai pas ici !

Dwayne s'interpose. Avec un mouvement fluide, il bloque le poing menaçant de Max et se glisse derrière lui, enveloppant l'adolescent avec ses énormes bras. On dirait un anaconda qui étouffe une souris. Il n'a même pas besoin de tendre ses muscles. Fou furieux, Max se tortille en vain.

— Enlève tes sales pattes, espèce de gros porc ! hurle-t-il, hors d'haleine.

— Calme-toi, mon garçon.

La voix de Dwayne est un grondement sourd, implacable.

Max décoche un regard plein de haine à sa mère.

— C'est ça que tu veux pour moi ? Qu'un pauvre con me mette une camisole de force et m'enferme dans une cellule capitonnée ?

— Non ! Bien sûr que... que non, bégaie-t-elle. Je t'en prie, Max...

— Va te faire foutre !

Pétrifiée, Danielle regarde Dwayne traîner Max le long du couloir. Ils arrivent devant une inquiétante porte rouge qui s'ouvre automatiquement devant eux. Cette dernière vision de Max, de son visage crispé de rage, se grave dans l'esprit de Danielle. D'autant qu'il lui lance le regard d'un cheval qu'on mène à l'abattoir. *Pourquoi m'as-tu trahi ?* semblent dire ses beaux yeux assombris de rancœur. Max disparaît avant qu'elle puisse articuler les mots qui étranglent sa gorge.

Dans une pièce qui semble être une salle de télévision, elle distingue quatre femmes en jeans et T-shirts ; des infirmières qui ne veulent pas être identifiées comme telles par les patients. Un grand tableau blanc est accroché au mur. Ça ne lui plaît pas que le nom de Max soit déjà inscrit là face à une série d'acronymes menaçants : VA, VAM, VS, VF, VD.

Les lettres noires ont un côté définitif qui lui fait froid

dans le dos. Une feuille imprimée est plaquée sur le tableau à l'aide d'un aimant. Danielle s'avance pour être en mesure de la lire.

- VA : Vigilance Agression.
- VAM : Vigilance Automutilation
- VS : Vigilance Suicide
- VF : Vigilance Fugue
- VD : Vigilance Dépression

Ces mots lui font monter les larmes aux yeux.

Le regard brouillé de Danielle vagabonde dans la salle et finit par rencontrer celui de Marianne, qui discute avec un médecin aux cheveux gris. La mère de Jonas lui sourit chaleureusement. Son fils est là, tout près d'elle, crispé sur lui-même. Il tripote ses vêtements et tord curieusement les pieds, comme s'il dansait le flamenco assis sur sa chaise. Puis Danielle aperçoit Carla et son fils, qui entrent dans une chambre. Elle a l'impression que son cœur s'arrête de battre. Elle ferait tout pour que Max ne soit pas traité dans le même service qu'un garçon capable de casser le poignet de sa mère et de la frapper au visage, si fort qu'elle en a conservé un œil au beurre noir pendant près d'un mois.

Une femme avec des cheveux blancs en bataille entre dans la salle et se dirige vers Danielle. Il émane d'elle une autorité naturelle que ne dément pas la douceur de son expression. Son tailleur bleu marine, plutôt classique, est de la même couleur que le cuir délicat de ses mocassins. Derrière ses minuscules lunettes cerclées d'or brillent des yeux très verts. Sa blouse est d'une blancheur éclatante. Sur un revers est brodée une inscription rouge : *Directrice adjointe — Pédopsychiatrie, Clinique de Maitland.*

Elle tend la main sans sourire.

— Madame Parkman ?

— Oui ?

— Je suis le Dr Amelia Reyes-Moreno. Je serai le médecin principal de votre fils pendant son séjour à Maitland.

— Ravie de faire votre connaissance.

Danielle observe la femme qui serre sa main. Ses longs doigts fins sont froids au toucher. Son regard, intense et pénétrant, exprime une grande intelligence. Au cours de ses recherches sur Maitland, Danielle a appris non seulement que le Dr Reyes-Moreno est l'un des pédopsychiatres les plus réputés de Maitland, mais qu'elle est reconnue au niveau national et même international comme l'une des meilleures dans son domaine. Du coin de l'œil, elle observe le médecin âgé qui écoute Marianne, ses mains veinées jointes sur la table qui les sépare. Ils sourient tous les deux. Danielle voudrait que ce soit lui qui s'occupe de Max. Un vieil homme qui ressemble un peu à Freud et qui jetterait un seul regard à Max avant de s'exclamer : *Bien sûr ! Je vois ce qui a induit en erreur mes éminents confrères ! Mais laissez-moi vous dire que Max ne souffre d'aucune pathologie. Ce garçon est en excellente santé. Il est juste un peu plus intelligent que la moyenne, mais ce n'est pas une tare,que je sache !* Après quoi il hocherait sagement la tête avant d'aller réparer d'autres destins brisés.

Le Dr Reyes-Moreno saisit par le bras un jeune homme qui passe. Avec sa figure pâle et émaciée où brillent des yeux aussi noirs que ses cheveux, il ressemble à Ichabod Crane, le personnage joué par Johnny Depp dans *Sleepy Hollow*. En moins beau.

— Docteur Fastow, dit-elle, j'aimerais vous présenter Mme Parkman. Elle est la mère de Max, un de nos nouveaux patients.

Il hoche sèchement la tête et dévisage Danielle de son regard opalescent.

— Madame Parkman…

— Le Dr Fastow est notre nouvel expert en psychopharmacologie, dit le Dr Reyes-Moreno. Il revient tout juste de Vienne où il a passé ces deux dernières années à conduire de passionnants essais cliniques sur différents psychotropes. Nous sommes honorés de l'avoir aujourd'hui à nos côtés.

Danielle prend la main que lui offre le Dr Fastow. Elle est froide et sèche.

— Docteur Fastow, dit-elle, avez-vous l'intention de modifier de façon significative le traitement médicamenteux de mon fils ?

Ses yeux ne sont pas aussi noirs qu'elle l'avait d'abord cru. Ils sont plutôt gris foncé. Son regard est limpide et froid comme un ruisseau de montagne.

— J'ai étudié attentivement le dossier de Max et j'ai demandé qu'on lui fasse des analyses sanguines poussées. Et, pour répondre à votre question, j'ai en effet l'intention de changer radicalement son traitement médicamenteux. Je pense qu'il existe des substances, des combinaisons et des dosages plus adaptés à son cas.

— Pouvez-vous m'en dire plus, je vous prie ?

— Nous vous donnerons des informations précises une fois que nous nous serons familiarisés avec Max et les symptômes de sa maladie.

Il lui adresse un dernier regard, aussi dénué de chaleur que les précédents, et poursuit son chemin sans un mot d'au revoir.

Troublée par la froideur de cet homme, Danielle se tourne vers le Dr Reyes-Moreno, qui s'empresse de la rassurer.

— Ne vous inquiétez pas, nous prendrons soin de votre fils.

La panique gagne Danielle lorsque le Dr Reyes-Moreno disparaît à son tour derrière la porte rouge de cet Alcatraz psychiatrique. Seule la pensée que Max songe à se suicider l'empêche d'aller le chercher et de le ramener avec elle à New York. Elle inspire profondément. Il faut qu'elle rentre à l'hôtel et qu'elle essaie de travailler. Il n'y a rien d'autre à faire. Elle tourne les talons pour quitter la pièce.

— Qui êtes-vous ?

Une jeune femme aux cheveux gras dresse devant elle

son corps musclé. Danielle tente de la contourner, mais elle lui bloque le passage, poings fermés.

— Je suis… la mère d'un patient.

— Je m'appelle Naomi, dit la jeune fille.

Elle jette des regards nerveux autour d'elle. On dirait un oiseau qui défend son nid.

— Vous êtes la maman du nouveau ?

— De Max, oui.

— C'est un enfant gâté, celui-là. Ça se voit tout de suite.

Elle se pavane, balançant ses hanches d'avant en arrière avec un sourire narquois.

— Mais il n'a pas intérêt à faire le malin avec moi, je vous le dis tout de suite. Je suis dangereuse, vous savez.

Le front de Danielle se plisse un peu. Elle n'ose pas faire un geste.

— Que voulez-vous dire par là ?

— Je coupe les gens, c'est tout.

— Pardon ?

Naomi relève une épaisse mèche de ses cheveux graisseux. Sur le côté droit de son cou apparaît une chéloïde couleur rubis de la taille d'une grosse chenille. La mèche retombe, recouvrant l'affreuse boursouflure. Le sourire narquois n'a pas quitté les lèvres de la fille. Des cernes charbonneux, semblables à des ecchymoses, rehaussent la clarté de ses yeux. Danielle ne peut s'empêcher de penser : *Max va devoir côtoyer cette sorcière tous les jours.*

— Le cadre et les limites, Naomi.

C'est la grosse voix de Dwayne. Il s'intercale entre Danielle et Naomi et désigne le couloir de son large doigt.

— Allez, bouge.

— Ouais, ouais, c'est ça…

Ses yeux cernés de noir lui jettent des étincelles rageuses.

— Et si tu me lâchais un peu la grappe, pour changer ? Dégage de *mon cadre* et de *mes limites*, gros plein de soupe !

— Va dans ta chambre. Tu connais les règles du jeu, n'est-ce pas ?

Dwayne a la voix douce la plus dure que Danielle ait jamais entendue.

— Va te faire foutre.

— Une heure toute seule dans ta chambre. Ne me fais pas répéter, jeune fille.

Naomi s'en va en boudant ostensiblement.

Dwayne se tourne vers Danielle avec un grand sourire.

— Bienvenue à l'unité de soins de Fountainview.

4

Danielle passe une matinée éprouvante dans le bureau du Dr Reyes-Moreno, à lui raconter la vie de Max. Ça la vide tellement qu'elle retourne à l'hôtel, se déshabille entièrement et se glisse sous les mauvais draps comme une prostituée pendant sa pause déjeuner. Marianne, qui a réservé une chambre dans le même hôtel, la sort du lit au bout de vingt petites minutes de sieste et la traîne jusqu'à l'Olive Garden, un restaurant qui sert de la nourriture italienne bon marché.

La banquette en similicuir reçoit Danielle avec un soupir fatigué. L'Olive Garden est loin d'être un établissement chic, mais c'est sans doute le seul restaurant de Plano qui propose de choisir un vin par son nom de domaine, et non par sa simple couleur. Danielle est soulagée de voir que les couteaux coupent et que les fourchettes piquent, contrairement aux couverts anti-suicide de Maitland, en plastique et aux bouts arrondis. La serveuse leur demande si elles veulent boire quelque chose et s'éclipse après avoir noté la commande.

Danielle regarde l'ensemble de Marianne à la dérobée. Elle a troqué la jupe plissée qu'elle portait la veille contre un tailleur-pantalon bleu marine et un chemisier crème. Un foulard diaphane aux motifs cachemire semble flotter autour de son cou, maintenu par une simple épingle en or. Ses cheveux blonds sont parfaitement coiffés et un vernis discret, du même beige que son sac à main, recouvre ses ongles courts. Il se dégage d'elle une féminité infiniment calme et réfléchie. Les yeux de Danielle se posent d'abord sur les pelotes de laine aux couleurs vives qui dépassent du sac de Marianne, puis sur son propre pantalon de tailleur. N'a-t-elle donc que du noir dans sa garde-robe ?

Elles discutent des handicaps et des troubles mentaux de leurs fils respectifs, des médicaments qu'ils prennent, et échangent leurs impressions sur Maitland. Danielle apprend que Jonas est atteint d'un retard envahissant du développement psycho-affectif, de trouble oppositionnel avec provocation, et qu'il est profondément autiste. En bonne New-Yorkaise, Danielle a du mal à se livrer dès la première rencontre. Du coup, elle ne dit pas grand-chose sur Max. Elle explique qu'il souffre du syndrome d'Asperger, mais garde sous silence les efforts du Dr Reyes-Moreno pour la convaincre de rentrer à New York en attendant la fin de la période d'évaluation. La directrice adjointe de Maitland lui a expliqué que le « processus » — observation, transfert, médication, tests psychologiques — perdrait de son efficacité si elle restait dans les parages. Danielle a souri poliment, mais sans changer d'avis pour autant.

Tandis que Marianne débite une litanie de détails médicaux que seuls les parents d'enfants gravement perturbés peuvent trouver vaguement intéressants, une phrase résonne plus particulièrement aux oreilles de Danielle.

— Que venez-vous de dire ?

Marianne déplie d'un geste sec sa serviette amidonnée et l'étale sur ses cuisses.

— Je parlais d'un nouveau médicament que le Dr Fastow, le super psychopharmacologue, a prescrit pour Jonas. Je fonde beaucoup d'espoirs sur ce traitement, même s'il existe un risque d'effets secondaires assez graves.

— Quels sont-ils ?

Marianne hausse les épaules.

— Lésions au foie, problèmes cardiaques, dyskinésie tardive.

Ces mots alarment Danielle. L'usage prolongé de neuroleptiques — y compris les antipsychotiques atypiques — peut engendrer des problèmes physiques irrémédiables, tels qu'une rigidité des extrémités ou des mouvements répétitifs et incontrôlables. Danielle imagine Max tirant la langue en permanence ou jetant le bras en l'air comme s'il faisait le salut fasciste.

— Et ça ne vous inquiète pas ?

— Pas trop. Au point où en est Jonas, ça vaut la peine de prendre des risques.

Danielle ne sait pas où se situe ce « point » dont parle Marianne, mais elle se rassure en se disant que Max en est encore loin.

— Alors dites-moi, reprend Marianne. Max s'est-il montré violent avec vous ? Je sais que c'est un problème commun, chez les enfants comme les nôtres.

Danielle sent le rouge lui monter au front.

— Non, pas vraiment. Juste quelques incidents à l'école. Et des griffures sur son bras.

Marianne lui prend la main et la presse doucement.

— Ne soyez pas embarrassée, Danielle. Comme vous l'avez vu, Jonas est capable de violence, lui aussi. Mais, dans son cas, il s'agit le plus souvent d'automutilation. Vous savez... il se griffe les bras, il se mord les articulations de la main.

Elle hausse les épaules avec une moue résignée.

— Comportement persévératif... De toute façon, Jonas a de tels problèmes depuis sa naissance que c'est un miracle que nous ayons déjà parcouru tout ce chemin. Il est venu au monde avec une cyanose — il était tout bleu, vous savez —, et j'ai dû le surveiller nuit et jour. Il allait bien et, la minute d'après, il devenait violet et froid comme un glaçon. Vous n'imaginez pas combien de nuits nous avons passées aux urgences... Mais je vous prie de m'excuser, Danielle. Ce n'est pas vraiment le genre de conversation qu'on a envie d'avoir au déjeuner.

— Ne vous excusez pas, d'autant que ça m'intéresse beaucoup. Combien de fois avez-vous le droit de rendre visite à Jonas ? Pour ma part, je suis autorisée à voir Max brièvement une fois le matin et une fois dans l'après-midi.

Les yeux de Marianne s'agrandissent.

— Vous plaisantez, j'espère ?

Danielle fronce les sourcils.

— Non. La psychiatre de Max m'a dit que des visites plus fréquentes seraient préjudiciables au processus d'évaluation.

— Vraiment ? Le Dr Hauptmann me permet de voir mon fils aussi souvent que je le souhaite.

— Le Dr Hauptmann ?

— Vous m'avez vue avec lui le premier jour… Vous vous en souvenez ? On discutait dans la salle de télévision.

Danielle hoche la tête et Marianne lui lance un regard intrigué.

— Vous savez sûrement que c'est le pédopsychiatre le plus réputé des Etats-Unis. J'imagine que, comme moi, vous vous êtes beaucoup renseignée sur le personnel médical avant d'amener votre fils ici.

Marianne sourit à la serveuse, qui pose un verre de vin blanc devant elle.

— Je suis en contact depuis un certain temps avec le Dr Hauptmann, reprend-elle. Il m'a toujours encouragée à m'impliquer dans le processus d'évaluation de Jonas.

Elle hausse une nouvelle fois les épaules.

— Je crois que c'est parce que je suis médecin et qu'il peut parler avec moi de choses que la plupart des autres parents ne pourraient pas comprendre. Si c'était aux infirmières qui s'occupent de mon fils de décider de mon droit de visite — et je pense surtout à celle qui s'appelle Kreng —, je ne le verrais sans doute qu'une fois tous les trente-six du mois !

Danielle a aussi pris un verre de vin, et les effets de l'alcool commencent à se faire sentir. Elle se renverse sur le dossier de la banquette, enfin un peu plus détendue.

— Où avez-vous passé votre enfance, Marianne ?

— Je suis née à Harper, une petite ville située au cœur des collines texanes. Mon père y possédait un ranch.

Marianne se met à rire au souvenir de son père.

— Il disait que j'étais comme son bétail. Que j'avais un bon rendement de carcasse et une viande bien persillée. Et, pour que je ne finisse pas dans le foin d'une grange avec un gars d'Harper, il m'a envoyée faire des études à l'université du Texas.

Nouveau haussement d'épaules.

— Une fois mon diplôme en poche, j'ai été acceptée à l'école de médecine.

— Laquelle ?

— John Hopkins.

Danielle fait une moue admirative.

— Très impressionnant !

Les lèvres de Marianne esquissent un sourire qui contamine son regard.

— Les filles du Sud ne sont pas aussi bêtes qu'on le dit, vous savez.

Danielle sent qu'elle rougit un peu.

— Quand avez-vous renoncé à exercer ?

— Un mois avant que j'accouche de Jonas, Raymond, mon mari, a eu un infarctus du myocarde. Il n'y a pas survécu.

Cette fois-ci, c'est Danielle qui prend la main de Marianne.

— Ça a dû être terrible pour vous.

— Oui, ça a été une période difficile de ma vie, mais Jonas m'a aidée à m'en sortir. Il a été mon cadeau du ciel.

Danielle hoche la tête, mais elle ne peut s'empêcher de songer que le ciel envoie parfois de curieux cadeaux.

— Et quand j'ai pris la mesure de ses handicaps, reprend Marianne, j'ai compris qu'il me fallait abandonner mon rêve de devenir médecin. Je n'aurais pas pu être en paix avec moi-même, si j'avais dû laisser à quelqu'un d'autre le soin de s'occuper de mon fils. Et ç'aurait été le prix à payer pour mener une carrière de médecin.

La serveuse, qui apporte leurs plats, a droit à un nouveau sourire de Marianne. Une fois la jeune fille partie, la mère de Jonas pose ses beaux yeux bleus sur Danielle.

— Alors, j'ai accepté un travail d'infirmière pédiatrique à temps partiel. C'est assez loin de mes ambitions, mais ça me donne la flexibilité dont j'ai besoin pour m'occuper de Jonas.

Le respect que Danielle éprouve pour Marianne ne cesse de croître à mesure qu'elle l'écoute raconter, sans se mettre en avant ni s'apitoyer sur son sort, sa vie d'amour et de sacrifice. Elle aimerait lui exprimer son admiration, mais les mots ne viennent pas, étouffés par un brusque sentiment de culpabilité. Max aurait-il eu tous ces problèmes si elle avait passé plus de temps à la maison ? Elle regarde Marianne. Quelles que soient les difficultés qu'elle rencontre avec Max, c'est presque anodin comparé à ce que vit cette pauvre femme.

La compassion qu'elle éprouve pour Marianne doit se lire sur son visage, car celle-ci avale sa bouchée de lasagnes avant d'esquisser un sourire fataliste.

— Ce n'est pas si terrible que ça, dit-elle. On a tous nos moments difficiles et nos moments de joie.

— Je vous admire vraiment, vous savez, réplique finalement Danielle. Vous semblez si forte… si bien dans votre peau.

— Vous êtes plus forte que vous ne l'imaginez, répond Marianne avant de lui adresser son sourire radieux. Et je sens qu'on va devenir de grandes amies, toutes les deux.

Danielle lui rend son sourire. *Peut-être a-t-elle raison*, songe-t-elle. *Peut-être ai-je besoin d'une amie qui vit la même chose que moi.*

5

Danielle lève la tête et croise le regard de Marianne, qui lui sourit. Toutes deux conservent un silence qui les rapproche plus qu'il ne les sépare. C'est un silence confortable, amical. Elles sont assises dans une zone de Fountainview appelée « Salle des familles ». « Salle des familles brisées » serait un nom plus approprié pour cette pièce, songe Danielle avec un amer sourire intérieur. Mais cette salle est tout de même bien commode. C'est le seul endroit où les parents peuvent être tranquilles, à l'abri de l'incessant va-et-vient des infirmiers et des patients qui quittent ou regagnent leurs chambres. Une sorte de refuge où on peut faire comme si tout était normal, ou presque. Danielle éteint son ordinateur portable. Ça fait plusieurs jours qu'elle est censée rédiger un mémoire et l'envoyer par mail à E. Bartlett Monahan, l'un des associés principaux de Blackwood & Price, et, accessoirement, un type imbuvable qui semble s'être donné pour mission de lui gâcher la vie. Il est à la tête du service des litiges civils et commerciaux, et surtout membre du comité exécutif où sont prises toutes les décisions importantes. Plus connu au sein du cabinet sous l'élégant sobriquet de « Sa Majesté l'enfoiré », ce célibataire de quarante-huit ans est un misogyne notoire. Pour E. Bartlett, comme il tient à être appelé, les femmes n'ont pas les qualités nécessaires (lui n'hésite pas à dire « les couilles ») pour faire de bons avocats plaidants. Dans le monde idéal de Sa Majesté l'enfoiré, les femmes sont secrétaires, mères au foyer, épouses dévouées et, lorsque le besoin s'en fait sentir, des produits de consommation destinés au repos du guerrier.

Comme Danielle s'y attendait, Sa Majesté n'a pas apprécié qu'elle prenne un congé. D'une manière générale, les enfants sont pour lui des bestioles inutiles, envahissantes et bruyantes. Alors, un garçon comme Max…

Elle se frotte les yeux et promène le regard sur la pièce. Marianne est assise contre le mur opposé, en train de tricoter quelque chose d'apparemment compliqué, tandis que Jonas fait sauter une pelote de laine dans sa main. Il maugrée des propos incompréhensibles et secoue la tête de cette façon particulière, syncopée, que Danielle a appris à reconnaître comme sa façon d'essayer de communiquer. Marianne, vêtue d'un foulard de soie et d'un tailleur-pantalon blanc, comme toujours parfaitement repassé, poursuit tranquillement son ouvrage comme si elle ne remarquait pas les gesticulations de son fils. Danielle ne s'est jamais adonnée aux activités considérées comme typiquement féminines, telles que la couture ou le tricot. Au cabinet d'avocats, elle évite même de dire qu'elle est bonne cuisinière. Par expérience, elle sait que les femmes qui mènent une carrière n'ont pas intérêt à apparaître trop féminines. Pour beaucoup d'hommes — et même pour certaines femmes —, la féminité est synonyme de faiblesse. C'est vrai en tout cas dans le milieu professionnel où elle évolue. Danielle n'a jamais compris qu'on puisse accepter d'être femme au foyer. Pour elle, le travail apporte la liberté, ou du moins l'indépendance, et elle a toujours vu les femmes au foyer comme des femmes asservies. Mais, alors qu'elle observe Marianne et Jonas et qu'elle ressent la force des liens qui les unissent, elle regrette cette vision simpliste et éprouve même une certaine honte de l'avoir fait sienne.

Elle n'a aucune chance d'accéder au titre de meilleure maman du monde si la mère de Jonas participe à la compétition. Contrairement à Marianne, Danielle n'a jamais envisagé de renoncer à sa carrière pour s'occuper de Max. De toute façon, ça n'aurait pas été possible. Il fallait bien que quelqu'un fasse bouillir la marmite. Et pourtant… Elle se tourne vers la figure pâle de Max, qui dort à poings fermés à côté d'elle, étalé de tout son long sur le canapé. Quiconque les observerait à cet instant précis ne verrait sans doute pas la distance qui les sépare. Son cœur se serre, et elle se sent gagnée par cette panique qui ne l'a jamais vraiment quittée depuis leur arrivée à Maitland. *Qu'est-ce qui cloche chez mon fils ?*

Son téléphone vibre dans sa poche. L'usage des portables est interdit à Maitland. Sans doute pour éviter que les schizophrènes s'imaginent être en ligne avec Dieu, songe-t-elle. Avec un soupir, elle ramasse son ordinateur, son sac à main et son téléphone et quitte l'unité de soins de Fountainview. Dehors, elle se laisse tomber sur un banc en ciment, suffisamment éloigné des fenêtres pour que Max ne puisse la voir fumer à travers le carreau. Elle allume une cigarette, inhale la fumée avec délice, tapote l'écran tactile de l'iPhone pour accéder au journal d'appels. *Merde. L'assistante d'E. Bartlett.* Elle frappe encore l'écran du bout du doigt, et une voix nasale l'informe que son mémoire est attendu pour le lendemain matin au plus tard. Elle pousse un grognement de frustration. Encore une soirée studieuse en perspective, à boire le mauvais café de l'hôtel pour essayer de ne pas piquer du nez sur le clavier de son ordinateur.

Elle offre son visage au soleil radieux, laissant son corps et son esprit se détendre sous les vagues chaudes et dorées. Elle recrache à contrecœur une dernière bouffée grise, accablée par la perspective de retourner dans cet endroit stérile qui lui semble l'antithèse du soleil. C'est l'horreur de rester assise dans cette pièce sans rien pouvoir faire. Elle écrase la cigarette avec un soupir et regagne la porte du bâtiment, qu'une infirmière ouvre pour elle à l'aide d'un bouton.

Alors qu'elle traverse le couloir, elle entend des cris et des gémissements. Son cœur fait un bond dans sa poitrine et elle se met à courir. Le spectacle qu'elle découvre en arrivant dans la salle des familles est digne d'une salle de catch.

Dwayne, le surveillant aux allures de colosse, est assis par terre derrière Max, qu'il emprisonne dans ses énormes bras. Les troncs d'arbre qui lui servent de jambes empêchent l'adolescent de bouger le bas du corps.

— Lâche-moi, fils de pute !

Max hurle et se tortille comme un ver.

— Je te dis de me lâcher, espèce de connard !

Dwayne le tient sans forcer, le visage impassible. Il doit faire ça dix fois par jour.

Naomi est là aussi. La masse épaisse de ses cheveux gras vole en tous sens tandis qu'elle essaie d'échapper à un autre surveillant. Elle lui envoie un coup de pied dans le bas-ventre, et le jeune homme se courbe en deux avant de tomber à terre avec un gémissement de douleur. Un troisième surveillant, celui-là plus âgé et plus large d'épaules, attrape la furie par-derrière et lui tord les bras dans le dos. Mais elle parvient à se dégager et se met à tourner autour de lui, ses mains tendues découpant l'air comme si ses bras se terminaient par des couteaux.

— Tu veux que je te fasse la même chose qu'à ton copain, hein ? Approche un peu, pour voir !

Elle tourne sur elle-même à la Bruce Lee et balance un violent coup de pied à hauteur de l'épaule du surveillant. Mais cela ne suffit pas à déséquilibrer l'homme, qui finit par prendre le dessus. Il soulève Naomi, les bras en tenailles sous sa poitrine, et l'emmène hors de la pièce. Elle continue à se débattre, ses pieds frappant l'air, et Danielle l'entend hurler tout le long du couloir.

Jonas est étendu au sol, inconscient. Du sang coule de son front. Agenouillée auprès de lui, Marianne tient sa tête dans ses mains avec des gémissements affolés.

Mains sur les hanches et campée sur ses jambes écartées, Mlle Kreng la domine de sa vigoureuse silhouette.

— Reculez-vous, madame Morrison ! lance l'infirmière.

Je ne peux pas déterminer la gravité de ses blessures tant que vous êtes penchée sur lui.

En larmes, Marianne se retire, une main sur la bouche.

Danielle se précipite vers Max, toujours prisonnier des bras de Dwayne. Le surveillant s'est relevé avec lui, sans toutefois desserrer son étreinte.

— Madame Parkman, je vais reconduire Max à sa chambre, dit Dwayne d'une voix calme malgré les insultes dont l'abreuve Max.

— Lâche-moi, sale con !

Max se courbe en avant et frappe le surveillant avec son talon. C'est à peine si Dwayne change de position afin de mieux assujettir Max.

Danielle saisit le bras de son fils et se laisse emporter par le pas rapide de Dwayne. Contrainte de marcher en crabe le long du couloir, elle entend sa voix — haut perchée, désespérée —, qu'elle reconnaît à peine.

— Max ! Vas-tu enfin m'expliquer ce qui s'est passé ?

L'adolescent tord le visage dans sa direction.

— C'est ce taré de Jonas qui m'a agressé, voilà ce qui s'est passé !

— Comment ça ?

— J'étais en train de dormir tranquillement sur le canapé et il m'a sauté dessus ! Il a eu ce qu'il méritait !

Une vague de terreur roule sur le cœur de Danielle.

— Tu l'as frappé ? Max…

— Laissez-nous, maintenant, madame Parkman, dit Dwayne d'une voix légèrement essoufflée par l'effort qu'il doit produire pour traîner Max.

Avec un affreux sentiment d'impuissance, Danielle suit des yeux l'étrange attelage que forment Max et le surveillant. Lorsqu'ils disparaissent à l'angle du couloir, elle se rue vers la salle des familles pour aller prendre des nouvelles de Jonas. Des taches de sang rouge vif maculent le pantalon de Marianne. Son fils gît au sol, prostré, en partie masqué à la vue de Danielle par le canapé et la table basse. Il entrebâille les paupières mais les referme presque dans le même mouvement.

— Jonas, dit Mlle Kreng d'une voix ferme et sonore. Ouvre tes yeux.

Les yeux de l'adolescent s'ouvrent aussitôt.

— Et maintenant, regarde mes doigts. Combien en vois-tu ?

Le regard terrifié de Jonas passe en revue les doigts écartés de l'infirmière. Il secoue la tête, pousse une plainte sourde et enfouit le visage dans l'ample poitrine de Mlle Kreng. Celle-ci jette un regard accusateur à Danielle.

— Vous avez vu ce que votre fils a fait ? Il a tabassé ce pauvre garçon !

Des larmes perlent aux yeux de Danielle, qui s'agenouille auprès de Jonas.

— Oh, Jonas, je suis vraiment désolée !

Il repousse brutalement la main qu'elle tend vers lui.

— Asseyez-vous, madame Parkman !

L'infirmière en chef accompagne cet ordre d'un regard si sévère que Danielle a un brusque mouvement de recul et manque de tomber sur le canapé. Trois infirmières aident Mlle Kreng à transporter Jonas jusqu'à sa chambre.

Marianne continue à gémir doucement, une main autour de la gorge. Elle est si pâle que Danielle craint qu'elle ne s'évanouisse. Elle se précipite à son côté.

— Marianne… Oh, mon Dieu… Je ne sais pas quoi dire…

Marianne tombe dans les bras de Danielle, secouée de sanglots.

Mlle Kreng revient et jette un regard noir à Danielle avant de poser une main ferme sur le bras de Marianne. Le regard perdu de la mère de Jonas émerge après quelques secondes. L'infirmière la tire par les épaules pour la séparer de Danielle.

— On va devoir l'emmener aux urgences, madame Morrison.

Marianne lui présente un visage dépourvu d'expression.

Mlle Kreng élève la voix, comme si Marianne était sourde ou attardée.

— Jonas a besoin de quelques points de suture. Ne vous inquiétez pas, d'accord ? L'ambulance ne va pas tarder à arriver.

Marianne semble un peu recouvrer ses esprits.

— Ah bon ? Je vais pouvoir l'accompagner à l'hôpital ?

Mlle Kreng secoue négativement la tête.

— Il vaut mieux que vous restiez ici et que vous profitiez de son séjour aux urgences pour vous ressaisir. Comme ça, vous serez mieux à même de le réconforter quand il reviendra.

Elle se tourne brusquement vers Danielle, qu'elle fusille du regard.

— Peut-être pourriez-vous dire à Mme Morrison si vous comptez régler les frais d'hôpitaux !

Danielle balaie la question indécente d'un geste nerveux.

— Et Max ? Il va bien ?

Elle est tellement émue, tellement inquiète, que sa voix chevrote comme celle d'une vieille femme.

L'infirmière fait volte-face si brusquement que ses talons crissent sur le linoléum.

— *Evidemment* qu'il va bien, dit-elle avec un rictus méprisant. C'est lui l'agresseur, pas la victime.

Elle se dirige vers un petit placard blanc qu'elle ouvre avec l'une des innombrables clés qui pendent à sa ceinture.

— Est-ce que je pourrais le…, commence Danielle.

Mlle Kreng lui coupe la parole.

— Non, vous ne pouvez pas, réplique-t-elle sans même se retourner.

Sa main fouille le placard et en rapporte un petit flacon de verre marron et une pochette plastique qu'elle ouvre d'un geste brusque. Horrifiée, Danielle la regarde en extraire une seringue menaçante qu'elle lève devant ses yeux, comme pour s'assurer que l'aiguille est suffisamment longue.

L'inquiétude agrandit les yeux de Danielle.

— Je peux savoir ce que vous faites ?

Sans prendre la peine de lui répondre, l'infirmière plante la grande aiguille dans le bouchon en caoutchouc du flacon. Une fois le liquide aspiré, elle lève une nouvelle fois la seringue devant ses yeux et lui donne une pichenette avant de l'inspecter en fronçant les sourcils. Ce n'est qu'alors qu'elle daigne se tourner vers Danielle.

— Je vais mettre votre fils sous sédatif, madame Parkman. Il est parfaitement incontrôlable, et je dois m'assurer qu'il ne va pas s'en prendre à un autre patient de ce service. Il restera enfermé dans sa chambre jusqu'à ce qu'il montre sa capacité à se comporter de façon civilisée. Et, même lorsqu'il aura le droit de quitter sa chambre, il devra rester sous la surveillance du personnel, lors de ses déplacements dans les espaces communs.

Son regard est dur et déterminé comme celui d'un vautour prêt à fondre sur sa proie. Elle s'éloigne dans le couloir avec un nouveau couinement des talons.

Danielle a l'impression de sombrer. Que s'est-il réellement passé ? Max est-il vraiment devenu violent au point de faire une chose pareille ? Elle a du mal à le croire, mais il semble établi qu'il a bien agressé ce pauvre Jonas avec une grande sauvagerie. Le corps de Marianne n'est plus secoué de sanglots. Elle a retrouvé un semblant de calme, et ce sont maintenant des larmes glacées qui ruissellent sur son visage. Elle relève la tête et s'adresse à Danielle avec un regard implorant.

— Danielle, s'il vous plaît… Vous devez m'aider. Promettez-moi d'éloigner votre fils de Jonas.

Elle fixe un instant ses mains tachées de sang avec un air de profonde stupeur.

— C'est un véritable cauchemar.

Danielle prend la main de Marianne. Elle la tire doucement pour l'inciter à s'asseoir à côté d'elle, loin de l'endroit où Jonas est tombé et où son sang a formé une flaque sombre sur le blanc du lino. Elle s'efforce de ne pas laisser la peur et l'effarement troubler sa voix.

— Marianne, dites-moi ce qui s'est passé.

Marianne hoche la tête et inspire profondément.

— Tout était aussi tranquille qu'avant votre départ. Je suppose que j'étais absorbée par mon tricot… Je n'ai pas remarqué que Jonas se dirigeait vers Max. Quand j'ai relevé la tête, je l'ai vu se pencher vers votre fils, les bras grands ouverts. Il a seulement voulu le prendre dans ses bras, Danielle ! Il n'y avait aucune violence dans son geste !

— Comment Max a-t-il réagi ?

Marianne se tord les mains et lève vers Danielle des yeux noyés de chagrin.

— Il l'a frappé. D'abord, il l'a poussé contre la table basse et, ensuite, il s'est mis à lui donner des coups de pied.

Elle tend le doigt vers la table basse, toute de travers depuis l'incident.

— Vous voyez ça ? Le sang de Jonas ? Max lui a cogné la tête contre le coin ! Il lui a ouvert le front !

Danielle porte la main à sa bouche. Elle n'en revient pas. D'ailleurs, elle a encore du mal à y croire. Max n'a jamais fait preuve d'une telle violence. Certes, il y a eu quelques accrochages à l'école, mais il ne s'agissait que de petites bagarres, comme il y en a dans toutes les cours de récréation du monde. C'est normal, à cet âge, avec les hormones qui s'affolent… Alors qu'elle s'approche de Marianne pour la réconforter, une pensée traverse son esprit comme un cyclone, balayant ses dernières défenses sur son passage : son garçon est *vraiment* devenu incontrôlable. *Qui est cet inconnu agressif ? Où est Max ? Où est mon Max ?* se demande-t-elle tandis qu'une terreur sans nom lui agrippe le ventre. Son cœur lui murmure une réponse. Max est quelque part où elle ne peut plus l'atteindre.

Parviendrai-je un jour à le récupérer ?

6

Le lendemain matin, Danielle et Max sont assis sur un banc, dans la cour de la clinique. Il semble encore assommé par le sédatif que cette horrible Mlle Kreng lui a administré. Elle a dû y mettre la dose, songe Danielle avec une certaine rancœur. Elle passe le bras autour des épaules de son fils et l'attire tout contre elle. Alors qu'elle regarde ce Max si calme et si doux, elle se dit qu'il doit éprouver de terribles remords en repensant à son comportement de la veille. Après y avoir réfléchi encore et encore, elle en est venue à la conclusion que son explosion de violence n'était qu'un incident isolé. Elle sait que Max est terrifié à l'idée de ressembler aux autres patients du service, et Jonas, même si c'est triste à dire, donne sans doute à Max l'image la plus inquiétante de la maladie. La réaction de Max, si inexcusable soit-elle, n'a été qu'un réflexe malheureux.

— Comment te sens-tu, mon chéri ?

Max se décolle de sa mère et lui présente son visage pâle et angoissé.

— Je me sens… bizarre. Comme si tout était mélangé dans ma tête.

— Qu'est-ce que tu veux dire par là ? demande-t-elle d'un ton faussement décontracté.

Mais Max se ferme comme une huître.

— C'est rien. Laisse tomber.

— Max, il faut qu'on parle de ce qui s'est passé hier.

Il lui lance un regard mauvais.

— Pour dire quoi ?

— Pourquoi as-tu agressé Jonas ?

La colère donne des couleurs au visage de Max.

— Ce n'était pas ma faute ! C'est lui qui m'a réveillé en sursaut ! Je l'ai juste repoussé et il est tombé. Ce mec est complètement givré. Il rend tout le monde dingue, à toujours marmonner des trucs incompréhensibles.

— Mais Marianne m'a dit qu'elle t'avait vu le frapper.

Max bondit du banc et pointe un doigt furieux sur sa mère.

— Alors c'est une sale menteuse !

Danielle décide de changer de sujet. Si elle insiste, Max va se braquer et la conversation n'ira nulle part.

— D'accord, Max. Assieds-toi, s'il te plaît.

Il s'exécute, mais va s'installer à l'autre bout du banc, aussi loin d'elle que possible.

Danielle laisse échapper un soupir.

— Tu te sens bien, physiquement ?

Il hausse les épaules.

— Ouais, ça va… J'ai un peu mal au ventre.

— C'est à cause des nouveaux médicaments.

Elle préfère ne pas évoquer le sédatif. Inutile de provoquer de nouveaux accès de colère. Elle tend la main et lui caresse tendrement le bras.

— Le médecin m'a dit que tu te sentirais mieux dans quelques jours.

Max pousse un grognement sourd et se renverse sur le dossier du banc, les yeux fermés. Danielle prend une inspiration avant de poser la vraie question :

— Est-ce que tu te sens moins… déprimé ?

Max rouvre les yeux, juste ce qu'il faut pour incendier sa mère du regard.

— Terrain glissant, maman. Laisse tomber.

Danielle hoche la tête et essaie de faire comme si tout était normal. Elle tourne le visage vers les rayons bienfaisants du soleil et garde le silence, espérant secrètement que Max viendra à elle. C'est ce qui se produit. Au bout d'une minute ou deux, il se rapproche et pose la main sur son bras.

— Maman ?

— Oui, mon chéri ?

Les yeux de Max expriment une peur immense qu'il s'efforce visiblement de cacher. Le piercing sur son sourcil prend un aspect particulièrement froid, particulièrement cruel, au-dessus des cernes noirâtres qui soulignent ses yeux.

— Le Dr Reyes-Moreno m'a dit qu'elle me ferait passer quelques tests, aujourd'hui. Enfin, si je ne suis pas trop dans le gaz…

Il reste silencieux un moment, les mains jointes sur ses cuisses. Puis il lève des yeux tristes vers Danielle.

— Une fois qu'elle aura le résultat de mes tests, tu crois qu'elle pourra dire si je suis dingue ?

Elle se raidit d'un coup et se fait violence pour répondre d'une voix normale.

— Tu n'es pas dingue, Max.

Il s'avachit sur le banc et refuse de croiser le regard de sa mère. Danielle veut lui prendre la main, mais il la retire.

— Tu parles…, grommelle-t-il. Qu'est-ce que je ferais là, si j'étais normal ? T'as vu avec qui je suis ? Tu ne les trouves pas dingues, toi ? Regarde un peu Jonas… C'est tout juste s'il n'a pas un entonnoir sur la tête !

Au fond, Danielle est d'accord avec lui. Mais elle ne peut pas l'avouer. Alors, elle fait ce qu'elle fait souvent en pareil cas : elle noie le poisson, elle lui sert des demi-vérités, elle essaie de lui faire prendre des vessies pour des lanternes. A moins que ce ne soit elle qu'elle cherche à convaincre.

— Tu n'es pas comme les autres enfants du service, mon cœur, dit-elle d'une voix douce. Il s'agit juste de trouver la médication la mieux adaptée à ton cas et de mieux cerner ton… ta dépression.

Max baisse la tête.

— Ouais, si tu le dis…

Danielle voit bien qu'il n'est pas dupe. Mais elle ose d'autant moins lui dire la vérité qu'elle n'est pas sûre de la connaître elle-même. Elle n'arrête pas de penser à ce que Max doit ressentir au milieu de tous ces enfants gravement perturbés, à quel point ça doit être angoissant pour lui d'attendre qu'on lui dise si ces « dingues », comme il les appelle, sont vraiment un reflet de lui-même. Elle lui présente sa main, paume vers le ciel, leur signe de connivence. Il place la sienne dessus et leurs doigts se mêlent.

— Maman ?

Sa poitrine se soulève.

— Oui, mon ange ?

Les yeux gris vert de Max la fixent intensément.

— Qu'est-ce qu'on fait, s'ils disent que je suis fou ?

Il détourne vivement la tête, comme s'il ne pouvait supporter d'entendre cette question prononcée à voix haute. A moins qu'il ne craigne la réponse de sa mère. Danielle le prend dans ses bras et le serre tout contre elle. Le corps mince de son enfant frémit comme une souris prise au piège. Elle le serre plus fort encore.

Elle n'a pas de réponse à lui donner.

7

Danielle fait glisser un billet de vingt dollars en direction du barman et saisit la double vodka glacée qu'il vient de lui servir. C'est tout ce dont elle est capable ce soir, aussi bien physiquement que sur un plan émotionnel. Ce sont la peur et le chagrin qu'elle a lus cet après-midi dans le regard de Max qui l'ont mise dans cet état. Parfois, on se croit assez forte, mais il s'avère qu'on est loin du compte. Très loin du compte. Une fois de retour dans le service où Max est traité, Danielle a laissé son fils aux bons soins d'une Amelia Reyes-Moreno plutôt souriante. Avant qu'ils se séparent, la psychiatre a annoncé son intention de procéder à quelques tests psychologiques.

Danielle boit une longue gorgée de vodka. Le dernier regard que lui a jeté Max est venu se ficher dans la plaie qui lui sert de cœur, et cette flèche empoisonnée la fait encore souffrir. La fraîcheur du breuvage lui donne un coup de fouet tandis que l'alcool chemine lentement en elle, diffusant sur son passage une agréable chaleur. Ça la détend suffisamment pour qu'elle se tourne sur sa chaise de bar et promène les yeux sur la salle. Plano est un bled paumé et l'hôtel n'a rien de luxueux, mais son bar est une perle qui vaut le détour. Il baigne dans une lumière et une musique également tamisées, l'une bienveillante pour les traits tirés de Danielle, et l'autre pour ses nerfs à vif. L'épaisse moquette étouffe les conversations des clients, assis par petites grappes autour de tables basses de bois exotique. Danielle vide son verre sans reprendre son souffle, puis le lève au-dessus du comptoir, les glaçons s'entrechoquant avec un tintement cristallin. Le barman croise son regard et hoche la tête presque insensiblement. Au moment où il fait glisser un nouveau verre du précieux élixir sur le bois brillant du comptoir, quelqu'un touche doucement le bras de Danielle.

— Excusez-moi…

Danielle pivote lentement sur sa chaise. Un homme se tient devant elle. Il mesure au moins un mètre quatre-vingt-dix et elle lui donne une petite cinquantaine d'années. Quelques cheveux blancs viennent avantageusement saler le poivre de ses tempes, lui conférant un air distingué que soulignent sa chemise bleu ciel parfaitement repassée, sa cravate de soie et son costume visiblement sur mesure. Cet homme est le prototype de l'homme d'affaires prospère. Seule la douceur de ses yeux marron la retient de le congédier avec la formule qu'elle réserve aux importuns.

— Oui ?

— Je sais que c'est une entrée en matière d'une effarante banalité, mais puis-je vous offrir un verre ?

Il a une voix profonde et suave.

— Je vous promets de ne pas insister, reprend-il devant son silence hésitant. Si vous voulez rester seule, il vous suffit de me le dire, et j'irai ruminer mon chagrin hors de votre vue.

Danielle continue à le dévisager pendant quelques secondes. Au fond, le choix qui s'offre à elle est de même nature que celui qu'évoque l'inconnu : soit elle reste ici à se passer et à se repasser le film de sa vie misérable, soit elle parle avec quelqu'un et essaie un moment d'oublier Max. Elle prend brusquement conscience que la robe noire qu'elle a enfilée après la douche est assez moulante. Un sourire un peu forcé se dessine sur ses lèvres.

— Un verre, et ensuite vous retournez ruminer votre chagrin.

Le sourire qui éclaire le visage de l'homme semble

sincère. Il se hisse sans mal sur la chaise voisine et lève le doigt pour attirer l'attention du barman.

— La même chose que madame, s'il vous plaît. Et, quand elle aura fini son verre, soyez assez aimable de lui en apporter un autre.

— C'est déjà le second, proteste mollement Danielle.

Il tourne vers elle ses beaux yeux marron.

— Alors, il va falloir que je rattrape mon retard.

Elle lui tend la main et prend une soudaine décision.

— Lauren.

— Tony, répond l'homme. Ravi de faire votre connaissance, Lauren.

Un silence gêné s'installe pendant qu'ils attendent la vodka de Tony. Lorsqu'elle arrive, il lève son verre et porte un toast.

— A une soirée plus agréable que la journée qui l'a précédée.

— Je veux bien trinquer à ça, dit Danielle.

Leurs verres s'entrechoquent et ils boivent en même temps une gorgée d'alcool.

— Alors, dit-il, qu'est-ce qui vous amène dans ce trou perdu ? On voit tout de suite que vous êtes une vraie citadine. Je parie que vous habitez une grande ville.

— Vous marquez un point. Je vis à Manhattan.

— Ah ! lance-t-il avec un air de triomphe. J'en étais sûr !

Il pioche dans l'assiette d'olives que le barman a poussée vers eux et en pose quelques-unes sur la serviette en papier de Danielle.

— Mais vous n'avez toujours pas répondu à ma question.

Danielle évite son regard.

— Vous d'abord, dit-elle.

— Si vous voulez. Mais je vous préviens, ça n'a rien de bien original. Je suis en plein divorce, et ma femme préfère que j'aille vivre ailleurs en attendant que le jugement définitif soit prononcé.

Danielle lève un sourcil sceptique. Il éclate de rire.

— Non, je vous assure… C'est la vérité. J'ai de la famille et des amis à Plano.

— Alors que faites-vous à l'hôtel ?

Il lui adresse un petit sourire.

— C'est moi qui ai demandé le divorce, et je n'ai pas envie que mes proches essaient à tout bout de champ de me faire revenir sur ma décision.

— Je comprends, dit Danielle.

Les effets de l'alcool se font déjà sentir, et elle boit un peu d'eau dans l'espoir de les atténuer.

— Vous avez des enfants ?

— Non.

Danielle croit percevoir une certaine amertume dans cette réponse sèche.

— Désolée, vous devez me trouver indiscrète…

— Pas du tout. Et vous ? Vous avez des enfants ?

Il retire sa veste et la plie soigneusement sur le dos de la chaise de bar. Danielle respire quelque chose de masculin, une bouffée de parfum et d'odeur corporelle qui éveille en elle des images et des sensations qu'elle s'empresse de refouler. Elle ne peut pas se laisser aller à ces pensées égoïstes alors que Max est enfermé dans cet endroit horrible.

Comme s'il devinait en partie ses pensées, Tony touche sa main.

— Ecoutez, ne vous sentez pas obligée de me répondre, d'accord ? Si c'est un sujet sensible pour vous, on peut parler d'autre chose.

Elle le regarde avec gratitude.

— Merci.

— Vous êtes mariée ?

Elle laisse échapper un rire.

— Je croyais qu'on devait changer de sujet.

— J'ai changé de sujet ! On parle de vous, maintenant.

Elle pivote un peu plus pour mieux lui faire face et croise ses jambes.

— D'accord. Alors finissons-en avec ma petite personne : je ne suis pas mariée ; j'ai un fils et moi non plus je n'ai pas envie d'être à Plano.

Il desserre lentement son nœud de cravate et se renverse sur le dossier de sa chaise. Une force tranquille émane de chacun de ses gestes.

— Ce qui m'amène fatalement à vous demander ce que vous faites ici, alors que vous préféreriez manifestement être ailleurs.

Danielle sent qu'elle rougit un peu. Il faut dire qu'elle lui a tendu le bâton pour se faire battre.

— C'est si important de le savoir ?

— Non, pas vraiment. Sauf pour une chose.

— Ah oui ? Et on peut savoir laquelle ?

— Dois-je briller, ce soir, ou aurai-je une autre chance de vous éblouir ?

— Ce soir ou jamais, j'en ai peur.

Il secoue la tête avec une moue qui fait disparaître ses lèvres.

— Mince !

A sa grande surprise, elle éprouve une certaine légèreté. Cela fait des mois qu'elle ne s'est pas sentie aussi détendue. Elle préfère oublier que cela fait aussi des mois qu'elle n'a pas bu autant d'alcool. Et, si l'idée lui traverse brièvement l'esprit, elle décide qu'elle s'en fiche.

— Où vivez-vous, quand vous n'êtes pas en cavale à Plano ? demande-t-elle.

— A Des Moines, répond-il. Alors, dites-moi… Qu'est-ce que vous faites de beau à Manhattan ?

Danielle est mal à l'aise dès que les questions de Tony touchent à sa vie privée. Elle n'a envie de parler ni de Max ni de son travail. Le barrage de fortune qui retient ses émotions ne manquera pas de rompre à la première crue, et elle voudrait éviter tout ce qui concerne la réalité. Prononcer à haute voix le prénom de son fils suffirait à la faire éclater en sanglots. Sous l'effet de la vodka, des sentiments qu'elle s'interdit depuis des années remontent à la surface ; un profond besoin de s'abandonner dans les bras d'un homme, d'être aimée et soutenue dans son combat pour offrir un avenir à Max.

Elle n'a pas eu de véritable histoire avec un homme depuis la naissance de son fils. Sa brève liaison avec le père de Max — un avocat malheureux en ménage, rencontré lors d'une convention de l'Association du barreau américain — aurait été parfaitement stérile si elle n'avait débouché sur une grossesse dont cet homme n'a jamais rien voulu savoir. Depuis lors, aucun soupirant sérieux n'a été admis derrière les remparts qu'elle a édifiés autour d'elle et Max. Mais, ce soir, il ne peut pas y avoir de complication. Pas avec cet aimable inconnu rencontré dans un bar d'hôtel du fin fond de l'Iowa.

— Voilà ce que je vous propose, dit-elle. Pas de questions sur le monde réel, à savoir les enfants, la vie maritale ou professionnelle. Et pas de noms de famille.

Il ouvre des yeux étonnés.

— Je croyais que ce discours était réservé aux hommes.

— Il faut croire que non. En tout cas, ce sont mes règles du jeu.

— Acceptées !

Son regard s'anime d'une lueur malicieuse.

— On a le droit de parler musique et bouquins ?

La tension qu'elle ressent dans la nuque s'apaise à ces mots.

— Absolument.

Absorbée par la conversation, Danielle ne voit pas le temps passer. Tony est passionné d'opéra ; elle-même a un abonnement au Metropolitan Opera de New York. Elle est folle de randonnée ; il va faire du rafting chaque été. L'un comme l'autre adorent cuisiner. Les plats indiens sont la spécialité de Danielle, lui a une prédilection pour la cuisine thaïe. Le côté chaleureux et l'humour de Tony l'enchantent. Quand elle finit par jeter un coup d'œil à sa montre, elle constate avec stupeur qu'il est presque minuit.

— Il se fait tard.

— Je sais.

— Je crois que je ferais mieux d'y aller, dit-elle sans conviction.

Il se penche vers elle et lui prend les mains. Le contact est électrique. Explosif. Ils sont dans une bulle dont l'air est un gaz hautement inflammable. C'est à peine si Danielle parvient à respirer. Les yeux de Tony fouillent son regard, et au-delà. Lorsqu'il parle, sa voix suave est devenue rauque.

— Restez, Lauren… S'il vous plaît.

Danielle hésite. Elle devrait s'en aller… tant qu'elle le peut encore. Ce n'est pas la main de Tony qui la retient, mais ses yeux. La douce caresse de ses yeux. Le murmure qui passe le seuil de ses lèvres est une plume dans le vent.

— Je… je ne sais pas quoi faire.

Il quitte la chaise sans lâcher la main de Danielle.

— Viens avec moi, dit-il, la tutoyant pour la première fois.

Il n'y a aucun doute sur ses intentions. Comme envoûtée, elle se lève à son tour. Tony la prend par les épaules et l'attire doucement à lui. Leurs corps se trouvent comme s'ils se connaissaient depuis toujours. Alors que les bras de Tony se referment sur elle, Danielle ne se pose plus de questions.

L'obscurité est un refuge tapissé de velours. Elle entend le bruit métallique de la boucle de ceinture, le froissement du pantalon qui s'échoue au sol, puis voit les contours nébuleux du corps nu qui s'avance vers le lit. Des effluves épicés le précèdent d'une seconde. Comme les femmes tombaient en pâmoison à l'époque victorienne, Danielle s'enivre jusqu'à l'extase du parfum de cet homme. Une odeur à la fois étrangère et familière. L'envie d'être touchée par lui ; l'envie d'être caressée, goûtée, pénétrée par lui a chassé toute autre pensée. D'ailleurs, elle ne pense plus. Elle ressent. A l'instant où il s'allonge contre elle et que leurs peaux se découvrent, elle comprend qu'elle n'a jamais été aussi vulnérable. Aussi fragile. Son désir n'a d'égal que sa peur.

Danielle distingue à peine les yeux de Tony, mais ce qu'elle voit est intense et avide de... *Avide d'elle.* Les mains qu'elle pose sur son visage rencontrent l'ombre d'une barbe. Elle y frotte ses paumes et l'entend murmurer quelque chose, si bas qu'elle ne peut le comprendre. L'instant d'après, les lèvres voraces de Tony butinent son oreille, son cou, ses seins. Elle voudrait se souvenir toujours de ce moment, du moindre détail de ce corps qui pèse sur elle sans l'écraser, de son odeur, de ce qu'elle ressent lorsque ses larges mains parcourent sa chair électrisée.

Elle laisse courir ses doigts le long de son dos, en proie à un désir si violent qu'elle croit se consumer de l'intérieur. C'est comme si du métal en fusion coulait dans ses veines. Une toison abondante et parfumée couvre le torse de Tony. C'est un champ luxueux, cent pour cent masculin, et c'est tout à elle. Sa main glisse plus bas. Elle veut sentir son désir et lui montrer qu'elle a envie de lui faire plaisir. Il retient gentiment sa main et la couche doucement sur le dos. Sa bouche glisse vers son ventre, puis continue son voyage jusqu'à ce qu'elle atteigne les doux plis de son intimité. Elle s'ouvre à lui et ferme les yeux. Plus rien n'existe que le roulis de son corps et la douceur de la langue qui le goûte. C'est un tourbillon de sensations qui l'emprisonne dans sa lente montée, exaspère ses sens jusqu'à en devenir presque insupportable, puis soudain atteint son sommet et la délivre dans une explosion de volupté. Elle crie sans retenue, avec des spasmes brusques qui envoient son bassin vers le ciel, encore et encore.

Dans son brouillard sensuel, Danielle le sent entrer en elle d'un seul coup, comme à bout de patience. Elle se colle contre lui, ondule avec lui, s'abandonne avec lui à la danse ancestrale. Soudain, il gémit plus fort et leurs corps se soulèvent en même temps, formant une arche au-dessus des draps. Le pont s'érige le temps d'un cri commun, puis retombe brutalement sur le lit qui à son tour gémit.

Ils restent ainsi un moment sans parler, serrés l'un contre l'autre. Elle écoute la respiration irrégulière de Tony, son cœur qui cogne contre le sien. Leurs bouches s'unissent de nouveau, plus doucement, et elle goûte sa propre saveur, celle de Tony, la saveur mélangée de leur rencontre. Quelque chose cède en elle et son visage s'inonde de larmes. De violents sanglots maltraitent bientôt son corps, comme des coups de poing qui s'appelleraient solitude, chagrin… joie. Max est tout ça pour elle, et bien plus encore.

— Chuuut…, murmure Tony. Ça va aller, ça va aller…

Sa voix lui fait l'effet d'un baume, et elle s'enfonce plus profond dans le refuge de ses bras.

— Non…, répond-elle dans un souffle. Non, ça ne va pas aller.

— Alors accroche-toi à moi.

Il la serre plus fort encore.

Danielle s'accroche à lui comme le mourant à la vie.

8

Danielle émerge lentement du sommeil. Les rideaux sont tirés et la chambre est sombre. Elle grogne en songeant à la journée qui l'attend : l'ennui abrutissant lorsqu'elle n'est pas avec Max ; le travail en retard qu'elle n'arrive pas à terminer, faute de concentration ; l'attente angoissante d'un diagnostic… Vont-ils découvrir quelque chose de nouveau ? Elle ouvre brusquement les yeux. Elle se souvient de tout. Après avoir fait l'amour — elle s'attarde un instant sur le souvenir de ce moment exceptionnel —, Tony et elle se sont remis à discuter pendant des heures. Il lui a raconté les déceptions de sa vie conjugale et a confié son regret de ne pas avoir d'enfants. Elle a parlé de Max — elle a préféré lui donner un autre prénom — et de ses angoisses à elle, de sa solitude de mère isolée. Elle n'a pas dit qu'elle est avocate, ni que Max se trouve à Maitland, même si Tony l'a sans doute deviné. La plaie causée par l'hospitalisation de son fils est trop fraîche pour qu'elle puisse évoquer cet épisode sans s'effondrer. Elle a fini par s'endormir et se réveille à présent seule sous les draps froissés. Pourtant, le soleil n'est pas encore levé.

Piquée au vif d'avoir été prise puis jetée comme une vieille chaussette, elle saute du lit et s'habille rapidement. Alors qu'elle s'apprête à quitter la chambre, elle remarque un rectangle blanc à côté d'un des oreillers. C'est une feuille de papier à en-tête de l'hôtel.

« Je n'ai aucune envie de t'abandonner, mais je dois être

à Des Moines ce matin. Je n'ai pas osé te réveiller, tellement tu es belle dans ton sommeil… On dîne ensemble, ce soir ?

« J'embrasse tes lèvres,

Tony. »

Danielle va s'asseoir derrière le petit bureau. Elle lit et relit le mot de Tony. A contrecœur, elle retourne la feuille et écrit :

« Je ne peux pas te dire à quel point j'ai aimé la soirée et la nuit que nous avons passées ensemble. Tu es un homme merveilleux et adorable, mais ma vie est bien trop compliquée pour laisser une place à… »

Elle s'interrompt. Le souvenir des mains de Tony sur elle — ce mélange de plaisir et de confiance qu'elle a ressenti dans ses bras — l'inonde comme une vague chaude. Elle chiffonne la feuille dans sa main et la jette dans la corbeille à papier. Elle prend une feuille vierge et se remet à écrire :

« Je serais ravie que nous dînions ensemble. A 7 heures dans le hall de réception, d'accord ? »

Elle signe *Lauren*, le prénom qu'elle lui a donné. Un dernier regard au délicieux désordre du lit, et elle quitte la pièce.

De retour dans sa chambre, Danielle prend une douche et enfile un jean avant de se faire une tasse de l'horrible café que l'hôtel met gracieusement à disposition de ses clients. A peine a-t-elle le temps de porter le breuvage brûlant à ses lèvres que l'on frappe à sa porte.

— Oh, non…, maugrée-t-elle.

— Debout là-dedans ! Laisse-moi entrer ! fait une voix étouffée.

Une voix qu'elle reconnaîtrait entre mille. Danielle se dépêche d'aller ouvrir.

— Georgia !

Vêtue d'un tailleur gris clair, Georgia entre et serre chaleureusement Danielle dans ses bras.

— Surprise !

— Ça, tu peux le dire ! Qu'est-ce que tu fais là ?

Elle sourit.

— Je passais dans le coin.

Danielle referme la porte et entraîne son amie vers le canapé.

— Je n'arrive pas à croire que tu sois là !

Georgia se laisse tomber sur le canapé avachi.

— Moi aussi j'ai du mal à y croire, dit-elle avec un sourire. C'est vraiment le bout du monde, ici ! La route entre Des Moines et la riante ville de Plano est d'un ennui mortel.

— Je te sers un café ? demande Danielle. Je te préviens, c'est du jus de chaussettes.

Elle ne peut s'arrêter de sourire à la vue de son amie.

Georgia jette un œil méfiant à la cafetière électrique.

— Je crois que je vais m'abstenir, merci.

Danielle vient s'asseoir à côté d'elle.

— Sans rire, pourquoi es-tu venue ?

— Parce que je me fais du souci pour toi et Max, répond Georgia en lui prenant la main.

Elle inspire profondément.

— Et puis j'ai des choses à te dire. Des choses que je n'avais pas envie de te raconter au téléphone.

Le sourire se fane sur les lèvres de Danielle.

— Ah bon ? Ce sont des mauvaises nouvelles ?

— On en parlera plus tard, décrète Georgia en adoptant une position plus confortable sur le canapé.

Danielle attend. Avec Georgia, leur spécialité est de dialoguer par phrases courtes. C'est son amie qui ouvre le bal.

— Comment ça va ?

— Ça va.
— Et Max ?
— Pas génial.
— Il n'a pas essayé de…
— Non !
Elle se recule pour considérer Georgia d'un air choqué.
— Bien sûr que non !
Georgia pose sa paume fraîche sur le bras de Danielle.
— Je suis désolée. C'est juste que tu me caches parfois le pire.
Danielle soupire avec un sourire affligé.
— C'est parce que j'ai tendance à refouler les choses les plus graves. Je ne supporte pas d'y penser.
— Les psys de la clinique t'ont fourni un diagnostic ?
— Non, pas encore.
Danielle change de sujet avant que Georgia puisse poursuivre son interrogatoire.
— Donne-moi les derniers ragots du cabinet.
Georgia ne la déçoit pas. Elle lui raconte qui couche avec qui ; qui a bu comme un trou et s'est ridiculisé à la dernière soirée d'entreprise ; qui fait de la lèche à tel ou tel associé ; quel associé essaie de prendre du galon au détriment d'un autre.
— Tu as donné quelle excuse pour faire l'école buissonnière ? demande Danielle. Et Melissa ? Tu l'as laissée seule avec Jonathan ?
Le sang semble quitter le visage de Georgia.
— Oh, ça… ! dit-elle d'un ton détaché que dément sa soudaine pâleur.
— Quoi, ça ?
Les yeux bleu indigo de Georgia font une chute brutale et son regard s'écrase sur la moquette.
— Eh bien, comme je te l'ai dit tout à l'heure, j'ai deux ou trois choses à te raconter.
— Je t'écoute, dit sèchement Danielle. Et n'essaie pas d'enjoliver la situation, d'accord ? Tu as une tête à faire peur et je veux savoir pourquoi.

Georgia relève les yeux et leurs regards se croisent. Des larmes brillantes se sont aventurées au bout de ses cils, prêtes à plonger vers les joues.

— C'est Jonathan, dit-elle dans un souffle. Ils l'ont mis à la porte.

Danielle songe au cabinet de chirurgie esthétique — un cabinet à la pointe de la technologie — où Jonathan exerce. Pendant des années, il en a été la vedette incontestée, le prodige que les patients s'arrachaient.

— Qu'est-ce que tu racontes ? Je croyais qu'il était devenu un des associés du cabinet.

— Oui, depuis l'année dernière, répond Georgia d'une voix tremblante.

— Alors il ne peut pas être viré comme un simple employé !

De petites perles mouillées roulent maintenant sur les joues de son amie.

— Ils sont au courant, articule-t-elle avec difficulté.

— Au courant de quoi ? Qu'il est alcoolique ? S'il est sobre quand il opère, je ne vois pas…

— Jonathan prend aussi de la cocaïne, Danielle. Il est complètement accro.

Sa voix est atone, comme morte.

Danielle n'en revient pas.

— Mais comment ses associés s'en sont-ils rendu compte ?

La honte le dispute à l'angoisse dans le regard que lui lance Georgia.

— Il a opéré une femme alors qu'il était défoncé. Tout le monde a vu qu'il n'était pas dans son état normal.

Elle ferme les yeux. La suite est racontée d'une voix blanche et hachée, si faible que Danielle doit tendre l'oreille pour bien l'entendre.

— La patiente est défigurée… Elle va porter plainte et demander des dommages et intérêts colossaux. A cause de Jonathan, la vie d'une femme est gâchée et le cabinet risque de mettre la clé sous la porte.

— Quand est-ce arrivé ?

— Le mois dernier, répond-elle d'une voix accablée. Mais il ne m'en a jamais parlé.

— Est-ce que ses associés l'ont dénoncé à la police ?

— Au début, ils ne songeaient qu'à limiter les dégâts et à sauver la réputation de leur cabinet. Mais ils ont fini par fouiller son bureau et ils y ont découvert plus d'un kilo de cocaïne !

Ses mots sont de fins roseaux courbés sous le vent.

— Plus d'un kilo, tu te rends comptes ? Et cet imbécile a laissé ça dans son bureau après avoir défiguré une malheureuse ! Apparemment, il y en a pour près de quarante mille dollars.

Elle se prend la tête dans les mains, puis les laisse lentement glisser le long de son visage.

— Ils ont dit qu'il en vendait, Danielle ! Tu imagines un peu ? Jonathan, un trafiquant de drogue !

— Mon Dieu…

Danielle ne sait plus que dire. C'est comme si le ciel venait de tomber sur la tête de Georgia.

— Et maintenant, que va-t-il se passer ?

— Ses associés ont alerté l'Ordre des médecins et l'ont aussitôt démis de ses fonctions. L'Ordre des médecins a diligenté une enquête et lui a interdit d'exercer en attendant ses conclusions.

Elle secoue sa tête, qui semble peser une tonne sous le poids de la colère et du désarroi.

— Ils vont lui coller une interdiction d'exercer à vie. Ça ne fait pas un pli. Il est fini, Danielle.

— Où est-il, en ce moment ?

— La dernière fois que je l'ai vu, il s'était enfermé dans notre chambre, ivre mort. J'ai parlementé pour qu'il m'ouvre, mais il m'a dit d'aller au diable.

Le fil ténu auquel Georgia s'accroche pour ne pas sombrer se rompt d'un coup. Son visage disparaît dans ses mains et elle se met à sangloter avec des hoquets bruyants, désespérés. Danielle la prend dans ses bras et tangue avec elle jusqu'à l'accalmie. Lorsque Georgia parvient à relever la tête, ce sont des yeux écarquillés d'angoisse qui se posent sur Danielle.

— Qu'est-ce que je vais faire ? Et Melissa ?

— A qui l'as-tu confiée ?

— Je l'ai emmenée chez ma mère, dans le Bronx, et j'ai pris le vol de nuit pour Des Moines.

Son visage est d'une blancheur cadavérique.

— Je ne savais pas quoi faire d'autre.

Danielle lui caresse la main.

— Tu as bien fait de venir. Tu veux rester ici quelques jours ?

Georgia secoue négativement la tête.

— Je ne peux pas. Je dois repartir à midi. Le procès Simmons s'ouvre vendredi.

— Ça ne pouvait pas tomber plus mal.

— A qui le dis-tu ! Comment fait-on pour plaider, quand le monde s'écroule sous vos pieds ?

Danielle va chercher ses clés sur le bureau et en détache une du trousseau.

— Tiens, dit-elle en la tendant à son amie. Installe-toi chez moi aussi longtemps qu'il te plaira. Quand je reviendrai, vous pourrez rester dans la chambre d'amis, Melissa et toi. On réfléchira à ce que tu dois faire et je suis sûre qu'on trouvera une solution à tes problèmes. Mais, pour le moment, tu dois te concentrer sur ta fille et sur ce procès.

Georgia empoche la clé avec un regard reconnaissant et essuie ses larmes du talon de la main.

— J'irai peut-être chez toi, mais ce sera juste pour travailler. J'ai désespérément besoin de paix et de tranquillité.

Elle soupire.

— On va s'installer chez ma mère en attendant de voir comment les choses évoluent. Dieu merci, maman est à la retraite et Melissa ne va pas encore à l'école.

Elle prend une grande inspiration, comme si elle avait oublié de respirer pendant qu'elle vidait son sac.

— Bon, assez parlé de mes problèmes. Dis-moi plutôt comment ça se passe avec Max. Tu tiens le coup ?

— Oh non, Georgia… Par pitié… J'ai envie de penser à autre chose.

— D'accord. On laisse tomber les détails sordides. Dis-moi juste quand tu comptes rentrer à New York.

Danielle pousse un cendrier plein de mégots de l'autre côté de la table basse.

— Dans une semaine, deux au plus tard.

— Tu vas quand même revenir pour la réunion des associés, j'espère ?

— Bien sûr. Je n'ai aucune envie de laisser Max seul, mais pas question de compromettre mes chances de me faire adouber.

— Je préfère ça. Tu vas être la première femme du cabinet à devenir associée, Danielle. Comment pourraient-ils refuser ça à quelqu'un qui a gagné un procès à quinze millions de dollars devant la Cour suprême ? N'empêche que tu as intérêt à faire acte de présence, et vite.

Danielle secoue la tête.

— Pas maintenant. Ils ont du mal à trouver les bons dosages pour les médicaments de Max, et il a besoin de moi. Il a l'air terrifié chaque fois que je parle de rentrer à New York.

— Tu vas souvent lui rendre visite ?

— Tous les matins et tous les après-midi.

Georgia promène le regard sur la chambre.

— Tu fais quoi, le reste du temps ?

Une migraine éclate quelque part derrière l'œil gauche de Danielle, enveloppant bientôt son crâne d'un manteau d'aiguilles. Elle songe brièvement à Tony, mais décide de ne pas parler de lui. Cette rencontre a déjà l'étrangeté d'un rêve.

— Je travaille. Enfin, ce n'est pas tout à fait la vérité. Disons que j'*essaie* de travailler.

Georgia se renverse sur le dossier du canapé.

— Eh bien, c'est une bonne chose, parce que ça commence à chauffer au bureau.

— A chauffer ? Qu'est-ce que tu entends par là ?

Son regard bleu s'assombrit.

— C'est aussi pour ça que je suis venue te voir, Danielle. Il faut que tu saches ce qui se passe en ton absence. Ce vermisseau de Gerald Matthews est entré en campagne. Il déploie tous ses talents de lèche-bottes mielleux pour être désigné à ta place.

— Il n'a aucune chance.

— Si tu le dis. Mais j'ai une autre info beaucoup plus inquiétante.

Georgia fait une courte pause, comme pour ménager ses effets.

— E. Bartlett mijote un mauvais coup.

Danielle reste silencieuse un long moment. E. Bartlett… Encore lui. Son visage honni s'invite dans ses pensées. Les dernières années n'ont pas été faciles pour Danielle, devenue peu à peu le larbin de Sa Majesté l'enfoiré. Elle sait que certains pontes du cabinet espèrent qu'elle jettera l'éponge et ira poursuivre sa carrière ailleurs… une fois qu'elle leur aura fait gagner suffisamment d'argent. Mais c'est mal la connaître. Danielle n'est pas du genre à baisser les bras. Lentement, à contrecœur, même E. Bartlett a été contraint de reconnaître ses qualités. Il ne l'admettra jamais, mais c'est vers elle qu'il se tourne en cas de difficulté. Quand il reste perplexe devant un point de droit nébuleux, par exemple, ou quand il faut divertir un client étranger qui vient de débarquer à New York. Il lui arrive d'abandonner sur le bureau de Danielle des boîtes d'allumettes du club réservé aux hommes où il emmène ses clients déjeuner. C'est ce que Sa Majesté peut faire de mieux en matière d'humour. Et, malgré tout le bien qu'il pense secrètement de Danielle sur un plan professionnel, elle sait qu'il fera son possible pour l'empêcher d'être admise dans un autre club réservé aux hommes : celui des associés de Blackwood & Price. Il y a également le regard que Sa Majesté l'enfoiré porte sur les enfants. Un regard à la W.C. Fields, l'humour en moins. Et Danielle sait que, si le cabinet ne lui devait pas l'équivalent de deux ans de vacances, E. Bartlett n'aurait jamais accepté qu'elle prenne un congé simplement pour s'occuper d'un enfant.

Elle allume une cigarette, ignorant le regard désapprobateur de Georgia.

— Vas-y, accouche.

— C'est l'affaire Sterns.

— Quoi, l'affaire Sterns ?

Sous cette appellation se cache le plus gros client de Danielle. Il s'agit d'un recours collectif qui sent bon le jackpot pour Blackwood & Price. Ce dossier et l'affaire Baine évoquée plus tôt par Georgia sont les atouts maîtres de Danielle dans sa quête du Graal. Michael Sterns, le jeune P.-D.G. de l'entreprise poursuivie en justice, apprécie énormément le style agressif de Danielle et refuse d'être défendu par quelqu'un d'autre.

Georgia détourne le regard.

— Sa Majesté l'enfoiré a confié tout un tas de dépositions à Matthews.

— Quoi ? s'écrie Danielle. Mais c'est *mon* client ! J'ai passé deux années de ma vie à faire les yeux doux à cette entreprise !

Georgia hausse les épaules avec une moue résignée.

— Ce que tu dis est on ne peut plus exact, ma chère, mais tu sembles oublier que tu n'es qu'une simple collaboratrice.

Danielle se frappe le front du plat de la main.

— Le salaud !

Seuls les associés sont autorisés à inscrire leur nom sur les documents officiels relatifs à une affaire traitée par le cabinet. En sa qualité de laquais de Sa Majesté, Danielle n'a droit qu'à ses initiales en petits caractères. Du coup, E. Bartlett s'attribue tout le mérite de l'affaire depuis maintenant plus d'un an. Entre ça et le fait qu'elle déserte son bureau pour Max et Maitland, Danielle n'est plus qu'une honnête collaboratrice aux yeux du comité exécutif. Et ce sont les collaborateurs d'exception qui accèdent au statut d'associés, pas ceux qui sont simplement bons. Elle se sent gagnée par un sentiment de panique. Elle ne peut pas laisser cette opportunité lui échapper. Non seulement elle mérite d'être promue, mais elle a besoin des revenus supplémentaires que cela représenterait pour payer les factures exorbitantes de Maitland. Comme toujours, l'assurance maladie ne couvre que le strict minimum, et Danielle ne va pas pouvoir continuer longtemps à régler le reste avec son salaire et ses économies. D'autant que les dépenses pour Max ne vont sûrement pas se limiter à ce séjour à Maitland.

— Et ce n'est pas tout, dit Georgia. Hier soir, j'ai travaillé tard et je suis allée manger un morceau chez Harry en sortant du bureau. Comme toujours avant la réunion des associés, la moitié du cabinet se trouvait là en train de picoler et de faire des pronostics plus ou moins farfelus sur les nouveaux promus.

Harry est un bar-restaurant où les avocats adorent se retrouver. Danielle n'a aucun mal à imaginer la grande salle un peu sombre : les tabourets de bar en laiton devant l'immense comptoir en chêne ; les bouteilles d'alcool alignées sous une lumière tamisée ; les box douillets aux banquettes rouge sang ; la lumière chaude et vague des bougies qui brûlent dans de grands photophores.

Danielle pose ses pieds nus sur la vilaine table basse. Elle aimerait être aussi détendue qu'elle en a l'air.

— Donc, rien de nouveau sous le soleil…

Les sourcils de Georgia se froncent.

— Là, tu fais erreur, ma belle. Devine qui j'ai vu en train de discuter comme des vieux copains ?

Petit haussement d'épaules et moue d'ignorance de Danielle.

— E. Bartlett et Lyman. On aurait dit deux serpents dans la même fosse.

Danielle se redresse sur le canapé et ses pieds retombent lourdement au sol.

— Mais c'est impossible !

Lyman et E. Bartlett ont fait leurs débuts la même année chez Blackwood & Price, et une amère rivalité les opposé depuis lors. E. Bartlett est devenu associé un peu plus d'un an avant Lyman, et les quatorze mois d'humiliations vécus par ce dernier avant qu'il ne rejoigne son frère ennemi au sommet de la hiérarchie font partie de la légende du cabinet, tout comme les trahisons et les coups bas qui jalonnent presque quotidiennement leurs relations.

Georgia prend la cigarette de la main de Danielle et l'écrase dans le cendrier.

— Eh bien, l'impossible s'est produit, dit-elle. Ils ont descendu une bouteille de single malt, et je t'assure qu'ils souriaient jusqu'aux oreilles. Ils étaient comme cul et chemise, je te dis !

Inutile d'être grand clerc pour comprendre ce qui est en train de se passer. L'absence de Danielle a tellement contrarié E. Bartlett qu'il a accepté de laisser le poulain de Lyman griller la politesse à sa pouliche. Elle croise les bras sur sa poitrine comme si elle avait soudain froid.

— Ça ne sent pas bon.

— C'est le moins qu'on puisse dire, confirme Georgia. Mais j'ai aussi surpris un des larbins de Lyman en train d'expliquer que ledit Lyman restait sur ses gardes. Ça serait bien le genre de Sa Majesté de faire semblant d'enterrer la hache de guerre avant d'entuber Lyman durant la réunion des associés.

Danielle a un regain d'espoir et attrape la main de son amie.

— C'est vrai que c'est typiquement le genre de coup tordu dont il est capable.

— Ouais…

Quelque chose dans sa voix, dans son regard, alerte Danielle.

— Ecoute, E. Bartlett n'est pas ton seul souci, reprend Georgia, un masque grave sur le visage. Le bruit court que le cabinet a décidé de faire des économies et que les associés se sont réunis la semaine dernière pour prendre des mesures. D'après ce que j'ai entendu dire, ils envisagent de licencier des avocats collaborateurs.

— Pardon ?

— Apparemment, ils se sont fixé pour objectif de se séparer de quatre d'entre nous avant le mois de janvier, dit-elle d'une voix douce.

La gorge de Danielle se serre jusqu'à ce qu'elle fasse les comptes.

— Attends… On ne risque rien, toi et moi. On est celles qui ramènent le plus d'argent dans les caisses.

— On est aussi les mieux payées.

Georgia soupire et lui tend une feuille imprimée.

— Tiens, c'est le compte rendu de la réunion du comité exécutif d'hier. J'ai réussi à m'en procurer une copie.

— Comment ?

— En fouillant la poubelle de l'assistante d'E. Bartlett.

Danielle ne commente pas les méthodes d'investigation de son amie.

— Et ?

Georgia pousse un long soupir.

— Lis toi-même… en gros, soit tu es promue associée, soit tu es virée.

9

Danielle est assise dans un fauteuil hydraulique en Skaï fatigué, tournée de sorte que la coiffeuse, un brin vulgaire avec ses vêtements criards et ses lèvres peintes en rouge flamboyant, puisse l'observer à son aise. La musique country emplit le salon tandis que la patronne mâche son chewing-gum bouche ouverte. Après quelques secondes d'intense concentration, elle énonce son verdict.

— Il faut couper.

Elle fait tourner Danielle sur son fauteuil.

— Et faire une permanente, ajoute-t-elle d'un ton définitif.

Danielle se trouve face à son reflet. Elle a les yeux écarquillés et le regard fiévreux des bigots qui sonnent à votre porte en vous expliquant qu'ils sont venus prier pour votre âme. *A la guerre comme à la guerre*, songe-t-elle avant d'acquiescer d'un signe de tête.

Après le départ de Georgia, Danielle a travaillé comme une folle. Coups de fil aux clients, tableau récapitulatif des procès à venir et des actions à mener, recherches sur internet... elle a même rattrapé son retard dans l'envoi des relevés de facturation. La visite surprise de son amie l'a mise dans tous ses états. Songer qu'elle risque de voir le statut d'associée lui passer sous le nez la remplit d'une angoisse qui confine à la panique. Au-delà de la reconnaissance de son travail, à laquelle Danielle tient énormément, elle est surtout terrifiée à l'idée de ne plus avoir les moyens de soigner Max correctement. Maitland coûte une fortune, mais les dépenses ne s'arrêteront pas là. Entre les écoles spécialisées et le futur traitement dont Max aura peut-être besoin, elle n'a d'autre choix que d'augmenter ses revenus. D'autant qu'à en croire le document pêché par Georgia dans une poubelle bien informée elle a aussi des risques de se retrouver au chômage.

Elle a travaillé si dur que ses yeux étaient rouges et bouffis de fatigue lorsque la mère de Jonas est venue lui proposer de prendre l'air. Elle a accepté sans hésiter et s'est retrouvée deux minutes plus tard dans la Chrysler de Marianne. La conversation a été animée et légère tandis qu'elles traversaient la ville pour se rendre chez Pearl, un institut de beauté qui fait également salon de coiffure. Danielle s'y est sentie tellement à l'aise qu'une fois sa pédicure terminée elle s'est laissé convaincre par Marianne de se faire couper les cheveux. Non seulement elle n'a pas mis les pieds chez un coiffeur depuis des mois, mais elle a envie de se faire belle pour son dîner avec Tony.

La voilà donc sur le point de s'abandonner aux coups de ciseaux de Pearl. Elle consulte une dernière fois la propriétaire des lieux sur deux ou trois points de détail et ferme les yeux, laissant les lames aiguisées faire leur office. Elles cisaillent ses cheveux avec douceur et précision. Puis la coiffeuse verse sur sa tête une solution à l'odeur âcre, si froide que Danielle manque de pousser un cri. Sous le casque du sèche-cheveux, la tête criblée de bigoudis, elle s'enfonce ensuite dans une rêverie proche de la transe.

Elle est enceinte de quelques mois ; son ventre est une membrane transparente, une fenêtre sur son bébé. Max n'est qu'un minuscule fœtus aux yeux clos, mais il est déjà parfaitement formé. Des veines rouges et bleues traversent son corps menu. Il se pelotonne dans les filaments violacés qui hachurent le liquide amniotique comme des éclairs sous-marins. Une grâce primitive, hors du temps, lie l'enfant et sa mère. Sans s'en rendre compte, Danielle caresse son ventre sous le souffle chaud du casque en plastique rose.

Elle est détendue, son esprit vagabonde vers Tony et le dîner de ce soir. Feront-ils encore l'amour ? A cette idée, une chaleur inonde son corps. Si la coiffeuse la voit rougir, songe-t-elle, amusée, elle va s'imaginer que son casque est mal réglé et que sa cliente est en train de rôtir. Elle se laisse aller à imaginer des vacances avec Tony : ils sont sur une plage de sable blanc que viennent lécher des vagues bleu turquoise. Enlacés comme deux adolescents qui découvrent l'amour, leurs corps soûlés de plaisir, ils s'abandonnent aux caresses du soleil. De retour aux Etats-Unis, Tony fait de fréquents séjours à New York. Ils vont à l'Opéra, au théâtre, cuisinent de somptueux repas qu'ils mangent au lit en regardant de vieux films. Max l'adore et Tony est heureux de devenir le père que son fils n'a jamais eu. Danielle voit maintenant le diamant qui brille à son doigt, l'expression émue de Tony tandis qu'il lève son voile de mariée pour l'embrasser…

— C'est bon !

Pearl soulève d'un coup sec le casque rose, qui emporte avec lui les fantasmes de Danielle. La coiffeuse l'entraîne vers le lavabo et lui rince les cheveux. Les bigoudis tombent un à un dans un bol chromé. Les yeux encore fermés, Danielle imagine des pierres qui s'entrechoquent au pied d'une chute d'eau. Nouveau séchage des cheveux, plus sévère cette fois-ci, et Pearl fait tournoyer Danielle sur son fauteuil.

— Super ! Vous allez adorer.

Danielle ouvre les paupières, un peu désorientée. Sa bouche forme un O horrifié à la vue de la femme qui la regarde dans le miroir. Elle essaie de faire abstraction des ornières que la fatigue et l'angoisse ont creusées sous ses yeux, de sa peau couleur sucre glace. Elle se penche pour mieux voir ces boucles courtes qui ont transformé sa tête en champ de bataille. Après les avoir longuement observées, elle décide qu'elles ressemblent à la crête délirante d'un coq électrocuté.

— Vous faites pas de bile, ma p'tite dame, dit Pearl. C'est normal de pas trop se reconnaître après une permanente.

Elle sort un étrange outil du chariot en plastique où

elle remise ses ustensiles de coiffure. C'est une sorte de peigne plat en métal terminé par cinq longues dents. Elle s'en sert aussitôt pour larder les boucles serrées de coups secs, mâchant son chewing-gum avec une énergie décuplée jusqu'à ce qu'elle obtienne l'effet désiré.

Elle tend le peigne à Danielle.

— Le meilleur ami de la femme.

Un clin d'œil appuyé.

— Enfin presque !

10

Danielle inspire profondément. Ce matin, elle est arrivée juste à temps à l'aéroport de Des Moines pour embarquer à bord de son vol pour New York. L'assistante d'E. Bartlett l'a appelée hier après-midi pour l'informer que la réunion des associés a été avancée d'un jour. Elle a pu voir Max avant de partir. Il était un peu bizarre, un peu éteint, mais d'humeur égale. Elle a aussi dû laisser un message à la réception de l'hôtel pour informer Tony que le dîner était annulé. Danielle doit se concentrer sur son quotidien et, malheureusement, Tony n'en fait pas — encore ? — partie.

Elle entend le claquement sec de ses talons qui frappent le sol en marbre au rythme de ses pas. Les bureaux de Blackwood & Price sont situés dans l'un des plus anciens gratte-ciel de Wall Street. Le calme et l'ordre qui règnent ici ont un effet bénéfique sur ses nerfs. Elle prend l'ascenseur pour gagner les étages. La cabine s'ouvre et la réceptionniste l'accueille d'un sourire, ses sourcils se soulevant un peu lorsqu'elle pose les yeux sur la chevelure bouclée de Danielle. Celle-ci la salue d'un petit mouvement de tête et s'engage dans le couloir. Elle s'arrête un instant devant une porte et inspire lentement, les yeux fermés, comme un plongeur sur le point d'effectuer un saut périlleux. C'est parti. Elle pousse la porte et embrasse du regard la grande salle du quarante-deuxième étage, ainsi que les trente associés, tous masculins, de cette vénérable entreprise fondée après la Seconde Guerre mondiale. Ses yeux glissent sur l'immense table ovale en ronce de noyer dans laquelle se reflètent une impressionnante composition florale, un service ancien en porcelaine de Chine, des couverts en argent et un déjeuner élaboré par l'un des traiteurs les plus en vue de Manhattan. A ce stade des délibérations, du café fort vient opportunément dissiper les brumes du vin servi avec le repas. On entend le bruissement de pages qui se tournent, quelques toux étouffées — bruits de fond qui accompagnent immanquablement tout processus de décision.

Les associés assis autour de la table ressemblent à ceux de n'importe quel autre grand cabinet d'avocats. Il y a ceux qui font la pluie et le beau temps et trouvent normal qu'on leur cire les bottes (et qu'on leur verse des bonus vertigineux) ; il y a les tâcherons arrivés au sommet en compensant leur manque de talent par un travail forcené ; il y a les jeunes associés qui font le boulot que leurs aînés revendiquent face aux clients ; il y a les associés des succursales, considérés par certains comme les gendres de la maison mère, par d'autres comme ses bâtards ; et enfin il y a une minorité d'incapables dépourvus de gros clients. Ceux-là courtisent les puissants et négocient leur voix lorsque les votes promettent d'être serrés, comme c'est souvent le cas au moment de désigner de nouveaux associés.

Une voix se fait entendre à travers la salle.

— Bonjour, Danielle.

Danielle lève les yeux et sourit malgré sa nervosité. L'homme qui vient de l'interpeller n'est autre que Lowell Stratton Price III, le président du comité exécutif et l'un des héritiers des fondateurs de Blackwood & Price : ces grands avocats internationaux qui ont traversé l'océan pour conquérir l'Angleterre et la Norvège à la fin de la Seconde Guerre mondiale. Avec ses cheveux gris argent et ses yeux qui pétillent d'intelligence, Lowell Price est respecté de tous. Cet homme saura se montrer juste, songe Danielle.

— Bonjour, monsieur Price.

— Je vous en prie, appelez-moi Lowell.

D'un geste de la main, il invite Danielle à s'asseoir en bout de table, à la place la plus exposée.

— Merci, Lowell.

Dans les grands cabinets d'avocats, surtout les plus anciens et les plus conservateurs, une règle tacite du code de bonne conduite stipule qu'un collaborateur ne peut appeler un associé par son prénom qu'après avoir été lui-même promu au rang d'associé. *C'est peut-être bon signe*, se dit Danielle en traversant la salle pour aller s'asseoir à l'endroit indiqué. Elle prend soin de marcher sans précipitation, de donner à son pas une allure décidée mais surtout pas nerveuse. Une fois assise, elle croise les mains sur la table comme lorsqu'elle est au tribunal, prête à se lever d'un bond pour crier « Objection ! » Elle essaie de deviner le sort qui l'attend, mais les visages autour d'elle ne livrent aucun secret. Personne ne semble remarquer sa nouvelle coupe de cheveux. Ces gens-là sont trop tournés vers eux-mêmes pour noter ce genre de choses.

— Danielle, nous avons passé la matinée à nous pencher sur le cas de nos collaborateurs qui peuvent prétendre cette année au statut d'associé, dit Lowell Price. Les autres candidats ont été auditionnés et je vous propose de répondre à votre tour aux associés qui aimeraient vous poser des questions. Je crois savoir que vous avez passé ces derniers jours quelque part dans… l'Idaho, n'est-ce pas ? Il s'agissait d'un séjour privé, je crois ?

Danielle réprime un grognement de frustration.

— Dans l'Iowa. Et oui, j'ai pris quelques semaines de congé pour raisons personnelles, mais je compte être de retour prochainement parmi vous.

— Bien sûr, bien sûr, dit Price.

Son absence ne joue pas en sa faveur, et elle sait que Price essaie de désamorcer les critiques en abordant le sujet d'entrée de jeu. Elle a fait tout son possible pour faire avancer les dossiers dont elle s'occupe. Mais, même si elle n'a pas ménagé ses efforts, elle sait que ses inquiétudes pour Max l'ont empêchée d'être aussi concentrée et efficace que d'habitude. A cause de ça, elle ne s'est pas sentie en droit de facturer à ses clients la totalité de ses heures de travail. Elle devine aisément ce que pensent la plupart des associés : moins d'heures facturables égalent moins d'argent. Et moins d'argent égale moins de chances de devenir associée. C'est le moment où E. Bartlett, s'il avait une once d'honnêteté enfouie sous la masse monumentale de son ego, devrait prendre la parole pour faire l'éloge de Danielle. Elle se tourne vers lui, mais il regarde ailleurs. En fait, il est en train de feuilleter un magazine. Le message est clair : *Débrouille-toi toute seule !*

— Je n'ai pas vos chiffres sous les yeux, reprend Price, mais vous pouvez peut-être nous éclairer à ce sujet et nous donner quelques détails sur le travail que vous avez effectué cette année.

Que Dieu le bénisse ! songe Danielle. Il lui ouvre une porte afin qu'elle puisse faire sa propre publicité. Elle s'assoit bien droite et revêt son masque d'avocate compétente et sûre d'elle.

— Merci, Lowell. J'ai facturé trois mille deux cents heures cette année, et je pense avoir fait preuve de suffisamment de volonté et de motivation pour devenir l'un des associés de ce cabinet. En plus de mon nombre élevé d'heures facturables, mon succès dans l'affaire Baine a rapporté plusieurs millions de dollars au cabinet. J'ai également convaincu un nombre significatif de clients importants de me confier la défense de leurs intérêts. Les revenus générés par cette nouvelle clientèle représentent un autre million de dollars pour Blackwood & Price.

Un long bruissement de papier suit cette déclaration. Danielle sait que les associés vérifient les chiffres qu'elle vient de donner.

— Vous êtes une jeune avocate particulièrement brillante et vos méthodes de travail, ainsi que votre implication dans la bonne marche du cabinet, méritent d'être salués, dit Price.

Un murmure — d'assentiment, espère Danielle — salue ces mots d'un bout à l'autre de la table.

— Eh bien, reprend Price, je vois les regards impatients de certains de mes confrères ici présents et je vais laisser la parole à Ted Knox.

Danielle se raidit. Knox est un homme de petite taille — avec tous les complexes que cela implique — et un allié de Lyman. Dès qu'il se voit confier une affaire un peu ardue, il compte sur Lyman pour lui venir en aide. Sans lui, ce pauvre Ted n'arriverait pas à s'en sortir. Ce qui inquiète le plus Danielle, c'est que le nabot n'est pas en mauvais termes avec E. Bartlett. Pire, ils font parfois la tournée des bars ensemble. Du coup, si Lyman et E. Bartlett sont vraiment de mèche pour l'empêcher de devenir associée, Ted Knox est tout désigné pour monter au front à leur place et jouer les pit-bulls. Elle voit E. Bartlett tourner une nouvelle page de son magazine. Malgré la pression qu'elle sent monter en elle, Danielle conserve un visage affable et professionnel.

Knox s'éclaircit la voix tandis que ses yeux gris pâle se plissent légèrement.

— Merci de prendre le temps de répondre à nos questions, Danielle. Nous regrettons que vos problèmes personnels — quels qu'ils soient — vous aient tenue écartée si longtemps du cabinet et du terrain. Pour tout vous dire, nous sommes un certain nombre — et même un nombre certain — à être réservés quant à votre candidature.

Il adresse un sourire de connivence à Lyman.

— Bien entendu, nul ne conteste vos qualités d'avocate. Comme Lowell l'a justement souligné, votre travail mérite d'être salué. Mais je suis sûr que vous serez d'accord avec moi pour dire qu'il faut plus qu'un nombre élevé d'heures facturables pour devenir associé chez Blackwood & Price.

Danielle a envie de lui demander si le critère le plus important est d'avoir un pénis. Mais elle se contente de le regarder froidement.

— Je ne vais pas tourner autour du pot, reprend Knox.

Il parle d'un ton pédant qui exaspère Danielle.

— Premièrement, le cabinet n'a pas l'habitude de s'intéresser aux candidatures des collaborateurs qui travaillent chez nous depuis moins de dix ans. Et je vous rappelle que vous n'effectuez que votre sixième année chez Blackwood & Price. Deuxièmement, nous ne sommes pas nombreux à être familiers avec votre spécialité. Vous n'êtes pas responsable de ce problème, c'est vrai, mais ça reste néanmoins un problème pour juger votre travail. Troisièmement, même si vous avez montré des aptitudes pour démarcher de nouveaux clients, je vous rappelle que la prospection est l'apanage des associés, dans ce cabinet.

Danielle agrippe le bras de son fauteuil avec une telle force que ses jointures blanchissent. Elle meurt d'envie de lui répondre, de lui rabattre le caquet, mais elle doit d'abord s'assurer que le nabot en a terminé. Se montrer combative, oui, mais surtout pas agressive.

La voix de Knox se fait sirupeuse, aussi épaisse que la Gomina dont il enduit les trois cheveux qui lui restent sur le crâne.

— Mais permettez-moi, chère Danielle, d'en venir à ce qui est sans doute le point le plus problématique de votre candidature.

— Peut-on savoir de quoi il s'agit ? demande-t-elle.

— Michael Sterns.

Danielle sent sa bouche se dessécher, mais elle parvient à parler d'une voix à peu près posée.

— Comme chacun sait, Michael est mon client. Je l'ai fait venir chez nous il y a trois ans, et le recours collectif qui le vise est — et continuera d'être — extrêmement lucratif pour le cabinet. Pour être plus précise, cette affaire sur laquelle je travaille depuis neuf mois nous a déjà rapporté près de trois cent cinquante mille dollars.

Les têtes se lèvent et les regards se fixent sur elle. Rien de tel que de parler gros sous pour réveiller l'attention d'une assemblée d'associés. Ted Knox se renverse sur son fauteuil.

— Oui, nous savons tous quel bon client est M. Sterns.

— Alors je suis certaine que vous serez heureux d'apprendre que M. Sterns m'a demandé de le représenter pour tous ses futurs litiges… bien que je ne sois encore que collaboratrice.

Elle n'a pas pu s'empêcher de lancer cette petite pique. Ce type est vraiment le dernier des abrutis et, si lui et sa clique parviennent à faire capoter sa candidature, elle veut que tout le monde sache qu'elle n'est pas du genre à se laisser marcher sur les pieds sans réagir.

— Danielle, dit Knox. Avez-vous parlé à Michael Sterns, dernièrement ?

— Eh bien non, je…

— Est-il vrai qu'il a eu un sérieux problème à La Nouvelle-Orléans, la semaine dernière ?

Cet interrogatoire a le don d'irriter Danielle. Elle voudrait tordre le cou d'E. Bartlett, cet ingrat qui la laisse se faire étriller sans lever le petit doigt pour la défendre. Mais sa colère cache un sentiment encore plus déplaisant. Une véritable panique à l'idée d'être recalée. Si elle ne conserve pas son travail, si elle ne devient pas associée, comment fera-t-elle pour payer les coûteux traitements de Max ? Elle lance un regard déterminé à Knox. Cet avorton ne va pas la priver de sa promotion. Il ne va pas priver Max des soins dont il a besoin.

— Pour ma part, je n'appellerais pas ça un problème. J'appellerais ça une affaire passionnante et de jolis gains en perspective pour le cabinet.

— Et pourtant, malgré les millions que son groupe peut faire gagner au cabinet, malgré la confiance qu'il a placée en vous, vous avez refusé de vous déplacer à La Nouvelle-Orléans alors que c'est ce qu'il souhaitait.

Les mots de Knox fusent en rafales sèches, comme les balles d'une mitraillette.

Danielle reste un moment sans voix. Que peut-elle répondre ? Qu'elle a négligé son travail parce qu'elle doit découvrir si son fils est fou ? Que, bien que les médecins de Maitland l'aient encouragée à rentrer à New York, bien qu'ils lui aient dit que ce serait mieux pour son fils, elle a décidé de rester auprès de lui au détriment de ses clients ?

Elle est furieuse d'avoir donné des munitions à ce minable et à ceux qui se cachent derrière son offensive. C'est du pain bénit pour ses détracteurs.

Elle le regarde droit dans les yeux.

— Monsieur Knox, en tant que parent, je suis certaine que vous serez d'accord avec moi pour dire que la santé de nos enfants est une priorité. J'ai dû répondre à une urgence qui concernait mon fils. Michael Sterns s'est fait saisir son yacht à La Nouvelle-Orléans. J'ai fait le nécessaire pour qu'un avocat chevronné se rende immédiatement sur place et me représente pour l'occasion. J'étais en contact téléphonique permanent avec M. Sterns. Croyez-moi, mon client a été informé de ma situation et il ne s'est pas plaint de la façon dont l'affaire a été gérée.

— Pas à vous, peut-être, dit Knox. Mais il se trouve que M. Sterns s'est déplacé en personne hier pour se plaindre de votre négligence à son égard. Il n'a guère apprécié que vous refusiez d'interrompre votre petit voyage…

— Le terme est malvenu, Ted, dit Price.

— Soit, lui réplique Knox d'une voix brusque. Mais vous savez aussi bien que moi que notre métier est un sacerdoce. On est avocat vingt-quatre heures sur vingt-quatre ou on ne l'est pas ! Si un client a besoin de nous, on y va. Si on n'y va pas, on prend le risque de le perdre au profit d'un des quinze cabinets qui n'attendent que ça pour nous le piquer. Et si cette fille n'est pas capable de s'impliquer à cent pour cent…

Cette fille… Un silence stupéfait s'abat sur la salle de conférence. Danielle reste coite, laissant la gaffe planer un moment dans l'air afin qu'elle produise tout son effet.

— J'ai la faiblesse de croire que je suis une excellente avocate, monsieur Knox, dit-elle finalement d'une voix calme mais résolue. Mes clients et mon nombre d'heures facturables sont là pour le prouver.

— Oui, oui, bien sûr, intervient Lowell Price.

La douceur de son regard s'accorde à sa voix grave et rassurante.

— En fait, reprend Danielle en s'adressant à Knox, le total des sommes que j'ai facturées dépasse nettement votre propre performance de l'année précédant votre accession au statut d'associé.

Knox fait comme s'il n'entendait pas les rires étouffés de certains de ses collègues, qui croisent le regard de Danielle avec des sourires de connivence… *Touché !*

— Quoi qu'il en soit, dit-il, poursuivant obstinément son entreprise de démolition, M. Sterns m'a fait savoir qu'étant donné votre… situation il considérait la possibilité de laisser à un autre avocat du cabinet le soin de défendre ses intérêts.

Danielle reçoit ces mots comme une gifle. Que dire ? Ted Knox la cloue au pilori devant tous les associés du cabinet. Pire, aucun d'entre eux ne juge bon de prendre sa défense. Visiblement décidé à la laisser se débrouiller seule, E. Bartlett quitte brusquement la salle en bredouillant une vague excuse.

Knox reprend son réquisitoire. Le ton est froid, coupant.

— Le mécontentement de Michael Sterns ainsi que les raisons qui l'ont conduit à perdre confiance en vous me semblent indiquer clairement que vos clients et notre cabinet ne sont pas des priorités pour vous…

— Ça suffit comme ça ! l'interrompt Lowell Price. Votre attitude me déçoit, monsieur Knox. Les attaques personnelles n'ont pas leur place ici.

Il fait une pause, promenant son regard clair sur l'assemblée.

— Quelqu'un d'autre souhaite-t-il prendre la parole ?

Danielle attend, mais la question de Price est saluée par un silence de plomb.

— Dans ce cas, dit-il en se tournant vers Danielle, il me reste à vous remercier et à vous souhaiter bonne chance.

— Merci, Lowell, répond-elle d'une voix tendue.

Elle se lève et remercie les associés de leur attention,

puis marche d'un pas aussi assuré que possible vers la lourde porte de bois.

Une fois dehors, elle sent les larmes lui monter aux yeux. Le *Bonne chance* de Lowell Price était sincère, songe-t-elle. Mais le silence des autres signifiait plutôt *Bon débarras*.

11

Lorsque Danielle arrive à Maitland, après avoir effectué le trajet depuis Des Moines à une vitesse déraisonnable, ses nerfs sont tendus à se rompre. A New York, l'embarquement venait de commencer quand elle a reçu un appel alarmant de l'infirmière de nuit. Danielle sait seulement que Max a fait une crise grave. L'infirmière lui a expliqué qu'elle n'était pas autorisée à en dire plus. Elle a ajouté que le Dr Reyes-Moreno la recevrait à la clinique pour discuter de l'incident. L'angoisse n'a pas quitté Danielle durant tout le vol. Quand l'avion s'est enfin posé à Des Moines, elle a rejoint Plano pied au plancher. Elle se gare maintenant sur le parking de Maitland, sur une place réservée aux handicapés, puis se précipite dans l'unité de soins de Fountainview.

Elle aperçoit le Dr Reyes-Moreno dans le couloir, en grande conversation avec le Dr Fastow. Il la dépasse d'une bonne tête et ploie le cou comme pour mieux l'entendre. Pour la première fois, Danielle remarque quelques cheveux gris disséminés dans sa chevelure noire. Les deux médecins se taisent dès qu'elle parvient à leur hauteur.

— Que s'est-il passé ? demande-t-elle sans même songer à dire bonjour. Comment va mon fils ?

— Danielle, dit le Dr Reyes-Moreno, vous vous souvenez du Dr Fastow ? C'est notre…

— Je sais qui est le Dr Fastow, l'interrompt-elle. Où est Max ?

Le Dr Reyes-Moreno la prend par le bras et l'entraîne dans un bureau vide. Ichabod Crane leur emboîte le pas.

— J'ai bien peur que Max ne soit atteint de dissociation. Son comportement est devenu imprévisible et inquiétant.

Malgré l'état de ses nerfs et l'angoisse qui lui broie le ventre, Danielle essaie de parler d'une voix calme.

— Qu'entendez-vous par « dissociation » ?

— Max perd contact avec la réalité.

Elle pose sur Danielle un regard attristé.

— Ça peut être la conséquence d'une très forte anxiété, mais nous pensons qu'il faut intervenir d'autant plus vite qu'il y a chez lui une persistance de l'idéation suicidaire, ainsi qu'une escalade dans la violence. Comme on vous l'a dit au téléphone, Max a fait une nouvelle crise.

— Quelle sorte de crise ?

Le regard du Dr Reyes-Moreno croise un bref instant celui de son confrère, avant de se fixer sur Danielle.

— Max a agressé Jonas. Et vous savez que ce n'est pas la première fois que ça se produit.

Le cœur de Danielle se met au galop. Le souvenir de cette horrible journée où Max a ouvert le front de Jonas lui revient à la mémoire. Le sang sur le visage du garçon, le désespoir de Marianne…

— Est-ce que… Jonas n'est pas sérieusement blessé, j'espère ?

— Il a dû rester sous observation durant toute la journée d'hier.

Elle touche le bras de Danielle du bout des doigts.

— Dieu merci, il n'a rien de grave. Mais il n'en reste pas moins que Max lui a donné un violent coup de poing au visage et que le pauvre garçon a beaucoup saigné. Il semblerait aussi qu'il ait une côte fêlée.

Danielle accuse le coup.

— Où est Max, maintenant ?

— Nous l'avons mis dans la chambre capitonnée…

Danielle ne la laisse pas achever sa phrase.

— De quel droit avez-vous fait une chose pareille ? s'emporte-t-elle.

Danielle a vu cette pièce la première fois qu'elle a visité la clinique. C'est une cellule d'isolement, voilà ce que c'est. Un gros cube blanc capitonné dont la seule ouverture est un passe-plat.

Elle tourne les talons, furieuse, mais le Dr Reyes-Moreno la retient par le bras.

— Calmez-vous, Danielle. Vous ne m'avez pas laissée finir ma phrase. Votre fils n'est plus à l'isolement.

Elle fait une courte pause et reprend :

— Il y a eu un petit… problème dont j'aimerais vous parler. Asseyez-vous, je vous prie.

Elle va fermer la porte du bureau et prend place sur la chaise qui fait face à Danielle.

— Comme vous le savez, nous avons confié au Dr Fastow le soin de trouver la médication la mieux adaptée au cas de Max, et ce dès le début de sa période d'évaluation. Mon éminent confrère a accompli un travail remarquable et il pense avoir trouvé le bon…

— Cocktail, termine Danielle d'un ton cinglant. Qu'est-ce que ça a à voir avec…

— Une erreur a été commise dans l'administration de ses nouveaux médicaments, coupe à son tour le Dr Fastow. Nous ignorons précisément comment cette erreur est survenue, ou qui en porte la responsabilité, mais nous avons de bonnes raisons de croire que Max a reçu une dose bien plus élevée que celle prescrite par mes soins.

Danielle porte la main à sa bouche.

— Oh, mon Dieu… Est-ce qu'il va bien ?

Le Dr Fastow pose sur elle un regard froid.

— Bien entendu, madame.

Les mains fermes du Dr Reyes-Moreno se ferment sur les mains tremblantes de Danielle.

— Max se repose dans sa chambre. Il va se remettre tranquillement de cette surdose et tout va rentrer dans l'ordre.

— Dans l'ordre ? s'écrie Danielle en retirant vivement

ses mains. Comment pouvez-vous parler d'ordre quand mon fils vient d'être victime d'une surdose ? Il me semble plutôt que c'est le *désordre* qui règne dans cette clinique !

L'angoisse nourrit sa fureur. Elle s'inquiète tellement pour Max, mais aussi pour son avenir chez Blackwood & Price.

— Je comprends votre réaction, dit le Dr Reyes-Moreno, mais vous devez vous calmer.

— Je veux voir mon fils tout de suite !

— Il n'y a rien à voir, maintenant, Danielle. Max dort profondément. Je vous assure qu'on vous préviendra dès son réveil.

La voix du Dr Reyes-Moreno, toujours aussi posée, est une crème contre les brûlures. Et ça lui fait du bien, parce que Danielle a la sensation de se consumer sous la chaleur de sa colère, de son désarroi, de ce sentiment de panique qui l'infecte comme un virus.

Elle reste là, les bras ballants et comme vissée au sol. Tout ça lui paraît soudain intolérable : abandonner Max aux mains de ces gens qui lui sont étrangers ; les terrifiantes poussées de violence de ce fils qu'elle ne reconnaît plus ; les reproches muets de l'équipe qui le soigne et qui semble considérer son refus de repartir pour New York comme une entrave à son traitement. Pire, Danielle a l'impression que les médecins l'estiment en partie responsable de l'état de Max. Qu'ils pensent qu'elle aurait dû, en tant que mère, détecter bien plus tôt les signes avant-coureurs de sa maladie. Que c'est sa faute s'il en est là, contraint d'être traité en clinique psychiatrique. La colère prend le pas sur l'angoisse et le désarroi.

— C'est plus que je ne peux en supporter ! explose-t-elle. J'aimerais qu'on me dise comment une chose pareille a pu se produire. Cette clinique est censée être la meilleure du pays, n'est-ce pas ? Alors, si votre personnel est si qualifié que ça, qui peut m'expliquer pourquoi mon fils a été victime d'une surdose ?

Elle lance un coup de menton furieux en direction du Dr Fastow.

— Voilà ce monsieur qu'on me présente comme un grand expert en psychopharmacologie et qui fait n'importe quoi avec mon enfant !

— Je ne peux pas vous laisser dire ça, madame Parkman.

Son regard glacial harponne celui de Danielle et ne le lâche plus. Il se penche en avant sur sa chaise, coude sur les cuisses et mains jointes. Le bout de ses doigts tendus frôle sa bouche.

— Je comprends que tout ça soit très perturbant pour vous, dit-il, mais il ne s'agit pas d'une erreur de prescription. C'est le personnel infirmier qui s'est trompé dans les dosages.

Toute la frustration qui s'est accumulée en elle remonte à la surface.

— Je me fous de savoir qui a merdé ! Tout ce que je sais, c'est que je vous ai confié mon fils et qu'il a été victime d'une surdose. Qui sait quelles conséquences cela risque d'avoir ?

Le Dr Fastow essaie de répondre, mais elle secoue violemment la tête pour l'en dissuader.

— Ecoutez, tous les deux… J'ai été plus que patiente et accommodante depuis que mon fils a été admis dans cette clinique. Quand j'exprime le souhait de rester auprès de lui, vous me dites de repartir chez moi. Après quoi vous m'imposez des visites sous surveillance, comme si j'étais une dangereuse meurtrière. Et maintenant, j'apprends que Max a été victime d'une surdose de médicaments ! Ça fait beaucoup, vous ne trouvez pas ?

Impassible, le Dr Fastow croise les bras et la dévisage. Les yeux émeraude d'Amelia Reyes-Moreno expriment une grande douceur. Elle pose une nouvelle fois la main sur le bras de Danielle, qui le retire aussitôt.

— Danielle…, dit-elle d'une voix qui s'accorde à son regard. Vous devez garder à l'esprit que Max est un enfant qui a de sérieux problèmes. En plus de son idéation suicidaire, il semble avoir des épisodes psychotiques et il se montre de plus en plus violent. Comprendre ce dont il souffre et trouver des solutions prend du temps, vous comprenez. C'est pour ça que nous n'aimons pas rencontrer les parents au cours du processus d'évaluation. Nous préférons les rencontrer une fois que nous sommes en mesure de leur fournir des réponses plus précises.

La colère de Danielle s'apaise, laissant le champ libre à une angoisse sans nom. Qu'est-ce qui ne va pas chez Max ? Se peut-il que le vrai Max, libéré par l'abandon de ses anciens médicaments, se révèle à travers ces « épisodes psychotiques » ? *Episodes psychotiques...* Elle n'est même pas sûre de comprendre ce que cela veut dire. Elle laisse échapper un soupir et se ressaisit un peu. Son indignation, si justifiée soit-elle, ne lui sert à rien ici. Au tribunal, elle pourrait s'en servir à son avantage, mais dans une clinique elle passe juste pour une femme qui ne maîtrise pas ses nerfs. Et puis l'excellente réputation de Maitland ne peut être le fait du hasard. Dans toutes ses recherches sur internet, elle n'a pas trouvé un seul son de cloche discordant. Peu importe si le Dr Fastow a un côté arrogant qui lui déplaît souverainement. C'est la santé mentale de Max qui compte. S'ils soignent bien son fils, que lui importe que les sommités de Maitland soient ou non sympathiques ! Et, à en croire les propos du Dr Reyes-Moreno, Max a grand besoin de leur aide. Oui, elle doit leur faire confiance et les laisser travailler sans intervenir à tout bout de champ. Elle se tourne vers le Dr Fastow, la voix un peu chevrotante, comme toujours quand la colère en elle cède le pas à la peur.

— Je veux une liste de tous les médicaments que prend Max, ainsi que leur dosage exact, la fréquence et la voie d'administration. Et je souhaite aussi connaître pour chacun d'entre eux les effets indésirables répertoriés à ce jour.

Le regard du Dr Fastow reste impénétrable.

— Si vous voulez, dit-il. Je suis certain que vous

connaissez la plupart des médicaments que je prescris à votre fils. Ce sont surtout les combinaisons qui sont inédites.

Une idée traverse l'esprit de Danielle. Elle le regarde droit dans les yeux.

— Vous ne lui donnez pas de médicaments qui sont encore en phase expérimentale, j'espère ?

Les sourcils du Dr Fastow — de grosses chenilles velues — prennent la forme d'accents circonflexes.

— Certainement pas, madame. Je ne peux pas croire que vous mettiez en doute mon sens de la déontologie…

Le Dr Reyes-Moreno s'interpose de sa voix apaisante.

— Danielle, je vous donnerai un rendez-vous dès que nous nous mettrons d'accord sur un diagnostic.

— Très bien. J'attends votre appel.

Elle se tourne vers le Dr Fastow.

— Et vous, docteur ? Vous y serez ?

Le psychopharmacologue se lève, déployant sa longue silhouette avec une lenteur affectée. Un sourire dédaigneux se forme sur ses lèvres.

— Si d'aventure les explications de ma consœur ne vous satisfaisaient pas, je suis certain que nous trouverons un moment pour aborder ensemble les points qui posent problème.

Il lui tend une main osseuse, aussi sèche et froide qu'une peau de serpent.

— Moi aussi, j'en suis certaine. Sachez que vous m'aurez sur le dos tant que tout ne sera pas parfaitement clair dans mon esprit.

Le regard arrogant du Dr Fastow se pose une dernière fois sur elle, et il quitte la pièce. Danielle a envie de l'attraper par le collet et de lui dire qu'il n'est qu'un pauvre crétin suffisant, mais elle parvient à se dominer. Ce n'est pas le premier type imbu de sa personne qu'elle croise dans le milieu médical. Elle en a vu, des spécialistes qui se prennent pour Dieu le Père ! Et elle sait d'expérience qu'expliquer à l'une de ces divinités de pacotille qu'elle n'est qu'un simple mortel ne sert à rien. Alors que Danielle se lève de sa chaise, il lui semble comprendre quelque chose. Peut-être déteste-t-elle le Dr Fastow parce que ça l'arrange ? De détestable à incompétent, il n'y a qu'un pas qu'elle pourrait avoir franchi inconsciemment. Si le Dr Fastow se trompait dans le choix des médicaments — ou des combinaisons de médicaments —, s'il était imprécis dans ses dosages, alors elle pourrait lui imputer l'état préoccupant de Max tel que décrit par le Dr Reyes-Moreno. Danielle en sait assez sur les psychotropes pour être consciente que les interactions entre différentes substances peuvent avoir des effets dévastateurs. Mais, si le Dr Fastow est vraiment un excellent spécialiste, elle n'a plus aucun espoir auquel se raccrocher.

Danielle se débat contre la glace qui veut emprisonner son cœur. Max n'est pas fou. Il ne peut pas être fou. L'espoir refait surface, toujours sous la même forme : et si la clinique avait fait une erreur de casting en recrutant le Dr Fastow ? Si cet homme leur avait caché certaines informations compromettantes sur sa carrière ? Elle va demander à Georgia de faire des recherches sur Monsieur Gros-sourcils. De vérifier s'il n'y a pas quelques zones d'ombre dans sa brillante carrière. Quelques antécédents judiciaires, pourquoi pas ? Elle se tourne vers le Dr Reyes-Moreno.

— Je peux voir Max ? S'il vous plaît.

La psychiatre hausse les épaules.

— Comme je vous l'ai dit, il dort à poings fermés. Mais allez-y, si vous y tenez absolument. Je vous demanderais toutefois de ne pas vous attarder. Nous ne voulons pas prendre le risque de le perturber davantage.

Danielle se retient de répliquer tandis qu'elle regarde le Dr Reyes-Moreno s'éloigner dans le couloir.

— Non, maugrée-t-elle une fois seule. Nous ne voulons certainement pas le perturber davantage. Une visite de sa mère, rendez-vous compte ! Voilà typiquement le genre de choses qui peut perturber un enfant. En revanche, lui administrer une surdose de médicaments, ce n'est pas grave du tout ! Pas de quoi fouetter un chat !

12

C'est aujourd'hui le grand jour.

Apparemment, les spécialistes qui se sont penchés sur le cas de Max se sont mis d'accord sur un diagnostic. La semaine précédente s'est déroulée sans incident, en tout cas sans incident suffisamment sérieux pour qu'on ait jugé bon d'en informer Danielle. Max semble aller beaucoup mieux. A bien des égards, Danielle a le sentiment que la nature douce de son enfant refait surface. Il ne s'est pas montré violent, ni même agressif, et il a fait preuve de bonne volonté tout au long de cette ultime partie de sa période d'évaluation. Son comportement s'est amélioré au point que le Dr Reyes-Moreno est parvenue à lui faire passer les derniers tests et à mettre un point final à cette première étape. Même si Max semble parfois abruti par les médicaments et quelque peu déphasé, Danielle a le sentiment que le Dr Fastow s'est ressaisi et qu'il a fini par trouver les combinaisons et les dosages appropriés. La petite enquête que Georgia a menée sur Ichabod Crane — alias Monsieur Gros-sourcils, alias l'homme le plus suffisant du monde — n'a rien révélé de compromettant. Au contraire, tout ce que son amie a pu lire n'a fait que confirmer les éloges du Dr Reyes-Moreno. Le Dr Fastow est considéré par le monde médical comme un expert en psychopharmacologie de tout premier plan. Il n'est pas un seul de ses pairs qui ne loue son excellence et la créativité dont il fait preuve dans son domaine. Bien que son aversion pour cet homme soit demeurée intacte, Danielle admet que Fastow a manifestement fait du bon travail avec Max.

Elle emprunte un labyrinthe d'allées blanches qui la mènent, grâce à l'omniprésence de panneaux indicateurs, au bâtiment administratif. Arrivée à quelques mètres de la porte, elle lève le visage vers le ciel. Sa teinte bleu profond fait penser à un tableau d'Yves Klein. C'est une couleur à la fois sereine et tranchante qui la traverse de part en part. Son cœur chavire, et elle ignore comment elle trouve la force d'entrer.

Célia, l'assistante du Dr Reyes-Moreno, l'attend derrière la porte.

— Bonjour, madame Parkman. Vous voulez bien me suivre, je vous prie ?

Célia protège sa patronne comme un chien de garde. Lorsque Danielle essaie de joindre la psychiatre au téléphone, il faut faire des pieds et des mains pour passer le barrage Célia. L'assistante reste toujours vague sur la raison qui empêche le Dr Reyes-Moreno de prendre l'appel. Impossible de savoir si elle se trouve aux toilettes, en consultation, ou si elle n'a tout simplement pas envie de vous parler. Les assistants de psys ont tous la même façon de répondre au téléphone. A croire qu'il existe un logiciel de formation qui leur est spécialement dédié.

Danielle suit Célia le long du couloir qui dessert les bureaux des psychiatres. Elle observe le visage de l'assistante à la dérobée, comme le passager d'un avion observe celui de l'hôtesse après un bruit suspect. La jeune femme est souriante, détendue. Sans doute afficherait-elle un air plus sombre si Danielle était sur le point de recevoir de mauvaises nouvelles… Célia la fait pénétrer dans le saint des saints avant de s'éclipser. C'est la première fois que Danielle vient là. La pièce est plus petite qu'elle ne l'avait imaginé, en partie mangée par l'inévitable divan. Des jouets sont alignés sur plusieurs étagères. Danielle s'avance et en attrape un. Elle le tourne délicatement dans sa main en se demandant si tous ces jouets représentent quelque chose de hautement symbolique d'un point de vue psychiatrique. Elle se demande surtout ce que Max a dit et fait dans cette pièce.

Sur les murs, d'épais cadres de bois noir mettent en valeur les nombreux diplômes et distinctions de l'occupante des lieux. Parmi eux, un diplôme de l'université de Pasadena, en Californie. Danielle pensait que le chemin des sommités du monde médical passait forcément par Stanford, Harvard ou Yale. Ou au moins UCLA. Son cœur bat plus vite tandis qu'elle cherche quelque chose de rassurant sur le mur. Là ! *Harvard Medical School.* Elle se sent soulagée. Ce n'est pas qu'elle ait quoi que ce soit contre l'université de Pasadena mais, quand on dépense autant d'argent, on veut ce qui se fait de mieux.

Danielle s'assoit dans l'un des deux fauteuils pivotants qui semblent avoir été mis là pour les parents. Comme elle, ils ont l'air déplacés dans ce bureau. Elle songe à Tony et regrette de n'avoir pu le revoir. Après l'annulation de leur dîner, il a laissé un mot expliquant qu'il devait rentrer à Des Moines. Son numéro de portable figurait sur le message, mais elle ne l'a pas appelé. Sa vie est suffisamment chaotique comme ça pour être compliquée avec un homme. Le petit mot de Tony est toujours dans son sac à main, sorte de talisman contre le malheur qu'elle sent rôder autour d'elle. Ses pensées se tournent vers l'avion qu'elle espère prendre avec Max dès le lendemain matin. Si elle trouve de la place sur le premier vol pour New York, elle aura le temps de ramener Max chez eux, et même de défaire sa valise avant de partir pour le bureau. La perspective de laver les affaires de son grand garçon — tâche pour laquelle elle n'a d'ordinaire aucun goût — dessine un sourire sur ses lèvres. Georgia, qui a fini par réintégrer le foyer conjugal, pourra peut-être faire un saut ce soir à l'appartement afin d'aérer un peu et de remplir le frigo. Comme ça, Max n'aura pas l'impression d'être parti depuis si longtemps.

Célia revient et lui tend un café tiède. Le Dr Reyes-Moreno ne sera pas là avant quelques minutes. Bien entendu, la jeune femme ne donne aucune précision quant aux raisons de ce retard. Sans doute la psychiatre est-elle encore en réunion avec l'équipe chargée de Max. Ici, les médecins forment un bloc indivisible. Toutes les décisions sont collectives, ce qui signifie que personne ne les assume seul. Pratique quand on ne veut pas rendre de comptes, songe Danielle avec un accès d'amertume qui s'accorde parfaitement au goût du breuvage qui coule dans sa gorge. A propos de rendre des comptes, elle va devoir reprendre sa vie professionnelle en main dès qu'elle sera rentrée à New York. Il y a vraiment urgence. Elle chasse le début de panique qui monte en elle à cette idée. Chaque chose en son temps.

Alors, que va lui annoncer le Dr Reyes-Moreno ? Sans doute que les médecins consultés avant Maitland avaient raison quant aux diagnostics, mais qu'ils se sont trompés sur la médication. Que cette erreur est désormais réparée grâce au génial Dr Fastow, et que l'état de son fils ne va cesser de s'améliorer. Un sourire intérieur lui réchauffe le cœur. Max semble aller tellement mieux. Il a l'air plus… Plus lui-même.

La porte s'ouvre de nouveau et Célia refait une apparition. Ses yeux ne croisent pas franchement ceux de Danielle. Ça lui fait penser à ces jurés qui évitent le regard de l'accusé quand ils reviennent dans la salle d'audience après avoir délibéré. Le Dr Reyes-Moreno entre dans le sillage de son assistante et ferme la porte derrière elle. Elle fait un grand sourire à Danielle et lui presse gentiment l'épaule. Le nœud que la tension a fait grossir quelque part sous la nuque de Danielle disparaît comme par enchantement.

— Bonjour, Danielle.

Sa voix est douce, posée.

— Comment allez-vous ?

Echanger des formules de politesse avec la personne qui tient la vie de Max entre ses mains demande un grand effort à Danielle. Elle brûle de passer outre les convenances et de crier : *Alors ? Dites-moi tout ! L'état de Max n'est pas trop inquiétant, n'est-ce pas ?* Mais elle répond d'une voix aussi calme que possible :

— Je vais bien, merci. Et vous, docteur ?

Le Dr Reyes-Moreno répond d'un bref sourire et roule l'autre fauteuil pivotant de manière à le placer face à Danielle. Elle s'y laisse gracieusement tomber, tandis que Célia reste debout, un peu en retrait. Danielle se demande pourquoi la jeune femme assiste à l'entretien, mais elle n'ose pas poser la question. Elle croise les jambes et ouvre un carnet sur ses genoux, prête pour l'énoncé du verdict.

La psychiatre se tient droite sur son fauteuil. Danielle la sent présente, entièrement concentrée sur ce qu'elle s'apprête à dire.

— Danielle, je sais que vous attendez ce rendez-vous depuis longtemps et je vous remercie d'avoir fait preuve de patience. J'ai le plaisir de vous annoncer que l'équipe médicale en charge de votre fils s'est mise d'accord sur un diagnostic et sur un protocole de traitement.

Danielle se rend compte qu'elle retient sa respiration. Elle se force à prendre une bonne goulée d'air tandis que la psychiatre poursuit d'une voix chantante :

— Vous ne serez pas surprise d'apprendre que nous confirmons la plupart des diagnostics établis par nos confrères au cours des années qui ont précédé le séjour de Max à Maitland.

Danielle se détend dans son fauteuil, rassurée par ce discours si souvent entendu.

— Nous confirmons donc que Max est autiste — il est atteint du syndrome d'Asperger — et qu'il cumule un grand nombre de troubles de l'apprentissage et de handicaps. Il souffre de trouble de la communication verbale et non-verbale, de trouble de la perception auditive…

Rien dans cette litanie ne retient l'attention de Danielle. Elle noircit machinalement son carnet, comme au tribunal, lorsqu'elle écoute la déposition d'un témoin sans importance. Mais, bien qu'elle connaisse par cœur la liste des troubles du comportement égrenés par la psychiatre,

Danielle se sent peu à peu gagnée par une grande tristesse, sans doute parce qu'elle ne peut s'empêcher d'espérer une bonne nouvelle. Elle voudrait que le Dr Reyes-Moreno lui explique que les spécialistes consultés avant elle se sont trompés non seulement sur les médicaments, mais aussi et surtout sur le type d'autisme dont souffre Max, ainsi que sur les conséquences neurologiques que cela implique. Ce serait tellement merveilleux, si Max n'avait pas à affronter tous ces problèmes… Mais, tandis que le Dr Reyes-Moreno continue d'énumérer les troubles dont Max est affligé — trouble obsessionnel compulsif, trouble de la motricité fine, hypersensibilité tactile —, elle se dit qu'elle est capable de faire front.

— Nous préconisons une nouvelle combinaison d'antidépresseurs destinée à combattre les tendances suicidaires de Max, dit le Dr Reyes-Moreno.

Une liste d'antidépresseurs tricycliques défile aussitôt dans la tête de Danielle : les ISRS et les IRSNa avec leurs possibles effets secondaires, dont certains peuvent être très graves.

— A quoi pensez-vous ? demande-t-elle. A l'Effexor ? Au Cymbalta ? Au Zoloft ?

La psychiatre l'observe sans rien dire. Danielle lève brusquement les yeux vers Célia, qui ouvre la bouche mais la referme avant d'avoir prononcé un mot. Danielle a le sentiment qu'elle a obéi à un signal discret du médecin — à cette main qui s'est levée presque insensiblement. L'assistante détourne la tête pour éviter le regard interrogateur de Danielle, dont le cœur s'emballe. Après quelques secondes supplémentaires de silence, il fait des bonds dans sa poitrine comme un fauve qui refuse la cage.

Le Dr Reyes-Moreno fait rouler son fauteuil afin de pouvoir prendre la main de Danielle, qu'elle presse doucement.

— J'ai autre chose à vous dire.

Sa voix est une caresse. Si suave qu'elle en devient inquiétante. La peur dicte à Danielle un mouvement de recul. Les yeux émeraude de la psychiatre semblent vissés aux siens. *Si elle me sourit, c'est que ce n'est pas trop grave*, songe-t-elle en souriant la première pour inciter le médecin à faire de même.

Le Dr Reyes-Moreno ne répond pas à son invitation désespérée.

— Je vais vous exposer la situation sans chercher à l'enjoliver. Mais je veux que vous gardiez à l'esprit que vous n'êtes pas seule, d'accord ? Nous sommes tous là pour vous aider.

L'univers a disparu. Rien n'existe plus que la bouche du Dr Reyes-Moreno et les mots qui s'apprêtent à en sortir.

— Malheureusement, les tests et les examens ont révélé que Max souffre d'une grave pathologie psychiatrique. Il s'agit d'une forme extrême de psychose qui s'appelle schizophrénie dysthymique ou trouble schizo-affectif.

Elle s'interrompt un instant.

— Moins d'un pour cent des patients soignés pour des troubles psychiatriques sont classés dans cette catégorie, qui est un sous-type de schizophrénie.

Danielle est assommée.

— Max est schizophrène ?

— En partie. Mais des éléments thymiques — et j'entends par là un état maniaco-dépressif — s'ajoutent aux éléments schizophréniques.

Elle indique un tas de revues empilées sur son bureau.

— J'ai sélectionné un certain nombre d'articles qui vous aideront à mieux comprendre les défis que Max va devoir relever. En deux mots, les troubles schizo-affectifs se manifestent avec le plus de force durant l'adolescence et les premières années de l'âge adulte. Mais cette pathologie — à laquelle s'ajoute le syndrome d'Asperger — continuera à perturber gravement le développement social et émotionnel de Max tout au long de sa vie. Selon toute probabilité, Max sera toujours un danger pour lui-même et pour les autres, et les hospitalisations d'office seront fréquentes. Malheureusement, votre fils présente presque tous les symptômes répertoriés par le DSM-IV-TR : délires, hallucinations, discours et comportement désorganisés, anhédonie, avolition…

DSM-IV-TR, anhédonie, avolition… Au fil du temps, Danielle s'est familiarisée avec ces termes cryptiques. Le DSM-IV-TR est la version la plus récente du *Manuel diagnostique et statistique des troubles mentaux* publié par l'Association américaine de psychiatrie. L'anhédonie désigne l'incapacité à ressentir des émotions positives et l'avolition est une forme d'apathie, une inhibition de la volonté.

— C'est insensé ! s'écrie-t-elle. Max n'a jamais présenté aucun des symptômes que vous venez d'énumérer.

Le Dr Reyes-Moreno secoue tristement la tête.

— Peut-être pas en votre présence. Mais nos observations minutieuses et quotidiennes ne laissent aucun doute quant auxdits symptômes. Vous les avez certainement observés vous-même, mais les parents se voilent souvent la face jusqu'à ce que, comme c'est le cas pour Max, l'enfant traverse une crise qu'ils ne peuvent plus nier.

Danielle sent que ses joues se colorent.

— Je ne me suis jamais voilé la face, docteur.

La psychiatre ne répond pas tout de suite et Danielle reprend, combative :

— Etes-vous certaine que ces symptômes ne sont pas une conséquence de la surdose dont Max a été victime ?

— Absolument certaine. L'omniprésence et la persistance des symptômes ne peuvent être la conséquence d'un incident isolé. Par ailleurs, nous aurions aimé savoir s'il existe des antécédents familiaux de psychoses ou de troubles de l'humeur, de votre côté ou du côté de son père.

— Pas que je sache, répond Danielle dans un souffle.

Les lèvres du Dr Reyes-Moreno continuent de bouger comme si elle était l'héroïne d'un de ces dessins animés japonais où seule la bouche des personnages s'agite — au hasard, sans se soucier des mots qui en sortent — dans un visage figé. Danielle essaie de comprendre ce que la psychiatre lui explique, mais la plus grande partie de ses paroles se noie dans le cri assourdissant qui retentit sous son crâne.

— Comme je vous l'ai dit, Max aura besoin d'être fréquemment interné pour de longues périodes au cours de sa vie, du fait de crises psychotiques récurrentes et d'épisodes très violents comme ceux observés au cours de son processus d'évaluation. Vous devez savoir que la mémoire de Max ainsi que sa capacité à appréhender la réalité se détérioreront avec chaque nouvelle crise. Malheureusement, cela ne fera qu'aggraver les symptômes de sa schizophrénie. A cause de ces crises, il lui sera sans doute impossible de conserver un travail ou de vivre de façon indépendante. Nous devrons également rester extrêmement vigilants pour prévenir d'éventuelles tentatives de suicide. Votre fils a, hélas, parfaitement conscience de la dégradation de son état mental, et nous pensons que cela peut le pousser à considérer le suicide comme une solution, voire comme *la* solution à ses problèmes.

La tristesse que Danielle lit dans le regard de la psychiatre ne semble pas feinte.

— C'est pourquoi nous recommandons fortement que Max réside au moins une année dans notre unité de soins pour longs séjours. Nous l'aiderons à accepter sa condition à l'aide d'une psychothérapie adaptée.

Danielle fait son possible pour prendre la mesure de ces propos, mais elle n'arrive pas à se rendre compte de ce qui arrive. C'est comme écouter un médecin vous annoncer que vous n'en avez plus que pour quelques mois à vivre. C'est tout simplement inconcevable. Son esprit est tétanisé, aux abonnés absents. Sa tête, qu'elle secoue lentement, traduit son refus d'accepter la réalité.

— Danielle, dit le Dr Reyes-Moreno d'une voix douce.

Elle lui tend la main, au propre comme au figuré.

— Laissez-nous vous aider.

Danielle fait un bond en arrière, comme si cette main tendue était celle du diable.

— Laissez-moi tranquille ! lance-t-elle en fusillant le

Dr Reyes-Moreno du regard. Vous avez fait une erreur de diagnostic. Max n'est pas schizophrène !

Habituée à affronter la détresse des parents, la psychiatre continue ses explications sans faiblir. Sa voix est toujours aussi calme. Ferme mais empreinte de compassion.

— … Très difficile au début… Extrêmement grave dans le cas de votre fils… Solutions de séjour à long terme… Des médicaments… Abilify, Saphris, Seroquel… Nouvelles thérapies par électrochocs…

Danielle se lève brusquement. Il faut qu'elle sorte d'ici. C'est la seule pensée qui surnage dans la confusion de son esprit. Elle se précipite vers la porte sans jeter un regard aux deux femmes qui la suivent des yeux, mais elle ne parvient pas à l'ouvrir. Comment s'ouvre cette foutue porte ?

— Je vous en prie, Danielle. Ecoutez…

— Non ! coupe-t-elle en tournant fébrilement la poignée. Je refuse d'écouter ces absurdités !

Elle parvient enfin à sortir et traverse le couloir d'un pas raide, jusqu'à ce qu'elle aperçoive un pictogramme indiquant des toilettes. Elle s'y engouffre et claque la porte derrière elle. Ses mains agrippent l'épais rebord du lavabo et elle tombe à genoux. La porcelaine, si blanche et si pure, rafraîchit son front brûlant. Elle boit la tasse, submergée par des vagues de panique. Accepter le diagnostic des spécialistes de Maitland, c'est admettre que les scénarios les plus sombres — échafaudés au cours de nuits sans sommeil et niés avec passion dès les premières lueurs du jour — sont devenus réalité. Accepter ce diagnostic, c'est accepter que Max n'ait aucun avenir. Aucune vie à lui.

L'espace d'un instant, elle se laisse aller à envisager l'impossible. C'est comme si une coulée de lave s'épanchait de son âme. Elle se force à se relever face au miroir et à contempler cette femme aux cernes goudronneux ; ce visage rougi et enlaidi par l'angoisse ; cette… cette mère d'un enfant dérangé. Cette mère d'un enfant sans espoir ni avenir. Elle maudit le Seigneur d'avoir peint le ciel d'un si beau bleu, ce matin. Elle Le maudit d'avoir fait ça à son fils.

— Arrête ! s'écrie-t-elle, furieuse contre le spectacle de sa faiblesse.

Elle doit réfléchir, avoir l'esprit clair, trouver une solution. Elle s'asperge le visage d'eau froide et s'efforce de respirer à pleins poumons, mais une clinique psychiatrique n'est pas l'endroit pour ça. Ici, on n'est pas censé prendre des bouffées d'air pur ou laisser le soleil caresser son visage. Ici, c'est un lieu confiné, hors du monde. Un lieu où on peut vous surveiller vingt-quatre heures sur vingt-quatre. Un lieu où les médicaments vous mettent dans un état second et vous séparent définitivement des gens normaux. Du monde normal. Un lieu toujours peint en blanc, la couleur du vide. Un lieu où on fait table rase de sa vie antérieure. Un lieu où on vous écrase, où on vous diminue, où on efface la partie malade de votre personnalité et avec elle tout ce qui fait votre humanité, votre spécificité, votre valeur. Cette partie sensible qui vous permettait d'éprouver du plaisir et d'en donner en retour. Votre joie de vivre et votre envie de la partager avec les autres sombrent dans la quiétude de cet univers clos où rien n'est à espérer. Un univers scellé hermétiquement, qui ne vous protège pas vraiment des dangers du monde, mais qui protège le monde du danger que vous représentez. Un endroit où les miroirs que croise votre regard vous disent une vérité qui devient votre prison. La condamnation — ou plutôt la peine — est à perpétuité.

Les mains toujours agrippées au lavabo en porcelaine, Danielle lève de nouveau les yeux vers le miroir. Pas question de se laisser aller aux idées noires. Pas question de baisser les bras. Elle ne peut pas se le permettre : Max a besoin d'elle.

Mais son reflet lui dit qu'elle ne pourra jamais revenir en arrière, au temps où elle croyait que tout finirait par s'arranger, d'une manière ou d'une autre. Au temps où elle croyait qu'une solution existerait toujours, même si les spécialistes du monde entier s'accordaient pour lui affirmer le contraire. Elle y croyait encore, en se levant ce matin, et maintenant c'est fini comme si ça appartenait à une ère révolue. Adieu, Max ; adieu la peau si douce de son corps nouveau-né ; adieu la joie dans ses yeux quand elle l'a tenu contre elle pour la toute première fois ; adieu son adorable sourire édenté et l'évidente perfection que confère l'innocence ; adieu l'horizon sans limites qui accueille une naissance ; adieu le spectre infini des possibles.

Tandis que le miroir s'obscurcit devant elle, la quintessence de cet enfant disparaît, et avec elle la femme que Danielle était jusqu'à ce jour. L'image parfaite du bébé vole en éclats, les fragments s'abîmant à jamais dans les ténèbres qui couvrent désormais le miroir d'un voile noir.

La mort a frappé la famille.

13

Danielle se réveille d'un sommeil sans repos. Un sommeil émaillé de visions sans queue ni tête. Quand elle ouvre les yeux, son cœur bat sans mesure. Elle éprouve un vague sentiment de panique. Est-elle poursuivie ? A peine s'est-elle posé cette question que la panique cède la place à la terreur. Les dernières brumes du sommeil se sont dispersées et elle se souvient de tout. Ils pensent que Max a une maladie mentale incurable. Hier, son premier réflexe a été de courir le voir et de le serrer dans ses bras. Mais elle s'est retenue. Elle ne peut pas faire ça, pas encore. Si Max voit ses yeux, il comprendra que sa plus grande angoisse est devenue réalité. Il comprendra que sa mère pense aussi qu'il est fou. Et elle ne veut pas qu'il ressente ça. Jamais.

Il n'est pas encore 21 heures, et elle reste éveillée, à se torturer l'esprit au souvenir des mots du Dr Reyes-Moreno. Danielle n'arrive toujours pas à croire aux explications de la pédopsychiatre. Elle est particulièrement sceptique quant aux comportements étranges que l'équipe médicale aurait constatés chez Max, parce qu'elle-même ne les a jamais observés. Le Dr Reyes-Moreno peut raconter ce qu'elle veut, il est impossible que Max soit tel qu'elle le lui a décrit. *Et si c'était moi qui me trompais ?* songe brusquement Danielle. La partie d'elle-même qui lui a suggéré cette question sait pertinemment que les parents d'enfants inadaptés ont tendance à nier la réalité lorsqu'on leur annonce une très mauvaise nouvelle concernant leur progéniture. Elle doit être capable de prendre de la distance, de ne pas laisser ses émotions dominer sa raison et obscurcir son jugement. Pour ça, il faut qu'elle passe en mode avocate. Qu'elle considère avec lucidité les faits qui ont permis au Dr Reyes-Moreno et à son équipe d'établir leur diagnostic. Au sein du cabinet d'avocats, Danielle a la réputation d'être une redoutable enquêtrice. S'il y a quelque chose à trouver pour renverser la vapeur dans une affaire qui s'annonce mal, on peut toujours compter sur elle.

Elle saute du lit et enfile un jean et un vieux sweat-shirt gris. Pour la première fois depuis qu'elle a mis les pieds dans cette ville horrible, elle sait précisément où son radar va la guider.

Accroupie au pied du bâtiment où est admis son fils, Danielle chasse de la main les moustiques qui rôdent autour de son cou. La soirée est lourde, étouffante, et l'herbe haute d'une pelouse noircie par la nuit forme un nid autour d'elle. Frappé par le clair de lune, le métal de la porte arrière de Fountainview jette des reflets brillants dans l'obscurité. Danielle a l'impression que cette porte l'observe, comme si elle devinait ses intentions.

Elle n'arrive pas à croire qu'elle fait une chose pareille. Et si elle se fait pincer ? Que va penser le personnel médical ? Le Dr Reyes-Moreno ? Et elle-même, que doit-elle penser de cette initiative ? Quelle sorte de mère crapahute à quatre pattes en pleine nuit le long d'un bâtiment psychiatrique ? Danielle balaie les alentours du regard. Ça ne serait vraiment pas de chance si un gardien trouvait le moment judicieux pour faire sa ronde. Si on la découvre dans cette position, c'est elle qui goûtera les joies de la cellule capitonnée. Ou, plus probablement, celles du poste de police. Elle consulte sa montre. 22 h 53. Seule une infirmière reste présente toute la nuit. Elle sort généralement vers 23 heures par la porte de devant pour griller une cigarette en attendant que son petit ami — un employé de la maintenance — arrive et la tripote joyeusement dans un coin sombre. La plupart du temps, ils disparaissent un petit quart d'heure dans les bois pour aller y assouvir le désir brûlant qui semble les consumer. Si Danielle sait ça, c'est qu'elle s'est souvent faufilée tard le soir jusqu'à la fenêtre de Max, juste pour le regarder dormir. Cela compense un peu la frustration des brèves visites qu'on lui accorde.

La porte close lui fait de l'œil, mais Danielle est paralysée par la peur. Elle a le sentiment que c'est une question de vie ou de mort. Le choix est simple : mener son enquête sur Max ou tourner les talons et regagner sa chambre d'hôtel. Si elle opte pour la seconde solution, elle ne saura jamais pourquoi les médecins de Maitland affirment que son fils est gravement schizophrène. La veille, Danielle a exigé des précisions sur les observations qui ont conduit l'équipe médicale à poser un tel diagnostic, mais le Dr Reyes-Moreno a clairement refusé de les lui fournir. Elle sait que porter plainte ne la mènera nulle part. Les cliniques réputées s'assurent les services d'avocats rompus à ce type d'actions en justice. Ils trouveront forcément un moyen de cacher l'information importante dont Danielle a besoin. Elle ne compte plus le nombre de fois où elle a vu des plaignants se casser les dents lors de tels procès. Du coup, elle se sent pleinement le droit d'aller chercher elle-même ces renseignements.

Pourtant, elle sent que le courage lui manque. Elle veut absolument savoir ce qu'il y a derrière ce diagnostic, mais son besoin de vérité justifie-t-il d'enfreindre la loi ? D'un autre côté, si elle ignore les raisons précises qui ont mené aux terribles conclusions des médecins, elle doutera toujours de la pertinence du diagnostic. Et ça, c'est intolérable.

Danielle sort une carte plastifiée de la poche arrière de son jean. Marquée du logo de Maitland, cette carte a été subtilisée par ses soins, plus tôt dans la journée, dans le bureau des infirmiers. Elle rampe sur les avant-bras et les genoux jusqu'à la porte métallique. Après une profonde inspiration, elle se lève et insère la carte dans la fente prévue à cet effet. Un bruit sec indique que le pêne vient de se retirer de la gâche.

Elle tire la lourde porte et se faufile dans l'entrebâillement comme un ruban de satin dans le chas d'une aiguille. Maintenant qu'elle a franchi le pas, ce qu'elle fait lui semble presque normal, comme si elle avait passé sa vie à s'introduire par effraction dans des lieux fermés au public. L'éclairage tamisé, conçu pour ne pas contrarier les somnambules et les somnolents, diffuse une lumière lugubre qui lui donne la chair de poule. Elle a l'impression d'avoir pénétré dans le cabinet sordide d'un diseur de bonne aventure. Mais pas besoin d'une boule de cristal pour convoquer les morts. Ils sont partout, ici — morts-vivants drogués de médicaments —, et elle s'attend à tout moment à croiser un des zombies en pyjama qui peuplent ces lieux étranges. Le temps de se repérer, elle fonce vers la porte vitrée qui ouvre sur le bureau des infirmiers. Aussitôt à l'intérieur, elle se glisse sous la caméra de surveillance placée dans un angle de la pièce et détourne l'objectif, de manière à ce qu'il pointe vers le plafond. Cela fait, elle pose sa torche électrique près de l'ordinateur et la recouvre de son foulard rouge. Un petit clic, et l'œil de la lampe de poche répand une lumière rosée sur la pièce. Des fournitures de bureau occupent tout un coin. A la droite de Danielle, des ouvrages médicaux alignés avec une précision militaire garnissent plusieurs étagères en métal.

Elle s'assoit face à l'écran d'ordinateur où un grand M blanc se promène dans une nuit étoilée. Les nerfs à vif, elle réveille la machine d'une tape sur la barre d'espace du clavier. Un message apparaît : *Clinique psychiatrique de Maitland*. Dessous, un rectangle avec une case blanche : *Entrez le mot de passe*. Le curseur patiente en clignotant sur l'espace vide. Danielle ne le fait pas attendre longtemps. Moins d'une minute plus tard, l'écran lui souhaite la bienvenue. Quand, au cours d'une conversation, Marianne s'était plainte du faible niveau de sécurité de la clinique, Danielle avait été surprise d'apprendre que les infirmiers de Fountainview se contentent de noter le mot de passe du jour sur un simple Post-it, qu'ils collent ensuite sous le bureau de réception de la salle où elle se trouve maintenant. Marianne n'avait pas caché son agacement en racontant comment la direction de Maitland se vantait d'avoir un système de sécurité inviolable. Une telle négligence serait inimaginable dans une grande ville, avait-elle ajouté.

Un sourire sans joie se dessine sur les lèvres de Danielle tandis que, souris en main, elle se fraie un chemin entre les incessantes invites qui surgissent sur l'écran. La direction s'inquiète sûrement des employés malhonnêtes qui pourraient accéder aux données confidentielles de la clinique, mais elle n'a pas dû imaginer une seconde que la mère d'un de leurs patients se mettrait à jouer les pirates informatiques.

Alors que ses doigts jouent des castagnettes sur le clavier, elle s'efforce de faire abstraction des terribles conséquences que pourrait avoir sa virée nocturne, si l'infirmière ou le gardien de nuit décelait sa présence.

Elle n'est pas une simple citoyenne, mais une auxiliaire de justice qui est en train de commettre des délits tels que la violation de propriété et l'effraction informatique, et ce sans rien ignorer des répercussions légales de ses actes. Si le cabinet d'avocats qui l'emploie apprend ce qu'elle a fait, devoir renoncer au statut d'associée sera un problème mineur comparé aux ennuis qui vont s'abattre sur elle. Si elle est condamnée pour crime, elle sera radiée du barreau. Sa carrière sera terminée, et sa vie sera fichue. Il lui sera totalement impossible de financer les soins de Max. Danielle chasse ces pensées terrifiantes. Encore une seconde à songer aux risques qu'elle encourt, et elle va prendre ses jambes à son cou et galoper jusqu'à l'hôtel sans se retourner. Un coup d'œil à sa montre lui apprend qu'elle n'a plus que dix minutes pour accomplir la tâche qu'elle s'est fixée, si tant est que l'accouplement sauvage de l'infirmière et de son amant n'ait pas connu un épilogue précoce.

Le visage baigné par la lumière blême de l'écran, elle parvient à une page qui ressemble à une sorte de journal de bord. En haut du document se trouvent les noms de Max et de son unité de soins, suivis de ses numéros de chambre et d'immatriculation, et enfin de sa date d'admission à Maitland.

Dessous, les yeux de Danielle se posent sur des lignes en caractères gras, sans doute des transcriptions de notes manuscrites rédigées par divers membres de l'équipe médicale. Elle reconnaît les initiales du Dr Fastow, du Dr Reyes-Moreno et de Mlle Kreng. D'autres initiales, qui ne lui disent rien, apparaissent ici et là. Danielle commence à lire la première transcription ; son front se plisse, sa mâchoire se serre. Elle passe les mains sur son visage puis se frotte les yeux. Quelque chose n'est pas normal. Pas normal du tout. Elle ne peut s'empêcher de vérifier le nom mentionné en haut du document. Max Parkman. Elle le lit deux fois, comme pour se convaincre que c'est bien de son fils que parlent ces notes.

> ***Jour 6***. *Pt violent ; agress ac staff. Pt menaçant ac violence phys ; a dû ê contenu ; poursuite nx prot med ; délires paranoïaques, psychoses ; 20mg Valium 4 X/j. Centrer attn s/relat° mère-fils/colère/négat° (déni de réalité). JRF.*

Les abréviations ne rendent pas la lecture facile, mais Danielle n'a eu aucun mal à comprendre la substance de cette note. Estomaquée par ce qu'elle vient de lire, elle a besoin de quelques secondes pour se remettre du choc. *Délires paranoïaques* ? *Psychoses* ? Comment peuvent-ils conclure que Max est psychotique six jours seulement après son admission dans cette clinique de malheur ? Elle n'a rien vu qui puisse faire penser de près ou de loin à un comportement psychotique, lors de ses visites quotidiennes à Fountainview. Et ce *Centrer attention sur les relations mère-fils* ? Qu'est-ce que ça veut dire ? Le Dr Fastow ose-t-il suggérer qu'elle fait du mal à son enfant ? Cette idée lui broie le cœur. Ses pensées se tournent vers le jour où Max a été admis à Maitland. Comment se sont-ils comportés l'un avec l'autre, ce jour-là ? Bien sûr, Max était angoissé et il lui en voulait de l'avoir amené ici. Et, c'est vrai, il avait insulté Dwayne lorsque celui-ci avait dû l'emmener de force dans l'unité de soins. Mais Danielle se met à la place de son fils. Max était mort de trouille. Quoi de plus normal pour un premier jour dans un endroit totalement inconnu et rempli de patients pour le moins étranges ?

Elle poursuit sa lecture.

> ***Jour 12***. *Incident à la cafétéria. Pt s'est emporté dans la file d'attente. Frappe un enfant ; insulte l'employé qui assure le service ; jette son plateau. Doit être contenu ; ramené à l'unité de soins ; détruit le mobilier de sa chambre ; mise à l'isolement/forte sédation.* ***Suite*** *: Pt à présent psychotique par intermittence ; suspicion de trouble schizo-affectif et/ou syndrome de Cotard (conséquence de la dépression du Pt + dépersonnalisation). Les épisodes surviennent essentiellement tard le soir. Pt n'en garde aucun souvenir le jour suivant. Tricycliques/ISRS pas efficaces ; envisager ECT. AR-M.*

Danielle a la main sur la bouche et les yeux écarquillés. *Syndrome de Cotard* ? *Envisager ECT* ? Personne ne lui a dit un mot de ça, pas même le Dr Reyes-Moreno quand elle lui a fourni ce diagnostic qui sonnait déjà comme un arrêt de mort. ECT est l'acronyme d'électroconvulsivothérapie, Danielle le sait, autrement dit d'un traitement par électrochocs. Soudain, elle se souvient que le Dr Reyes-Moreno a évoqué cette possibilité lors de leur rendez-vous dans son bureau. Danielle se trouvait dans un tel brouillard émotionnel qu'elle n'y a pas prêté attention sur le moment. Mais le reste ? Le syndrome de Cotard ? Les insultes au personnel de la cafétéria ? Les violences envers un enfant ? La destruction du mobilier de sa chambre ? L'espace d'un instant, elle se demande s'ils inventent tout ça. Non, ça n'a pas de sens, songe-t-elle aussitôt en secouant la tête. Mais alors, pourquoi ne lui a-t-on pas donné les détails du comportement de Max ? Combien de fois l'a-t-on abruti de sédatifs ? Combien de fois l'a-t-on jeté dans cette cellule d'isolement ? Combien de fois a-t-il subi ce traitement inhumain que la psychiatre désigne pudiquement sous le terme de « séjour en chambre capitonnée » ? Une vision de Max, poignets et chevilles entravés, s'impose à elle. Perdu dans la blancheur stérile de sa prison, il l'appelle d'une voix triste. Les liens de contention sont des attaches de cuir souples qui, a priori, ne marquent pas la peau. Pas de bleus pour le patient, d'accord, mais pas non plus de traces qui pourraient révéler aux parents ce qu'a subi leur enfant. Les images qui défilent sous le crâne de Danielle ressemblent plus à un extrait de *Vol au-dessus d'un nid de coucou* qu'aux méthodes d'une clinique psychiatrique réputée être la meilleure du pays.

Et pourquoi le syndrome d'Asperger n'est-il jamais mentionné dans ces notes ? Les troubles psychotiques priment-ils désormais sur l'autisme ? Quant à cette histoire d'électrochocs, Danielle n'arrive même pas à concevoir qu'on puisse faire subir une chose pareille à son fils. Tant qu'elle sera vivante, personne ne ficellera Max comme un saucisson ; personne ne lui mettra un morceau de bois dans la bouche avant d'électrifier son cerveau. Un frisson la secoue à cette pensée. Il faut qu'elle sorte Max d'ici. Tout de suite.

Il ne lui reste que quelques minutes avant le retour de l'infirmière. Elle fait rouler la molette de la souris et lit en diagonale quelques notes supplémentaires. Observations effectuées durant la ludothérapie… Tests éducatifs et psychiatriques n'ayant pu être menés à bien à cause de l'effet soporifique des sédatifs administrés au patient et du désordre de ses pensées… Réitération des idéations suicidaires…

Danielle passe à la note datée d'aujourd'hui.

> ***Réunion d'équipe.*** *Habileté du pt à cacher les symptômes à sa mère. Pt admet ne jamais lui avoir parlé de ses pensées psychotiques. Les tendances violentes du pt représentent un danger réel pour lui-même/les autres. Le pt souffre de graves troubles : hallucinations auditives, visuelles et tactiles. Menace de se suicider.*
>
> ***Diagnostic*** *: trouble schizo-affectif, psychose…*

L'écran s'éteint brutalement avec un bip, ainsi que les lumières du couloir. Seule persiste la lumière rosée de sa lampe de poche voilée par le foulard. Quelqu'un a dû comprendre qu'un intrus a pénétré dans le bâtiment, et on essaie de la faire sortir en lui fichant la trouille. Elle se lève d'un bond et se cogne la hanche sur le coin du bureau.

Elle étouffe un juron dans sa main et va coller l'oreille contre la porte. Pas un bruit. Elle l'entrouvre et risque un œil dans le couloir. Il est plongé dans le noir complet. Elle referme la porte avec mille précautions et plonge sous le bureau de réception. Son cœur a cessé de battre, mais son cerveau fonctionne encore vaguement. Elle prend soin de mettre l'interrupteur du PC sur Off pour s'assurer qu'il n'affichera pas les données confidentielles de Max lorsque le courant sera rétabli. Une fois la lampe torche éteinte et remisée dans sa poche avec son foulard et la carte qui lui a permis d'entrer, Danielle s'aventure dans les ténèbres qui recouvrent le couloir.

Elle laisse courir ses mains le long du mur pour se guider dans le noir. Arrivée à la grande porte métallique, elle l'ouvre tout doucement et sort une tête prudente. Apparemment, personne ne l'attend pour lui demander des comptes. Les autres bâtiments de la clinique semblent également plongés dans l'obscurité. La panne doit être générale. Seuls quelques halos verdâtres émergent çà et là de la nuit opaque qui enveloppe Maitland. Sans doute des groupes électrogènes de secours. Danielle sort le reste de son corps et referme soigneusement la lourde porte derrière elle. Elle gagne l'angle du bâtiment sur la pointe des pieds, le corps courbé comme une voleuse de vaudeville. Mais elle est trop effrayée pour se soucier du ridicule. Soudain, elle entend des voix. L'infirmière sort en courant de derrière un arbre, sa jupe blanche se soulevant derrière elle comme le voile d'une mariée dévoyée. Son corrupteur reste prudemment terré dans les bois. A moins qu'il n'ait pas eu le temps de se reculotter.

Le cœur de Danielle bat si vite qu'elle en a la nausée. De toute évidence, elle n'est pas faite pour être hors la loi. L'heure de battre en retraite a sonné. Aussitôt l'infirmière hors de vue, elle allume sa lampe torche et pique un sprint à travers l'herbe haute. Le faisceau lumineux de la Maglite zèbre la pelouse au rythme de sa course. Après tout, son jean noir et son sweat-shirt gris ne constituent pas une si mauvaise tenue de camouflage.

— Foutus chevreuils, grommelle une voix quelque part derrière elle. Ils pullulent comme des rats.

Danielle atteint un bouquet d'arbres et devient l'un d'entre eux. Le courant ne tarde pas à se rétablir, une multitude de réverbères illuminant d'un seul coup les abords de la clinique. Quelques minutes plus tard, la voie semble libre. Mais Danielle reste là, plaquée contre un large tronc, pendant une bonne heure.

Loup y es-tu ? M'entends-tu ?

14

Danielle fait le pied de grue dans la salle de conférence de Maitland (la salle principale, celle avec le tableau noir et la grande table en forme de U). Elle est terriblement impatiente que la réunion commence. Cette fois-ci, c'est elle qui mènera le jeu.

Après ses étranges découvertes de la veille, elle a d'abord voulu retirer Max de cette clinique dans les plus brefs délais. Mais une réflexion plus approfondie l'a amenée à réviser sa position. Bien qu'instructive, sa virée nocturne ajoute à sa confusion. Comment interpréter des observations faites sur un Max qui n'est pas celui qu'elle connaît ? Lorsque le Dr Reyes-Moreno lui a laissé un nouveau message, ce matin, pour demander si elle est prête à faire transférer son fils dans l'unité des longs séjours, une idée a traversé l'esprit de Danielle. Elle a alors expliqué à la psychiatre qu'il lui faut discuter avec l'ensemble de l'équipe en charge de Max avant de donner sa réponse.

Danielle consulte sa montre. Dans quelques minutes, elle aura l'occasion de faire face à toutes celles et ceux qui s'occupent de son fils. Elle a déjà pris sa décision quant à la suite qu'elle compte donner à cette triste expérience. Quelles que soient les justifications de la fine équipe de Maitland, elle ira chercher son fils à la fin de la réunion et le ramènera avec elle à New York. Une fois de retour en terre civilisée, elle appellera le Dr Leonard et organisera une consultation afin d'obtenir une seconde opinion. Pas question de laisser Max ici pendant des mois sans que le diagnostic de Maitland soit confirmé par un avis extérieur.

Mais si les notes découvertes dans cet ordinateur ne faisaient que décrire la réalité ? Si le diagnostic donné par le Dr Reyes-Moreno était le bon ? Sa capacité à y voir clair, à séparer le vrai du faux, l'a complètement abandonnée. Sa lucidité est pourtant une de ses grandes forces, dans son métier d'avocate. Elle essaie une nouvelle fois de mettre de l'ordre dans les différents scénarios qui s'opposent dans sa tête. Si Max est vraiment psychotique, comment se peut-il qu'elle n'ait jamais vu aucun signe de ses troubles ? S'il était aussi gravement atteint que le Dr Reyes-Moreno le prétend, il aurait forcément fait ou dit quelque chose qui lui aurait mis la puce à l'oreille. Elle se souvient alors du jour où elle a trouvé son journal intime, et du projet de suicide très élaboré qu'il y décrivait. Projet dont elle était loin — très loin — de se douter. La terrible question que son fils lui a posée au début de son séjour à Maitland lui revient également à l'esprit : *Qu'est-ce qu'on fait s'ils disent que je suis fou ?* Peut-être que Max, sentant son état empirer, a fait tout son possible pour sauver les apparences devant elle afin qu'elle ne le fasse pas interner. Danielle parcourt de mémoire la note qui indiquait que les épisodes psychotiques de Max surviennent surtout tard le soir, et qu'il les oublie le jour suivant. L'épuisement de son fils, qu'elle attribuait aux effets soporifiques de ses médicaments, serait peut-être donc dû à ses… épisodes nocturnes.

Autre chose la laisse perplexe : malgré cet affreux diagnostic et ces fichues notes, l'état de Max semble s'être amélioré. C'est en tout cas ce qu'elle constate durant les courts moments qu'elle partage chaque matin avec lui. Danielle ne voit qu'une seule façon d'expliquer ça : le Dr Fastow. Comme elle le lui avait demandé, il lui a fait parvenir la liste des médicaments de Max. Elle les connaît tous et sait que leurs effets indésirables sont maîtrisés. Après tout, Monsieur Gros-sourcils est peut-être vraiment un génie de la psychopharmacologie, comme le prétend Marianne.

Vingt fois, elle a failli appeler Georgia pour lui parler du diagnostic et lui demander de revenir ici afin de la soutenir moralement, mais cela rendrait les choses bien trop réelles. L'envie de se confier à Marianne est encore plus forte. Non seulement Danielle goûte chaque jour un peu plus leur amitié naissante, mais la mère de Jonas partage avec elle cette expérience que ceux qui n'ont pas d'enfants gravement perturbés ne pourront jamais tout à fait comprendre. Pourtant, elle y a aussi renoncé parce que les connaissances médicales de Marianne ainsi que ses notions de psychiatrie — sans parler des incidents entre Max et Jonas — conduiraient probablement sa nouvelle amie à lui conseiller vivement d'accepter le diagnostic de Maitland. Et cette idée lui est insupportable. Plus que tout, elle aimerait parler de tout ça avec Max, mais c'est impossible, du moins pour le moment. Si Max a peur de perdre sa santé mentale au point de considérer le suicide comme seule porte de sortie, elle ne peut pas prendre le risque de sonder, même délicatement, les ténèbres de son cerveau.

Elle essaie de rassembler ses pensées. Sa première mission aujourd'hui est de comprendre comment le Dr Reyes-Moreno et ses sbires ont le culot d'insister pour que Max rejoigne immédiatement l'unité des longs séjours pour une durée d'un an « au moins », et comment ils osent projeter de lui faire subir des électrochocs sans que sa mère ait signé le moindre consentement. Elle se met à ébaucher en pensée le rapport qu'elle enverra au juge afin qu'il adresse à Maitland une injonction provisoire leur interdisant de faire une chose pareille.

La veille au soir, Danielle a tapé ECT dans le moteur de recherche de son navigateur. Ce que Wikipédia et d'autres sites lui ont appris l'a tout simplement terrifiée : des chocs électriques sont délivrés au niveau du crâne, engendrant une crise convulsive généralisée accompagnée d'une perte de conscience. A long terme, cette technique peut entraîner une baisse des capacités cognitives, de graves troubles de la mémoire, et même parfois la mort ! Elle a également lu que l'électroconvulsivothérapie (ou sismothérapie ou électronarcose) peut accroître le taux de suicides, en particulier au cours de la première semaine consécutive au traitement. Brillante idée pour un patient qui ne pense qu'à mettre fin à ses jours ! Elle a même découvert que les électrochocs sont utilisés pour anesthésier les volailles avant qu'elles ne soient saignées dans un abattoir ! Et que dire de ce site qui estime que certains établissements psychiatriques à but lucratif « profitent des coûts élevés de la sismothérapie pour augmenter leurs bénéfices » ? Autrement dit, des psychiatres font frire le cerveau de leurs patients pour se remplir les poches ! La plupart des sites qu'elle a visités concluent leurs explications en soulignant le caractère controversé — malgré les bons résultats affichés et son retour en grâce au sein du corps médical — de cette technique thérapeutique. Controversé, hein ? songe Danielle avec colère. Sans blague !

— Bonjour, madame Parkman.

Le sourire bienveillant du Dr Reyes-Moreno est une oasis dans le désert.

Danielle est sur le point de lui rendre son sourire quand elle se souvient des notes qui s'interrogent sur sa « labilité affective » (l'instabilité affective, en jargon de psy), ainsi que sur ses relations avec Max. Est-ce le Dr Reyes-Moreno qui a écrit ces âneries ? Ces mensonges ?

— Bonjour, docteur, répond-elle froidement.

Le reste de l'équipe — Dwayne compris — pénètre dans la salle de conférence. Tandis qu'ils prennent place autour de la table en forme de U, Danielle se dit qu'il existe toutes sortes de cours de justice dans la vie. Et toutes sortes de parties adverses.

Le Dr Reyes-Moreno s'assoit en bout de table. A sa gauche, le Dr Fastow dévisage Danielle de son regard glacial. Il a positionné sa chaise un peu de travers et en retrait de la table, comme pour signifier la distance qu'il prend avec cette réunion. Ce type est peut-être un génie, songe Danielle, mais il est décidément imbuvable. Elle rêve de lui mettre deux claques pour lui ôter cette attitude méprisante qui semble ne jamais le quitter. Les autres fixent intensément les pages de leurs dossiers, comme si c'était une lecture passionnante.

— Tout le monde est d'accord pour commencer ? lance le Dr Reyes-Moreno.

A son ton, on comprend qu'elle n'attend pas vraiment de réponse, mais Danielle décide de s'imposer tout de suite.

Sa voix ferme claque dans le silence.

— Absolument, docteur.

— Danielle…

Le regard vert de la psychiatre est direct, sincère.

— Si je ne m'abuse, vous avez souhaité rencontrer toute l'équipe pour dissiper les doutes que vous avez quant à la pertinence de notre diagnostic commun.

Elle lève un peu la main, juste assez pour dissuader Danielle d'intervenir.

— J'ai également cru comprendre que vous hésitiez à signer les papiers nécessaires à l'admission de Max dans l'unité des longs séjours.

— En effet.

Les mots fusent comme des flèches acérées.

— Je veux une explication détaillée des raisons qui ont conduit votre équipe à conclure que mon fils est schizo-affectif et psychotique.

Le Dr Reyes-Moreno hoche la tête avec une mimique compréhensive.

— Danielle, je vous ai donné les raisons qui ont motivé notre diagnostic. Peut-être étiez-vous trop bouleversée sur le moment pour retenir toutes mes explications. Y a-t-il quelque chose en particulier que vous ne comprenez pas ? Nous serons heureux de vous apporter toutes les précisions dont vous avez besoin.

— Ce n'est pas ce que je veux, docteur. Ce que je veux,

c'est une copie du dossier de Max, avec toutes les notes et les observations sur lesquelles est basé votre diagnostic.

Le sourire d'Amelia Reyes-Moreno rétrécit considérablement.

— J'ai peur que ce ne soit impossible.

— Et pourquoi, je vous prie ?

— J'espère que vous comprenez que nous n'opposons pas un refus à votre requête, mais que nous sommes simplement dans l'impossibilité d'y accéder.

Elle oppose un regard calme mais ferme aux éclairs que lance celui de Danielle.

— Ce n'est pas à une avocate que je vais apprendre que le dossier de Max est protégé par le secret médical, poursuit-elle. Bien que nous soyons tenus d'expliquer aux parents les raisons qui motivent nos diagnostics, nous n'avons pas le droit de leur révéler le détail de nos observations, et encore moins de leur fournir une copie d'un dossier. Bien entendu, si vous ressentez le besoin de consulter des documents confidentiels pour vous convaincre du bien-fondé de notre diagnostic, je vous invite vivement à emprunter la voie légale pour obtenir les autorisations nécessaires.

— J'y compte bien, dit Danielle d'une voix coupante.

Alors, c'est comme ça qu'ils le prennent... Très bien, elle intentera une action en justice et obtiendra l'autorisation de consulter le dossier de Max grâce à une injonction de divulgation.

— En attendant, reprend-elle, j'aimerais savoir quelles précisions vous et votre équipe êtes en mesure de me fournir pour expliquer ce diagnostic ahurissant.

— Nous sommes disposés à répondre à toute question concernant le protocole médicamenteux de votre fils, les options qui s'offrent à nous quant à d'éventuels traitements complémentaires, ou encore sur la nature du trouble schizo-affectif.

Le regard qu'elle lance à Danielle est toujours aussi direct, mais la compassion qui plissait un peu ses yeux s'est retirée au profit d'une grande fermeté.

— Pour vous dire les choses franchement, Danielle, votre réaction nous surprend et nous inquiète. Nous aimerions vous aider à accepter la maladie de Max afin qu'il puisse bénéficier au plus tôt des traitements que nous comptons lui prodiguer dans l'unité des longs séjours. Voilà pourquoi je voudrais que vous participiez à quelques séances de thérapie avec Max, cette semaine.

Les sourcils de Danielle se rapprochent.

— Vous voulez que je participe aux séances de Max ? Pourquoi ?

Le Dr Reyes-Moreno pose une nouvelle fois sur elle ses yeux verts empreints de calme.

— Pour vous permettre d'accepter sa maladie, comme je viens de vous le dire, mais aussi pour vous donner l'opportunité d'aider Max avant votre départ, et ce en abordant ensemble les problèmes spécifiques à votre relation.

Danielle ignore l'allusion à son départ imminent.

— Avez-vous des questions précises concernant ma relation avec Max ? demande-t-elle d'une voix vibrante d'indignation.

— C'est une… une piste qui nécessite d'être approfondie.

— Mais vous refusez de me dire ce qui vous incite à creuser dans cette direction.

Pour la première fois, quelque chose se fissure légèrement dans la contenance jusque-là assurée de la psychiatre.

— C'est encore un peu tôt. Nous pourrons en discuter plus précisément dans quelques semaines, quand nous aurons mis au point le nouveau protocole de traitement de votre fils.

Tu parles ! songe Danielle. Il est clair qu'elle n'obtiendra rien du clan soudé qu'elle affronte aujourd'hui. Mais c'est tout sauf une surprise. Elle ne s'attendait pas à ce qu'ils lui révèlent le contenu de leurs observations scandaleuses. Elle se moque bien que Maitland soit considérée comme une clinique de tout premier ordre. Une réputation, si bonne soit-elle, n'est pas une assurance tous risques contre les erreurs et les abus. Avant de se rendre à cette réunion, elle s'est promis de ne pas faire de scandale. Au contraire, elle tient à conclure l'entretien de façon aussi courtoise que possible afin qu'ils ne tentent rien pour retarder le moment où elle pourra leur reprendre Max.

— Avant toute chose, je tiens à tous vous remercier pour ce que vous avez fait, dit-elle en préambule.

Son regard chemine lentement le long de la table, de petits hochements de tête exprimant au passage sa prétendue gratitude. Tous hochent la tête en retour avec une désarmante unanimité. Même le Dr Fastow y va de son petit salut muet.

Voilà, elle a préparé le terrain. Elle se montre raisonnable. Reconnaissante.

— N'y voyez aucun manque de respect envers votre travail, reprend-elle, mais je ne peux tout simplement pas être d'accord avec vos conclusions. C'est pourquoi Max quittera la clinique dès cet après-midi.

Elle plaque la paume de ses mains sur la table et se lève, indiquant par là que la réunion est terminée et que les deux parties vont maintenant se séparer en bons termes malgré l'absence d'un accord.

— Danielle, dit sèchement le Dr Reyes-Moreno. Nous savons que vous contestez notre diagnostic. Ce que vous ne semblez pas comprendre, c'est que vous êtes dans le déni. Votre fils souffre de troubles graves et vous refusez de l'admettre.

Son regard se cramponne à celui de Danielle et ne le lâche plus.

— En toute conscience, je ne peux pas vous permettre de partir avec Max alors qu'il présente un risque de suicide extrêmement élevé et qu'il connaît des épisodes de violence qui le rendent potentiellement dangereux pour la société. Il en va de ma responsabilité, vous comprenez ? En acceptant de le laisser sortir, je mettrais sa santé mentale, voire sa vie, en danger, sans parler de la vie des gens à qui il pourrait s'en prendre au cours d'une de ses crises. En outre, je ne peux pas me permettre de nuire à la réputation de cette clinique en l'exposant à des poursuites judiciaires dont nous ne manquerions pas d'être l'objet, au cas où surviendraient les problèmes que je viens d'évoquer.

Les yeux de Danielle s'agrandissent.

— Qu'est-ce que vous insinuez ? Que je suis responsable de l'état de Max ? Que sa santé mentale se détériore lorsqu'il est avec moi ?

Sa voix ne laisse aucun doute quant à sa volonté d'en découdre.

— A moins que je n'aie commis un crime de lèse-majesté ? Personne à ce jour n'a donc osé remettre en question le diagnostic établi par les sommités médicales de Maitland ?

Elle s'interrompt quelques secondes pour les regarder un à un.

— Même si ce diagnostic repose sur du vent ?

Un silence de cathédrale salue ces mots. Les regards se baissent ou se détournent. *Bande de lâches*, songe-t-elle. Un interne semble sur le point de dire quelque chose, mais un petit mouvement de tête du Dr Reyes-Moreno suffit à l'en dissuader. *Gentil toutou bien docile…*

— Madame Parkman…

La psychiatre, elle, ne l'a pas quittée des yeux un seul instant. Elle martèle chaque mot de sa voix mélodieuse comme pour les enfoncer dans le crâne de Danielle.

— Demandez un second avis médical, si cela vous rassure. Toutefois, je vous invite fermement à agir dans les plus brefs délais. Votre refus d'admettre ce que nous nous efforçons de vous faire comprendre est peut-être plus préjudiciable encore à votre fils que la maladie en elle-même. Et pourtant, je vous rappelle que nous parlons de troubles sévères.

C'en est trop. Une vague de colère submerge Danielle.

— Etes-vous en train de dire que je ne connais pas mon propre enfant ? Que mon égoïsme est si grand que je préfère lui faire du mal plutôt que de reconnaître mes torts ?

Le Dr Reyes-Moreno regarde Danielle comme si elle

était un virus mortel qui s'agitait sous la lentille d'un microscope.

— Puisque vous semblez vouloir une explication franche, réplique-t-elle sans hausser le ton, laissez-moi vous dire que nous ne comprenons pas comment vous avez pu ignorer les signes avant-coureurs de la maladie. Comme vous le savez sans doute, Max souffre de troubles évolutifs.

— Quels signes avant-coureurs ?

Est-elle vraiment une mauvaise mère ? se demande-t-elle. A-t-elle fait preuve de négligence avec Max ? S'est-elle vraiment voilé la face, de crainte d'admettre ce que n'importe qui aurait pu voir ?

Malgré son envie de crier, elle parvient à reprendre la parole d'une voix presque normale.

— Au cours des années, Max a consulté plusieurs psychiatres réputés avant de venir à Maitland. Aucun d'entre eux n'a dit ou même suggéré que mon fils était un garçon violent, et encore moins qu'il était schizo-affectif. Et personne — à part vous et votre équipe — n'a émis l'idée répugnante de sangler mon fils avec des ceintures de contention avant de lui envoyer une décharge électrique dans le cerveau.

Elle tend l'index en direction du Dr Reyes-Moreno.

— Oubliez les actions en justice, docteur. Pour vous, ce sera directement la case prison.

Elle tourne les talons sur ces mots et se dirige vers la porte. La voix du Dr Reyes-Moreno la rattrape.

— Max n'est pas seulement suicidaire. Il est dangereux.

Danielle fait volte-face et la fusille du regard.

— Je vous demande pardon ?

Le reste de l'équipe, figé, ressemble aux menhirs d'un cromlech.

La psychiatre ne se démonte pas. Elle conserve tout son aplomb, et ses mots, prononcés avec une froide précision, fouettent l'air et le cœur de Danielle.

— Max a complètement perdu contact avec la réalité. Il est convaincu que Jonas Morrison l'a torturé et qu'il a l'intention de recommencer. Plus exactement, il entend une voix qui lui détaille les plans secrets ourdis par Jonas ; plans qui visent à le faire souffrir avant de l'assassiner.

— C'est absurde ! s'écrie Danielle.

Elle traverse la pièce et vient se planter devant Amelia Reyes-Moreno.

— Est-ce que vous croyez vraiment que je vais avaler ça ? Pourquoi ces horribles mensonges ? Que cherchez-vous, à la fin ?

Cette fois-ci, le Dr Reyes-Moreno perd sa contenance. Elle lève vers Danielle de grands yeux inquiets.

— Je ne vois pas de quoi vous…

— Je pense au contraire que vous savez parfaitement de quoi je parle, l'interrompt Danielle sans ménagement.

Une main sur la hanche et l'autre balayant rageusement l'air, elle poursuit :

— Alors comme ça, Max s'imagine que ce garçon veut le tuer, hein ? Et qui vous l'a dit ? Est-ce Max qui vous l'a confié dans le secret de votre cabinet, lors de je ne sais quel intense moment de vérité ?

Oubliée, la promesse qu'elle s'est faite d'éviter le scandale. Elle est à bout de patience. Elle se penche en avant et frappe la table du plat des mains, juste devant la psychiatre. Le bruit est si fort, son attitude si agressive, que le Dr Reyes-Moreno a un vif mouvement de recul. Danielle ne cesse de se pencher que lorsque son visage touche presque celui du médecin.

— Pourquoi ne me dites-vous pas ce qui se trame dans cette clinique, docteur ?

Dwayne intervient, saisissant Danielle par le bras au moment où le Dr Reyes-Moreno se lève, visiblement secouée par l'incident.

— Madame Parkman, vous avez un besoin urgent de soins psychiatriques.

Danielle se dégage d'un mouvement rageur de la prise de Dwayne, qui n'ose la retenir.

— De soins psychiatriques, hein ? lance-t-elle avec

un rire âpre, amer. Dans vos rêves, chère madame ! Une semaine entre vos mains et je hurlerais à la lune avec la bave aux lèvres !

La fureur fait briller son regard.

— Vous allez immédiatement faire sortir mon fils de cette clinique lamentable, vous m'entendez ? Et si je n'ai pas son dossier dans une heure, vous allez vous retrouver avec une injonction avant d'avoir le temps de réaliser ce qui vous arrive !

Danielle se penche alors tout près du Dr Reyes-Moreno, si près qu'elle peut voir les petites rides autour des lèvres de la psychiatre.

— Me suis-je bien fait comprendre ?

La directrice adjointe de Maitland a retrouvé son sang-froid, et c'est d'une voix parfaitement maîtrisée qu'elle répond.

— Vous ne voulez vraiment pas revoir votre position ? Je reste ouverte au dialogue, vous savez.

— La discussion est close, docteur.

— Dans ce cas…

La psychiatre s'assoit, tire une feuille imprimée du dossier qui se trouve devant elle et la tend à Danielle.

— Je suis au regret de vous dire que nous avions anticipé votre réaction.

Danielle lui arrache le document des mains et le parcourt du regard.

— Cette injonction provisoire d'éloignement a été émise par le juge ce matin, dit le Dr Reyes-Moreno sans se départir du calme qu'elle semble avoir définitivement retrouvé. J'espère que vous comprenez à quel point nous sommes désolés de devoir en arriver là. Mais votre décision de retirer Max de cette clinique malgré le danger qu'il représente pour lui et pour les autres ainsi que votre attitude extrêmement agressive nous contraignent à prendre des mesures légales pour protéger votre fils.

Une vague de fureur emporte Danielle. Elle chuchote presque, les dents serrées :

— Quels mensonges avez-vous racontés sur moi à la cour pour obtenir cette injonction ? Savez-vous que le faux témoignage est lourdement condamné, ou vous moquez-vous autant de la vérité que du bien-être de vos patients ?

Le Dr Reyes-Moreno secoue la tête.

— Je ne sais pas de quoi vous parlez. Si vous avez des questions concernant cette injonction, je vous conseille de vous adresser au juge qui l'a émise.

— Ne vous inquiétez pas pour ça, répond vivement Danielle. Le juge va entendre parler de moi dans les meilleurs délais. J'ai bien l'intention de défendre mes droits et ceux de mon fils devant la justice. Mais, en attendant, je vais le retirer tout de suite de cette clinique !

Le Dr Reyes-Moreno lève un sourcil.

— En violation de l'injonction d'éloignement ?

Danielle analyse aussitôt la situation d'un point de vue juridique. C'est une seconde nature chez elle, une mécanique aux rouages bien huilés. Quelles sont ses chances de succès, si elle veut faire annuler l'injonction d'éloignement qui vient d'être délivrée contre elle ? Entre la réputation des médecins de Maitland, les cicatrices sur ses bras, les rapports de l'équipe médicale sur le comportement prétendument dangereux de Max et le scandale qu'elle vient de faire, quel juge ne confirmerait pas les yeux fermés la mesure d'éloignement ? Il considérera immanquablement que le pauvre garçon a un besoin urgent des soins extraordinaires dispensés par cette clinique à la réputation sans tache, et qu'il faut absolument l'éloigner de cette folle qui lui sert de mère. Danielle n'a aucun élément concret à présenter au juge et, après l'explosion de colère dont elle vient de se rendre coupable, plus aucune chance d'en obtenir. Elle n'a personne pour témoigner en sa faveur, hormis peut-être Marianne. Et, même si Marianne affirmait devant un juge que Danielle est une bonne mère — ce qu'elle accepterait sans doute de faire —, elle ne dirait jamais de mal de Maitland. Pire, si elle prenait connaissance des notes concernant Max, Marianne essaierait très certainement de convaincre Danielle d'accepter le diagnostic de l'équipe médicale. Sans compter qu'elle serait obligée de mentionner devant la cour les coups dont son fils a été victime, ainsi que l'identité de son agresseur.

L'injonction d'éloignement est valable jusqu'à l'audience préliminaire où les deux parties présenteront leurs arguments. Danielle devra juste se montrer patiente pour faire triompher ses droits. Elle intentera elle-même une action en justice contre Maitland et présentera des explications convaincantes pour expliquer sa décision de violer l'injonction. Parce qu'il n'est pas question de laisser Max aux mains de ces menteurs. Après ça, advienne que pourra.

Les deux femmes s'affrontent un moment du regard. La psychiatre sait rendre le sien indéchiffrable, mais Danielle connaît désormais les cartes qu'elle a en main. Une des raisons qui font de Danielle une excellente avocate est qu'elle sait quand il faut se taire. Peut-être a-t-elle perdu une bataille, mais la guerre continue. Pour le moment, l'urgence est de faire sortir Max de Maitland et de le ramener avec elle à New York.

— Puis-je compter sur vous pour respecter la mesure d'éloignement ? demande le Dr Reyes-Moreno.

— Certainement pas, répond Danielle. Je vais demander un second avis médical et je veux que vous stipuliez par écrit que vous et votre équipe êtes prêts à coopérer pleinement avec le médecin que je vais choisir. Je veux aussi que vous joigniez un résumé de votre diagnostic à cette déclaration, ainsi que toutes les observations qui vous ont permis de l'établir. Et je veux ça pour aujourd'hui même.

Elle s'éloigne d'un pas décidé et ouvre la porte. Avant de quitter la salle de conférence, Danielle se tourne une dernière fois vers le Dr Reyes-Moreno.

— C'est compris ?

Sans attendre la réponse, elle claque violemment la porte derrière elle.

15

Danielle avance dans un brouillard. Elle a eu beau bomber le torse face au Dr Reyes-Moreno et à son équipe, elle sent monter en elle une panique glacée tandis qu'elle s'éloigne du bâtiment administratif et marche comme une ivrogne le long des allées blanches. Il faut absolument qu'elle se ressaisisse. Elle ne doit pas se laisser aller à la peur et au découragement. Non, pas question de leur faire ce plaisir. Et puis, pour sortir Max de cet enfer — sans être arrêtée par la police —, il faut avoir les idées claires. Au milieu de la confusion qui encombre son esprit, une chose au moins ressort nettement : quoi qu'ils lui aient fait, Max n'est plus le garçon qu'elle a amené à Maitland. Si vraiment il a sombré dans la folie, c'est ici, dans cette clinique de malheur, que c'est arrivé. Si elle avait encore quelques doutes à ce sujet avant d'entrer dans la salle de conférence, ils se sont maintenant dissipés. Elle s'arrête un instant, complètement perdue. Elle finit par retrouver ses repères et se dirige vers l'unité de soins de Fountainview.

Il faut à tout prix qu'elle voie Max. Elle se fiche de l'injonction d'éloignement ou du règlement intérieur de Maitland, qui interdit aux parents de pénétrer dans l'unité s'ils ne sont pas accompagnés d'un membre du personnel. Elle va se planter dans la chambre de son fils et rester avec lui jusqu'à ce qu'elle voie de ses propres yeux s'il est vraiment aussi incontrôlable que le prétendent le Dr Reyes-Moreno et sa clique. Mais, alors qu'elle approche de Fountainview, elle songe qu'il est inutile de provoquer un nouveau scandale. Un coup d'œil à sa montre, et elle contourne le bâtiment jusqu'à la porte de derrière. Il est presque 11 h 30, ce qui signifie que les infirmiers sont partis déjeuner à la cafétéria, à une centaine de mètres de là. Ils ne seront pas de retour avant au moins une demi-heure, voire plus. Il se peut que Max soit avec eux, mais elle en doute. Les heures interminables qu'elle a passées dans la salle d'attente de l'unité de soins lui ont appris que les patients endormis sont souvent laissés dans leur chambre, surtout lorsqu'ils sont assommés par un changement radical de leur protocole médicamenteux. Comme Max.

Elle hisse son sac sur l'épaule et pénètre dans le bâtiment. L'endroit est désert. Elle marche le long du couloir froid, ses talons piquant le sol avec un bruit irréel. Arrivée devant la porte de Max, elle jette un coup d'œil à droite et à gauche, puis l'entrouvre juste assez pour se glisser dans l'entrebâillement. Le lit est défait mais vide. Ses yeux glissent sur les draps froissés, sur l'oreiller qui garde le souvenir de la tête de Max, sur… Elle se fige en apercevant de larges ceintures de contention fixées aux armatures métalliques du lit. En regardant ces boucles chromées qui pendent au bout des lanières de cuir brun, Danielle ne peut s'empêcher d'imaginer son fils entravé qui l'appelle désespérément au secours. Depuis combien de temps attachent-ils Max ? Est-il maintenu ainsi toute la nuit ? Et durant la journée ? Son cœur se serre affreusement à cette pensée. Elle s'approche d'une des ceintures et l'examine avec un sentiment de répulsion. Un frisson la parcourt lorsqu'elle la prend un instant dans sa main. Elle s'en débarrasse comme s'il s'agissait d'une bête venimeuse et va jeter un œil dans le cabinet de toilettes attenant. Personne. Elle quitte précipitamment la chambre de Max et rebrousse chemin à grands pas, le cerveau en ébullition. Les portes fermées qui défilent de part et d'autre du couloir forment un décor flou. Alors qu'elle atteint la salle d'attente, elle remarque que celle de Jonas est entrouverte. Danielle la pousse doucement et entre dans la chambre.

Le spectacle qui s'offre à ses yeux est d'une indicible horreur. Elle plaque les mains sur sa bouche pour essayer de contenir le cri qui monte des tréfonds de son être. La pièce est maculée de sang du sol au plafond. Elle veut fuir, quitter ce lieu de cauchemar, mais son regard se porte irrésistiblement sur le lit. Jonas gît sur les draps imbibés de rouge, le corps lardé de trous béants et sanguinolents, ses beaux yeux bleus fixant le plafond comme s'il contemplait, fasciné, le tableau abstrait que sa mort y a composé. Le cœur au bord des lèvres, Danielle fait un effort surhumain pour ne pas vomir. Elle se précipite auprès de Jonas et s'empare de son poignet. Une odeur écœurante emplit ses narines tandis que sa main se poisse du sang de l'enfant.

— Oh, mon… Dieu ! Mon Dieu ! balbutie-t-elle, éperdue. Jonas, par pitié…

Elle ne trouve pas de pouls. Elle le saisit par les épaules et l'attire contre elle.

— Respire, Jonas, respire ! Je t'en supplie… Reste en vie…

A l'odeur douce de l'enfance se mêlent des effluves âcres, piquants. La main de Danielle se plaque sur le cou du garçon, cherche la carotide. Pas de pouls là non plus. Il faut qu'elle aille trouver de l'aide. Peut-être reste-t-il encore une chance de le sauver. De l'autre côté du lit, elle repère la poire d'appel reliée au bureau des infirmiers. N'osant s'étendre sur Jonas pour l'atteindre, Danielle contourne le lit. Ses jambes tremblantes et ses pieds qui patinent sur le sol visqueux mettent un temps fou à la porter jusqu'à la poire d'appel. Alors que son doigt écarlate s'apprête à presser le bouton, elle aperçoit au pied du lit une forme immobile.

Il est sur le flanc, recroquevillé sur lui-même, son T-shirt et son slip blancs barbouillés de sang. Ses yeux sont fermés.

— Non ! s'écrie-t-elle.

Elle se laisse tomber auprès du corps inerte qu'elle roule sur le dos avec un grognement désespéré. Ses mains tâtent fébrilement son visage puis l'empoignent aux épaules.

— Max ! Max ! crie-t-elle en le secouant.

Il tombe contre elle comme un pantin désarticulé. Complètement affolée, Danielle cherche son pouls. Un rayon de joie troue l'horreur lorsqu'elle sent la vie sous ses doigts. Max est vivant. Vivant ! Elle le palpe des pieds à la tête sans trouver de blessures. Le sang qui a giclé partout est celui de Jonas. Pas celui de son fils. Elle le plaque contre elle et se met à le bercer comme un nouveau-né tandis qu'un chant plaintif s'échappe de ses lèvres closes. Soudain, elle se reprend et essaie de le relever ; elle doit le faire sortir d'ici, prévenir les secours… C'est alors qu'elle le voit.

Un objet brillant, d'aspect sinistre, que serre la main de Max. C'est le peigne en métal de Danielle, gainé du sang de Jonas. Prise de panique, elle arrache le T-shirt souillé de Max. Il ouvre des yeux perdus, pose les mains sur les bras de sa mère, essaie de dire quelque chose… Mais il s'effondre sur le sol, inconscient, avant d'avoir réussi à prononcer un mot. Danielle lui arrache le peigne des mains, l'essuie avec le T-shirt et fourre le tout dans son sac. Ahanant sous l'effort, elle tire Max par les bras. Le corps de l'adolescent glisse par secousses sur le sol ensanglanté, dessinant une trace sinistre sur son passage. Encore un mètre et ils seront sortis de cet enfer. Mais la porte s'ouvre avant qu'ils ne l'atteignent.

La robuste silhouette de Mlle Kreng s'encadre dans l'embrasure, le blanc immaculé de sa blouse formant un dur contraste avec le rouge boucherie de la chambre.

Son cri déchire le silence de mort.

•

DEUXIÈME PARTIE

16

Au commencement était le bleu. Elle l'a senti partout autour d'elle, tandis qu'on la transférait sans ménagement de la prison au tribunal pour lui signifier les charges qui pèsent contre elle et fixer le montant de sa caution. La terre a continué de tourner et le ciel n'a pas perdu sa couleur durant sa détention, mais sa vie à elle ne sera plus jamais pareille. Même sa peau lui est devenue étrangère. Une peau grise qui semble couvrir une chair avariée. Elle a passé quatre jours de torture dans cette cage sans ciel, sans air pur, sans Max. Elle n'ose imaginer dans quel état il est, à présent. Son fils est accusé de meurtre. Les charges qui pèsent contre Danielle sont à la fois plus nombreuses et moins graves, telles que « complicité par aide et assistance » et « obstruction à la justice », pour n'en citer que deux.

Contre toute attente, on lui a accordé une libération sous caution. La situation est loin d'être rose mais, maintenant qu'elle est libre de ses mouvements, elle va au moins pouvoir essayer de faire sortir Max de Maitland. Le tuteur a vivement suggéré qu'il y réside en attendant l'audience de tutelle ; vœu finalement exaucé par un ordre de la juge. Danielle est terrifiée à l'idée que Max puisse rester dans cette horrible clinique, mais elle sait que les autres possibilités ne sont guère plus réjouissantes : à seize ans, Max peut être considéré comme un adulte et envoyé en prison dans l'attente du procès. Dans le cas contraire, il sera incarcéré dans un établissement pénitentiaire réservé aux délinquants juvéniles, ce qui lui évitera tout de même d'être entouré de criminels endurcis. Tout va se jouer lors de l'audience de tutelle. Danielle est encore sous le choc. Son existence est devenue un abominable cauchemar.

L'unique coup de fil qu'elle a été autorisée à passer le jour du drame a été pour Lowell Price, le président du comité exécutif de Blackwood & Price et le seul à s'être montré humain lors de son audition face aux associés. Comme elle s'y attendait, Lowell Price a été stupéfait et horrifié d'apprendre que Max avait été arrêté pour le meurtre d'un adolescent autiste et attardé mental. Dans son malheur, Danielle a eu la chance de le joindre avant que le *Times* ne s'empare de l'affaire. Durant leur brève et pénible conversation, elle lui a demandé quelque chose qu'elle n'avait jamais demandé auparavant : de l'aide. Et cette aide est censée se matérialiser d'une minute à l'autre en la personne d'un certain M. Sevillas, avocat d'assise de son état. Danielle est en train de patienter dans son bureau de Des Moines. Son assistante l'a informée qu'il aurait un peu de retard, sans plus de précision. Il est sûrement occupé à défendre d'autres assassins, songe-t-elle sans parvenir à maîtriser le tremblement de ses mains. Max, un assassin… Comment en sont-ils arrivés là ? Il faut qu'elle le sorte — et qu'elle *se* sorte — de cet horrible bourbier.

La porte s'ouvre enfin. Danielle se tourne et son regard croise celui d'un homme que non seulement elle a déjà rencontré, mais avec qui elle a partagé des moments de brûlante intimité. Tony, visiblement aussi abasourdi qu'elle, reste figé sur place, la poignée dans la main.

— Lauren ? articule-t-il enfin en ouvrant de grands yeux.

Il secoue la tête comme s'il sortait d'un rêve, un large sourire chassant les derniers lambeaux de stupéfaction qui s'attardent sur ses traits. Il traverse la pièce et Danielle se retrouve dans ses bras avant d'avoir eu le temps de se remettre de sa surprise.

— Comment m'as-tu trouvé ? Non que ça m'ennuie, bien au contraire ! Quand tu as annulé notre dîner, j'ai cru que…

— Oh, Tony !

Danielle éclate en sanglots et laisse tomber la tête sur l'épaule de l'avocat. Il la serre plus fort et lui murmure des mots adorables et inintelligibles à l'oreille. Elle enfouit son visage dans sa chemise blanche parfaitement repassée. Elle respire d'abord le coton fraîchement lavé, puis son odeur à lui. Une odeur désormais familière qui fait jaillir de nouvelles larmes.

— Ça va aller, Lauren. Quels que soient tes problèmes, je vais t'aider à les résoudre, d'accord ?

Les mains de Tony se ferment sur ses épaules et il la repousse gentiment afin de la regarder dans les yeux. La force tranquille qui émane de lui l'aide à se ressaisir.

— Je ne m'appelle pas Lauren.

Ses traits trahissent la surprise, mais il se reprend aussitôt.

— Je vois. Mais ce n'est sûrement pas ça qui te met dans un état pareil.

— Non, ce n'est pas ça.

Elle marche jusqu'au fauteuil placé devant le bureau de bois sombre.

— S'il te plaît, Tony, assieds-toi. J'ai beaucoup de choses à te dire.

Tony Sevillas jette un coup d'œil à sa montre.

— Je suis désolé, mais j'attends une cliente d'une minute à l'autre. Il vaudrait peut-être mieux qu'on se voie tranquillement ce soir.

Danielle secoue la tête.

— Tu ne comprends pas. Ta cliente est déjà arrivée.

Le regard de Tony exprime un bref moment de confusion, puis elle le voit blêmir.

— Tu veux dire que…

— Oui, Tony. Je suis Danielle Parkman.

Tony contourne son bureau et se laisse tomber dans son fauteuil sans jamais la quitter du regard.

— Je ne peux pas le croire.

Danielle se sent gagnée par la honte.

— C'est pourtant la vérité, dit-elle d'une toute petite voix.

— Tu es en train de me dire que c'est ton fils qui est accusé d'avoir tué ce gamin à Maitland ?

Danielle a envie de tendre la main par-dessus le bureau pour toucher celle de Tony. Mais elle se retient et s'efforce de raffermir sa voix.

— Max n'a tué personne. Tu dois me croire, Tony.

Il ne répond pas tout de suite. Son regard s'enfuit un bref instant en direction des dossiers empilés sur son bureau. Quand il le pose de nouveau sur Danielle, elle n'aime pas l'inquiétude et le doute qu'elle y lit.

— Je ne demande qu'à te croire, Laur… Danielle, mais…

La sonnerie de l'Interphone lui coupe la parole. Son doigt enfonce sèchement le bouton de l'appareil.

— Qu'on ne me dérange sous aucun prétexte, lance-t-il d'une voix autoritaire qu'elle ne lui connaît pas.

— Tony…

Il lève la main, visiblement en plein désarroi.

— Je dois d'abord décider si je peux vous représenter, toi et ton fils, étant donné nos… nos liens.

— Oh, Tony, je t'en prie… Ne me laisse pas tomber.

Sa voix trahit la panique, malgré ses efforts pour paraître forte.

— Je suis désolée de t'avoir donné un faux prénom, je suis désolée…

Les mots se brisent dans sa bouche et elle préfère se taire avant de se remettre à pleurer.

— Je ne peux pas prendre de décision sur-le-champ, dit-il sans douceur. Si je m'écoutais, je te dirais non tout de suite.

— Mais tu…

Il l'interrompt d'une main autoritaire.

— Je te ferai part de ma décision après avoir pris connaissance de tous les faits.

Il ouvre un des tiroirs de son bureau et en sort une enveloppe crème qu'il lui tend aussitôt.

— Tu es avocate, n'est-ce pas ? dit-il d'un ton sec. Au moins, ton cabinet te soutient.

— Oui, murmure-t-elle.

Lowell Price l'a informée que le cabinet allait régler le montant de la caution et qu'elle ne serait pas renvoyée — pour le moment — mais mise en congé sans solde à compter de son premier jour d'incarcération. Traduction de Danielle : on attend l'issue du procès pour vous flanquer à la porte. Price lui a également dit que Blackwood & Price ne publierait pas de communiqué de presse et il lui a demandé, pour son propre bien, de ne pas contacter ses confrères du cabinet. Price est un homme d'expérience, et elle sait qu'il cherche à la protéger contre les déclarations compromettantes qu'elle pourrait faire à tel ou tel de ses collègues ; déclarations qui se retourneraient contre elle si ces derniers devaient être appelés à témoigner lors du procès. Bien entendu, il pense plus particulièrement à Georgia. Danielle sait aussi qu'il ne veut surtout pas que les avocats du cabinet soient mêlés de près ou de loin à une sordide affaire de meurtre.

— Lowell Price est quelqu'un de bien, dit-elle.

Le front et les sourcils de Tony se plissent légèrement.

— Price ? Personne de ce nom ne m'a contacté.

Au tour de Danielle de froncer les sourcils. Elle sort l'épaisse carte délicatement gravée de son enveloppe, puis parcourt des yeux l'écriture manuscrite familière et le gribouillage qui fait office de signature.

« Prouvez-moi que j'ai eu raison de vous faire confiance.
E.B.M. »

— E. Bartlett ?

Alors comme ça, c'est Sa Majesté l'enfoiré qui est intervenu en sa faveur ? C'est lui qui a convaincu les autres associés de régler sa caution ? Elle n'en revient pas.

— Oui, c'est lui qui m'a appelé. Un type à l'esprit affûté, ce Bartlett.

Un sourire sarcastique s'esquisse sur les lèvres de Danielle. *Affûté comme une flèche empoisonnée,* songe-t-elle.

— Il m'a dit que tu étais d'une honnêteté irréprochable, reprend Tony.

Elle le regarde droit dans les yeux.

— C'est la vérité.

— Bien sûr… Lauren.

Elle lit une certaine lassitude dans le regard de Tony, comme s'il regrettait qu'elle se comporte comme tous ces accusés qui clament leur innocence par réflexe. Il parle maintenant d'un ton purement professionnel. Seul le tutoiement rappelle ce qu'ils ont vécu cette nuit-là.

— Avant d'en arriver aux faits, j'aimerais prendre un moment pour examiner ta situation.

Frappée par le changement de ton, Danielle hoche lentement la tête. Les beaux yeux marron ont perdu leur chaleur. Les gestes de Tony sont froids et maîtrisés. Il chausse des lunettes, ouvre un dossier et se met à en tourner les pages, l'air concentré.

— Examinons un peu les conditions de ta libération sous caution. L'injonction d'éloignement t'interdit de t'approcher de Maitland et de ton fils. Lors de l'audience préliminaire, les avocats de la clinique vont tout faire pour que cette injonction soit prolongée, au moins jusqu'à la fin du procès.

Elle veut parler, mais la main de Tony se lève une nouvelle fois.

— Je sais, dit-il. Tu veux voir ton fils. Sam, c'est ça ?

Une chaleur de fournaise rougit le visage de Danielle.

— Max.

— D'accord, Max.

Tony la regarde froidement.

— Malheureusement, entre le fait que tu aies enfreint l'injonction le jour même de son émission, ton statut de mère du suspect principal dans une affaire de meurtre et les charges qui pèsent contre toi, je ne vois pas quel argument convaincant il reste à présenter pour faire annuler cette mesure d'éloignement. Et, dans la mesure où tu as été surprise alors que tu essayais manifestement de fuir la scène de crime avec… euh… Max, je ne peux décemment pas dire à un juge que tu ne risques pas de fuir en compagnie de ton fils.

— Je me fiche de ce qu'il peut m'arriver, mais il faut que je voie Max. Tu dois trouver un moyen, Tony.

Sa voix se fêle.

— Il doit être complètement perdu et terrifié. Il s'est réveillé couvert de sang et on l'a arrêté pour meurtre avant de le jeter dans une cellule. Après quoi il a été présenté à un juge et renvoyé à Maitland. Tout ça sans savoir ce que je suis devenue. Je ne veux pas qu'il s'imagine que je l'ai abandonné, tu comprends ?

Tony secoue la tête.

— Tu sais aussi bien que moi qu'il n'existe aucun moyen de convaincre un juge de te laisser voir ton fils.

— Tony, je t'en supplie…

Des larmes brûlent ses yeux.

— Max est… très fragile. C'est un garçon suicidaire. J'ai peur que tout ça le pousse à commettre l'irréparable. Si ça arrivait, je ne me le pardonnerais jamais.

Son visage disparaît dans ses mains. Quand elle parvient enfin à maîtriser ses sanglots et à relever la tête, le regard de Tony s'est un peu adouci.

— Il va falloir que tu prennes sur toi et que tu patientes, dit-il d'une voix moins brusque. Je vais aller le voir aujourd'hui et je te dirai comment il va. Après ça, j'essaierai de t'obtenir un droit d'appel téléphonique quotidien. Mais c'est loin d'être gagné, alors ne te réjouis pas trop vite.

— Merci, Tony. Merci.

Les yeux de Tony se posent un instant sur la pile de dossiers qui l'attendent.

— On ferait bien de se pencher sur l'accusation de meurtre qui pèse sur Max.

Danielle a une bouffée de chaleur. Il y a un monde entre énoncer une telle charge avec la distance que confère le statut d'avocate et se retrouver à la place du client pendant qu'un confrère prononce « Max » et « meurtre » dans la même phrase. Son cœur se serre tandis que l'image de ces horribles ceintures de contention lui vient à l'esprit. Elle est peut-être sortie de prison, mais son enfant est toujours enfermé à Maitland, où il subit Dieu sait quoi. Et, si elle n'agit pas rapidement, il ne recouvrera peut-être jamais la liberté. Elle ne peut même pas se précipiter auprès de lui pour le rassurer ou pour lui demander ce qui s'est vraiment passé avec Jonas. Au fond, cette libération sous caution ne fait qu'agrandir sa cage.

Elle inspire profondément.

— Allons-y.

— Avant toute chose, je veux que l'on soit bien d'accord sur les mesures restrictives associées à ta libération sous caution.

Danielle hoche la tête sans lui rappeler qu'elle est avocate. Pour le moment elle est de l'autre côté de la barrière : accusée et mère d'accusé.

— Nous allons te trouver un appartement assez éloigné de Maitland pour éviter que la presse campe sous tes fenêtres, mais l'ordonnance du tribunal t'oblige à rester dans un rayon de quatre-vingts kilomètres autour de Plano, dit-il. Franchement, c'est déjà très bien que tu aies obtenu cette libération sous caution. Etant donné la nature du crime et le fait qu'on t'ait trouvée sur la scène en train d'essayer de fuir avec le suspect dans tes bras, je suis même étonné que la juge ait prononcé une décision favorable.

Danielle baisse les yeux en direction de sa cheville et du bracelet en fibre de carbone qui l'enserre. Des leds émettent par intermittence une lumière cruelle. L'avocat commis d'office a proposé le port de l'appareil quand il est devenu clair que la juge allait refuser sa libération sous caution. Encore au stade expérimental, ce bracelet est accompagné d'un panneau informatisé que le shérif de Plano installera dans son nouvel appartement. Si elle s'aventure au-delà de la limite des quatre-vingts kilomètres ou si elle essaie de déplacer le panneau, la police et la juge en seront immédiatement averties. Elle n'a pu aller à Des Moines que parce que la loi l'autorise à se rendre au cabinet de son avocat. Mais cette dérogation est strictement contrôlée et Tony doit confirmer chacun de leurs rendez-vous aux autorités judiciaires.

Les choses sont claires. Si elle enfreint les termes de sa libération sous caution, ne serait-ce qu'une fois, elle sera renvoyée en prison en attendant le procès, et Blackwood & Price ne reverra jamais les cinq cent mille dollars de sa caution. Elle pose sa cheville libre sur sa cheville emprisonnée et s'efforce de prendre le même ton professionnel que Tony. Ce n'est plus son amant qu'elle a devant elle mais son avocat.

— Peut-on parler des charges qui pèsent contre Max ? Je suis impatiente de connaître la ligne de défense que tu vas mettre en place. D'ailleurs, j'ai moi-même quelques idées.

Il lève un sourcil.

— Ne t'inquiète pas, dit-elle vivement. Je sais que le droit criminel n'est pas mon domaine de compétence, mais j'apprends vite et je suis une bonne avocate. Peut-être pourrais-tu me considérer comme une sorte d'adjointe.

Les lèvres de Tony Sevillas se serrent et son front se plisse.

— Désolée, Danielle, mais ce n'est pas comme ça que je travaille. Je pense que tu ressentirais la même chose si j'étais ton client et que j'essayais de t'expliquer comment t'occuper d'une affaire civile. Je crois sincèrement que ça ne servirait ni tes intérêts ni ceux de ton fils. De plus, si je te représente — et je n'ai pas encore décidé si Max et toi devez avoir le même avocat —, donner le sentiment que tu participes à la défense de ton fils serait une grave erreur stratégique.

Danielle se penche un peu sur le bureau.

— Tony, je te demande de faire une exception. Je te promets de respecter ton rôle de stratège en chef. Mais c'est de mon enfant qu'il s'agit, et je ne peux pas rester les bras croisés pendant qu'il joue sa vie.

Durant d'interminables secondes, Tony reste silencieux, le regard impénétrable.

— Ecoute, dit-il enfin. Je fais ce métier depuis longtemps et, franchement, les avocats ont toujours été mes pires clients. Ils savent toujours tout ou, plus exactement, ils *pensent* tout savoir. En fait, la plupart du temps, ils en savent juste assez pour me compliquer la vie.

Il secoue la tête.

— C'est moi qui décide in fine, ou on oublie cette idée.

Elle a envie de lui sauter au cou, mais elle se contente de dire, d'une voix aussi calme que possible :

— Entendu.

— Allons aux faits, si tu veux bien.

Il ouvre un classeur en cuir, trace une ligne verticale au centre d'une page blanche et inscrit « Max Parkman » sur la partie gauche de la feuille. Danielle travaille de la même façon : un côté pour ce que dit le client ; un côté pour ce qui est sans doute la vérité.

— Le procureur ne s'est pas fait prier pour me donner sa version des faits, dit Tony. Le rapport de police conforte son scénario, tout comme les témoignages de plusieurs employés de Maitland. Il va nous envoyer la boîte noire demain.

Elle le regarde, perplexe.

— C'est leur boîte à merveilles. Elle contient une liste des preuves matérielles, les déclarations des témoins et tout ce que la loi les oblige à divulguer à la défense.

Danielle hoche la tête.

— Je vais te résumer la version que le ministère public va défendre au procès.

Tony Sevillas parcourt des yeux un document imprimé, avant de poser le doigt sur l'un des paragraphes.

— J'y suis. Max et toi vous rendez donc à Maitland pour une évaluation psychiatrique et tu te lies d'amitié avec la mère de la victime. Malgré les demandes répétées de la clinique, tu refuses obstinément de rentrer à New York pendant que ton fils se fait évaluer et tu perturbes à plusieurs reprises le travail des médecins et du personnel médical. Ces incidents dûment consignés illustrent ce que le Dr Reyes-Moreno et ses collègues qualifient de — ouvrez les guillemets — « comportement chaque jour plus instable et imprévisible ».

Il se renverse dans son fauteuil et poursuit sur un ton dépassionné.

— Ils t'interdisent de voir Max plus d'une fois par jour jusqu'à ce qu'ils puissent conclure à un diagnostic. Tu refuses toujours de quitter Plano et tu passes tes journées à faire le pied de grue dans la salle d'attente située non loin de la chambre de ton fils. En son absence, le personnel te voit souvent en compagnie de la victime et de sa mère.

Il reprend sa respiration et tourne la page.

— Passons maintenant à Max. Quand il arrive à Maitland, c'est de toute évidence un garçon suicidaire, cliniquement déprimé, et peu ou pas réceptif aux traitements psychiatriques traditionnels. Quelques jours après son arrivée, les médecins de Maitland constatent une détérioration rapide et brutale de son état mental. Max devient de plus en plus psychotique. Il souffre d'hallucinations visuelles et auditives qui lui font penser que la victime a décidé de le tuer. Il se montre très violent à l'égard de celle-ci et l'agresse physiquement à plusieurs reprises, ce qui vaudra à Jonas Morrison deux séjours aux urgences. Max perd contact avec la réalité au point que l'équipe médicale n'a d'autre choix que d'avoir recours à la contention physique, en particulier durant la nuit.

— Tony, laisse-moi t'expliquer…

Mais Tony, décidé à aller au bout de sa lecture sans être interrompu, lève encore la main.

— Les médecins de Maitland se mettent d'accord sur un diagnostic que tu contestes en bloc sans pouvoir opposer d'argument valable. Après quoi tu refuses, contre l'avis de ces spécialistes réputés, que Max soit placé dans l'unité des longs séjours. En prenant cette décision, tu prives ton fils du traitement psychiatrique nécessaire pour empêcher qu'il se suicide ou qu'il agresse physiquement le personnel médical ou les autres patients, le plus exposé d'entre eux n'étant autre que la victime, Jonas Morrison. Le jour suivant l'annonce du diagnostic, tu exiges que soit organisée une réunion avec l'équipe médicale en charge de Max. A en croire les témoignages des personnes présentes à cette réunion, tu deviens folle furieuse, lançant d'étranges accusations et de violentes menaces au visage d'une des pédopsychiatres les plus respectées du pays, voire du monde.

— Ça ne s'est pas passé comme ça !

Tony fait comme s'il ne l'avait pas entendue et continue d'une voix totalement dépourvue d'émotion.

— Toujours en proie à ton accès de colère, tu quittes la salle de conférence et fonces vers l'unité de soins Fountainview où tu découvres Jonas Morrison décédé dans son lit. Ton fils se trouve également dans la chambre, inconscient et couvert du sang de la victime. Une version des faits convaincante stipule que Max a assassiné Jonas Morrison en le poignardant brutalement à l'aide d'un peigne métallique à cinq dents. Le médecin légiste a comptabilisé au total trois cent dix plaies superficielles, pénétrantes ou transfixiantes. Etant donné la nature de l'arme et la concentration de perforations en un même point d'impact, il estime que l'assassin a frappé la victime à soixante-deux reprises. Le médecin légiste attire par ailleurs l'attention sur l'état de l'artère fémorale de la victime qui est presque déchiquetée. Quand l'infirmière en chef arrive dans la chambre, elle te voit tirer ton fils inconscient et ensanglanté sur le sol, manifestement dans l'intention de fuir la scène de crime, ce que semble confirmer la présence de preuves matérielles — l'arme du crime et le T-shirt ensanglanté de Max — retrouvées dans ton sac.

Il referme le classeur et lève les yeux vers Danielle. Ses lèvres dessinent une moue pessimiste.

— Pour être honnête avec toi, les faits ne plaident ni en ta faveur ni en celle de ton fils.

Il se met à les énumérer sur ses doigts.

— Premièrement, le peigne métallique trouvé dans ton sac est indiscutablement l'arme qui a servi à tuer la victime. Deuxièmement, les hallucinations dont souffre Max et qui lui faisaient croire que Jonas Morrison voulait attenter à sa vie constituent un mobile d'autant plus crédible que l'équipe médicale de Maitland a témoigné de son comportement violent à l'égard de la victime, durant les jours précédant le crime. Troisièmement, Max est le seul suspect dans cette affaire, la police n'ayant à ma connaissance aucune raison de soupçonner quelqu'un d'autre.

Il réfléchit un instant et lève un autre doigt.

— Quatrièmement, je vois mal des jurés de l'Iowa éprouver de la sympathie pour une brillante avocate venue de New York, ville synonyme d'arrogance pour les gens d'ici, ou pour un adolescent qui a massacré à coups de peigne un patient de Maitland, clinique qui emploie plus de trois cents citoyens de la bonne cité de Plano.

Il hausse un peu les épaules.

— Désolé d'être aussi direct, mais je préfère que tu saches ce qui nous attend. On va nager contre le courant tout au long de la procédure judiciaire.

Danielle s'agrippe violemment aux bras de son fauteuil, repoussant tant bien que mal une vague nauséeuse. Comment en sont-ils arrivés là ? se demande-t-elle une nouvelle fois. Elle a senti la situation lui échapper peu de temps après l'admission de Max à Maitland, et ensuite tout est allé si vite… Comme elle a peur ! Mais la peur est mauvaise conseillère, songe-t-elle aussitôt. Il faut absolument qu'elle parvienne à prendre de la distance avec les faits et à examiner la situation avec son regard d'avocate. Et puis elle doit convaincre Tony de l'innocence de Max. Elle doit lui donner envie de le défendre, de le sauver. De plaider avec tant de force, de conviction, qu'aucun jury ne le jugera coupable. Elle n'arrive pas à s'intéresser aux charges qui pèsent contre elle. Seul Max compte pour le moment. Mais pourquoi Tony la croirait-il ? Elle n'a cessé de lui mentir depuis la minute où ils se sont rencontrés. Et le pire, c'est qu'elle va continuer à le faire. Elle doit se servir de tous les moyens de persuasion dont elle dispose — de toute son expérience d'avocate — pour convaincre Tony que l'assassin de Jonas Morrison n'est pas son fils.

— Alors ?

Tony la regarde droit dans les yeux.

Danielle se penche en avant, les mains sur le bureau. Elle parle d'une voix calme et intense, une voix convaincue de chaque mot qu'elle prononce.

— Ecoute, Tony. Je ne peux pas réfuter toutes les allégations formulées contre Max. Mais je veux que tu saches ceci : mon fils n'a pas tué ce garçon. Je sais que tout semble le désigner, mais je peux t'expliquer ce qui s'est réellement passé. Oui, c'est vrai, j'étais furieuse lorsque j'ai quitté cette réunion et que je suis allée voir Max dans l'unité de Fountainview. Je me suis rendue directement dans sa chambre, mais il ne s'y trouvait pas. J'ai pensé qu'il déjeunait avec le personnel et les autres patients. Alors que je m'apprêtais à quitter le bâtiment pour rejoindre la cafétéria, j'ai remarqué que la porte de la chambre de Jonas était entrouverte et je suis entrée pour voir si tout allait bien. Comme tu le sais, sa mère et moi sommes devenues amies.

Il fait une moue, comme s'il avait oublié ce détail.

— Mais si, dit-elle. C'est écrit dans le document que tu viens de me résumer.

Tony hausse les épaules.

— Oui, peut-être… Continue.

La voix de Danielle se met à trembler alors qu'elle revient en souvenir dans la chambre de Jonas.

— La pièce était entièrement rouge… C'était une véritable boucherie… Tu ne peux pas imaginer l'horreur de cette scène, Tony. Et ce pauvre Jonas qui baignait dans son sang, les yeux rivés au plafond…

Son souffle se dérobe sous la violence de l'émotion, mais elle parvient à se reprendre.

— J'ai pris son pouls, mais il était trop tard. J'étais sur

le point d'appeler à l'aide lorsque j'ai vu Max recroquevillé au sol, les vêtements maculés de sang. J'ai d'abord cru qu'il était mort, lui aussi… Je me suis jetée à terre pour voir si son cœur battait encore et… il était vivant !

L'espace d'un instant, elle revit le bonheur de cette divine surprise et un sourire inconscient se forme sur ses lèvres.

— Où se trouvait le peigne ? demande Tony.

Danielle inspire profondément. Elle n'a pas le choix.

— A l'autre bout de la pièce, dans une mare de sang.

Il fronce les sourcils.

— Qu'as-tu fait, ensuite ?

— Vu que je n'ai pas réussi à réveiller Max et que mes cris sont restés sans réponse, j'ai essayé de le tirer hors de la chambre pour aller chercher de l'aide. Avec tout le sang qui couvrait ses vêtements, j'étais incapable de dire s'il avait été blessé, lui aussi.

— Comment le peigne est-il arrivé dans ton sac ?

Danielle savait que la question viendrait, et sa réponse est prête.

— J'étais convaincue que l'intention du meurtrier était de tuer aussi Max, mais que mon arrivée l'en avait empêché. J'ai pris le peigne et je l'ai fourré dans mon sac, parce que j'avais peur que le tueur revienne et qu'il s'en prenne à nous.

— Et le T-shirt ?

Elle ne cherche pas à éviter le regard de l'avocat.

— C'est le geste d'une mère, Tony. J'ai déchiré ce T-shirt pour voir si mon enfant était blessé. Je ne me souviens pas l'avoir mis dans mon sac, mais je suppose que c'est ce que j'ai fait. J'étais dans un état second, tu sais.

Il griffonne quelques notes et relève les yeux.

— Au fait, comment expliques-tu que ton peigne se soit retrouvé dans la chambre de Jonas Morrison ?

— Je ne l'explique pas. Je le conservais toujours dans mon sac à main. On a dû me le voler, à moins que je ne l'aie fait tomber par mégarde et qu'un patient l'ait ramassé.

Tony connaît visiblement la musique. Il enchaîne les

questions à un rythme soutenu, sans jamais quitter Danielle du regard.

— T'est-il arrivé d'oublier ton sac quelque part ?

— Non.

— De l'abandonner volontairement quelque part pendant un moment ?

— Non.

— Te souviens-tu avoir prêté ce peigne à quelqu'un ?

— Je ne l'ai prêté à personne.

— Te souviens-tu de la dernière fois que tu t'en es servie ?

— Non.

— Se peut-il que tu l'aies fait tomber dans la chambre de la victime avant sa mort ?

— C'est possible, répond Danielle. Je suis entrée presque chaque jour dans cette chambre pour discuter avec Marianne.

— Mais tu ne te souviens pas d'y avoir oublié ton peigne ?

— Non.

— Et tu n'as jamais remarqué qu'il n'était plus dans ton sac ?

— Non.

— Ton fils a-t-il repris connaissance, entre le moment où tu l'as trouvé et l'arrivée de l'infirmière ?

— Non.

— En dehors de cette infirmière, as-tu vu quelqu'un entrer dans l'unité de soins ou en sortir ?

Elle fait non de la tête.

— Comme je te l'ai dit, le personnel était parti déjeuner à la cafétéria, qui se trouve à une centaine de mètres de Fountainview. Pour autant que je sache, ils avaient emmené tous les patients avec eux, à l'exception de Max et Jonas. Bien sûr, il se peut que d'autres patients soient restés, voire des membres du personnel… C'est un point qui mériterait vraiment d'être éclairci.

— Hum…

Coudes sur le bureau, il pose le menton sur ses mains jointes.

— Pourquoi ont-ils laissé ton garçon et ce Jonas seuls dans le bâtiment ?

Danielle hausse les épaules.

— Le traitement médicamenteux de Max vient d'être radicalement modifié et son métabolisme n'y est pas encore habitué. Du coup, il dort généralement à l'heure du déjeuner.

— Et la victime ?

— Il faudrait poser la question au personnel médical.

— Qui ne répondra pas à nos questions avant que le processus de communication des pièces ne commence officiellement. Le procureur y veillera, tu peux me croire. On n'a aucune chance d'obtenir des précisions avant l'audience préliminaire.

Il fronce brusquement les sourcils.

— Est-ce qu'ils laissent vraiment leurs jeunes patients sans surveillance, dans cette clinique ? Ça me paraît curieux… Irresponsable, même.

— Il y avait peut-être une infirmière ou un surveillant quelque part… Je ne sais pas.

Elle prend soin de bien choisir les mots qu'elle prononce ensuite.

— Mais ce qui est certain, c'est qu'ils s'assurent que les patients laissés seuls ne puissent pas aller se balader dans les couloirs. Max était immobilisé par des ceintures de contention et il était surveillé par la caméra installée dans sa chambre. Pour moi, quelqu'un s'est occupé de la caméra avant de détacher Max et de le traîner jusqu'à la chambre de Jonas.

Sevillas la regarde avec une moue sceptique.

— Ou alors l'infirmière de service a oublié d'attacher ton fils, et c'est lui qui a tourné l'objectif de la caméra vers le plafond avant d'aller poignarder à mort ce gamin avec le peigne qu'il avait chapardé dans ton sac.

Danielle commence à répondre, mais Sevillas lui coupe la parole.

— Et ne me dis pas que Max est incapable de mettre

une caméra hors service. Et, s'il l'a fait dans sa chambre, il a aussi pu le faire dans la chambre de la victime.

— Ce n'est pas ce qui s'est passé, Tony. Max n'a pas tué Jonas.

Il se renverse doucement dans son large fauteuil.

— Je ne pense pas que tu puisses être aussi affirmative, au vu de ce que l'on sait des journées qui ont précédé le meurtre. N'oublie pas que Max a usé de violence physique avec Jonas, et ce de façon répétée, et qu'il souffrait d'hallucinations qui lui faisaient croire que ce garçon était son ennemi mortel. Il semble beaucoup plus plausible que ton fils ait agi sous l'effet de ses hallucinations psychotiques, commettant ce meurtre dans une logique d'autodéfense. Dans la tête de Max, c'était Jonas ou lui.

La mâchoire de Danielle se serre.

— Et il a fait tout ça alors qu'il était inconscient ?

L'argument ne déstabilise pas Tony, qui hausse les épaules.

— On ignore quand Max a perdu connaissance. Ça a très bien pu se produire après qu'il a poignardé Jonas.

— Ou avant que le meurtrier ne le traîne dans la chambre de Jonas pour lui faire porter le chapeau.

— Le fait est qu'on en sera réduits à échafauder des hypothèses tant qu'on ne pourra pas parler à ton fils. Sauf que…

— Sauf que quoi ?

— Sauf qu'à en croire les psys de Maitland Max n'a aucun souvenir de ce qu'il a fait, une fois ses épisodes psychotiques terminés.

Danielle secoue la tête avec un air buté.

— Leurs observations sont erronées, lance-t-elle.

Tony la considère un instant, les yeux un peu plissés.

— Qu'est-ce qui te permet d'affirmer ça ?

Elle s'en veut d'avoir laissé échapper ces mots. Ce n'est pas le moment d'admettre qu'elle s'est introduite illégalement dans le système informatique de la clinique pour y lire des informations protégées par le secret médical.

— C'est juste une impression que j'ai.

Il lui décoche un regard sévère.

— C'est des preuves qu'on a besoin, Danielle. Pas d'impressions.

Elle sent ses joues qui s'enflamment, mais elle ne répond rien. Tony croise les bras et la dévisage attentivement.

— Alors, si ce n'est pas Max, tu as une idée de celui qui aurait pu faire le coup ? J'imagine que tu as eu le temps d'y penser, quand tu étais en cellule.

L'estomac de Danielle se noue. Elle n'a pas pensé à grand-chose d'autre depuis le moment où ses yeux horrifiés se sont posés sur le corps ensanglanté de Max, en position fœtale sur le sol de cette chambre funeste, la main crispée sur le peigne en métal. D'abord, la joie de le savoir vivant a occupé la totalité de ses pensées, et même, au-delà de la raison, son être tout entier. Puis, un peu plus tard, elle s'est demandé qui avait bien pu commettre ce crime abominable.

Cette question, qui ne l'a pas quittée durant les quatre jours et les quatre nuits qu'elle a passés enfermée, n'est pas née de la seule volonté de disculper Max. Dans la solitude glacée de la prison, alors qu'elle revivait pour la énième fois ces effroyables moments, elle s'est brusquement souvenue d'un fait, enfoui jusque-là sous la masse des angoisses et des horreurs qui occupaient son esprit. Juste après avoir aperçu Max recroquevillé par terre, Danielle a vu une vague silhouette s'enfuir par la fenêtre. Il a fallu plusieurs heures et le calme de sa cellule pour que le brouillard rouge sang qui couvrait sa mémoire se déchire, laissant entrevoir cette vision oubliée.

Elle se pose maintenant la question qui n'a cessé de la tourmenter en prison : a-t-elle vraiment vu cette ombre mouvante, ou ce fantôme n'est-il que le fruit d'une imagination prête à tout pour mettre son fils hors de cause ? Même si, au fond d'elle, Danielle ne peut croire que Max ait tué Jonas, son inconscient n'est-il pas en train de réinventer sa relation avec son fils ? D'en gommer les aspects les plus dérangeants afin de pouvoir contester le diagnostic de Maitland ? Et si Max était vraiment psychotique ? S'il avait réellement eu des hallucinations qui l'auraient conduit à assassiner Jonas ? Et puis elle ne peut nier avoir trouvé l'arme du crime serrée dans la main de son enfant.

Elle secoue la tête. Son cœur de mère est tout bonnement incapable de croire que son fils puisse tuer un être humain. Personne au monde ne le connaît mieux qu'elle. Ils sont faits du même bois et, quand l'un brûle, l'autre se consume en même temps. Il manque forcément un personnage au tableau macabre qu'elle a découvert dans la chambre de Jonas : le véritable meurtrier. Si ce n'était pas le cas, alors l'impensable se produirait : Max passerait le restant de ses jours en établissement psychiatrique — voire en prison —, séparé à jamais de sa mère. Non, elle ne peut souscrire à ce sombre scénario. Et, quoi que disent les grands manitous de Maitland sur la dangerosité de Max, elle ne croira jamais que son fils est un assassin. Elle soupire. Si l'un de ses clients venait lui raconter une histoire pareille, elle lui conseillerait d'inventer quelque chose de plus crédible pour avoir une chance de convaincre un jury. Et c'est sans doute ce que Tony va lui rétorquer, si elle lui parle de l'ombre mystérieuse qu'elle a vue s'enfuir le jour du drame. Tant pis. Même si cette silhouette est née de son imagination et qu'il n'y a aucun autre suspect dans cette affaire, ils doivent élaborer une ligne de défense assez solide pour créer le doute dans l'esprit des jurés. C'est la seule chance d'obtenir l'acquittement de Max. Pourtant, force est d'admettre qu'avec les preuves matérielles qui l'accablent le procès semble presque joué d'avance. Et encore… ce « presque » n'existe que parce que Danielle a menti au sujet du peigne.

Les pensées qui lui viennent maintenant à l'esprit sont comme des épines affûtées qui lacèrent son cerveau. Toutes les valeurs auxquelles elle adhère, tant sur un plan personnel que sur un plan professionnel, vont passer au révélateur du drame qui vient de la frapper de plein fouet. En tant qu'avocate et auxiliaire de justice, elle croit au système judiciaire américain, malgré la conscience qu'elle a de ses failles et de ses aléas. En tant qu'être humain, elle croit à la frontière qui sépare le bien du mal. Son éthique personnelle comme son éthique professionnelle l'obligent à dire la vérité, même si cette vérité doit nuire à son enfant. Même si elle doit briser sa vie.

De nouveaux nœuds viennent se former dans son estomac. Il y a un autre dilemme qu'elle a refusé jusque-là de regarder en face tant lui fait horreur la façon dont elle le tranchera sûrement. Si le véritable meurtrier n'est pas retrouvé et que le jury ne semble pas douter de la culpabilité de Max, elle craint de faire une chose qu'elle considère comme un péché mortel. Pour sauver Max, elle se sent prête à aller en enfer à sa place.

Avant que Danielle ne puisse répondre à la question de Tony, le téléphone se met à sonner. L'avocat murmure quelques mots dans le combiné avant de raccrocher.

— Ecoute, dit-il. Avant d'aller plus loin dans cette affaire, j'aimerais demander à quelqu'un de venir nous prêter main-forte.

— Un autre avocat ?

Il sourit, ce qui suffit à faire entrer un peu d'air frais dans le bureau saturé de tension.

— Pas exactement, non. Il s'appelle Doaks et c'est un ancien flic devenu enquêteur privé. Dans la mesure où notre position va être que ton fils n'a pas fait le coup, on va avoir besoin de ce qui se fait de mieux pour fouiller les recoins les plus sombres de cette affaire. Quelqu'un qui a de précieux contacts au sein de la maréchaussée locale.

La façon dont il a présenté l'innocence de Max n'a pas échappé à Danielle : comme une position de principe et non comme une vérité.

— Ça me semble une excellente idée, dit-elle. Tu as déjà travaillé avec lui ?

Il hoche la tête.

— On se connaît depuis trente-cinq ans. On a grandi

ensemble à Plano. Ce bon vieux Doaks n'est pas toujours d'un abord facile, mais c'est le meilleur détective de la ville, et sans doute même de l'Etat. Je crois qu'il va pouvoir nous rendre de grands services.

— Appelle-le tout de suite, alors.

— Je vais aller demander son numéro à mon assistante, dit Tony en se levant. Tu pourras participer à la conversation téléphonique, mais je te préviens, ce gars-là n'est pas du genre à prendre des gants. Il dit les choses comme il les pense.

— Je m'en accommoderai.

Il marche vers la porte et se retourne, la main sur la poignée.

— Pourquoi ne jetterais-tu pas un œil là-dessus ? dit-il en indiquant du menton un document posé sur son bureau. Je reviens dans une minute.

Danielle se lève d'un bond et va le rejoindre à la porte. Elle a tellement envie de le toucher, de lui exprimer ce qu'elle ressent pour lui… Il pivote comme s'il voulait la prendre dans ses bras, mais se ravise au dernier moment.

— Tony, je…

Ils restent là, immobiles, à quelques centimètres l'un de l'autre, les yeux de Tony scrutant ceux de Danielle.

— Ecoute, dit-il d'une voix douce, je crois qu'on ferait mieux de ne pas se disperser. Ce qui compte pour le moment, c'est ta défense et celle de ton fils. Le reste est trop… compliqué.

— Je sais, murmure-t-elle. Mais je veux que tu saches que la nuit que nous avons passée ensemble a compté pour moi. Ce n'était pas du… du toc. Après, j'ai eu peur de te laisser entrer dans ma vie.

Les yeux marron ont retrouvé leur chaleur. Il se penche vers elle et pose un baiser sur son front.

— Je te crois.

Il recule d'un pas et la regarde en secouant la tête d'un air incrédule.

— C'est vraiment dingue… Je crois bien que c'est la

première fois de ma vie que j'ai un coup de foudre. Et, bien sûr, il faut que ce soit pour une femme dont le fils est accusé de meurtre dans une affaire qui semble perdue d'avance.

Il soupire avant de se résoudre à la prendre dans ses bras. Danielle sent le souffle chaud de son haleine tandis qu'il murmure à son oreille :

— Quand je dis que cette affaire semble perdue d'avance, ça ne veut pas dire que je ne vais pas tout faire pour la gagner. Crois-moi, Danielle, s'il existe une chance d'obtenir l'acquittement de ton fils, je ne la laisserai pas passer. Quant au reste…

Il s'interrompt quelques secondes.

— Peut-être n'était-ce qu'une merveilleuse nuit. Si c'est le cas, je m'en souviendrai avec émotion toute ma vie.

Sur ces mots, il ouvre la porte et disparaît dans le couloir.

Epuisée par trop d'émotions, Danielle s'effondre dans son fauteuil, la tête dans les mains. Des larmes traîtresses roulent en silence sur ses joues. Son univers est devenu un cyclone à cœur froid qui la malmène sans une once de pitié. Elle lutte contre un sentiment de panique qui atteint des sommets depuis que Tony a porté sur les faits le regard sans complaisance du professionnel. *Une affaire qui semble perdue d'avance…* Sa respiration devient profonde et saccadée. Max… Elle doit penser à Max et rien qu'à Max. Elle convoque son sourire le gris vert de ses beaux yeux, la courbe enfantine de sa joue qu'elle pourrait embrasser pendant des heures sans jamais s'en lasser. Max… son garçon… Lentement, elle se ressaisit.

Alors qu'elle tend la main pour attraper le document que Tony lui a conseillé de lire, elle remarque une coupure de presse dans un coin du bureau. Imprimé en gras, le titre de l'article pique sa curiosité : **Trop jeunes pour la perpétuité ?** Dessous, elle lit : *Délinquance juvénile, du nouveau dans la législation de l'Iowa.* Elle jette un œil vers la porte et fourre l'article dans son sac.

Tout aussi rapidement, elle parcourt du regard l'acte de procédure, qui se trouve être l'acte d'accusation contre

Max. L'intitulé de l'affaire — *L'Etat de l'Iowa contre l'accusé Maxwell A. Parkman* — déclenche en elle une nouvelle vague de panique, et ses yeux se mettent à courir frénétiquement sur le document. Le soulagement est à la hauteur de sa peur quand elle comprend que le ministère public ne réclame pas la peine de mort.

Tony revient avec une tasse de café pour Danielle.

— Prête ? demande-t-il en allant s'asseoir à son bureau.

Danielle hoche la tête avant d'avaler une gorgée du breuvage chaud.

— Absolument.

— Alors c'est parti.

Tony compose un numéro et elle entend la sonnerie résonner dans le haut-parleur, bientôt remplacée par le bruit formidable d'un objet qui se fracasse au sol.

— Bon Dieu de merde ! hurle une voix aussitôt après.

Ce juron ne semble pas avoir calmé la colère de son auteur, qui se répand en invectives.

— Comment peut-on être assez stupide pour se marier ? Foutus bibelots à la con ! J'aurais dû les bazarder quand j'ai lourdé ma femme !

S'ensuit un bruit de morceaux de verre ou de porcelaine qu'on ramasse sur un parquet.

— Et cette saloperie de papier peint rose ! On dirait du papier chiotte !

Une courte accalmie succède à cette déclaration poétique.

Danielle lance un regard interrogateur à Tony, qui hausse les épaules avec une moue blasée.

Le son d'une canette qui s'ouvre — sûrement pas une canette de jus de fruits, songe Danielle — comble bientôt le silence. Un long glouglou, un claquement de langue, et enfin un rot satisfait concluent cet improbable spectacle sonore.

— J'écoute, grommelle la voix, cette fois-ci directement

dans le combiné. Et j'espère pour vous que vous ne me dérangez pas pour rien.

Tony sourit à Danielle et fait pivoter son fauteuil vers un mur orné de toiles contemporaines.

— Quoi de neuf, vieux frère ?

— Je savais bien que j'aurais dû débrancher ce satané téléphone !

L'odieux bruit d'aspiration qui ponctue ce message de bienvenue semble indiquer que la canette est désormais vide.

— Je ne sais pas pourquoi tu viens me les briser, face de pet, mais la réponse est non.

— Heureux de voir que tu es en grande forme, Doaks.

La voix de l'avocat s'est faite grave et profonde, comme s'il essayait d'amadouer un jury hostile à son client.

— Je voulais juste savoir comment la vie traite l'un des citoyens les plus estimables de notre bonne ville de Plano.

Doaks grogne comme un fauve qui défend son territoire.

— Ecoute, Monsieur le-ténor-du-barreau. Je n'en peux plus de voir ta sale tronche avec le palais de justice en toile de fond chaque fois que j'ouvre le journal. Et si tu arrêtais un peu de sauver la peau de tous les criminels de l'Etat, pour changer ? Et puis je sais que, si tu prends la peine de m'appeler malgré ton emploi du temps de ministre, c'est que tu as un service à me demander.

— Toujours aussi perspicace, à ce que je vois.

— Pas question, dit Doaks. J'ignore ce que tu as derrière la tête, mais c'est sans moi. Je suis à la retraite. R-E-T-R-A-I-T-E ! Ils ne vous apprennent pas ce que veut dire ce mot, à la fac de droit ?

— Arrête un peu ton cinéma, Doaks.

— Va te faire foutre, Tony. Maintenant, je suis ce qu'ils appellent un travailleur indépendant. Et *indépendant*, ça veut dire que je fais ce qui me chante. Là, par exemple, je vais raccrocher et aller m'ouvrir une autre canette de bière.

— Tu ne sais même pas pourquoi je t'appelle.

Un rire méprisant lui répond.

— Pas besoin d'être Madame Soleil pour comprendre que tu as besoin d'un enquêteur privé.

— Possible. Et tu en dirais quoi ?

— J'en dirais : va voir ailleurs si j'y suis ! Comme chaque fois que tu reviens à la charge.

— Allez, Doaks, tu sais aussi bien que moi que ça te manque.

— Ouais, je me réveille tous les matins en me disant : « Si seulement je pouvais passer la nuit prochaine coincé dans ma bagnole avec du café froid, à surveiller un pauvre abruti qui va faire des galipettes avec la meilleure amie de sa femme. » Oublie, je te dis.

— Juste pour cette fois, vieux, dit Tony d'une voix plus ferme. J'ai besoin de ce qui se fait de mieux, et tu es de loin le meilleur privé que je connaisse.

— Tu parles…

Le son reconnaissable entre mille d'une canette qu'on ouvre emplit une nouvelle fois le haut-parleur. C'est tout juste si Danielle ne sent pas l'odeur de la bière.

— Je connais le truc, tu sais… « Allons solliciter ce vieux Doaks pour qu'il fasse le boulot que les crânes d'œuf surpayés de ton cabinet ultra-chic sont incapables de faire ! » Tu me prends pour une bonne poire, c'est ça ?

Tony lâche un soupir parfaitement contrôlé. Un acteur imprégné de son rôle, songe Danielle.

— Tu as entendu parler du meurtre de Maitland ?

Doaks répond d'une voix prudente.

— Tu veux parler du barjo qui a transformé un autre barjo en passoire ?

Danielle ferme les yeux. Lorsqu'elle les rouvre, Tony s'excuse du regard.

— Surveille ton langage, Doaks, dit-il. Tu es sur haut-parleur et tu parles du fils de notre nouvelle cliente, Mme Parkman, avocate au barreau de New York et incidemment assise juste en face de moi.

— Coupe ce foutu haut-parleur, espèce de décérébré !

Tony fait semblant d'accéder à sa demande. Il adresse

un clin d'œil à Danielle tandis qu'il retire le combiné de sa base avant de le remettre aussitôt en place.

— C'est bon, dit-il. On est entre nous, maintenant.

— Je préfère ça, grommelle Doaks. Mais je n'ai pas changé d'avis pour autant. Pas question de reprendre du service.

— Avoue qu'on est loin du mari qui fait des galipettes avec la meilleure amie de sa femme. C'est vraiment une affaire passionnante.

— Ton disque est rayé, Tony. C'est toujours la même rengaine, avec toi.

— La victime a été poignardée avec un peigne en métal.

— Je reconnais que le choix de l'arme n'est pas banal, dit Doaks. Mais il en faut plus que ça pour m'émoustiller. Alors, tu as d'autres suspects ?

— Tu vois, ça t'intéresse.

— Dans tes rêves.

— Ecoute, John.

La voix suave est de retour.

— Je sais que tu as un contentieux avec Maitland.

Court silence.

— Et alors ?

— Je ne t'appelle pas pour que tu me renvoies l'ascenseur, tu sais…

— Ben voyons !

— J'essaie simplement de t'aider à leur rendre la monnaie de leur pièce.

— A d'autres, Sevillas ! Tu as besoin de quelqu'un qui connaisse l'endroit comme sa poche.

— Je ne prétends pas le contraire.

L'avocat prononce les mots suivants avec une lenteur calculée.

— Au fait, comment va Madeleine ?

Nouveau silence.

— Fais gaffe où tu mets les pieds, connard.

La voix de Doaks, sombre, trahit une colère sourde.

Danielle cherche une explication dans le regard de Tony,

mais il garde la tête tournée vers les tableaux abstraits. Elle n'ose pas lui demander des précisions tout de suite, mais elle se promet de l'interroger plus tard au sujet de cette Madeleine.

— Alors, on se voit demain matin dans mon bureau ? lance Tony, un petit sourire aux lèvres. On devrait avoir reçu la boîte noire et on commencera à bâtir notre ligne de défense. Et, puisqu'on bosse ensemble maintenant, pourquoi tu n'irais pas à la pêche aux infos chez tes potes de la police, cet après-midi ?

— Ne me dis pas comment mener une putain d'enquête, réplique Doaks. Et puis j'ai prévu de regarder les leçons de golf de Johnny Miller à la télé, et ce ne sont pas tes coups tordus qui vont m'en empêcher.

Tony éclate de rire.

— N'oublie pas, John. La vengeance est un plat qui se mange froid.

— Ouais, c'est ça…, maugrée-t-il. Tout ce que je sais, c'est que cette journée promettait d'être parfaite, et que tu l'as transformée en un véritable enfer.

17

Le matin suivant, Danielle sourit à l'assistante de Tony et accepte le café et le beignet qu'elle lui offre. Tandis que la porte du bureau se referme, elle s'installe confortablement dans son fauteuil et baisse les yeux vers le tailleur-pantalon qu'elle a enfilé ce matin. Pour la première fois depuis qu'elle a découvert le corps sans vie de Jonas, elle a le sentiment d'avoir les idées claires. Enfin, elle va pouvoir agir au lieu de subir les événements. A 9 heures, Tony sera là, et ils décideront ensemble de la meilleure stratégie pour assurer sa défense et celle de son fils. Sans ce bracelet qui emprisonne sa cheville sous le tissu bleu marine, elle aurait presque envie de sourire à cette journée qui va la rapprocher du moment béni où elle pourra serrer Max dans ses bras.

Mais les sombres pensées profitent de l'attente pour regagner du terrain. Si elle est condamnée à une peine de prison ferme, Max sera entièrement livré au personnel de Maitland, et il n'y aura plus personne pour essayer de le faire sortir de cette maudite clinique. Et, s'ils sont déclarés coupables tous les deux, qui s'occupera de guider Max à travers la procédure d'appel ? Même au cas où il serait acquitté, qui prendra soin de lui, si sa mère est incarcérée ? Bien sûr, Georgia fera son possible, mais son amie n'a pas les épaules pour supporter ce genre de fardeau, surtout avec un mari chômeur, alcoolique et cocaïnomane. D'ailleurs, Danielle n'oserait jamais lui demander pareil service. Il y a aussi la question de l'argent, qui va finir par se poser à un moment ou à un autre. Danielle ne touche plus de salaire et les frais de justice pour un tel procès vont être astronomiques. Sans parler des soins dont Max risque d'avoir besoin à l'avenir. Qui va les financer ? Si seulement elle avait de la famille sur qui compter… Reste enfin le pire des scénarios : elle écope d'une peine de prison ferme et Max de la perpétuité. Non, elle ne peut pas raisonner en ces termes ! Si elle veut conserver assez d'énergie pour défendre son fils, elle ne doit pas se laisser aller à envisager le pire.

Posée au pied du bureau de Tony, une boîte noire attire son attention. Elle est sur le point de déchiffrer l'étiquette collée sur son couvercle quand la porte s'ouvre derrière elle.

Vêtu d'un costume gris foncé à fines rayures blanches et d'une cravate gris clair, Tony est l'image même du grand professionnel. Il s'approche d'elle et lui presse l'épaule. Le contact de sa main se veut chaleureux, rassurant, mais il a sur Danielle un effet beaucoup plus électrique.

— Bonjour, dit-il. Tu as bien meilleure mine, ce matin. Tu as réussi à dormir ?

— Oui, merci. J'étais plus fatiguée que je ne le pensais.

Il s'assoit derrière son bureau et se verse le café qui l'attendait dans une Thermos chromée.

— Oui, tu avais l'air épuisée, hier. Pas étonnant, avec tout ce que tu as vécu ces derniers jours.

— Tony ?

Elle espère que sa voix ne trahit pas trop son angoisse.

— Tu as pu rencontrer Max ? Il va bien ? Je peux le voir ?

Il boit une gorgée de café et hoche la tête.

— Oui aux deux premières questions, non à la dernière.

D'abord elle n'entend que ce *non*, qui résonne si douloureusement à ses oreilles. Puis son cerveau enregistre les réponses positives.

— C'est vrai, il va bien ?

— Franchement, pour quelqu'un qui vient de vivre des événements aussi traumatisants, il se porte plutôt bien. Naturellement, il s'inquiète pour toi, et la mort de Jonas le perturbe énormément. Je l'ai rassuré à ton sujet et je lui ai expliqué que j'allais assurer votre défense à tous les deux. Je lui ai dit aussi qu'il pourrait très vite te parler. Lorsqu'on s'est quittés, il m'a semblé beaucoup mieux.

— On va pouvoir se parler ? Quand ?

— J'ai obtenu que tu puisses l'appeler une fois par jour. Le tuteur ad litem a reconnu que c'était dans l'intérêt supérieur de ton fils.

En elle, le soulagement le dispute à la gratitude.

— Je te remercie du fond du cœur, Tony. Je peux l'appeler maintenant ?

— Cet après-midi. Et il ne faudra pas que la conversation s'éternise.

— Je dispose de combien de temps ?

— La cour a donné à l'infirmière de service le droit de mettre fin à votre conversation quand elle estime que ça a suffisamment duré.

Danielle ne peut réprimer un grognement de frustration.

— Si je tombe sur cette Mlle Kreng, elle va me couper la parole au bout de trois minutes.

Tony hausse les épaules.

— Malheureusement, on n'a pas d'autre choix que d'accepter la décision de la cour. Mais c'est mieux que rien, n'est-ce pas ? Et puis, si tout se passe bien, je parviendrai peut-être à convaincre le tuteur de t'accorder un peu plus de temps pour parler à ton fils. J'essaierai même de t'obtenir une visite — sous surveillance, bien sûr — à Maitland.

Danielle inspire profondément et tente de sourire.

— Ce n'est pas grand-chose, mais tu as raison : c'est mieux que rien. Et maintenant, donne-moi plus de détails sur ta conversation avec Max.

Tony lui raconte à quel point Max est horrifié par les charges qui pèsent contre sa mère et lui, à quel point la perspective de se retrouver devant un juge le remplit d'angoisse. A l'en croire, il ne se souvient pas du tout de ce qui s'est passé. Tony précise que Max lui a semblé très sincère en affirmant cela. Il était en larmes, terrifié, mais il s'est calmé quand Tony lui a promis que sa mère ne tarderait pas à l'appeler et que lui-même viendrait le voir tous les jours. Au bout d'une heure, Tony a dû mettre un terme à l'entretien parce que les yeux de Max se fermaient. Il est resté jusqu'à ce que l'adolescent s'endorme.

La voix de Tony s'adoucit.

— C'est un gentil garçon, Danielle. Je ferai tout ce qui est en mon pouvoir pour qu'il te soit rendu.

Les yeux brillants, Danielle se lève et se penche vers lui.

— Oh, Tony, comment vais-je faire pour supporter tout ça ?

Du menton, il indique le fauteuil qu'elle vient de quitter.

— En conservant les idées claires et l'esprit affûté, et en m'aidant à bâtir une défense en béton armé.

Elle se rassoit et il lui adresse un merveilleux sourire qui réchauffe son cœur.

— Et en cessant de me troubler par ta beauté.

Elle lui rend son sourire.

— A vos ordres, cher confrère. Par quoi commence-t-on ?

Il tend le doigt vers la boîte noire posée par terre.

— Par ça. Dès que je…

La porte s'ouvre brusquement sur un homme échevelé et débraillé, vêtu d'un polo défraîchi et d'un pantalon beige taché de café. Ses cheveux blancs se dressent curieusement sur sa tête, comme s'il venait de mettre les doigts dans une prise de courant. Sa voix ressemble à du gravier broyé par une roue de bois.

— Bonjour la compagnie.

Danielle se tourne vers Tony, persuadée qu'il va se lever et raccompagner ce SDF à la porte. Mais, si l'avocat se lève, c'est pour accueillir le nouveau venu avec un grand sourire.

— Doaks… Content de te voir, mon vieux. Laisse-moi te présenter Mme Parkman.

L'homme se tourne vers Danielle et lui tend une grosse main burinée.

— Ravie de faire votre connaissance, monsieur Doaks.

Le sourire des plus étranges qu'il lui décoche donne un

air grimaçant à son visage renfrogné. A croire qu'il n'a pas souri depuis si longtemps qu'il a perdu le mode d'emploi.

— Pareil pour moi.

Lui serrer la main est comme se frotter à du papier abrasif.

— Et puis laissez tomber le *monsieur*, ajoute-t-il. Tout le monde m'appelle Doaks, sauf cette canaille de Tony qui me donne du John quand il essaie de m'entu... de m'embobiner.

Il s'affale dans le fauteuil voisin de celui de Danielle, promène tranquillement le regard autour de lui et émet un long sifflement. Danielle suit machinalement le regard du détective privé. Le bureau d'Anthony Sevillas n'est pas d'un luxe particulièrement ostentatoire, mais il respire indéniablement la réussite. Une baie vitrée offre une vue panoramique sur le centre-ville de Des Moines, le verre épais convertissant les bruits stressants de la cité en une rumeur douce et rassurante. Des rayons de soleil ricochent sur les fenêtres miroirs de l'immeuble voisin et viennent réchauffer les couleurs des quatre toiles contemporaines qui ornent l'un des murs.

— Eh ben mon cochon, dit Doaks avec une moue admirative. C'est la grande classe, ton burlingue.

— Merci, vieux.

Tony retire la veste de son costume, laisse tomber ses boutons de manchette dans un cendrier en cristal et relève les manches de sa chemise, si bien repassée qu'elle semble émettre de petits craquements. Il jette un regard circonspect au pantalon taché de Doaks et fait un clin d'œil complice à Danielle.

— Les apparences sont parfois trompeuses.

— Va te faire foutre, grommelle Doaks.

Il se tourne vers Danielle et lui décoche un sourire en coin.

— Désolé, m'dame. Notre ami le ténor du barreau pète parfois plus haut que son auguste popotin, et il faut bien que quelqu'un se charge de lui rabattre son caquet.

Il reporte son attention sur Tony.

— Y'aurait pas du café, dans ce taudis ?

Tony hoche la tête et presse un bouton sur l'Interphone avant de se renverser dans son fauteuil. Deux minutes plus tard, son assistante apporte du café accompagné d'une part de cake couvert de sucre glace. Doaks avale sa tasse d'un trait avant d'enfourner le gâteau avec des bruits peu ragoûtants.

— Bon, dit-il la bouche encore pleine et balayant d'une main distraite les miettes qui constellent son polo. L'horloge tourne.

— Eh bien nous n'attendions plus que toi, réplique Tony avant de se tourner vers Danielle. Madame Parkman, j'ai donné à Doaks un récapitulatif détaillé de la situation et de la conversation que vous et moi avons eue hier ici même. Mais, avant que nous nous intéressions au contenu de la boîte noire, j'aimerais qu'il nous dise ce qu'il a appris auprès de ses anciens collègues du département de police de Plano. Doaks, nous sommes tout ouïe.

Danielle note avec un sourire intérieur le vouvoiement de rigueur devant Doaks.

— C'était une conversation assez crue, si vous voyez ce que je veux dire, lance le détective privé. On n'a pas tourné autour du pot, quoi.

Il gratte sa barbe de trois jours et jette un regard en dessous à Danielle.

— Il faudrait qu'on me dise comment je peux la jouer avec vous, m'dame. Vous voulez la vérité toute nue ou vous préférez une version édulcorée ?

Danielle le regarde aussi mais plus franchement.

— Je veux tout savoir. Je suis avocate, et croyez-moi j'en ai vu d'autres. Je suis moins fragile que j'en ai l'air, monsieur Doaks, et j'ai bien conscience de la gravité de la situation. Je sais aussi que j'ai grand besoin de votre aide et de celle de M. Sevillas. Alors parlez sans crainte et sans détour.

Doaks se tourne vers Sevillas, qui abaisse brièvement les paupières avec un petit hochement de tête.

Les yeux bleu laiteux de John Doaks se plantent dans ceux de Danielle.

— Je n'ai qu'une seule règle, mais il faut impérativement la respecter.

— Quelle règle ?

— Ne me mentez pas, répond-il calmement. Si vous me dites la vérité et que vous n'essayez pas de me mener en bateau, tout se passera bien entre nous.

— Je ne mens pas, monsieur Doaks, réplique Danielle d'une voix grave. Et mon fils n'est pas un meurtrier.

Doaks picore les quelques miettes coincées dans les replis de son polo douteux, puis lui sourit de toutes ses dents.

— Alors tout devrait aller comme sur des roulettes.

— Parfait, intervient Tony. Et maintenant, dis-nous ce que tu as appris.

— D'accord. Avec mon pote Barnes, on s'est fait une partie de billard en buvant une mousse, hier soir.

— Qui est Barnes ? demande Danielle.

— Je faisais équipe avec lui quand j'étais flic. Il sait de quel bois je suis fait et il sait que je finirai toujours par obtenir les infos dont j'ai besoin d'une manière ou d'une autre. Pour faire court, Barnes me considère comme l'un des siens. C'est comme quand on a fait la guerre ensemble, m'dame. Ça crée des liens qui durent toute la vie.

Il sort la langue à la manière d'un caméléon pour happer une miette coincée dans les poils de son menton, puis se renverse dans son fauteuil, les mains jointes face à lui et les yeux rivés au plafond. On dirait qu'il s'apprête à réciter une prière. Mais les mots qui sortent de sa bouche n'ont rien d'apaisant.

— Je ne vais pas revenir sur ce que vous savez déjà, d'accord ? Je vais juste vous balancer les scoops, et autant vous dire tout de suite que ce ne sont pas de bonnes nouvelles.

Danielle se raidit. Doaks la fixe de ses yeux chassieux.

— Comme si ce n'était pas assez compromettant qu'on vous ait retrouvée en train de tirer votre gamin tout plein de sang hors de la scène de crime avec l'arme planquée dans votre sac, la police a amassé d'autres munitions contre vous. Et c'est du gros calibre.

D'un mouvement de tête, il indique la grande boîte noire.

— Je suis prêt à parier ma chemise du dimanche que les munitions en question se trouvent là-dedans.

Il lève un index noueux.

— Premièrement, ils ont des enregistrements vidéo.

Les caméras blanches fixées dans l'angle de toutes les chambres de Maitland s'imposent à l'esprit de Danielle. *Oh, non…* Alors la police sait que Max serrait le peigne dans sa main ? Qu'elle le lui a retiré ? Que peut-on voir d'autre sur ces images ? Max en train de poignarder Jonas ? Non, Max n'a pas pu faire ça ! Ce qui veut dire que la police connaît certainement l'identité du véritable meurtrier… Dans ce cas, pourquoi Max reste-t-il inculpé ? Elle essaie de parler d'une voix calme.

— Quels enregistrements vidéo ?

Doaks hausse les épaules.

— Il y a des caméras qui filment toutes les chambres et toutes les portes de sortie. Des moniteurs reçoivent les images dans le bureau des infirmiers et au poste central de sécurité.

— Tu es en train de nous dire que le meurtre a été filmé ? demande Tony.

Danielle retient son souffle.

— Non, tu penses bien…, répond Doaks en soulevant une fesse de son fauteuil, sans doute pour voir s'il n'aurait pas oublié quelques miettes de son cake. On ne voit qu'un grand blanc durant toute la séquence du meurtre.

Le cœur de Danielle se remet en marche.

— Défaillance technique ?

— On peut dire ça comme ça. Mais ça m'étonnerait que la caméra soit tombée en panne toute seule.

Il lui lance un regard un peu trop inquisiteur à son goût. Peu importe. Tout ce qui compte, c'est que le film ne porte pas tort à son fils. Mieux vaut que les jurés voient un enregistrement vierge plutôt que Max avec ce peigne ensanglanté serré dans ses doigts, ou pire, en train de poignarder Jonas. Ça ne le disculpe pas, d'accord, mais au moins ça ne l'incrimine pas non plus. Elle s'en veut d'avoir envisagé si vite la possibilité que son fils soit coupable, dénoncé par cet enregistrement vidéo. Après tout, c'est peut-être l'horrible vérité, songe-t-elle malgré elle. Ne faut-il pas qu'elle soit folle, ou simplement aveuglée par l'amour maternel, pour s'obstiner à nier ce qui semble l'évidence ?

Doaks lève un autre doigt.

— Par contre, Barnes m'a dit que les enregistrements en leur possession sont de véritables bombes. On y voit votre fils qui cherche des noises à la victime ; on le voit piquer des crises le soir et durant la nuit ; on vous voit en train de contester tout ce que disent les médecins… Ce bon vieux Barnes pense que c'est une mine d'or pour l'accusation.

Il se tourne vers Danielle.

— Il va falloir qu'on les visionne tous, vous savez.

Elle acquiesce de la tête et prend la parole.

— Ecoutez, il faut que je vous dise quelque chose d'important à tous les deux. Il me semble avoir vu quelqu'un s'enfuir par la fenêtre de la chambre.

Tony croise les bras sur son bureau et se penche en avant, l'air concentré.

— Vous avez pu distinguer son visage ?

— Non, c'était comme une ombre… Je ne l'ai vue que du coin de l'œil. J'étais complètement happée par le spectacle d'horreur que j'avais sous les yeux. D'ailleurs, ça ne m'est revenu à l'esprit que plusieurs heures plus tard.

Tony semble perplexe.

— Pourquoi ne pas l'avoir dit plus tôt ?

Elle sent qu'elle rougit, mais sa voix reste ferme.

— Je n'étais pas sûre de moi. Je craignais d'avoir inventé ça pour dédouaner Max.

— Et maintenant ? demande Tony. Vous êtes sûre d'avoir vu quelqu'un sortir de cette chambre ?

— Suffisamment pour oser en parler, en tout cas.

Doaks et Sevillas échangent un regard.

— Ça ne va pas nous mener loin, grommelle le détective en se resservant une tasse de café.

— Comment ça ? dit Danielle, incapable de masquer son irritation. Je suis presque sûre d'avoir vu quelqu'un fuir la scène de crime et vous trouvez que ça n'a pas d'importance ?

— C'est le *presque* qui me gêne, si vous voyez ce que je veux dire, rétorque Doaks. Et puis vous n'avez même pas distingué son visage. C'était qui, ce gugusse ? Le cavalier sans tête ?

— C'était peut-être le véritable meurtrier, réplique sèchement Danielle. L'homme qui a tué Jonas et qui a transporté mon fils inconscient jusque dans cette chambre pour lui faire porter le chapeau. L'homme qui m'aurait peut-être assassinée, moi aussi, si j'étais arrivée quelques minutes plus tôt.

Doaks la regarde avec une grimace peinée.

— Ne parlez pas de malheur.

Son visage est si comique qu'elle ne peut s'empêcher d'esquisser un sourire. Elle n'a jamais croisé un énergumène pareil.

Le téléphone sonne avant qu'elle puisse lui répondre. Tony décroche aussitôt.

— Très bien, dit-il, nous allons le prendre.

Il reste un petit moment sans parler, se contentant de hocher la tête avec de brefs murmures.

— Oui, je suis l'avocat de Mme Parkman, dit-il enfin avant de mettre le téléphone sur haut-parleur et de le tendre à Danielle.

Elle se lève et saisit le combiné noir d'une main tremblante.

— Max ? C'est toi, mon chéri ?

— Maman !

Cette voix qu'elle aime entre toutes est si claire, si réelle, qu'il lui semble qu'elle pourrait la toucher. Et, bien que la terreur qui perce sous ce simple mot — *maman !* — la fasse souffrir, elle n'a jamais été aussi heureuse d'entendre son fils le prononcer.

— Où es-tu, maman ? Quand est-ce que je vais te voir ?

— Là, mon chéri, là… Ne t'inquiète pas.

Pour lui, elle trouve la force de parler d'une voix calme.

— Tout va s'arranger, mon trésor. Je suis dans le bureau de M. Sevillas, notre avocat, que tu as rencontré ce matin, et nous travaillons dur pour te sortir de là.

— Mais je ne peux pas…

Sa voix se craquelle comme la banquise au passage d'un brise-glace.

— J'ai *peur*, maman.

Le besoin de croiser son regard, de sentir son odeur, de le serrer tout contre elle est si fort qu'elle en a la respiration coupée durant quelques secondes.

— Je sais, Max. Mais tu dois me croire quand je te dis que les choses vont s'arranger. Je ne te laisserai jamais tomber, mon chéri. Jamais, tu m'entends ? N'oublie pas que je suis avocate et que je sais me défendre.

— Mais pourquoi est-ce qu'ils pensent que j'ai tué Jonas ?

Sa peur est palpable. Elle suinte de chacun de ses mots.

— Tu sais que ce n'est pas moi, n'est-ce pas ? Je ne sais pas comment je me suis retrouvé dans sa chambre ! Je ne sais pas pourquoi j'étais couvert de sang !

— Chéri, écoute-moi.

Elle prend une longue inspiration.

— As-tu le moindre souvenir de ce qui s'est passé cet après-midi-là ? Il faut que tu te calmes pour qu'on puisse comprendre comment tout ça est arrivé.

Un sanglot traverse le combiné et vient poignarder son cœur de mère. Elle garde le silence, laissant à Max le temps de se ressaisir.

— Tout ce dont je me souviens, c'est que je suis resté hors de ma chambre toute la matinée. Et, juste avant le déjeuner, je crois que quelqu'un est venu m'attacher les bras et les jambes avec ces saloperies de ceintures. Les médicaments m'ont assommé, et quand je me suis réveillé tu étais là, et il y avait aussi des flics qui m'ont empoigné, et j'étais couvert de sang…

— Tu n'as rien vu avant ça ? Rien entendu ? Comment es-tu arrivé dans la chambre de Jonas ? Tu t'en souviens ?

— Non ! hurle-t-il dans l'appareil. Je ne me souviens de rien ! Ils me font bouffer tellement de médicaments que je vis dans le brouillard ! Je passe la moitié du temps à dormir et, quand je me réveille, tout est embrouillé dans ma tête. Je m'énerve comme… comme un fou. Je ne sais pas ce qui m'arrive, tu sais. Il faut que tu viennes me chercher, maman. Je veux rentrer chez nous.

— Ce n'est pas possible pour l'instant, mon chéri. La juge m'interdit de te voir.

— Mais quand est-ce que tu vas venir ? Est-ce qu'au moins j'ai le droit de t'appeler ?

— Je ne sais pas encore quand je vais pouvoir venir, Max. Et les appels téléphoniques sont réglementés. Pour le moment, on a droit à un coup de fil par jour pendant quelques minutes, et ce n'est pas toi qui peux décider quand tu souhaites le passer.

— Je veux au moins qu'on me rende mon iPhone et mon ordinateur.

— Mon chéri, dit-elle avec douceur, s'ils m'ont demandé de te les retirer au moment de ton admission, tu penses bien qu'ils ne vont pas accepter que je te les rende maintenant.

— Trouve un moyen de me les rapporter, dit-il d'une voix hachée. Je me débrouillerai pour t'appeler et pour faire d'autres trucs derrière leur dos.

— Max…

— Laisse tomber, maman.

Elle soupire. Comme certains enfants atteints du syndrome d'Asperger, Max est un petit génie de l'informatique. Il serait sans doute capable de déclencher une guerre nucléaire avec son iPhone.

— Je demanderai à M. Sevillas de t'apporter ton téléphone portable la prochaine fois qu'il viendra te rendre visite. Mais je persiste à penser que ce n'est pas une bonne idée.

— C'est un smartphone, maman, ce n'est pas du tout pareil.

— Ton smartphone, pardon.

— Alors M. Sevillas va me l'apporter ? Ce mec est cool.

Elle se tourne vers Tony, qui fait la grimace et prend le combiné des mains de Danielle.

— Salut, mon grand. Tony Sevillas à l'appareil. Ecoute, je crois qu'il vaut mieux oublier l'ordinateur et l'iPhone. On marche sur des œufs avec la juge, et franchement je n'ai pas envie de prendre le risque qu'elle me botte les fesses, tout ça pour que tu puisses surfer sur le web.

— Bon, dit Max, je suppose que je peux me passer de mon laptop, parce que l'iPhone est quasiment un ordinateur. Voilà ce que je vous propose, reprend-il après une courte pause. J'ai ma Game Boy avec moi. Elle est noir laqué et à peu près de la même taille que l'iPhone. On n'a qu'à faire l'échange, ils n'y verront que du feu.

Encore une pause, puis il se met à chuchoter.

— Merde, voilà la Gestapo qui rapplique.

S'ensuivent quelques secondes de silence, durant lesquelles Danielle et son avocat échangent un long regard.

— C'est bon, ils sont partis, dit finalement Max.

Danielle reprend le téléphone des mains de Tony.

— Max, il faut que je te repose la question. C'est important que tu me dises la vérité, d'accord ? Pourquoi voulais-tu faire du mal à Jonas ?

— Je ne voulais pas lui faire du mal ! lance-t-il d'un ton excédé. D'accord, je le trouvais carrément bizarre, mais je n'en avais rien à foutre de lui.

— Ecoute, Max, on a déjà parlé de ça avant. Tu te souviens de ce qui s'est passé dans la salle des familles ? Et quand j'étais à New York ? Jonas a dû être emmené aux urgences chaque fois.

Elle inspire profondément.

— Max, tu dois me dire la vérité.

— Pourquoi tu continues de me poser ces questions débiles ? s'emporte-t-il. Tout le monde est devenu dingue, ou quoi ?

— Calme-toi, mon chéri. J'essaie simplement de…

Un bruit confus lui parvient à l'oreille. Max a-t-il jeté le téléphone dans un geste de rage ?

— Max ? Max !

— Madame Parkman.

C'est la voix sévère de Mlle Kreng.

— Cette conversation est terminée.

La colère submerge Danielle.

— Repassez-moi mon fils tout de suite !

— J'ai toute autorité pour mettre un terme à ces conversations téléphoniques dès lors que le patient me semble dans un état d'agitation préjudiciable à son traitement. Au revoir, madame Parkman.

Le calme avec lequel l'infirmière lui répond ne fait qu'attiser la fureur de Danielle, d'autant que la ligne n'émet plus qu'une tonalité sinistre.

— Allô ! Allô !

Elle se tourne vers Tony.

— Elle m'a raccroché au nez !

Tony lui prend doucement le combiné des mains et le repose sur sa base. Elle enfouit le visage dans ses mains et éclate en sanglots. Elle ne pleure pas depuis trente secondes que Tony l'entoure déjà de ses bras et la serre tout contre lui. Ce geste la réconforte mais l'incite aussi à laisser éclater la boule d'angoisse et de chagrin qui a grossi en elle comme une tumeur. Elle n'en peut plus. Elle n'en peut vraiment plus. Danielle presse le visage sur le torse de Tony jusqu'à ce que le cœur qu'elle sent battre contre sa tempe apaise ses sanglots. Elle lève alors les yeux et rencontre un regard à la fois grave et tendre, comme le baiser que Tony pose ensuite sur sa bouche.

— Les choses vont s'arranger, Danielle.

Ce sont presque les mêmes paroles qu'elle a prononcées pour rassurer Max.

— Je vais vous sortir de là, toi et ton fils.

Elle hoche doucement la tête et entrouvre les lèvres, mais les mots semblent coincés quelque part en elle. Tony l'aide à regagner son fauteuil. Une fois assise, Danielle jette un coup d'œil à Doaks. La moue sur son visage semble dire : *Je vois…*, son regard exprimant autant de surprise que d'amusement.

— Très bien, dit Tony comme si rien ne s'était passé. Mettons-nous au travail.

Danielle sèche ses larmes. Si elle veut être capable d'aider Max, elle doit impérativement laisser ses émotions de côté. Un souffle tremblant expulse les derniers vestiges de ses sanglots, et elle hoche la tête aussi fermement que possible.

— Donc, reprend Tony, Max n'a gardé aucun souvenir du drame.

Elle secoue la tête.

— Non.

Les lèvres de Doaks se tordent, formant une nouvelle version de son curieux sourire.

— C'est là que j'entre en scène. Si quelqu'un d'autre a fait le coup, je trouverai qui c'est.

Danielle le remercie d'un signe de tête. Elle ignore si ce drôle de type est aussi efficace que le prétend Tony, mais son assurance lui fait du bien.

— O.K., écoutez ça, dit-il. Il y a un truc que Barnes m'a dit hier soir et que j'ai du mal à piger. Les flics ont fouillé la chambre de Max après le meurtre, et je me pose des questions sur ce qu'ils y ont découvert.

— Qu'est-ce qu'ils ont découvert ? demande Tony.

Mais c'est vers Danielle que Doaks se tourne pour répondre.

— Un collier avec une médaille de saint Christophe qui appartenait à la victime, par exemple. Comment a-t-il pu se retrouver sous l'oreiller de votre gamin, m'dame Parkman ?

Danielle accuse le coup. La liste des éléments qui accablent Max est-elle donc sans fin ? Elle essaie de se souvenir si elle a vu Jonas avec un tel collier, mais ça ne lui dit rien.

— Quelqu'un a dû le placer là pour incriminer Max.

— A-t-on relevé des empreintes sur ce collier ? demande Tony.

— Je n'ai pas encore cette info, mais je suis sûr que

l'accusation se fera un plaisir de te la communiquer si ce sont celles de Max qui s'y trouvent. Et ce n'est pas tout.

Il sort un papier froissé de sa poche et le tend à Danielle, qui le déplie d'une main tremblante.

Tony se penche au-dessus de son bureau, les yeux plissés par la curiosité.

— De quoi s'agit-il, Doaks ?

— D'un document qui provient du dossier médical de la victime. Cette photocopie était planquée sous le matelas de Max.

— Qu'est-ce que ça dit ?

— C'est l'emploi du temps de Jonas Morrison pour la journée du meurtre.

18

Danielle fixe d'un regard vide les reliefs du déjeuner qu'ils viennent de terminer. Elle n'a même plus la force d'aider l'assistante de Tony à ramasser les couverts et les assiettes en carton. L'avocat et le détective sont partis faire un tour aux toilettes. Elle a fait de son mieux pour leur raconter tout ce qui s'est passé depuis le jour où Max a été admis à Maitland. Sans mâcher ses mots, elle leur a confié ses griefs contre la clinique : la surdose médicamenteuse dont a été victime son enfant ; l'utilisation de méthodes de contention et d'isolement ; le refus de l'équipe médicale de la laisser participer au processus d'évaluation psychiatrique, qui s'est finalement soldé par une suppression pure et simple du droit de visite. Elle a insisté sur le fait que Max était déprimé mais pas violent, et que son état a dégénéré de façon spectaculaire et inexplicable juste après son admission à Maitland.

C'est ce qu'elle a omis de dire qui la perturbe.

Elle a gardé sous silence les quelques fois où Max s'est montré violent avec elle, ainsi que la teneur des notes découvertes dans l'ordinateur de la clinique. Pour les évoquer devant Tony et Doaks, il aurait fallu qu'elle avoue s'être introduite illégalement dans les locaux de Maitland, puis dans son système informatique. Or, elle a pris soin de taire les informations qu'elle n'est pas censée connaître, afin de ne pas trahir ses actes passibles d'autres poursuites judiciaires. Le ministère public a suffisamment de choses à lui reprocher.

L'omission la plus grave, bien sûr, concerne l'arme du crime, trouvée dans la main de Max et non « à l'autre bout de la pièce, dans une mare de sang », comme elle l'a affirmé en réponse à une question de Tony. Voilà un secret qu'elle est bien décidée à emporter dans sa tombe.

Tony et Doaks reviennent de leur pause pipi. Elle se demande pourquoi les hommes semblent avoir les conversations les plus importantes pendant que leurs pénis pendent au-dessus d'un urinoir. Danielle sait d'ailleurs pertinemment que leur séjour aux toilettes est avant tout un prétexte pour discuter hors de portée de ses oreilles. Pour confronter leurs points de vue sur le récit de ses déboires avec Maitland. Pour voir s'ils le trouvent crédible. S'ils peuvent s'y appuyer pour bâtir une ligne de défense solide.

Tony se verse une autre tasse de café avant de rejoindre Danielle autour de la table de réunion. Doaks, qui y a déjà pris place, termine les restes d'une pâtisserie qu'il a pris soin de mettre de côté. La large boîte noire, posée en bout de table, semble attendre qu'on se décide à l'ouvrir.

— Bien, dit Tony. Nous avons exposé dans les grandes lignes les éléments dont l'accusation dispose pour démontrer la culpabilité de Max.

Il se tourne vers Danielle.

— J'aimerais maintenant que tu nous dises si tu as une idée de celui qui pourrait avoir commis ce meurtre.

Tony a repris le tutoiement après son élan de tendresse et ce baiser sur la bouche, Doaks ayant parfaitement compris que les liens qui l'unissaient à sa cliente n'étaient pas uniquement professionnels.

Danielle sent le regard des deux hommes qui la scrute attentivement. Elle se fait violence pour chasser Max de ses pensées et passer en mode avocate.

— Pas d'idée précise, non, mais il me semble indispensable de garder à l'esprit que n'importe qui a pu faire le coup. Notre enquête doit être la plus large possible. Il faut s'intéresser à tous les membres du personnel, du gardien de nuit aux spécialistes renommés, essayer de savoir si l'un d'entre eux a des antécédents de violence ou une raison d'en vouloir à la famille Morrison — ou pourquoi pas à la clinique — et s'il a pu se trouver dans l'unité de Fountainview à l'heure du crime.

— Bonne idée, dit Tony.

— On devrait également exiger que soient divulgués les dossiers des autres patients de l'unité par le biais d'une ordonnance de production de pièces, notamment ceux qui ont des tendances violentes, poursuit Danielle. Souvenez-vous de Naomi, cette fille dont je vous ai parlé et qui se trouvait dans la salle des familles lorsque Max a eu cette… altercation avec Jonas. Elle était incontrôlable et a dû être traînée de force jusqu'à sa chambre. Sans compter qu'elle a proféré des menaces à l'égard de Max. C'est une fille très bizarre et très violente. A en croire les coups que je l'ai vue porter aux surveillants qui tentaient de la maîtriser, elle a dû pratiquer un art martial à un bon niveau. Ces messieurs pourront d'ailleurs en témoigner. En outre, cette jeune fille m'a dit — je cite — : « Je coupe les gens. » Il faut qu'on obtienne des informations sur son parcours scolaire, sportif, psychiatrique, etc., ainsi que sur d'éventuels antécédents judiciaires. Il y a aussi un garçon qui s'appelle Chris et qui a cassé le bras de sa mère, mais je ne l'ai vu qu'une seule fois dans l'unité de soins et je ne suis pas sûre qu'il soit encore traité à Maitland.

Elle rassemble ses pensées.

— Une nouvelle fois, il me semble important d'obtenir une injonction de produire les dossiers médicaux de tous les patients de l'unité. Je suis certaine que la direction de Maitland opposera le secret médical à cette demande, mais il me semble légitime de vouloir savoir si l'historique psychiatrique des patients présents dans l'unité de Fountainview au moment du crime fait état d'épisodes de violence physique.

Tony Sevillas approuve d'un hochement de tête.

— Et la mère de la victime ? Existe-t-il le moindre

élément indiquant qu'elle aurait eu un comportement violent à l'égard de son fils ?

— Non, répond vivement Danielle avant de prendre le temps de réfléchir à la question.

Rien de ce qu'elle a pu observer entre Jonas et sa mère ne permet de soupçonner une quelconque maltraitance de la part de Marianne. C'est même tout le contraire. Mais elle doit absolument trouver un autre suspect pour ébranler les certitudes de l'accusation.

— On ne peut écarter personne à ce stade, dit-elle à contrecœur. A ce propos, j'aimerais vous informer de mon désir de prendre un rôle très actif dans les enquêtes qui vont nous permettre d'y voir plus clair dans cette affaire, et en particulier dans celle que nous allons mener sur Marianne Morrison.

Ça lui fait mal d'en arriver là, mais elle n'a pas le choix.

Doaks déchire une page de son bloc-notes et la froisse dans sa main.

— Ne le prenez pas mal, m'dame Parkman, mais j'étais enquêteur avant que vos petites culottes ne deviennent de la lingerie. Je connais mon taf sur le bout des doigts, et il n'est pas question que quelqu'un vienne m'expliquer comment ça se danse.

Tony détourne la tête avec un toussotement forcé, mais Danielle a le temps d'apercevoir le sourire qu'il essaie de réprimer.

Elle se tourne vers Doaks.

— Permettez-moi de vous rappeler que c'est la vie de mon fils qui est en jeu dans cette affaire. Je n'ai aucune intention de vous apprendre votre métier ou de vous gêner dans vos investigations, mais il se trouve que j'ai des informations que vous n'avez pas. Et puis le temps presse, et il va falloir s'intéresser à beaucoup de monde. Mon aide vous soulagera.

Doaks agite une main butée sous le nez de Danielle.

— Oubliez cette idée, ma p'tite dame. Ça ne se voit peut-être pas, mais j'ai tout ce qu'il faut là-dedans, ajoute-t-il en tapotant son index contre sa tempe. Ça fait trente ans que je bosse seul, et ce n'est pas à mon grand âge que je vais changer mes habitudes.

— Allez, Doaks, intervient Tony. Pour une fois que tu travailles pour une cliente vraiment intelligente… Danielle est notre meilleure source d'information, et je suis sûr que son aide pourra nous être précieuse.

Un sourire s'esquisse sur ses lèvres.

— Et puis je préfère que Danielle joue au détective qu'à l'avocate, si tu vois ce que je veux dire.

Doaks lui décoche un regard à découper un coffre-fort.

— Reste en dehors de ça.

Tony se tourne vers Danielle.

— Tu promets de ne pas marcher sur les plates-bandes de Doaks ?

— C'est promis, dit-elle.

— Puisque c'est comme ça, trouvez-vous un autre pigeon, lance Doaks en se levant, bloc-notes à la main.

— John, n'oublions pas pourquoi nous sommes réunis dans mon bureau, dit Tony avec un regard entendu.

— Ne me pousse pas à bout, Tony. Je me fous que tu aies réussi à faire sortir Madeleine de cet endroit. Tu ne vas quand même pas me resservir cette histoire pendant cent ans ! Merde, à la fin !

Il se laisse pourtant retomber dans son fauteuil et se tourne vers Danielle, qui se demande une fois de plus qui est cette Madeleine dont Tony se sert pour dompter l'animal sauvage dont il s'est adjoint les services.

— Ecoutez, m'dame Parkman…

Elle lui sourit.

— Appelez-moi Danielle, je vous en prie.

— Ouais, ouais… Danielle, grommelle-t-il dans sa barbe de trois jours. Si vous avez l'intention de venir faire joujou dans mon pré carré, il va falloir qu'on déploie les barbelés pour délimiter la frontière à ne pas franchir… Je me fais bien comprendre ?

— Absolument, dit Danielle. Que proposez-vous ?

Doaks gratte les poils blancs qui couvrent la moue maussade de son visage.

— Il y a des endroits où je ne veux pas vous voir et des choses que je veux faire seul, comme interroger des témoins importants sans avoir une gonzesse qui me colle aux basques.

— La gonzesse est d'accord, dit-elle en affichant le plus grand sérieux.

— Je n'ai rien contre vous, vous savez. Mais j'ai des contacts qui pourraient s'inquiéter de me voir…

— Travailler avec une femme ?

— Mais non ! lance-t-il en se renfrognant. Ce n'est pas la question ! C'est juste que tous mes contacts savent que je bosse en solo. C'est pour ça qu'ils me font confiance et qu'ils acceptent de me parler.

Tony jette un bref coup d'œil à Danielle. Une lueur amusée fait briller son regard.

— Je suis certain que Danielle respectera les relations privilégiées que tu entretiens avec tes sources et qu'elle ne fera rien qui puisse entacher ta brillante réputation.

Doaks l'assassine du regard.

— Ce n'est pas à toi que je parle, ducon. A partir d'aujourd'hui, si tu veux savoir où en est l'enquête, il faudra t'adresser à ta cliente.

Tony retrouve son sérieux et tend la main vers la boîte noire.

— Voyons quelles sont les munitions du ministère public.

Danielle regarde Doaks sortir un couteau suisse de sa poche et trancher l'adhésif brun qui ferme la grosse boîte.

Tony se tourne vers elle.

— Soyons bien clairs, Danielle. Cette boîte ne contient que des choses désagréables. En tant qu'avocate, tu t'attends peut-être à ne pas en être affectée autant que le serait un profane. A mon avis, c'est une erreur. Prépare-toi à vivre un moment difficile.

Elle hoche la tête, la gorge serrée.

Doaks plonge la main dans les dossiers suspendus que

contient la boîte et en sort une liasse de documents. Il les passe en revue et les transmet au fur et à mesure à Tony, qui les parcourt à son tour avant de les donner à Danielle. Doaks agrémente sa lecture de petits commentaires grommelés.

— Là, y'a pas grand-chose… Les faits consignés dans le procès-verbal sont réduits au strict minimum… J'ai des croquis sommaires de la scène de crime, mais pas de rapport d'autopsie.

Danielle se lève pour regarder par-dessus l'épaule de Tony. Ce qu'elle voit alors est précisément ce qu'elle voudrait tellement effacer de sa mémoire ; ces murs maculés de sang, ce lit aux draps rougis par la sauvagerie de… de qui ? Elle ferme les yeux. Quand elle les rouvre, ils se posent sur ceux de Jonas : deux billes dans un bol blanc. Son estomac se noue et elle se force à examiner la série de gros plans. Les deux bras du garçon sont criblés d'horribles petits trous. Le corps, labouré par l'acharnement du meurtrier, a été photographié sous plusieurs angles. Là, elle voit des cratères béants qui crachent leur lave en haut des cuisses de Jonas ; ici, des orifices noirâtres de part et d'autre des organes génitaux… Sur un autre cliché, pris au niveau de l'aine et de l'artère fémorale, ce n'est plus qu'une bouillie de chair et de sang.

Doaks pose le doigt sur cette photo presque insoutenable.

— On dirait que c'est surtout de là que le raisin a giclé.

Il leur montre ensuite une photographie des projections sur les murs et le plafond, qu'il commente d'un long sifflement.

Danielle a un haut-le-cœur. Elle va se rasseoir, aussi loin que possible de la boîte noire et des horreurs qu'elle renferme. Après avoir régulé sa respiration et s'être assuré qu'elle ne va pas vomir, elle se concentre sur les documents posés devant elle, les triant en piles bien ordonnées. Cette tâche la calme suffisamment pour lui permettre de poser un regard presque distancié sur les photos de la scène de crime.

Elle étudie une à une ces images dignes d'un film gore, grimaçant à la vue de celles du T-shirt ensanglanté de

Max et du contenu de son sac à main. Quelque chose la perturbe, mais elle ne saurait dire quoi. Elle regarde de nouveau chacune des photos, plus vite, cette fois-ci.

— Il n'y est pas, murmure-t-elle pour elle-même.

Puis elle répète plus fort :

— Oh, mon Dieu… Il n'y est pas !

— Qu'est-ce qui n'y est pas ? demande Doaks.

Tony se lève et contourne la table de réunion pour venir se placer derrière Danielle.

— De quoi parles-tu, Danielle ?

Elle brandit la pile de photos.

— Le peigne.

Tony lui prend les clichés des mains et les étale devant lui.

Doaks s'allonge presque en travers de la table pour avoir une meilleure vue.

— Mince, alors…, lâche Tony.

— Putain, c'est dingue ! lance Doaks. Ils auraient dû prendre une tonne de photos de ce peigne avant de l'étiqueter comme pièce à conviction et de le ranger dans un sachet en plastique.

L'avocat secoue la tête.

— Il y a forcément une explication, dit-il. C'est impossible qu'ils aient oublié de photographier l'arme du crime. Il doit nous manquer des photos.

— Ouais, renchérit Doaks, soit le photographe avait la tête dans le cul, soit c'est un des crétins du bureau du procureur qui n'a pas mis la totalité des photos dans la boîte.

— Et s'ils avaient vraiment oublié de photographier le peigne ? dit Danielle.

Cette idée semble réjouir le détective.

— Alors ça voudrait dire qu'un des gars de Barnes a merdé comme pas permis ! répond-il en gloussant. Et ça nous donnerait un sacré coup de pouce pour vous sortir de cette galère.

Tony réunit les photographies en tas et les rend à Danielle.

— Je ne voudrais pas que tu aies de faux espoirs, lui dit-il. Ils ont le peigne et, même si par extraordinaire ils avaient oublié de le photographier, les policiers témoigneront l'avoir trouvé dans ton sac.

— Je crois que je vais aller faire un tour chez mes anciens collègues en sortant d'ici, dit Doaks. Histoire de tirer cette affaire au clair.

Il secoue la tête d'un air dégoûté.

— La police de Plano, c'était autre chose, de mon temps…

Le téléphone de Tony se met à sonner. Après avoir échangé quelques mots brefs avec son interlocuteur, il repose le combiné sur sa base et lève les yeux vers Danielle.

— Quoi ? Qu'est-ce qu'il y a encore ? demande-t-elle, inquiète de ce qu'elle lit dans son regard.

— C'était le bureau de la juge. Notre requête est rejetée. Tu n'es pas autorisée à voir Max.

L'espace d'un instant, elle a l'impression que le sol se dérobe sous ses pieds. Mais elle serre les poings et s'efforce de faire bonne figure.

— Jusqu'à quand ?

— Au moins jusqu'à l'audience préliminaire.

Danielle détourne le visage tandis que les larmes jaillissent de ses yeux. D'un geste de la main, Tony fait signe à Doaks de presser le mouvement.

— Qu'est-ce qu'il y a d'autre, là-dedans ?

Le détective privé ramasse son bloc-notes aux pages tachées de graisse.

— On a les dates de toutes les visites de Mme Parkman à l'unité de Fountainview, avec les heures d'entrée et de sortie, y compris pour la journée du meurtre. On a les observations quotidiennes faites sur Max par l'équipe médicale… Voyons voir…

Il cherche un moment parmi les documents qu'il a en mains, puis se met à débiter les commentaires en question comme un enseignant qui fait l'appel.

— *Patient de plus en plus agité et victime d'hallucinations… Patient violent 2 h/Nécessite contention.*

Danielle sèche ses larmes et se tourne vers lui.

— Qui a rédigé ces notes ?

Doaks plisse les yeux vers le bas du document.

— Une infirmière… Kring ?

— Kreng, dit Danielle avant de se tourner vers Tony. C'est l'infirmière qui m'a raccroché au nez tout à l'heure. Tu veux que je te dise un mot sur elle ?

— Plus tard, si tu veux bien. On fait d'abord un tour d'horizon et on examinera tout ça en détail après.

C'est ce qu'ils font durant les heures qui suivent. Danielle ronge son frein lorsque Doaks lit d'autres notes mentionnant le comportement psychotique de Max — celles-ci écrites par le Dr Reyes-Moreno. Les observations de la pédopsychiatre dessinent le portrait d'un Max que Danielle ne reconnaît pas. Le procureur a dû boire du petit lait lorsqu'il s'est rendu à Maitland pour auditionner les témoins.

Elle se fige quand elle tombe sur une série de notes décrivant plusieurs incidents violents entre Max et Jonas. Si le rédacteur n'indique pas clairement qui est l'instigateur de ces altercations, il laisse entendre que Max est toujours l'agresseur, Jonas se contentant de se défendre. Pour Danielle, tout ça n'est qu'un tissu de mensonges. Si c'était vraiment arrivé, Marianne n'aurait pas manqué de lui en parler. Elle reprend le journal de bord où sont consignés les faits et gestes quotidiens de son fils. L'infirmière de service y a laissé un commentaire le jour du meurtre. *Patient endormi et contenu sur son lit. Va rester dans sa chambre durant la pause déjeuner.* Ces mots lui arrachent un soupir de soulagement. Jamais Max n'aurait pu se libérer seul de ces ceintures de contention. Voilà qui corrobore sa thèse d'une tierce personne — le meurtrier, vraisemblablement — qui aurait détaché Max avant de le traîner dans la chambre de Jonas afin de lui faire porter le chapeau. Elle reporte son attention sur Tony et Doaks, qui discutent des éléments que la police a découverts dans la chambre de son fils.

— Voilà ce que je propose, dit Tony. On va rédiger une requête pour obtenir que les pièces à conviction trouvées dans la chambre de Max ne soient pas versées au dossier. Pour moi, les circonstances exigeantes invoquées pour fouiller cette chambre sans mandat de perquisition ne se justifient pas. Y avait-il urgence à perquisitionner la chambre du suspect ? J'estime que la réponse est négative. Y avait-il un risque réel qu'une preuve ou un élément de preuve soit détruit ou perdu si la chambre du suspect n'était pas immédiatement fouillée ? Là encore, j'estime que la réponse est négative. La police aurait très bien pu placer un agent devant la porte en attendant d'obtenir le mandat. Il y a donc erreur de procédure, et les éléments de preuves collectés dans la chambre du suspect sont dépourvus de valeur légale.

Il hausse les épaules.

— Je ne suis pas sûr que la cour va me suivre sur ce terrain-là, mais ça vaut la peine d'essayer.

Il se lève et s'étire. Les premières marques de fatigue sont apparues sous ses yeux, ainsi que l'ombre rugueuse d'une barbe. Il semble être le seul à ne pas avoir remarqué le soleil orange qui se couche derrière les gratte-ciel du quartier d'affaires.

— Doaks, on n'a pas le rapport du médecin légiste.

— J'essaierai d'aller en récupérer une copie demain matin.

— Parfait, dit Tony. Ensuite, j'aimerais que tu te rendes au département de police de Plano pour glaner des renseignements, en particulier sur cette histoire de peigne.

— J'ai déjà dit que je comptais y aller, grommelle le détective.

— Je voudrais aussi que le sang de Max soit analysé, dit Danielle. Je soupçonne un lien entre les médicaments que lui ont prescrits les médecins de Maitland et l'apparition de nouveaux troubles inconnus jusqu'alors, y compris d'éventuels épisodes de… de violence physique.

Les yeux de Tony se posent longuement sur elle, mais elle ne peut se résoudre à croiser son regard. Pour la première fois, elle vient d'admettre que son fils s'est peut-être montré violent. L'accusation de meurtre qui pèse contre Max repose en grande partie sur ce comportement très agressif décrit par l'équipe médicale de Maitland. Autrement dit, Danielle vient de laisser entendre que son fils a pu tuer Jonas.

— J'ai bien peur que Maitland ne refuse de coopérer, dit Tony d'une voix douce. Mais j'inclurai les analyses sanguines dans notre requête d'ordonnance de production de pièces. Dans tous les cas, il faudra sans doute attendre l'audience préliminaire pour que la juge se prononce sur la pertinence de cette requête.

— J'ai demandé à une de mes amies de se renseigner sur le Dr Fastow, le psychopharmacologue qui a établi le nouveau protocole médicamenteux de Max.

— C'est lui qui est responsable de la surdose dont a été victime ton fils ? demande Tony.

— Il prétend que non. Qu'il ignore comment ça a pu se produire. Mais quoi qu'il en soit, tout ce que mon amie a trouvé, c'est que le dernier poste du Dr Fastow était à Vienne, où il conduisait des recherches sur je ne sais quels psychotropes. C'est d'ailleurs un renseignement que le Dr Reyes-Moreno m'avait déjà donné. Mais je continue à penser qu'on devrait mener une enquête approfondie sur le passé de ce type.

Tony fronce un peu les sourcils.

— Tu crois qu'il t'a menti ? Qu'il est responsable de la surdose ? Qu'elle était intentionnelle, peut-être ?

— Non. Mais ce médecin ne m'inspire aucune confiance. Je n'arrive pas à mettre le doigt sur ce qui me dérange tellement chez lui, mais je sens qu'il n'est vraiment pas net.

— Tu as bien une raison de te méfier de lui ? insiste Tony.

— Non, je te dis. C'est juste une intuition.

Tony fait un petit mouvement de tête en direction de Doaks, qui soupire et griffonne quelque chose sur son bloc-notes.

— Je mets ce toubib dans la case « Trop louche pour ne pas avoir quelque chose à se reprocher », c'est ça ?

Ni Danielle ni Tony ne relèvent ce sarcasme.

— J'ai également noté que les observations médicales à notre disposition concernent exclusivement Max, dit Tony en se massant le cou. Si l'accusation veut démontrer que le climat de violence entre Max et Jonas constitue le mobile du crime, il va falloir qu'on nous fournisse la totalité de ces observations, non seulement pour Max mais aussi pour la victime.

Danielle songe qu'elle a bien fait de tenir sa langue. Si Tony parvient à obtenir ces renseignements par ordre de la juge, elle n'aura pas à avouer s'être introduite illégalement dans le système informatique de la clinique. Elle aimerait tant que Tony ait l'occasion de lire les curieuses notes stockées dans cet ordinateur ! A présent qu'il a rencontré son enfant, il serait à même de mesurer le fossé qui sépare Max du portrait qu'en dressent les médecins de Maitland. Sans doute comprendrait-il, alors, pourquoi elle est tellement indignée par la façon dont cet établissement le traite.

Doaks se renverse dans son fauteuil et gratte sa joue barbue d'un air pénétré.

— S'ils ont ce peigne, je veux le voir de mes yeux. Et j'ai aussi envie de rendre une petite visite à cette Mlle Kring.

— Kreng, corrige Danielle. Je vous y accompagnerai. Je commence à bien connaître ce dragon, et ma présence vous sera utile.

Doaks jette un regard excédé à Tony avant de se tourner vers Danielle.

— Vous vous souvenez de ce qu'on a dit à propos des trucs que je dois faire en solo, m'dame Parkman ? On fera copain-copain plus tard, d'accord ?

— De toute façon, la question ne se pose pas, intervient Tony en s'adressant à Danielle. Tu sembles oublier que tu n'as pas le droit de t'approcher de Maitland, et encore moins d'y pénétrer. Et je doute fort que cette infirmière accepte de vous rencontrer en terrain neutre. A vrai dire, je doute même qu'elle accepte de parler à Doaks. Le fait est que rien ne l'y oblige.

— Mais si, elle va me parler, la méchante infirmière, lance Doaks.

Un sourire brise son visage ridé en mille morceaux.

— C'est que j'ai du charme, moi.

— En revanche, Danielle a raison de dire qu'elle en sait plus que toi sur cette Mlle Kreng, dit Tony. Je pense que tu pourrais bénéficier de ses lumières.

Doaks lève les yeux au ciel et écarte les bras dans un geste théâtral.

— Seigneur, pourquoi moi ?

C'est tout juste s'il ne s'est pas laissé tomber à genoux.

Danielle, partagée entre irritation et amusement, le regarde en fronçant les sourcils.

— C'est bon, c'est bon, maugrée le détective. Je viendrai vous chercher à 7 heures pétantes, après-demain matin, et vous aurez tout le trajet jusqu'à Maitland pour me parler de la vilaine Kring : sa vie, son œuvre et ses coups bas. Une fois là-bas, je me garerai à bonne distance de la clinique et vous resterez dans ma caisse. Vous devez me promettre que vous n'en bougerez pas jusqu'à mon retour, c'est pigé ?

Danielle sourit, satisfaite de cette petite victoire.

— Promis.

Mais son sourire se fane quand elle voit Tony prendre une liasse de documents sur son bureau et se tourner vers elle, la mine grave.

— J'ai bien peur d'avoir encore une mauvaise nouvelle, dit-il. Le ministère public envisage d'annuler ta libération sous caution. Ils ont demandé à ce que la question soit réexaminée lors de l'audience préliminaire, en même temps que le renouvellement de l'injonction provisoire d'éloignement.

— Si je suis en prison, la question de la mesure d'éloignement sera réglée, dit Danielle d'un ton amer.

Elle secoue la tête, la gorge serrée.

— Je ne comprends pas… Sur quoi s'appuient-ils pour motiver cette demande d'annulation ?

Tony hausse les épaules avec une moue d'ignorance.

— Il semblerait qu'ils possèdent des informations qu'ils n'avaient pas au moment où ta libération a été accordée. Mais quelles infos, je n'en sais fichtre rien.

Danielle a une bouffée de chaleur. Se peut-il qu'ils aient découvert son intrusion dans la salle des infirmiers, puis dans l'ordinateur de la clinique ? Une caméra l'aurait-elle filmée à son insu ?

— Comment savoir ce qu'ils me reprochent ?

— Essaie de ne pas trop y penser, Danielle. J'ai besoin que tu restes dans la peau d'une avocate pour qu'on puisse faire du bon boulot.

Danielle hoche la tête, mais le poison de la panique coule maintenant dans ses veines. Il faut à tout prix qu'elle reste libre de ses mouvements. Une fois derrière les barreaux, comment pourra-t-elle seconder Doaks dans son enquête ? Comment pourra-t-elle trouver un autre suspect pour semer le doute dans l'esprit des jurés ?

En y songeant, elle se rend compte avec horreur que sa conviction absolue de l'innocence de Max s'est fissurée en chemin. Elle doit accepter qu'il ait pu tuer Jonas, sous l'influence d'une médication inadaptée ou d'un autre facteur qui lui échappe encore. Cette pensée, inconcevable hier, la plonge dans un abîme de perplexité et de culpabilité. Un abîme de douleur dont n'émerge qu'une seule certitude : elle est prête à tout pour sauver son fils.

A tout.

19

— Bon, déclare Tony, je crois qu'on a plus ou moins fait le tour de la question.

— J'espère bien ! lance Danielle en se massant la nuque après une nouvelle matinée éreintante à élaborer sa défense et celle de Max.

Tony a fini par l'inclure dans ce travail, malgré ses réticences premières. Ça s'est fait naturellement, sans qu'ils reviennent sur le sujet.

— Voilà les grandes lignes de notre stratégie, dit-il. On va collecter le plus d'informations possible afin d'arriver bien préparés à l'audience. On aura disséqué et contesté tous les éléments en possession du procureur et, puisque l'un des buts de cette audience est de déterminer si le ministère public a suffisamment de munitions pour faire révoquer ta libération sous caution, il n'aura d'autre choix que de faire défiler des témoins clés et autres experts à la barre.

Elle hoche la tête.

— Ce sera l'occasion de fragiliser le dossier de l'accusation avant le procès, dit-elle. Et le plus beau, là-dedans, c'est qu'on apprendra plein de choses grâce aux témoins que le procureur va devoir faire parler pour défendre sa position.

— Sans compter que cette audience va se dérouler face à la seule juge. On va pouvoir démolir le dossier de l'accusation et explorer des pistes disculpatoires sans s'inquiéter de faire mauvaise impression devant un jury.

— L'audience est toujours prévue à la même date ?

Tony hausse les épaules.

— A priori, oui, mais ça ne coûte rien de vérifier dans le registre de la cour.

Il se tourne et murmure quelques mots dans l'Interphone. La porte s'ouvre à ce moment-là et Doaks fait son apparition. Posant brièvement deux doigts sur sa tempe, il adresse un salut cavalier à Danielle avant de laisser tomber un sac en papier taché de graisse sur la table de réunion.

— Salut la compagnie.

Il s'affale dans un fauteuil en cuir et étale sur ses cuisses une serviette tout aussi graisseuse que le sac dont il ne tarde pas à sortir un énorme hamburger. Retirant le morceau de pain qui trône au sommet de l'édifice instable, Doaks presse une dosette de moutarde au-dessus du steak haché. Le jet jaunâtre rate sa cible et gicle sur son pantalon. Danielle se mord la lèvre pour ne pas rire. Elle commence à deviner le personnage qui se cache derrière cette façade bourrue et elle est prête à parier que le vrai Doaks est doux comme un agneau. Bien entendu, il préférerait sans doute mourir plutôt que de l'admettre.

Tony observe un instant le fast-food ambulant qui est en train de souiller son bureau, puis échange un regard amusé avec Danielle.

— Alors, dit-il en reposant les yeux sur le détective, ta visite chez tes anciens collègues a donné quelque chose ?

— Ne me bouscule pas, Sevillas. Tu ne vois pas que je suis en train de becqueter ?

Doaks mâche un cornichon et étale la tache sur son pantalon en essayant vraisemblablement de la nettoyer. Il suce consciencieusement son doigt couvert de moutarde, puis croque une nouvelle bouchée de son sandwich. Ses cheveux sont plus désordonnés que jamais, comme s'il venait de traverser un ouragan à bord d'un cabriolet. Quand il reprend enfin la parole pour répondre à Tony, sa bouche est encore pleine d'une bouillie de hamburger.

— Tu vas me baiser les pieds quand je vais te raconter ce que je viens d'apprendre.

— Quoi ? lance Tony. Ne me dis pas qu'ils n'ont pas de photos du peigne.

Doaks hoche la tête avec un sourire ravi qui dévoile des dents truffées de salade et d'autres aliments plus ou moins mâchés.

— Ils n'ont pas de photos du peigne, parce que ces pauvres nazes décérébrés l'ont perdu.

Tony s'approche de lui.

— Tu en es sûr ?

Le détective pousse un grognement.

— C'te blague ! Evidemment que j'en suis sûr ! Barnes a encore les oreilles qui sifflent après le savon que le shérif lui a passé ce matin. Et je ne te parle même pas de ce que va dire le proc'quand on va le mettre au jus.

— Comment ont-ils pu le perdre ? demande Danielle sans parvenir à dissimuler l'excitation qu'elle sent monter en elle.

— Un petit jeune a été chargé de transporter les pièces à conviction jusqu'au poste de police, répond Doaks.

Il hausse les épaules.

— Cet abruti l'a tout simplement perdu, c'est aussi simple que ça. J'imagine qu'il a dû tomber dans le caniveau quand il a mis le carton dans sa bagnole.

— Mais, s'ils n'ont pas ce peigne, ils ne pourront pas apporter la charge de la preuve, n'est-ce pas ?

— Ne t'emballe pas, dit Tony. Ils vont remettre la main dessus. De toute façon, ils finissent toujours par trouver un moyen de s'en sortir.

— Ouais…, acquiesce Doaks. N'empêche que ça fera plaisir de narguer le proc'avec ça pendant un moment.

Il se lève pour aller se servir un café. Les deux tasses ont été utilisées, mais le détective prend la première qui lui tombe sous la main.

— Et puis, quoi qu'on puisse tirer de cette monumentale foirade de la police de Plano, reprend-il, il nous restera toujours l'excellente nouvelle que je suis sur le point de vous annoncer.

Il les regarde avec son sourire bizarre, mais rien ne sort de sa bouche.

— On t'écoute, dit Tony.

— Une excellente nouvelle qui va vous démontrer une fois de plus que je suis le plus génial de tous les…

— Ne fais pas durer le plaisir, l'interrompt Tony. Accouche, s'il te plaît.

— Le plus génial de tous les bouseux de l'Iowa, termine-t-il en retournant s'asseoir.

Il boit tranquillement une gorgée de café, visiblement ravi de faire enrager Tony.

— J'étais donc en train de marcher dans les couloirs du poste de police, perdu dans mes pensées — profondes, comme vous l'imaginez —, et devinez sur qui je tombe ? Tony, tu te souviens de Floyd, pas vrai ?

Tony secoue la tête avec une moue d'ignorance.

— Mais si, le gars qui s'occupe de l'entretien et du nettoyage depuis toujours ! Un petit bonhomme avec une patte folle et un œil qui dit merde à l'autre !

— Oui, oui, dit Tony. Je vois qui c'est. Et alors ?

— Et alors, Floyd et moi on se dit bonjour et on taille un peu le bout de gras. Je mentionne le meurtre de Maitland au détour d'une phrase, et voilà mon Floyd qui se met à faire une drôle de tronche. Quand je lui demande ce qui se passe, il empoigne son balai d'une main et mon bras de l'autre et il m'entraîne vers la salle de conférence. Tu sais, celle avec les grandes fenêtres et les stores vénitiens.

Tony hoche la tête et, d'un regard, invite Danielle à ne pas perdre patience. Elle se tourne de nouveau vers Doaks, qui s'échauffe au fur et à mesure qu'il avance dans son histoire.

— Là, devant la porte, Floyd baisse la voix et commence à me dire qu'il y a des choses qui ne se font pas, et que son avis n'intéresse personne parce qu'il n'est qu'un pauvre bougre juste bon à nettoyer les saletés des autres, et patati, et patata. Alors que je l'écoute en hochant la tête et en me demandant où il veut en venir, voilà t'y pas qu'il sort une clé et ouvre la porte de la salle de conférence avant de me pousser à l'intérieur. Après quoi, il me dit qu'il va faire le guet dans le couloir jusqu'à ce que je puisse voir de mes yeux ce qu'il y a là-dedans.

Ménageant ses effets, Doaks fait une pause.

— Allez, vieux, abrège, dit Tony. A ce rythme-là, on y est encore demain.

— Regardez-le piaffer d'impatience ! ironise le détective. C'est le genre d'animal qui voudrait que les livres commencent par la fin ! Le dénouement en guise de prologue !

Il soupire, laisse encore passer de longues secondes et reprend :

— J'ai donc attendu que la porte se referme derrière moi pour allumer la lumière. Tu ne devineras jamais à quoi leur sert cette pièce.

— Je donne ma langue au chat, avoue Tony avec un soupir.

Doaks le contemple un instant avec un grand sourire.

— Un putain de séchoir, voilà en quoi ils ont transformé la salle de conférence !

Les yeux de Tony s'agrandissent.

— Ouais, mon pote, lance Doaks avec un rictus satisfait. Maintenant, tu commences à piger le truc. Sauf que tu ne sais pas encore tout ce que j'ai trouvé dans cette caverne d'Ali Baba.

— Un séchoir ? dit Danielle.

Le détective se tourne vers elle.

— On n'est pas à New York, m'dame Parkman. Plano, c'est un trou perdu, et ses flics diffèrent quelque peu de ceux que vous pouvez voir dans vos séries télévisées préférées. Comment vous dire ? Vous savez sûrement que les pièces à conviction doivent être manipulées avec le plus grand soin. On ne peut pas se contenter de les balancer dans un sac de congélation et de coller une étiquette dessus. Il faut utiliser des sacs en papier afin d'éviter la moisissure et les transporter le plus vite possible vers un endroit où elles peuvent sécher.

Il hausse les épaules.

— Dans les grandes villes, la police dispose d'une pièce conçue à cet effet ; une pièce avec des ventilos d'extraction d'air et tout un tas de machins high-tech destinés à sécher le sang, l'urine, le vomi… Enfin, bref, tous les ingrédients qu'on retrouve sur une bonne scène de crime. Dans les bleds comme Plano, les flics transforment en étendoir la première pièce vide qu'ils trouvent. Aujourd'hui, c'est la salle de conférence. Demain, ça sera peut-être les chiottes.

Tony vient se poster devant Doaks. Son visage est grave, concentré.

— Qu'as-tu vu dans cette pièce, John ?

— Ah… Maintenant, monsieur me donne du John, hein ? Bon, je vais te dire ce que j'ai vu. J'ai vu des draps ensanglantés, des serviettes et d'autres trucs qui ne pouvaient venir que de la scène de crime de Maitland. C'était étendu sur la table et les chaises, ou bien pendu au plafonnier, ou à tout ce qui pouvait ressembler à un crochet.

Il fait un clin d'œil à Tony.

— Et maintenant, voici la partie que tu vas aimer. J'ai commencé à me frayer un chemin à travers ce labyrinthe macabre en prenant soin de ne rien toucher, et devine ce que j'ai découvert au milieu de tout cet étalage gore ?

Il s'interrompt et secoue lentement la tête, les yeux plissés. On croirait entendre les roulements de tambour qui précèdent l'exploit d'un trapéziste. Cette fois-ci, Tony reste muet.

— La médaille de saint Christophe, les vêtements ensanglantés de Max et d'autres trucs recueillis dans sa chambre, tout ça mélangé avec les draps de la victime.

— Incroyable…, murmure Tony.

— Eh oui, mon gars… Vive la contamination croisée !

Danielle lève la main.

— Attendez une minute. Qu'est-ce que ça signifie pour nous ?

— Ça signifie que les pièces à conviction entreposées dans cette pièce pourraient être considérées comme sans valeur légale. C'est une énorme bourde de la part de la police.

Un sourire goguenard éclaire le visage de Doaks.

— Une bourde ? Qu'est-ce que tu vas chercher là ? C'est juste la flicaille de Plano dans toute sa splendeur.

Tony fronce les sourcils.

— Le problème, c'est qu'on ne peut pas prouver ce que tu viens de nous raconter. Si je veux te faire citer à la barre pour que tu témoignes de ce que tu as vu, il va bien falloir expliquer comment tu as fait pour entrer là-dedans. Et je me vois mal dire à la juge que tu t'es introduit dans ce qu'il faut bien appeler la salle des pièces à conviction, avec, pour toute permission, celle de l'homme de ménage.

Le sourire goguenard de Doaks devient jubilatoire.

— C'est là que mon génie entre en jeu, dit-il en fouillant une de ses poches. Pas plus tard qu'hier, j'ai justement décidé que j'avais besoin de quelques gadgets sophistiqués pour m'acquitter de cette mission. Du coup, je me suis payé un portable dernier cri, ainsi que ce truc-là.

Danielle regarde l'objet qu'il brandit, et qui ressemble singulièrement à une carte de crédit.

— Qu'est-ce que c'est ? demande-t-elle.

— Un appareil photo, vous vous rendez compte ?

Il pointe l'objet vers elle et presse un bouton. La lumière d'un flash éblouit Danielle une fraction de seconde.

— C'est dingue, non ?

Danielle a envie de lui dire que pour prendre des photos, le portable dernier cri aurait amplement fait l'affaire, mais elle ne veut pas jouer les rabat-joie.

— Alors, pendant que j'étais dans le séchoir des pièces à conviction, je me suis souvenu que j'avais cette petite merveille de la technologie dans ma poche et j'ai pris plein de photos. C'est numérique, vous savez, il n'y a pas de pellicule à l'intérieur. La vendeuse m'a dit qu'elle pouvait me faire un tirage papier en quelques minutes. Elle m'a aussi dit que je pouvais les télécharger dans un ordinateur, mais je fuis ces machines comme la peste. Entre nous, elles me filent des boutons.

Danielle secoue la tête.

— Les photos ne peuvent pas être considérées comme des preuves.

— Sauf votre respect, m'dame Parkman, vous faites la difficile. Je vous offre la lune et vous la trouvez un peu pâle !

Il gratte pensivement les poils blancs qui ornent son menton. On dirait le bruit d'une branche qu'un enfant frotte le long d'une clôture. Il interrompt son geste et claque des doigts.

— Je sais ! Floyd peut témoigner.

— Et risquer de perdre son job, ou pire, de travailler pour des gens qui lui en veulent ?

— Il m'a dit qu'il avait l'intention de démissionner, objecte Doaks. Il en a plein le dos. Il est payé avec un lance-pierres et ils viennent de lui refuser une augmentation. Non seulement ça, mais ils le traitent comme de la merde. Je suis certain qu'il acceptera de témoigner, si je lui demande.

Tony hoche la tête et retourne s'asseoir à son bureau, où il griffonne quelque chose sur son calepin.

— Tu as vraiment fait du bon travail, Doaks, mais j'aimerais qu'à l'avenir on évite de s'introduire illégalement dans des bâtiments gouvernementaux, d'accord ?

— C'était l'idée de Floyd, pas la mienne, répond le détective, à la manière d'un enfant pris en faute.

Danielle se tourne alors vers Tony.

— Tu crois vraiment qu'on va pouvoir faire retirer toutes les pièces à conviction de ce procès ?

— Ce n'est pas impossible, mais c'est loin d'être gagné, répond-il. Attendons de voir les photos avant de nous emballer. Et maintenant, John, si tu nous parlais de ton rendez-vous avec Smythe ?

— Qui ? demande Danielle.

— Le Dr Smythe. C'est le médecin légiste qui a examiné le corps de Jonas Morrison.

Doaks sort son bloc-notes graisseux, boit une gorgée de café et leur donne les grandes lignes de sa conversation avec le médecin légiste, dont il ressort principalement que la cause de la mort semble avoir deux origines conflictuelles. D'un côté, les pétéchies — petites taches violacées dues à une hémorragie mineure — sur le visage et les yeux de la victime indiquent une mort par asphyxie ; de l'autre, l'artère fémorale lacérée suffit à expliquer le décès de Jonas Morrison. Doaks relate également les constatations faites par le médecin légiste après étude d'une réplique exacte du peigne ayant servi à tuer.

— Mais comment Max aurait-il pu faire ça à Jonas ? demande Danielle. Ce garçon pèse au moins dix kilos de plus que mon fils.

Doaks secoue la tête avec une moue peu convaincue.

— Désolé, m'dame Parkman, mais vous savez ce que va dire l'accusation. Ils vont dire que quand un dingo pète un plomb il…

Danielle se décompose et Tony interrompt le détective.

— Ce que Doaks veut dire…

— C'est que votre gamin aurait pu soulever un convoi de fret s'il l'avait voulu, termine Doaks en fusillant Tony du regard. Et je n'aime pas qu'on me coupe la parole !

Danielle insiste :

— Mais pourquoi le meurtrier — le véritable meurtrier, j'entends — aurait-il étouffé Jonas s'il lui avait déjà tranché la fémorale ? Cette blessure suffit amplement à tuer quelqu'un, n'est-ce pas ? Et j'imagine que ça doit être plus rapide et plus sûr que d'utiliser un oreiller ou je ne sais quoi pour provoquer une asphyxie.

Doaks hausse les épaules.

— Smythe attribue ça au fait que les tueurs n'agissent pas toujours de façon rationnelle quand ils zigouillent quelqu'un.

— Et les lésions de défense ? demande Tony.

— Certaines lésions pourraient entrer dans cette catégorie, mais Smythe pense que la victime se les est infligées elle-même. Ce gamin était coutumier du fait, tu sais.

Danielle le regarde d'un air déconfit.

— Le médecin légiste n'a rien trouvé qui puisse nous être favorable ?

— On ne sait jamais ce que Smythe a en tête avant qu'il ne rédige son rapport définitif, dit Tony. Avec lui, on n'est pas à l'abri d'une surprise.

— Tu l'as dit, bouffi ! renchérit Doaks. D'ailleurs, Il y a quelque chose qui l'intrigue. Il m'a dit qu'il veut faire d'autres examens, parce qu'il a l'impression que la victime a des taux suspects dans le sang.

— Des taux de quoi ? demande Danielle.

Moue d'ignorance de Doaks.

— Et il pense que ça changera quoi à ses conclusions ?

Haussement d'épaules.

— Rien, probablement. C'est juste que ça a piqué sa curiosité.

Danielle éprouve un regain d'espoir.

— Comme je l'ai déjà dit, je veux savoir quels médicaments psychopharmaceutiques prenaient Max et Jonas. Ça pourrait expliquer bien des choses.

— Mais le traitement de Jonas n'a rien à voir avec la façon dont il a été assassiné, objecte Tony.

— Bien sûr que si, affirme Danielle. S'il existe une chance qu'il se soit asséné lui-même les coups mortels, il est primordial de connaître l'état de son psychisme au moment de sa mort. S'il prenait des psychotropes, il se peut qu'ils aient influencé plus ou moins fortement ses actes.

— C'est une approche intéressante, dit Tony. Mais ça n'explique pas comment ni pourquoi la victime a été étouffée.

— Pas évident de s'auto-étouffer, maugrée Doaks.

— Sauf avec un sac en plastique, réplique Tony, mais on n'en a pas retrouvé sur la scène de crime.

Il s'interrompt une seconde pour rassembler ses idées et reprend :

— Si, comme semble le penser le Dr Smythe, la victime est morte par asphyxie avant de s'être vidée de son sang, quel scénario crédible peut-on présenter à la cour ? On ne va tout de même pas expliquer que Jonas Morrison s'est poignardé des dizaines de fois de suite avec ce peigne, lacérant son artère fémorale, avant d'aller chercher quelqu'un dans le couloir pour lui demander d'avoir la gentillesse de l'étouffer avant qu'il ait fini de se vider de son sang ! C'est absurde, et ça n'expliquerait même pas la présence de Max dans sa chambre.

Danielle s'efforce de ne pas laisser paraître sa frustration.

— D'accord, d'accord, dit-elle.

Tony la regarde gentiment.

— Attendons que le Dr Smythe ait rédigé son rapport définitif. La route est encore longue, Danielle, et il ne faut pas que tu te décourages déjà.

Il dévisse le capuchon de son stylo-plume et écrit quelques mots sur son calepin. Le téléphone sonne et il termine ce qu'il est en train de faire avant de décrocher. Il fait pivoter son fauteuil et présente son dos à Danielle et Doaks, avant de murmurer des paroles inaudibles dans le combiné.

Doaks se lève et s'étire.

— Je mets les bouts, m'dame Parkman. Demain matin, les réjouissances commencent avec Kring.

— Kreng, corrige Danielle. A quelle heure comptez-vous partir ?

Doaks pousse un grognement.

— Vous voulez vraiment m'accompagner ?

— Juste pour discuter pendant le trajet, d'accord ? Il y a deux ou trois choses que j'aimerais vraiment que vous lui demandiez.

Le détective secoue la tête.

— Je vous jure, vous me faites penser à ma fille…

Danielle le regarde, surprise, mais elle se souvient alors que Tony lui a parlé d'elle. Il s'agit de la fameuse

Madeleine, que l'avocat a évoquée plusieurs fois pour convaincre Doaks de leur prêter main-forte.

— Elle a été traitée à Maitland, c'est ça ?

De nouvelles rides viennent strier son front.

— Ouais… Dépression nerveuse. Et son séjour dans cette foutue clinique ne lui a pas fait de bien, croyez-moi. Madeleine est têtue comme une mule, exactement comme vous.

— Je prends ça pour un compliment.

Il lève les yeux vers elle. La tendresse qu'exprime son regard la prend au dépourvu.

— C'en est un.

Le cœur réchauffé par les mots et le regard de Doaks, Danielle lui adresse un sourire reconnaissant.

— Ça fait longtemps qu'on ne m'avait pas dit quelque chose d'aussi gentil. Alors, on se voit demain matin ?

— Vous êtes déterminée à faire de ma vie un enfer, c'est ça ? lance-t-il d'un ton bourru. Je vous ai déjà dit que c'était d'accord, mais fichez-moi la paix jusqu'à demain. Vous croyez que c'est dans vos cordes ?

Elle sourit de nouveau.

— Je vais faire de mon mieux.

Doaks s'éloigne en grommelant :

— Les femmes… Dieu n'avait donc rien de mieux à faire, le jour où il les a créées ?

20

A travers les vitres de la vieille Ford Taunus, Danielle regarde la silhouette lointaine de Doaks pénétrer dans Fountainview. Le sol de la voiture est jonché de canettes vides, de journaux froissés, de courriers encore fermés, de papiers gras et même de reliquats de repas. Un soleil dur pénètre dans l'habitacle et aggrave son mal de tête. Lorsqu'elle abaisse le pare-soleil côté conducteur, les clés de la voiture tombent sur le siège couvert de miettes. Elle promène le regard le long de la ruelle déserte où Doaks l'a abandonnée. Avant de s'éloigner vers le bâtiment, son éternel bloc-notes graisseux en main, le détective privé lui a fait promettre une dernière fois de ne pas sortir du véhicule.

Les mesures prises par les autorités pour l'éloigner de son enfant la plongent dans un état plus proche de la révolte que de l'indignation. Elle fixe du regard les murs blancs de cette clinique honnie où a commencé, pour elle et son enfant, le parcours tortueux qui risque de les mener tous deux en prison. Qu'encourt vraiment Max ? s'interroge-t-elle en essayant de se mettre à la place des gens ordinaires qui composent un jury. La perpétuité ? Après tout, il a été retrouvé à côté du lit de Jonas et couvert de son sang. Sans doute, si elle était l'un de ces citoyens qui ignorent tout de Max, serait-elle tentée de le faire enfermer à vie.

D'un geste brusque, Danielle remet le pare-soleil en place. Qu'ils aillent au diable avec leur injonction d'éloignement ! Etre si proche de Max et ne pouvoir le prendre dans ses bras n'est pas seulement frustrant et terriblement douloureux : c'est insupportable. Et ce ne sont pas leurs conversations téléphoniques tendues et tronquées, toujours à la merci de l'arbitraire d'une infirmière, qui vont apaiser l'angoisse qui étreint son cœur et celui de son fils.

Elle se glisse derrière le volant et démarre. L'antique carcasse tremble et son moteur hoquette comme s'il dictait ses dernières volontés. Elle enclenche délicatement la marche arrière, inquiète de lui donner le coup de grâce. La Ford finit par reculer et Danielle rejoint la voie d'accès qui longe l'arrière de la clinique. Réservée aux véhicules médicaux, elle permet de rejoindre les entrées secondaires de tous les bâtiments. Parvenue devant la porte arrière de Fountainview, elle met la voiture au point mort et se renverse sur la mousse mitée de son siège. Le souffle tiédasse de l'air conditionné caresse son visage. Le soleil brille dans un ciel azur, ce qui signifie que la visibilité est parfaite. Toute personne qui croisera du regard cette poubelle sur roues sera capable de la décrire à la police. Sans compter que le personnel de l'unité a toutes les chances de reconnaître la femme mince en tailleur-pantalon qui se trouve au volant. Une femme affublée d'un encombrant bracelet électronique, qui, Dieu merci, n'est pas équipé du GPS. Tony lui a expliqué que le comté avait un budget serré et que la pose d'un traceur GPS avait été jugée trop coûteuse. Le système d'alerte de son bracelet ne s'activera que si elle s'avise de quitter la juridiction, comprise dans un rayon de quatre-vingts kilomètres autour de Plano. Et Maitland se trouve en plein cœur de ce cercle sacré. Si curieux que cela puisse paraître, c'est à la direction de Maitland qu'il incombe de prévenir les autorités si Danielle viole l'injonction. Dans ce cas, la juge la sanctionnera immédiatement en révoquant sa libération sous caution et en lui infligeant une amende salée.

Pourtant, quelque chose la pousse à remettre la Ford en branle et à entrer dans la zone interdite. Quelque chose qui semble plus fort que la conscience des risques encourus, plus fort que cette peur qui assèche sa bouche. Une simple pression sur la pédale d'accélérateur peut sceller son destin. Si elle se fait prendre, elle a toutes les chances de retourner en prison. Seulement, sur l'autre plateau de la balance, il y a Max… Max dans la détresse. Max qui a besoin de sa mère. Oui, la couche de glace qui semble s'être formée sous la peau de Danielle lui dit que son fils a besoin d'elle, et d'elle seulement.

Le gravier crisse sous les pneus de la Taunus tandis qu'elle se gare sur une place de parking entourée d'arbres et un peu excentrée. Elle a choisi cet emplacement dans l'espoir que les grands conifères la dissimuleront à la vue du personnel lorsqu'elle essaiera de se faufiler dans l'unité de soins. Elle sait qu'elle est en train de faire une bêtise, une grosse bêtise. Elle va forcément croiser une infirmière qui appellera aussitôt la sécurité. Toujours assise dans la Ford, elle tente de réfléchir de façon rationnelle. Elle ne peut pas laisser son cœur blessé devenir l'instrument de sa perte. Qu'adviendra-t-il de Max si elle est renvoyée en prison ? Pour l'aider efficacement, elle doit être capable de dominer son instinct de mère. Alors qu'elle se retourne pour amorcer une marche arrière, elle perçoit quelque chose du coin de l'œil. Elle interrompt la manœuvre et scrute l'endroit où elle croit avoir détecté un mouvement. Un agent d'entretien vient d'ouvrir une porte en métal avec son pied. Il empoigne à bras-le-corps une énorme poubelle industrielle, dont il se sert ensuite pour bloquer la porte. Il tourne la tête vers l'intérieur du bâtiment pour crier quelque chose et disparaît presque aussitôt. La porte reste ouverte.

Danielle essaie de comprendre où est située cette entrée, par rapport à ce qu'elle connaît de Fountainview. Tout à coup, ça fait tilt dans sa tête. Elle coupe le moteur, ramasse son sac à main et marche d'un pas rapide mais décontracté vers le bâtiment. Une fois à l'intérieur, elle se cache derrière la porte et tend l'oreille.

— Ça ne se voit pas que je suis occupé ? crie une voix

d'homme. Demande à Percy de le faire ! Moi, je dois finir de sortir les poubelles.

Elle entend des bruits de pas qui s'éloignent et sort la tête de sa cachette, balayant prudemment les alentours du regard. Personne. Danielle s'enhardit, pénètre plus avant dans le bâtiment et passe une autre porte qui ouvre sur un local à linge sombre et frais. Elle se fraie un chemin entre des piles de draps, de serviettes et de blouses parfaitement pliés, ses sandales glissant sans bruit sur le sol carrelé. Elle s'arrête devant une porte fermée. De l'autre côté se trouvent certainement les parties communes. Elle retient sa respiration tandis qu'elle tourne la poignée. L'instant d'après, elle se retrouve dans le couloir qu'elle connaît bien, presque à hauteur de la chambre de Max… s'ils ne l'ont pas transféré ailleurs.

Le sang lui bat les tempes. Elle a de telles décharges d'adrénaline qu'elle a l'impression d'avoir les nerfs branchés sur le courant électrique. Elle parcourt le couloir du regard, à droite, à gauche, et voit le dos d'une infirmière qui s'éloigne vers la salle d'attente. Les portes des chambres sont toutes fermées. Elle consulte sa montre. 10 heures et des poussières. L'heure où les infirmières s'assurent que les patients prennent une douche, se brossent les dents et s'habillent. Si le patient n'est pas en état de faire sa toilette, l'infirmière se contente de changer ses draps avant de passer à la chambre suivante. Danielle n'a aucun moyen de savoir où elles en sont de cette tâche routinière. L'une d'elles ne risque-t-elle pas de sortir de la chambre de Max, si tant est qu'il s'y trouve encore ? De toute façon, il est trop tard pour faire machine arrière. Elle progresse en longeant le mur, tête basse, jusqu'à la porte de Max. Là, elle jette un coup d'œil par la petite lucarne de surveillance. Il est dans son lit, seul dans la chambre.

Nouveaux regards de part et d'autre du couloir, et elle se faufile dans la petite pièce. Impossible de fermer à clé de l'intérieur. Etouffant un juron, elle avance dos au mur pour ne pas entrer dans le champ de la caméra, puis retire sa veste et la suspend sur l'œil inquisiteur de l'appareil. Max dort, poignets et chevilles emprisonnés par ces horribles lanières de cuir. Elle l'embrasse, mais il ne réagit pas. Sans doute lui a-t-on administré de puissants sédatifs. Elle le détache et le serre dans ses bras, les yeux fermés, comme pour mieux écouter les battements réguliers du cœur de son enfant. Il reste inerte, abandonné à cette étreinte qu'il ne peut rendre. Elle le recouche doucement sur le lit et remarque des marques sombres, violacées, dans le creux de son coude droit. Des marques d'aiguille. Sa gorge se serre. On dirait le bras d'un junkie. Qu'est-ce que ces gens lui font subir ? Au prix d'un grand effort, elle parvient à contenir la panique qu'elle sent monter en elle. Surtout, ne pas se laisser aller à imaginer le pire.

Sur la table située à côté du lit se trouvent son dossier médical ainsi que deux gélules bleues qu'elle ne reconnaît pas. Elle les fourre dans son sac à main. Elle remarque ensuite un sachet stérile qui contient une seringue et une pipette de verre fermée par un bouchon en caoutchouc. Ont-ils l'intention de lui faire une nouvelle prise de sang ? Pourquoi ?

Elle n'a pas le temps de lire tout le dossier médical, mais les indications griffonnées sur la chemise cartonnée attirent son attention. Il s'agit des horaires de prise de médicaments et de prises de sang. Elle reporte son attention sur la seringue, qu'elle libère de son emballage en Cellophane avant d'en retirer le capuchon protecteur. Elle prend son courage à deux mains, consciente qu'il y a un monde entre regarder une infirmière faire une prise de sang à Max et effectuer elle-même cette opération. Mais elle n'a pas le choix : il faut absolument qu'elle sache ce qu'ils mettent dans le corps de son fils.

Mains tremblantes, elle déplie doucement le bras gauche de Max. Celui de droite ressemble à un champ de mines, et elle ne se sent pas la force d'y faire un trou de plus. Elle déchire un morceau du T-shirt qu'il porte pour fabriquer un garrot de fortune qu'elle fixe aussi délicatement que possible autour de son bras. Quand la veine ressort suffisamment, elle y insère l'aiguille avec mille précautions et commence lentement à pomper le sang. Max gémit et la regarde droit dans les yeux, mais elle sait qu'il ne la voit pas. Il bat des paupières tandis que le liquide rouge cardinal emplit rapidement la pipette. Elle retire la seringue avec une grimace, presse le doigt sur le petit trou qu'elle vient de percer et replace l'embout protecteur sur la pointe de l'aiguille.

Max a maintenant les yeux ouverts, mais ils semblent fixer un point sur le plafond. Effrayée par son état de stupeur, elle le secoue par les épaules.

— Max ?

Cette fois-ci, elle voit qu'il la reconnaît. Une lueur de joie traverse la brume de son regard.

— Maman…

Il se jette à son cou et se met à pleurer. Son corps, secoué de profonds sanglots, lui semble plus mince que jamais. Plus fragile. Danielle perçoit des pas dans le couloir. Elle prend le visage de son fils — si beau, si pâle — entre ses mains.

— Mon chéri, je suis tellement désolée de t'avoir fait admettre dans cette horrible clinique… Je sais que c'est très dur pour toi et je te promets que tu ne vas pas y rester longtemps. Je vais te faire sortir de Maitland, Max, mais pour le moment il faut que je m'en aille.

— Non !

Max s'accroche à elle comme à une bouée de sauvetage.

— Maman, ils me droguent ! Je ne sais pas ce qu'ils me donnent, mais ça me rend à moitié fou et ensuite ça m'assomme.

Il finit par la lâcher et s'assoit, frottant ses yeux rougis avec une expression de petit garçon.

Danielle pose les mains sur le haut de ses bras et attend qu'il la regarde dans les yeux.

— Ecoute, mon chéri… Je n'ai pas le temps d'entrer dans les détails, mais si on me trouve ici je vais être envoyée en prison et je ne pourrai plus faire le nécessaire pour te libérer.

Le visage de Max se contracte et ses yeux s'agrandissent, exprimant un mélange d'incrédulité et de panique.

— Tu veux partir sans moi ?

— Je n'ai pas le choix, Max.

— Pas question de rester ici ! s'écrie-t-il. Je m'habille et tu m'emmènes avec toi !

Danielle pose l'index sur ses lèvres.

— Chut, mon chéri, tu vas nous attirer des ennuis, dit-elle en jetant un regard inquiet en direction de la porte.

Max bondit hors de son lit et fait quelques pas, mais ses jambes ne le soutiennent pas. Il s'écroule de tout son poids dans les bras de Danielle.

— Maman, je…

— Je te promets que je vais te faire sortir d'ici, tu m'entends ? Je te le promets.

Elle le remet dans son lit et prend le temps de le border, comme si elle était venue lui lire une histoire avant de lui souhaiter bonne nuit.

— Max, où est ta Game Boy ?

Il pointe un doigt tremblant vers le tiroir de sa table de chevet et suit les gestes de sa mère avec une expression confuse jusqu'à ce qu'elle sorte l'iPhone de son sac. Elle fourre l'appareil dans les mains de Max, qui le contemple avec un sourire extatique. Après avoir rangé le chargeur dans un tiroir, elle penche un visage noyé de larmes vers son fils et pose un baiser sur son front.

— Surtout appelle-moi ou envoie-moi des SMS, d'accord ? J'ai besoin de savoir si tu tiens le coup.

Elle voit qu'il lutte pour garder les yeux ouverts, pour enregistrer ce qu'elle lui dit, mais c'est une bataille perdue d'avance.

Elle le secoue une nouvelle fois par les épaules, cette fois-ci sans ménagement.

— Max, je veux que tu trouves le plus de renseignements possible sur le Dr Fastow et sur les médicaments qu'il te donne. Je ne sais pas quelles substances ils contiennent, mais je pense qu'ils ont quelque chose à voir avec le… le dérèglement de ton comportement.

Son fils écarquille les yeux. Il veut parler, mais Danielle l'interrompt.

— Et n'avale plus rien de ce qu'ils te donnent.

— Comment…

Elle saisit le visage de Max et le force à la regarder dans les yeux.

— Conserve les médicaments sous ta langue et débrouille-toi pour les recracher discrètement. Ils te font du mal, avec leur traitement.

— Mais pourquoi, maman ? Pourquoi est-ce qu'ils voudraient me…

— Fais ce que je te dis, Max. *S'il te plaît.* Et joue au bon petit patient, d'accord ? Surtout, ne te rebelle pas.

— Quoi ? Tu veux que je les laisse m'empoisonner et m'attacher comme un esclave sans rien dire ?

Elle lui caresse tendrement les cheveux.

— Si tu te montres docile, ils arrêteront de t'attacher, tu comprends ? Et puis ça te facilitera la tâche pour recueillir des informations, s'ils ignorent que tu te méfies d'eux.

Sa voix se brise, et c'est tout juste si elle parvient à terminer sa phrase. Les yeux de Max se remplissent également de larmes et sa mâchoire se met à trembler.

— Ne me laisse pas seul ici. C'est l'enfer, maman. C'est vraiment l'enfer.

Elle pose sa joue contre ses cheveux.

— Je sais, mon cœur, je sais. Mais tu ne vas pas être seul. Tony Sevillas viendra souvent te rendre visite, et son ami John Doaks aussi. Tu trouveras leurs numéros dans l'iPhone. Je vais aussi demander à Georgia de faire le voyage jusqu'ici. Si elle réussit à se libérer, tu pourras la voir aussi souvent qu'il te plaira.

Un sanglot la fait hoqueter, et elle le serre fort dans ses bras.

— Tout ça ne sera bientôt plus qu'un mauvais souvenir,

je te le promets. Et je vais laisser mon téléphone allumé jour et nuit, au cas où tu voudrais me joindre.

Il hoche la tête, et son regard résigné fait encore plus mal à Danielle que celui qu'il lui a lancé le jour où elle l'a laissé seul pour la première fois dans cette clinique de malheur. Max se remet à battre des paupières. Alors même qu'il replonge dans son état de stupeur, il agrippe le bras de sa mère comme pour ne pas sombrer dans les ténèbres. Elle remet en place les quatre ceintures de contention. Le cuir craquelé des lanières se noircit au contact des larmes qui recommencent à couler de ses yeux. Elle lui prend l'iPhone des mains et le range avec le chargeur puis, dans un geste maternel, monte une nouvelle fois les draps sous le menton de son fils. Ses poings se serrent à la vue du logo de Maitland, brodé en blanc sur le coton bleu pâle. Comment va-t-elle trouver la force de l'abandonner ici ?

— Il faut que j'aille m'occuper de Max Parkman, dit une voix dans le couloir. Ordre de Fastow.

Danielle se fige. Elle s'empare de son sac à main et de sa veste de tailleur et s'accroupit au sol. Puis elle se met à ramper sous l'œil délateur de la caméra, comme un soldat en territoire ennemi. Après quelques secondes interminables, elle atteint enfin le cabinet de toilette. La dernière chose qu'elle voit avant de fermer le rideau de douche est la seringue et son emballage de Cellophane oubliés sur le lit, à hauteur des genoux de Max.

— Pourquoi Michelle prend toujours du retard ?

La voix est toute proche, à présent, mais elle provient toujours de derrière la porte.

— Je ne suis pas payée pour faire son boulot, moi !

Danielle retient sa respiration. Elle entend la porte qui s'ouvre, puis des bruits indistincts autour du lit de Max.

— Regardez-moi ça ! maugrée l'infirmière, l'irritation donnant de la force à sa voix. Elle fait une prise de sang et laisse tout en plan, carrément sur le lit du patient ! Kreng va lui passer un de ces savons !

Un brusque silence convainc Danielle qu'elle est de

nouveau seule avec son fils. Après avoir écarté le rideau de douche pour y passer une tête prudente, elle se précipite vers le lit de Max et jette tout — la seringue, l'emballage déchiré, et même le morceau de T-shirt — dans son sac. Elle se penche et presse de nouveau les lèvres contre le front pâle et moite de son fils, puis se redresse et inspire profondément. Ce garçon est toujours son Max. Cette clinique ne lui volera pas son enfant, et elle trouvera un moyen de l'arracher à cet enfer. Elle se plaque contre le mur pour éviter le champ de la caméra et quitte la chambre.

Par miracle, elle parvient à regagner la voiture de Doaks sans avoir été vue par personne. Du moins le pense-t-elle. Elle s'enfonce le plus bas possible dans le siège tandis qu'elle ramène la Taunus dans la ruelle qu'elle n'aurait jamais dû quitter. Son cœur cogne dans sa poitrine à la pensée des risques qu'elle vient de prendre. Au souvenir du bras martyrisé de Max. A l'idée qu'elle doit l'abandonner ici, maintenu à son lit par des ceintures en cuir. Elle passe la demi-heure qui suit à transpirer à grosses gouttes, l'œil rivé au rétroviseur central, à attendre qu'apparaisse une voiture de police.

Mais personne ne vient arrêter la hors-la-loi tapie au fond de cette vieille Ford Taunus.

21

Le matin suivant, Danielle retrouve Tony et Doaks dans le bureau de l'avocat. Tony s'assoit comme toujours en bout de table, tandis que Doaks se vautre sur le premier fauteuil qu'il trouve, l'inclinant vers l'arrière comme s'il s'apprêtait à prendre un bain de soleil. Danielle s'installe à côté de Tony et fait de son mieux pour masquer sa nervosité. Le maître des lieux les a convoqués pour leur parler de son rendez-vous avec le procureur du district.

Il leur présente un visage grave.

— Je vous passe les détails de notre conversation pour aller à l'essentiel : je crois que le procureur essaie de forcer la main de Danielle.

— Que veux-tu dire par là ? demande-t-elle.

— Il veut que Max plaide coupable.

— Sans déconner ? dit Doaks.

Le cœur de Danielle se met à battre plus vite.

— Pourquoi voudrait-il une chose pareille ? Je croyais que l'accusation souhaitait un grand procès médiatique, surtout à cause de la réputation de Maitland et de son importance pour Plano.

Tony secoue la tête.

— C'est justement à cause de Maitland qu'ils veulent qu'on passe un accord. Maitland est le premier employeur de la ville, Danielle. Un de leurs patients a été sauvagement assassiné dans sa chambre alors qu'il n'y avait pas la moindre infirmière dans l'unité de soins et que personne ne surveillait les moniteurs de contrôle. Un autre patient, qui était censé être attaché à son lit, a été retrouvé couvert de sang dans la chambre de la victime. Les poursuites au civil que la mère de Jonas Morrison va sans nul doute engager risquent de coûter très cher à la clinique. Ce n'est pas à toi que je vais apprendre qu'on parle de plusieurs millions de dollars de dommages et intérêts. Et dans la mesure où le principal suspect est un de leurs patients, qui plus est sans le moindre antécédent judiciaire, Maitland a également du souci à se faire pour sa réputation, tant à Plano qu'au niveau national. Tout ça pour dire qu'ils ont intérêt à étouffer cette affaire, et vite. Ils auraient beaucoup à perdre d'un procès médiatique.

Doaks hausse les épaules.

— Ça me paraît logique.

— Je n'arrive pas à y croire, dit Danielle.

— Le procureur compte aussi sur la probable révocation de ta libération sous caution pour te pousser à accepter un accord, dit Tony. Il semble ne pas douter que la juge va te renvoyer en prison en attendant ton procès.

Danielle, main sur la bouche, accuse le coup. Elle n'aura pas la possibilité de trouver un autre suspect pour créer le doute dans l'esprit des jurés. Une fois derrière les barreaux, elle ne pourra plus parler à Max, ni même assister à son procès. Ses yeux agrandis par l'angoisse cherchent ceux de Tony.

— Dis-moi ce que propose le procureur, articule-t-elle en se préparant au pire.

— Ils t'accorderont un jugement différé sur toutes les charges qui pèsent contre toi.

Danielle sait qu'un jugement différé signifie pour elle l'opportunité de convertir une probable peine de prison en travaux d'intérêt général, ainsi que de conserver un casier judiciaire vierge, ce qui est primordial pour l'avenir de sa carrière.

— Ça me semble trop beau pour être vrai, dit-elle.

Son regard se fait plus perçant.

— Ça cache quoi, Tony ? Qu'est-ce que le procureur du district propose pour Max ?

Tony lui prend la main.

— Le ministère public accepte également d'abandonner toutes les charges qui pèsent contre Max, en échange de quoi nous plaiderons l'aliénation mentale. L'accusation se joindra ensuite à nous pour soumettre à la juge une proposition demandant à ce que Max soit interné pour une période indéterminée dans une clinique ou un hôpital psychiatrique, jusqu'à ce que les médecins qui le traitent l'estiment responsable de ses actes.

— La vache…, murmure Doaks.

Danielle ne sent plus la chaleur que lui transmettait un instant plus tôt la main de Tony. En elle, tout n'est plus que glace.

— Quand tu dis « dans une clinique ou un hôpital psychiatrique », tu veux dire Maitland, n'est-ce pas ?

Tony enveloppe la main de Danielle dans les siennes. Ses yeux marron posent sur elle un regard grave.

— Oui. Le procureur n'a pas caché qu'il insisterait auprès de la juge pour que Max reste à Maitland jusqu'à ce que la direction de la clinique décide qu'il est à même de vivre en société, sans surveillance psychiatrique. D'autre part, Maitland a accepté de fournir des soins gratuits à Max, à la condition expresse que les termes de cet accord restent confidentiels.

Danielle libère sa main d'un geste brusque.

— Tu veux que je leur donne ma bénédiction pour qu'ils enferment mon fils dans cet asile de dingues ? Tony, c'est à cause d'eux que Max est dans cet état ! Je n'ai jamais nié qu'il avait des problèmes comportementaux, mais son état s'est terriblement dégradé à partir du moment où il a été admis à Maitland !

Tony garde le silence.

— Et l'hôpital psychiatrique ? demande-t-elle.

— Il se trouve à Des Moines et il a très mauvaise réputation. La juge ne l'enverra jamais là-bas.

Danielle se lève d'un bond et va se poster devant les baies vitrées. Mâchoires serrées, elle regarde un moment la ville qui s'agite sous ses pieds, puis se tourne brusquement vers les deux hommes.

— Je n'accepterai jamais une chose pareille. Le procureur peut se mettre son accord là où je pense ! Je préfère encore retourner en prison.

— Comme une mule…, marmonne Doaks.

Tony soupire.

— Mais tu te rends compte que, sans accord, Max a de bonnes chances d'être jugé coupable ? Il risque de se retrouver en prison pendant de longues années, Danielle. Même si sa peine est réduite pour bonne conduite, il va passer au moins quinze ans derrière les barreaux.

Danielle s'adosse aux larges vitres. Elle a le sentiment de se tenir au bord d'un précipice. *Trente et un.* Dans le meilleur des cas, Max aura trente et un ans quand il sera libéré. Tout ce qu'il connaîtra de la vie sera le monde impitoyable de la prison. Son apprentissage des rapports sociaux, qui lui posent tant de problèmes, se fera en compagnie de criminels. Elle pose une main glacée sur son front et retourne s'asseoir à la table de réunion. Tout tremble en elle, mais elle parvient à se forger une voix en acier trempé.

— Je refuse. De toute façon, la situation peut encore évoluer, et il est beaucoup trop tôt pour envisager un accord avec l'accusation.

Tony secoue la tête.

— Ils veulent une réponse avant l'audience qui a lieu dans deux semaines. Sans réaction de notre part à cette date, l'offre ne tiendra plus.

Danielle croise les bras et regarde Tony droit dans les yeux.

— Ça signifie qu'on a une quinzaine de jours pour trouver l'assassin.

*
* *

Ils sont revenus au cabinet après avoir déjeuné à quelques rues de là. Tony et Doaks se sont enfermés dans la salle de réunion pour préparer l'audience préliminaire. Danielle les a momentanément abandonnés pour appeler Max. Elle peut le joindre quand bon lui semble, maintenant qu'il a récupéré son iPhone, même si elle sait que c'est risqué. Si l'appareil se met à sonner en présence d'une infirmière, Mlle Kreng le confisquera immédiatement. Sans parler de l'enquête qui pourrait être diligentée pour comprendre comment ce portable est parvenu jusqu'à Max. Pourtant, bien qu'elle ait eu le bonheur — et la douleur — de l'embrasser la veille, elle a trop besoin d'entendre sa voix pour renoncer à l'appeler.

Elle se faufile dans le bureau de Tony et ferme la porte derrière elle. Max répond aussitôt.

— Salut, m'man.

Il a l'air si normal qu'elle en est toute déconcertée.

— Comment vas-tu, mon cœur ?

— Pas trop mal, pour quelqu'un qui séjourne en enfer.

— C'est quoi, ce bruit ?

— Je fais des recherches.

Danielle a l'impression que l'attention de Max est ailleurs.

— Des recherches ? Sur quoi ?

Le petit *tap tap tap* s'interrompt un moment.

— Sur Fastow, bien sûr. Ce n'est pas ce que tu m'as demandé ?

— Si, si… Tu fais ça avec ton iPhone ?

Il grogne.

— Evidemment…

— Tu as réussi à te connecter à internet ?

Un gloussement moqueur lui répond.

— Ça a bien dû me prendre trois minutes.

Même s'il se paie sa tête, entendre Max rire soulage un peu le cœur lourd d'angoisse de Danielle.

— Dis-moi comment tu vas, mon chéri… Je me fais tellement de souci pour toi.

Un soupir vient se nicher au creux de son oreille.

— Ça va, je te dis. J'ai arrêté de prendre les médocs et je fais semblant d'être givré chaque fois qu'il y a des gens autour de moi.

— Et les prises de sang ? Ils continuent à t'en faire ? Est-ce qu'ils t'injectent aussi des trucs dans le corps ?

— Non, rien de tout ça. Va savoir pourquoi, ils ont rangé leurs foutues seringues pour le moment.

— Tu as trouvé quelque chose sur le Dr Fastow ?

— Pas grand-chose pour l'instant. Juste des trucs à sa gloire, en fait. Ce mec est une espèce de champion du monde dans son domaine, tu sais. Son travail a été récompensé par toutes sortes de prix.

— Et les médicaments qu'ils te donnent ? Tu as découvert quelque chose là-dessus ?

— J'y travaille, répond Max d'un ton absent. J'ai pris des photos de ces gélules bleues avec mon iPhone, mais je ne trouve rien de semblable sur internet. J'ai même fait chou blanc sur Epocrates Rx pro. C'est bizarre, parce qu'en général on arrive à identifier n'importe quel médicament en moins de trois minutes, sur cette base de données.

Danielle se laisse tomber dans le fauteuil de Tony.

— Epocrates Rx pro ? Mon chéri, tu sais que tout ça, c'est du chinois pour moi.

Un soupir impatient lui répond.

— Je vais essayer de faire simple. Il existe un grand nombre d'applications compatibles avec l'iPhone et j'ai téléchargé celles qui m'ont semblé utiles pour mes recherches. Pour les applications payantes, j'ai donné ton numéro de carte de crédit, bien sûr.

Elle ignore cet aveu, laissant Max poursuivre ses explications.

— Les *Pharmacology Flash Cards*, par exemple, coûtent dans les trente-cinq dollars et elles sont vraiment cool. On y trouve des infos sur les psychotropes les plus récents, les essais cliniques en cours, ce genre de trucs…

— Max, ça fait combien de temps que tu te renseignes sur les médicaments ?

Elle entend un bruit nasal, indubitablement goguenard.

— Allez… Ne fais pas l'étonnée, maman. Qu'est-ce que tu crois ? Que tu pouvais me faire bouffer des pilules pendant des années sans que je m'interroge jamais sur ce que j'avalais ? Pas besoin d'être Einstein pour comprendre que ce n'était pas de l'aspirine.

Danielle se sent blêmir. Alors comme ça, Max savait qu'il était sous neuroleptiques.

— Ces applications sont trop cool, tu sais, continue Max. J'ai aussi téléchargé Skyscape et Epocrates, sauf qu'il y a des photos sur Epocatres.

— Des photos de quoi ?

— Des photos de médicaments, bien sûr ! Pas de pom-pom girls !

— Et tu n'as rien trouvé sur ces gélules bleues ?

— Non, c'est ça qui me chiffonne. J'ai passé en revue tous les médocs qui pouvaient ressembler à ce que me refile Fastow, mais il n'y en a pas un seul qui corresponde. Du moins quand on cherche dans les médicaments pour dingues.

Là encore, elle préfère ne pas relever.

— Il faut vraiment qu'on arrive à savoir quelle substance contiennent ces gélules, Max. Ça pourrait nous aider à comprendre beaucoup de choses. As-tu pu faire une comparaison visuelle avec…

— D'autres antipsychotiques atypiques ?

Elle a un coup au cœur. Son fils en sait beaucoup plus long qu'elle ne l'imaginait.

— Oui, répond-elle d'une toute petite voix.

— Aucun d'entre eux ne ressemble aux gélules de Fastow. Il faut dire qu'elles n'ont ni code du fabricant ni aucune autre information. J'ai même lu les études des médicaments conventionnels et je me suis intéressé aux effets secondaires et aux conséquences d'interactions médicamenteuses, pour mettre le doigt sur des correspondances avec mon expérience.

Mon Dieu, depuis combien de temps Max s'intéresse-t-il à ce genre de choses ? On croirait entendre un diplômé de la faculté de médecine d'Harvard.

— Il doit s'agir d'un médicament expérimental, Max. Je ne veux plus que tu avales le moindre comprimé que ces gens te donnent, pas même ceux que tu prenais avant de venir à Maitland. Et continue à faire des recherches et à recueillir autant d'informations que possible. Plus on accumulera de renseignements, mieux on pourra défendre tes droits à l'audience. Tout ce que je veux, c'est te faire sortir de cette clinique.

Max laisse passer quelques secondes avant de répondre.

— Max ? Tu es toujours là ?

— J'espère vraiment que ça ne va pas durer trop longtemps, maman. Parce que je ne sais pas combien de temps je vais tenir le coup. J'essaie de ne pas trop y penser, mais...

— A quoi essaies-tu de ne pas penser, mon chéri ?

Encore un silence.

— Si je suis dingue ou non, même sans les trucs louches que m'a refilés Fastow.

Si la tristesse avait une forme et une couleur, elle serait un ruban bleu serré autour de la voix de Max. Danielle pose la main sur son front et ferme les yeux. Au moins, elle ne voit pas le visage de Max. Elle a le sentiment que ce serait plus qu'elle n'en pourrait supporter.

— Maman ?

— Oui, mon cœur ?

Mais il se tait, laissant planer dans l'air la question implicite.

— Je ne pense pas que tu sois psychotique, Max. Je pense qu'ils se trompent.

— Mais s'ils avaient raison ? Ça m'arrive tout le temps de sombrer dans une espèce de coma et de ne plus me rappeler de rien au réveil. Et c'est ce qui s'est passé le jour où ils disent que j'ai tué Jonas.

— Arrête ça, Max.

Il reste muet un court moment.

— Bon…, dit-il.

Nouvelle pause.

— Alors, je vais te dire ce que j'ai trouvé d'autre, et après ça il faudra que je te laisse. Le dragon femelle connu sous le nom de Kreng ne va pas tarder à venir vérifier si j'ai bien procédé à mes ablutions.

Il imite la voix autoritaire de l'infirmière en chef.

— « Il est primordial de maintenir une bonne hygiène corporelle, jeune homme ! »

Danielle éclate de rire.

— Tu ne te laves pas, à la maison. Pourquoi le ferais-tu ailleurs ?

— Très drôle. Bon, alors voilà le scoop découvert grâce à Sylvius et OsiriX.

Danielle ne peut réprimer un soupir. Elle sait d'expérience qu'elle va avoir droit à un nouvel exposé à la mode Asperger, c'est-à-dire agrémenté d'une multitude de détails dont elle se passerait bien. Elle ne s'en était pas rendu compte, mais il semble que Max fasse une fixation sur la psychopharmacologie depuis déjà longtemps.

— Je me suis introduit dans la base de données de Maitland avec mon iPhone et j'ai téléchargé mon IRM en utilisant OsiriX, un logiciel d'imagerie médicale.

— Comment as-tu réussi à faire ça ?

— J'ai eu du bol, répond Max. La salle des infirmiers se trouve tout près de ma chambre et j'ai réussi à piquer le mot de passe. J'aurais sans doute pu forcer l'accès, mais ça m'aurait pris beaucoup plus de temps. Je te jure, m'man, ils sont vraiment nuls avec la sécurité, dans cette clinique.

Telle mère, tel fils, songe Danielle.

— Enfin, bref, reprend Max. Avec OsiriX, j'ai pu faire un panoramique autour de mon cerveau et regarder comment il s'illumine quand je prends certains médocs, et…

— Max…

— Je sais, je sais, mais c'est important. Avec Sylvius, un autre logiciel, j'ai pu visionner des images en coupe de mon cerveau et essayer de découvrir quelles zones s'illuminent et quels médicaments sont à l'origine de… Bon, tout ça pour dire que c'est ce que j'étais en train de faire quand tu m'as appelé.

Il souffle longuement, comme si ses pensées allaient trop vite pour que les mots puissent suivre.

Danielle entend du bruit derrière la porte. Celle-ci s'ouvre l'instant d'après et Tony passe une partie du corps dans son bureau. Le pouce tendu en direction de la salle de réunion, il lui fait comprendre qu'il aimerait qu'elle les rejoigne. Danielle acquiesce d'un petit signe de tête et attend que l'avocat soit parti pour murmurer dans le téléphone :

— Max, il faut que je te laisse. Je suis fière de toi, tu sais. Tu es capable de faire des choses fabuleuses avec cet iPhone. Envoie-moi toutes les infos que tu trouves, et je les transmettrai à Tony Sevillas et à John Doaks pour qu'ils voient ce dont on peut se servir pour notre défense. Je suis convaincue que le Dr Fastow a des choses à cacher.

— Alors, tu crois que c'est lui qui a tué Jonas ? demande Max d'une voix soudain excitée.

— Ecoute, mon chéri, il faut vraiment que j'y aille, d'accord ? Et puis tu m'as dit que Mlle Kreng n'allait pas tarder à arriver. Il ne faut surtout pas qu'elle te surprenne avec ce téléphone. Tu me rappelleras plus tard, quand tu seras sûr de ne pas être dérangé.

— Maman ?

— Quoi, mon amour ?

— Si j'arrive à prouver que c'est Fastow qui a fait le coup, alors je saurai que je n'y suis pour rien.

Elle se passe la main sur le visage, soulagée que son fils ne puisse y lire le chagrin qu'elle éprouve.

— Tu n'as pas tué Jonas, dit-elle d'une voix douce.

Il garde le silence pendant de longues, de douloureuses secondes.

— Je ne sais plus que croire, maman, répond-il finalement dans un souffle.

— Mon chéri, personne au monde ne te connaît mieux que moi, et je sais que tu n'es pour rien dans tout ça.

La voix triste qui parvient jusqu'à elle ressemble à celle d'un vieil homme désabusé.

— Tu es ma mère, tu ne vas pas dire le contraire.

— Non, mais je pourrais le penser. Et ce n'est pas le cas, Max. Mon cœur et ma raison me disent tous les deux que tu es innocent. Quelqu'un essaie de te faire porter le chapeau à sa place, et on va finir par découvrir qui c'est.

Max ne répond rien et Danielle reprend :

— Et maintenant, oublie tout ça pendant un moment et essaie de te reposer, d'accord ?

Elle parvient à lui dire au revoir et à raccrocher, avant d'aller s'enfermer aux toilettes où elle pleure toutes les larmes de son corps.

Les deux avocats et le détective privé viennent encore de passer plusieurs heures à disséquer le reste des pièces fournies par le ministère public.

— Pas grand-chose à se mettre sous la dent, soupire Tony.

Danielle acquiesce en haussant une épaule.

— Cela dit, je ne m'attendais pas à de grandes découvertes.

Du menton, elle montre les flèches jaunes qu'elle a collées sur certains documents envoyés par le bureau du procureur en réponse à leur demande de production de pièces.

— Je n'ai trouvé que quelques petits points contradictoires sur un formulaire d'admission de Jonas Morrison.

Tony se tourne vers le détective privé.

— Qu'est-ce que tu en penses, Doaks ?

— Quand il y a un meurtre, je regarde toujours du côté de la famille.

Il hausse les épaules avec la moue d'un homme qui en a beaucoup vu.

— En temps de paix, les gens ont tendance à tuer ceux qu'ils aiment.

— Joyeuse vision de l'humanité, dit Tony. Mais ça ne semble pas être le cas dans l'affaire qui nous occupe.

— Tu m'étonnes, lance Doaks en se curant une dent à l'aide d'un morceau de papier plié. Si j'en crois Barnes et sa bande de bras cassés, la mère du petit Jonas est une vraie Mère Teresa.

On frappe à la porte, et l'assistante de Tony entre avec une enveloppe qu'elle remet au détective avant de se retirer. Il en sort une feuille de papier qu'il parcourt rapidement du regard.

— On peut oublier la mère, dit-il en froissant la feuille dans sa main. Elle est inattaquable. Bon Dieu, tout ce dont on a besoin, c'est de quelqu'un qui *pourrait* avoir fait le coup… Et on a que dalle.

— C'était quoi ? demande Tony en indiquant la boule de papier que Doaks vient de balancer à travers la pièce.

Pas étonnant que sa voiture ressemble à une poubelle, songe Danielle tandis que le détective se rassoit lourdement dans son fauteuil.

— Ça vient de Barnes. Il m'a dit qu'il avait une surprise pour moi. C'est dingue, juste quand tu es définitivement convaincu que les flics de Plano sont abrutis au dernier degré, voilà qu'ils se mettent à faire un truc pas trop con.

— Eclaire notre lanterne, John.

Il soupire.

— Juste après leur arrivée sur la scène de crime, les poulets ont luminolé tout le personnel de l'hôpital. Résultat : ils sont tous aussi clean que M. Propre.

— Luminolé ? demande Danielle. Qu'est-ce que ça veut dire ?

Tony prend son stylo et rédige une note sur son calepin.

— Rien, si on s'en tient au strict respect de notre langue, dit-il. Mais, si ce verbe est une invention de notre ami Doaks, le produit chimique qu'il désigne — le luminol — existe bien et il sert à détecter d'infimes traces de sang sur les scènes de crime, même après que le coupable les a nettoyées.

— Ouais, renchérit Doaks, mais devinez ce que les flics de Plano ont fait ?

Moue d'ignorance de Danielle et Tony.

— Eh bien, figurez-vous qu'ils ne se sont pas contentés de luminoler les vêtements de tout le monde, ils ont aussi aspergé le produit sur leurs mains.

Il secoue un visage incrédule.

— Tu as déjà entendu parler d'un truc pareil, Tony ?

— Sur leurs mains ? répète ce dernier en haussant les sourcils.

— Comme je te le dis. Je ne savais même pas que ce truc fonctionnait sur la peau. Et toi ?

— Non… Je n'ai jamais travaillé sur une affaire où la police scientifique a utilisé du luminol sur le corps des suspects.

— Peu importe, dit Doaks. De toute façon, ils en sont tous ressortis sans tache et sans reproche.

— Je ne suis pas certain que ça importe aussi peu que ça, réplique Tony en rédigeant une nouvelle note sur son calepin. Je vais faire des recherches pour savoir si les résultats sont valables quand on utilise le luminol sur la peau. En tout cas, je suis certain que le mode d'emploi ne prévoit pas une telle utilisation du produit.

— Si ça te chante, grommelle Doaks. Mais je doute que ça débouche sur quoi que ce soit.

Il se masse le cou avec une grimace.

— Je creuse d'autres pistes, bien sûr, comme celle de cette gonzesse givrée qui s'appelle Naomi. Le problème, c'est qu'elle a un alibi en béton armé. A l'heure où Jonas se faisait trucider à coups de peigne, notre folledingue était dans la cafétéria en train de s'empiffrer devant une cinquantaine de témoins.

Il hausse de nouveau les épaules avec une moue déçue.

— Dommage… Il aurait suffi que les jurés posent le regard sur elle pour qu'ils aient envie de la faire enfermer.

— Tu es sûr qu'elle n'aurait pas pu tromper la vigilance des infirmières et se faufiler dans la chambre de Jonas ? demande Tony. En prétendant aller aux toilettes, par exemple ?

— Va savoir, répond Doaks. Mais ce n'est pas ce que disent les témoins que j'ai pu interroger. Ce qui est sûr, par contre, c'est qu'en dehors de Max on n'a pas la queue d'un suspect. Heureusement qu'il nous reste un peu de temps.

Tony tousse et fait mine de passer quelques documents en revue. Doaks le dévisage d'un air suspicieux.

— Qu'est-ce qu'il y a ? Pourquoi tu évites mon regard quand je te parle ?

Tony relève la tête. Ses yeux se posent sur Doaks, puis glissent lentement vers Danielle.

— J'ai bien peur d'avoir une autre mauvaise nouvelle à t'annoncer. J'ai reçu un appel d'un greffier, tard dans la matinée. L'audience est avancée à mardi prochain.

— Quoi ? éructe Doaks. Dis-moi que je rêve ! Je viens juste de t'expliquer qu'on n'avait *nada*. *Niente*. *Nichts*. Tu veux que je te traduise ce que ça veut dire ou c'est assez clair comme ça ?

Tony a un geste d'impuissance.

— C'est la juge Hempstead qui a décidé ça. Tu sais ce que ça veut dire.

— La juge Hempstead ? Qui est-ce ? demande Danielle, qui sent sa bouche s'assécher. Ce n'est pas la juge que j'ai vue à ma sortie de cellule ?

— Non, dit Tony.

Doaks lève les yeux au ciel.

— Et je vous assure que celle-là, ce n'est pas une tendre.

Danielle ne peut repousser une affreuse vague d'angoisse.

— Comment ça ?

Tony inspire profondément.

— Clarissa L. Hempstead, la juge qui a instruit ton dossier et celui de Max, est la plus jeune et la plus dure des juges du barreau de Des Moines. Ce n'est rien de dire qu'elle prend toujours un rôle très actif dans les dossiers qu'elle traite. Ce qui signifie que, si elle veut que l'audience ait lieu mardi, elle aura lieu mardi. Mais ne t'inquiète pas, Danielle, il nous reste quand même quelques jours pour creuser de nouvelles pistes et consolider notre position.

Danielle lui lance un regard inquiet.

— A quel point est-ce que ça va nous fragiliser, si on n'arrive pas à l'audience avec au moins un autre suspect crédible ?

— On peut toujours jouer la carte des autres patients. Après tout, le crime a eu lieu dans une clinique psychiatrique qui abrite par définition des patients perturbés et potentiellement imprévisibles. Et puis la juge sait que l'enquête n'a pas démarré depuis longtemps. Cela dit, il ne faut pas se voiler la face, Danielle. De toute évidence, le fait que Max soit l'unique suspect n'est pas bon pour nous. Et le scénario que soutient l'accusation est terrible, parce qu'il propose un déroulement des faits crédible et qu'on n'a rien à lui opposer. Ce qui m'inquiète encore plus, c'est qu'on n'a pas le moindre témoin à faire citer.

Danielle sent qu'elle perd pied. Seul Max pourrait vraiment leur dire ce qui s'est passé et il ne se souvient de rien. Ils ont besoin d'éléments de preuves de nature à le disculper, et vite. Justement, il se peut qu'elle ait ça dans son sac à main.

— Tony, j'ai quelque chose qui va peut-être pouvoir nous aider.

— Je m'attends au pire, maugrée Doaks.

Danielle ramasse son sac et le pose sur ses cuisses. Elle n'avait pas prévu de divulguer le fruit de son incursion en territoire interdit avant d'avoir pu l'envoyer à un laboratoire qui aurait confirmé ses soupçons. Mais les nouveaux délais imposés par la juge ont changé la donne. Elle n'a plus le choix. Elle plonge la main dans son sac et en sort un petit sachet en plastique qu'elle brandit devant les deux hommes. Le bleu électrique des gélules capte la lumière.

Tony lui lance un regard interrogateur.

— On peut savoir ce que c'est ?

— Les médicaments que le Dr Fastow donne à mon fils et qu'il donnait peut-être aussi à Jonas Morrison. Je pense que ces gélules sont responsables du comportement violent de Max. Pour Jonas, je ne sais pas. Mais je me demande si elles n'auraient pas aggravé son comportement autodestructeur… Si elles ne l'auraient pas incité à se faire du mal.

Doaks se redresse sur son fauteuil avant de se pencher au-dessus de la table pour mieux voir le contenu du sachet.

Ses yeux curieux — méfiants ? — se plantent dans ceux de Danielle.

— Qu'est-ce qui vous fait penser ça ?

— Ce n'est qu'une hypothèse, répond Danielle. Tout ce dont je suis sûre, c'est que le comportement de mon fils a changé de façon radicale après son admission à Maitland.

Tony lève un sourcil.

— Comment t'es-tu procuré ces gélules ?

Danielle réfléchit à toute vitesse pour fournir une réponse qui ne la compromette pas trop.

— Je les ai prises dans la boîte quand l'infirmière regardait ailleurs.

Elle hausse les épaules en réponse au regard soupçonneux de Tony, curieusement similaire à celui de Doaks.

— Elles ne ressemblaient à rien de ce qui avait été prescrit à Max jusque-là. Je les ai d'abord prises en photo avec mon portable et je les ai envoyées à l'un des médecins de Max à New York. Il m'a dit n'avoir jamais vu de gélules semblables. Ni de cette couleur, encore moins avec cette curieuse forme asymétrique.

Elle tend le sachet plastique à l'avocat, qui observe longuement les gélules.

— Donc, dit-il lentement, cela n'a aucun rapport avec les preuves matérielles qui incriminent Max dans l'affaire du meurtre de Jonas Morrison. Ces gélules concernent uniquement le comportement violent de ton fils depuis son admission à Maitland et ta thèse selon laquelle le Dr Fastow, avec ou sans l'accord de sa direction, se sert des patients pour conduire des essais sur des médicaments expérimentaux. Autrement dit, Max aurait servi de cobaye à Maitland, ou au moins à Fastow.

Il pose les gélules sur la table.

— Mais, pour que cette thèse soit crédible, il faudrait que ce médicament n'ait pas reçu d'autorisation de mise sur le marché de la part de FDA, ce qui, je ne te le cache pas, me semble hautement improbable.

Une pause.

— Pour ne pas dire impossible.

Danielle réprime une bouffée de colère.

— Eh bien, la seule façon d'en avoir le cœur net est d'envoyer ces gélules à un laboratoire !

Tony et Doaks échangent un regard. Le détective finit par hausser les épaules.

— Je pense que ça va coûter du fric pour rien, mais au point où on en est…

— Il faut impérativement avoir les résultats avant mardi, intervient Danielle.

Tony se tourne vers Doaks.

— Ouais, ouais, bougonne le détective, je vais faire jouer mes relations.

— Parfait, dit Tony. Mais, en cas de résultat probant, comment prouver que Max a dû avaler ces gélules ?

Danielle inspire profondément.

— Je crois avoir résolu ce problème.

Doucement, elle sort de son sac la pipette remplie du sang de son fils, qu'elle a conservée toute la nuit au réfrigérateur, emballée dans un sac congélation.

Doaks émet un grognement auquel Danielle prête à peine attention tant il lui est déjà devenu familier.

— Kesaco ? Vous nous avez acheté des glaces à l'eau ?

Danielle extrait délicatement la pipette du sac congélation et la tend à Tony.

— Il faudra envoyer ça au laboratoire avec les gélules.

L'avocat lève le tube de verre dans la lumière, puis se tourne vers Danielle, la dévisageant en silence.

— Hé ! s'exclame Doaks, c'est du sang ! Désolé, m'dame Parkman, mais ce n'est pas mon parfum préféré.

— A qui appartient ce sang, Danielle ? demande Tony d'une voix grave qui contraste avec le ton désinvolte du détective.

Elle déglutit, hésite une fraction de seconde, puis se lance.

— A Max.

Les yeux de Doaks sont des fentes étroites : des meurtrières qui abritent un regard acéré, prêt à épingler sa proie.

— Je serais curieux de savoir comment vous avez fait pour obtenir un échantillon du sang de votre gamin.

Tony tient la pipette du bout des doigts et à bonne distance de son visage, comme si c'était un tube de nitroglycérine. Son regard est aussi ombrageux que sa voix.

— Danielle, je crois que tu ferais mieux de nous dire ce qui se passe.

Elle hoche la tête.

— Pendant que Doaks se trouvait dans Fountainview avec Mlle Kreng, je me suis introduite dans la chambre de Max, où j'ai trouvé les gélules bleues. Max était inconscient et il avait le bras perforé de multiples traces d'aiguille. J'ignore s'ils lui font des prises de sang pour vérifier certains taux ou s'ils le piquent pour lui injecter je ne sais quelle substance… C'est pour ça qu'on doit faire analyser ces gélules et cet échantillon sanguin. Une fois qu'on saura ce que mon fils a dans le sang, on pourra se présenter à l'audience avec nos résultats et demander que le médecin légiste effectue des analyses similaires sur le corps de Jonas. De cette manière, on saura ce que trafique le Dr Fastow et on pourra s'en servir pour créer le doute dans l'esprit des jurés.

Elle s'interrompt le temps de reprendre sa respiration.

— On sera peut-être en mesure d'affirmer que le Dr Fastow a conduit des essais cliniques sur des psychotropes expérimentaux en se servant notamment de Max et de Jonas comme cobayes, et que ce sont précisément ces essais illégaux qui sont à l'origine du comportement violent de mon fils, voire de l'aggravation des tendances automutilatrices de Jonas.

Doaks a l'air d'un missile nucléaire sur le point d'exploser.

— Bon Dieu de bon Dieu ! Je savais que vous mijotiez quelque chose !

Il prend une voix aiguë censée être celle de Danielle.

— « J'ai dû bouger la voiture parce que j'avais le soleil dans les yeux… » Mon cul, oui ! tonne-t-il en retrouvant sa voix normale. Vous vous rendez compte à quel point ce que vous avez fait est débile ? Je devrais vous balancer tout de suite aux flics pour vous apprendre !

Joignant le geste à la parole, il se lève et fait mine de saisir le téléphone.

— Arrête, Doaks, dit Tony en posant une main ferme sur le bras du détective privé. Assieds-toi.

Doaks s'exécute en maugréant contre Danielle. Tony se tourne vers elle et la fusille du regard.

— Je n'arrive pas à croire que tu aies pu faire une chose pareille. Te rends-tu compte que tu risques de réduire tout notre travail à néant ? Comment veux-tu que je fasse en sorte de t'éviter la prison, si tu commets des actes aussi insensés ?

Il se tait brusquement et brandit le tube de verre sous le nez de Danielle.

— Comment as-tu recueilli cet échantillon sanguin ? demande-t-il. La pipette était déjà remplie quand tu es entrée dans la chambre de Max ?

Impressionnée par la colère de Tony, Danielle le détrompe d'un mouvement de tête.

— J'ai fait moi-même la prise de sang. Il y avait une seringue neuve sur…

Doaks se frappe le front du plat de la main.

— Génial ! Hempstead va adorer ça ! La mère du suspect se faufile dans la clinique, elle fait un doigt d'honneur aux modalités de sa libération sous caution et de son injonction d'éloignement, puis conclut cette brillante initiative par un nouveau crachat au visage de la loi en faisant une piquouze à son rejeton, malgré un ordre de la juge qui lui interdit formellement de s'approcher de lui ! Je vous le demande : est-ce qu'on peut l'avoir plus profond ?

— Je t'ai dit d'arrêter, Doaks, lance Tony sans la quitter des yeux. Elle sait parfaitement ce qu'elle a fait et ce qu'elle risque.

Il continue à la fixer du regard. Le silence qui s'installe entre eux pèse des tonnes.

— Personne ne m'a vue, Tony, dit-elle enfin doucement.

— Bien sûr.

La voix de l'avocat pourrait couper du verre.

— Et les caméras ? demande Doaks. Vous avez pensé à ça, ou on va avoir droit à une séance de cinéma lors de l'audience ? Vous voulez connaître le titre du film ? *Intrusion à Maitland* ! A moins que ça ne soit : *La maman retourne au violon* !

— J'ai aveuglé la caméra qui se trouve dans la chambre de Max.

— De quelle manière ? demande Doaks.

— J'ai posé ma veste devant l'objectif.

— Comme l'a fait le tueur le jour du meurtre ? rétorque le détective privé.

D'une voix ferme, Tony siffle la fin des hostilités.

— Ça suffit, maintenant !

Danielle reprend la pipette et la replace dans son nid glacé. Ses mains tremblent lorsqu'elle la rend à Tony. Elle a conscience d'avoir trahi sa confiance, mais elle a la conviction de l'avoir fait pour la bonne cause.

— Je sais que tu m'en veux, Tony, mais tu dois admettre qu'on a désormais un suspect.

La tristesse a remplacé la colère dans le regard de Tony.

— J'ai l'impression que tu ne comprends pas, Danielle. Il y a un suspect depuis le début, dans cette affaire.

22

Danielle est assise sur le sol du petit appartement au décor impersonnel que Tony a loué pour elle. Elle porte son vieux sweat-shirt gris et ses pieds sont nus. Autour d'elle sont éparpillés les documents qui n'ont pas encore trouvé leur place dans les piles bien nettes qu'elle a formées un peu à l'écart du désordre. Elle jette un coup d'œil à sa montre. Il est 8 heures. Elle se frotte les yeux et soupire. Elle a travaillé toute la nuit.

Lorsqu'elle a quitté le bureau de Tony, la veille, elle a emporté avec elle l'épais dossier médical de Jonas — fourni par Maitland en réponse à l'ordonnance de production de pièces obtenue par Tony — ainsi que le contenu de la boîte noire. Elle a continué à chercher des éléments susceptibles de disculper Max, ignorant les documents qui le concernent directement. Ils s'entassent à portée de main, sous la table basse en contreplaqué. Pourtant, au cours de la nuit, le doute est venu la torturer par vagues de plus en plus rapprochées. Des vagues qui la submergeaient sans crier gare, forçant ses yeux rougis de fatigue à se poser sur le tas encore inexploré. Ce matin, elle se rend compte qu'elle a tout simplement peur de lire ces informations sur son fils. Peur qu'elles ne lui apprennent des choses encore pires que ce qu'elle sait déjà.

Jusqu'à présent, rien d'intéressant n'est ressorti des documents qu'elle a étudiés. Danielle se lève et s'étire. Elle devrait dormir un peu. En dehors des informations sur Max, il lui reste à examiner une quinzaine de pages en provenance de Maitland ; un complément de réponse que Tony a reçu hier après-midi, juste avant qu'elle ne quitte son bureau. Elle marche jusqu'à la table bon marché, soulève le bol verseur de la cafetière électrique et se verse une tasse du breuvage amer en s'efforçant de chasser de sa mémoire ses derniers échanges avec Tony. Il lui a demandé de ne pas bouger de son appartement jusqu'à l'audience qui, depuis ce matin, n'est plus que dans trois jours. En d'autres termes, elle doit se tenir tranquille — c'est-à-dire ne pas commettre de nouveaux délits — et laisser les deux hommes faire leur boulot. Elle a bien essayé d'argumenter, mais l'avocat s'est montré intraitable. Danielle boit une nouvelle gorgée de café avec une grimace. Peu importe le nombre de carrés de sucre qu'elle plonge dans sa tasse, elle a toujours l'impression d'avaler du goudron. Pourvu que l'analyse du sang de Max et des gélules bleues confirme son intuition ! Pour elle, la dégradation de la santé mentale de son fils ainsi que son comportement décrit comme violent sont l'œuvre du Dr Fastow. Malheureusement, les résultats ne seront sans doute pas disponibles pour l'audience. Après avoir passé quelques coups de fil, Doaks a annoncé un délai d'une semaine, surtout dans le cas où il s'agirait bien d'un médicament expérimental. Mais l'espoir de voir ses soupçons confirmés aide Danielle à tenir le coup. Il faut dire qu'en dehors de ces analyses elle n'a pas grand-chose à quoi se raccrocher.

Elle ramasse les documents qui forment le complément de réponse de Maitland — l'assistante de Tony les a photocopiés pour elle — et va s'installer sur le canapé aux affreux motifs géométriques. Lunettes de lecture perchées sur le nez, elle progresse lentement mais sûrement à travers la moisson d'informations. Alors qu'elle parcourt du regard un des formulaires d'admission de Jonas Morrison, une ligne attire son attention. Dans la case « médecin référent », Marianne a inscrit le nom d'un médecin de Chicago. Ce n'est pas la première fois que Danielle voit ce nom. Elle marque la ligne à l'aide d'un index autocollant et lit plus attentivement le formulaire. Jonas y est domicilié à Reading, en Pennsylvanie. Bizarre… Marianne ne lui a-t-elle pas dit que son fils et elle étaient revenus vivre au Texas avant que Jonas ne soit interné à Maitland ? Et, même si ce n'était pas le cas, avoir un médecin référent exerçant à Chicago alors qu'on habite en Pennsylvanie est pour le moins curieux.

L'insignifiance de cette incohérence lui rappelle cruellement que ses efforts pour découvrir quelque chose se sont soldés par un échec. Elle réajuste ses lunettes et se penche de nouveau sur l'imprimé. Le Dr Boris Jojanovich est sans doute un psychiatre ou un neurologue qui a suivi Jonas à un moment ou à un autre. Peut-être serait-il en mesure de fournir des éléments de réponse à la question que Danielle se pose et qui pourrait exonérer Max : Jonas était-il suicidaire ? Le médecin légiste a en effet constaté que l'angle des blessures ne permettait pas d'exclure que la victime se les soit infligées à elle-même. Et, même si cette hypothèse est très loin d'être privilégiée dans le premier rapport d'autopsie, tout ce qui permettrait de la renforcer rééquilibrerait la balance en faveur de Max.

L'excitation qu'elle a ressentie en désignant le Dr Fastow comme suspect principal est en train de se dissiper avec la journée qui commence. Qu'importe si les analyses montrent qu'un médicament expérimental a été administré à son fils. Qu'importe si un expert désigné par le tribunal conclut que ces gélules sont à l'origine du comportement psychotique de Max. Tony trouve peut-être que c'est une bonne ligne de défense, mais plus elle. Tout ce que ça prouvera, c'est que Max a une excuse pour avoir tué Jonas, et non qu'il ne l'a pas tué. Même considéré comme irresponsable, Max sera interné dans une institution psychiatrique pour une période indéterminée. Enfermé dans un autre genre de prison. Et s'il était vraiment psychotique et que les médicaments du Dr Fastow n'avaient rien à voir avec tout ça ? *Non.* Elle ne peut pas se laisser aller à penser de la sorte. Ses doigts serrent le formulaire d'admission de Jonas, seul et maigre résultat d'une nuit de travail.

Elle soupire, prend son téléphone portable et compose le numéro de Doaks.

— Allez vous faire foutre, qui que vous soyez, grommelle la voix endormie du détective.

— C'est moi, Danielle Parkman. J'ai trouvé quelque chose qu'il faudrait vérifier.

Elle s'empresse d'expliquer l'affaire avant qu'il ne lui raccroche au nez.

— Sauf votre respect, m'dame Parkman, je me fous pas mal de votre Dr Machinovich. D'une part, je suis en train de pioncer et, d'autre part, j'ai du taf jusqu'au prochain millénaire.

— Mais ça pourrait être important.

Sa voix s'adoucit légèrement.

— Soyez un peu raisonnable, d'accord ? On est déjà en train d'essayer de sortir un zèbre du cul d'un pékinois, si vous voyez ce que je veux dire. Ne me rendez pas la vie encore plus compliquée qu'elle ne l'est.

— John, s'il vous plaît… Faites-le pour moi.

Il soupire.

— Alors vous aussi, vous me donnez du John pour m'amadouer, hein ? Ecoutez, je vous aime bien, sans doute parce que j'ai un faible pour les femmes pénibles. Franchement, je le ferais si je pouvais. Mais je n'ai pas assez de temps pour vérifier ça avant l'audience.

— Je comprends, dit-elle tristement. C'est juste que je veux…

— Vous voulez tout faire pour sortir votre gamin de ce merdier, je sais, dit-il d'une voix douce. Alors, tenez-vous à carreau et faites-nous confiance. Je sais que ce n'est pas facile, mais c'est ce que vous pouvez faire de mieux pour le moment.

Elle sent les larmes lui monter aux yeux.

— Je vais essayer.

— Tenez bon, ma jolie. Je vous appelle s'il y a du nouveau.

Elle bredouille quelques mots et raccroche. Frustrée, elle

se met à arpenter la petite pièce de long en large. Toutes ses pensées convergent à présent vers Max. Comment va son enfant ? Mal, forcément, à en croire l'état dans lequel il se trouvait la dernière fois qu'elle l'a vu. Quelle mère pourrait supporter de voir son fils aussi perdu ? Aussi effrayé ? Aussi pâle et assommé de médicaments ? Et ce bras meurtri de piqûres… Malgré les nombreux SMS qu'elle lui a envoyés, elle n'a eu aucune nouvelle de lui depuis leur dernière conversation téléphonique. Sans doute est-il surveillé de très près. Danielle a brusquement l'impression de manquer d'air et doit s'adosser un moment au mur pour se calmer.

Elle ne va pas le laisser tomber. Elle lui a dit qu'elle le sortirait de cet enfer et elle va tenir sa promesse. Elle cherche le numéro du Dr Jojanovich et appelle aussitôt son cabinet. Il est encore fermé à cette heure matinale. Sur le répondeur, Danielle affirme avoir un besoin urgent de consulter le médecin, puis laisse son nom et un numéro où la joindre avant de raccrocher.

Epuisée par sa nuit blanche et l'état de ses nerfs, elle décide d'aller prendre une douche bien chaude. Peut-être cela la détendra-t-il suffisamment pour qu'elle trouve le sommeil. Alors que l'eau brûlante martèle son dos et que la vapeur emplit la cabine, elle entend la mélodie de son iPhone qui résonne dans le salon. Elle s'enveloppe à la va-vite dans un drap de bain et se précipite pour aller décrocher. Mais le temps qu'elle porte l'appareil à son oreille, le correspondant a raccroché.

Danielle pousse un juron digne de Doaks et essuie l'eau qui a coulé sur le portable. Une dizaine de secondes plus tard, l'iPhone lui indique qu'elle a reçu un message. Elle tapote fébrilement l'écran pour l'écouter, essuyant son doigt mouillé sur le drap de bain lorsque l'appareil reste sourd à ses commandes. Enfin, une voix féminine sort du haut-parleur. Elle est si étonnée par ce qu'elle entend qu'elle réécoute le message. Une nouvelle fois, la voix fluette lui explique qu'il y a eu une annulation et que le Dr Jojanovich peut la recevoir demain si elle le souhaite.

Danielle raccroche et se remet à faire les cent pas dans le salon, arrosant au passage le vilain mobilier. Le silence de ses pieds nus sur la moquette contraste avec le vacarme de ses pensées. Que doit-elle faire ? Inutile de demander conseil à Tony : il lui interdirait formellement de partir pour Chicago et de violer une nouvelle fois les termes de sa libération sous caution. Ses yeux se baissent vers le bracelet électronique qui enserre sa cheville. Elle se sent comme un rat de laboratoire à qui on aurait implanté une puce informatique dans le crâne. Elle tourne dans ce salon sans âme comme un fauve en cage, incapable de trancher ce dilemme : rester ici bras croisés alors que la vie de son fils est en train de se jouer ou partir pour Chicago au risque de perdre sa liberté et sa capacité à secourir Max ?

Elle s'arrête net au milieu de la pièce. Oui, ça pourrait fonctionner. Elle balance l'iPhone sur le canapé, fonce dans la chambre et sort son ordinateur portable de sa sacoche. De retour dans le salon, elle le pose sur la table basse et s'assoit en tailleur sur la moquette. Elle fouille parmi ses documents, faisant défiler ses dossiers à toute vitesse sur l'écran jusqu'à ce qu'elle trouve celui qu'elle cherche : *Affaire Reynolds*. Elle l'ouvre d'un double-clic et sélectionne l'un des sous-dossiers qui s'y trouvent. La plaignante, Sheila Reynolds, avait poursuivi en justice le client de Danielle, la compagnie Langston Manufacturing, lui réclamant huit millions de dommages et intérêts au motif que sa prothèse, fabriquée par ladite compagnie, avait été mal conçue et qu'elle était responsable de sa chute dans un escalier en béton. La plaignante avait conservé de graves séquelles de cet accident, notamment des dommages irréversibles au cerveau, et sa famille avait mené une action en justice en son nom.

— Allez, allez..., murmure impatiemment Danielle.

Elle cherche la déclaration sous serment faite par une petite société qui fournissait des pièces à Langston

Manufacturing. Bingo ! La société en question s'appelait Prosthetics, Inc.

Elle se connecte à internet et fait une recherche sur les pages jaunes en tapant « orthopédie » et « prothèses médicales ». Elle trouve un magasin qui devrait faire l'affaire à quelques rues de son appartement. Nouveau coup d'œil à sa montre. Il est maintenant 9 heures. Ils sont peut-être déjà ouverts. Elle les appelle aussitôt.

— Oui, madame, lui répond-on. Nous sommes ouverts tous les jours de 9 heures à 12 h 30 et de 14 h 30 à 19 heures, sauf le dimanche.

Elle remercie sa correspondante et raccroche, le cœur battant.

Elle va dans la cuisine et ramasse son sac à main sur le plan de travail. Dans son portefeuille se trouve la carte qu'on lui a donnée le jour où on l'a libérée. Elle plisse les yeux pour lire le numéro imprimé en bas de la carte et le tape aussitôt sur le clavier de son téléphone.

— Bureau du shérif de Plano ? répond une femme à la voix nasale.

— Bonjour, dit Danielle. Je m'appelle Danielle Parkman et j'aimerais parler à quelqu'un au sujet de mon bracelet électronique.

— Numéro d'identification ?

— Je vous demande pardon ?

— Vous devez avoir un numéro à sept chiffres au dos de la carte qui vous a été remise lors de votre libération, récite la femme d'une voix blasée.

Danielle étudie la carte, recto et verso.

— Pas de numéro d'identification sur la mienne, désolée.

— Vous n'avez pas dû bien regarder. Il y en a un sur toutes les cartes.

Alors qu'un nouvel examen vient de confirmer à Danielle que la sienne n'en possède pas, une pensée lui traverse l'esprit.

— J'ai oublié de vous dire qu'on m'a donné le modèle le plus récent.

— Oh… le truc expérimental ?

— Oui, c'est ça. Et j'ai l'impression qu'il y a un dysfonctionnement. Je n'ai pas bougé de mon appartement, et pourtant il n'arrête pas d'émettre des bips. Ça dure depuis 6 heures du matin et je crois que je vais devenir folle.

— Ça, je dois dire que ça doit être pénible. De toute façon, il y a toujours des problèmes avec ces machins. Ne quittez pas, s'il vous plaît.

Danielle entend le bruit du combiné qui s'écrase sur un bureau.

— Otis ? Otis !

Elle a une voix suffisamment perçante pour obliger Danielle à éloigner un peu l'iPhone de son oreille.

— Il faut que tu répares un de ces nouveaux bracelets électroniques… Tu sais, ceux qui sont trop sophistiqués pour fonctionner.

Une pause, puis elle reprend :

— Non, mon vieux. Ils ne sont pas encore arrivés.

Nouveau silence.

— D'accord, d'accord, je te donne l'adresse dans deux minutes.

Nouveau raclement dans le combiné, et la femme est de retour en ligne.

— Allô ? dit-elle.

— Oui, je suis toujours là.

— Bon, l'agent Otis Reever va vous installer un autre bracelet dans la matinée. Vous allez être chez vous ou vous préférez venir au poste ?

Danielle n'hésite pas une seconde.

— Je serai chez moi, répond-elle d'une voix ferme. Voici mon adresse…

— Vous habitez 4578 Lilac Lane, appartement 4S. C'est dans l'immeuble juste à côté du nouveau centre commercial, c'est ça ?

— Oui, c'est ça. Vous savez vers quelle heure l'agent doit venir ?

— Il vient de sortir pour aller prendre son petit déjeuner

chez Ernie. Connaissant un peu l'ambiance qui règne là-bas, je dirais qu'il devrait pointer le bout de son nez chez vous dans une heure et demie.

— Parfait.

— Alors il me reste à vous souhaiter une bonne journée, dit la femme.

— Je suis certaine qu'elle sera excellente une fois que j'aurai mon nouveau bracelet, répond Danielle avec un petit sourire.

Lorsque l'agent Reever sonne à sa porte, il est tellement rouge et essoufflé qu'elle a peur qu'il ne soit en train de vivre ses derniers instants.

— L'ascenseur... En panne..., articula-t-il avec difficulté.

Prenant pitié de lui lorsque, quelques instants plus tard, il se courbe devant elle avec des ahanements pathétiques, Danielle lève la cheville afin de lui éviter un effort qui pourrait s'avérer fatal. Elle ignore s'il doit son imposante bedaine aux longs petits déjeuners avalés chez Ernie, mais cet homme a un vrai problème de santé. Otis Reever la remercie d'un signe de tête, puis se met à scier le bracelet à l'aide d'un curieux outil qu'il vient de sortir d'une mallette en plastique.

— Bon, dit-il, j'ai déjà désactivé ce truc. Normalement, ça doit faire sonner les trompettes de l'Apocalypse au poste, mais Lily sait que je suis en train de remplacer votre bracelet, alors il n'y a pas à s'en faire.

— Tant mieux, dit Danielle en retirant complètement son épaisse chaussette en coton pour masser sa cheville libérée. Vous pensez que vous pourriez poser le nouveau bracelet sur mon autre cheville ?

L'agent Reever pousse un grognement d'assentiment.

— Ouais, je sais que ces machins peuvent finir par être pesants.

— Et le mettre par-dessus ma chaussette, c'est possible ?

Lorsqu'il lève les yeux, Danielle ne peut s'empêcher de regarder, fascinée, l'énorme ventre qui s'avance vers elle.

— Désolée, m'dame. On a pour instruction de le poser à même la peau. Pour éviter qu'il s'en aille avec la chaussette, vous comprenez ? Mais je peux le serrer un peu moins, si vous voulez. Ça devrait vous aider à mieux le supporter.

— Merci beaucoup, dit-elle. J'ai toujours froid aux pieds et je ne sors jamais sans chaussettes, même en plein été.

Elle hausse les épaules.

— Il paraît que c'est dû à une mauvaise circulation sanguine.

Le policier descend la chaussette sur l'autre pied, de sorte qu'elle tirebouchonne juste sous la cheville de Danielle. Après avoir estimé à l'aide de ses petits doigts boudinés l'espace qu'il compte laisser entre l'appareil et la peau, il attache consciencieusement le nouveau bracelet. Une fois cette tâche accomplie, il s'assoit sur ses talons et entame la difficile ascension jusqu'en position haute. Après de nouveaux ahanements, le voilà enfin debout, frappant sa bedaine d'un air satisfait.

— Eh bien, je crois que tout est en ordre, maintenant.

Danielle baisse le bas de son pantalon sur sa jambe nue et raccompagne le brave homme jusqu'à la porte.

— Au revoir, monsieur l'agent. Et merci pour votre gentillesse.

Il touche d'un doigt le bord de sa casquette.

— Soyez sage, d'accord ? Ne faites rien que vous puissiez regretter.

Elle lui adresse son plus beau sourire.

— De toute façon, même si j'avais envie de faire des bêtises, vous avez fait le nécessaire pour m'en empêcher.

Après le départ du policier, Danielle se rue vers sa chambre. Elle tire un mince carton de sous le lit. L'étiquette Prosthetics, Inc. est déchirée à l'endroit où elle a ouvert la boîte un peu avant l'arrivée de l'agent Reever. Elle retire ses chaussures, son pantalon et ses épaisses chaussettes en coton. Sa jambe gauche — celle affublée du nouveau bracelet — a une apparence nettement différente de la droite. Elle se penche et retire le mouchard aussi facilement que si elle enlevait un licol passé sur la tête d'un cheval. Elle suspend l'appareil à la patère fixée derrière la porte de la chambre, puis détache la bande Velcro qui passe derrière son genou et maintient le revêtement de prothèse. La fausse peau en silicone médicale tombe par terre, dévoilant sa vraie jambe. Excitée et soulagée d'avoir réussi à mystifier le policier, elle remet le leurre dans la boîte en carton et ne peut s'empêcher de lire le petit livret explicatif qui accompagne son achat.

« Toutes nos prothèses esthétiques sont fabriquées avec une silicone biomédicale de haute qualité. Ce produit vraiment exceptionnel sera pour vous comme une seconde peau. Conçues pour résister aux températures hautes et basses, nos prothèses sont bien tolérées par le corps. Elles sont antitaches, conservent leur couleur et ne se déforment pas avec le temps. Les veines, grains de beauté ou taches de rousseur factices tromperont l'œil le mieux exercé. Vous seul saurez que ce n'est pas votre vraie peau. »

— Ça, ce n'est pas de la publicité mensongère, murmure Danielle en souriant au souvenir du visage perplexe de la vendeuse lorsqu'elle lui a dit qu'elle ne voulait acheter que le revêtement de la prothèse, et non la prothèse en elle-même.

Elle replace la boîte en carton sous le lit, remet son pantalon et ses chaussures et va ouvrir le placard de l'entrée. A l'intérieur se trouve son sac de voyage avec tout ce dont elle a besoin pour son escapade à Chicago, y compris sa carte d'embarquement imprimée depuis le site internet de la compagnie aérienne.

Au mieux, elle trouvera ce qu'il lui faut pour faire douter le jury qui jugera Max : le témoignage d'un médecin qui a suivi Jonas et qui leur expliquera que la victime avait des tendances suicidaires et automutilatrices avant d'être admis à Maitland. Elle pourra aussi découvrir les raisons qui ont poussé le Dr Jojanovich à diriger Jonas vers Maitland, et celles qui ont conduit Marianne à choisir un psychiatre de Chicago alors qu'elle vivait en Pennsylvanie. Peut-être le Dr Jojanovich pourra-t-il même lui donner les noms d'autres médecins dont les témoignages accréditeront sa nouvelle thèse.

Au pire, elle rentrera à Des Moines à temps pour l'audience sans que personne soupçonne cette nouvelle entorse à la loi. Grâce à son téléphone portable, Tony ou Doaks pourront la joindre sans se douter qu'elle a quitté le rayon autorisé des quatre-vingts kilomètres. Et, s'ils souhaitent la voir, elle prétendra être malade.

Danielle passe un rapide coup de fil à Georgia et la supplie de venir la rejoindre. Georgia essaie d'en savoir plus et la presse de questions, mais Danielle se contente de lui dire qu'elle ne peut pas lui donner d'explication maintenant, et qu'elle doit la croire quand elle lui affirme que sa présence est cruciale. Sans doute est-ce le désespoir que trahit la voix de Danielle qui finit par convaincre Georgia. Celle-ci promet de prendre le prochain vol pour Des Moines.

Danielle ouvre la porte et glisse la clé de l'appartement sous le paillasson. Georgia sera là ce soir ! C'est pour elle un immense soulagement. Elle ne pourrait jamais laisser Max — ne serait-ce qu'une nuit — sans savoir que quelqu'un qui l'aime presque autant qu'elle la remplacera auprès de son fils le temps de son absence.

Avant de pouvoir changer d'avis, elle claque la porte de l'appartement. Le bruit de la serrure qui s'enclenche automatiquement résonne dans la cage d'escalier comme un mauvais présage.

23

Danielle fait les cent pas sur l'épaisse moquette inondée de soleil de sa chambre d'hôtel. Elle essaie de calmer ses nerfs à vif et se poste devant la fenêtre en songeant à la dernière fois qu'elle est venue à Chicago. Deux ans plus tôt, une excitante affaire de détournement de fonds l'avait conduite dans ce même hôtel. Le Whitehall lui fait penser à ce qu'elle a été : aux joutes d'éloquence et de rhétorique durant la journée ; aux longs dîners, le soir, avec ses clients dans des restaurants à la mode. Cet établissement a conservé cette atmosphère luxueuse d'un autre temps, délicieusement désuète, qu'on ne trouve plus guère dans les hôtels américains : la petite note sur l'oreiller qui vous invite à faire de doux rêves ; le lit préparé pour la nuit, l'épais peignoir blanc accroché derrière la porte de la salle de bains ; le verre de son cognac préféré posé sur la table basse à son arrivée, clin d'œil plein de délicatesse à son dernier séjour. Niché au cœur de la ville, le Whitehall évoque pour Danielle des temps sans doute révolus.

Elle résiste à l'envie de répondre aux nombreux appels de Tony. Elle n'ose imaginer sa réaction s'il apprenait qu'elle a — encore — violé les termes de sa libération sous caution. Avec un peu de chance, elle parviendra à rentrer ce soir à Plano avec au moins une information qui permettra d'éviter que l'audience ne soit un désastre complet. Aux abois, cherchant désespérément un rayon de lumière dans les ténèbres, elle ne peut se permettre de négliger la moindre piste.

La veille au soir, à une heure suffisamment tardive pour être certaine qu'il ne répondrait pas, elle a laissé un message à Tony pour l'informer de l'arrivée de Georgia et lui demander de l'ajouter à la liste des visiteurs de Max en qualité d'avocate adjointe de la défense. Elle lui a en outre demandé de laisser Georgia voir Max autant qu'elle le souhaiterait ou que Max en ferait la demande. Tony risque de ne pas apprécier de recevoir des directives de sa part, c'est pourquoi Danielle a préféré lui laisser un message plutôt que d'affronter son irritation. Irritation qui tournera sans nul doute à la colère s'il a vent de son escapade. Mais, si tout se passe comme prévu, il ne devrait jamais rien en savoir. Elle a donné le numéro de portable de son amie à l'avocat, non sans avoir fait promettre à Georgia de tenir sa langue. La consigne est de dire qu'elle est clouée au lit par un mauvais virus.

Alors qu'elle vient de s'asseoir avec une tasse de café et qu'elle commence enfin à se détendre, son téléphone se met à sonner. Elle le ramasse sur la table basse et regarde l'écran. *Max.* Elle décroche avec une telle précipitation qu'elle manque de renverser son café.

— Max, mon chéri ! Tout va bien ?

La colère le dispute à la panique dans la voix de son fils.

— Qu'est-ce que tu fous à Chicago ? Comment tu peux quitter Plano et me laisser ici sans même me prévenir ?

— Laisse-moi t'expliquer, d'accord ? Mais attends une seconde... Qui t'a dit que j'étais à Chicago ? Tony Sevillas ?

Max a un petit rire méprisant.

— Je n'ai besoin de personne pour savoir où tu es. Je t'ai localisée avec mon GPS.

— Quel GPS ?

— Celui qui se trouve dans mon iPhone, bien sûr. Je parie que tu ne sais même pas que tu en as un, toi aussi. Et maintenant, reprend-il d'une voix sombre, arrête de noyer le poisson et dis-moi ce que tu trafiques à Chicago.

— Je cherche des éléments à décharge, Max. Pour l'audience.

— Mais pourquoi Chicago ? Je croyais que tu soupçonnais Dracula.

— Dracula ?

— Fastow. Tu ne trouves pas qu'il a une tête de vampire ?

Décidément, songe-t-elle, cet homme a un physique qui inspire les comparaisons.

— C'est vrai, dit-elle. Je n'y avais pas pensé, mais maintenant que tu me le dis…

— J'ai continué à faire des recherches sur lui, dit Max.

Elle passe la demi-heure suivante à lui expliquer qu'elle sera de retour à temps pour l'audience, qu'il est important qu'elle en sache plus sur Jonas et Marianne, et qu'il doit synthétiser tout ce qu'il a trouvé sur Fastow-Dracula et l'envoyer par e-mail à Tony Sevillas. Elle lui dit aussi que si par malheur elle rentrait bredouille de son séjour à Chicago il resterait toujours la piste du vampire de Maitland, qu'elle promet d'exploiter à fond, quoi qu'elle découvre ici. Elle le supplie de poursuivre ses recherches et de bien observer ce qui se passe autour de lui, en particulier tout ce qui touche au Dr Fastow. Elle espère que les missions qu'elle lui confie lui occuperont suffisamment l'esprit pour qu'il oublie un peu ses angoisses. Pendant qu'elle lui parle, elle se promet d'appeler Georgia pour lui demander de tenir compagnie à Max le plus longtemps possible aujourd'hui. S'il ne peut pas avoir sa mère auprès de lui, qu'il ait au moins ce qui s'en rapproche le plus.

Après avoir raccroché, Danielle se remet à arpenter la chambre d'hôtel, attendant que le cabinet du Dr Jojanovich l'appelle pour lui proposer une heure de rendez-vous. Elle se laisse tomber sur son lit — dont les draps tout froissés témoignent d'une nouvelle nuit sans sommeil —, se relève et finit par se forcer à s'asseoir dans le confortable canapé en cuir. Là, elle allume une cigarette et regarde, l'œil vide, la fumée qu'elle recrache longuement s'élever vers le lustre. Alors qu'elle tire une deuxième bouffée au goût amer, la mélodie de son portable l'arrache à sa torpeur nerveuse. Un coup d'œil à l'écran et elle porte le téléphone à son oreille.

— Allô ?

— Madame Talbert ?

— Elle-même.

— Bonjour, madame. Marcia à l'appareil, l'assistante du Dr Jojanovich.

— Bonjour, Marcia, dit Danielle. Et merci de me rappeler aussi vite.

— Je vous en prie. Alors voilà, dans la mesure où vous semblez avoir un besoin urgent de consulter et qu'il y a eu une annulation, le Dr Jojanovich m'a dit qu'il pouvait vous recevoir aux alentours de midi et demi.

— Ça me convient parfaitement, dit-elle en se penchant vers la table basse où elle saisit un stylo. Pourriez-vous me rappeler l'adresse du cabinet, je vous prie ?

— Nous sommes au 59896 Polanski Avenue. Oh, j'oubliais… Dans la mesure où vous êtes une nouvelle patiente, le médecin vous demande de venir avec votre dossier médical, ou tout ce qui pourrait l'éclairer sur votre état de santé.

— Bien sûr, répond Danielle. J'apporterai tout ce qu'il faut.

Danielle regarde la ville défiler derrière les vitres du taxi. La voiture passe rapidement devant les magasins pimpants de Michigan Avenue avant de s'enfoncer dans des quartiers nettement moins riants. Au bout d'une vingtaine de minutes, le taxi s'immobilise devant un bâtiment étroit et passablement décrépi. La plaque de cuivre fixée au-dessus de l'Interphone est si noircie que Danielle ne parvient pas à déchiffrer entièrement l'inscription qui s'y trouve gravée : Boris Jojanovich, doc… Le reste est illisible. Elle jette un regard autour d'elle. Le quartier est vraiment sinistre. Heureusement qu'on ne lui a pas donné rendez-vous à la nuit tombée, songe-t-elle en pressant le bouton de l'Interphone.

Une voix grésille dans le haut-parleur.

— Cabinet du Dr Jojanovich ?

— Mme Talbert, dit Danielle. J'ai rendez-vous.

— Oh, bien sûr… Je vous ouvre.

Un son qui ressemble à celui d'un rasoir électrique défectueux se fait entendre quelque part du côté de la poignée. Danielle doit pousser fort pour faire bouger la porte, qui finit par s'écarter avec réticence avant de se refermer à toute volée derrière elle. Dans l'entrée sombre, une liste des occupants de l'immeuble est fixée au mur avec du ruban adhésif jaune. Les caractères d'impression semblent tout droit sortis d'une vieille machine à écrire dont le ruban encreur aurait besoin d'être remplacé. Danielle laisse courir son doigt sur les noms commençant par J et finit par trouver le cabinet du médecin, au quatrième étage. Elle soupire en voyant la pancarte « Hors service » accrochée à la poignée de l'ascenseur. Le temps d'atteindre sa destination, elle a perdu son souffle mais aussi sa nervosité. Avec une pensée pour le policier hors d'haleine qui est venu remplacer son bracelet électronique, elle pousse la porte et marche vers un petit bureau de réception.

— Bonjour, madame Talbert.

Marcia est une jeune femme d'environ vingt-cinq ans. Sa voix fragile, comme sur le point de se briser après chaque mot, contraste avec les contours généreux d'une silhouette qu'une ample robe bleue ne parvient pas à noyer. Elle se lève et remplit un verre d'eau qu'elle tend à Danielle avec un sourire.

— Tout le monde a besoin d'un verre d'eau après cette ascension.

Danielle boit une longue gorgée.

— Merci beaucoup, dit-elle en lui rendant le verre presque vide.

— Vous êtes pile à l'heure, madame Talbert. Asseyez-vous, s'il vous plaît. Je vais aller prévenir le docteur de votre présence.

Danielle vient tout juste de s'asseoir sur une des trois chaises de bois qui font office de salle d'attente quand une porte s'ouvre sur un vieil homme vêtu d'une blouse blanche. Ses lunettes d'un autre temps laissent filtrer un regard sérieux, sinon sévère, et la peau de son visage forme des plis qui évoquent le shar-peï, ainsi que le bulldog anglais dont il a indéniablement les bajoues.

Danielle se lève et lui tend la main.

— Docteur Jojanovich ?

— Lui-même. Et vous êtes madame Talbert, n'est-ce pas ?

Il a une belle voix de baryton.

— Entrez, je vous prie. Marcia, soyez gentille de ne pas me passer d'appels pendant que je suis avec Mme Talbert.

— Oui, docteur.

Danielle entre dans une pièce étonnamment grande. Un écran d'ordinateur trône sur un bureau poussiéreux, un gros câble débranché et enroulé sur son pied comme un cordon ombilical. Le Dr Jojanovich indique à Danielle un fauteuil club au cuir fatigué et attend qu'elle s'y installe pour s'asseoir à son tour derrière son bureau, dans un fauteuil pivotant qui soupire tragiquement sous son poids. Le regard du vieux médecin perd de sa sévérité et devient attentif tandis qu'il observe Danielle en silence.

— Eh bien, madame Talbert, dit-il au bout de quelques secondes, qu'est-ce qui vous amène dans mon cabinet ? Marcia m'a dit que vous aviez besoin de me voir de toute urgence.

Danielle rassemble son courage et lui adresse un sourire qui se veut assuré.

— En réalité, docteur Jojanovich, je ne suis pas venue vous voir pour une consultation. Mon vrai nom est Danielle Parkman et je suis avocate.

Ses sourcils se lèvent.

— Une avocate ?

— Oui, dit-elle. Je suis navrée d'avoir obtenu ce rendez-vous à l'aide d'un mensonge et j'ai conscience de vous devoir une explication.

Il pose ses mains noueuses sur le bureau de bois.

— Je vous écoute. Mais je dois vous avertir que je n'ai pas une passion pour les avocats.

Elle sourit.

— C'est votre droit le plus strict. La vérité, reprend-elle en retrouvant tout son sérieux, c'est que je représente un client mis en cause dans une terrible affaire à Plano, une petite ville de l'Iowa.

Il secoue la tête avec une moue qui crée de nouveaux plis sur son visage.

— Je n'ai jamais exercé dans l'Iowa, madame Parkman.

— Là n'est pas la question, répond Danielle. Voyez-vous, la terrible affaire que j'évoquais à l'instant se trouve être un homicide. Et j'ai le regret de vous dire que l'un de vos anciens patients est impliqué dans ce crime.

Les yeux du Dr Jojanovich s'ouvrent plus grand.

— Un homicide ?

— Ou peut-être un suicide.

— Je voudrais être certain de bien vous comprendre, madame Parkman, dit-il lentement. Vous prenez rendez-vous avec moi sous un prétexte fallacieux pour venir m'entretenir d'un meurtre qui pourrait en réalité s'avérer être un suicide et qui se trouve avoir été perpétré dans l'Iowa, Etat où je n'ai jamais exercé et où selon toute vraisemblance je n'exercerai jamais. De plus, l'avocate que vous êtes sait forcément que je suis tenu au secret médical et que, par conséquent, je ne peux pas vous parler d'un de mes patients.

Il secoue la tête et se met debout avec une grimace de douleur.

— J'ai peur de ne pouvoir vous aider, chère madame. Et maintenant, si vous voulez bien m'excuser…

Danielle se lève d'un bond et va se planter devant lui.

— S'il vous plaît, docteur. Mon client pourrait être condamné à mort pour le meurtre de votre patient. Si je n'arrive pas à recueillir tout de suite les informations dont j'ai besoin, un adolescent a toutes les chances d'être victime d'une terrible erreur judiciaire.

Elle va se rasseoir en espérant que ça l'incitera à faire

de même. Elle espère juste qu'il ne remarquera pas à quel point elle est terrifiée. Sa peur est celle d'une mère, pas d'une avocate.

Le médecin reste debout, immobile et le visage impénétrable. Mais la position de son corps indique une hésitation.

— Quel est le nom de mon ancien patient ? demande-t-il finalement.

— Jonas Morrison.

Toujours aucune réaction sur le visage du médecin, pas même dans son regard.

— Il avait dix-sept ans, reprend Danielle. Il a été admis cet été dans une clinique psychiatrique de l'Iowa et il a succombé à… à de graves blessures. L'autopsie n'a pu déterminer s'il se les est infligées lui-même ou s'il s'agit d'un homicide. Pourtant, les autorités sont persuadées que mon client est coupable, et il va être traduit en justice pour meurtre.

Elle s'interrompt quelques secondes, le temps de planter ses yeux dans ceux du Dr Jojanovich.

— Je suis à la recherche de toute information qui permettrait d'éclaircir cette affaire et peut-être de rétablir la vérité.

Le médecin baisse le regard vers son fauteuil et l'observe un instant comme s'il le voyait pour la première fois. Finalement, il se résout à s'y asseoir.

— Je serais curieux de savoir qui vous a donné mon nom, dit-il enfin en secouant doucement la tête, comme si ces mots étaient le fruit d'une intense réflexion.

Danielle plonge la main dans son sac et en sort le formulaire d'admission de Jonas.

— Je l'ai trouvé sur ce document, dit-elle. Vous y êtes mentionné en tant que médecin référent de Jonas Morrison, et comme celui qui a orienté ce garçon vers la clinique psychiatrique de Maitland, où il a trouvé la mort dans des circonstances qui restent à élucider. Tenez, ajoute Danielle en se levant pour tendre l'imprimé au vieux médecin, ce formulaire est même signé de votre main.

— Hum…

Le Dr Jojanovich saisit le document et le pose sur son bureau, le temps d'allumer un cigare à demi fumé qui languissait dans un cendrier en aluminium. Après avoir tiré quelques bouffées pensives du moignon rougeoyant, il reprend l'imprimé et l'étudie en silence. Assez vite, il relève les yeux vers Danielle.

— Je pense que vous avez fait une erreur en venant me voir, madame Parkman.

— Si c'est le secret médical qui vous pose un problème, docteur, je…

— Non, ce n'est pas ça.

— Parce que si c'était ça, insiste-t-elle, sachez que dans la mesure où le patient est décédé, le secret médical n'est…

— Je vous dis que ce n'est pas la question, madame Parkman.

Danielle se penche en avant, coudes sur les genoux.

— Alors qu'est-ce qui vous empêche de me donner des renseignements sur ce garçon ? Si vous voulez que je vous prouve que je suis bien avocate…

Il secoue la tête.

— Vous ne comprenez pas, chère madame. Ce Jonas Morrison n'a jamais été mon patient.

Danielle le regarde avec de grands yeux tandis qu'il se renverse dans son fauteuil.

— De plus, je ne suis ni psychiatre, ni neurologue, ni même pédiatre. Je n'ai jamais pratiqué ces spécialités, madame Parkman. Je suis médecin généraliste.

Stupéfaite, Danielle relit le document que le Dr Jojanovich vient de lui rendre. Son nom est pourtant écrit noir sur blanc.

— Docteur, je vous demande de m'accorder encore un peu de votre temps. Je vous avoue que je suis perdue. Ce ne sont pas vos nom et adresse qui sont mentionnés sur ce formulaire ? Ce n'est pas votre signature ?

Le médecin se lève et cette fois-ci il marche jusqu'à la porte.

— Je suis navré, madame Parkman. J'aimerais pouvoir vous aider, mais je ne sais pas le moins du monde d'où vient ce document. Tout ce que je peux vous dire, c'est que je n'ai jamais eu de patient du nom de Jonas Morrison. Et maintenant, si vous le permettez, je vais devoir mettre un terme à cet entretien.

Il ouvre la porte et attend là, droit comme un i, que Danielle quitte son bureau.

Elle replie lentement le document et le range dans son sac à main, mais ne fait même pas mine de se lever.

— Peut-être vous souvenez-vous de sa mère, Marianne Morrison ?

— Non, je suis désolé.

Le gouffre noir du doute que Danielle longe depuis le début de cette affaire semble se rapprocher de ses pas, prêt à l'engloutir. Tony et Doaks ont raison. Elle est comme toutes les mères qui refusent de croire à la culpabilité de leur enfant. Et son obstination à nier la réalité l'a conduite ici, à Chicago, à la poursuite de chimères. Tout ce qu'elle a réussi à faire, c'est s'assurer qu'elle sera menottée et renvoyée en prison dès son retour dans l'Iowa. Elle s'est comportée comme une irresponsable, et cette fois le prix de son inconséquence sera sa liberté… et sans doute celle de Max.

— Permettez-moi de vous la décrire, dit-elle. Elle a la quarantaine, petite — un mètre soixante, peut-être —, avec des cheveux blonds et des yeux bleus.

— Puisque je vous dis que…

— S'il vous plaît, docteur. Essayez au moins d'y réfléchir une minute.

Il soupire et pose sur elle des yeux las mais patients.

— Rappelez-moi son nom, je vous prie.

— Morrison. Marianne Morrison.

Le médecin referme la porte et retourne à son bureau. Une dépression se creuse entre ses sourcils, qui bientôt ne forment plus qu'une longue barre broussailleuse. Sans doute a-t-il décidé de changer de méthode pour se débarrasser d'elle, songe Danielle. Il va faire mine de l'écouter, de répondre à ses questions, dans l'espoir qu'elle finira par se décourager et par partir d'elle-même. Un homme plus jeune l'aurait sans doute déjà expulsée de son bureau. Mais, pour ceux de la génération du Dr Jojanovich, c'est tout simplement une chose qui ne se fait pas.

— Voyons voir…, dit-il. Cette femme a un accent ? Elle s'habille d'une manière particulière ?

— Elle est née au Texas et elle a la voix traînante des gens du Sud. Quant à sa façon de s'habiller… Elle est toujours très élégante, mais ce n'est pas ennuyeux. Elle ose la couleur et elle porte beaucoup de bijoux. Comment vous dire ? Elle a un style à la fois classique et très personnel.

Danielle scrute le regard du médecin à la recherche d'une réaction. Mais le portrait sommaire qu'elle vient de dresser semble laisser le vieil homme de marbre. Elle décide de lui fournir tous les détails auxquels elle peut penser. L'un d'eux évoquera peut-être quelque chose.

— Marianne Morrison est veuve. Elle est diplômée en médecine, mais elle a choisi d'exercer en tant qu'infirmière pour avoir le temps de s'occuper de son fils. Ah oui, j'ai cru comprendre qu'elle est très à l'aise en informatique. Apparemment, elle a beaucoup travaillé sur ordinateur au cours de sa carrière d'infirmière. Son fils, Jonas, est né en Pennsylvanie et il avait de graves troubles du comportement.

Elle s'arrête, à court d'idées. Elle lit enfin quelque chose dans le regard du médecin, mais c'est une forme de regret.

— Je suis sincèrement désolé, madame Parkman. J'aurais aimé pouvoir vous aider.

Danielle laisse échapper un soupir abattu. Sans un mot, elle se lève et serre la main du Dr Jojanovich par-dessus le bureau. Les pensées se bousculent sous son crâne tandis qu'elle lance un au revoir découragé à Marcia puis entame la longue descente vers la rue. Et maintenant ? Elle n'a plus aucune piste, sinon une adresse à peine lisible qu'elle a trouvée griffonnée en marge d'un document fourni par Maitland. Elle ne sait même pas si ça a quoi que ce soit à voir avec Jonas. Si elle se fie aux résultats de son entretien avec le Dr Jojanovich, cette adresse sera celle d'une nouvelle impasse. Pourquoi Marianne aurait-elle menti sur le nom du médecin qui a envoyé Jonas à Maitland ? Dieu sait qu'il n'existe aucun doute sur le fait que ce garçon avait besoin de soins psychiatriques. C'est donc le Dr Jojanovich qui ment. Peut-être n'aurait-elle pas dû lui dire que Jonas avait trouvé la mort dans des circonstances suspectes. Le vieil homme a sans doute pris peur. Mais, s'il n'a fait qu'orienter Jonas vers Maitland, pourquoi craindrait-il d'être poursuivi pour erreur médicale ? Danielle trouve la réponse presque en même temps qu'elle se pose la question : parce que, dans un pays comme les Etats-Unis, on vous poursuit en justice pour un oui ou pour un non. Elle est bien placée pour le savoir. Reste à comprendre pourquoi Marianne a confié son fils à un médecin généraliste, qui de surcroît exerce à plus de mille kilomètres de Reading, où son domicile est censé se trouver. Tout ça n'est décidément pas normal.

Une fois dans la rue, elle hèle un taxi et ferme les boutons de son imperméable. Des nuages menaçants s'amoncellent à l'horizon. Alors qu'elle donne l'adresse du Whitehall au chauffeur, son portable se met à sonner dans son sac à main. Elle jette un coup d'œil à l'écran avant de décrocher. C'est Doaks. Il doit s'imaginer qu'elle se trouve dans son appartement de location, sage et obéissante. Elle décide de ne pas répondre. De toute façon, elle sera de retour chez elle ce soir.

Ce soir ? songe-t-elle. Non, elle ne peut pas rentrer les mains vides.

24

Danielle s'engouffre dans le lobby de l'hôtel au moment où le ciel s'éclaircit. Elle se présente devant un réceptionniste qui lui tend le porte-clés en laiton de sa chambre avec un sourire poli et quelques mots aimables. Elle bredouille une réponse vague et demande machinalement si elle a des messages. Le jeune homme tient déjà une petite enveloppe à la main. C'est un message de Max : *Appelle-moi.* Comment peut-il savoir qu'elle est descendue au Whitehall ? Cet enfant ne cessera jamais de l'étonner. Elle ne se sent pas le courage de lui parler maintenant, alors qu'elle n'a rien découvert qui puisse justifier sa fugue à Chicago. Surtout que cette aventure insensée risque de se terminer en prison, où elle ne pourra plus lui venir en aide. Elle ne peut pas non plus lui dire que mettre en cause le Dr Fastow ne sera pas forcément suffisant pour le sortir d'affaire, ni qu'il va peut-être devoir accepter un accord avec l'accusation. Accord qui lui épargnera de longues années de prison, mais qui aboutira à une autre forme d'emprisonnement, dans cette clinique qu'il considère comme un enfer.

Georgia l'a appelée tôt ce matin et Danielle lui a donné les raisons de sa présence ici. Son amie était terrifiée à l'idée qu'elle prenne de tels risques, mais elle a évidemment promis de garder le secret. Georgia lui a ensuite assuré que Max allait bien, sauf que le ton de sa voix n'était pas très convaincant. Danielle sait qu'il déteste la savoir loin de lui. Dans l'ascenseur, elle lui envoie un SMS : *Je pense à toi et je t'aime. Tiens bon, mon chéri. Je t'appelle très vite.*

A présent, elle n'a plus qu'une idée en tête : se faire couler un bain bien chaud et y noyer le désespoir qui règne désormais en maître dans sa vie. Le bruit régulier des rouages de l'ascenseur contraste avec les battements fous de son cœur. Le temps d'arriver à l'étage où se situe sa chambre, elle est exténuée.

A l'intérieur, les rideaux sont tirés. Elle ôte d'abord sa veste, puis ses chaussures qu'elle lance d'un coup de pied à travers la pièce. La lumière tamisée, le ronronnement de la ville derrière les doubles vitrages et l'épaisse moquette qui masse ses pieds lui donnent soudain envie de faire la sieste. Trop lasse même pour un bain, elle se dirige vers le lit. Elle ne l'a pas encore atteint qu'elle entend un bruit. Ça semble venir du canapé, maintenant masqué par un paravent. Elle se fige et tend l'oreille. Rien. Elle s'apprête à s'allonger tout habillée quand elle perçoit de nouveau quelque chose. Danielle revient sur ses pas et, le corps protégé par le paravent de bois sombre, risque un regard en direction du canapé.

Là, confortablement installée sur les coussins en cuir, une silhouette se dessine dans la pénombre. Danielle ne distingue pas le visage de l'intrus, mais sa corpulence semble indiquer qu'il s'agit d'un homme. Il est immobile, les pieds croisés sur la table basse. Elle cherche désespérément du regard un objet qui lui permettrait de se défendre, quand la voix du visiteur résonne dans la chambre.

— Est-ce que vous vous rendez compte à quel point vous êtes stupide ?

Elle se précipite vers l'interrupteur et allume la lumière.

— Doaks !

— Ouais, Doaks… Qui voulez-vous que ce soit ? La juge Hempstead ?

— Comment avez-vous fait pour…

— Je suis détective privé, au cas où vous l'auriez oublié. J'ai baratiné une réceptionniste pour avoir une autre clé de votre chambre. Je lui ai raconté que j'étais votre mari, figurez-vous, et que je venais vous faire une surprise. Votre mari…, répète-t-il en secouant la tête d'un air accablé. Dieu m'en préserve !

Son étrange sourire relève un coin de sa bouche.

— Et puis ça fait partie de mon job de retrouver des écervelés comme vous qui font tout ce qu'ils peuvent pour retourner au trou. Bien sûr, le fait que votre gamin vous suive à la trace avec son truc-phone et qu'il m'ait fait suffisamment confiance pour me dire où vous étiez n'a pas nui à ma petite enquête…

Une moue admirative propulse sa lèvre inférieure en avant.

— C'est un vrai magicien avec cet appareil, votre rejeton ! Et je peux vous dire qu'il l'avait drôlement mauvaise quand il a découvert que vous aviez mis les bouts.

Elle qui s'imaginait que personne ne se douterait qu'elle avait fait une fugue… *C'est réussi*, songe-t-elle avec humeur.

Doaks porte un vieil imperméable crasseux et un chapeau en feutre qui semble avoir été piétiné par un troupeau de bisons. Danielle se laisse tomber sur un fauteuil. Malgré la curieuse affection qu'elle ressent pour le détective privé, l'idée qu'une réceptionniste ait pu croire que cet homme sale et fripé était son mari lui fait froid dans le dos.

— Vous n'imaginez pas la gueulante que Sevillas a poussée quand il a su que vous étiez allée faire du tourisme dans la cité du vent. Vous pouvez vous estimer heureuse que j'aie un peu arrondi les angles et que je l'aie convaincu de me laisser vous ramener par la peau des fesses. Lui, il voulait vous envoyer la flicaille, vous savez.

Il sort une enveloppe de son imperméable et la tend à Danielle.

— De la part de Tony.

Seuls quelques mots griffonnés à la hâte noircissent le carton couleur crème.

« Danielle,

« Je te demande de rentrer tout de suite. Tu sais les sentiments que j'ai pour toi, mais je ne peux pas vous protéger, toi et ton fils, si tu continues à te comporter comme ça. Je crois sincèrement que les choses vont finir par s'arranger, mais il va désormais falloir que tu m'écoutes. C'est la seule façon d'aider Max.

« Tony. »

Danielle replace lentement le carton dans son enveloppe. Elle ne ressent plus rien qu'une immense fatigue.

— Je ne vois pas l'intérêt de plaider ma cause, dit-elle.

— C'est bien la première fois que je vois un avocat à bout d'arguments, ironise Doaks. Pourtant, je serais curieux de savoir ce que vous fichez ici, m'dame Parkman. Par contre, je crois bien avoir compris comment vous avez fait pour vous débarrasser de votre joli bracelet à la mode d'Alcatraz.

Il se met à glousser.

— Je reconnais que vous avez fait fort, là. Si les flics se rendent compte que vous les avez roulés dans la farine avant que je vous ramène, ce bon vieux Reever va être la risée de la brigade ! Je vous jure, il en entendra parler jusqu'à sa retraite ! Quand j'ai découvert la boîte en carton sous votre lit, j'ai eu envie de l'emballer dans du papier cadeau et de la lui offrir pour son anniversaire !

— Vous avez pénétré dans mon appartement ? Comment avez-vous fait ?

Il se contente de la regarder.

— D'accord, d'accord, dit Danielle avec un soupir.

— Vous devriez répondre quand on vous appelle sur votre portable, vous savez. Si vous nous aviez dit que vous aviez vos ragnagnas, par exemple, on vous aurait un peu lâché la grappe.

— J'avais une piste, dit-elle d'une voix lasse. Si vous aviez bien voulu la vérifier, comme je vous l'avais demandé, je n'aurais pas été obligée de le faire moi-même.

— Une piste, hein ?

Il lève les yeux au ciel.

— Vous vous prenez pour Columbo, ou quoi ? Alors,

c'est ça que vous avez fait, aujourd'hui ? Vous avez passé la matinée à suivre votre super piste ?

Danielle hoche la tête.

— Et ça a donné quelque chose ?

— Non.

— Sans blague ? lance-t-il avec un sourire narquois avant de retirer ses chaussures poussiéreuses de la table basse et de promener le regard sur la chambre. Dites-moi, m'dame Parkman, vous n'auriez pas quelque chose à boire dans cette piaule ? J'ai le gosier un peu sec.

Elle se lève et va chercher un assortiment de mignonnettes d'alcool dans le minibar. Elle les aligne sur la table basse, laissant Doaks les étudier d'un œil passionné. Il finit par en pointer deux identiques du doigt. Danielle se charge de les verser dans des verres et ils boivent leur whisky en silence, jusqu'à ce que le détective indique du menton la valise ouverte sur la moquette.

— Bon, m'dame Parkman. Finissez-moi ce tord-boyaux et faites votre valoche. On va choper le vol de 18 heures. Croyez-moi, on s'en sortira bien si j'arrive à vous ramener au bercail au nez et à la barbe de ces incapables qui se disent flics.

Danielle boit une nouvelle gorgée, plus longue que la précédente, et regarde Doaks dans les yeux.

— Je ne vais pas rentrer tout de suite, dit-elle. Il me reste encore une chose à vérifier.

Doaks se penche vers elle et lui agite son doigt sous le nez. On dirait un père qui vient de surprendre sa fille aux petites heures du matin, en train de regagner sa chambre sur la pointe des pieds.

— Pas de ça avec moi, ma p'tite dame. Vous allez remplir cette valbonde et me suivre bien gentiment, d'accord ? On va rentrer dans ce foutu bled qui m'a vu naître et se préparer pour l'audience. Je n'ai pas le temps de courir aux quatre coins du pays pour essayer de vous éviter des emmerdes.

Elle repose son verre sur la table basse et met autant de conviction que possible dans sa voix.

— Ecoutez, je vous suis reconnaissante pour tout ce que vous faites, mais il faut absolument que je termine ce que je suis venue accomplir ici. Après ça, je vous promets que je vous suivrai sans faire d'histoire.

Il vide son verre d'un trait et tend la main vers celui de Danielle. Avant qu'il ne l'atteigne, elle lui saisit la main et la presse entre les siennes.

— Je suis tellement contente que vous soyez là, John.

Son regard s'adoucit et dément sa voix bourrue.

— D'accord, expliquez-moi de quoi il retourne.

Il s'empresse de lui présenter la paume de ses mains.

— Attention, hein… Je ne suis pas en train de vous donner ma bénédiction. Je vous dis juste que vous avez cinq minutes pour me raconter votre histoire et qu'elle a intérêt à être passionnante, parce que sinon je vous hisse sur mon épaule façon viking et je vous ramène à Plano. J'écoute.

Elle lui montre d'abord le formulaire d'admission de Jonas et attire son attention sur l'incohérence entre le domicile indiqué par sa mère et le choix d'un médecin de Chicago. Elle lui raconte ensuite sa visite au Dr Jojanovich, sa surprise en apprenant qu'il est généraliste, ainsi que les affirmations du vieux médecin qui prétend n'avoir jamais traité de patient du nom de Jonas Morrison.

— Ce n'est pas grand-chose, bougonne-t-il.

Danielle soupire.

— Ce n'est pas grand-chose, c'est vrai, mais ce n'est pas rien non plus. Et puis, surtout, c'est tout ce que j'ai. Il y a forcément quelque part des informations qui pourraient nous permettre de savoir si Jonas avait ou non des tendances suicidaires.

— Même s'il en avait, ça ne changera pas le fait que votre gamin se trouvait à côté du macchabée et couvert de son sang, réplique Doaks. Ni que l'arme du crime était planquée dans votre sac à main.

Il laisse tomber l'imprimé sur la table basse.

— Et on peut savoir ce que vous avez prévu au menu pour cet après-midi, m'dame Columbo ?

Elle lui montre l'adresse griffonnée en marge de l'autre document.

— Ça vaut la peine de vérifier, non ?

— Vous me demandez si un gribouillis vaut la peine de pénétrer illégalement dans un appartement qui n'a sans doute rien à voir avec votre affaire ? Alors ma réponse est négative, ma jolie. Croyez-en mon expérience, c'est une perte de temps.

— Possible, rétorque Danielle. Mais c'est de mon temps qu'il s'agit.

Elle se lève et remet ses chaussures.

— Et je refuse de rentrer à Plano avant d'avoir tout tenté.

— Vous ne voulez pas savoir ce qu'on a trouvé depuis que vous vous êtes fait la malle ?

Danielle se fige.

— Quoi ? Vous avez trouvé quelque chose ?

Doaks se vautre dans le canapé, mains derrière la tête.

— On a fait des recherches sur le psychopharmachin, et il semblerait que le père Fastow ne soit pas aussi net que l'imagine la direction de Maitland.

Danielle s'assoit.

— Qu'est-ce que vous avez découvert ?

— Ce n'est pas moi, c'est le cerveau de Max. Il a utilisé son téléphone pour googler le web. Je ne fais que répéter ce qu'il m'a dit parce que, pour moi, tout ça c'est du chinois. Je n'ai jamais eu d'ordinateur et je ne m'en porte pas plus mal pour autant, vous savez. Je peux vous dire que celui qui me fera acheter une de ces foutues machines n'est pas encore né.

Il sort son bloc-notes douteux de sa poche, mouille son doigt et tourne quelques pages.

— On dirait bien que vous aviez vu juste. Apparemment, Fastow est impliqué jusqu'au cou dans je ne sais quelles recherches expérimentales.

— Je savais déjà qu'il conduisait des recherches sur de nouveaux psychotropes. Vous n'avez rien de plus précis ?

— Non, grommelle-t-il. J'étais sur le coup, mais figurez-vous que j'ai dû sauter dans un zinc pour aller éteindre un de vos foutus incendies.

— Où en est-on avec l'échantillon sanguin de Max ?

Il pose sur elle des yeux las.

— On pourrait avoir les résultats plus tôt que prévu. Demain, si tout va bien. Heureusement que je connais du monde, dans ce trou perdu… N'empêche que je me demande toujours ce que vous allez dire à la juge Hempstead pour expliquer la provenance de cet échantillon.

— La vérité, répond Danielle. Je ne vois pas d'autre solution. Je vais être renvoyée en prison, mais Tony demandera à ce que la cour ordonne une nouvelle analyse sanguine qui validera les résultats de la première.

— Vous pensez que la juge va dire amen à une telle demande ?

— Je l'espère, en tout cas. Si les résultats confirment mes soupçons, on s'en servira pour accréditer la thèse que les actes de Max, quels qu'ils aient pu être, ont été influencés — pour ne pas dire dictés — par les médicaments expérimentaux que le Dr Fastow lui a fait prendre. On argumentera qu'il n'y a pas d'autre façon d'expliquer la soudaine agressivité de Max et ses autres comportements étranges apparus après son admission à Maitland. On démontrera ainsi que, même si Max avait tué Jonas Morrison — ce qu'on contestera par tous les moyens —, il ne serait pas responsable de son acte, non parce qu'il souffre de problèmes psychiatriques, mais parce qu'il a été le jouet d'une ou de plusieurs substances qui lui ont été administrées par quelqu'un ayant autorité sur lui.

Visiblement soûlé par cette longue tirade d'avocate, Doaks balaie l'air de la main.

— Si vous le dites.

— Et les gélules ? demande Danielle.

— Idem. Résultats demain si tout va bien.

— Alors on devrait les avoir à temps pour l'audience !

— En principe, oui.

Il se lève.

— Ça tombe bien que vous parliez de l'audience, m'dame Parkman, parce que c'est une autre raison de mettre les bouts et de rentrer au bercail le plus vite possible.

Il tend l'index vers la valise de Danielle.

— Allez, on y va.

Elle n'esquisse pas un geste.

— Ne me faites pas répéter, Danielle.

C'est la première fois qu'il l'appelle par son prénom.

Elle se lève à son tour.

— Je vais rentrer à Plano, John. Mais pas avant d'avoir vérifié cette adresse.

— Vous allez me rendre dingue, je vous jure.

Il ramasse son feutre et tend la main pour lui prendre le document qu'elle serre entre ses doigts.

— Donnez-moi ça.

— Non.

Il se rapproche d'elle.

— Donnez-le-moi, je vous dis.

— Prenez-le si ça vous chante ! lance-t-elle avec humeur. De toute manière, je connais l'adresse par cœur.

— Vous savez que vous êtes un vrai phénomène, vous ?

Il ramasse le document qu'elle a laissé tomber par terre et la dévisage un instant d'un air pensif.

— S'il ne nous restait pas un peu de temps, je vous jure que je vous enverrais balader. Mais bon, l'avion ne décolle qu'à 18 heures et…

Il se renfrogne soudain et retrouve son ton bourru, comme s'il s'en voulait d'avoir laissé percer un peu de douceur dans sa voix.

— Allez, posez vos fesses sur ce canapé et n'en bougez pas jusqu'à mon retour.

Danielle ouvre la bouche pour protester, mais la mâchoire serrée de Doaks la retient. Elle l'accompagne jusqu'à la porte, en proie à un affreux sentiment d'inutilité.

— Vous êtes sûr que vous ne voulez pas que je vous accompagne ? demande-t-elle enfin timidement.

Il la fusille du regard.

— Doaks, je…

— Ouais, je sais, l'interrompt-il. Vous m'êtes redevable, et pas qu'un peu !

Malgré la brusquerie retrouvée de sa voix, Danielle décèle dans les yeux du détective quelque chose qui ressemble à de la tendresse.

— Vous voulez me faire plaisir, pour une fois ?

— Bien sûr, répond-elle.

— Alors laissez votre foutu portable allumé et répondez si je vous appelle.

Il lui fait un clin d'œil et une petite pichenette affectueuse sur le menton, puis s'éloigne dans le couloir de l'hôtel. Elle le suit quelques secondes du regard, referme la porte de sa chambre… et attend.

25

Le ciel est aussi sombre que l'humeur de Doaks. Une pluie dense s'abat sur le pare-brise du taxi et brouille la vue malgré le va-et-vient frénétique des essuie-glaces. La voiture se fraie un chemin à travers les rues sales. Les roues s'enfoncent dans de profonds nids-de-poule, projetant des gerbes d'eau grisâtre sur les trottoirs seulement peuplés de poubelles qui débordent. Avec de fréquents coups d'œil à son GPS, le chauffeur conduit penché sur son volant pour se repérer à travers le déluge. Derrière la vitre arrière défilent les façades mornes de maisons toutes semblables, serrées les unes contre les autres comme pour se réconforter face au triste spectacle du quartier où le sort les a placées. Ici, la vie a l'odeur et la couleur de la moisissure.

Doaks connaît bien ce genre de quartier, et les gens qui y vivent. Ce sont souvent des femmes et des hommes qui n'osent plus croire en un avenir meilleur. Le taxi finit par se ranger le long d'un trottoir. Doaks règle la course et promet un bon pourboire au chauffeur pour s'assurer qu'il l'attendra. Puis il remonte le col de son imperméable et court, la tête dans les épaules, s'abriter sous l'auvent d'une maison en briques que rien ne distingue vraiment de ses voisines. Là, il se secoue comme un chien mouillé et frappe à la porte. Personne ne vient lui ouvrir. Il cherche une sonnette, n'en trouve pas, et frappe une nouvelle fois sans plus de succès. Mains en œillères, il essaie de voir quelque chose à travers l'étroite vitre poisseuse qui forme un losange au milieu de la porte. Il se met à la frotter avec sa manche dans l'espoir d'éclaircir le carreau, mais se rend compte que la saleté se trouve surtout du côté intérieur. Après un moment à plisser les yeux, il finit par apercevoir une faible lumière au bout du couloir de l'entrée. Cette fois-ci, il cogne sans ménagement, et directement sur la vitre. Il laisse vagabonder son regard sur les maisons mitoyennes pendant qu'il patiente, mais le voisinage semble avoir été décimé par une épidémie de choléra. La plupart des gens ont dû partir travailler, songe-t-il. S'il ne pleuvait pas si fort, sans doute y aurait-il quelqu'un à qui parler : des vieillards assis devant chez eux, cigarette aux lèvres ou pipe calée entre ce qui leur reste de dents ; des mamans avec de jeunes enfants ; des chômeurs désœuvrés en train de boire une bière ou de bricoler dans leur garage.

Mais il n'y a personne et Doaks, lassé d'attendre dans ce décor sinistre, finit par lâcher un juron. Il se met à tambouriner sans la moindre retenue sur la porte, qui tremble sous les coups. Toujours rien. *C'est bon*, songe-t-il. *Inutile d'insister.* Il a vérifié la piste de Danielle, et comme prévu il s'agit juste d'une perte de temps. Il consulte sa montre. Ça va, il reste encore largement le temps de passer la prendre à l'hôtel et d'attraper le vol de 18 heures.

Il vient de tourner les talons quand il perçoit un bruit derrière lui. Il fait volte-face et discerne les contours flous d'une silhouette derrière la vitre crasseuse. C'est une femme, croit-il reconnaître lorsqu'il s'approche. Une femme de petite taille. La porte s'entrouvre prudemment avec un gémissement.

— Qu'est-ce que vous me voulez ? demande une voix râpeuse et franchement hostile.

Doaks se découvre. Son feutre mou ruisselle tristement dans ses mains.

— Bonjour, m'dame. Je suis…

La porte s'ouvre de quelques centimètres supplémentaires.

— Venu me vendre votre camelote, c'est ça ? Eh bien vous pouvez passer votre chemin et oublier mon adresse !

Il parvient à distinguer un regard dur et des cheveux

gris-blanc. Alors que la porte se referme, Doaks exécute avec vitesse et précision un grand classique de la profession. La porte rebondit sur sa chaussure et il reprend la parole avant que la mégère n'ait le temps de réagir.

— Je suis vraiment désolé de vous déranger, mais je suis à la recherche d'une femme qui vit ici, ou qui y a vécu.

Il brandit l'imprimé que lui a donné Danielle comme s'il s'agissait d'un document officiel.

— Si vous pouviez m'accorder une minute, je vous en serais très reconnaissant.

— Je ne parle pas aux inconnus, réplique la vieille en commençant à refermer la porte. Retirez votre pied et fichez-moi le camp !

— Je vous en prie, ma bonne dame… Il s'agit de ma femme, vous comprenez ? Elle a disparu et il n'y a que vous qui puissiez m'aider.

Ecartant la porte autant que le permet la chaîne qui la retient, la vieille femme le regarde des pieds à la tête avec un air mauvais.

Doaks prend son air de chien battu.

— Je peux rester sous la pluie, si vous ne souhaitez pas me faire entrer. Vous savez, je ne suis qu'un papa à la recherche de son enfant.

Bingo.

La porte s'ouvre plus grand et la maîtresse de maison apparaît entièrement. Elle porte un peignoir nid-d'abeilles si fatigué que même les poches bâillent. Mal fermé par une ceinture lâche, il laisse apparaître ici et là une chemise de nuit usée jusqu'à la corde. Les seins de la vieille dégringolent tristement sur son ventre comme deux oiseaux morts suspendus par leurs griffes.

— C'est quoi, votre nom ?

— Edwin Johnson, pour vous servir. Tuyauteur dans la bonne ville de Norman, Oklahoma.

— Vous cherchez qui ?

— La mère de mon gamin.

— Elle a un nom, cette drôlesse ?

— Le terme est juste, dit Doaks avec un soupir navré, quoique trop clément pour une voleuse d'enfant. Elle a repris son nom de jeune fille et se fait désormais appeler Marianne Morrison.

— Description ?

Il lève la main à hauteur de sa poitrine.

— A peu près de cette taille, la quarantaine, avec des yeux bleus et des cheveux blonds.

— Je n'ai jamais eu de locataire qui ressemblait à ça.

Son regard se fait de nouveau dur et Doaks sent qu'elle s'apprête à lui refermer la porte au nez. Il avance d'un pas.

— Je comprends, m'dame, mais voyez-vous, il se peut que Marianne ait vécu ici il y a un bout de temps.

— Je n'ai jamais eu de blondes dans cette maison. Des brunes et quelques rousses, mais pas de blondes. Quel âge a votre garçon ?

— Dix-sept ans.

Quelque chose passe dans son regard et elle retire la chaîne de sécurité. Doaks saisit l'opportunité et fait un pas en avant pour entrer, mais la vieille femme ne l'entend pas de cette oreille. Elle sort sous l'auvent, forçant le détective à reculer sous la pluie battante.

— J'aimerais vous poser une question, dit-elle.

— Je vous en prie, répond-il, se forçant à sourire malgré l'eau qui ruisselle sur son visage.

Les yeux froids de la vieille sorcière fouillent les siens comme deux projecteurs de la DCA.

— Votre gamin, il ne serait pas un peu spécial, des fois ?

— Si, m'dame. Son nom est Jonas et il a des… des problèmes. Il est autiste et se comporte d'une façon un peu étrange.

— Vous êtes prêt à payer ses dettes, puisque c'est la mère de votre mouflet ?

Elle dévisage Doaks avec des yeux perçants.

— C'est tout à fait envisageable, ma bonne dame.

Il joint les mains comme un prédicateur baptiste.

— Je n'ai pas un sou en poche, mais j'ai toujours assumé les dettes de ma famille.

Elle lui lance un regard noir, mais finit par lui faire signe d'entrer d'un geste impatient.

— Cette garce a déménagé à la cloche de bois ! Deux mois de loyer qu'elle me devait ! Je suppose que de nos jours c'est pas bien compliqué de devenir blonde quand on est brune, et vice versa.

Doaks n'en revient pas que Danielle ait peut-être mis le doigt sur quelque chose d'intéressant, même si ce n'est sûrement pas ce qu'il va découvrir aujourd'hui qui permettra à Sevillas de gagner son procès. Au moment où il va pénétrer dans la maison, il aperçoit son taxi du coin de l'œil. Cet imbécile a décidé de se garer devant la maison voisine, alors que Doaks lui avait bien dit d'attendre un peu plus loin. Il ne manquait plus que ça. Cette harpie va le prendre pour un tiroir-caisse si elle comprend qu'il a les moyens de se trimballer en ville dans un taxi et de le faire patienter pendant qu'il vaque à ses affaires. Il attend qu'elle disparaisse dans la maison pour faire signe au chauffeur de déguerpir. *Faites le tour du pâté de maison !* hurle son index qui tourne dans le vide. Doaks hoche la tête quand le chauffeur ouvre les cinq doigts avec un regard interrogateur. Cinq minutes, ça devrait suffire pour découvrir quelque chose ou se faire jeter dehors.

La mamie l'attend dans l'étroit couloir. Elle pointe un doigt autoritaire vers un vieux drap de bain dont elle se sert visiblement comme paillasson. Doaks y essuie consciencieusement ses chaussures, puis accroche son imperméable ruisselant et son chapeau trempé à une patère branlante avant de la suivre. Une fois dans son salon exigu, elle s'assoit dans un fauteuil de relaxation qui devait être neuf à l'époque où Eisenhower était président. La mousse s'échappe par le tissu éventré et on devine les ressorts qui déforment l'assise. Sur une table qui tient debout par l'opération du Saint-Esprit se trouve un paquet de Lucky Strike, sans filtre bien entendu. Elle en prend une et l'allume. Elle inspire longuement, les yeux fermés, pendant que Doaks fouille ses poches et en sort ses Marlboro Lights. Elle lui jette un regard narquois derrière la fumée qui danse autour de son visage ; un regard qui dit qu'un homme, un vrai, ne fumerait jamais ce genre de cigarettes. C'est clair, elle le prend pour une lopette.

L'atmosphère de ce salon est oppressante. La lumière blafarde du plafonnier éclaire surtout les cadavres de papillons de nuit qui s'entassent depuis au moins cinquante ans derrière le verre bombé. Les murs en plâtre ont subi tous les outrages, les plus récents prenant l'aspect de taches humides qui dessinent d'étranges formes brunâtres. Un bac en plastique blanc sert de support à une petite télévision d'aspect si ancien que Doaks se demande si elle peut diffuser les programmes en couleur. Il se contorsionne sur sa chaise pour essayer d'apercevoir la pièce que dévoile partiellement une porte ouverte.

— Arrêtez ça tout de suite ! ordonne la vieille femme. Je ne vous ai pas fait entrer pour que vous veniez espionner mon chez-moi ! Un chez-moi, c'est pas un chez-vous, mon petit monsieur.

Doaks s'excuse d'un air contrit.

— Désolé, m'dame. C'est juste que j'essaie d'imaginer ma femme et mon fils ici. Comment ils y ont vécu, tout ça…

Il se tait et son regard songeur se perd dans le vide.

Les yeux durs de la vieille sont gorgés de mépris.

— A d'autres.

— Je vous demande pardon ?

— J'ai dit : « à d'autres ». Jouons cartes sur table, d'accord, monsieur Johnson ?

Son sourire tordu découvre des chicots jaune et noir. La cigarette est déjà entièrement consumée entre ses doigts brunis de nicotine. Elle émet un petit bruit nasal qui s'accorde parfaitement avec son sourire narquois, puis écrase le mégot dans le cendrier qui menace de déborder.

— Allez, mon gars, dit-elle. Vous n'êtes pas mauvais dans votre genre. Mais ce n'est pas au vieux singe qu'on apprend à faire les grimaces. Cette femme et son marmot ne sont pas les vôtres, pas vrai ?

Doaks garde un silence prudent et elle jette le menton en avant avec un air de défi.

— Je ne suis peut-être pas un perdreau de l'année, mais je ne suis pas aveugle pour autant. Vous êtes un privé, je me trompe ? C'est écrit sur votre front en lettres clignotantes.

Doaks sourit. Peu lui importe d'être démasqué tant que ça n'empêche pas cette vieille folle de parler. Il laisse tomber son numéro de père éploré.

— Ouais, c'est vrai. Je les connais, mais ils ne sont pas de ma famille.

Elle hoche la tête comme s'il venait de réussir un examen.

— Alors pourquoi venir importuner une vieille dame ?

Sans attendre sa réponse, elle lui indique de la tête une bouteille de whisky et un verre douteux posés sur la télévision préhistorique. Doaks se lève pour aller les chercher. Elle lui arrache son butin des mains, remplit le verre presque jusqu'au bord et le tend au détective.

— Merci, dit-il en refusant d'un petit geste. A vous l'honneur.

Elle secoue la tête.

— Prenez, je vous dis.

— Vous voulez que j'aille vous chercher un autre verre ? demande Doaks.

Il pourra explorer un peu ce taudis, si elle le laisse aller dans la cuisine.

— Nan..., dit-elle. Je préfère boire directement à la source.

Joignant le geste à la parole, elle enfourne le goulot dans sa bouche et renverse la tête, laissant le mauvais whisky s'écouler dans sa gorge. Lorsqu'elle a son compte, elle repose la bouteille avec un petit claquement satisfait de la langue et dévisage Doaks de son regard de vieille chouette roublarde.

— Et maintenant, parlons affaires.

— Bon, dit-il, je vais jouer franc jeu. Voilà la situation :

un gamin de dix-sept ans a été tué ou s'est suicidé dans une clinique psychiatrique de l'Iowa. Le gamin a vécu ici et j'essaie de retrouver sa mère.

Les yeux fixes de la maîtresse de maison ne lâchent pas Doaks une seconde.

— Pourquoi vous voulez la retrouver ?

— Je travaille pour la mère d'un autre gamin interné dans la même clinique et qui est accusé du meurtre. Mais je ne crois pas qu'il ait fait le coup. Alors j'essaie de trouver des infos qui m'aideraient à démontrer que la victime s'est donné la mort. Bon, qu'est-ce que vous pouvez m'apprendre ? Combien de temps cette femme a-t-elle vécu ici ? Elle a laissé des affaires personnelles ?

Elle lui sourit de tous ses chicots.

— Et j'ai quoi à gagner dans tout ça, moi ?

La seule chose qui étonne Doaks, c'est qu'elle n'ait pas demandé de l'argent plus tôt.

— Qu'est-ce que vous estimez juste ?

A peine a-t-il dit ça qu'il lève l'index et fronce les sourcils.

— Attention, hein ! Quand je dis *juste*, je veux dire *raisonnable* !

Elle ouvre ses bras décharnés.

— Regardez autour de vous, cher monsieur. Je suis une vieillarde sans le sou, sans famille, sans rien d'autre que mes yeux pour pleurer.

Elle se frappe la tempe avec un doigt.

— Tout ce que j'ai, c'est ce qu'il y a là-dedans et les quelques dollars qu'un gros richard me donne pour louer ses clapiers. Alors, dites-moi… est-ce qu'il y a quelque chose de juste ou de raisonnable, là-dedans ?

— Vingt dollars, propose Doaks.

Ça fait longtemps qu'il a cessé de casser sa tirelire pour rémunérer ce genre de personnage. Tout ce qu'il lui donnera servira à aggraver sa cirrhose du foie et à creuser sa tombe.

— Cinquante, réplique-t-elle, les yeux brillants de convoitise.

— Tope là ! dit Doaks.

Il sort des billets froissés de son portefeuille et les fourre dans la main qui se tend avidement vers lui.

Elle coince l'argent sous la bretelle de sa chemise de nuit miteuse.

— Du temps de ma splendeur, je les aurais mis là, dit-elle en indiquant l'endroit où se trouvait autrefois son décolleté. Mais maintenant, ils tomberaient par terre avant que j'aie le temps de faire un pas.

— Allez, crachez le morceau, dit Doaks, qui commence à trouver le temps long.

— Une calamité, voilà ce qu'était cette femme. Elle a vécu ici avec son dingo de fils il y a environ deux ans. Elle avait des cheveux bruns toujours bien coiffés. A croire qu'elle passait sa vie chez le merlan ! Et puis elle s'habillait et se maquillait comme une dame de la haute. Mais, malgré ses manières de bourgeoise, c'était la croix et la bannière pour se faire régler le loyer. Et j'ai été assez stupide pour me montrer coulante avec elle.

Elle hausse les épaules.

— C'est à cause de ce gamin que je me suis fait avoir. Il me faisait de la peine. Mais il ne faut jamais se laisser attendrir, dans la vie, jamais ! Enfin, bref… elle avait toujours du monde chez elle, à n'importe quelle heure du jour et de la nuit. C'étaient des gens qu'elle connaissait de l'église, et ils gardaient son mioche pendant qu'elle était au travail. Ce pauvre gosse était complètement givré. Toujours en train de faire des bruits bizarres, de se tordre dans tous les sens et de se griffer. Au bout d'un an environ, elle a mis les voiles et je ne l'ai plus revue.

— Vous savez où elle est partie ?

— Non.

Elle verse une nouvelle rasade de whisky dans le verre que Doaks vient de terminer.

— Je n'en sais rien et je m'en fous comme de ma première culotte. Mais je peux vous dire que le proprio m'a passé un sacré savon à cause de cette garce.

— Elle a laissé des effets personnels ?

La vieille femme pousse un grognement rageur.

— Des effets personnels ? J'appellerais plutôt ça des saloperies ! Il m'a fallu une semaine pour tout ranger.

Doaks laisse échapper un soupir.

— Elle n'a laissé aucun document à son nom ? Des talons de chèque, des factures, des carnets personnels ?

Les yeux de la femme se figent comme ceux d'un chat prêt à bondir sur sa proie. Doaks a l'impression de voir le symbole du dollar s'afficher sur ses pupilles. Il va falloir qu'il crache une nouvelle fois au bassinet s'il veut continuer la partie. Mais rien ne l'oblige à prendre des gants avec cette grippe-sou. Il sort un autre billet de vingt de son portefeuille.

— Mais celui-là, il va falloir le mériter, dit-il. Et je veux du concret, cette fois-ci. Du tangible, du palpable ! Quelque chose que je puisse emporter avec moi, pigé ? Et inutile d'essayer de me refiler une vieille chaussure ou des épingles à cheveux. Je veux un document avec le nom de cette femme inscrit dessus. Un truc dont je vais pouvoir me servir.

— Il n'y a pas grand-chose, admet-elle.

— Pas grand-chose de quoi ?

— Comme je vous l'ai dit, cette grosse maligne a disparu dans la nature en me laissant un bazar pas possible : des vêtements sales, de la nourriture dans la cuisine, des corbeilles et des poubelles pleines, et tout le ménage à faire.

Elle balance le bras en avant, main ouverte, comme pour jeter le plus loin possible tout ce qu'elle vient de décrire.

— J'ai presque tout mis aux ordures, reprend-elle. La paperasse, les reçus de carte de crédit, ce genre de truc. Mais il me reste une boîte remplie de sa camelote quelque part dans le grenier.

Elle lève le doigt vers l'étage supérieur en lorgnant avec gourmandise sur le billet de vingt dollars.

— Pas si vite, ma cocotte, lance Doaks.

Il rempoche l'argent et se lève.

— Je veux d'abord voir le contenu de cette boîte. Si

ça ne vaut rien, vous gardez vos cinquante dollars et on se dit adieu.

La vieille femme lui décoche un regard noir foncé, mais finit par se lever, non sans difficulté. L'alcool et les vieilles carcasses ne font pas bon ménage lorsqu'il s'agit de s'extraire d'un fauteuil défoncé. Une fois debout, elle précède Doaks d'un pas hésitant le long d'un escalier, le détective s'attendant à tout instant à ce qu'elle lui tombe dessus. Ils arrivent finalement dans une chambre juste assez grande pour accueillir un matelas et une table de chevet. Elle pointe le doigt vers une trappe qui dessine un carré sur le plafond. Doaks s'approche, repoussant du pied les vêtements entassés au sol. Une odeur mélangée de vieillerie et de lavande lui arrache une grimace.

— Vous avez un escabeau ?

Il transpire déjà comme un bœuf. L'air de cette pièce n'a pas dû être renouvelé depuis 1928. Elle lui montre la chaise rafistolée avec du bolduc qui sert de table de chevet. Il la place sous la trappe et y grimpe en priant le ciel pour qu'elle ne s'effondre pas sous son poids. Par miracle, la trappe s'ouvre sans problème. Le plafond est si bas qu'il peut passer la tête dans le grenier en se mettant sur la pointe des pieds. Les quelques brèches dans la toiture ne sont pas assez larges pour avoir raison des ténèbres qui règnent là-dedans. Il grogne tandis qu'il se débat pour hisser son corps négligé depuis trop longtemps à travers l'ouverture. Après de nombreux essais qui oscillent entre le ridicule et le pathétique — tous ponctués de jurons bien sentis —, Doaks s'affranchit finalement des lois de la gravité. L'odeur qui accueille ses narines est un infect pot-pourri d'excréments de rongeurs, de moisissure et de pourriture.

— Super…, grommelle-t-il.

— Si vous avez besoin de lumière, il y a un interrupteur quelque part, crie la vieille femme.

— Elle ne pouvait pas me le dire plus tôt ? marmonne-t-il.

Sa main tâtonne à droite et à gauche, mais elle ne rencontre que de la crasse et du bois moisi. Après un moment à toucher toutes sortes de choses qu'il préfère ne pas imaginer, ses doigts tombent enfin sur un interrupteur fixé sur une vieille poutre. Il l'actionne, soulagé de sortir de cette nuit putride. Mais rien ne se passe. Il lance une nouvelle bordée de jurons puis met les mains en porte-voix.

— Vous n'auriez pas une torche électrique ?

Apparemment, la vieille femme n'avait pas une confiance démesurée dans cet interrupteur. Pendant qu'il rampait à l'aveuglette dans le caca de rat, elle est parvenue à trouver une lampe de poche qu'elle essaie de lui lancer à travers l'ouverture. La troisième tentative est la bonne. Elle a eu la bonne idée de l'allumer et il voit le faisceau lumineux rouler non loin de son genou. Il transpire tellement que sa chemise lui colle à la peau.

— D'abord le déluge et maintenant les fournaises de l'enfer, maugrée-t-il.

Il aimerait bien voir Sevillas à quatre pattes dans ce cloaque, les mains couvertes de fiente de chauve-souris ou de Dieu sait quelle autre matière répugnante. Impossible de s'accoutumer à cette odeur de ménagerie. Là, quelques silhouettes furtives de rats traversent la lumière jaunâtre qu'il projette autour de lui. Ici, c'est un mur mouvant de cafards qui apparaît avant de se fondre dans la pénombre. Marcher à genoux dans le noir avec pour seul compagnon le bruit des rongeurs, des blattes et des bestioles qui dévorent le bois est une expérience singulière dont il se serait volontiers passé.

Son portable se met à sonner.

— Allons bon…

Il décroche.

— Quoi ?

— C'est moi, Danielle.

— Sans blague ? Je croyais que c'était la reine d'Angleterre. Je vous préviens tout de suite que je ne suis pas d'humeur à faire la conversation. Je suis en train de ramper dans le grenier d'une sorcière. Si je ne meurs pas de chaleur ou de peur, ça sera d'intoxication à la moisissure ou à la crotte de rat.

— Vous avez trouvé quelque chose ?

— Je vous dis que je suis à l'article de la mort et c'est tout ce que ça vous fait ? Et, pour répondre à votre question ; non, je n'ai rien trouvé. Je vous l'avais bien dit, non ? Alors bouclez votre valise et réglez votre note d'hôtel, parce qu'on met les bouts dans une heure.

— Je vous en prie, John, ne renoncez pas encore. C'est notre seule piste.

— Alors arrêtez de me déranger ! Que ce soit bien clair, hein ; si je n'ai rien trouvé dans deux minutes, je fous le camp d'ici !

Il raccroche sur ces mots, fourre le téléphone dans sa poche et poursuit sa progression en maugréant. Le faisceau lumineux de sa lampe finit par rencontrer trois boîtes en carton. Il éclaire l'intérieur de la première. Elle contient de vieilles photos d'une jeune femme. Doaks reconnaît la mégère alcoolique qui l'attend à l'étage inférieur. Le temps ne l'a vraiment pas épargnée. La deuxième boîte se désagrège lorsqu'il essaie de l'ouvrir. S'il y avait quelque chose dedans, c'est parti en poussière. Il ouvre le couvercle de la dernière boîte, qui est aussi la plus grosse, bien décidé à quitter cet enfer dès qu'il en aura étudié le contenu. Et tant pis si elle ne renferme rien d'intéressant. A l'intérieur, il y a tout et n'importe quoi. Surtout n'importe quoi. Un vieux sac de soirée, des chaussures dépareillées, un parapluie aux baleines cassées… Il sort un ruban en Skaï rouge orné d'un petit boîtier noir. C'est un de ces colliers anti-aboiement qu'on attache au cou des chiens.

La frustration le fait transpirer de plus belle. Cette boîte ne contient rien que des vieilleries sans intérêt, que n'importe qui abandonnerait derrière lui avant de prendre la tangente sans payer son loyer.

— Pourquoi cette vieille bique m'a fait grimper dans ce trou à rats ? grommelle-t-il. Pour essayer de me soutirer encore un peu de fric, voilà pourquoi ! A moins que ça l'amuse de me faire ramper dans les immondices.

Il se tourne et hurle en direction de la trappe ouverte :

— Il n'y a rien dans ce grenier de malheur !

— Si, il y a des trucs ! réplique la vieille d'un ton impatient. Dans la grosse boîte, je crois ! Fouillez-la bien !

— Tu n'as qu'à ramener tes vieilles fesses ridées ici et la fouiller toi-même, marmonne-t-il dans sa barbe.

Excédé, il pose la lampe de poche et vide le contenu de la boîte sur le sol. Un mélange de grains de poussière et de carapaces séchées de cafards se disperse dans l'air. Un morceau de papier volette une seconde dans ce cyclone avant de se poser gracieusement sur le talon d'une chaussure. Doaks s'en empare et l'arrose de lumière.

Chère madame Morrison,

Nous vous remercions de nous avoir contactés pour financer le lot N° 6 que vous envisagez d'acquérir au 2808 Leek Street, Phoenix, Arizona. Malheureusement, nous sommes au regret de vous informer que votre dossier n'a pas été retenu et que nous ne pouvons vous accorder le prêt demandé…

La lettre, datée du 7 avril 2009, est à en-tête d'une société de crédit immobilier. Le 7 avril 2009… Quelques mois avant que Marianne Morrison ne fasse admettre son fils à Maitland.

Il poursuit sa lecture.

Comme vous nous l'avez demandé, nous faisons parvenir une copie de cette lettre à vos adresses de Chicago et de Phoenix…

En haut de la page est en effet mentionnée une seconde adresse :

Desert Bloom Apartments, Unit 411, 6948 E. Ranch Road, Phoenix, AZ 85006.

Il fourre le document dans sa poche et regagne rapidement la trappe de sortie. Dans la lumière de la chambre, il s'aperçoit que ses vêtements sont souillés de crasse, de poussière, de fientes, d'insectes morts, de crottes de rats, et de bien d'autres choses encore qu'il n'ose ou ne saurait nommer. On dirait qu'il vient de prendre un bain de bouse d'éléphant.

La vieille femme se pince le nez avec une moue dégoûtée.

— Je vous ferai remarquer que ce n'est pas mon grenier, ma p'tite dame ! lui lance Doaks.

Il sort sa trouvaille de sa poche.

— Comment s'appelait la mère de Jonas ?

— Sharon Miller.

— Vous avez eu l'occasion de vérifier son identité sur un document officiel ?

Elle lui décoche un regard plein d'amertume.

— Est-ce que cette bicoque ressemble au Ritz ? Non ? Alors ! Sérieusement, vous me voyez réclamer des papiers d'identité à mes locataires ? Moi, je me contente de leur réclamer le loyer. Enfin, normalement, parce que cette garce…

— Je sais, je sais, l'interrompt Doaks.

Il consulte sa montre. Bientôt 17 heures. Raté pour le vol de 18 heures. Il faut qu'il rentre à l'hôtel et qu'il montre ce qu'il a trouvé à Danielle. Après quoi, il s'agira d'appeler Sevillas. Les doigts osseux de la vieille agrippent son bras avec une force surprenante.

— Je veux mon argent, dit-elle avec un sourire triomphant.

— Pour un malheureux morceau de papier ? réplique Doaks. Dans vos rêves, ma p'tite dame !

Elle se plante devant lui et lui souffle son haleine en pleine figure. On dirait qu'elle a léché le sol d'un bar un samedi soir aux alentours de 3 heures du matin.

— Un marché est un marché. Donnez-moi mon argent !

Il tourne les talons et descend l'escalier, la vieille l'agonissant d'injures. Alors qu'il attrape son imperméable et son chapeau dans le couloir de l'entrée, elle le rejoint et lui barre le chemin, mains sur les hanches.

— Si ce papier n'a aucune valeur, pourquoi vous l'emportez avec vous ?

Il sort de sa poche le billet de vingt dollars et le plaque sur la paume ouverte qui se tend vers lui. Tandis que la main osseuse se referme sur le butin, Doaks exécute une courbette exagérée en faisant tournoyer le feutre qu'il tient à la main.

— Soyez remerciée pour votre chaleureuse hospitalité, m'dame, dit-il en affectant le plus grand sérieux. Je vous souhaite une longue et heureuse vie.

Avant qu'elle ne trouve quelque chose à répondre, le détective est remonté dans le taxi, qui s'éloigne en direction de l'hôtel.

— Je ne peux pas sacquer les vieilles femmes, murmure-t-il pour lui-même.

— Les jeunes ne sont pas terribles non plus, réplique le chauffeur.

26

Danielle ferme son sac de voyage et jette un œil à sa montre. 16 h 53. Elle vient juste de recevoir un SMS de Max. Il poursuit ses recherches et il veut qu'elle revienne *tout de suite*. Où est Doaks ? Elle espère que son retard est synonyme de bonne nouvelle. Mais le plus probable est qu'il soit coincé dans un embouteillage. A cette heure-ci, il faut être masochiste pour circuler dans le centre-ville de Chicago. Juste au moment où elle s'apprête à l'appeler, des coups résonnent sur la porte de sa chambre. Elle se dépêche d'aller ouvrir. Mais la personne qu'elle découvre sur le seuil n'est pas celle qu'elle s'attendait à y voir.

L'homme qui se tient devant elle, pâle comme un linge et chapeau à la main, n'est autre que le Dr Jojanovich.

— Bonjour, madame Parkman.

— Docteur… Jojanovich…, balbutie Danielle. Quelle surprise…

D'une main hésitante, il tend son chapeau en direction de la chambre.

— Puis-je entrer ?

— Bien sûr, dit Danielle en s'effaçant pour le laisser passer.

Le vieux médecin pénètre dans la chambre d'un pas fatigué et Danielle referme la porte derrière lui.

— Asseyez-vous, je vous en prie.

Il prend place dans l'un des fauteuils qui font face au canapé.

— J'espère que vous ne m'en voudrez pas de dire ça,

reprend-elle en le rejoignant, mais vous avez l'air un peu souffrant.

— Je ne me sens pas très bien, c'est vrai, mais cela n'a rien à voir avec mon état de santé.

— Puis-je prendre votre imperméable et vous offrir quelque chose à boire ?

— Je vais garder l'imperméable, si ça ne vous ennuie pas. En revanche, je n'ai rien contre un petit remontant.

— Un verre de scotch, peut-être ?

— Avec plaisir, merci.

Danielle vide une mignonnette dans un verre qu'elle tend au médecin. Il s'en empare comme un chevalier de la table ronde qui mettrait enfin la main sur le Saint-Graal. Après une première et longue gorgée, son visage reprend des couleurs.

— J'espère que vous ne m'en voulez pas de débarquer à l'improviste, dit-il. Mon assistante m'a fourni le nom de votre hôtel et le numéro de votre chambre.

Ses yeux se posent brièvement sur le sac de voyage.

— Alors, vous quittez Chicago ?

— J'étais censée prendre le vol de 18 heures pour Des Moines, dit Danielle en s'asseyant sur le canapé, mais j'ai été retardée.

Le Dr Jojanovich fixe le bout de ses chaussures pendant de longues secondes. Quand il relève enfin la tête, son regard s'est assombri.

— J'imagine que vous voulez connaître la raison de ma visite.

Danielle hoche la tête en s'efforçant de ne rien laisser paraître de la curiosité qui la dévore.

— J'ignore si ce que je vais vous apprendre vous aidera à défendre votre client, dit-il, mais je ne peux pas garder pour moi des informations qui peuvent permettre d'éviter une grave erreur judiciaire.

Le médecin a le visage d'un témoin qui a besoin de se confier à la barre. Danielle a l'habitude de ces moments sensibles où il faut savoir encourager sans bousculer.

— Je suis disposée à entendre tout ce que vous souhaitez me révéler, docteur, dit-elle avec douceur.

Le vieil homme se tord les mains, le front plissé et les lèvres serrées. Après une profonde inspiration, il commence son récit.

— Il y a de cela deux ans, j'ai engagé une assistante. Non seulement cette femme était une secrétaire des plus efficaces, mais elle était aussi une infirmière hautement qualifiée. Jamais je n'avais eu une collaboratrice de ce niveau. Pour tout vous dire, pas un jour ne passait sans que je me demande comment j'avais pu tomber sur une perle pareille alors que mon cabinet n'est pas précisément…

Il toussote dans sa main.

— Disons que ce n'est pas ce qui se fait de plus chic ou de plus moderne dans cette ville, reprend-il avec un sourire gêné.

Ses épaules s'affaissent brusquement et il avale une nouvelle gorgée de scotch.

— Après quelques mois, elle m'a proposé de réorganiser toute la partie administrative de mon cabinet. Elle m'a dit qu'elle pouvait s'en occuper sans que ça nuise à son travail d'assistante médicale. J'ai accepté avec enthousiasme.

Il se redresse dans son fauteuil, et quelque chose s'anime dans ses yeux.

— Je n'avais jamais rencontré une femme comme elle. Elle avait une énergie extraordinaire. C'était une vraie… une vraie tornade ! Mes patients l'adoraient et elle gérait le cabinet avec maestria. Cette lune de miel a duré environ une année.

Il se tasse de nouveau dans le siège, la tête basse.

— Elle s'appelait Sharon. Sharon Miller. Je me demande s'il ne s'agit pas de la personne dont vous m'avez parlé lorsque vous êtes venue au cabinet. La mère de ce jeune homme qui a trouvé la mort dans une clinique psychiatrique.

Danielle se force à rester dans la peau d'une avocate.

— Qu'est-ce qui vous fait penser ça, docteur ?

— Elle correspond presque en tout point à la description que vous m'avez faite d'elle.

— Blonde ?

— Non, mais c'est la seule chose qui diffère. Tout le reste m'a fait penser à elle : son accent traînant, sa petite taille, sa façon de s'habiller, ses compétences en informatique...

— A quelle occasion avez-vous pu apprécier ses compétences en informatique ?

— Ecoutez, madame Parkman... En deux mois, cette femme m'a fait acheter des ordinateurs dernier cri et elle les a reliés en réseau. Elle a installé des programmes administratifs et médicaux, elle a organisé mes archives, enfin bref... c'était une magicienne. Je ne savais même pas comment fonctionnaient tous ces nouveaux programmes.

Un sourire triste — et sans doute un peu contrit — se dessine sur les lèvres du médecin.

— Elle me disait toujours qu'elle m'apprendrait à m'en servir quand on aurait un moment.

— Vous pouvez être plus précis sur ce qu'elle a accompli dans votre cabinet ?

Il hausse les épaules.

— Je vous dis, elle a acheté et installé tout un tas de logiciels : des logiciels médicaux, d'autres de gestion et de comptabilité, que sais-je encore... Elle a saisi les dossiers de tous mes patients sur ordinateur, mes rendez-vous, les résultats d'analyse que m'envoient les labos, les courriers, les formulaires d'assurance... Tout, je vous dis. Sharon a tout informatisé. Oui, conclut-il en levant le verre à sa bouche, elle était formidable...

Danielle le regarde boire une nouvelle gorgée de scotch. Inutile d'être très perspicace pour comprendre que le souvenir de cette femme lui pèse terriblement.

— Pourquoi est-elle partie, docteur ?

Le Dr Jojanovich plonge la main dans la poche intérieure de son imperméable et en sort un gros cigare.

— Vous permettez ?

— Allez-y, je vous en prie. Je suis fumeuse, moi aussi.

Elle attend patiemment qu'il allume son barreau de chaise. Une fois l'opération terminée, il souffle de petits nuages sombres dans l'air en prenant soin de ne pas enfumer Danielle. Ses yeux semblent disparaître dans les plis de son visage comme deux petits crabes qui s'enfoncent dans le sable.

— Sharon est partie… pour différentes raisons.

Danielle ressent une sorte de picotement sur la nuque. Et si le Dr Jojanovich était venu lui apporter ce qu'elle espérait tant trouver à Chicago ?

— Vous l'avez mise à la porte ? demande-t-elle.

— Non. Mais il m'aurait sans doute fallu en arriver là si elle n'était partie d'elle-même.

— Parce qu'elle est partie d'elle-même ?

Il évite le regard de Danielle.

— Mme Miller a quitté mon cabinet du jour au lendemain, sans me prévenir. Tout allait bien, et voilà qu'un beau matin elle n'est pas revenue travailler.

— Attendez une minute. Vous avez dit que vous auriez sans doute fini par la renvoyer, et à présent vous affirmez que tout allait bien. Vous m'avez aussi dit qu'elle était partie pour différentes raisons et maintenant vous m'expliquez qu'elle a disparu du jour au lendemain. Excusez-moi, docteur, mais j'ai un peu de mal à vous suivre.

Le Dr Jojanovich relève la tête et lance un regard accablé à Danielle.

— Je n'ai compris les raisons de son départ qu'après sa brusque disparition.

Danielle s'avance au bord du canapé, sa main traversant le rideau de fumée pour aller se poser sur le bras du médecin.

— Dites-moi simplement ce qui s'est passé.

Il se redresse un peu.

— Très bien. Mais, avant ça, je veux avoir votre parole que vous ne vous servirez pas des informations que je vais vous donner pour la poursuivre en justice.

Danielle retire sa main.

— Pourquoi ?

— Ce que je veux dire c'est que, même si vous vous servez de ces informations pour aider votre jeune client, vous devez me promettre de ne pas dénoncer aux autorités les délits que Sharon Miller a pu commettre lorsqu'elle travaillait pour moi.

Sa voix n'a jamais été aussi ferme depuis qu'elle lui a ouvert la porte de sa chambre d'hôtel.

— A aucun moment je n'ai voulu la traîner devant les tribunaux, vous comprenez ?

Elle réfléchit rapidement à ce qu'impliquerait une telle promesse. Quoi qu'ait fait cette femme à Chicago — et même s'il s'agit bien de Marianne —, cela ne la concerne pas. Le but de Danielle n'est pas de nuire à la mère de Jonas, mais de trouver des informations qui pourraient aider Max. Et il y a urgence. Elle choisit ses mots avec précaution.

— Comme vous le savez, je n'ai aucun contrôle sur ce que pourraient faire ou ne pas faire les autorités de l'Illinois. Mais je peux vous promettre que je ne les alerterai pas sur le cas de cette femme, quelles que soient les informations que vous me fournirez à son sujet. Est-ce que cela vous convient ?

— Ça me va.

Le vieil homme semble soulagé. Quand il reprend la parole, les mots se bousculent dans sa bouche. Les vannes sont ouvertes et rien n'arrête plus l'écoulement des eaux troubles.

— La brusque disparition de Mme Miller m'a profondément choqué. Je me suis retrouvé complètement désemparé après son départ. Je ne comprenais pas pourquoi elle ne m'avait même pas passé un coup de fil alors qu'il me semblait entretenir avec elle des relations de confiance. Et puis il y avait l'aspect purement pratique, vous comprenez ? Non seulement elle avait pris une grande place dans le bon fonctionnement du cabinet, mais elle n'avait jamais partagé avec moi les secrets de la nouvelle organisation.

Il soupire.

— Vous avez vu l'ordinateur qui se trouve sur mon bureau ? Je ne m'en sers plus depuis qu'elle est partie.

Danielle hoche la tête et se souvient que cette machine débranchée l'avait intriguée.

— Figurez-vous que j'ai passé des semaines chaotiques, à ne pas pouvoir consulter mon agenda, les factures à payer ou même les dossiers de mes patients ! reprend le Dr Jojanovich. Quand Sharon travaillait pour moi, elle saisissait tout sur ordinateur, même les notes manuscrites que je prenais lors des visites.

Il hausse les épaules.

— Je ne sais pas... Conserver les dossiers dans mon armoire m'avait toujours paru une solution assez fonctionnelle, mais Sharon voyait les choses autrement. Elle ne jurait que par l'informatique. Finalement, j'ai dû faire appel à une société spécialisée qui a retrouvé mes données et les a imprimées pour moi.

Son visage s'anime au milieu des volutes de fumée.

— Il a fallu un bon moment pour que mon cabinet retrouve un fonctionnement vaguement normal. J'ai embauché une nouvelle assistante médicale, ainsi qu'une personne chargée des tâches administratives.

Il tire pensivement sur son cigare.

— Je voulais revenir à l'ancien système, vous comprenez ? Adieu le virtuel et bonjour le papier ! Moi, j'ai besoin de pouvoir toucher les documents. De les manipuler. De pouvoir les annoter d'un coup de stylo sans avoir à cliquer sur trente-six boutons ! Du coup, j'ai demandé à ma nouvelle secrétaire de remonter tous les dossiers que Sharon avait entassés au sous-sol après les avoir saisis dans l'ordinateur.

— Et ?

Le médecin secoue la tête et écrase son cigare à demi fumé dans le cendrier.

— J'avais chargé cette secrétaire de mettre à jour les dossiers papier en y ajoutant les informations les plus récentes imprimées depuis l'ordinateur. Or, après quelques jours de ce travail, elle est venue me dire qu'elle ne comprenait pas quelque chose. Elle s'était aperçue que sur certains dossiers il y avait des différences entre la version informatique et la version papier. J'ai d'abord pensé qu'elle se trompait, mais j'ai quand même procédé à des vérifications. C'est là que j'ai compris qu'ils avaient été trafiqués.

— Comment ça, trafiqués ?

Il détourne le regard.

— Eh bien, en comparant les dossiers stockés dans l'ordinateur et les dossiers papier, je me suis rendu compte que ça ne correspondait pas. Les changements portaient sur les ordonnances et commentaires rédigés alors que Sharon était à mon service, mais aussi sur les informations qui existaient avant son arrivée. Pour la partie récente, j'ai pu m'en rendre compte parce que je récupérais systématiquement mes notes manuscrites une fois qu'elle les avait saisies sur cette fichue machine. Elle me disait que ça ne servait à rien, que je ne devais pas m'encombrer avec ça, mais on ne se refait pas…

Il commence à lever le verre à sa bouche, mais le repose aussitôt quand il se rend compte qu'il est vide.

— Dans certains cas, les changements étaient subtils, dans d'autres pas si subtils que ça.

Danielle voit sa mâchoire se serrer.

— Parfois, même si le diagnostic était resté correctement décrit, les médicaments que j'avais prescrits avaient été remplacés par d'autres.

Danielle ne peut retenir une bouffée d'excitation. Elle se souvient des remarques de Marianne sur le manque de protection des données informatiques de Maitland et elle imagine soudain la mère de Jonas en train de se promener dans le système de la clinique. Pour falsifier le dossier de Jonas ? Celui de Max ?

Le Dr Jojanovich poursuit sans paraître remarquer sa réaction.

— Bon nombre de médicaments prescrits dans la version informatisée se sont avérés être contre-indiqués pour traiter les pathologies que j'avais diagnostiquées.

Sa voix se fait soudain murmure, comme s'il craignait les oreilles indiscrètes.

— Certains de mes patients se sont vu prescrire des médicaments qui auraient pu être dangereux, voire *très* dangereux pour leur santé.

Mon Dieu..., songe Danielle en se remémorant l'état désastreux de Jonas.

— Pourquoi cette Mme Miller aurait-elle fait une chose pareille ? demande-t-elle.

Le visage du médecin s'assombrit.

— Je vais y venir dans un instant. J'ai aussi découvert que Sharon avait créé de toutes pièces des formulaires médicaux que j'étais censé avoir rempli. Elle y inscrivait le nom d'un patient, ses antécédents médicaux, la date de la visite, ce genre de choses. Puis elle les scannait dans l'ordinateur une fois qu'ils avaient reçu ma signature.

Danielle fronce les sourcils.

— Je ne comprends pas, docteur. Pourquoi signer des documents falsifiés ?

— Sharon avait un tampon de ma signature, explique-t-il. Ça lui permettait de signer la paperasse à ma place.

Il laisse échapper un soupir.

— En d'autres termes, elle pouvait inventer des symptômes et un traitement et les inclure dans un dossier. J'ai d'abord eu du mal à y croire, mais il m'a bien fallu me rendre à l'évidence.

— Vous est-il arrivé de prescrire les médicaments qui figuraient sur les dossiers falsifiés ?

La moue accablée qui se forme sur son visage lui donne l'apparence d'une boule de papier froissé.

— Quand un médecin a la chance d'avoir une assistante médicale compétente, il la laisse rédiger les ordonnances sur des feuilles présignées. Et Sharon avait de très bonnes connaissances médicales. Je n'avais aucune raison de me méfier d'elle.

Une pause.

— A cette époque, du moins.

— Avez-vous eu le cas de patients qui se sont plaints de symptômes ou de problèmes inhabituels ?

Elle songe à Max, naviguant entre violence et abrutissement.

— Après le départ de Sharon, quelques-uns m'ont fait part de symptômes curieux, répond le Dr Jojanovich en regardant ailleurs. J'ai appelé tous ceux dont les dossiers avaient été trafiqués en leur offrant une consultation gratuite. Bien sûr, j'ai dû changer un certain nombre de médicaments que Sharon avait prescrits dans mon dos. Dieu merci, aucun de mes patients n'a été gravement affecté. J'ai pu rectifier le tir dans tous les cas.

— Je vous le demande de nouveau, docteur : pourquoi a-t-elle fait une chose pareille ? Qu'est-ce qui a pu la pousser à prescrire des médicaments qui auraient pu avoir de graves conséquences sur la santé de vos patients ?

Le vieil homme ouvre la bouche, la referme, l'ouvre encore, mais aucune parole n'en sort. Les yeux qu'il pose sur Danielle sont ceux du souffre-douleur de l'école qui attend sa raclée quotidienne.

Elle réfléchit à ce qu'il vient de dire. C'est toujours la même question qui la taraude. Pourquoi Marianne a-t-elle menti sur le nom du médecin qui a orienté son fils vers Maitland ? Et pourquoi a-t-elle choisi un praticien chez qui elle a travaillé et commis des fautes professionnelles passibles de poursuites judiciaires ? Ça semble complètement stupide. Et Marianne est tout sauf stupide.

— Pourquoi Mar… Sharon… s'est-elle servie de votre nom pour faire admettre son fils à la clinique de Maitland, alors qu'elle savait forcément que vous aviez découvert ses tripatouillages après son brusque départ ? C'est curieux, non ? Quitte à mentir, elle aurait dû choisir un médecin qui n'avait rien à lui reprocher.

Le Dr Jojanovich semble au supplice.

— C'est difficile pour moi, madame Parkman. Vous touchez là à un autre aspect de cette affaire qu'il m'est très pénible d'évoquer.

— De quoi s'agit-il ?

Le voyant hésiter, elle ajoute d'une voix douce :

— Je vous en prie, docteur Jojanovich, vous devez aller au bout, maintenant que vous avez commencé.

— De chantage, lâche-t-il. Il s'agit de chantage.

Danielle se penche machinalement vers le médecin, qui lui lance un regard inquiet.

— Vous devez de nouveau me promettre que rien de ce que je vais vous dire ne sera utilisé contre Mme Miller dans un cadre judiciaire.

Elle le regarde dans les yeux.

— Je n'ai qu'une parole, docteur, et je vous l'ai donnée.

Il hoche la tête.

— Mme Miller était mon employée depuis environ six mois lorsque notre relation a… évolué. J'attribue une grande part de mon aveuglement concernant les agissements illicites de Sharon à ce regrettable changement dans nos relations.

— Vous avez eu une aventure avec elle.

Le médecin hoche une tête lourde de chagrin, son regard exprimant une douloureuse nostalgie.

— Et elle a trafiqué vos dossiers et vos ordonnances pour vous faire chanter, au cas où vous refuseriez d'orienter son fils vers Maitland.

Il secoue la tête.

— Non, ce n'est pas ça. D'ailleurs, jusqu'à aujourd'hui j'ignorais qu'elle avait un enfant.

Danielle ouvre de grands yeux.

— Elle ne vous a jamais parlé de Jonas ?

— Jamais.

Le vieil homme passe la main sur son cou, là où vient de naître une rougeur qui s'étend maintenant à ses joues.

— Elle voulait que je divorce et que je m'installe avec elle en Floride. Elle m'a dit que j'étais l'amour de sa vie. Qu'elle n'aurait jamais osé espérer aimer un jour à ce point…

— Et le chantage ? demande Danielle, qui sent que le

médecin se laisse emporter par ses souvenirs. Il intervient où, dans tout ça ?

— Oui, oui, bien sûr..., dit-il tandis que sa main disparaît dans une poche de son imperméable.

Il en sort une feuille imprimée qu'il tend à Danielle. C'est la photocopie d'une lettre écrite sur un papier à en-tête de son cabinet médical.

Ma très chère Sharon,

L'émotion me submerge tandis que j'écris ces mots. Comme je te l'ai si souvent dit lors des moments magiques que nous sommes parvenus à arracher au quotidien, je t'ai aimée dès que je t'ai vue. Avant même que je découvre l'étendue de tes compétences médicales, ce sont ta beauté, ta gentillesse, ta douceur et ton intelligence qui m'ont émerveillé.

Je t'écris pour t'avouer que je n'ai pas le courage de quitter ma femme. C'est la mort dans l'âme que je te dis : ne m'attends pas pour vivre ta vie ! La mienne est derrière moi, Sharon. Contrairement à toi, qui es jeune et belle, je ne suis plus qu'un vieil homme. Quel avenir aurais-tu avec moi ? Même si cette pensée me déchire le cœur, je sais que tu n'auras aucun mal à retrouver quelqu'un qui prendra soin de toi. Les hommes se battront pour avoir cette chance.

J'ai un autre aveu à te faire et il n'est pas aisé. A ma grande honte, je dois en effet admettre que je t'ai aimée au détriment de mes patients. Consumé d'amour et de désir, je les ai négligés au point de craindre d'avoir été approximatif dans mes diagnostics et mes prescriptions médicamenteuses. Pour tout t'avouer, j'ai même peur d'avoir commis des erreurs médicales.

Je sais que cette lettre va t'anéantir, Sharon. Que notre séparation représente un coup très dur sur le plan émotionnel, bien sûr, mais aussi financier. Je veux que tu puisses recommencer ta vie sans soucis matériels et j'ai joint à cet effet la somme de 175 000 dollars.

Je t'offre cet argent en espèces afin que tu n'aies pas à le déclarer aux impôts. A toi d'en faire ce que bon te semble. S'il te plaît, n'essaie pas de me contacter. Seul le silence peut nous préserver d'un désastre.

Il faut tourner la page et essayer d'oublier.

Adieu,

Boris.

Danielle pose la photocopie et se tourne vers le Dr Jojanovich, qui fixe ses mains du regard.

— Vous n'avez pas écrit cette lettre, n'est-ce pas ? demande-t-elle.

Il relève les yeux, un sourire amer sur les lèvres.

— Bien sûr que non, madame Parkman. Quelque temps après son départ, je l'ai reçue au courrier. Comme vous vous en doutez, l'adresse de l'expéditeur ne figurait pas sur l'enveloppe.

— Assistante efficace jusqu'au bout, note Danielle.

Il hoche tristement la tête.

— Ce papier à lettres est celui dont elle se servait quotidiennement pour rédiger mes courriers avant de me les donner à signer. Elle a glissé cette lettre au milieu d'un tas et je l'ai signée machinalement, sans la lire.

— Si je comprends bien, elle possède l'original de cette lettre, tapée sur l'ordinateur de votre cabinet et signée de votre main. Et tout semble indiquer que c'est vous qui l'avez écrite.

— C'est bien ça.

— Vous lui avez fait parvenir les 175 000 dollars ?

— Oui, répond-il d'une voix tendue. J'ai dû retirer une bonne partie de l'argent que j'avais mis de côté pour ma retraite, mais j'ai fini par lui envoyer cette somme. C'était ça ou risquer de perdre mon cabinet et ma femme.

— Avez-vous essayé d'aller la voir dans son appartement de Chicago ?

— Oui, mais elle avait déjà déménagé.

— Vous a-t-elle recontacté depuis ?

Il lui lance un regard impuissant.

— Non. Pourquoi l'aurait-elle fait ?

Danielle se creuse la tête, mais elle ne trouve plus rien à lui demander. Elle brandit la lettre qu'elle a toujours dans la main.

— Je peux la garder ?

— Vous me rendriez service en la conservant. Je ne veux plus jamais la voir.

Il soupire.

— Voilà, madame Parkman, vous connaissez mon histoire. L'histoire pathétique d'un vieil homme stupide qui s'est fait abuser par une jolie jeune femme. J'ai bien peur que ça n'ait rien de bien original.

Danielle lui adresse un sourire compréhensif, et le Dr Jojanovich s'extrait de son fauteuil avec des grognements d'effort, comme si le récit de sa déchéance l'avait vieilli de dix années supplémentaires. Danielle le prend par le bras pour le raccompagner. Le médecin se laisse faire. Tandis qu'elle ouvre la porte, il noue la ceinture de son imperméable et enfonce son chapeau sur sa tête.

— Je ne vous remercierai jamais assez d'être venu me voir aujourd'hui, dit Danielle. Je sais que ça vous a demandé un grand courage, docteur, mais cela contribuera peut-être à sauver un innocent.

— Du courage, oui…, répond-il d'un air pensif. J'ai peur d'en avoir cruellement manqué avant aujourd'hui.

Ils se serrent chaleureusement la main, et la porte se referme sur lui. Danielle marche jusqu'à la fenêtre, les confessions du médecin se bousculant dans sa tête. Derrière la vitre épaisse, la ville donne sa représentation quotidienne. Mais l'esprit de Danielle est ailleurs, en train d'essayer d'assembler les morceaux du puzzle. Quel est le lien entre ce qu'elle vient d'apprendre et le drame qui s'est joué à Maitland ? Elle se tourne et pose les yeux sur son sac de voyage. Pas question de bouger d'ici avant d'avoir répondu à cette question. De nouveau, elle regarde sans la voir la ville qui s'agite à ses pieds.

Un picotement parcourt son dos, puis sa nuque. Elle a l'impression d'être traversée par un courant électrique.

27

Assise à côté de Doaks, Danielle regarde les lumières de la ville défiler derrière la vitre du taxi. Ils sont en route vers l'aéroport. Elle arrête de taper sur le clavier de son ordinateur portable et le range dans sa sacoche. Elle n'a pas échangé trois mots avec le détective depuis qu'ils ont quitté l'hôtel. Les informations qu'ils ont récoltées sur Marianne auraient dû les mettre de bonne humeur, mais ils ne sont pas d'accord sur la suite du programme. Pour Doaks, pas question de poursuivre les investigations sans en informer Tony. Mais Danielle voudrait se rendre immédiatement à Phoenix, à l'adresse mentionnée sur le document récupéré par Doaks dans ce grenier puant. Et elle n'a aucune envie de demander le feu vert de Tony.

Le détective lui tend son portable.

— Appelez-le.

La circulation devient très dense et le taxi doit ralentir.

— Pour quoi faire ? demande-t-elle en se tournant vers Doaks. Vous savez très bien ce qu'il va dire.

— Et vous savez qu'il aura raison de vous le dire, rétorque-t-il.

Il compose un numéro et colle l'appareil contre son oreille. Il reste silencieux un moment, se contentant de hocher la tête avec impatience.

— Ouais, ouais, je sais, dit-il enfin. Hé ! Ce n'est pas moi qu'il faut engueuler ! N'oublions pas que c'est *ta* cliente, d'accord ?

Nouveau silence, puis il reprend :

— C'est ce que je pensais moi aussi, mais figure-toi qu'on a trouvé des trucs intéressants.

Doaks se met à décrire dans les grandes lignes ce qu'ils ont appris sur Marianne : sa liaison avec Jojanovich et l'argent qu'elle lui a extorqué ; la falsification du formulaire d'admission à Maitland et l'adresse de Phoenix découverte dans l'ancien domicile de celle qui se faisait appeler Sharon Miller.

Il se tait et écoute Tony.

— Ouais, ouais, j'ai entendu ! dit-il après de longues secondes. Tu crois que je suis dur de la feuille, ou quoi ? Et la réponse est non, mon vieux. Pas question. Tu fais toi-même tes commissions.

Sur ces mots, il passe le téléphone à Danielle.

Elle soupire ostensiblement et le porte à son oreille. Elle imagine la mâchoire serrée de Tony ; sa colère froide, maîtrisée.

— Bonjour, Tony.

— « Bonjour » ? C'est tout ce que tu as à me dire ?

Ses mots fusent comme des balles.

— Ecoute, Tony, je suis désolée…

— Je ne veux pas d'excuses, Danielle.

Sa voix est gorgée d'exaspération et d'angoisse.

— Ce que je veux, c'est que tu rentres tout de suite.

— Mais…

— Tes explications ne m'intéressent pas, coupe-t-il. Contente-toi de venir à l'audience de demain. Tu imagines dans quelle position je serais si tu ne t'y présentais pas ? Dois-je te rappeler que c'est ta liberté et l'avenir de ton fils qui sont en jeu ? Je te préviens, Danielle, je ne vais pas compromettre ma réputation d'avocat pour te permettre de poursuivre je ne sais quelles chimères !

— J'ai conscience de t'avoir mis dans une position très délicate, mais…

— Tu ferais mieux de penser à la position dans laquelle tu t'es mise, toi ! réplique Tony. Et tu ferais mieux de penser aussi à Max.

— C'est justement à lui que je pense en faisant ce que je fais, répond Danielle d'une voix soudain plus ferme.

— Pour l'instant, ta petite escapade a surtout réussi à le mettre dans tous ses états.

Ces mots frappent l'oreille de Danielle comme des coups de marteau.

— Il est en train de se rendre fou à essayer de prouver que le Dr Fastow est coupable, tout ça pour que tu reviennes plus vite. Même si la présence de ton amie Georgia lui fait du bien, j'ai le sentiment qu'il est au bout du rouleau.

— Mais il ne lui est rien arrivé, n'est-ce pas ? demande Danielle, incapable de contenir l'angoisse que ces paroles ont fait naître en elle.

La voix de Tony s'adoucit un peu.

— Non, il ne lui est rien arrivé. Pour l'instant, il ne s'en tire pas trop mal. Georgia lui a rendu une longue visite, ce matin. D'ailleurs, elle est là avec moi. Je vais te la passer, d'accord ? Puisque j'ai cru comprendre que c'est ta meilleure amie, peut-être que tu l'écouteras, elle.

Danielle entend un bruissement dans le téléphone, bientôt suivi de la voix chantante de Georgia.

— Bonjour, Danielle. Ecoute, ne t'inquiète pas pour Max, O.K. ? Il va bien. Mais tu sais comment il peut s'obséder sur quelque chose, quand il est inquiet ou nerveux ? C'est ce qu'il fait en ce moment.

Danielle ferme les yeux et régule sa respiration pour essayer de contrôler cette frayeur qu'elle ressent toujours quand Max est loin d'elle.

— Tu crois qu'il est sur le point de faire une crise ? Si c'est vraiment ce que tu penses, je reviens sur-le-champ.

— Non, répond-elle d'un ton badin, certainement destiné à ne pas éveiller les soupçons de Tony. Max réussit à se débarrasser de la plupart des médicaments qu'on lui donne, et je n'ai noté aucun signe qui indiquerait qu'il perd contact avec la réalité. Cela dit, tu dois absolument être présente pour cette audience.

— Mais, à partir du moment où je suis certaine de

pouvoir rentrer à temps pour l'audience, tu ne penses pas que je dois continuer à faire tout ce qui est en mon pouvoir pour découvrir des éléments susceptibles de le disculper ?

— Si, si… en effet, répond-elle avec ce même détachement affecté.

— Tu sais pourquoi il me semble inutile d'insister sur la piste Fastow ?

— Parce que ce n'est qu'une solution de dépannage. Je suis d'accord avec toi, Danielle. Ce type n'est peut-être pas très net, mais le cœur de l'affaire est ailleurs.

— Je serai de retour pour l'audience. Je t'embrasse très fort, Georgia. Prends soin de mon garçon jusqu'à demain.

— Compte sur moi. Je vais retourner le voir et je resterai avec lui jusqu'à ce qu'il s'endorme. Demain, c'est moi qui irai le chercher pour l'amener à l'audience.

Danielle ressent un immense soulagement.

— Heureusement que tu es là, dit-elle. Merci… merci mille fois d'être venue, ma Georgia.

— Je t'en prie, c'est la moindre des choses. Attends… ne quitte pas.

Danielle entend un nouveau bruissement dans l'appareil et Tony prend la relève.

— Je ne sais pas de quoi vous avez parlé, toutes les deux, mais je ne suis pas certain que Georgia ait pleinement conscience de la gravité de la situation.

— Tony, comprends-moi s'il te plaît… Il faut que je me rende à Phoenix. Je te promets d'être de retour à temps pour l'audience.

C'est comme si elle pouvait sentir les muscles de l'avocat se raidir sous l'effet de la colère. Comme si elle pouvait éprouver dans son propre corps la brusque montée de température qui rougit certainement son visage.

— Ecoute-moi, Danielle. Tu as violé les termes de ta libération sous caution. Tu es désormais une hors-la-loi en cavale. La police est sur les dents. Ils se rendent bien compte que ton bracelet électronique ne bouge pas. Qu'est-ce que tu crois ? Qu'il n'y a que des crétins, dans l'Iowa ? Tout ce que ton fils a eu à faire pour te localiser, c'est allumer son téléphone portable.

Elle l'entend prendre une longue inspiration. Quelques secondes passent en silence.

— Tout ce qui m'importe, c'est ton sort et celui de Max, reprend-il. Et, si tu ne viens pas à cette audience, ils vont demander un mandat de perquisition pour fouiller ton appartement. Et crois-moi, ils n'auront aucun mal à l'obtenir. Quand ils auront compris que tu as pris la poudre d'escampette, ils vont t'attendre le temps qu'il faudra à l'aéroport de Des Moines et te passer les menottes dès ta sortie de l'avion.

Danielle est terrifiée. Maudit bracelet… Elle aurait dû acheter un chien et lui passer l'appareil autour du cou.

— Qu'est-ce que tu leur as dit ?

— Que tu es malade et déprimée et que tu n'as pas bougé de ton lit depuis quarante-huit heures. Que je produirai un certificat médical si la juge en fait la demande. Que ce foutu bracelet a ses humeurs et qu'il fonctionne quand ça lui chante.

— Tony, je suis sincèrement désolée, mais je pense être sur une vraie piste. Marianne a…

— Oublie Marianne, l'interrompt-il sèchement. Tu es avocate, alors comporte-toi comme telle. Elle a fait chanter un vieux type qu'elle se tapait ? Elle a inscrit des informations erronées sur un formulaire d'admission ? La belle affaire ! C'est de meurtre qu'on parle, Danielle, pas d'un vulgaire délit d'extorsion de fonds. C'est de toi, surprise sur la scène de crime avec l'arme dans ton sac à main, qu'on parle. C'est de ton fils couvert du sang de la victime.

Danielle presse l'appareil plus fort contre son oreille et répond de sa voix la plus persuasive.

— Tony, je suis désormais certaine que Marianne est impliquée d'une manière ou d'une autre dans la mort de son fils.

— Qu'est-ce qui te permet de dire ça ?

— Marianne est une manipulatrice, une voleuse et un maître chanteur. Elle a falsifié un formulaire pour faire admettre Jonas à Maitland alors que son état ne le nécessitait pas.

— Tout ça ne repose sur rien de solide, Danielle, si ce n'est sur ton envie de disculper Max. D'accord, cette femme a un passé trouble, mais de là à dire qu'elle a participé d'une manière ou d'une autre à l'assassinat de son fils, il y a un pas que les informations dont tu disposes ne t'autorisent pas à franchir.

Quand il reprend la parole, après deux ou trois secondes de silence, sa voix trahit plus de lassitude que de colère.

— Nom d'un chien, Danielle… J'essaie de sauver ton fils, et toi, tu fais tout pour me mettre des bâtons dans les roues.

— Tony, écoute-moi, s'il te plaît. J'espère que tu sais à quel point je te suis reconnaissante pour ce que tu fais et… et à quel point tu comptes pour moi.

— Toi aussi, tu comptes pour moi, répond-il tristement. Mais on n'ira nulle part si tu continues comme ça. Ecoute, on a enfin un autre suspect que Max. On a enfin de quoi semer le doute dans l'esprit des jurés.

— Qu'est-ce que tu veux dire ?

— Je veux dire que tu peux arrêter de jouer les Sherlock Holmes. De toute façon, la mère n'est pas crédible dans le rôle de la meurtrière. Tu t'en rendrais compte si tu considérais les éléments de preuves avec ton regard d'avocate, au lieu de te laisser guider par la peur.

Il se tait quelques instants et elle entend un froissement de papiers.

— On a reçu le rapport toxicologique du Dr Smythe, ainsi que l'analyse sanguine de Max et l'analyse de la composition chimique des gélules bleues.

Le cœur de Danielle se met à battre plus vite.

— Et alors ?

— Tu avais vu juste, pour le Dr Fastow, dit-il. Apparemment, il n'a pas vraiment quitté Vienne de son plein gré. D'après mes renseignements, il a développé un psychotrope miracle qui faisait des merveilles sur certains patients, mais qui pouvait également entraîner de graves effets secondaires. Il semblerait que Fastow ait été soupçonné d'avoir falsifié des données lors d'essais cliniques. L'hôpital qui l'employait n'a pu prouver qu'il y avait eu tricherie, mais ils l'ont tout de même renvoyé. Fastow aurait pu les poursuivre pour rupture abusive de contrat, dans la mesure où ils n'avaient aucune preuve, mais il a préféré conclure un accord avec eux. L'hôpital a accepté de dire le plus grand bien de lui pour qu'il s'en aille sans faire d'histoires. En tout cas, que ce soit pour la gloire, pour l'argent ou par amour de son métier, il semble clair que ce M. Fastow est décidé à mener coûte que coûte ses recherches sur ce psychotrope controversé. Ton fils a découvert qu'il s'est rapproché d'un laboratoire pharmaceutique suisse pour faire breveter un nouveau médicament.

Tony soupire.

— Ce Max… il est vraiment incroyable !

— De quoi sont composées les gélules ?

Autre froissement de papiers.

— Le laboratoire de toxicologie n'a pas pu déterminer la nature des produits chimiques retrouvés dans le sang de Max. Idem pour Smythe avec le sang de Jonas. Les gélules et l'échantillon sanguin de ton fils ont été envoyés dans un labo spécialisé de New York pour des analyses plus poussées. Personne ne sait de quoi est composé ce médicament.

Elle ferme les yeux.

— Max…, murmure-t-elle.

Ses paupières s'écartent brusquement.

— Tony, il faut que tu obtiennes une injonction d'éloignement contre le Dr Fastow et le personnel médical de Maitland. Même s'il n'avale pas la moitié de ce qu'on lui donne, Max est toujours à la merci de ce dingue qui le prend pour un cobaye. Il faut les empêcher de nuire. Dieu sait combien d'autres patients Fastow a empoisonnés !

— Mon plan, que tu connaîtrais si tu étais restée ici, est de faire citer les Dr Fastow et Smythe à la barre demain, puis de demander une injonction provisoire d'éloignement dans la foulée afin de protéger la santé de Max. C'est la façon la plus rapide de se la voir accorder. Par ailleurs, j'ai lancé des recherches pour retrouver le conseil en propriété industrielle qui a travaillé sur ce mystérieux médicament, afin d'avoir accès à ses archives par le biais d'une injonction à produire.

Il s'interrompt soudain, comme si une pensée venait de lui traverser l'esprit.

— Où es-tu, exactement ? demande-t-il.

Danielle se tourne vers la vitre du taxi. La circulation n'est plus aussi dense, et la voiture roule maintenant à bonne allure.

— A une dizaine de minutes de l'aéroport de Chicago.

— Où tu vas prendre un avion pour Des Moines.

Ce n'est pas une question. D'ailleurs, Danielle n'y répond pas, préférant conserver un silence prudent. Elle comprend sa façon de voir les choses, mais…

— S'il te plaît, ma chérie…

Le terme, inattendu, résonne curieusement dans l'oreille de Danielle. Pourtant, il ne semble pas déplacé et nul malaise ne se forme dans son sillage.

— Tu sais que j'ai raison, termine Tony.

Le cœur de Danielle a fait un bond en entendant Tony l'appeler *ma chérie*, mais la raison l'emporte.

— Je suis désolée, Tony. Je sais que les risques que je prends te semblent disproportionnés, mais je ne peux pas m'arrêter au milieu du gué. Je dois suivre cette piste jusqu'au bout.

Un souffle exaspéré se fait entendre à l'autre bout du fil.

— Ne comptez pas sur moi pour vous apporter des oranges quand ils vous auront mise au trou, maugrée Doaks.

Danielle se tourne vers le détective. De toute évidence, Tony lui a donné des instructions fermes.

— Allô ? fait la voix de Tony lorsque le silence se prolonge.

— D'accord, dit-elle lentement. Je vais rentrer à Plano. Mais tu dois me promettre que tu demanderas cette injonction d'éloignement demain matin.

— C'est promis.

— Et que Doaks partira pour Phoenix dès la fin de l'audience.

— Si tu veux.

Danielle laisse échapper un soupir résigné.

— Alors à demain, Tony.

— Bon vol de retour, Danielle.

Elle raccroche et rend le téléphone à Doaks, qui lui lance un regard appuyé.

— Ce que dit le père Tony n'est pas complètement idiot, vous savez.

Elle ne répond pas. Le taxi s'engage enfin sur la rampe d'accès qui mène au terminal, puis se range le long du trottoir. Danielle règle la course tandis que Doaks prend leurs sacs de voyage dans le coffre. Trois minutes plus tard, ils font la queue pour enregistrer leurs bagages.

— On en a au moins pour un quart d'heure d'attente, grommelle Doaks en jetant un œil maussade à la longue file qui s'étire devant eux. Je vais me pisser dessus avant d'avoir atteint le comptoir.

— Donnez-moi votre sac, dit Danielle. Vous avez largement le temps d'aller aux toilettes. Et de me rapporter un café, si ça ne vous ennuie pas. Il y a un distributeur automatique juste là, ajoute-t-elle en tendant le doigt.

— Ben voyons, marmonne le détective. Vous ne voulez pas que je nettoie le sol des gogues, pendant qu'on y est ?

Mais Danielle commence à le connaître et elle ne doute pas une seconde qu'il lui rapportera son café. Elle ramasse le sac de Doaks et le regarde s'éloigner. Dès qu'il disparaît de sa vue, elle sort l'ordinateur portable de sa sacoche et ouvre sa messagerie électronique. Un e-mail lui indique

que sa réservation est confirmée. Elle range l'ordinateur, passe la bretelle de la sacoche sur son épaule et, un sac de voyage dans chaque main, part à l'autre bout du terminal où l'attend son vol pour Phoenix.

28

Danielle regarde les nuages s'étirer paresseusement à travers le hublot. Ce vol entre Chicago et Phoenix est l'opportunité de faire le point sur la situation, ou du moins d'essayer. Elle a parfaitement conscience de la gravité de ses actes. Tony a fait du bon travail, et ses arguments sont valables. Il a accepté de s'occuper d'une affaire de meurtre qui semblait indéfendable et a travaillé sur un second suspect crédible pour que Max ne soit plus seul à être dans le collimateur de la justice. Il va faire comparaître ce suspect demain, ce qui leur permettra vraisemblablement de recueillir de nouvelles informations cruciales pour soutenir une défense qui a encore plusieurs longueurs de retard sur l'accusation. Tony va également plaider — avec talent, elle n'en doute pas — pour que la juge ne révoque pas sa libération sous caution.

Et elle, qu'a-t-elle fait pendant qu'il suait sang et eau pour retourner une situation compromise ? Elle s'est mise hors la loi, menaçant par son inconscience de détruire la défense édifiée brique par brique par Tony, et par là même les chances de sauver Max. L'avocate réfléchie qu'elle était hier encore s'est transformée en irresponsable qui commet délit après délit sans se soucier des mises en garde de professionnels aguerris. Et tout ça pourquoi ?

Tout ça parce qu'elle sait que Marianne Morrison, témoin numéro un de l'accusation, va crucifier Max quand elle sera à la barre. Cette femme, qu'elle sait désormais être une manipulatrice hors pair, saura susciter la sympathie et la compassion en jouant la mère parfaite anéantie par le meurtre brutal de son fils autiste. Le récit éploré qu'elle fera des agressions répétées de Max envers Jonas ne sera pas mis en doute. Danielle doit trouver le plus d'éléments possible pour déboulonner cette statue de maman idéale. Pour arroser l'arroseur.

Si elle n'y parvient pas, Danielle craint que le jury — encouragé dans cette voie par la cour — ne penche naturellement en faveur de la culpabilité de Max, avec une lourde condamnation à la clé. Dans ces conditions, elle n'a d'autre choix que de suivre toutes les pistes jusqu'au bout, même si elles paraissent peu convaincantes de prime abord. Il suffit parfois de tirer un fil avec assez d'assiduité pour dénicher la preuve dont on a besoin et renverser la vapeur dans un procès mal engagé. Et le fil qu'elle tire en ce moment passe par Phoenix. Tony serait sûrement d'accord avec cette analyse s'il n'était pas aussi inquiet que la police ne découvre sa fugue.

Les confidences du Dr Jojanovich ont radicalement changé l'image qu'elle a de Marianne. Elle sait désormais que cette femme est malhonnête. Un escroc doublé d'une manipulatrice. Malheureusement, le vieux médecin qu'elle a trahi et dépouillé de ses économies refusera de témoigner contre elle. Mais les escrocs ne se contentent jamais d'une seule victime. L'expérience et l'instinct de Danielle lui disent que Marianne Morrison — alias Sharon Miller — a semé le malheur sur sa route. Qui sait même si elle n'a pas été suspectée dans une autre affaire de meurtre ? Danielle doit se rendre là où cette femme a vécu, essayer de penser comme elle et ne pas hésiter à fouiller son appartement de fond en comble si l'occasion lui est donnée.

Quant au Dr Fastow, elle ne croit pas qu'il ait pu tuer Jonas et essayer de faire condamner Max de crainte qu'on ne découvre ses pratiques douteuses. Quoi qu'en dise Tony et quel que soit le talent qu'il déploie pour défendre cette thèse, c'est un mobile bien peu crédible dans une affaire de meurtre. Il faudrait d'ailleurs que cet éminent psychopharmacologue soit bien sot pour croire que tuer un de ses patients puisse servir ses intérêts. En effet, un meurtre entraîne nécessairement une autopsie. Et qui dit autopsie dit analyse de sang, et donc la probable découverte des graves libertés que ce spécialiste prend avec l'éthique médicale. Et ce n'est pas parce que Danielle considère le Dr Fastow comme un salaud qu'elle le prend pour un imbécile.

La certitude de pouvoir rentrer à temps pour l'audience a également joué un grand rôle dans sa décision de se rendre à Phoenix. Si le vol pour Des Moines décolle à peu près à l'heure, demain matin, Danielle arrivera au tribunal avant que les débats ne soient trop avancés. Et avant que le shérif de Plano n'obtienne son mandat de perquisition.

D'un mouvement de tête et d'un sourire crispé, elle refuse le sandwich que lui propose l'hôtesse de l'air. Ce n'est pas de tranches de pain de mie rassis agrémentées d'un bout de salade trop mou et d'un morceau de viande trop dur qu'elle a besoin. Elle tend le doigt vers une mignonnette de gin, accepte les glaçons et refuse le Schweppes. Pas question de couper son alcool, aujourd'hui. Quand on manque de courage, il faut parfois savoir le puiser dans la bouteille, songe-t-elle en trempant les lèvres dans le verre que vient de lui tendre l'hôtesse. Heureusement, elle a la rangée pour elle toute seule. Elle déloge le sac de voyage de Doaks de sous son siège et se met à le fouiller consciencieusement. Elle sait que ce foutu truc se trouve là-dedans.

Danielle sort un polo troué au niveau des aisselles, un pantalon en toile plus ridé que les fesses d'une centenaire, des chaussettes, un slip kangourou et le reste de ce qui a dû être — à une lointaine époque — une barre chocolatée. Elle entasse le tout dans le fauteuil voisin et écarte l'ouverture du sac pour explorer l'intérieur. Vide, constate-t-elle avec un juron intérieur. Doaks l'a sûrement gardé sur lui. Il a confié à Danielle ne jamais sortir sans ce précieux outil et lui a expliqué — avec la fierté d'un enfant qui exhibe son dernier jouet — comment un de ses amis policiers a façonné, spécialement pour cet instrument, un étui en plomb qui s'intègre parfaitement à la structure métallique de son sac de voyage. Si seulement elle pouvait le trouver... Elle ouvre les quatre poches rigides — deux à l'intérieur, deux à l'extérieur —, passe les doigts le long des baguettes métalliques... Rien dans les poches extérieures, rien dans la première poche intérieure. Mais la dernière qu'elle inspecte finit par livrer son secret. Retenue par une bande Velcro, la toile se soulève avec un bruit sec. Dessous, une des baguettes, à peine plus épaisse que les autres, se retire aisément. Elle se dévisse en deux parties égales, et l'étrange outil que Doaks affectionne tant apparaît enfin. Cela ressemble à une petite brosse à dents en métal avec une boule dorée à l'une de ses extrémités. Danielle remet tout en place et ferme le sac de voyage. La chaleur du gin se répand dans son corps. Elle est détendue au point qu'elle commence à se dire que son plan va peut-être fonctionner.

Danielle se trouve sur le trottoir, face au panneau qui signale l'entrée de la résidence : Desert Bloom Apartments. Durant la journée, il fait si chaud en Arizona que la sueur s'évapore avant d'avoir eu le temps de former des gouttes sur la peau. Mais le soleil s'est couché depuis longtemps et la fraîcheur de la nuit prend Danielle par surprise. Pourtant, ce n'est pas ce qui la fait frissonner. La voilà de nouveau sur le point de jouer les monte-en-l'air et d'ajouter un délit à une liste déjà trop longue. Elle ébouriffe ses cheveux, ramasse les deux sacs de voyage et marche d'un pas aussi tranquille que possible vers la guérite en briques. A l'intérieur, elle distingue la tête casquettée du gardien qui contrôle les entrées. Cet endroit n'a rien à voir avec la bicoque lugubre de Chicago que Doaks lui a décrite. Derrière la barrière métallique qui protège la résidence, les visages sculptés d'une fontaine crachent leur eau sur des pierres volcaniques. Tout autour s'étend un jardin botanique aux allures de labyrinthe dans lequel on devine des allées de gravier blanc éclairées par des réverbères qu'on dirait tout droit sortis des rues de Paris. Les bâtiments qui composent la résidence semblent de construction récente, chacun de trois étages seulement, les appartements du bas disposant d'un jardinet et d'une piscine dont les reflets dansants se projettent sur la façade.

Elle s'arrête devant la fenêtre de la guérite et pose les sacs à terre. Elle frappe doucement contre le carreau pour attirer l'attention du gardien plongé dans la lecture d'un magazine. Il se lève et fait coulisser sa fenêtre. C'est un jeune homme vêtu d'un uniforme empesé, d'un bleu presque aussi foncé que le ciel étoilé. La poche poitrine de sa veste est ornée du logo d'une société de sécurité et d'un badge qui livre son prénom : *Brett.*

— Bonjour, madame. Puis-je vous aider ? demande-t-il en lui lançant un regard incertain.

Danielle affecte l'air las et épuisé du voyageur qui regagne enfin son foyer.

— Morrison, dit-elle. Marianne Morrison.

— Ah… Une minute, s'il vous plaît.

Il s'empare d'une liste imprimée qu'il parcourt lentement des yeux et du doigt. Son index finit par s'arrêter vers le bas de la feuille.

— Quel appartement ? demande-t-il en relevant les yeux.

Elle esquisse une moue impatiente et soupire.

— 411. Ecoutez, vous pouvez ouvrir la porte, s'il vous plaît ? Il est presque 1 heure du matin et je tombe de fatigue. J'arrive tout juste de l'aéroport après un vol interminable. Pourquoi les avions ont-ils systématiquement du retard ? Enfin, bref… tout ce que je veux, c'est rentrer chez moi, nourrir mon chat et me mettre au lit.

Il se remet à étudier la liste, le visage concentré.

— Je suis désolé, mais je fais un remplacement. Chuck est malade et…

Danielle bondit sur l'occasion.

— Ah, c'est ça ! Je me demandais pourquoi il n'était pas là. En tout cas, Chuck me connaît bien, lui. Vous lui passerez mon bonjour et mes vœux de prompt rétablissement. Et maintenant, soyez gentil d'ouvrir. J'ai deux arthroplasties de la hanche demain matin et, si j'arrive ne serait-ce qu'une demi-heure en retard en salle d'op, je vais mettre mon emploi du temps en l'air pour le reste de la journée.

Il la fixe du regard.

— Vous êtes chirurgien ?

Elle pousse un petit grognement de frustration.

— Non, je suis trapéziste au cirque Barnum. Bon, vous allez me laisser entrer chez moi, oui ou non ?

— Vous avez une pièce d'identité ?

— C'est une plaisanterie, grommelle-t-elle en se penchant sur son sac de voyage, qu'elle ouvre d'une main furieuse.

Elle en sort son iPhone et toise le jeune homme, mâchoires serrées.

— Votre nom de famille, je vous prie ?

Il se décompose.

— Hé ! Attendez… Qu'est-ce que vous faites ?

— J'appelle le responsable du syndic. Quand Carl Mortenson va apprendre que vous me faites poireauter en pleine nuit…

Il lève une main affolée.

— Il ne faut pas vous énerver, madame, dit-il d'une voix mal assurée. Comme je vous l'ai dit, je fais juste un remplacement.

Il appuie sur un bouton et la porte de la grille s'ouvre avec un grésillement électrique.

— Bonne soirée, docteur Morrison. Et désolé pour le malentendu.

Elle soulève les deux sacs avec un sourire crispé et s'éloigne vers la porte grande ouverte. Elle la ferme derrière elle sans se retourner.

Alors qu'elle vient d'arriver dans le hall d'entrée commun aux trois bâtiments, l'horloge rustique posée sur l'épaisse moquette sonne 1 heure du matin. Un coup unique qui fait bondir son cœur et la laisse pantelante. Une fois ses esprits recouvrés, elle pénètre plus avant dans le hall désert. Sous une vitrine de verre, un large plan coloré indique les noms des résidents, ainsi que les numéros et emplacements de leurs appartements. Elle repère celui de Marianne, un des rez-de-jardin avec piscine. Elle n'a aucun mal à parvenir jusqu'à sa porte d'entrée, qu'elle essaie d'ouvrir par acquit de conscience. Bien entendu, elle est fermée à clé.

Elle ressort et ouvre le portillon en teck qui mène au jardin. Dans la piscine, des vaguelettes scintillent sous la lune avec un petit bruit de clapot. Danielle cache les sacs de voyage derrière un buisson et marche jusqu'à l'arrière de l'appartement. Là, du mobilier de jardin est rangé dans le coin d'une terrasse de bois qui s'étend devant de grandes baies coulissantes. Une fois de plus, la chance lui sourit. Elle sort l'étui en plomb de son sac à main et libère le coupe-verre de Doaks. Dans la pénombre, difficile de comprendre comment s'en servir. Elle se souvient que les clés de son appartement new-yorkais sont accrochées à une lampe de poche miniature. Quelques instants plus tard, les détails du coupe-verre se précisent dans une lumière crue. La marque *Fletcher* est gravée sur le côté de l'outil. Du côté opposé à la petite boule dorée, elle finit par repérer une roue minuscule que seule une inspection minutieuse permet de découvrir. Ça doit fonctionner comme une roulette à pizza, songe-t-elle en s'approchant des larges vitres.

Elle choisit l'endroit où pratiquer l'incision à l'aide de son porte-clés lumineux, puis fait rouler l'instrument sur le carreau. La première tentative n'est guère concluante, mais en pressant beaucoup plus fort qu'elle ne l'avait d'abord fait elle parvient à tracer un carré assez régulier à hauteur de la poignée intérieure. Elle ne sait pas trop comment s'y prendre pour retirer le morceau qu'elle vient de découper, mais c'est sans doute le moment d'utiliser la petite ventouse rouge trouvée dans le sac de Doaks. Elle lèche le caoutchouc amer et l'applique au centre du carré.

Après avoir prié le ciel pour que l'appartement ne soit pas protégé par un système d'alarme, Danielle retourne le coupe-verre et tapote doucement le carreau avec la petite boule dorée. Comme elle l'avait espéré, le verre cède à l'endroit où il a été cisaillé.

Elle replace le coupe-verre dans son étui, puis dans son sac à main, et tire délicatement la ventouse. Le morceau de verre se détache sans se briser. Elle cherche du regard un endroit où le cacher et opte pour un large pot en terre cuite dans lequel pousse un petit citronnier. Une fois la ventouse jetée au fond de son sac, elle passe une main tremblante à travers l'ouverture et fait coulisser la porte vitrée.

Une odeur pestilentielle arrête net sa prudente progression. Elle se couvre le nez de la main en essayant de découvrir la source de cette puanteur, mais la lumière de la minuscule lampe de poche ne suffit pas à dissiper la pénombre. Elle avance à tâtons jusqu'à un lampadaire qu'elle allume aussitôt. La lumière froide d'une ampoule halogène emplit la pièce. Danielle tourne le variateur d'intensité jusqu'à obtenir une lueur diffuse et se remet en marche, le cœur battant et l'oreille aux aguets.

— Hé ! Toi !

La voix puissante vient de dehors, du côté de la piscine. Danielle se fige tandis que la peur distille ses ondes glacées à travers tout son corps. Elle reste ainsi quelques secondes, paralysée, puis trouve la force de filer dans le couloir qui s'ouvre devant elle. Elle s'accroupit devant une porte entrouverte — apparemment une sorte de bureau —, prête à s'y engouffrer en cas de nécessité. L'odeur qui a agressé ses narines lorsqu'elle est entrée dans l'appartement est encore plus violente ici.

— Allez, Barry, on n'a pas toute la nuit !

On dirait que la voix est juste là, à un ou deux mètres d'elle. Toujours accroupie, elle s'adosse contre le mur et retient sa respiration, parfaitement immobile.

— Je suis déjà dans l'eau, espèce de couillon ! crie une autre voix.

— Tu es sûr qu'il n'y a personne ?

— Je te dis que ça fait des semaines qu'ils sont partis.

Danielle se relève doucement et retourne dans le salon. Elle se faufile comme un chat le long du mur et se plaque sur un côté des baies coulissantes pour voir ce qui se passe dehors. Elle distingue les silhouettes de deux adolescents dans l'eau éclairée. Sans doute profitent-ils de l'absence de Marianne pour s'inviter dans sa piscine. Son cœur retrouve un rythme plus régulier. Elle tend lentement le bras et verrouille les baies coulissantes. Un peu rassurée, elle rebrousse chemin en direction de la pièce d'où semble provenir cette affreuse odeur. Une fois à l'intérieur, elle va tout de suite fermer les rideaux, puis allume une lampe posée sur une table. La lumière jaune que produit l'ampoule éclaire un ordinateur. Poussé dans l'angle opposé de la pièce se trouve un bureau de bois. Un curieux bourdonnement attire son attention. Clipsées à une étagère, des sortes de liseuses diffusent un halo verdâtre sur le plateau du bureau, entièrement recouvert de cuvettes en plastique de formes et de couleurs variées. Elle se penche et respire. L'odeur putride ne vient pas de là. Danielle allume sa lampe de poche miniature et promène lentement le faisceau lumineux sur le bureau. Dans un coin, des boîtes de Petri étiquetées avec soin et serrées les unes contre les autres contiennent des moisissures multicolores qui dégagent d'agressives bouffées âcres. La main plaquée sur la bouche et le nez, Danielle s'approche plus près pour déchiffrer les étiquettes. *Stachybotrys atra. Aspergillus. Fusarium. Claviseps purpurea.*

— Mon Dieu…, murmure-t-elle.

On se croirait au Centre de prévention et de contrôle des maladies d'Atlanta, dans un laboratoire qui simulerait une alerte de niveau quatre. Sur une étagère, elle trouve un énorme classeur bleu ciel. Il pèse si lourd qu'elle doit le poser sur la table pour le consulter sous la lumière jaune. A l'intérieur, des graphiques détaillés et des notes obscures s'étalent sur des centaines de pages, divisées en sections affublées d'autres noms bizarres : *Aflatoxines. Ergotisme. Mycotoxines.* Danielle ferme le classeur et fouille le reste de la pièce. Elle ne trouve rien d'autre, sinon des factures entassées dans une boîte à chaussures. Pas de cartes postales, pas de correspondance privée, rien qui puisse lui en apprendre plus qu'elle n'en sait déjà sur Marianne et Jonas. Que va-t-elle pouvoir rapporter à Tony pour justifier cette nouvelle fugue ? Et surtout, que va-t-elle pouvoir rapporter à la juge et aux jurés pour les convaincre de l'innocence de Max ? Des pièces à conviction prouvant que Marianne se livre à d'étranges expériences scientifiques dans son appartement ? Qui sait, elle travaille peut-être pour un laboratoire et s'acquitte d'une partie de son travail à domicile… Quoi qu'il en soit, cultiver des moisissures chez elle, même affreusement puantes, ne fait pas d'elle une meurtrière.

Elle éteint la lampe et s'éclaire tant bien que mal avec son porte-clés pour gagner une autre pièce. Celle-ci a déjà les rideaux tirés et sent le renfermé comme si personne n'était venu l'occuper depuis longtemps. Craignant qu'il ne propage une lumière trop violente, Danielle renonce à allumer le plafonnier, lui préférant une lampe de chevet dont la lueur tamisée dévoile une chambre à coucher. Celle de Marianne, de toute évidence.

Le dessus-de-lit en dentelle disparaît presque entièrement sous une montagne de coussins qui étouffent le grand matelas. Les motifs fleuris à dominante rose et vert pâle envahissent tout, des rideaux aux coussins en passant par la chauffeuse, donnant à cette pièce une atmosphère mièvre et oppressante renforcée par la présence d'innombrables bibelots. Incongrues dans ce décor chichiteux, deux bibliothèques de bois bourrées à craquer d'épais volumes médicaux s'élèvent contre un mur.

Un examen sommaire de la penderie de Marianne ne révèle rien qui sorte de l'ordinaire. Danielle fouille rapidement les tiroirs de la commode, mais ses doigts fureteurs ne rencontrent qu'une profusion de sous-vêtements en dentelle.

Dans le tiroir du bas, sous un tas de porte-jarretelles, elle tombe sur une petite clé. Elle se met à la recherche d'une serrure pour l'accueillir — celle d'une boîte à bijoux, par exemple —, mais ne déniche rien qui corresponde à sa trouvaille. Elle décide d'aller visiter une autre pièce, située tout au fond du couloir. Au moins, ici, l'odeur est nettement plus supportable. Il s'agit aussi d'une chambre, faiblement éclairée par deux veilleuses. Ce doit être celle de Jonas, même si rien n'indique qu'un adolescent vit ici. Le lit est fait, orné d'un couvre-lit rouge et bleu qui apporte une touche de gaieté à un espace autrement un peu morne. Sur un mur, une broderie encadrée présente un enfant agenouillé aux pieds de sa mère. Assise sur une chaise, celle-ci pose la main sur la tête du garçon. Cette scène fait naître en Danielle un sentiment de malaise, surtout quand elle lit les mots — écrits au point de croix — qui font office de légende : *Les garçons sages ne sont pas punis.* Curieusement, la chambre n'a pas de fenêtre. Une photo est posée sur une petite commode en pin. Danielle prend le cadre dans ses mains et voit Marianne qui tient un bébé dans ses bras. Le nouveau-né est emmitouflé dans une couverture bleu pâle. Elle le serre tout contre elle et regarde droit dans l'objectif de l'appareil photo, son sourire exprimant toute la fierté d'une mère.

En dehors du petit lit et de la commode, le seul autre meuble de la pièce est un bureau de bois qui a dû servir vingt ans plus tôt dans une école primaire. Son plateau est constellé d'inscriptions, de taches de feutre et de gravures sommaires. Derrière les portes coulissantes de la penderie encastrée, Danielle découvre des piles bien alignées de vêtements. Les chaussettes et les slips sont rangés à part, dans des bacs en plastique. Tout, ici, respire l'ordre et la rigueur.

Elle revient vers le lit, qu'elle découvre d'un geste sec. Un anneau de métal attire alors son attention. Son cœur se met à battre plus vite lorsqu'elle distingue des ceintures de contention de chaque côté du lit. Elle en prend une dans ses mains. La ceinture elle-même est en cuir, mais elle est terminée par un bracelet en métal sombre, aussi lourd qu'inquiétant. Il suffit de voir les profondes craquelures du cuir pour comprendre que cette sangle a été utilisée quotidiennement depuis des années.

Le front soudain humide de sueur, Danielle se met à plat ventre et promène le faisceau de sa lampe sous le lit. Bras tendu, sa main pousse une basket de côté puis rencontre un objet indéterminé. Joue collée à l'armature du lit, elle parvient à le tirer à l'air libre. Elle se relève et époussette le petit boîtier noir attaché à une bande de tissu synthétique. C'est un de ces colliers qui émettent des décharges électriques pour empêcher les chiens d'aboyer.

Danielle quitte la chambre de Jonas pour aller faire une rapide inspection de la cuisine. Comme elle s'y attendait, elle n'y trouve ni gamelle ni nourriture pour chien. Elle frissonne en regardant les trous qui ont visiblement été ajoutés au collier pour permettre de le serrer davantage. Pour permettre de le serrer autour du cou d'un enfant ? Cette idée lui retourne l'estomac. Elle va replacer le collier sous le lit. Les aiguilles phosphorescentes de sa montre lui indiquent qu'elle est là depuis bientôt une heure. On n'entend plus les adolescents qui avaient squatté la piscine. Elle se tient immobile quelques secondes, l'oreille tendue. Ils ont dû s'en aller.

Après cinq bonnes minutes passées dans la salle de bains — où elle ne trouve rien d'intéressant —, Danielle retourne dans le bureau transformé en laboratoire. Là, elle s'intéresse à une penderie encastrée, similaire à celle construite dans la chambre de Jonas. A peine en a-t-elle fait coulisser la porte qu'elle comprend que l'odeur putride vient de là-dedans et non des boîtes de Petri. Les émanations sont d'une telle violence qu'elle manque de vomir. La main de nouveau plaquée sur le nez et la bouche, elle actionne un interrupteur mural qui allume une rangée de néons à l'intérieur du placard. Tout ce que touche la lumière a un étrange reflet bleuâtre. Des vêtements d'hiver sont rangés là, macérant dans cette odeur atroce. Se peut-il qu'une famille — nombreuse — de rats soit morte au fond de cette penderie ? Elle prend son courage à deux mains et commence à écarter les habits pour inspecter les recoins du placard quand quelque chose attire son regard sur une étagère d'angle. La lumière glauque des néons frappe un objet qui semble comme éclairé de l'intérieur. Elle pousse de côté les anoraks qui le masquent à sa vue et aperçoit un récipient de verre qui se découpe dans un halo surréaliste. Un tissu matelassé le couvre partiellement. Elle s'approche avec des haut-le-cœur. Le tissu est un couvre-théière qu'elle soulève du bout des doigts en grimaçant derrière sa main. Un bocal d'échantillonnage apparaît en dessous, le couvercle un peu de travers comme si on avait oublié de le visser à fond. L'odeur est insoutenable. Elle a un mouvement de recul et laisse tomber à terre le couvre-théière.

Le contenu du bocal la déconcerte encore plus : une forme sombre, en suspens dans un liquide opaque de couleur incertaine. Sous l'éclat froid des tubes fluorescents, la forme projette une ombre monstrueuse sur le mur. Entre les jeux de lumière et le léger grésillement des néons qu'elle perçoit maintenant, ce coin de la penderie baigne dans une atmosphère de science-fiction. Danielle voit maintenant la forme bouger dans le bocal, presque insensiblement, comme la boule de cire d'une lampe à lave qu'on viendrait d'allumer. Elle fixe, fascinée, le mouvement paresseux. Une partie primitive de son cerveau sonne brutalement l'alarme. Une peur inexplicable s'empare d'elle et la convainc d'un danger, comme si au moindre geste brusque de sa part la matière indéterminée risquait de jaillir du bocal pour l'attaquer.

Hypnotisée, elle s'en approche pourtant. La forme se précise avec chaque centimètre gagné. Un moment, c'est une masse serpentine faite de fourrure et d'écailles, et l'instant d'après une bulle lisse qui s'étire ou qui stagne. Quand le nez de Danielle finit par frôler la paroi du récipient, elle parvient à distinguer les plis bombés d'une…

chose repliée sur elle-même. Aux limites de la panique, osant à peine respirer, Danielle pointe le faisceau de sa lampe miniature sur le bocal de verre. Les deux billes qui lui rendent son regard la font bondir en arrière, comme si le contenu du récipient venait de lui sauter au visage.

Ces deux billes sont des yeux. Les yeux translucides d'un fœtus humain. Tétanisée, Danielle le regarde se mouvoir au ralenti dans ce liquide trouble, puis trouve la force de fermer les yeux pour ne plus voir cette chorégraphie macabre. Elle finit pourtant par les rouvrir et croise de nouveau ceux du fœtus. Ils paraissent vivants dans l'ombre qui les enveloppe à présent. C'est comme s'ils suppliaient. Comme s'ils imploraient.

Mais quoi ?

De longues minutes passent et Danielle reste là, figée dans ce face-à-face morbide avec un enfant mort avant même d'être né. Soudain, elle comprend ce qu'implorent ces yeux.

Ils implorent la pitié.

Ils réclament justice.

Mais surtout, ils réclament une mère.

29

Danielle est assise dans la cuisine, sur un tabouret de bar, aussi loin que possible du spectre qui flotte dans cette penderie. Les pensées se bousculent dans sa tête tandis qu'elle s'efforce de donner un sens aux étranges découvertes qu'elle vient de faire. Sa main fébrile fouille son sac à main à la recherche d'une cigarette. Elle a juste le temps de l'allumer avant que son téléphone se mette à sonner. La douce mélodie de l'iPhone résonne comme un cri dans le silence sinistre qui règne autour d'elle. Elle plonge de nouveau la main dans son sac et sort l'appareil à l'air libre. *Doaks* indique l'écran. Ce qui est extraordinaire, c'est qu'il n'ait pas appelé plus tôt.

Elle laisse passer quatre sonneries avant de se décider à répondre.

— Allô ?

— Où êtes-vous, nom de Dieu de bordel de merde ?

— En Arizona.

— Quelle surprise… Je vais vous dire, ma p'tite dame. Que vous décidiez de couillonner le père Sevillas, c'est une chose. Mais me faire ça à moi… Vous avez perdu la boule, ou quoi ?

Elle garde le silence.

— Et maintenant, vous faites quoi ?

La voix de Doaks est dure.

— Vous ramenez vos fesses ou vous préférez attendre que Tony vous envoie les fédéraux ? Ne vous imaginez pas que c'est une menace en l'air, ma mignonne ! Et comptez sur moi pour venir applaudir des deux mains à votre arrestation !

Elle tire sur sa cigarette et inhale une longue bouffée. Entre la fatigue, la peur et l'horreur de ce qu'elle vient de vivre, ses nerfs sont dans un triste état.

Elle recrache lentement la fumée, les yeux mi-clos.

— Vous avez terminé ? demande-t-elle.

— Terminé ? s'écrie Doaks d'une voix toujours aussi furieuse. Je n'ai même pas encore commencé !

— Vous avez prévenu Tony ?

— Pour lui dire quoi ? Que je suis assez stupide pour me faire pigeonner par une avocate ? Plutôt mourir. Bon, assez bavardé : vous revenez, oui ou merde ?

— Doaks, vous ne pourrez jamais deviner ce que j'ai trouvé ici.

Il a un petit rire dédaigneux.

— Mais si, voyons ! Il ne faut pas me sous-estimer, hein ! Vous avez retrouvé le peigne ensanglanté, ainsi que des aveux écrits et signés de la main de Marianne Morrison.

— Epargnez-moi vos sarcasmes, Doaks, ce n'est vraiment pas le moment, dit-elle sèchement. Il est presque 3 heures du matin, et je dois prendre le premier avion pour Des Moines, si je veux arriver à temps pour l'audience.

— Encore faudrait-il que vous ne décidiez pas au dernier moment de grimper sur un tapis volant pour aller visiter un autre coin de notre beau pays, grommelle-t-il. Vous avez de la chance que je vous aie à la bonne, c'est moi qui vous le dis… Bon, je vous écoute. Qu'est-ce que vous avez trouvé de si formidable ?

Danielle inspire profondément et lui parle des étranges expériences scientifiques, de la collection de moisissures et de mycotoxines, du classeur bleu ciel bourré de graphiques et d'annotations, ainsi que de l'impressionnante accumulation d'ouvrages médicaux qui remplissent deux bibliothèques dans la chambre de Marianne.

Un soupir exaspéré l'interrompt.

— Et alors ? lance le détective privé.

Danielle l'entend mastiquer quelque chose avec des bruits qui l'incitent à éloigner l'iPhone de son oreille.

Doaks reprend :

— Tout ce qu'on a appris à Chicago, c'est que cette gonzesse a séduit et arnaqué un vieux schnock et qu'elle est partie avec ses tunes. Et maintenant, vous m'expliquez qu'elle joue les savants fous au lieu de s'adonner au téléachat avec son butin. Sauf qu'elle a fait des études de médecine, si je ne m'abuse. Alors, tout de suite, c'est moins bizarre que ce genre de truc l'intéresse. Bref, vous avez que dalle !

— John, dit-elle dans un souffle. J'ai trouvé un fœtus humain dans sa penderie.

Les bruits de mastication cessent net.

— Qu'est-ce que vous avez trouvé dans sa penderie ?

— Vous avez bien entendu, John.

Il reste silencieux.

— Je vous assure, dit Danielle, les mots ne peuvent pas décrire ce qu'on éprouve ici. C'est comme si le diable avait pris possession de cet appartement. Je le sens au plus profond de moi.

Doaks pousse un grognement.

— Ecoutez, ma mignonne. C'est vrai, on a la preuve que la mère Morrison a une araignée au plafond — une grosse mygale, disons —, et un fœtus dans sa foutue penderie. Mais où ça nous mène, tout ça ? Vous comptez vous pointer au tribunal avec votre macabre découverte et la brandir sous le nez de la juge en criant « Au meurtre ! » ?

Il se tait un moment, puis maugrée comme pour lui-même :

— Est-ce qu'on peut me dire pourquoi ce genre de truc tombe toujours sur moi ? Ça ne pourrait pas être au tour de quelqu'un d'autre, pour une fois ?

Il se met à tousser.

— Ecoutez, Danielle, vous savez que vous n'avez aucun élément qui permette d'établir un lien entre cette barjot et la mort de son gamin. Désolé d'être direct, mais vous avez pris de gros risques pour pas grand-chose en allant à Phoenix.

— Pas d'accord ! s'écrie-t-elle, en proie à une soudaine colère, comme si son angoisse n'avait trouvé que ce moyen-là pour s'évacuer. J'ai trouvé un collier anti-aboiements, John. Vous savez, ces colliers avec un boîtier qui envoie des impulsions électriques chaque fois que l'animal aboie. Des trous ont été rajoutés pour pouvoir le serrer davantage… Vous savez ce que ça veut dire ? Pour moi, il ne fait aucun doute que Marianne maltraitait Jonas. D'autant que rien n'indique qu'ils possèdent un chien.

— Ne quittez pas.

Il y a un bref silence à l'autre bout du fil.

— Ouais, reprend Doaks, j'ai trouvé la même chose dans ce grenier où j'ai failli laisser ma peau. Mais elle a peut-être laissé son clebs en garde à quelqu'un. Et, même si elle maltraitait vraiment ce pauvre gosse, ça ne veut pas dire qu'elle l'a tué, Danielle. Vous le savez, je le sais, et les jurés le sauront à coup sûr.

— Parce que, pour vous, la maltraitance des enfants ne peut pas conduire au meurtre ?

— Je n'ai pas dit ça, mais on n'a rien qui prouve qu'elle ait vraiment infligé des sévices à son gamin, et encore moins qu'elle l'ait fait de façon régulière. Ce n'est pas comme si elle avait déjà été condamnée pour mauvais traitements. Il n'y a pas d'antécédent, rien dans son passé qui indique que cette femme est un bourreau d'enfant.

— Rien *à notre connaissance*, nuance Danielle. Il faut continuer à chercher, John. J'ai l'impression qu'avec Marianne on trouve toujours quelque chose de nouveau quand on se donne la peine de creuser.

— Et je vous ai dit que je creuserai après l'audience, pas vrai ? Mais en attendant, revenez à Plano, d'accord ?

Sa voix est fatiguée.

— Je ne suis pas en train de vous dire que cette bonne femme n'est pas timbrée, reprend-il. Quelque chose ne tourne pas rond chez elle, ça ne fait aucun doute. Tout ce que je dis, c'est que vous allez vous fourrer dans un pétrin inextricable si vous ne ramenez pas votre fraise au tribunal demain matin à 9 heures.

— Je ne peux pas, répond Danielle avec fermeté. Je n'en ai pas terminé, ici.

Elle est revenue dans le bureau laboratoire tout en parlant avec le détective. C'est plus fort qu'elle. Cet endroit la dégoûte et l'effraie, mais il y a forcément autre chose à découvrir ici. Quelque chose qui lui a échappé lors de sa première inspection. *Concentre-toi, ma vieille.* Elle jette un regard aux boîtes de Petri, puis à la porte entrouverte de la penderie transformée par Marianne en cabinet des horreurs. Qu'est-ce qu'elle a oublié de fouiller ? Soudain, ses yeux se posent sur l'ordinateur. Bien sûr ! Comment a-t-elle pu l'ignorer ? Marianne adore ces machines.

— John ? Je viens de trouver quelque chose. Je vous rappelle.

Elle raccroche avant qu'il puisse répondre, tire le fauteuil pivotant et s'y laisse tomber. La table possède deux tiroirs. Elle ouvre le premier pendant que l'ordinateur se met en marche et y découvre des fournitures de bureau. Le tiroir situé de l'autre côté est, quant à lui, rempli de cédéroms étiquetés avec des intitulés cryptiques. Un peu en retrait sous la table, elle aperçoit un caisson sur roulettes, lui-même doté de trois tiroirs. Elle tire la poignée du premier, mais il ne bouge pas. Les autres non plus. Non seulement Danielle ne s'énerve pas, mais un sourire se dessine sur ses lèvres.

— Enfin…, murmure-t-elle.

Lorsque quelque chose est fermé à clé, c'est qu'on ne veut pas dévoiler son contenu. Les battements de son cœur s'accélèrent tandis qu'elle fouille sa poche. La voilà ! La petite clé trouvée plus tôt dans la lingerie de Marianne. Elle repère la serrure, en haut à gauche du caisson, et y enfonce la clé sans le moindre problème. Un tour à droite, et les tiroirs sont débloqués. Dans le premier, elle trouve des albums photos. Dans le second, une boîte qui contient cinq cédéroms.

L'ordinateur est maintenant allumé et elle clique sur *Mes documents*. La fenêtre qui s'ouvre contient plusieurs dossiers. Elle clique au hasard sur celui qui s'intitule « TGRFT ». Il s'agit apparemment de la synthèse d'une étude sur les greffes de tissu. Elle consulte d'autres dossiers affublés de noms similaires et tombe sur les résultats incompréhensibles d'expériences portant manifestement sur différentes infections bactériennes, puis sur des notes qui concernent les lésions organiques du cerveau, les troubles psychiatriques et les troubles du comportement — avec des commentaires sur les essais cliniques des médicaments indiqués pour ces pathologies —, le tout agrémenté d'adresses de nombreux sites web. Un dossier appelé « Maitland » suscite en elle quelques espoirs, mais il ne renferme que des articles bien documentés sur la clinique. Danielle laisse échapper un soupir. Si quelqu'un s'intéressait au contenu de son propre ordinateur, il trouverait le même genre d'informations, accumulées depuis des années pour essayer de mieux comprendre les problèmes de Max. C'est ce que font tous les parents d'enfants perturbés.

Un coup d'œil sur sa montre lui apprend qu'il faudrait qu'elle parte dans une demi-heure si elle veut monter dans cet avion. Elle ne peut pas se permettre de le rater. Elle ouvre rapidement les autres dossiers et sous-dossiers, mais ne trouve rien qui ait un rapport avec les délits commis aux dépens de ce pauvre Dr Jojanovich. Marianne est sans doute un curieux personnage, mais elle n'est pas stupide. Jamais elle ne laisserait des documents compromettants dans le disque dur de son ordinateur. Elle met le premier cédérom dans le lecteur et attend qu'une fenêtre apparaisse sur l'écran.

— Oh, non…

Seul un rectangle bleu pâle s'est affiché, un espace vide en son centre. *Mot de passe*, réclame-t-il. Elle appuie à tout hasard sur la touche *entrée* du clavier.

Accès refusé.

Danielle laisse échapper un juron. *Réfléchis, réfléchis…*

— Dates de naissance, de mariage, surnoms..., murmure-t-elle pour elle-même.

Elle fouille dans son sac et en sort le formulaire d'admission de Jonas. Elle y trouve les dates de naissance de Marianne et de son fils, ainsi que le numéro de Sécurité sociale de Jonas. Elle essaie toutes les combinaisons auxquelles elle peut penser à partir de ces informations. Vingt fois le même message apparaît : *Accès refusé.*

Danielle se remet à étudier le formulaire et note le numéro de la fausse adresse en Pennsylvanie : *5724 Piedmont Lane.* Elle le tape aussitôt. *Accès refusé.* Exaspérée, elle quitte le fauteuil et se met à arpenter l'appartement. Dans la chambre de Jonas, elle s'assoit sur le lit et braque sa petite lampe sur la photo du bébé dans les bras de sa mère. Danielle a l'impression que Marianne la dévisage. Dans la lumière incertaine de la lampe trop lointaine, un air accusateur semble avoir remplacé l'expression de fierté maternelle. Alors qu'elle se lève pour quitter la pièce, le faisceau lumineux caresse la broderie encadrée. *Les garçons sages ne sont pas punis.* Elle se précipite dans le bureau et tape ces mots dans la case vide. Mais l'ordinateur affiche *Accès refusé* avant même qu'elle inscrive la moitié de cette phrase. Elle tente alors d'attacher tous les mots : *Lesgarçonssa... Accès refusé.* Elle renouvelle la tentative avec une minuscule au « L » de « Les », tapant de nouveau la phrase attachée, puis respectant les espaces. *Accès refusé. Accès refusé.* Elle se souvient alors d'un jeu d'enfance qui consistait à s'envoyer entre amis des messages que les adultes n'étaient pas censés comprendre. Pour coder les messages, le principe était simple : il s'agissait simplement de transposer les lettres de l'alphabet en chiffres. 1 pour A, 2 pour B, etc. Elle inscrit les premières lettres de chaque mot de cette phrase — LGSNSPP — sur un morceau de papier, puis les nombres qui leur correspondent : 12-7-19-14-19-16-16. Elle s'empresse de taper le résultat dans la case vierge, avec puis sans espace entre les nombres. *Accès refusé. Accès refusé.* Son poing s'abat sur la table avec un juron sonore. Elle n'arrive à rien et ses chances d'attraper ce vol s'amenuisent de minute en minute. *Allez, une dernière tentative.* Elle place une nouvelle fois le curseur sur la case blanche et tape directement : LGSNSPP.

Le rectangle bleu pâle disparaît et une ribambelle de documents Word se déploient en cascade sur l'écran. Une puissante décharge d'adrénaline élimine les signes de fatigue qui se lisaient un instant plus tôt sur le visage de Danielle. Les documents ont été nommés automatiquement par l'ordinateur : Doc1.doc, Doc2.doc, etc. Elle demande à l'ordinateur d'afficher les détails et apprend que Doc1. doc a été enregistré quelques jours avant que Marianne parte pour Maitland. La main crispée sur la souris, elle fait un double-clic sur le document.

J'ai toujours voulu être l'objet de l'amour inconditionnel qu'un enfant témoigne à sa maman. Je suis une mère remarquable, ce qui n'est pas un mince exploit compte tenu de mon état de santé. J'ai subi soixante-huit opérations, toutes plus exaltantes les unes que les autres. Bien sûr, elles n'ont pas toutes eu lieu dans le même hôpital. Cela aurait été imprudent. Au début, les bébés sont assez mignons. Et par « au début », j'entends « juste après leur naissance ». Mais, une fois que tout le monde s'est extasié comme il se doit, on se retrouve seule avec une vilaine petite bestiole qui ne fait que manger, déféquer, pleurer et vous pourrir la vie. Ce n'est tout simplement pas une situation acceptable.

J'ai donc fait le nécessaire pour que ça cesse.

Horrifiée, Danielle passe directement au bas de la page.

Compromettre la santé d'un nouveau-né est un exercice passionnant, mais qui demande un certain savoir-faire. Il faut être très clair sur ce que l'on souhaite obtenir. La cyanose et les infections bacté-

riennes sont, si j'ose dire, mes deux spécialités. Mais la cyanose exige un réel doigté. Franchement, combien de fois peut-on pratiquer le même exercice — avec votre enfant qui devient bleu — sans susciter des soupçons ? La clé du succès est d'atteindre le bon niveau de détresse respiratoire sans pour autant aller jusqu'à la strangulation. Lorsque Ashley est née, j'avais déjà acquis une technique très sûre.

Ashley ? Qui est cette Ashley ? Danielle fait défiler les pages jusqu'à la fin du document.

Bien entendu, tout cela devient plus difficile à maîtriser lorsqu'un enfant atteint un certain âge. Immanquablement, ils se mettent à parler. C'est vrai, on peut toujours introduire des bactéries pathogènes, des excréments de rat ou des champignons dans leur organisme, et obtenir ainsi un résultat relativement satisfaisant. Mais le système immunitaire d'un enfant est d'une surprenante résistance. Et, quand on parvient enfin à atteindre l'effet désiré sans trop attirer l'attention, leurs petits corps se battent comme des lions pour contrecarrer nos desseins.

N'est-ce pas typique des enfants ?

TROISIÈME PARTIE

30

Vêtu d'un banal costume bleu marine, d'une chemise banche et d'une cravate presque ennuyeuse tant elle est classique, Tony Sevillas pénètre dans la salle d'audience. Les avocats américains ne portent pas la robe de leurs confrères européens, mais Tony a aussi son costume d'audience. A l'en croire, un avocat devrait toujours porter du bleu dans l'enceinte d'un tribunal. Pour lui, c'est la couleur de la sincérité. Aujourd'hui, il espère de tout cœur qu'elle lui permettra de faire passer les nombreuses contrevérités qu'il risque de devoir proférer devant la cour pour défendre ses clients. Il consulte sa montre — 8 h 40 —, puis promène lentement le regard sur la salle. Pas de Danielle ou de Doaks en vue. L'huissier en uniforme de police arrive à son tour et conduit un Max livide jusqu'au banc de la défense, où il s'assoit juste à côté de son avocat. Le corps entier de l'adolescent semble secoué de tremblements. Ils s'apaisent un peu lorsque Tony, qui a su gagner sa confiance au cours de ses visites à Maitland, pose la main sur son bras avec un sourire rassurant. Bien qu'il commence à croire à l'innocence de Max, Tony Sevillas a conscience que l'affaire s'annonce mal. Les éléments de preuves recueillis par les autorités sont si accablants pour Max qu'un verdict de culpabilité n'est pas seulement possible : il est probable. L'avocat passe le bras autour des épaules de l'adolescent dont les yeux agrandis par l'angoisse balaient frénétiquement la salle.

— Où est ma mère ?

Sa voix aiguë est un appel au secours. Il se dévisse le cou pour explorer le moindre recoin du regard. Ses tremblements reprennent de plus belle et le bras de Tony se fait plus ferme pour essayer de les contenir.

— Ne t'inquiète pas, mon petit gars, elle va arriver d'une minute à l'autre.

Max ferme les yeux un instant et réprime un sanglot. Georgia, assise au premier rang du public, juste derrière le banc de la défense, passe la main par-dessus la balustrade et lui presse l'épaule.

— Ça va aller, Max. Ne t'en fais pas pour ta maman. Elle va venir.

Elle lui murmure encore quelques mots de réconfort qui semblent faire de l'effet. Tony profite de l'accalmie pour demander à Max de classer des documents selon des critères très précis. C'est un travail fastidieux, bien sûr, mais il pense que c'est précisément ce dont l'adolescent a besoin en ce moment.

Tony jette un œil vers le banc surélevé où va trôner la juge. Son fauteuil est encore vide. La greffière, assise un peu plus bas et prête à transcrire les échanges, le gratifie d'un sourire. Alors qu'il lui répond d'un petit hochement amical de la tête, Tony entend des pas derrière lui. L'immense soulagement qu'il éprouve ne dure qu'un instant : ce n'est pas Danielle, comme il l'avait espéré, mais l'homme qu'il va devoir affronter aujourd'hui.

Oliver Alton Langley descend l'allée centrale de la salle d'audience, deux jeunes procureurs et un auxiliaire juridique dans son sillage. L'homme a le port altier et une allure toute militaire, sans doute héritée des quelques années qu'il a passées chez les marines. Il est droit comme un i, ou plutôt comme la justice, et tout chez lui semble taillé au cordeau. Il n'a pas cinquante ans mais son crâne — une boule de billard — est rasé à la mode d'aujourd'hui pour masquer une calvitie naissante ou peut-être galopante. Surplombant ses yeux gris pâle surgissent des sourcils broussailleux, comme déplacés dans ce visage net et glabre. Il fonce droit vers le banc de la défense et tend une main énergique à Tony.

— Bonjour, monsieur l'avocat de la défense.

Tony se lève et ils échangent une brève poignée de main.

— Monsieur le procureur…

Max lève des yeux terrifiés vers Langley, qui se penche vers lui.

— Alors, c'est vous, Max Parkman ? demande celui-ci en le fixant intensément du regard.

Il lui tend la main.

— Je suis le procureur Langley. Je représente l'Etat pour le compte de Mme Morrison.

Max tend à son tour une main tremblante que Langley engloutit dans la sienne avant de la serrer plus fort que nécessaire.

— J'espère que tout le monde va dire la vérité, aujourd'hui… N'est-ce pas, jeune homme ?

Max se recroqueville sur lui-même et rapproche sa chaise de celle de Sevillas. On dirait un escargot qui regagne sa coquille. Georgia fusille le procureur du regard avant de se pencher par-dessus la balustrade pour prendre la main de Max.

Langley ne quitte pas sa proie du regard, mais Tony s'interpose.

— Ça suffit, Langley, dit-il en se dressant devant lui. Cessez immédiatement de faire pression sur mon client.

Le procureur hausse les épaules et indique du doigt des papiers posés sur la table de Tony.

— Des notes de dernière minute ? demande-t-il d'un ton condescendant.

Avant que son adversaire puisse répondre, Langley se tourne vers le banc de l'accusation où ses subordonnés sont affairés à trier des documents en piles bien ordonnées. Il reporte aussitôt son attention sur Tony, qu'il gratifie d'un sourire suffisant. On croirait voir un général qui se rengorge après avoir passé ses troupes en revue.

Tony le considère d'un air subtilement amusé.

— Vous connaissez le proverbe arabe, Alton. L'excès de confiance est la ruine de l'homme orgueilleux.

Visage soudain fermé, Langley lui adresse un bref salut de la tête.

— Bonne chance.

Alors que le procureur s'éloigne vers son banc, Tony aperçoit Doaks qui déboule dans la salle. Il lui fait signe de le rejoindre dehors et se tourne vers Max.

— Excuse-moi, j'ai quelque chose à régler avec Doaks. Je reviens tout de suite.

Mais, alors qu'il part en direction du couloir, Tony sent le regard terrifié de Max qui le suit pas à pas. Il rebrousse chemin.

— Max ?

— Oui ? répond l'adolescent avec des yeux pleins d'attente.

— Tu as déjà terminé le classement que je t'ai demandé ?

Max hoche la tête en indiquant les tas alignés devant lui.

— Tu pourrais me rendre un autre service, s'il te plaît ?

— Bien sûr.

— Pourquoi est-ce que tu n'organiserais pas tous les éléments incriminants que tu as découverts sur Fastow ? Ça m'aiderait beaucoup, tu sais.

— D'accord, ça marche.

Max se met aussitôt à la tâche. Georgia lève un pouce discret à l'intention de Tony, qui lui presse l'épaule avant de quitter la salle d'audience.

Fuyant la nuée de journalistes qui entourent maintenant Langley, il rejoint Doaks dans le couloir, devant la porte des toilettes pour hommes. Le détective privé n'a jamais été d'une grande élégance, c'est le moins qu'on puisse dire, mais là il fait vraiment peine à voir. Son éternel pantalon en toile kaki est encore plus froissé qu'à l'ordinaire, et la veste qu'il a fait l'effort d'enfiler sur son polo jaune pisseux semble avoir été récupérée dans une poubelle. Mais ce sont surtout les cernes grisâtres sous ses yeux rouges de fatigue qui lui donnent cet air misérable. Ça, et ses cheveux blancs qui partent dans tous les sens. On dirait qu'il vient de servir de cobaye lors d'une expérience d'électricité statique.

Tony jette un coup d'œil rapide autour d'eux et attrape Doaks par le bras.

— Où est-elle ? demande-t-il à voix basse.

Le détective l'attire dans un recoin protégé des regards et des oreilles indiscrètes.

— Elle est en route.

— Pourquoi est-elle en retard ? demande Tony, bras croisés et mâchoire serrée.

Doaks hausse les épaules avec une moue d'ignorance.

— Est-ce que je sais, moi ? Elle a sans doute passé trop de temps devant son miroir à choisir une tenue pour l'audience. Tu sais comment sont les bonnes femmes.

Les yeux de Tony se plissent et son regard tourne à l'orage.

— Je te conseille de me dire la vérité, Doaks. Si tu me racontes des bobards pour la couvrir, je…

— Je crois qu'on ferait bien de retourner dans la salle d'audience, l'interrompt Doaks en pointant l'horloge du doigt. C'est l'heure d'entrer dans l'arène, mon vieux. Et n'oublie pas ; ta cliente est malade et elle va avoir un peu de retard.

— J'y vais, répond Tony entre ses dents. Je vais essayer de gagner du temps en attendant qu'elle daigne se présenter. Max est là et il n'en mène pas large. Et toi…, dit-il en agitant un doigt furieux sous le nez de Doaks, débrouille-toi pour me l'amener ici !

— Oui, chef. Bien, chef.

Tony tourne les talons et s'éloigne d'un pas rapide vers la salle d'audience. Le public a été autorisé à entrer, et elle est maintenant pleine à craquer. Il ne reste plus une place libre.

— Veuillez vous lever ! ordonne l'huissier alors que Tony vient tout juste de rejoindre le banc de la défense.

Tout le monde s'exécute et la juge Hempstead fait son entrée, gravissant d'un air impassible les cinq marches qui vont donner une indéniable hauteur à ses décisions. Une fois assise sur son fauteuil en cuir, elle se tourne vers l'huissier et lui adresse un discret signe de tête.

— Toutes les personnes convoquées aujourd'hui sont là pour écouter et être écoutées, lance-t-il. 158e circonscription, tribunal de district de Plano sous la présidence de l'honorable juge Hempstead, affaire enregistrée sous le numéro 14-33698 bis.

La juge donne un bref coup de marteau et chausse des lunettes de lecture en forme de demi-lunes. Elle fait signe à la greffière, dont les doigts frôlent déjà les touches de la sténotype, prête à commencer la transcription des débats. La juge ouvre ensuite un dossier et lit un document d'une voix monocorde, sans jamais lever les yeux.

— A fin d'archivage, ceci est une audience préliminaire dont le but est de déterminer si l'accusée Danielle Parkman s'est vu justement octroyer sa libération sous caution ou s'il convient de la révoquer ; ainsi qu'une audience dont le but est de déterminer s'il existe des présomptions assez solides pour inculper et traduire en justice l'accusé Max Parkman dans l'affaire enregistrée sous le numéro 14-33698 bis. La cour ne prendra en considération que les éléments à même de lui indiquer s'il existe ou non suffisamment d'indices graves et concordants propres à étayer les charges qui pèsent contre les accusés.

Elle relève enfin la tête et balaie la salle d'un regard impérieux. Tony et le procureur Langley hochent respectueusement la tête.

— Veuillez également noter que la requête en exclusion de preuves irrégulières déposée par la défense au motif qu'il y a eu contamination croisée des pièces à conviction a été rejetée.

Max agrippe le bras de l'avocat.

— Qu'est-ce que ça veut dire, Tony ? C'est mauvais pour nous ?

Tony lui donne une petite tape rassurante sur l'épaule sans toutefois croiser son regard. Ça, pour être mauvais, c'est mauvais. Toutes les pièces à conviction vont être versées au dossier : le peigne — pour peu qu'il soit retrouvé —, les vêtements ensanglantés ; la médaille de Jonas découverte dans la chambre de Max… Bref, l'ensemble des preuves matérielles qui accablent son jeune client. Tony baisse la tête vers son calepin où il écrit quelques mots. Lorsqu'il la relève, il prend soin de ne pas regarder en direction de Langley.

La juge Hempstead met un terme à une discussion feutrée entre un légiste et un coordonnateur judiciaire et se tourne vers la salle.

— La cour voit que la presse nous fait l'honneur de sa présence, dit-elle d'une voix cinglante. Messieurs les journalistes, notez bien ce que je vais dire, parce que je ne le répéterai pas. Aucune agitation ne sera tolérée dans l'enceinte de ce tribunal, et bien entendu aucune prise de vues. Tout matériel d'enregistrement visuel ou sonore doit être déposé à l'extérieur de la salle. Inutile de rester si vous n'avez pas l'intention de suivre les débats jusqu'à ce que la cour décide d'une suspension d'audience. Je ne veux pas d'allées et venues susceptibles de déranger les avocats, les magistrats et les témoins.

Elle incline légèrement la tête, ses petits yeux vifs surgissant par-dessus les lunettes.

— Monsieur Neville ?

L'homme qui se lève est affublé de larges favoris gris.

— Oui, Votre Honneur ? dit-il en époussetant machinalement son beau costume du revers de la main.

— Mon intention n'est pas de désigner quelqu'un en particulier, mais sachez que toute personne surprise en train d'enregistrer les débats, que ce soit avec du matériel professionnel ou à l'aide d'un simple téléphone cellulaire, sera poursuivie pour outrage à magistrat.

L'homme aux favoris se rassoit prestement et la juge regarde successivement Tony et Langley.

— Et maintenant, messieurs, la parole est à vous.

Le procureur s'adresse à voix basse aux hommes qui

l'assistent, puis désigne une liasse de documents posés devant lui. Il en prend un et se met à l'étudier.

La juge fait ostensiblement rouler ses ongles manucurés sur le bois de son bureau.

— Monsieur le procureur Langley ?

Il lève les yeux.

— Oui, madame la juge ?

— Avez-vous l'intention d'ouvrir les débats ou dois-je considérer que vous confirmez le bien-fondé de la libération sous caution de Mme Parkman ?

— Je ne confirme en aucun cas le bien-fondé de cette libération, Votre Honneur.

Il pose le document.

— Le ministère public est prêt à commencer.

— Dieu soit loué. Veuillez appeler votre premier témoin.

La juge lève la main tandis que l'huissier lui murmure quelque chose à l'oreille. Lorsqu'il se recule, elle se tourne vers le banc de la défense.

— Monsieur Sevillas ?

Il se lève.

— Oui, Votre Honneur ?

— Me trouveriez-vous terriblement indiscrète si je vous demandais où est Mme Parkman ?

Tony s'éclaircit la voix.

— Certainement pas, Votre Honneur. J'ai le regret de vous annoncer que ma cliente a passé la semaine clouée au lit. Toutefois, malgré l'insistance du médecin qui ne souhaite pas la voir quitter son appartement, elle m'a assuré qu'elle ferait tout ce qui est humainement possible pour se présenter aujourd'hui à l'audience.

— Soyez aimable d'être plus clair, réplique la juge de sa voix cassante. L'accusée va-t-elle venir, oui ou non ?

Les petits yeux qui surplombent les lunettes de lecture expriment un mécontentement palpable.

— Monsieur Sevillas, reprend-elle sans attendre sa réponse, vous savez que je préside un procès cet après-midi, n'est-ce pas ? Sachez que je n'ai aucune intention de demander à mon coordonnateur de réorganiser mon emploi du temps.

Je comprends, Votre Honneur.

— Monsieur Langley ?

Le procureur bondit sur ses pieds. La juge parle avant qu'il puisse ouvrir la bouche.

— Le ministère public a-t-il l'intention d'interroger Mme Parkman, aujourd'hui ?

Il incline gravement la tête, les yeux fermés un court instant.

— Absolument, Votre Honneur.

Elle se tourne de nouveau vers Tony.

— Avant que M. le procureur appelle son premier témoin à la barre, je vais vous demander de bien vouloir aller dans le hall pour joindre votre cliente. Dites-lui que sa présence à cette audience est rendue obligatoire par décision de la cour. Que les choses soient bien claires, poursuit-elle en agitant son stylo en direction de Tony. Je ne reporterai pas l'interrogatoire principal du procureur Langley. Qu'il neige ou qu'il vente, cette audience sera bouclée aujourd'hui.

— Oui, Votre Honneur, répond Tony avant d'adresser un sourire rassurant à Max.

L'instant d'après, il a quitté la salle d'audience. Le hall est désert, à l'exception de Doaks qui se tient près des ascenseurs, portable collé à l'oreille. Il raccroche dès qu'il aperçoit Tony.

— Alors, quoi de neuf ? demande-t-il d'un air faussement dégagé.

— La juge m'a dit qu'elle voulait voir Danielle tout de suite, répond Tony d'une voix tendue.

Il saisit Doaks par le bras et le regarde droit dans les yeux.

— C'est avec elle que tu parlais au téléphone ? Elle est en route vers le palais de justice, oui ou non ?

— Ouais, on peut dire ça.

Le détective dégage son bras.

— Ecoute, pourquoi tu n'essaierais pas de gagner un peu de temps…

— C'est ce que je comptais faire, figure-toi ! l'interrompt Tony. Mais Hempstead ne l'entend pas de cette oreille et Langley est déjà en train de se frotter les mains. Quant à Max, je ne sais pas combien de temps il va encore tenir avant de faire une crise. Et maintenant, dis-moi quand elle va arriver.

Doaks jette un coup d'œil à sa montre.

— Avant midi, je pense.

Tony Sevillas lui lance un regard noir.

— Rappelle-la et dis-lui que si elle n'est pas là dans vingt minutes elle peut se chercher un nouvel avocat.

— Elle ne pourra pas être là dans vingt minutes, Tony.

— Et pourquoi donc, s'il te plaît ?

— Parce que… parce qu'elle n'est pas dans son appartement, répond lentement Doaks. Elle est sur le chemin du retour, mais elle a été… retardée.

— Pas dans son appartement ? Sur le chemin du retour ? Qu'est-ce que c'est que cette histoire ?

Tony a du mal à ne pas élever la voix. Ses mots sifflent entre ses dents serrées.

— Ne me dis pas qu'elle n'est pas rentrée de Chicago avec toi, John.

Il approche le visage tout près de celui de Doaks.

— Ne me dis surtout pas ça !

Le détective fait un pas en arrière et hausse les épaules.

— D'accord, d'accord, j'avoue… Je n'ai pas été complètement honnête avec toi. La vérité, c'est qu'elle m'a faussé compagnie à l'aéroport de Chicago.

Une douloureuse grimace tord les traits de Tony.

— Pour faire quoi ?

— Elle est partie visiter l'appartement de la mère Morrison à Phoenix. Elle a trouvé des trucs dingues…

Tony lève les mains pour l'interrompre.

— Par pitié, Doaks, ne me fais pas encore le coup des découvertes incroyables qui justifient les pires folies !

Il secoue la tête, l'air encore plus affligé que furieux.

— Je ne sais pas si elle en a conscience, mais elle s'est tiré une balle dans le pied. Quand je pense qu'elle a violé les termes de sa libération sous caution pour aller chasser du vent dans deux Etats différents… C'est du délire. Tous les chemins mènent au Dr Fastow, mais elle préfère s'entêter au risque de tout perdre avec une piste qui elle ne mène nulle part.

Les yeux de Tony se posent sur sa montre, puis sur la porte de la salle d'audience.

— Il faut que j'y retourne, dit-il.

— Qu'est-ce que tu vas dire à Hempstead ?

Tony lui lance un regard dur.

— Si Danielle s'imagine que je vais mentir à la cour et me faire radier du barreau pour ses beaux yeux, elle se fourre le doigt dans l'œil. Idem si elle croit que je vais pouvoir convaincre la juge de ne pas la renvoyer en prison.

Il inspire profondément et rajuste la veste de son costume. Doaks pose la main sur son épaule au moment où il se tourne pour rentrer dans l'arène.

— Allez, Tony, trouve un moyen de faire patienter Hempstead… Danielle va finir par se pointer.

L'avocat chasse sa main d'un mouvement brusque et marche vers la porte du tribunal. Il est sur le point de l'ouvrir lorsque sa tête pivote.

— Le temps qu'elle arrive ici, la juge nous aura tous jetés en prison, lance-t-il sombrement.

— Ça ne sera pas une première pour moi, rétorque Doaks avec un clin d'œil.

31

Danielle agrippe de toutes ses forces son sac à main. A l'intérieur se trouvent ses prises de guerre : deux carnets et cinq cédéroms découverts dans le bureau de Marianne. Elle possède enfin des preuves irréfutables de sa folie meurtrière, mais l'espoir de pouvoir les produire à temps pour sauver Max s'amenuise de minute en minute.

Elle se trouve à l'aéroport de Phoenix, porte 21, en train de faire le pied de grue. Son avion devrait déjà rouler sur le tarmac, en direction de la piste de décollage. Assise au milieu des nombreux passagers qui patientent comme elle, ne peut empêcher ses yeux de revenir sans cesse se poser sur les lettres qui clignotent en rouge sur le panneau d'affichage : *Vol 4831 retardé/problème technique.* Elle a harcelé la malheureuse hôtesse au sol pour qu'elle lui trouve un autre vol qui lui permettrait d'arriver à Plano avant la fin de l'audience. Jusqu'à présent, les recherches de l'hôtesse n'ont pas été couronnées de succès, mais Danielle la voit qui continue bravement à pianoter sur son ordinateur, levant la tête de temps à autre avec un sourire désolé. C'est tellement frustrant de détenir ces preuves et de ne pouvoir les présenter à la juge ! Mais elle n'a d'autre choix que d'attendre, en croisant les doigts pour que la jeune femme en uniforme lui trouve quelque chose.

Elle aimerait réfléchir à un plan de secours, mais l'épuisement physique et nerveux brouille ses pensées. Les journaux intimes de Marianne l'ont déjà fait vomir à deux reprises, mais elle se force malgré tout à sortir un carnet de son sac. Celui-ci est recouvert d'un tissu rose orné de fleurs rouge sang. Elle ouvre la première page, noircie d'une écriture arrondie aux lettres bien tracées.

Kevin était mon petit garçon adoré. C'était vraiment agréable, à l'hôpital. La chambre ne désemplissait pas. Je portais une chemise de nuit tellement ravissante... Rose tendre avec des liserés d'un rouge flamboyant. Mais il a fallu rentrer à la maison. Et comme toujours, une fois en tête à tête avec le bébé, les ennuis ont commencé.

Danielle saute la description des innombrables tourments qu'elle inflige au pauvre nourrisson.

Un jour, j'ai eu une idée brillante. J'avais entendu parler de la succinylcholine quand j'étais infirmière. On l'utilise afin de détendre la membrane musculaire pour une intubation trachéale en urgence ou toute autre intubation complexe. Dans la mesure où mon garçon souffrait le martyre, que pouvait-il se passer si je lui injectais une dose infime de ce curare ? Et puis ses pleurs incessants me portaient sur les nerfs... N'est-ce pas une réaction humaine que de vouloir les faire cesser d'une manière ou d'une autre ? Alors je lui ai fait une piqûre derrière le genou (attention aux traces trop visibles !) et ça a fonctionné comme sur des roulettes jusqu'à ce qu'il fasse une attaque. J'ai dû lui mettre le masque à oxygène pour remplir ses petits poumons. Jamais je ne me suis sentie aussi vivante que pendant ces minutes critiques où il oscillait entre la vie et la mort. C'était à la fois terrifiant et excitant, comme un looping sur des montagnes russes.

Submergée par une nouvelle vague de nausée, Danielle referme le carnet. Qui pourrait croire à l'existence d'un tel monstre sans lire de ses propres yeux les horreurs que contiennent les journaux intimes de Marianne Morrison ? Elle régule sa respiration. Mon Dieu… Cette femme est cinglée. Complètement cinglée.

L'horloge de l'aéroport indique 9 heures, ce qui veut dire qu'il est 10 heures dans la salle d'audience de Plano. Tony doit être hors de lui. *Bien sûr !* songe-t-elle soudain. Si elle ne peut pas arriver à Plano à temps pour assister à l'audience, il faut au moins qu'elle raconte à Tony ce qu'elle a découvert. De cette manière, il saura comment orienter les questions qu'il va poser à Marianne. Elle sort son téléphone portable pour l'appeler, mais se souvient qu'il est injoignable. *Doaks !* Elle compose aussitôt son numéro.

— Vous êtes où ?

— A l'aéroport.

— Je viens vous chercher, dit le détective. Vous êtes dans la panade jusqu'au cou, ma mignonne.

— John, le vol est retardé. Je suis bloquée à Phoenix.

Il pousse un grognement de bête blessée.

— Jusqu'à quand ?

— Jusqu'à ce que l'avion soit réparé. Ecoutez, Doaks, j'ai besoin que vous…

— Non, c'est vous qui allez m'écouter. Sevillas est furieux contre vous. Il est en train de mordre la poussière dans le tribunal avec cette vieille bique de Kreng, qui explique à la barre que Max est un psychopathe ultra-violent et que sa mère est une tarée de première classe. Quant à votre gamin, il est au bord de la crise de je ne sais pas quoi, mais je vous assure qu'il est au bord ! Franchement, j'ignore combien de temps votre copine Georgia va réussir à lui maintenir la tête hors de l'eau. Alors posez votre popotin sur le siège d'un coucou et pointez-vous ici, Danielle, parce que je sens que toute cette histoire est en train de sérieusement partir en vrille.

— Doaks, s'il vous plaît… Ecoutez-moi.

Elle puise en elle ses dernières ressources d'énergie pour parler d'une voix assurée.

— Je vais venir dès que possible, mais Tony doit tenir le siège en attendant mon arrivée. J'ai touché le gros lot et je le rapporte dans mes bagages.

— Tu parles…, dit-il avant de grommeler des paroles incompréhensibles. Danielle, on sait que la mère est siphonnée, mais vous n'allez pas…

— Siphonnée ? Vous êtes loin du compte, John. J'ai la preuve non seulement que cette femme est folle à lier, mais aussi qu'elle est une meurtrière !

Elle entend un souffle bref à l'autre bout du fil.

— Bon, mettez-moi au parfum.

— J'ai la preuve que Marianne a eu d'autres enfants et qu'elle les a tués à petit feu en leur infligeant les pires sévices.

Il laisse échapper un abominable juron.

— On parle de combien d'enfants ?

— Je l'ignore. Tout ce que je sais, c'est qu'elle en a eu au moins deux avant Jonas.

— Vous avez quelque chose qui l'implique directement dans la mort de Jonas ?

— Pas encore, mais j'ai en ma possession plusieurs journaux intimes dans lesquels elle raconte ses crimes précédents par le menu. Je vais profiter du vol pour tous les lire.

— Faites vite, dit Doaks. Tony connaît quelques tours de passe-passe, mais la juge n'est pas du genre à se laisser embobiner. Il ne va pas pouvoir tenir longtemps.

— Je sais, mais en attendant vous devez trouver un moyen de vous introduire dans la chambre d'hôtel de Marianne. Elle s'est sûrement confiée à son ordinateur portable et je ne serais pas étonnée si vous tombiez sur quelque chose qui concerne Jonas. Les journaux intimes que j'ai récupérés portent sur des faits déjà anciens et, bien qu'il m'en reste encore pas mal à lire, je serais étonnée que ce qui s'est passé à Maitland y soit évoqué puisque Marianne n'est probablement pas retournée à Phoenix depuis que Jonas a été interné.

Elle parle à cent à l'heure.

— Il se pourrait aussi qu'elle voyage avec quelques objets liés à ses crimes précédents, comme le font souvent les tueurs en série. Regarder ces trophées les conforte dans l'idée qu'ils sont géniaux. D'ailleurs, il est clair que Marianne se croit très maligne. Trop pour se faire pincer, en tout cas.

— C'est bien joli, tout ça, mais même si j'arrive à entrer dans sa piaule ça m'étonnerait que son ordinateur ne soit pas protégé par un mot de passe.

— J'ai trouvé le mot de passe de l'ordinateur dont elle se sert dans son appartement de Phoenix. Avec un peu de chance, elle utilise le même pour son portable. Je vous l'envoie par SMS.

— Ça ne va pas être de la tarte, vous savez.

— Vous avez bien réussi à entrer dans mon appartement et dans ma chambre d'hôtel de Chicago, réplique Danielle. Je vous en prie, John… C'est notre seule chance de trouver un élément de preuve qui lie Marianne au meurtre de Jonas.

— Ouais, ouais, sauf que si je me fais choper en train de fouiller l'ordinateur d'un témoin à charge… Enfin bref, un délit de plus ou de moins, au point où on en est…

— Passez-moi Tony, s'il vous plaît.

— Impossible. Il est dans la salle d'audience en train de ferrailler avec la mère Kreng.

— Qui sera appelé à la barre après elle ?

— Aucune idée.

— Dites-lui de faire en sorte que Marianne ne témoigne pas avant que j'arrive.

— Et si ça foire ?

— On n'a pas le choix. Il faut que ça marche.

— Ben voyons…, dit Doaks d'un ton acerbe. Tony va adorer que je vienne lui chuchoter ça à l'oreille.

— Mettez-vous au boulot et rappelez-moi après avoir visité la chambre d'hôtel de Marianne.

— Vous savez que vous me rappelez étrangement le sergent-chef qui m'a dégoûté de l'armée ?

— Et vous n'avez encore rien vu, lance-t-elle avant de raccrocher.

32

Mlle Kreng se tient droite à la barre. Avec sa blouse blanche qui couvre son corps aussi raide que robuste, elle ressemble à un tronc d'arbre enveloppé dans un drap. Ses cheveux sont sévèrement tirés en arrière par une armée d'épingles à cheveux. Langley lui fait raconter par le menu le parcours agité de Max depuis son admission à Maitland : les premiers signes d'agressivité peu de temps après son arrivée à la clinique ; le crescendo dans la violence et les comportements psychotiques qui ont nécessité le recours à la contention physique à certaines heures de la journée et presque toutes les nuits ; les séjours de Jonas Morrison aux urgences de l'hôpital de Plano après les attaques répétées de Max… La liste semble sans fin.

Pendant que l'infirmière en chef dresse un effrayant tableau de Max, le procureur Langley gratifie Tony de sourires en coin et de regards entendus, comme pour lui signifier que ce n'est qu'un début. Vient alors la description détaillée et révoltante de la scène du meurtre. Pour la première fois, le masque impassible de la juge Hempstead se lézarde, et c'est dans un visage blême que se plissent les yeux durs qu'elle tourne vers la défense.

Tony observe les réactions de Max à la dérobée. Le fils de Danielle est resté très tranquille durant le témoignage de l'infirmière, essuyant furieusement les larmes qui coulaient de ses yeux, comme s'il refusait qu'on le voie pleurer. Derrière lui, penchée sur la balustrade qui les sépare, Georgia ne cesse de lui murmurer des paroles de réconfort. Heureusement qu'elle est là, songe Tony, parce que ce pauvre garçon semble sur le point de s'effondrer.

Le regard de l'avocat se pose brièvement sur l'horloge. C'est plus discret que de consulter sa montre. Le témoignage de Mlle Kreng a duré presque une heure. Une véritable entreprise de démolition qui semble donner des ailes à Langley, note Tony avant de baisser les yeux vers la note que vient de lui glisser Doaks. Déchiffrer l'invraisemblable gribouillage du détective lui donne le sentiment d'être Champollion triomphant des hiéroglyphes. Mais, une fois cet exploit accompli, les instructions de Danielle sont précises : empêcher à tout prix Marianne de témoigner avant son arrivée. *Elle a des éléments irréfutables contre la mère Morrison*, écrit Doaks. *Cette bonne femme est une tueuse en série.*

Max se redresse sur sa chaise.

— C'est un message de maman ? chuchote-t-il. Elle arrive ?

Tony se penche vers lui.

— Ne t'inquiète pas, mon grand. Elle sera là avant la fin de l'audience.

Le regard de Max se fait reconnaissant et il réussit à esquisser un sourire à l'intention de Georgia.

— Une question rapide, mademoiselle Kreng, demande Langley d'une voix sirupeuse.

On croirait que ses mots sont enrobés d'huile.

— Le registre de Fountainview indique-t-il que la mère de la victime était présente dans votre unité de soins, le jour du meurtre ?

— Non.

Tony se lève.

— Objection. Il n'existe pas à ce jour d'indice matériel ou de témoignage prouvant que Jonas Morrison ait été victime d'un meurtre.

— Doutez-vous que ce pauvre garçon soit vraiment mort, monsieur Sevillas ? ironise Langley.

— Monsieur Langley ! s'écrie la juge. Depuis quand

est-ce au procureur de district de répondre aux objections ? A chacun son rôle, voulez-vous ? Veuillez vous asseoir.

Langley s'exécute avec un air de chien battu.

— A présent, monsieur Sevillas, soyez assez aimable de me donner plus de détails sur ce qui motive votre objection.

— Votre Honneur…

Sa voix a retrouvé toute sa puissance. Toute son assurance.

— Nous allons produire de nouveaux éléments de preuves concernant la nature spécifique des blessures ayant causé la mort de Jonas Morrison, ainsi que la question de savoir si elles ont été auto-infligées, infligées par une main extérieure…

Il fait une courte pause pour regarder Langley.

— Ou les deux, termine-t-il.

Langley nage en pleine confusion et cela se voit sur son visage. La juge pose un regard intense sur Tony.

— Etes-vous en train de me dire que la défense va soutenir la thèse du suicide ?

Tony joint les mains.

— Votre Honneur, l'objection de la défense n'avait pas pour but de servir de préambule à la présentation d'éléments que nous comptons produire en temps voulu. Elle était simplement destinée à souligner que le ministère public ne détient pas à ce jour de preuve lui permettant de qualifier de meurtre la mort de la victime.

La juge le considère un instant d'un air pensif, puis hausse les épaules.

— Eh bien, monsieur Sevillas, c'est votre ligne de défense et vous la construisez comme bon vous semble, lance-t-elle. Mais n'allez pas vous imaginer que vous allez faire diversion en me sortant une improbable observation médico-légale de votre chapeau. Je ne suis pas d'humeur, croyez-moi.

Elle se tourne vers Langley.

— Objection retenue. Veuillez reformuler la question.

Langley secoue la tête avec une mimique dédaigneuse,

comme si l'intervention de son adversaire était trop absurde pour mériter qu'il s'y attarde.

— Mademoiselle Kreng, est-ce que vous ou un membre de votre équipe a contacté Mme Morrison le jour du meu… le jour où Jonas Morrison est mort ?

L'infirmière pince ses lèvres minces et comme dépourvues de couleur.

— Il va de soi qu'elle a été jointe après le drame. Mme Morrison a eu une crise de nerfs lorsqu'elle a vu le corps sans vie de son fils, et nous avons dû lui administrer un calmant. Elle s'est reposée un moment, et il me semble qu'après ça un agent est venu lui poser des questions avant que la police l'emmène au poste pour lui faire subir un interrogatoire plus complet.

— Merci, mademoiselle Kreng. Nous entendrons directement de la bouche de la mère endeuillée les réponses qu'elle a bien voulu faire aux policiers.

Alors qu'il se tourne vers le public, Tony surprend le regard de Marianne Morrison braqué droit sur lui. Il ignore ce que Danielle a trouvé à Phoenix, mais ça a intérêt à être du solide. Et même du très solide. Parce qu'une fois qu'elle aura déposé à la barre le témoin vedette de Langley pourra sans doute prétendre au titre de sainte femme.

— Mademoiselle Kreng, reprend le procureur, pouvez-vous nous dire si vous avez eu l'occasion de visionner les enregistrements vidéo du système de sécurité de Maitland ? Enregistrements où l'on peut voir Max Parkman agresser Jonas Morrison et même crier qu'il veut le tuer…

— Objection, Votre Honneur ! lance Tony. La défense n'a aucune information sur ces enregistrements vidéo, aucune garantie qu'ils n'ont pas été trafiqués, sans parler du fait qu'ils n'ont pas été fournis à la défense avant cette audience.

Langley fait un pas vers la juge.

— Votre Honneur, les rapports que Max Parkman entretenait avec la victime sont au cœur de cette affaire.

Tony Sevillas se lève.

— Votre Honneur, la question de l'accusation est parfaitement déplacée. Elle n'est posée que dans la seule intention de déconsidérer mon client.

— Approchez-vous !

Sevillas et Langley s'avancent d'un même pas. On dirait deux otaries qui viennent chercher leur ration de poisson. Ils parviennent au même moment à hauteur de l'estrade, juste à temps pour entendre le murmure furieux de la juge.

— Ecoutez, vous deux, ce n'est pas un procès, d'accord ? Il n'y a pas de jury. Je ne veux ni empoignade ni effets de manches aujourd'hui. La salle est pleine de journalistes qui n'attendent que ça pour en faire leurs choux gras. Et vous savez ce que ça veut dire ? Ça veut dire que les citoyens de cette ville, dont certains seront les jurés du procès à venir, vont pouvoir lire tout ça dans le journal dès demain matin.

Sa voix n'est plus qu'un souffle glacial qui siffle entre ses dents.

— Je vais vous laisser une grande latitude pour interroger les témoins.

Elle agite un doigt menaçant devant les visages de l'avocat de la défense et du procureur de district.

— Mais ne vous faites pas de croche-pieds sur des questions techniques, messieurs ! Et n'essayez pas non plus de glisser en douce des éléments de preuves qui n'ont pas été versés au dossier.

Ses petits yeux vifs semblent bondir par-dessus les lunettes de lecture pour venir harponner Langley.

— Monsieur le procureur, si vous voulez porter un nouvel élément à ma connaissance, arrangez-vous pour qu'un témoin l'évoque dans les conditions prévues par la loi. Dans le cas contraire, je ferai de vous la risée des journalistes avant que sonne l'heure du déjeuner, est-ce clair ?

— Oui, Votre Honneur, répond vivement Langley d'un ton servile.

La juge se tourne vers Tony et le foudroie à son tour du regard.

— Et ça vaut aussi pour vous !

— Oui, Votre Honneur, répond Tony avec le même empressement, comme si rien ne lui était plus agréable que de se faire remonter les bretelles par un personnage aussi éminent qu'elle.

— Toute autre attitude serait préjudiciable pour le procès à venir, reprend la juge. Veuillez poursuivre, monsieur Langley, ajoute-t-elle d'une voix maintenant assez forte pour être entendue de toute la salle.

Tony regagne son banc, lèvres crispées. Il fixe son calepin du regard tandis que Mlle Kreng reprend sa déposition. Langley conduit l'interrogatoire avec rigueur, établissant que l'infirmière a été le témoin direct de la violence physique et verbale de Max vis-à-vis de Jonas et qu'elle a entendu l'accusé exprimer à maintes reprises sa peur obsessionnelle que la victime n'attente à ses jours. La juge écoute sans rien laisser paraître sur son visage, mais les notes qu'elle ne cesse de prendre indiquent clairement que le récit de l'infirmière ne la laisse pas indifférente. Lorsque Mlle Kreng finit par se taire, la juge scrute Max d'un regard pénétrant. Sentant l'adolescent submergé par une nouvelle vague de panique, Tony se tourne machinalement vers la chaise vide que devrait occuper Danielle. *Bon sang, mais qu'est-ce qu'elle fiche ?*

Langley joue son dernier coup.

— Mademoiselle Kreng, nous savons que Max Parkman a été retrouvé inconscient et couvert de sang sur le sol de la chambre où Jonas Morrison a été assassiné…

— Objection !

— A été retrouvé mort, corrige aussitôt le procureur. Que faisait Danielle Parkman au moment où vous avez ouvert la porte de cette pièce ?

Mlle Kreng se raidit encore un peu plus, comme investie d'une mission.

— Elle traînait son fils vers la porte pour qu'on ne le retrouve pas dans…

— Objection ! lance de nouveau Tony en bondissant

sur ses pieds. Le témoin n'a pas à préjuger des motifs ayant entraîné les actions de l'accusée. La défense ne…

La juge Hempstead lève la main.

— Retenue.

Langley poursuit, imperturbable.

— Mademoiselle Kreng, comment décririez-vous la personnalité de Danielle Parkman en vous basant sur vos seules observations ?

L'infirmière se tourne brièvement vers le banc de la défense avec un regard de défi.

— Je dirais qu'il s'agit d'une femme au caractère très instable, incapable de maîtriser ses nerfs. Une hystérique qui…

Tony est sur le point de se lever, mais Langley intervient.

— Merci pour votre témoignage, mademoiselle Kreng. Ce sera tout pour aujourd'hui.

Tony hésite sur l'attitude à adopter. Le mal est fait et, en l'absence de jurés, les paroles de l'infirmière ne feront mauvaise impression que sur la juge, beaucoup moins influençable qu'un jury populaire. Formuler une objection maintenant ne ferait qu'attirer un peu plus l'attention sur ce témoignage accablant. Il s'assoit sans rien dire.

Langley esquisse un sourire satisfait.

— Le témoin est à la défense, dit-il.

Tony marche vers l'infirmière, qui le regarde s'approcher, l'œil méfiant et la bouche en cul-de-poule.

— Mademoiselle Kreng, dit l'avocat d'une voix calme, vous nous avez rapporté un certain nombre d'événements qui se sont déroulés dans l'enceinte de Maitland et qui mettent en scène Max Parkman et sa mère. Par ailleurs, vous avez agrémenté ces récits d'observations personnelles, observations qui portent notamment sur l'état psychologique et émotionnel de mes clients. Est-ce exact ?

— Oui.

— Mademoiselle Kreng, êtes-vous diplômée en psychiatrie ?

Ses lèvres se pincent de plus belle et ses narines se mettent à frémir.

— Bien sûr que non.

— C'est bien ce qu'il me semblait, dit Tony d'une voix aimable, comme s'il n'avait pas remarqué l'hostilité manifeste du témoin. Alors vous serez d'accord avec moi pour dire que vos observations personnelles sur Max et Danielle Parkman ne représentent rien de plus que votre opinion subjective.

— Non, monsieur, répond-elle sèchement. Mes remarques sont celles d'une infirmière en psychiatrie hautement qualifiée qui, en plus de trente ans de service dans une clinique de grande renommée, a eu l'occasion d'observer toute la gamme des comportements des patients, ainsi que de leurs parents.

— Hautement qualifiée, je n'en doute pas, mais l'êtes-vous suffisamment pour poser un diagnostic concernant les troubles dont souffre Max Parkman ?

— Non.

— Et pour poser un diagnostic concernant l'état mental de sa mère ?

— Non.

Tony esquisse un sourire.

— J'en conclus donc que, lorsque vous qualifiez Mme Parkman de — je cite — « femme au caractère très instable » et d'« hystérique », votre jugement n'a aucune valeur médicale.

— Non, en effet, mais…

— Mademoiselle Kreng, l'interrompt Tony, n'est-il pas vrai que votre travail consiste à suivre les instructions des médecins et non à conjecturer sur l'état mental de Mme Parkman ou sur les troubles qui affecteraient son fils ?

— C'est vrai, mais…

— Mademoiselle Kreng, l'interrompt une nouvelle fois Tony d'un ton courtois mais intraitable, diriez-vous qu'une infirmière en psychiatrie qui diagnostiquerait un patient outrepasserait ses droits, ses devoirs et ses compétences ?

Kreng fusille Tony du regard tandis que la réponse sort de sa bouche presque entièrement fermée. On dirait une ventriloque furibonde.

— Oui.

— Doutez-vous que Danielle Parkman soit profondément attachée à son fils ?

Le visage de l'infirmière s'adoucit un tout petit peu.

— Non.

— En vous fondant sur votre longue expérience professionnelle, qui, comme vous l'avez souligné, vous a permis d'observer les réactions de très nombreux parents, diriez-vous qu'il est fréquent que les mères et pères des patients admis à Maitland aient du mal à admettre la réalité des troubles dont souffre leur enfant ?

— Oui, c'est très fréquent.

— Et diriez-vous que ces parents d'enfants gravement perturbés sont le plus souvent soumis à un stress considérable ?

— Bien sûr. Avoir un enfant qui souffre d'un trouble mental suffisamment grave pour être interné en établissement psychiatrique est toujours une expérience très douloureuse pour les parents.

— Tous ces parents expriment-ils leur chagrin et leur angoisse de la même manière ?

— Bien sûr que non.

— A ce propos, mademoiselle Kreng, est-il exact de dire que vous avez eu tout le loisir d'observer Mme Morrison, la mère de la victime ?

— Oui, c'est exact.

— Vous a-t-il semblé qu'elle avait un comportement atypique ?

Langley lève les yeux au ciel.

— Votre Honneur, qu'y a-t-il de pertinent dans ces questions ? Il semblerait que la défense ait choisi d'opter pour une tactique de diversion afin de détourner l'attention des actions de ses propres clients.

La juge Hempstead regarde Tony par-dessus ses demi-lunes.

— Cette remarque ne me semble pas totalement infondée, monsieur Sevillas.

— Nous en resterons là pour le moment, Votre Honneur.

Tony doit attendre d'être sûr que Danielle possède des éléments solides pour incriminer Marianne avant d'aller plus loin dans cette voie. Mais, au moins, il a vaguement préparé le terrain.

Alors qu'il va se positionner juste en face de l'infirmière, Tony croise le regard de Max. Le pauvre garçon suit les débats comme si sa vie en dépendait. Et c'est peut-être le cas, songe l'avocat en lui adressant un mouvement de tête qu'il espère rassurant, avant de reporter son attention sur le témoin.

— Mademoiselle Kreng, quand vous avez pénétré dans la chambre de Jonas Morrison alors qu'il venait d'y trouver la mort et que vous avez constaté que son corps présentait un grand nombre de plaies pénétrantes, avez-vous vu un objet susceptible d'avoir causé ces blessures ?

— Oui.

— Vraiment ? dit-il avec une mimique de surprise.

— Absolument, répond-elle avant d'émettre un petit bruit de bouche.

On croirait un lézard qui vient d'attraper une mouche et qui est tout étonné de la sentir se débattre sur sa langue.

— Où se trouvait cet objet ?

— La police l'a sorti du sac à main de Mme Parkman.

La juge se penche un peu en avant, les yeux légèrement plissés et le regard attentif.

Tony sourit.

— Et quel était cet objet, je vous prie ?

— Objection, Votre Honneur !

Langley est debout, affectant un air indigné.

— Cette question sort du champ des questions que j'ai posées à ce témoin.

La juge Hempstead se tourne vers Tony avec un mouvement du menton qui semble dire : *Alors ? Qu'avez-vous à répondre à ça ?*

— Madame la juge, le procureur Langley a lui-même introduit le sujet lorsqu'il a demandé à Mlle Kreng de décrire ce qu'elle a vu après être entrée dans la chambre de la victime. Mes questions se situent dans la droite ligne de celles de mon éminent collègue.

Elle jette un coup d'œil dédaigneux à Langley.

— Rejetée.

— Exception, dit Langley afin que la greffière retranscrive son désaccord avec le rejet de son objection.

— C'est noté, réplique Hempstead sans même lui accorder un regard. Veuillez poursuivre, monsieur Sevillas.

Tony se tourne de nouveau vers l'infirmière qui attend, fermement campée sur ses jambes, la prochaine salve de questions.

— Je vous demandais donc quel est l'objet que vous avez vu dans cette chambre.

— Il s'agissait de… d'une espèce de peigne.

— Pourriez-vous nous le décrire, s'il vous plaît ?

— Eh bien…

Elle lève les mains, les paumes se faisant face.

— Il était à peu près grand comme ça, disons une quinzaine de centimètres, avec de longues pointes en métal à l'une de ses extrémités.

— Avez-vous touché ce peigne ?

Elle le regarde d'un air indigné.

— Bien sûr que non, voyons ! Un des policiers l'a sorti du sac de Mme Parkman et l'a tenu en l'air un instant. C'est là que j'ai pu l'observer.

— Avez-vous vu ce que ce policier a fait du peigne après ça ?

Son opulente poitrine se soulève et elle laisse échapper un soupir.

— Non, je n'ai pas vu ce qu'il en a fait. J'étais très occupée à essayer de contacter Mme Morrison et le Dr Hauptmann, et à m'assurer qu'aucun de mes patients n'avait profité de cette situation très particulière pour enfreindre le règlement et se mettre en danger.

— En dehors des policiers, savez-vous si quelqu'un est entré dans cette pièce, cet après-midi-là ?

— Le médecin légiste, bien sûr.

Elle lui lance un regard sévère.

— Vous feriez mieux de vous adresser à la police, si vous voulez savoir ce qu'il est advenu de ce peigne.

Tony se tourne vers Langley avant de regarder la juge avec un sourire.

— Excellente suggestion, mademoiselle Kreng. Entre les diagnostics que vous faites à la place des psychiatres et vos conseils sur la bonne façon de mener un contre-interrogatoire, je vois que vous avez plus d'une corde à votre arc… Mais je vous rassure tout de suite : la défense a bien songé à se tourner vers la police pour connaître le sort réservé à ce peigne. Le problème, voyez-vous, c'est qu'il semble avoir mystérieusement disparu. Auriez-vous une idée de l'endroit où il pourrait se trouver ?

— Objection ! tonne Langley en se précipitant vers le banc de la juge. Votre Honneur ! Question posée, réponse reçue ! Le témoin nous a déjà dit qu'elle ignorait ce qu'il était advenu de ce peigne et…

— Et elle nous a aussi dit que la police l'avait conservé, l'interrompt Tony.

Langley, théâtral, écarte les bras.

— Votre Honneur, nous avons l'intention de faire comparaître des membres de la police afin de les interroger sur ce peigne…

— Et sur le fait qu'ils ne l'ont même pas eu assez longtemps en leur possession pour relever d'éventuelles empreintes ? termine Tony.

Les minces sourcils de la juge Hempstead se soulèvent.

— Monsieur Langley, l'avocat de la défense semble dire que l'arme présumée du crime — si tant est qu'il s'agisse bien d'un crime — a disparu et qu'elle n'a pas été retrouvée à ce jour. Est-ce la vérité, monsieur le procureur ?

Langley tripote nerveusement son nœud de cravate, comme s'il ne respirait pas à son aise.

— Votre Honneur, voici les faits. Ce peigne se trouvait bien sur la scène de crime, et nous sommes actuellement en train de chercher l'endroit exact où il a été déplacé.

— Comment ça, en train de chercher l'endroit exact où il a été déplacé ? demande la juge d'un ton sec. L'accusation a-t-elle ou n'a-t-elle pas ce peigne en sa possession ?

— Nous ne l'avons pas à l'heure où je vous parle, mais…

— Pas de « mais », monsieur le procureur !

Elle se tourne vers Tony.

— Eh bien, monsieur Sevillas, on dirait que la défense a quelques arguments à faire valoir, après tout. Cela dit, je tiens à vous rappeler que cette audience a été organisée à des fins limitées. Ne dévoilez pas toute votre ligne de défense aujourd'hui. Nous patienterons jusqu'au procès en retenant notre souffle.

— Merci, Votre Honneur.

— Veuillez vous asseoir, monsieur le procureur.

Langley s'exécute comme un toutou bien dressé.

— Vous pouvez poursuivre, monsieur Sevillas.

Du coin de l'œil, Tony aperçoit Max qui lui sourit. *Un point pour nous*, semblent dire ses yeux brillants de fierté. Tony se concentre de nouveau sur le témoin.

— Mademoiselle Kreng, vous êtes l'infirmière en chef de l'unité de soins où Jonas Morrison et Max Parkman ont été admis, n'est-ce pas ?

— C'est exact.

Tony Sevillas se rapproche tout près de la barre des témoins et regarde Mlle Kreng droit dans les yeux.

— Max Parkman se trouvait-il dans l'unité de soins dont vous avez la responsabilité, le jour où Jonas Morrison a trouvé la mort ?

Elle lui lance un regard ouvertement hostile.

— Oui.

— Suis-je dans le vrai si j'affirme que, d'après vous,

mon client se trouvait dans sa chambre située un peu plus bas dans le couloir ?

— Oui, si j'en crois le registre de l'unité, sur lequel on peut également lire qu'il était contenu sur son lit.

— Avec des ceintures en cuir, c'est bien ça ?

— Oui, c'est ça.

Tony sourit au visage fermé de l'infirmière.

— Et maintenant, mademoiselle Kreng, j'espère que vous allez pouvoir m'éclairer sur un point que je n'arrive pas du tout à comprendre. Comment Max Parkman a-t-il pu se libérer seul de ces quatre sangles en cuir épais qui lui maintenaient solidement les mains et les pieds ?

Les yeux de l'infirmière lui lancent des flèches empoisonnées.

— Nous pensons qu'il y a eu une erreur au niveau des observations inscrites sur le registre.

Tony feint la surprise.

— Est-ce vous qui avez rédigé les observations en question, mademoiselle Kreng ?

Une veine bleutée apparaît près du front de l'infirmière.

— En aucun cas, dit-elle, les mains crispées sur la barrière circulaire qui délimite la place du témoin.

— Alors l'auteure de ces notes est l'infirmière qui était en service juste avant l'heure du déjeuner, c'est bien ça ? Une certaine Mme Alice Grodin ?

— Oui, c'est bien elle.

Tony s'appuie à son tour sur la barrière de bois, ses mains entourant à présent celles de Mlle Kreng. Leurs visages sont tout proches et le malaise de l'infirmière est perceptible. Pourtant, elle ne recule pas d'un pouce, faisant face à l'avocat avec un mélange d'indignation outrée et de franche hostilité.

— Dites-moi, mademoiselle l'infirmière en chef, êtes-vous bien certaine de ne rien nous cacher ?

Il enchaîne avant que Langley n'ait le temps de formuler une objection :

— Mme Alice Grodin n'est plus employée par Maitland, n'est-ce pas ?

— En effet, elle ne travaille plus à la clinique.

— Pourriez-vous avoir l'amabilité de nous préciser les raisons de son départ ?

— Mme Grodin a été licenciée parce qu'elle a manqué de rigueur dans l'exercice de ses fonctions.

— Est-il exact que vous l'avez accusée d'avoir omis d'attacher Max Parkman le jour du drame, mais qu'elle a toujours nié cet oubli ?

Mlle Kreng relève le menton avec la mine courroucée d'un lama sur le point de cracher.

— Je suis convaincue qu'elle a menti plutôt que d'admettre avoir commis une faute professionnelle.

L'avocat recule d'un pas en soulevant un sourcil étonné.

— Avez-vous le moindre élément qui prouve qu'elle ait réellement commis cette faute ?

— Non, mais comment expliquer autrement que le patient ait pu sortir de son lit ? Si les ceintures sont correctement fixées, il est absolument impossible de se détacher seul.

Tony sourit.

— Je suis certain que nous aurons l'occasion de revenir sur ce point au procès. Mais, en attendant, j'aimerais entendre vos explications sur un fait qui me trouble. D'après mes renseignements, il n'y avait pas un seul membre du personnel médical dans l'unité de soins Fountainview à l'heure où Jonas Morrison a trouvé la mort. Mes renseignements sur ce point sont-ils exacts, mademoiselle Kreng ?

Elle souffle par le nez comme un taureau furieux.

— La présence d'un membre du personnel n'était pas nécessaire à cette heure de la journée. Les deux seuls patients restés dans l'unité étaient Jonas Morrison et Max Parkman, et l'un comme l'autre se trouvaient contenus sur leurs lits.

— Et si l'un des deux avait fait un malaise ? Une crise cardiaque, une insuffisance respiratoire, que sais-je encore ?

Elle reste silencieuse, et c'est d'une voix douce que Tony enfonce le clou.

— Vous affirmez que la présence d'un membre du personnel n'était pas nécessaire à cette heure de la journée, parce que les deux patients restés dans l'unité étaient solidement attachés à leurs lits. Alors comment diable expliquez-vous qu'ils aient été retrouvés détachés après le drame ?

Elle ne répond toujours rien.

— Apparemment, il n'y avait donc pas le moindre membre du personnel présent à l'heure du drame dans l'unité de soins dont vous êtes responsable, mademoiselle Kreng. Alors, pouvez-vous nous dire sous serment qui a retiré les ceintures de contention que Mme Grodin, l'infirmière de service, affirme avoir attachées aux poignets et chevilles de Max Parkman ?

— Objection ! s'écrie Langley.

— Rejetée.

Mlle Kreng s'enferme dans son mutisme et Tony va chercher un document sur la table de la défense.

— Si je comprends bien, reprend-il, on ne peut accorder aucune foi à ce qui est inscrit sur ce registre. N'importe qui a pu se trouver dans cette unité de soins pendant la pause déjeuner. Pour autant qu'on sache, Max Parkman et Jonas Morrison déambulaient sans aucune surveillance dans les locaux alors que vous étiez en train de manger !

— C'est faux, lâche l'infirmière entre ses dents serrées.

Tony croise les bras et la considère un instant avec un air de reproche.

— Allons, mademoiselle Kreng, vous n'avez aucun moyen d'affirmer que c'est faux. Vous n'étiez pas sur place.

Nouveau silence du témoin.

Tony revient vers elle et attend de croiser son regard pour reprendre la parole.

— Au fond, il pouvait très bien y avoir une tierce personne dans l'unité — un autre patient, un membre du personnel, que sais-je encore — qui a drogué Max Parkman avant de le traîner dans la chambre de Jonas Morrison. Là, cette personne tue Jonas et s'apprête à faire subir le même sort à Max lorsque Mme Parkman arrive à l'improviste, contrecarrant son funeste projet.

Mlle Kreng ouvre des yeux ronds comme des soucoupes.

— C'est absurde !

— Votre Honneur !

Langley semble sur le point d'avoir une rupture d'anévrisme.

— M. Sevillas demande au témoin de commenter une histoire à dormir debout, dans le seul but d'introduire une thèse qui ne s'appuie sur aucun des faits connus à ce jour dans cette affaire ! Thèse qui, bien sûr, met en scène un mystérieux suspect autre que Max Parkman !

La juge Hempstead regarde un moment Tony comme si elle essayait de lire dans ses pensées.

— Vous avez une imagination florissante, monsieur Sevillas.

Elle se tourne vers Langley.

— Cela étant, je suis parfaitement capable d'apprécier si les scénarios que l'accusation ou la défense choisissent de présenter à la cour se fondent suffisamment sur les faits connus à ce jour, ainsi que sur les pièces versées au dossier.

— Mais, madame la juge…

Elle secoue la tête.

— Rejetée.

Tony Sevillas reprend son contre-interrogatoire.

— Mademoiselle Kreng, se peut-il oui ou non qu'un membre de l'équipe médicale de Fountainview ait profité d'un moment où le sac à main de Danielle Parkman était posé sans surveillance dans l'unité de soins pour y subtiliser le peigne qui aurait servi à poignarder Jonas Morrison ?

— Objection !

Langley va se poster devant le banc de la juge.

— Votre Honneur, Mme Parkman a été surprise sur la scène de crime avec le peigne dans son sac à main.

— Peigne que l'accusation ne peut produire, dit calmement Tony.

— Votre Honneur, c'est de la provocation !

— A ma connaissance, la provocation n'est pas un motif valable pour formuler une objection, dit la juge. Mon sentiment est que M. Sevillas fait ce que ferait tout bon avocat de la défense, à savoir présenter un autre suspect à la cour. Sans parler du fait que vous n'avez pas l'arme du crime, monsieur Langley. Si vous me montrez une empreinte digitale provenant de ce peigne, ou bien le peigne lui-même, je verrai peut-être les choses d'un autre œil. Rejetée.

Tony se tourne vers l'infirmière en chef.

— Une dernière question, mademoiselle Kreng. A votre connaissance, un employé de Maitland a-t-il inspecté les chambres des autres patients, le jour du drame, pour s'assurer qu'elles ne renfermaient ni traces de sang ni autre preuve matérielle ?

Mlle Kreng est aussi blanche que sa blouse.

— Non, personne n'a fait une chose pareille.

— On ignore donc si le meurtre — si meurtre il y a eu — est le fait d'un autre patient, d'un membre du personnel ou d'une personne étrangère à la clinique qui aurait ensuite pu placer des objets dans la chambre de mon client afin de faire porter les soupçons sur lui.

Tony se tourne vers la juge.

— Je n'ai pas d'autres questions, Votre Honneur.

Il incline légèrement la tête en direction de la barre des témoins.

— Merci beaucoup, mademoiselle Kreng.

— Suspension d'audience de vingt minutes, annonce la juge avec un coup de marteau.

— Veuillez vous lever ! lance l'huissier tandis que la juge se met debout dans un mouvement de robe et quitte son banc sans un regard pour la salle.

33

Danielle attache sa ceinture alors que l'avion s'apprête enfin à décoller. Le seul vol qu'elle a pu trouver pour rejoindre Des Moines doit faire une brève escale à Dallas. Et, une fois à Des Moines, il restera ce fichu trajet en voiture jusqu'à Plano. Elle a essayé encore et encore de joindre Max, mais il doit être dans la salle d'audience, portable forcément éteint. L'idée qu'il soit en train de l'attendre, rongé d'angoisse par son absence, met les nerfs de Danielle à rude épreuve. Si elle n'arrive pas au palais de justice avant la fin de l'audience, c'est son garçon qui en souffrira le plus.

Doaks ne l'a pas rappelée depuis qu'elle lui a demandé de s'introduire dans la chambre d'hôtel de Marianne et de fouiller son ordinateur. Pourvu que le mot de passe qu'elle lui a fourni ait fonctionné, et que le détective soit parvenu à découvrir quelque chose — n'importe quoi — qui permette d'établir un lien entre Marianne et la mort de Jonas. Sur les cuisses de Danielle se trouve, encore fermé, le second carnet recouvert de tissu rose. Si elle commence maintenant, elle devrait avoir le temps de venir à bout de tous les journaux intimes de ce monstre, cédéroms compris. Bien sûr, il va falloir être forte pour ne pas s'effondrer à la lecture des horreurs que renferment ces pages. Elle se prépare mentalement en se répétant qu'elle est avocate, une avocate à la recherche de tout ce qui pourrait disculper son fils. Elle souffle brièvement et s'encourage intérieurement en ouvrant le carnet. *Allez!*

La plongée en apnée dans les entrailles de l'enfer peut commencer.

L'enterrement d'Ashley vient de se terminer. Cette journée a été particulièrement gratifiante pour moi. Tous les yeux étaient braqués sur moi tandis que je descendais d'un pas digne l'allée centrale, toute de noir vêtue. J'avais mis mon voile noir, qui me permet de voir sans être vue… Une vraie Mata Hari ! J'ai opté pour un adorable petit cercueil blanc cassé avec un soupçon de rose. Le choix des fleurs a été plus délicat. Les lis sont trop déprimants pour une fillette de quatre ans, et j'ai donc pris des marguerites. Leur côté frais et innocent convenait parfaitement à la situation. Bien entendu, j'ai demandé à l'entreprise de pompes funèbres de laisser le cercueil fermé. Je ne pense pas que les gens doivent nécessairement tout voir et tout savoir.

Sans conteste, le meilleur moment de cette belle journée a été le discours émouvant du pédiatre d'Ashley, qui a raconté devant tous les gens présents à quel point j'ai été pour ma fille une maman aimante et dévouée. Avant de partir, il a pris mes mains dans les siennes et m'a dit qu'il n'avait jamais vu une mère faire preuve d'autant de courage dans l'adversité. « Quand je pense que vous avez perdu deux enfants en si peu de temps… », m'a-t-il dit. Mais il n'a pu terminer sa phrase tant il était ému. C'était magnifique. Bon, on m'attend pour la réception d'après enterrement.

Une mère n'a jamais droit au repos, n'est-ce pas ?

Danielle demande un café à l'hôtesse de l'air, puis tourne les pages jusqu'à la fin du carnet. Deux enfants décédés dans d'atroces souffrances, et Dieu sait combien de « fausses couches » et autres bébés mort-nés. Elle a marqué les paragraphes qu'elle compte essayer de faire verser au dossier en tant qu'éléments de preuves, si tant est que la juge accepte de la laisser interroger un témoin. Il faudra aussi demander à ce que l'écriture manuscrite de Marianne soit comparée à celle qui couvre les pages de ces carnets. Elle brûle de savoir quelle tactique de défense Tony a adoptée jusque-là. Pourvu que son absence n'ait pas de conséquences trop graves sur l'issue des débats ! C'est dans l'espoir de sauver Max qu'elle s'est envolée pour Phoenix. Mais cela ne risque-t-il pas, au contraire, d'aggraver son cas ? Seul l'avenir dira si elle a fait le bon choix.

Elle pose les yeux sur la dernière page du carnet.

Mon cœur bat si fort que c'est à peine si je parviens à tenir le stylo pour écrire. Mon Raymond est mort, comme ça, sans crier gare. Hier soir, il ne se sentait pas très bien. J'ai tapoté et fait bouffer ses oreillers pour qu'il soit plus à l'aise, et nous nous sommes endormis en cuillère. Je me suis réveillée au milieu de la nuit et j'ai senti quelque chose de froid et moite. J'ai allumé la lumière et — ô, mon Dieu ! — j'ai vu Raymond allongé à côté de moi, tout raide et les yeux ouverts. J'ai tout de suite compris qu'il avait eu un infarctus. Mais il vivait encore. Il me regardait, immobile et comme emprisonné dans son corps, et ses yeux exprimaient une grande peur. Je n'ai pas appelé les secours. Franchement, j'avais besoin d'un moment pour réfléchir aux choix qui se présentaient à moi. Au bout d'environ un quart d'heure, il a eu une nouvelle attaque, et après ça ses yeux n'exprimaient plus rien du tout. J'ai vérifié ses signes vitaux et disons-le tout net : il était aussi mort qu'on peut l'être.

Après avoir prévenu les secours, j'ai couvert mon Raymond avec une vieille couverture (il n'était pas très beau à voir) et je suis allée en bas fouiller dans ses papiers. Il fallait que je fasse un point sur l'état de mes finances. Il ne m'a pas laissé grand-chose, mais ça suffira pour faire face pendant quelques années. Pour le moment, je n'ai pas envie de rencontrer un autre homme. Il faut que je m'occupe d'organiser l'enterrement de Raymond, et il s'agira ensuite de commencer une nouvelle vie.

Et puis j'ai un vrai problème à résoudre. J'avais prévu d'en parler à Raymond ce week-end, mais il ne saura jamais que j'ai encore un polichinelle dans le tiroir. Si c'est un garçon, je crois que je vais l'appeler Jonas. Bien sûr, cette grossesse n'intervient pas dans les meilleures circonstances, bien qu'il ne faille pas mésestimer les avantages de la compassion dont je vais immanquablement être l'objet en tant que veuve enceinte. Je crois que je vais déménager, tourner la page Raymond et commencer une nouvelle vie. Oui, c'est exactement ce que je vais faire. Et, pour marquer le coup, je vais teindre mes cheveux en blond.

Ne dit-on pas que les blondes ont une vie plus excitante ?

34

Tony jette un œil à sa liste de témoins. Pour la constituer, il s'est efforcé de deviner l'ordre dans lequel Langley allait les appeler à la barre. Son tiercé gagnant était le médecin légiste, suivi de Mlle Kreng et de Marianne Morrison. Mais, lorsque l'huissier appelle le témoin suivant, Tony est content de ne pas avoir parié d'argent.

Il observe Max à la dérobée. Le pauvre garçon fait peine à voir. L'avocat se tourne pour échanger un regard avec Georgia par-dessus la tête courbée de l'adolescent. Elle aussi semble douter que Danielle puisse arriver à temps pour faire pencher la balance de la justice en leur faveur.

Le Dr Reyes-Moreno est maintenant à la barre depuis une quinzaine de minutes, Langley égrenant une liste de diplômes et de titres à faire pâlir Freud de jalousie : présidente du conseil d'administration de l'Association américaine de psychiatrie ; major de sa promotion à la *Harvard Medical School* ; vingt-cinq années de pratique en psychiatrie et pédopsychiatrie ; en poste à Maitland depuis quinze ans, dont huit en tant que directrice adjointe ; conférencière internationale spécialisée dans les innombrables désordres neurologiques et psychiatriques chez l'enfant et l'adolescent… Tony apprécie le temps que lui fait gagner cette énumération interminable, mais il aime moins l'effet que cela risque d'avoir sur la juge. Impossible, après ça, de ne pas considérer le Dr Reyes-Moreno comme une experte incontestable dont la parole est d'or.

— Votre Honneur ? dit-il en se levant à peine de sa

chaise. Si la cour en est d'accord, la défense accepte de considérer que les titres et diplômes du témoin, si généreusement énoncés par le procureur Langley, sont la garantie que le Dr Reyes-Moreno est une personnalité éminente dans le domaine de la pédopsychiatrie. Dans la mesure où il ne s'agit pas d'un procès et que nous n'avons pas à composer avec la présence d'un jury, pourrions-nous poursuivre avec les interrogatoires ayant directement trait au sujet qui nous occupe ?

La juge esquisse un sourire.

— Objection retenue. La cour se satisfera d'un curriculum vitæ écrit du témoin. Veuillez poser vos questions, monsieur le procureur.

Langley semble agacé par l'intervention de Tony, mais il se contente de hocher la tête et de se tourner vers son témoin.

— Docteur Reyes-Moreno, connaissez-vous l'accusé, Max Parkman ? demande-t-il en tendant le doigt vers l'adolescent.

Les yeux de la pédopsychiatre se posent brièvement sur le banc de la défense où Max, tête toujours basse, semble dormir. Elle sourit et reporte son attention sur Langley.

— Oui, je le connais.

Sa voix est claire, mélodieuse. De son tailleur gris perle — qui contraste agréablement avec le blanc de ses cheveux — à ses gestes mesurés en passant par l'expression douce et réfléchie de son visage, tout en elle évoque l'assurance d'une grande professionnelle.

— Le prototype même du témoin cauchemar…, maugrée Tony.

Il sait que la juge ne manquera pas d'éprouver une sympathie plus ou moins consciente pour cette femme élégante et intelligente, qui, tout comme elle, a sans doute dû se battre pour arriver au sommet. Si le Dr Reyes-Moreno était stupide, la juge se demanderait comment elle a fait pour grimper l'échelle professionnelle et elle pourrait lui en vouloir de cette réussite imméritée. Si son intelligence s'accompagnait d'ostentation et de vantardise, la juge ne manquerait pas de la remettre à sa place, de crainte qu'elle ne porte préjudice à l'image des femmes de pouvoir. Mais un regard au Dr Reyes-Moreno suffit à Tony pour comprendre que cette femme restera modeste et mesurée dans ses propos et qu'elle n'en paraîtra que plus crédible aux yeux de tous, et d'abord de la juge.

— Combien de fois avez-vous eu affaire à Max Parkman après son admission à Maitland ? demande Langley.

— Je l'ai vu tous les jours.

La psychiatre croise doucement les mains sur le bois clair de la barrière circulaire et pose ses yeux vert émeraude sur la juge.

— A Maitland, nous avons développé un concept de traitement psychiatrique dont la pierre angulaire est la création d'une équipe médicale propre à chaque patient. Nous sélectionnons les psychiatres, neurologistes et psychologues en éducation que nous estimons les plus qualifiés pour former un groupe de spécialistes qui travailleront main dans la main pour établir un diagnostic fiable, mais aussi pour réfléchir à une solution à long terme pour le patient. Chaque équipe est aussi unique que l'est chaque enfant.

La juge hoche la tête, visiblement impressionnée.

— Faisiez-vous partie de l'équipe en charge de Max ?

— Oui, j'étais son médecin principal, comme il y a des professeurs principaux dans le système scolaire. En d'autres termes, j'étais chargée de superviser l'équipe et le plan de traitement de Max. J'étais présente à toutes les réunions concernant sa santé, et ses séances de soins psychiatriques se déroulaient exclusivement avec moi.

Langley fouille dans ses notes, puis relève la tête.

— Je suppose que vous avez fini par diagnostiquer les troubles psychiatriques de Max ?

Le Dr Reyes-Moreno retire ses petites lunettes cerclées d'or et se frotte les yeux.

— La réponse est oui, si ce « vous » désigne toute l'équipe en charge de Max. Les diagnostics sont en effet le résultat d'une concertation, et il faut que tous les membres de l'équipe soient d'accord pour qu'ils soient validés.

— Et quel était ce diagnostic, docteur ?

Tony se lève d'un bond.

— Objection, Votre Honneur.

— Oui, monsieur Sevillas ? dit la juge en levant un sourcil interrogateur.

— Le diagnostic établi par les médecins de Maitland est protégé par le secret médical.

Langley s'approche du banc de la juge.

— Votre Honneur, le ministère public défend la thèse que les pathologies de Max Parkman telles que diagnostiquées par les médecins de Maitland ainsi que son comportement de plus en plus instable et violent au cours des jours qui ont suivi son admission dans la clinique sont intrinsèquement liés au meurtre de Jonas Morrison dont nous l'estimons coupable. Le Dr Reyes-Moreno va pouvoir témoigner à la fois sur le diagnostic et sur le comportement violent de l'accusé. Il est impératif qu'elle soit autorisée à expliquer ce diagnostic à la cour et qu'elle puisse nous donner son avis sur les effets que les pathologies mentales et comportementales détectées sur l'accusé ont pu avoir sur son état psychique avant le meurtre.

— Votre Honneur, dit Tony, si vous autorisez ce témoin à violer le secret médical dans une salle d'audience ouverte à la presse et au public, cet adolescent va subir un grave préjudice. Il ne fait guère de doute que le détail de ses troubles sera publié dès demain dans les journaux. Le diagnostic dont nous parlons a été établi dans un établissement privé, ce qui garantit au patient la stricte confidentialité de ses informations médicales. Confidentialité qui ne peut être levée qu'avec l'accord dudit patient ou de l'adulte dont il est légalement à la charge.

— Ecoutez, monsieur Sevillas, dit-elle, si la cour siégeait aujourd'hui devant un jury, je serais d'accord avec vous. Mais je ne pense pas que l'audition de ce témoignage devant la seule cour soit de nature à causer préjudice à l'accusé et je considère que la question que vient de poser le procureur est pertinente au regard du dossier de l'accusation.

Tony s'apprête à contester ce point de vue, mais la juge Hempstead lève une main autoritaire.

— Toutefois, poursuit-elle, dans le but d'éviter un éventuel préjudice moral à M. Parkman et pour avoir l'assurance que les futurs jurés ne seront pas influencés par ce qu'ils pourraient apprendre par voie de presse, ce témoignage va se dérouler à huis clos.

Elle se redresse et élève la voix.

— Huissier, veuillez faire évacuer temporairement la salle.

Le corps droit et la tête légèrement rejetée en arrière, l'huissier se lève et lance :

— Evacuez la salle !

Après un court moment de grommellements diffus et de bruissements de pieds, le public déçu et les journalistes agacés quittent la salle. Tony adresse à Georgia un regard et une mimique explicites : inutile que Max écoute ce que le Dr Reyes-Moreno va dire sur les troubles dont il souffre. Elle hoche la tête en signe d'assentiment et pose la main sur l'épaule de Max. Quelques secondes plus tard, l'adolescent jette un regard terrifié à Tony tandis qu'il suit Georgia et l'huissier vers la porte de sortie.

Langley sourit au Dr Reyes-Moreno.

— A présent, docteur, veuillez avoir l'obligeance d'expliquer à la cour l'objet de la réunion du 20 juin dernier et de lui faire part de vos observations quant au comportement qu'a eu Mme Parkman.

— C'est moi qui ai organisé cette réunion en réponse à une demande de Mme Parkman, dit le Dr Reyes-Moreno en s'adressant à la juge Hempstead de sa voix posée. Tous les membres de l'équipe avaient de sérieuses… inquiétudes… et j'ai estimé qu'une rencontre entre Mme Parkman et l'équipe médicale pourrait s'avérer bénéfique pour son fils.

— Quelles sont ces « inquiétudes » que vous venez d'évoquer ?

— Comme vous l'avez dit, Max devenait chaque jour plus instable. Il était la proie de délires paranoïaques et présentait de très nettes tendances agressives et violentes. L'objet de cette réunion était de mieux expliquer à Mme Parkman les raisons qui nous avaient amenés à formuler ce diagnostic collectif, ainsi que de lui permettre de poser des questions à l'équipe.

Langley sourit.

— Et pouvez-vous nous dire quel était ce diagnostic, je vous prie ?

— Trouble schizo-affectif et psychose non spécifique.

— Pouvez-vous nous éclairer sur la signification de « psychose non spécifique » ?

— « Psychose » veut dire que le patient a souffert — au moins une fois — d'une rupture avec la réalité. Quant à « non spécifique », il s'agit d'une catégorie plus générale. Elle indique que les observations faites ne satisfont pas à tous les critères définissant certains désordres *spécifiques* à la psychose. Dans la mesure où Max Parkman est encore très jeune et que nous n'avons pu l'observer que durant une période limitée, nous indiquons par là que le diagnostic de psychose reste à affiner.

— Monsieur Langley, intervient la juge, si vos questions à venir n'impliquent pas d'autres réponses portant directement sur la nature des troubles dont souffre M. Parkman, j'aimerais permettre au public et à la presse de revenir dans la salle d'audience.

— Pas d'autres questions sur le diagnostic de l'accusé, Votre Honneur.

Alors que l'huissier ouvre la porte et que la salle se remplit de nouveau, Langley se tourne vers le banc de la défense avec un sourire en coin. Lorsque tout le monde s'est installé et que le marteau de la juge a arrêté net les derniers bavardages, le procureur reprend l'interrogatoire de son témoin.

— Organisez-vous systématiquement ce type de réunion

après avoir annoncé un diagnostic aux parents d'un de vos patients ?

— Non, répond la psychiatre. Dans le cas qui nous occupe, la réaction de Mme Parkman était assez inhabituelle. Comme toujours, la porte du dialogue était ouverte de mon côté, mais Mme Parkman n'a pas voulu discuter du diagnostic avec moi. J'avais conscience que son refus obstiné de regarder la réalité en face aurait un impact négatif sur la capacité de son fils à accepter et à affronter sa maladie. Il va de soi que nous devons travailler main dans la main avec les parents de nos patients, pour pouvoir aider efficacement ces derniers. Un parent qui se voile la face n'est pas en mesure d'aider son enfant à accepter la réalité de sa situation.

— Dites-nous, s'il vous plaît, ce qui s'est passé durant la réunion du 20 juin.

— Certainement.

Le ton est professionnel mais non dénué de compassion. Comment ne pas accorder du crédit à pareil témoin ? songe Tony en regardant la juge noircir son bloc-notes. De toute évidence, elle prend au sérieux la déposition du Dr Reyes-Moreno.

— J'ai commencé par dire à Mme Parkman que je comprenais son inquiétude et son désarroi face à la gravité des troubles diagnostiqués chez Max. Je lui ai assuré que les examens avaient été menés avec la plus grande rigueur et que les résultats indiquaient clairement que notre diagnostic était juste. Mme Parkman a réagi très vivement et m'a signifié qu'elle n'accepterait jamais nos conclusions.

— Que s'est-il passé ensuite ?

La psychiatre regarde la juge.

— J'ai expliqué à Mme Parkman que son refus d'accepter notre diagnostic était extrêmement préjudiciable au bien-être de son fils, et qu'elle avait besoin d'affronter la réalité si elle voulait être en mesure de l'aider. Elle a continué à contester mes arguments avec de plus en plus de véhémence.

— La possibilité de demander un second avis a-t-elle été évoquée ?

— Absolument, répond la psychiatre. Je lui ai dit que je ne voyais aucun inconvénient à ce qu'un autre spécialiste se penche sur notre travail et donne son opinion. Je ne doutais pas qu'il confirmerait notre diagnostic et, de mon point de vue, cela ne pouvait qu'aider Mme Parkman à l'accepter à son tour. Je lui ai simplement demandé d'agir au plus vite, étant donné la rapide dégradation de l'état mental de Max.

— Et ensuite ?

— J'ai informé Mme Parkman que Max s'imaginait que Jonas Morrison ourdissait des plans secrets pour lui faire du mal et même pour le tuer. Ce délire de persécu…

Tony lui coupe la parole.

— Votre Honneur, l'accusation est à deux doigts de violer l'interdiction faite par la cour de ne pas mentionner en public les informations médicales de mon client.

— Monsieur Langley, veuillez veiller à ne pas franchir la ligne jaune. Ne me faites pas répéter cette mise en garde, s'il vous plaît.

Il hoche la tête.

— Docteur Reyes-Moreno, dit-il, comment Mme Parkman a-t-elle réagi lorsque vous lui avez parlé de la peur que Max éprouvait à l'égard de Jonas Morrison ?

La directrice adjointe de Maitland inspire profondément.

— Elle a piqué une crise de rage. Je ne vois pas comment le dire autrement. Elle nous a accusés d'être des menteurs, d'avoir inventé les symptômes de son fils.

— Dites-nous ce qui s'est passé ensuite, docteur.

La psychiatre secoue la tête, comme si elle était encore choquée par le souvenir de la scène qu'elle s'apprête à décrire.

— Mme Parkman a bondi de sa chaise et s'est précipitée vers moi avec une attitude si agressive qu'un surveillant a été contraint d'intervenir pour la maîtriser.

Langley émet un bruit de langue satisfait, comme s'il

venait de s'en servir pour nettoyer un ramequin de crème brûlée.

— Diriez-vous que c'est une réaction normale de la part d'un parent de patient ?

Elle secoue de nouveau la tête, tristement cette fois-ci.

— J'ai bien peur que non. Je ne me souviens pas avoir jamais vu un parent réagir de la sorte.

— Continuez, docteur.

Elle s'éclaircit la voix.

— Sur le moment, il m'a semblé qu'il fallait trouver un moyen de calmer Mme Parkman avant que les choses n'aillent trop loin. J'ai alors tenté de la raisonner, de la convaincre qu'il n'y avait aucun complot contre elle et son fils, comme elle semblait le suggérer ; je lui ai dit que le diagnostic qu'elle contestait avec tant de virulence était basé sur des faits constatés et répertoriés par des professionnels reconnus, et que l'état psychotique de son fils était avéré.

Tony traverse en un clin d'œil la distance qui le sépare du banc de la juge.

— Votre Honneur ! Ces propos sont prononcés au mépris des ordres de la cour ! Pourquoi avons-nous pris la peine de faire évacuer la salle ? A travers son témoin et par le biais de questions volontairement orientées, l'accusation tente manifestement de révéler en audience publique des informations protégées par le secret médical et par les instructions claires de la cour.

— Objection retenue.

A en juger par la rougeur de son visage, la colère de Tony n'est pas feinte.

— Votre Honneur, la défense demande à ce que le procureur soit cité pour outrage au motif qu'il a délibérément désobéi aux ordres de la cour.

La juge secoue la tête et pose un regard sévère sur Langley.

— Je vous avais pourtant mis en garde, monsieur le procureur de district. Je vais réfléchir à la proposition de la défense, sur laquelle je statuerai à la fin de cette audience.

Langley s'incline légèrement devant la juge en affectant un air contrit.

— Je vous présente mes excuses, Votre Honneur. Je vous assure qu'il n'y avait rien d'intentionnel de la part du ministère public.

Furieux, Tony retourne à son banc en jurant entre ses dents. Le mal est fait. Contrairement à ce qu'affirme Langley, ce dérapage n'avait rien d'accidentel. Le procureur a simplement estimé qu'il en tirerait plus de bénéfices que de désavantages, même s'il devait écoper d'une citation pour outrage à la cour. Un risque calculé, en somme. Dans les journaux de demain, on pourra lire que Max Parkman est un garçon violent et psychotique qui était convaincu d'être persécuté par la victime. Les chaînes de télévision locales en parleront peut-être même dès ce soir. Non seulement cela porte un grave préjudice moral à Max, mais cela a toutes les chances d'influencer négativement les jurés qui seront choisis pour décider de son sort. Si Tony n'obtient pas le dépaysement du procès, il ne fait aucun doute que Max va faire les frais de ce mauvais coup de Langley.

Le procureur reprend son interrogatoire.

— Comment Mme Parkman a-t-elle réagi à vos explications ?

— Toujours avec une grande agressivité. Elle a exigé une copie complète du dossier médical de son fils, ce que j'ai été contrainte de lui refuser, la loi ne nous autorisant pas à communiquer toutes les informations qui fondent nos diagnostics. Du coup, elle s'est mise à accuser mon équipe médicale et moi-même d'avoir établi le diagnostic de son fils sur du vent. Ce sont ses propres mots.

Elle s'interrompt un instant et jette un bref regard en direction de Max.

— Mme Parkman a ensuite employé des mots très durs et m'a menacée de poursuites judiciaires si je ne laissais pas son fils sortir sur-le-champ.

— Que lui avez-vous répondu ?

— Je lui ai dit que cela serait au détriment de la santé de Max, dont le comportement dissociatif allait s'aggravant.

Tony se lève une nouvelle fois.

— Votre Honneur ! Ça dépasse les bornes ! Pourquoi ne pas distribuer à la presse des copies du dossier médical de mon client, tant qu'on y est ?

— Objection retenue, dit la juge avant de fusiller le procureur du regard. La citation pour outrage à la cour vous pend au nez, monsieur Langley !

— Je suis navré, Votre Honneur, mais je ne peux pas maîtriser toutes les réponses de mon témoin !

— C'est votre responsabilité, rétorque la juge Hempstead. Formulez vos questions de manière à lui rappeler son obligation de réserve.

— Oui, Votre Honneur, dit le procureur avant de se tourner de nouveau vers le Dr Reyes-Moreno.

— Docteur, voulez-vous nous dire, en prenant soin de ne pas divulguer les pathologies de Max Parkman, ce qu'a fait Danielle Parkman lorsque vous lui avez dit qu'une sortie anticipée de Maitland se ferait au détriment de la santé de son fils ?

— Eh bien, d'après les notes que j'ai prises immédiatement après cette réunion houleuse, voici ce qu'elle m'a rétorqué…

Le Dr Reyes-Moreno sort un carnet en cuir de son sac à main et en tourne rapidement les pages.

— Ah oui…, dit-elle en posant le doigt sur l'une des nombreuses notes qui noircissent le carnet. Mme Parkman était tellement agitée que je lui ai conseillé des soins psychiatriques. Voici ce qu'elle m'a répondu — je cite — : « Dans vos rêves, chère madame ! Une semaine entre vos mains et je hurlerais à la lune avec la bave aux lèvres ! »

— Et ensuite ?

La psychiatre tourne la page.

— Ensuite, elle m'a sommée en termes peu amènes d'envoyer immédiatement le dossier médical de Max à son hôtel, ce que la loi ne m'autorise pas à faire, comme je viens de l'expliquer.

— Mme Parkman a-t-elle dit autre chose dont vous vous souvenez ou que vous auriez consigné dans votre carnet ?

— Oui, répond le Dr Reyes-Moreno en parcourant ses notes d'un regard triste. Elle m'a dit que rien ne l'empêcherait de faire sortir son fils de — je cite encore — « cette clinique lamentable », puis elle a menacé Maitland et moi en particulier de poursuites judiciaires. Je me souviens qu'elle m'a lancé cette phrase : « Pour vous, docteur, ce sera directement la case prison. »

La juge se penche un peu en avant, mains jointes sous son menton.

— Docteur, avez-vous eu le sentiment à ce moment-là que Mme Parkman voulait quitter la ville avec son fils ?

— Oui, madame la juge. Il ne faisait aucun doute dans mon esprit qu'elle avait l'intention de regagner New York sur-le-champ avec Max.

— Et pensez-vous que l'état de Max Parkman se détériorerait de façon significative si une telle chose se produisait ?

— J'en ai peur, répond Amelia Reyes-Moreno d'un ton peiné. J'estime que les épisodes violents de Max auraient toutes les chances de s'aggraver s'il retournait vivre avec sa mère.

Tony essaie de conserver un visage impassible malgré les sombres pensées qui le traversent. Après ce témoignage particulièrement crédible, les chances que Danielle reste en liberté sous caution sont désormais égales à zéro.

Langley lui sourit.

— Le témoin est à vous.

Profitant d'une nouvelle suspension d'audience pour passer un coup de fil, Tony va se placer aussi loin que possible de Langley, tout en restant à portée d'oreille de l'huissier, lequel se tient non loin de Max.

— Où est maman ? demande l'adolescent d'une voix chargée d'angoisse. Je croyais qu'elle était en route… Elle devrait être là, maintenant.

— Elle m'a envoyé un texto, ment Georgia. Elle fait aussi vite qu'elle peut, mais son avion a décollé avec du retard.

Max lui lance un regard méfiant.

— Et mon iPhone ? Il est où ? Tu sais que je peux la localiser avec mon iPhone ?

Georgia lui explique qu'elle a été contrainte de le laisser dans la voiture et Max tourne son visage inquiet vers Tony. L'avocat est en train de composer le même numéro pour la troisième fois, déterminé à recommencer jusqu'à ce que ce salopard de Doaks se décide à décrocher. A la huitième sonnerie, le détective répond avec sa cordialité coutumière.

— Ouais ?

— Bon Dieu, Doaks, où as-tu encore disparu ?

— C'est bon, Tony, lâche-moi un peu la grappe ! Je suis occupé, moi !

— Occupé ? répète Tony entre ses dents. Et à quoi, s'il te plaît ?

— Ecoute, je t'ai dit que Danielle avait découvert des trucs louches chez la mère Morrison. Elle rapporte des journaux intimes remplis de toutes sortes de confessions compromettantes, des histoires de maltraitances sur des bébés et même…

— Bon Dieu, Doaks ! l'interrompt Tony d'un ton excédé. Est-ce que tu as conscience qu'il m'est impossible de travailler dans ces conditions ? Comment est-ce que je peux assurer une défense efficace alors que l'unique témoin des faits en faveur de Max, c'est-à-dire sa mère, est quelque part dans la nature en train de prendre des risques inconsidérés !

Il fait une courte pause pour reprendre sa respiration.

— Est-ce que tu te rends seulement compte que Langley m'enfonce un peu plus chaque fois qu'il appelle un nouveau témoin à la barre ? dit-il en baissant encore la voix. Le Dr Reyes-Moreno vient de tailler un costard de gala à Max

35

Danielle consulte sa montre. L'avion s'est posé avec un peu d'avance à Dallas et elle attend d'embarquer sur le vol pour Des Moines. Si seulement elle savait quels témoins sont venus à la barre et la façon dont Tony les a interrogés ! Son téléphone sonne et elle l'empoigne d'une main fébrile.

— Allô ? Georgia ? Comment va Max ? Il tient le coup ?

— Bon sang, Danielle, mais où es-tu ?

Quelque chose dans le débit, dans le ton de sa voix alerte Danielle.

— Je me suis enfermée dans les toilettes pour t'appeler, poursuit son amie. Oui, Max tient le coup. Il est très courageux, tu sais. Mais ton absence l'inquiète énormément, comme tu peux l'imaginer.

— Je lui ai envoyé plusieurs SMS. Tu sais s'il les a lus ?

— J'ai dû laisser son portable dans la voiture. Il n'a pas le droit de le garder sur lui dans la salle d'audience.

— Bien sûr. Ecoute, mon vol a été retardé au départ de Phoenix, mais j'ai réussi à en trouver un autre qui a fait une escale à Dallas. Là, je suis sur le point d'embarquer pour Des Moines.

Elle prend une brève inspiration.

— Georgia, dis-moi qui a déjà témoigné ? Tony a réussi à tenir Marianne éloignée de la barre ?

— Le procureur ne l'a pas encore appelée. Mlle Kreng et le Dr Reyes-Moreno sont venues déposer. Tu t'en doutes, leurs témoignages ont porté un coup assez rude à la défense. Sevillas essaie de gagner du temps, mais il ne va pas tenir indéfiniment. Je ne veux pas te mettre la pression, mais tout le monde t'attend, ici.

— Dis à Tony que je sais que Marianne est coupable. Tu m'entends, Georgia ? Je sais que c'est elle ! Il faut absolument qu'il se débrouille pour tenir jusqu'à ce que je lui apporte les preuves.

— D'accord, dit Georgia. Je dois te laisser, maintenant. L'audience va reprendre et Max a besoin de moi.

— Tu es sûre qu'il tient le coup ?

Le savoir là, à quelques mètres de Georgia, la rend terriblement nerveuse.

— Je peux lui parler ? demande-t-elle encore avant que son amie puisse répondre.

— Impossible. L'huissier ne le quitte pas des yeux.

Danielle raccroche et se retrouve seule avec une angoisse dévorante. Elle imagine Max assis à côté de Tony sur le banc de la défense, cherchant à comprendre le sens des joutes verbales qui opposent l'avocat et le procureur, écoutant mortifié les témoignages qui le décrivent comme un dangereux aliéné, scrutant la porte du tribunal dans l'espoir qu'elle s'ouvre sur sa mère… Mais elle ne peut pas se laisser aller à la panique. La seule chose qu'elle puisse faire, pour le moment, est de continuer à lire les abominables confidences de Marianne et de marquer les pages qu'elle compte faire admettre comme preuve, si tant est que la juge n'ordonne pas qu'on la menotte et qu'on la jette en prison dès qu'elle posera le pied dans la salle d'audience.

Durant le vol, elle termine les deux carnets et s'attaque aux cédéroms. Enfin, elle tombe sur une page où Marianne parle de Jonas. Elle songe au garçon tel qu'elle l'a connu. Qu'a-t-il donc pu subir lorsqu'il était petit ? Après ce que Danielle a déjà lu, elle sait que la folie et la cruauté de sa mère dépassent l'imagination. Pourtant, elle ne peut pas se laisser aller aux sentiments. Si elle leur ouvre la porte, elle ne sera plus capable d'affronter l'horreur que renferment ces journaux. La page qu'elle a sous les yeux a été écrite peu de temps avant que Marianne ne fasse admettre Jonas à Maitland.

Ça me fait de la peine, mais il faut bien l'admettre : Jonas m'a terriblement déçue. Il était si gentil quand il était bébé ! Peu importait le nombre de visites aux urgences, il ne se plaignait jamais. Mais, avec l'âge, il est devenu plus difficile à maîtriser. Heureusement, après une de ses nombreuses attaques, son cerveau est resté trop longtemps sans oxygène — j'ai peur d'avoir été un peu présomptueuse, ce jour-là — et les séquelles de cet incident ont été assez sérieuses. J'ai d'abord été contrariée par ce que j'ai considéré comme un échec personnel, mais je me suis vite rendu compte qu'un retardé mental présente de grands avantages pour sa mère, le principal étant l'emprise qu'elle peut exercer sur lui. Dans la vie, les choses ne sont jamais toutes noires ou toutes blanches, et j'ai appris à voir le bon côté des choses.

Et maintenant, parlons un peu de l'expérience scientifique sans précédent que j'ai réalisée et dont je ne suis pas peu fière : j'ai créé un autisme de toutes pièces. J'ai d'abord tiré avantage des problèmes de langage dont souffrent beaucoup d'autistes. Tout le monde pense que Jonas ne peut pas vraiment parler, mais les gens se trompent lourdement. Je lui ai appris un langage secret, un langage corporel que je suis seule à déchiffrer et qui nous permet de communiquer sans le moindre problème. Bien entendu, le fait qu'il ne puisse pas se faire comprendre des autres est tout à mon avantage.

Je me suis ensuite penchée sur l'automutilation, autre symptôme fréquent chez l'enfant autiste. J'ai relevé ce nouveau défi en apprenant à Jonas à se gifler violemment chaque fois que je disais « non » ou « vilain ». Après quoi, je le récompensais avec des félicitations et des câlins (comme les chiens avec leur maître, les enfants sont très sensibles aux encouragements de leur mère). A l'âge de six ans, Jonas associait parfaitement les punitions qu'il s'infligeait aux démonstrations d'affection de sa maman. Avec le temps, les mots clés (comme « non » et « vilain ») sont devenus inutiles. Un simple regard de ma part suffit maintenant à lui faire comprendre ce qu'il doit faire. Bien sûr, les ceintures de contention et le collier électrique ont été de précieux outils d'apprentissage. Les meilleures idées sont souvent les plus simples, mais il ne faut pas s'imaginer que les résultats vous tombent tout cuits dans le bec. Mener de tels projets à bien demande un véritable don de soi, et rares sont les femmes capables de s'imposer les sacrifices qu'exige pareille entreprise.

Moi, j'en suis capable.

36

Tony regagne la salle d'audience et échange quelques mots avec Georgia, qui lui promet de tout faire pour rassurer Max. Le pauvre garçon semble vraiment à bout.

Tony ne se sent guère plus fringant, mais il doit faire face. Alors qu'il approche de son banc, il voit la juge en grande conversation avec le shérif de Plano. Ils affichent une expression qui ne lui dit rien de bon. Le shérif tourne le dos à Tony, mais il tient manifestement un objet dans les mains. Un objet qui semble être le sujet central de cette réunion impromptue. Tony se tourne vers le banc de l'accusation. Langley a la tête plongée dans des documents que lui présentent ses adjoints.

La juge lève les yeux et aperçoit Tony. Le shérif fait volte-face, mains dans le dos.

— Monsieur Sevillas…, lance la juge Hempstead d'une voix tendue. Puisque vous semblez avoir oublié que j'ai ordonné la présence de votre cliente à cette audience, j'ai profité de la suspension pour demander au shérif Wollensky d'aller la chercher.

Tony s'approche de l'estrade.

— Votre Honneur, j'ai fait mon possible pour…

Elle lève la main.

— Laissez-moi finir avant de vous justifier. Le shérif Wollensky s'est donc rendu à l'appartement de Mme Parkman avec un mandat de perquisition signé par votre serviteur, dit-elle en lui agitant son stylo sous le nez. Et — ô surprise ! — votre cliente ne s'y trouvait pas.

Ses petits yeux lui tirent dessus à boulets rouges.

— Auriez-vous une explication à me fournir, monsieur Sevillas ? Je veux que vous me disiez tout de suite où est Mme Parkman.

Langley a cessé de s'intéresser à ses documents pour suivre la scène avec un sourire goguenard.

Tony joint les mains et compose son expression la plus sincère.

— Je n'en ai pas la moindre idée, Votre Honneur. Comme vous me l'avez demandé en début d'audience, j'ai essayé à plusieurs reprises de joindre Mme Parkman au téléphone, malheureusement sans succès. Je vous ai déjà indiqué que ma cliente a été sérieusement malade ces derniers jours et qu'elle a dû rester clouée au lit. Le plus probable est qu'elle se soit rendue chez un médecin. Si la cour le souhaite, je peux quitter la salle quelques minutes pour tenter de nouveau de la joindre…

La juge Hempstead secoue la tête avec impatience.

— Monsieur Sevillas, je vous recommande vivement de ne pas me mener en bateau. Si vous savez où se trouve votre cliente, vous avez tout intérêt à me le dire tout de suite.

Tony hausse les épaules avec une mimique désolée.

— En toute honnêteté, Votre Honneur, j'ignore où est passée Mme Parkman.

Elle le dévisage un instant, la mine renfrognée.

— Je trouvais votre histoire de cliente clouée au lit pour le moins suspecte, monsieur Sevillas, et je vous avoue que je me posais quelques questions sur la nature du mal mystérieux qui semblait frapper Mme Parkman. Mais le shérif Wollensky a levé tous mes doutes en venant me montrer ceci.

Elle fait un mouvement de tête en direction du policier, qui exhibe une sorte de long bas caoutchouteux couleur chair.

Tony s'efforce de conserver un visage impassible tandis que les hypothèses les plus folles lui viennent à l'esprit. Qu'est-ce que Danielle a encore inventé ?

— Je suis navré, Votre Honneur. De quoi s'agit-il, au juste ?

Hempstead lui lance un regard soupçonneux.

— Vous n'avez pas une petite idée ?

— Pas la moindre, répond-il d'une voix ferme.

— Approchez, dit-elle. Vous aussi, monsieur le procureur.

Langley rejoint Tony au pied de l'estrade tandis que le shérif donne l'étrange objet à la juge. Elle le tient du bout des doigts et à bonne distance de son visage, comme si le policier venait de lui céder son caleçon.

— Le shérif Wollensky a trouvé cette… chose… sous le lit de votre cliente, monsieur Sevillas, ainsi qu'une boîte étiquetée au nom de Prosthetics, Inc. Comme vous l'avez sans doute deviné, il s'agit d'une société qui fabrique des prothèses.

Tony regarde la juge d'un air sincèrement perplexe.

— Je vous rassure, lui dit-elle, il nous a aussi fallu un moment pour résoudre cette énigme. Je ne vous fais pas languir plus longtemps, monsieur l'avocat de la défense. Le shérif et moi-même croyons savoir qu'il s'agit du revêtement d'une prothèse esthétique, que votre cliente aurait plaqué sur sa jambe afin de duper un agent de police venu remplacer son bracelet électronique, et ce afin de se libérer du nouvel appareil.

— Mon Dieu… ! murmure-t-il. Votre Honneur, j'espère que vous ne doutez pas de ma bonne foi dans cette affaire. Je n'ai rien à voir avec…

— Laissez-moi terminer, coupe-t-elle sèchement. Votre cliente s'est donc débarrassée du nouveau bracelet et l'a suspendu derrière la porte de sa chambre. Le shérif Wollensky a en outre découvert que la valise de Mme Parkman ainsi que la plupart de ses vêtements s'étaient envolés avec leur propriétaire.

Sous le regard acéré de la juge, Tony a l'impression d'être un papillon épinglé sur un carton.

— Et maintenant, monsieur Sevillas, pouvez-vous nous éclairer sur les agissements de votre cliente ?

Tony ouvre les bras avec un soupir impuissant.

— J'ai bien peur que non, madame la juge. Pour moi, Mme Parkman était malade et clouée au lit. Je vous avoue que je tombe des nues.

— C'est votre version des faits et je vois que vous ne comptez pas en démordre, réplique-t-elle avec un regard qui en dit long sur la foi qu'elle accorde aux dénégations de Tony. En attendant, sachez que j'ai fait émettre une alerte sur tout le territoire au nom de votre cliente. S'il s'avère qu'elle a enfreint la loi, ce qui semble plus que probable au vu des découvertes du shérif Wollensky, cette audience aura été une perte de temps pour tout le monde, du moins en ce qui concerne le cas de Mme Parkman. Parce qu'elle va goûter aux joies de la prison du comté jusqu'à la date du procès. Et j'espère de tout cœur pour vous, monsieur l'avocat de la défense, que je ne vais pas apprendre que vous avez pris part à tout cela d'une manière ou d'une autre. Parce que si c'était le cas…

Elle pointe un doigt menaçant dans sa direction.

— … je vous donnerais l'occasion de parfaire votre connaissance du monde judiciaire en vous envoyant rejoindre votre cliente derrière les barreaux.

Tony hoche gravement la tête et la juge Hempstead se penche vers lui.

— Je compte sur vous pour prévenir la cour dès que vous aurez des nouvelles de Mme Parkman.

— Oui, Votre Honneur.

— Veuillez vous asseoir.

Tony se laisse tomber sur sa chaise, la chemise un peu collante de sueur. Pourquoi n'a-t-il jamais interrogé Doaks sur la façon dont Danielle s'est débarrassée de son bracelet électronique ? Il était tellement furieux qu'elle ait trahi sa promesse de ne plus violer les termes de sa libération sous caution qu'il n'a pas pensé à demander comment elle s'y était prise pour berner les autorités. Hempstead n'aura pas besoin de la jeter en prison, songe-t-il dans un accès de colère, parce qu'il va se charger de l'étrangler avant.

Max semble aller mieux. Tony se penche par-dessus la balustrade qui fait office de frontière avec le public et murmure à l'oreille de Georgia :

— Vous faites des miracles avec ce garçon.

Elle sourit.

— Max est un peu mon enfant, vous savez.

Langley interroge le Dr Smythe pendant la demi-heure qui suit. Tony enrage en écoutant d'une oreille un peu distraite les réponses courtoises du médecin légiste. Et s'il renonçait à poursuivre la défense de Danielle ? Non seulement elle a réduit à néant ses chances de rester en liberté, mais elle a mis son avocat dans une position pour le moins délicate vis-à-vis d'un des juges les plus estimés de l'Etat. Cette histoire pourrait ruiner sa réputation chèrement acquise. Sans compter qu'il se demande depuis le début si ses sentiments pour Danielle ne nuisent pas à la qualité de son travail.

Il jette un coup d'œil à l'adolescent, qui se tient sagement à son côté et qui cherche souvent son regard pour se rassurer. Tony se penche vers lui et lui presse l'épaule.

— Tiens bon, mon grand.

Max grimace un sourire tandis que son corps semble se détendre un tout petit peu.

— J'essaie, répond-il dans un souffle.

La question que Langley pose alors à son témoin débranche le pilote automatique de Tony.

— Pouvez-vous nous décrire l'objet qui a causé les plaies multiples constatées sur le corps de la victime ?

— Objection, dit Tony. Votre Honneur, comme cela a déjà été souligné par la défense, le ministère public n'a pas été en mesure de produire l'objet qu'il considère comme l'arme du crime. Dès lors, une description de cet objet par le témoin ne serait que pure spéculation.

Le regard de la juge s'assombrit de nouveau tandis qu'elle se tourne vers le procureur.

— Monsieur Langley, je ne suis pas d'humeur à revenir

indéfiniment sur ce sujet. L'accusation a-t-elle récupéré ce peigne ?

Le visage de Langley se colore légèrement, comme sous l'effet d'une grande chaleur.

— Votre Honneur, nous avons l'intention d'appeler bientôt l'agent Dougherty à la barre. Ce policier est le premier à être arrivé sur la scène de crime et il peut décrire avec précision l'arme présumée du crime. Quant au Dr Smythe, il est également en mesure de la décrire, en se basant sur le nombre et la nature des blessures qu'il a pu observer au cours de l'autopsie…

La juge lève la main pour l'interrompre.

— Monsieur Langley, vous n'avez manifestement pas entendu ma question. Avez-vous *oui ou non* une arme du crime à me présenter ?

— P… pas à l'instant où je vous parle, Votre Honneur, bégaie-t-il.

— On croit rêver, déclare la juge en secouant la tête avec une moue incrédule. Non, monsieur Langley, je ne vous permettrai pas de poser des questions précises sur une arme du crime que vous êtes incapable de produire.

Elle se tourne vers le médecin légiste.

— Docteur Smythe, vous avez toute liberté de mentionner à la barre les faits que vous avez pu observer au cours de l'autopsie de la victime. Toutefois…

Elle s'interrompt un bref instant pour lancer un regard glacial à Langley.

— … il ne vous est pas permis de faire référence à une pièce à conviction qui n'a jamais été physiquement versée au dossier et qui, semble-t-il, n'est pas près de l'être.

Son regard ombrageux se pose alternativement sur Tony et Langley.

— Messieurs, c'est à croire que vous vous êtes donné le mot pour tourner cette audience en ridicule, lance-t-elle. Il n'y en a pas un pour rattraper l'autre.

— Mais, madame la juge…, commence Langley.

— Le témoin est autorisé à donner son avis sur le type

d'objet ayant pu causer les blessures qu'il a constatées sur la victime, mais ça s'arrête là. Si vous voulez pousser votre interrogatoire au-delà de la limite que je viens d'énoncer, il vous faudra trouver la pièce à conviction disparue, ou convoquer à la barre un témoin qui a vu de ses yeux l'arme du crime. Sommes-nous bien d'accord, monsieur le procureur ?

— Oui, Votre Honneur.

— A la bonne heure.

Elle se tourne vers le greffier de la cour.

— Vous pouvez libérer les jurés désignés pour le procès de cet après-midi. Il est clair que cette audience va nous occuper toute la journée.

Puis elle fait un mouvement de tête vers Langley.

— Veuillez poursuivre.

— Docteur Smythe, voulez-vous, je vous prie, nous décrire les blessures que vous avez observées sur le corps de Jonas Morrison lorsqu'il vous a été présenté à fin d'autopsie ?

Avec son costume noir à fines rayures blanches, sa chemise impeccablement repassée et sa cravate grise, le médecin légiste donne l'image d'un homme tranquille et sûr de lui. Il ajuste ses lunettes et jette un bref regard au document qu'il tient en main.

— Le 20 juin, en fin d'après-midi, j'ai procédé à l'autopsie d'un jeune homme de dix-sept ans du nom de Jonas James Morrison. Les premières blessures que j'ai examinées étaient de très nombreuses plaies pénétrantes sur les bras, les avant-bras et les cuisses, ainsi que dans la région de l'aine. Du sang coulait du nez et de la bouche, et j'ai noté des pétéchies conjonctivales. L'artère et la veine fémorales étaient toutes les deux perforées.

Langley s'approche de la barre des témoins.

— Docteur Smythe, avez-vous pu établir le nombre de plaies pénétrantes présentes sur le corps de ce garçon ?

Le médecin légiste hoche la tête.

— Entre les plaies superficielles, pénétrantes et transfixiantes, j'ai compté environ trois cent dix points d'impact.

Un murmure d'effroi parcourt la salle. Tony tourne la tête pour observer les réactions. Vêtue de sombre et la main sur la bouche, Marianne sanglote doucement. Les journalistes qui se sont battus pour obtenir une place près d'elle tentent de la réconforter avec des gestes empruntés. Le mascara coule sur ses joues comme du chocolat fondu sur un gâteau blanc. Tony reporte son attention sur le témoin, mais c'est le regard dur de la juge qu'il rencontre d'abord.

Langley attend avant de poser la question suivante, laissant le silence compassionnel stagner un long moment dans l'air et travailler pour l'accusation.

— Docteur, demande-t-il finalement, un sourire douloureux aux lèvres, quelle taille faisaient selon vous ces très nombreuses plaies ?

Le médecin légiste retire ses lunettes et se pince le haut du nez.

— Les perforations étaient groupées par séries de cinq et avaient approximativement une circonférence de trois millimètres pour la partie la plus étroite, et de six millimètres pour la partie plus large.

— Qu'entendez-vous par « séries de cinq » ?

— Je veux dire que l'objet qui a causé ces plaies avait forcément cinq pointes, et que chacune de ces pointes avait une circonférence comprise entre trois et six millimètres.

— Alors, si je comprends bien, déclare lentement Langley, chaque fois que cet objet a été planté dans la peau de la victime, il a laissé une série de cinq plaies. Est-ce exact, docteur Smythe ?

— Oui, c'est exact.

Le procureur vient s'appuyer contre la barre des témoins.

— Docteur, êtes-vous en mesure de nous en dire plus sur les caractéristiques de l'objet qui a causé ces plaies ?

Les yeux plissés, la juge Hempstead et Tony écoutent avec attention la réponse du témoin.

— Je peux dire que l'objet entre dans la catégorie des

instruments piquants, qu'il doit faire au moins huit centimètres de large et qu'il est probablement en métal, à en juger par la netteté des plaies. Par ailleurs, la profondeur desdites plaies me permet d'estimer que la longueur totale de l'objet doit se situer quelque part entre quinze et vingt centimètres.

— Objection, Votre Honneur, dit Tony en soulevant à peine les fesses de sa chaise. La dernière déclaration du témoin tient plus de la spéculation que de la description factuelle.

— Ce n'est pas faux, reconnaît la juge, mais je vais néanmoins rejeter votre objection. Je ne suis pas membre du jury, monsieur Sevillas, et les conclusions que le Dr Smythe tire de ses observations me semblent raisonnables de la part d'un médecin légiste. Veuillez poursuivre, monsieur Langley.

— Selon vous, docteur, qu'est-ce qui a causé la mort de Jonas Morrison ?

— Un grand nombre des plaies étaient superficielles et n'auraient pu à elles seules causer la mort de la victime. Malheureusement, l'artère et la veine fémorales étaient perforées, pour ne pas dire déchiquetées. D'un point de vue anatomique, la veine fémorale longe l'artère du même nom. Une fois qu'elles sont sectionnées l'une et l'autre, explique-t-il avec un mouvement tranchant de la main, le sang gicle en abondance. La section de l'artère fémorale aurait suffi à le tuer, mais il ne fait aucun doute que la combinaison des deux blessures — veine et artère — est la cause principale du décès.

On entend une plainte étouffée au premier rang, et Tony voit Marianne Morrison enfouir le visage dans ses mains.

Langley s'interrompt, le temps de lui adresser un regard compatissant.

— Les blessures dont nous venons de parler sont-elles communes chez les victimes de suicide ?

— Non, loin s'en faut. Je n'ai jamais entendu parler de quelqu'un qui se serait donné la mort de cette manière.

— A votre avis, pendant combien de temps la victime s'est-elle vidée de son sang avant de mourir ?

— Etant donné la gravité des blessures au niveau du triangle de Scarpa — ou triangle fémoral, si vous préférez —, j'estime que ça a dû prendre entre cinq et dix minutes au grand maximum.

Langley retourne à son banc et y ramasse une liasse de photographies en couleurs. Dos à la juge, afin que la presse puisse pleinement profiter du spectacle, il prend son temps pour passer en revue les images révoltantes du cadavre couvert de sang et en partie dénudé de Jonas, ainsi que celles de la chambre transformée en décor de film gore. Il finit par en sélectionner quelques-unes qu'il tend au médecin légiste.

— Ces photographies sont-elles celles que vous avez prises sur la scène de crime ?

— Oui, ce sont elles.

— Nous souhaitons qu'elles soient versées au dossier en tant que pièce à conviction numéro un du ministère public.

Langley récupère les photos et les donne au greffier de la cour, qui lui-même les passe à la juge. Elle les étudie un moment, sa mine sombre contrastant avec le sourire déplacé du procureur qui vient poser des copies sur la table de la défense.

— L'accusation en a terminé avec le témoin, Votre Honneur.

Tony ne s'attendait pas à ça, et son visage trahit sa surprise. Les interrogatoires de Langley sont connus pour être longs et fastidieux, et Tony était persuadé que le procureur ferait en sorte que son témoin n'épargne aucun détail sordide de l'autopsie à la cour. Mais sans doute estime-t-il qu'il n'a pas le temps pour ça. La juge est déjà furieuse d'avoir dû annuler son procès de l'après-midi et elle leur a fait savoir que l'audience doit être bouclée à la fin de la journée. Du coup, Langley est contraint de gérer au mieux la durée de chaque interrogatoire s'il veut pouvoir appeler à la barre tous les témoins à même d'assommer un peu plus la défense.

Tony se lève.

— Votre Honneur ? Pouvez-vous nous accorder une suspension d'un quart d'heure, je vous prie ?

Elle le considère un instant par-dessus ses lunettes.

— Franchement, je préférerais que nous accélérions un peu l'allure. Il y a déjà eu un certain nombre de suspensions depuis le début de cette audience.

— Très bien. Accordez-moi un instant et je vais commencer.

— Certainement, monsieur Sevillas.

Tony passe rapidement en revue les notes qu'il a prises durant le témoignage du médecin légiste et décide tout aussi rapidement de la meilleure façon d'aborder le contre-interrogatoire. La juge Hempstead ne semble pas disposée à poursuivre l'audience demain, mais qui sait ? S'il parvient à faire traîner les débats en longueur, elle finira peut-être par céder.

Il s'approche du témoin avec un sourire amical.

— Bonjour, docteur Smythe.

Le médecin légiste lui rend son sourire.

— Bonjour, monsieur Sevillas. Ravi de vous revoir.

— Je le suis aussi, docteur. Parlons un peu de ces blessures, si vous le voulez bien. J'aimerais que vous clarifiiez un certain nombre de points pour moi.

— Avec plaisir.

— Avez-vous pu déterminer la trajectoire des blessures que vous avez observées sur le corps de la victime ?

— Oui.

— Et cette trajectoire peut-elle indiquer que Jonas Morrison se serait lui-même infligé ces blessures ?

Tony lève la main avant même de terminer sa phrase.

— Avant que vous ne répondiez, je veux que vous compreniez quelque chose au sujet du passé psychiatrique de la victime. Quelque chose sur quoi, je crois, tout le monde est d'accord.

Il marche vers le banc de la juge.

— Votre Honneur, Jonas Morrison a connu toute sa vie des problèmes psychiatriques et comportementaux. Ce jeune homme souffrait d'un retard mental, il était autiste et avait de graves troubles du langage et de l'élocution. En outre, il a été établi qu'il s'infligeait des blessures depuis de nombreuses années, l'automutilation étant une conséquence directe de ses troubles psychiatriques et cognitifs.

Langley plisse les yeux, comme si cela pouvait l'aider à formuler une objection pertinente.

Tony poursuit :

— Il a également été établi que la victime utilisait différents moyens et objets — y compris ses ongles et ses dents — pour s'infliger des blessures sanglantes dont son corps conserve la trace sous la forme de nombreuses cicatrices.

Un murmure parcourt l'assemblée, mais un regard sévère de la juge met fin à la rumeur.

— Etant donné les antécédents médicaux et psychiatriques de la victime, docteur Smythe, diriez-vous qu'il est possible que les plaies pénétrantes observées par vos soins sur son cadavre aient été auto-infligées ?

Tony revient vers le banc de la défense pour y chercher des photographies de la scène de crime rangées dans une chemise. Mais il oublie un instant que Max est là et passe les clichés en revue sous l'œil de l'adolescent. Il les retourne précipitamment dès qu'il comprend son erreur, mais le mal est fait. L'expression qu'il lit sur le visage de Max est presque plus qu'il n'en peut supporter.

Le médecin légiste s'empare des images sélectionnées par Tony et les regarde attentivement.

— J'ai été informé du comportement automutilateur de la victime, dit-il, et j'ai pris ce facteur en compte lorsque j'ai étudié ses blessures.

Il marque un temps d'arrêt, le front un peu plissé.

— Avant de poursuivre, reprend-il, je voudrais attirer votre attention sur le fait que j'ai longuement étudié les photographies pertinentes, ainsi que mes notes d'autopsie, avant de parvenir à une conclusion. Et celle-ci est que oui, bien que hautement improbable, la possibilité que la victime se soit infligé elle-même ces blessures existe bel et bien.

— Merci, docteur, dit vivement Tony, laissant de côté pour le moment la question de l'asphyxie. Et maintenant, abordons un autre sujet, si vous voulez bien. Je constate que vous avez admis ne jamais avoir vu l'arme présumée du crime dont a parlé le procureur Langley. Est-ce exact, docteur Smythe ?

— Oui, c'est exact.

— Si la police avait conservé cet objet, un laboratoire aurait été en mesure d'identifier les empreintes digitales qui s'y trouvent éventuellement, permettant ainsi aux autorités de confirmer si ces empreintes sont celles de Jonas Morrison. Et ces informations vous auraient aidé à établir si la victime a utilisé cet objet pour se donner la mort. Est-ce exact, docteur Smythe ?

Langley jaillit de sa chaise.

— Votre Honneur ! Objection ! La défense se plaint de prétendues conjectures de la part de l'accusation. Mais c'est l'hôpital qui se moque de la charité ! « *Si* la police avait… », « un laboratoire *aurait été* », « ces informations *vous auraient…* »

— Je retire ma question, Votre Honneur, dit Tony avant de reprendre son contre-interrogatoire. Docteur, est-il exact que, si l'arme présumée s'était trouvée sur la scène de crime à votre arrivée, vous auriez été en mesure de l'examiner et d'y découvrir une éventuelle trace papillaire latente, qu'on aurait ensuite pu comparer avec les empreintes digitales de Jonas, de mon client ou d'une tierce personne ?

— Oui, c'est exact, répond le Dr Smythe. Relever des empreintes digitales sur un objet en métal ne pose en principe aucune difficulté particulière.

— Laissez-moi vous demander autre chose, dit Tony. Dans la mesure où la police ne vous a fourni aucun objet censé avoir provoqué les blessures que vous avez observées, vous n'aviez aucun moyen de déterminer si les empreintes digitales de mon client se trouvaient sur ledit objet, n'est-ce pas ?

Smythe ne peut retenir un sourire.

— En effet, monsieur Sevillas. Je suis médecin légiste, et non magicien.

— Et vous n'avez pas découvert d'empreinte latente sur le corps de la victime, n'est-ce pas ?

— Non. Le fait est qu'on en trouve très rarement et, pour tout vous dire, nous ne disposons pas du matériel nécessaire pour pratiquer ce genre d'examens.

— Très bien, dit Tony. Laissez-moi jeter un œil à mes notes…

Il s'éclaircit la voix.

— J'y lis que, selon vous, la mort de Jonas Morrison est due à la rupture simultanée de l'artère et de la veine fémorales. Est-ce exact, docteur ?

— Tout à fait exact. Comme je l'ai expliqué tout à l'heure, la perforation ou la section de l'artère fémorale occasionne une perte de sang très importante. Si rien n'est fait pour juguler l'hémorragie, la mort intervient dans les dix ou quinze minutes qui suivent la blessure. Mais, lorsque la veine fémorale subit le même sort, cela permet à l'air d'y pénétrer, ce qui provoque une embolie gazeuse qui entraîne la mort encore plus rapidement.

— Je vois. Et que se passe-t-il lorsqu'une personne est victime d'une embolie ?

Le Dr Smythe se cambre avec une petite grimace, comme si son dos le faisait souffrir. La plupart des tribunaux sont équipés de box avec fauteuil pour les témoins, mais Plano a conservé une installation ancienne qui les contraint à rester debout durant leur déposition.

— Lorsque l'artère et la veine fémorales sont perforées en même temps, la victime tombe en état de choc et perd connaissance. Bien qu'une autopsie ne puisse déterminer avec exactitude le moment où une victime perd connaissance, il ne fait aucun doute que la mort intervient très rapidement.

Tony vient s'adosser au banc de la juge.

— Et, au moment de la mort, comment réagit l'organisme d'une personne qui a subi ce qu'a subi la victime ?

— Les poumons cessent de fonctionner, et le cœur, bien qu'il batte très vite, n'a plus rien à pomper parce que le corps se vide de son sang à cause des blessures dont nous avons parlé. Cela entraîne une privation d'oxygène, le plus souvent suivie d'un arrêt cardiaque.

Un silence de cathédrale règne dans la salle d'audience.

— Docteur, vous avez également parlé de pétéchies hémorragiques, dit Tony. Qu'est-ce que ça veut dire, je vous prie ?

Le médecin hausse les épaules.

— Ça signifie que l'autopsie a révélé qu'il y avait eu une rupture de vaisseaux sanguins dans les yeux de la victime, et d'ailleurs aussi dans son visage.

— Est-ce commun ?

— Oui, on voit ça fréquemment lors des autopsies. Ça signifie que la victime a eu une crise cardiaque avant de mourir.

— Dois-je en conclure que vous estimez que Jonas Morrison a eu une crise cardiaque avant de mourir ?

— Absolument.

— Docteur, peut-on observer des pétéchies hémorragiques dans d'autres cas de figure ?

Le Dr Smythe fronce un peu les sourcils.

— Je ne suis pas certain de bien saisir le sens de votre question.

— Les pétéchies hémorragiques sont-elles invariablement présentes quand une victime a été, disons, asphyxiée ?

— Oui, bien entendu.

— Alors, dit Tony, permettez-moi de vous demander ceci : si la présence de pétéchies hémorragiques indique une mort par strangulation ou étouffement et que, selon vous, elle indique aussi, dans l'affaire qui nous occupe, une mort par crise cardiaque à la suite d'une embolie gazeuse…

Il observe un court silence, la salle pendue à ses lèvres.

— … comment savoir laquelle de ces causes a provoqué la mort de Jonas Morrison ?

Le médecin légiste soulève un sourcil.

— Question intéressante…

— Au fond, docteur, êtes-vous d'accord avec moi pour dire que, compte tenu de la trajectoire des blessures et des autres observations que vous avez faites — y compris la présence de nombreuses pétéchies hémorragiques —, vous n'êtes pas en mesure de déterminer avec certitude si la victime a succombé à des blessures qu'elle se serait infligées elle-même, ou si elle a été tuée par quelqu'un qui lui aurait tranché l'artère et la veine fémorales avant de l'étrangler ou de l'étouffer pendant qu'elle se vidait de son sang ?

Le Dr Smythe inspire profondément avant de répondre d'une voix lente mais ferme.

— Je ne peux pas être absolument certain que ce jeune homme ait succombé aux seuls dégâts causés à son artère et à sa veine fémorales — dégâts dont j'ai déjà dit qu'ils pouvaient avoir été auto-infligés — puisque, comme vous l'avez si justement fait valoir, il pourrait aussi avoir été asphyxié. En revanche, j'élimine la thèse de la strangulation.

— Mais pas celle de la mort par étouffement ?

— Non. Et je reconnais qu'il est possible que le décès ait résulté de l'action conjuguée d'une asphyxie et de plaies perforantes au niveau de l'artère et de la veine fémorales.

Tony laisse échapper un soupir.

— Merci, docteur. J'aimerais aborder un dernier sujet avec vous avant de vous libérer.

Il regagne le banc de la défense et s'empare d'une liasse de documents agrafés qu'il donne au médecin légiste.

— Voulez-vous avoir la gentillesse de consulter ceci pour moi ?

L'avocat va poser des copies sur la table de l'accusation pendant que le Dr Smythe étudie les documents.

Tony attend quelques secondes supplémentaires en regardant le médecin passer rapidement les pages en revue.

— Bien, dit-il finalement. Docteur Smythe, comprenez-vous la nature du document que je viens de vous fournir ?

— Oui, bien sûr. Mais c'est la première fois que j'en prends connaissance.

— Pouvez-vous nous dire de quoi il s'agit, je vous prie ?

— Eh bien, il s'agit manifestement de résultats d'analyse sanguine. Et si j'en crois la première page de ce document, dit-il en baissant la tête comme pour vérifier qu'il a bien lu, le sang analysé est celui de… oui, de Max Parkman.

— Objection, Votre Honneur !

Langley est une nouvelle fois debout.

— Non seulement cette analyse sanguine n'a rien à voir avec l'affaire qui nous occupe aujourd'hui, mais elle ne devrait en aucun cas être versée aux débats par le biais de ce témoin.

D'un geste impatient, la juge Hempstead fait signe à Tony de lui donner sa copie du document. Elle le parcourt du regard, l'air ouvertement sceptique, avant de le brandir entre le pouce et l'index.

— Très bien, monsieur Sevillas. Je suis curieuse de savoir comment vous comptez établir un lien entre ces résultats d'analyse et les débats d'aujourd'hui.

Tony joint les mains et les frotte doucement.

— Votre Honneur, d'autres témoins ont laissé entendre que Max Parkman a fait preuve d'agressivité, voire de violence, à l'égard de la victime tout au long de leur séjour commun dans la clinique de Maitland. Ces témoins ont également laissé entendre que l'état de mon client s'est dégradé après son admission dans l'unité de soins de Fountainview, et que son comportement est alors devenu de plus en plus instable.

Il prend une profonde inspiration.

— Le Dr Smythe est parfaitement qualifié pour

consulter le rapport toxicologique de Jonas Morrison établi parallèlement à son autopsie et pour comparer ses résultats à ceux de l'analyse sanguine de Max Parkman. La défense pense, Votre Honneur, que le rapprochement et la comparaison de ces résultats éclaireront les débats d'un tout nouveau jour.

— Ne vous arrêtez pas en si bon chemin, monsieur Sevillas, dit la juge. J'ai besoin de davantage d'explications.

— La défense soutient la thèse qu'il existe un autre suspect dans cette affaire, dit Tony.

La salle est toujours aussi attentive et silencieuse, hormis Langley qui se dresse d'un bond.

— Votre Honneur ! C'est ridicule, voyons !

La juge le fait rasseoir d'un geste de la main.

— Continuez, monsieur Sevillas.

— Le Dr Fastow, employé par la clinique de Maitland, fait l'objet d'une citation à comparaître de la part de la défense. Le Dr Fastow est un expert en psychopharmacologie, et nous pensons qu'il a donné le même psychotrope à Jonas Morrison et à Max Parkman.

Tony fait une pause, toisant la salle qui semble retenir son souffle.

— Nous allons faire citer des témoins et démontrer que ce médicament était de nature expérimentale et qu'il entraînait de graves effets secondaires, effets secondaires qui expliqueraient en grande partie — voire entièrement — les poussées de violence et les comportements prétendument psychotiques de Max Parkman. De plus, nous estimons que le Dr Fastow avait non seulement un mobile pour tuer Jonas Morrison, mais aussi les moyens et la possibilité de le faire. Nous croyons que le Dr Fastow craignait de voir ses actions contraires à l'éthique médicale découvertes, ce qui expliquerait la présence de mon client dans la chambre de la victime. Nous pensons en effet que le Dr Fastow a cherché à éloigner les soupçons de sa personne en les faisant porter sur Max Parkman. Il est également possible qu'il ait eu l'intention de tuer mon client, mais qu'il en ait été empêché par l'arrivée inopinée de Mme Parkman.

La juge griffonne quelque chose, puis plante son regard dans celui de Tony.

— Tout cela est peut-être vrai, monsieur Sevillas, mais vous savez pertinemment que les effets supposés de tel ou tel psychotrope sortent du domaine d'expertise d'un médecin légiste. Si vous voulez verser ces résultats d'analyse aux débats, je vous conseille de faire venir le Dr Fastow ici, et de le faire venir vite. M. Langley m'a informée qu'il a une dernière personne à faire citer, et ce sera ensuite à votre tour d'appeler vos témoins à la barre.

Tony secoue la tête d'un air désolé.

— Je ne peux pas faire venir le Dr Fastow, Votre Honneur.

— Et pourquoi donc ?

— Bien qu'il fasse l'objet d'une citation à comparaître aujourd'hui, je viens juste d'apprendre qu'il ne se rendra pas au tribunal.

La juge croise les bras.

— Peut-on savoir ce qui le retient ?

— Il semblerait que le Dr Fastow ait quitté le pays, Votre Honneur. Nous pensons que cette fuite accrédite notre thèse, que cet homme pourrait bien être le meurtrier de Jonas Morrison. Nous sommes d'ailleurs sur le point de déposer plainte contre ce monsieur. Cela ne servira peut-être à rien, puisqu'il s'est apparemment volatilisé dans la nature, mais nous voulons nous assurer qu'il sera traduit en justice, au cas où on parviendrait à le retrouver.

La juge Hempstead se tourne vers l'huissier.

— Envoyez quelqu'un dans cette clinique et ramenez-moi le Dr Fastow. L'audience est suspendue en attendant de savoir s'il a vraiment pris la poudre d'escampette. Docteur Smythe, restez dans les parages. Ça ne va pas prendre longtemps.

37

Danielle boucle sa ceinture tandis que l'avion amorce sa descente sur Des Moines. Elle est bientôt parvenue au bout des cinq cédéroms qui renferment les odieuses confidences de Marianne. Heureusement qu'il ne lui reste plus grand-chose à lire, parce que ses nerfs sont sur le point de lâcher, tout comme son ordinateur, dont la batterie est presque entièrement déchargée.

Hier, alors que je feuilletais une de mes revues de psychiatrie, je suis tombée sur un article qui parlait d'une clinique située dans un coin perdu de l'Iowa. L'institution s'appelle Maitland, et à en croire la journaliste c'est — je cite — « la crème de la crème ». D'éminents spécialistes du monde entier se retrouvent là-bas pour soigner les troubles psychiatriques et neurologiques avec des méthodes d'avant-garde. La seule idée que je pourrais me mesurer à des médecins de ce calibre me donne la chair de poule !

Danielle enchaîne avec le paragraphe suivant, daté du lendemain.

Le formulaire d'admission est arrivé ce matin au courrier. Bien qu'ils demandent qu'on leur fournisse tous les antécédents médicaux et psychiatriques de

Jonas, j'ai préféré faire un tri. Ils n'ont pas besoin de tout savoir. Bon, c'est le moment de vérité, comme on dit. Toutes mes années de recherche et d'expérimentation vont trouver leur véritable récompense entre les murs de cette clinique. Une fois de plus, j'ai eu une idée lumineuse. N'est-il pas grand temps que mon intelligence soit reconnue ? Oui, Maitland va être l'apogée d'une vie d'efforts.

D'une main tremblante, Danielle introduit le dernier cédérom dans l'ordinateur. Elle y trouve les dernières confidences de Marianne avant le départ pour Maitland. Pourvu que Doaks ait mis la main sur des éléments qui la lient au meurtre de son fils ! Les mots que contiennent ces carnets et ces cédéroms sont accablants du point de vue de la morale et ils désignent des actes passibles de nombreuses années de prison. Mais ils ne disculpent pas Max.

L'avion a déjà atterri depuis un bon moment lorsqu'elle arrive à la dernière page.

Jonas dort à Maitland ! Je n'aurais pas été plus fière s'il venait d'être admis à Harvard. Il était vraiment temps qu'il soit interné. Il est passé de la rébellion à la violence physique. Hier soir, je me suis assise devant le miroir de la coiffeuse et je me suis regardée dans les yeux. Finalement, j'ai admis que mon fils devenait un homme. Voilà bien une chose à laquelle je ne m'attendais pas, sûrement parce que la vie m'a privée si tôt de mes autres enfants. Cette situation ne peut pas durer, et l'heure n'est plus aux demi-mesures, aux attendrissements maternels. Il faut passer aux choses sérieuses. Quelle sorte de vie aura Jonas une fois que je ne serai plus là ? Voilà la vraie question ! Et la réponse ne fait aucun doute : il n'aura pas de vie. Il faut aussi considérer la situation sous l'aspect financier. Si je veux continuer à mener une existence confortable, je ne peux pas laisser Jonas pomper en permanence mes économies. Dieu merci, j'avais songé à tout ça avant de l'emmener à Maitland. Oui, tout est prévu jusque dans les moindres détails. Je vais devoir affronter quelques-uns des plus gros cerveaux de cette planète, et mon scénario ne doit souffrir d'aucune faiblesse.

Maitland sera ma consécration. Je vais faire ce qui doit être fait.

38

— Veuillez vous lever !

Des centaines de pieds frottent en même temps le linoléum. L'espace de quelques secondes, on croirait entendre un troupeau de vaches de retour vers l'étable. Les adjoints du procureur se sont chargés de faire savoir que la mère de la victime allait témoigner, et il ne reste plus un centimètre carré de libre dans la salle d'audience. Langley trie ses notes tandis que Marianne reste tranquillement assise au premier rang, un air de grande dignité sur son visage éploré. Tony, qui a abandonné tout espoir de voir Danielle apparaître avant la fin de l'audience, supporte de plus en plus mal les sourires goguenards de Langley.

Max et Georgia ont repris leurs places respectives. Tony espère que la suspension d'audience aura une nouvelle fois permis à Georgia de réconforter l'adolescent. Il se penche et passe le bras autour des minces épaules du garçon.

— Ne t'en fais pas, fiston. Je vais tenir la baraque jusqu'à ce que ta mère arrive. Je ne suis pas mauvais, à ce petit jeu-là, tu sais.

Max esquisse un sourire. Grâce à la présence de Georgia et Tony, il semble presque rassuré.

— Monsieur le procureur de district, monsieur l'avocat de la défense, approchez, s'il vous plaît.

La tête légèrement penchée en avant et les yeux surgissant au-dessus de ses lunettes de lecture, la juge les regarde venir à elle.

— Ravie de vous retrouver, messieurs. Si j'en crois

ma montre, il est 14 h 25. Monsieur Langley, auriez-vous une idée de l'heure à laquelle nous devrions conclure les réjouissances ?

— Le ministère public ne prévoit pas d'appeler d'autre témoin à la barre après Mme Morrison, Votre Honneur. En ce qui nous concerne, cette déposition conclura les témoignages présentés dans le cadre de l'audience préliminaire.

Il lance un regard en dessous à Tony.

— Bien entendu, nous ne pouvons pas parler pour la défense.

— Monsieur Sevillas ? dit la juge.

Tony s'éclaircit la voix.

— Votre Honneur, dans la mesure où le procureur de district a eu besoin de presque toute la journée pour exposer sa version des faits, il apparaît que la défense n'a d'autre choix que de reporter à demain la présentation de ses propres arguments.

La juge Hempstead lui lance un regard contrarié.

— Ce n'est pas du tout comme ça que je vois les choses, monsieur Sevillas. Maintenant que j'ai été contrainte de reporter le procès qui devait avoir lieu cet après-midi, je suis tout à fait disposée à prolonger cette audience tard dans la soirée s'il le faut. Mais ne comptez pas sur moi pour vous laisser une journée supplémentaire pour... Pour quelle raison, au juste ? Ce qui vous manque, me semble-t-il, ce n'est pas du temps, monsieur l'avocat de la défense, mais plutôt votre cliente. Cliente que vous auriez très certainement voulu citer à la barre. Mais peut-être voulez-vous faire témoigner le jeune Max Parkman ?

Tony se dirige vers Max, qui a entendu les propos de la juge. Ses yeux semblent le supplier. Lorsque Tony arrive à sa hauteur, l'adolescent lui empoigne le bras avec un air de panique.

— Non ! dit-il entre ses dents. Je ne peux pas !

Un sourire rassurant aux lèvres, Tony tapote la main agrippée à son bras avant de se tourner vers la juge.

— Nous n'avons pas l'intention de faire citer Max Parkman à la barre, Votre Honneur.

— Très bien. Dans ce cas, monsieur Langley, pressons un peu, je vous prie. Je ne veux pas que les débats s'éternisent.

Langley se tortille, mal à l'aise.

— Votre Honneur, je fais tout mon possible pour être bref.

La juge lève les yeux au ciel, comme si l'idée qu'un procureur puisse être bref lui semblait aussi improbable que de se mettre à léviter au-dessus de son fauteuil.

D'un mouvement dédaigneux de la tête, elle renvoie les deux parties dans leurs camps respectifs.

— Allons-y, monsieur Langley. Appelez votre dernier témoin.

Langley se redresse, soudain ragaillardi.

— Le ministère public appelle Mme Marianne Morrison à la barre.

Max blêmit. Tony regarde Langley faire tout un cinéma ; il aide Marianne à se lever, passe un bras protecteur autour de ses épaules, puis la conduit à petits pas délicats vers la barre, comme s'il craignait de la briser. Marianne porte un tailleur pied-de-poule, ses cheveux parfaitement coiffés formant un casque austère. Sous la veste du tailleur, son chemisier blanc apporte une touche de simplicité et de fraîcheur. Droite et digne, elle écoute l'huissier déclamer le serment des témoins.

— Jurez-vous de dire la vérité, toute la vérité et rien que la vérité ?

Marianne regarde la juge.

— Je le jure, dit-elle d'une voix claire.

— Madame Morrison, pourriez-vous vous présenter brièvement à la cour ? demande Langley.

Du plat de la main, Marianne lisse sa coupe au carré d'un geste machinal.

— Certainement, monsieur le procureur. Je suis née en Pennsylvanie. Mon père était caporal-chef dans l'armée des Etats-Unis et ma mère femme au foyer.

Elle jette un bref coup d'œil en direction de la juge.

— Après mon mariage, j'ai consacré ma vie à mon époux, puis à mon fils, Jonas. Leur bonheur était le mien, Votre Honneur. Mon mari — il n'est plus de ce monde, paix à son âme — était médecin généraliste.

— Madame Morrison, Jonas était votre seul enfant, n'est-ce pas ?

Les yeux de Marianne sont rouges et gonflés de larmes. On dirait des petits bassins pneumatiques dont l'eau déborde au moindre mouvement. Elle sort un mouchoir en dentelle de sa jupe et essuie ses joues luisantes.

— Oui, monsieur Langley.

Sa voix chevrote.

— Jonas est le seul enfant que j'ai eu. Il était mon soleil, et ma seule raison de vivre après que le Seigneur eut rappelé à lui mon cher mari.

Langley soupire de façon théâtrale avant de promener un regard peiné sur l'assistance, comme s'il prenait le public à témoin de la douleur de cette mère.

— Madame Morrison, reprend-il. Pouvez-vous nous donner un aperçu de ce qu'était votre vie avec Jonas ?

Marianne serre son mouchoir en dentelle dans ses mains.

— Eh bien, après la disparition de Raymond, mon mari, j'ai dû élever Jonas toute seule. Dieu sait que ça n'a pas été simple. Ça ne l'est pour aucune veuve, bien sûr, mais je suppose que ma situation était un peu plus… compliquée que la moyenne. Mon pauvre garçon avait son lot de problèmes…

Marianne s'interrompt un instant pour regarder la juge avec un sourire à la fois triste et attendri.

— Il avait un retard mental, il était autiste et il avait de graves troubles du langage.

Elle hausse à peine les épaules, son petit sourire poignant de nouveau sur ses lèvres.

— Mais on ne s'en sortait pas si mal, tous les deux.

Langley hoche gravement la tête, lèvres pressées l'une contre l'autre.

— Diriez-vous, madame Morrison, que vous étiez une mère dévouée ?

Marianne lève ses yeux bleus voilés d'eau et de chagrin.

— L'autoglorification n'a jamais été ma tasse de thé, ceux qui me connaissent le savent bien. Mais, si je devais être fière d'une chose dans ma vie, ce serait d'avoir été une bonne mère. Ou, du moins, d'avoir fait tout mon possible pour l'être. Voyez-vous, je considère les enfants comme des cadeaux, et non comme des fardeaux. Même avec tous les problèmes de Jonas, je peux dire sans l'ombre d'une hésitation qu'avoir été sa mère a été la chose la plus merveilleuse qui me soit arrivée.

Son regard embué pose sa douleur sur la juge Hempstead, dont l'expression sévère se fissure un instant. La magistrate lui tend une boîte de Kleenex et Langley lui laisse le temps de se moucher et de se ressaisir.

— Et maintenant, madame Morrison, pourriez-vous nous dire dans quelles circonstances Jonas a été interné à la clinique de Maitland ?

Marianne inspire profondément.

— Bien sûr, monsieur Langley. Comme vous le savez, j'ai étudié à John Hopkins et je suis moi-même diplômée en médecine. Comme sans doute toutes les mères d'enfants gravement perturbés, j'ai toujours été à la recherche de solutions innovantes pour venir en aide à mon fils. C'est pourquoi je n'ai jamais cessé de me renseigner, tant sur internet que dans les revues spécialisées, pour m'assurer que mon enfant bénéficiait des meilleurs traitements possibles.

Elle poursuit de la même voix claire et sincère :

— Toujours dans cette optique d'offrir ce qui se fait de mieux à Jonas, j'ai passé beaucoup de temps à me renseigner sur les médecins spécialisés dans l'autisme et les troubles neurologiques. Après avoir mûrement réfléchi et recoupé mille fois toutes les informations que j'avais collectées, j'ai porté mon choix sur Maitland. J'étais convaincue que, si une institution pouvait aider Jonas, c'était bien celle-là.

— Madame Morrison, dit Langley en venant brièvement

poser la main sur celle de Marianne, j'ai malheureusement conscience que la suite de votre déposition va être extrêmement pénible pour vous. Mais la cour doit connaître la vérité, et j'aimerais que nous commencions au moment où Jonas et vous-même êtes arrivés à Maitland.

Marianne reste un moment les lèvres serrées et les traits fermés. L'expression qui durcit le visage de la juge reflète celle du témoin. Pas un son ne vient troubler l'intensité du moment. On dirait que le public et les journalistes se sont donné le mot pour respecter un silence complet. Tony ramasse son stylo, prêt à prendre des notes.

— Quelle a été votre première impression de la clinique ? demande Langley.

— Nous avons été accueillis avec courtoisie et professionnalisme. J'ai ensuite été présentée au directeur du service de pédopsychiatrie, le Dr Ebhart Hauptmann. Nous avons parlé des problèmes de Jonas, et j'ai tout de suite eu la certitude que mon fils se trouvait entre de bonnes mains.

Elle se penche un peu vers la juge, l'air soudain embarrassé.

— Votre Honneur ?

— Oui, madame Morrison ?

— Je préférerais ne pas parler ici de la qualité des soins dispensés à mon fils par Maitland, parce que mon avocat m'a déconseillé de le faire.

— C'est votre droit, madame Morrison, dit la juge avant de se tourner vers Langley. Il me semble que le témoin a répondu à votre question, n'est-ce pas, monsieur le procureur ? Peut-être pourriez-vous passer à autre chose.

Langley hoche la tête.

— Certainement, Votre Honneur. Madame Morrison, avez-vous passé beaucoup de temps avec Jonas une fois qu'il a été placé à Maitland ?

— Bien sûr. Je ne quittais la clinique que pour manger et dormir.

Elle se tourne vers la juge.

— Je ne pouvais pas supporter de laisser mon petit garçon tout seul.

— Et diriez-vous que vous passiez plus de temps avec Jonas que tous les autres parents dont les enfants étaient traités dans la même unité de soins ?

— Oui, ça ne fait aucun doute.

— Au cours de vos fréquents séjours à la clinique, avez-vous eu l'occasion de rencontrer l'accusée, Mme Parkman ?

— Oui.

— Pouvez-vous nous expliquer les circonstances de votre première rencontre, ainsi que la façon dont votre relation — si relation il y a eu — a évolué ?

— Eh bien, j'avais vu que Mme Parkman séjournait dans le même hôtel que moi. Dans la mesure où nos enfants étaient tous deux soignés dans l'unité de Fountainview, j'ai eu à cœur de me présenter et de lier connaissance. Vous savez, ajoute-t-elle sur le ton de la confidence, il existe un lien très fort entre mamans d'enfants perturbés. Nous nous comprenons de l'intérieur, si j'ose dire, et cela nous permet de nous réconforter comme personne d'autre ne saurait le faire.

— Poursuivez, je vous en prie, l'encourage Langley.

— Je suppose que j'ai fait preuve de naïveté. J'ai tendance à ne voir que le bon chez les gens et je dois dire que Danielle m'a fait une excellente impression.

Elle jette un regard un peu perdu à la juge, comme si elle n'en revenait pas de s'être fourvoyée à ce point.

— Elle semblait — tout comme moi — entièrement dévouée à son fils. Aussi ai-je décidé de faire l'effort d'aller vers elle, mais aussi vers Max.

Comme un chien de chasse qui flaire le gibier, Langley s'approche un peu de la barre des témoins.

— L'effort, dites-vous ?

Tony se raidit. La partie la plus dommageable du témoignage de Marianne Morrison est sur le point d'arriver.

Elle secoue la tête.

— J'ai éprouvé de la compassion pour elle. Et aussi une forme de solidarité. Comme moi, Danielle élevait son fils seule, et on voyait tout de suite qu'elle ployait sous le fardeau de cet enfant gravement psychotique et violent…

Max est debout avant que Tony puisse l'en empêcher.

— Espèce de menteuse !

L'avocat se lève à son tour. D'une main ferme, il contraint Max à s'asseoir.

— Objection ! Allons-nous laisser la mère de la victime donner un avis d'expert sur la santé mentale de mon client ? lance Tony en jetant à Marianne un regard qui semble dire : *Vous, je vous ai à l'œil !*

Marianne lui répond d'un sourire poli.

— Monsieur l'avocat de la défense, dit la juge, veillez à ce que votre client maîtrise ses réactions. Quant à vous, madame Morrison, reprend-elle d'une voix beaucoup plus douce, vous devez savoir que nos règles d'administration de la preuve ne vous autorisent pas à donner votre point de vue sur la santé mentale de l'accusé. Peut-être pourriez-vous simplement nous faire part de ce que vous avez observé.

— En tant que diplômée de médecine, il me semble être qualifiée pour donner un avis autorisé sur la question, mais il va de soi que je suivrai vos instructions, Votre Honneur.

Elle se tourne vers Langley, qui a déjà trouvé une nouvelle façon d'amener son témoin là où il veut.

— Madame Morrison, avez-vous passé beaucoup de temps avec Mme Parkman, une fois les présentations faites ?

— Oui, beaucoup. Et nos rencontres étaient pour ainsi dire quotidiennes. Nous allions souvent déjeuner ou dîner ensemble. Bien sûr, je n'étais pas toujours disponible. Aider le Dr Hauptmann et les autres spécialistes à comprendre les divers troubles dont souffrait mon Jonas me prenait énormément de temps.

— Diriez-vous que vous étiez devenue amie avec Danielle Parkman ?

Marianne se tourne vers la juge Hempstead, qui attend sa réponse dans sa position favorite, tête penchée en avant et petits yeux vifs surgissant par-dessus les lunettes de lecture.

— De mon point de vue, nous avions développé une véritable amitié en très peu de temps.

Ses yeux bleus sont ceux d'une femme honnête. D'une femme qui n'a rien à cacher.

— Mettez-vous à ma place, dit-elle, s'adressant directement à la juge. Je fais la connaissance d'une femme qui a des problèmes similaires aux miens ; une femme si douce en apparence ; une femme chaleureuse et intelligente qui, comme moi, a fait de bonnes études. Je lui ai naturellement accordé ma confiance. Mais, quand Max est devenu tellement psychotique, Danielle a commencé à perdre pied et à montrer un tout autre visage…

Max bondit de nouveau de sa chaise.

— C'est faux !

La juge donne un coup de marteau autoritaire.

— Huissier, veuillez faire sortir M. Parkman de cette salle. J'en ai assez de ses coups de sang.

— Mais, Votre Honneur ! s'exclame Tony.

La juge lui impose le silence d'un geste de la main.

— Je vous avais prévenu, monsieur Sevillas, dit-elle tandis que l'huissier escorte Max hors de la salle.

Georgia s'empresse de les suivre.

— Madame Morrison, dit la juge, essayez, s'il vous plaît, de limiter votre témoignage aux faits et de ne pas donner votre opinion sur les problèmes psychiatriques de l'accusé.

— Je vous prie de m'excuser, Votre Honneur, dit vivement Marianne. Je vais veiller à ce que ça ne se reproduise plus.

D'un signe de tête, la juge fait signe à Langley de poursuivre.

— Madame Morrison, pourriez-vous nous décrire une journée type à Maitland ?

— Excusez-moi… Puis-je avoir un verre d'eau, je vous prie ?

Langley ramasse le verre déjà rempli qui attend sur la table de l'accusation et se dépêche d'aller le donner à son témoin. Elle le porte à ses lèvres roses et boit lentement une gorgée.

— Merci, monsieur Langley, dit-elle en lui rendant le verre.

Elle gratifie la juge d'un timide sourire d'excuse et formule sa réponse.

— J'arrivais à la clinique à 7 heures précises chaque matin. C'est l'heure à laquelle le Dr Hauptmann fait sa tournée des patients, ce qui me permettait de lui demander les dernières nouvelles de Jonas. Après ma discussion matinale avec cet éminent spécialiste, j'emmenais mon garçon prendre son petit déjeuner à la cafétéria. Après quoi nous retournions dans l'unité de soins et nous prenions place dans la salle des familles. C'était toujours un moment privilégié, un moment qui n'appartenait qu'à nous…

Elle regarde la juge.

— D'ordinaire, Danielle n'arrivait pas avant 9 heures. Une fois qu'elle était là, je la mettais au courant de la façon dont la nuit s'était déroulée pour Max…

Langley la regarde en feignant la surprise.

— Pardon de vous interrompre, madame Morrison, mais vous venez bien de dire que vous donniez à Mme Parkman les dernières informations sur son fils ? Sur son *propre* fils ?

Marianne hoche la tête.

— Oui, oui, c'est bien ça. Je ne sais trop pourquoi, Danielle n'était autorisée qu'à deux brèves visites quotidiennes quand, pour ma part, je pouvais voir Jonas autant qu'il me plaisait. Alors, quand elle finissait par arriver, le matin, je lui rapportais ce que j'avais pu apprendre du Dr Hauptmann ou des infirmières. Si je ne parvenais pas à glaner d'informations précises, je me contentais de lui dire si Max avait l'air en forme, ce que je l'avais vu faire avant son arrivée, ce genre de choses…

Tony a les yeux rivés sur son calepin.

— Et ensuite ? demande le procureur.

— Ensuite, nous allions nous chercher un café au distributeur automatique et nous discutions dans la salle des familles.

— Où se trouvait Jonas pendant que vous discutiez toutes les deux ?

— Il était assis près de moi, bien entendu.

— Et Max Parkman, où était-il ?

— Les premiers temps, il s'asseyait face à Danielle. Mais ensuite, il restait presque toujours dans sa chambre.

Elle se tourne vers la juge.

— Je ne vais pas parler du genre de problèmes psychiatriques dont souffre ce garçon, parce que vous m'avez demandé de ne pas le faire, mais laissez-moi simplement vous dire qu'il prenait énormément de psychotropes.

Tony commence à se lever, mais la juge le fait asseoir d'un geste brusque de la main avant même qu'il ait pu ouvrir la bouche.

— Poursuivez, madame Morrison.

— Max passait une grande partie de la journée à dormir, dit-elle. D'après ce que j'ai pu comprendre en parlant avec les infirmières, il restait éveillé toute la nuit. Apparemment, il était très agité, pour ne pas dire plus, et le personnel devait le calmer à l'aide de tranquillisants. C'est certainement pour ça qu'il était tellement fatigué...

— Objection ! l'interrompt Tony. Votre Honneur ! Ça commence à bien faire ! Le témoin peut-il s'en tenir aux faits, comme vous le lui avez explicitement demandé ? Il me semble que ce serait plus utile à la recherche de la vérité que de se baser sur des ouï-dire pour décrire les activités nocturnes de mon client, auxquelles elle n'a jamais assisté.

— Madame la juge, dit Langley avec l'air d'un premier communiant qui s'avance vers l'hostie, je vous prie de bien vouloir pardonner mon témoin. Mme Morrison s'efforce simplement de répondre aussi complètement que possible à mes questions.

Il se tourne vers Marianne.

— Merci de vous en tenir à ce que vous avez observé de vos yeux, madame Morrison.

Elle hoche une tête contrite.

— Je suis vraiment désolée.

— Passons à autre chose, dit le procureur avec un sourire doucereux.

Tony ne peut réprimer une sorte de dégoût face aux simagrées de Langley.

— J'aimerais que vous nous décriviez les relations entre Max Parkman et votre fils, en vous en tenant strictement aux faits que vous avez observés.

Marianne tapote machinalement ses cheveux, puis lisse sa jupe des deux mains.

— Voyons… Dans la mesure où nous passions beaucoup de temps ensemble, tous les quatre, Jonas a tout naturellement essayé de se faire accepter par Danielle et Max.

Son visage s'illumine brusquement.

— Jonas était un garçon chaleureux, plein d'amour pour les autres… Cet enfant était l'innocence même, vous savez. Il ne demandait qu'à aimer et à être aimé. C'était un cœur pur, mon Jonas.

La juge lui lance un regard compatissant.

— Le fait est que mon fils s'est beaucoup attaché à Max, poursuit-elle.

Un soupir triste et résigné s'échappe de ses lèvres.

— Dès le début, Max s'est montré très dur avec Jonas. Il rejetait sans ménagement ses tentatives d'approche. Sans que je puisse en comprendre la raison, je me rendais bien compte que Max détestait mon fils.

— Votre Honneur ! intervient Tony. Encore des supputations !

Il marche jusqu'au banc de la juge.

— Voilà que Mme Morrison nous explique ce que ressentait mon client !

La voix de Langley s'élève, douce comme une cuiller de miel.

— Non, monsieur l'avocat de la défense, son témoignage décrit ce qu'elle *a pensé* que votre client ressentait.

La juge lève les yeux au ciel.

— Ça suffit comme ça, monsieur Langley. Aidez votre témoin à rester dans les clous en posant des questions plus précises. Quant à vous, monsieur Sevillas, ajoute-t-elle d'une voix calme, vous devez comprendre que je vais laisser une très grande latitude à l'accusation pour interroger ce témoin. Souvenez-vous que je suis parfaitement capable de discerner ce qui est acceptable ou non dans un témoignage. Vous allez devoir me faire confiance, au moins pendant le reste de la déposition de Mme Morrison.

Tony préférerait manger de la pâtée pour chat au petit déjeuner que de lui faire confiance. Mais il n'a pas le choix.

— Oui, Votre Honneur.

La juge n'en a pourtant pas fini avec lui.

— Et permettez-moi de vous rappeler, monsieur l'avocat de la défense, que si votre cliente nous faisait l'honneur de sa présence elle serait en mesure de nous faire part de ses propres observations sur la nature des relations entre son fils et la victime.

Tony répond d'un bref hochement de tête et va reprendre sa place à côté des chaises vides de Max et de Danielle. Il grommelle un juron entre ses dents. Il vaudrait mieux pour Danielle qu'elle n'arrive pas à l'instant même. Parce qu'il est si furieux contre elle qu'il se ferait un plaisir de la livrer en pâture à la juge Hempstead. Une rumeur étouffée court le long des bancs du public tandis que Georgia raccompagne Max jusqu'à sa chaise. Tony est tellement concentré sur l'interrogatoire que c'est à peine s'il y prête attention.

— Madame Morrison, dit Langley, est-il exact que Max Parkman et votre fils se trouvaient régulièrement en présence l'un de l'autre ?

Marianne hoche la tête.

— Oui, c'est exact. Danielle et moi passions tellement de temps ensemble… Et, bien entendu, il m'arrivait de laisser Jonas à la garde de Danielle si je devais m'absenter un moment.

Elle tourne vers la juge des yeux qui se remplissent de nouveau de larmes.

— Depuis la disparition de mon garçon, je passe mon temps à me reprocher de ne pas avoir été plus méfiante.

Langley se compose un visage soucieux.

— Parlez-nous de ce qui se passait lorsque Jonas et Max Parkman se trouvaient dans la même pièce et que vous étiez là pour les observer.

— Au début, Max se contentait d'ignorer Jonas et ses gestes amicaux. Mais quand Max est devenu de plus en plus psycho…

Elle s'interrompt et lève les yeux vers la juge.

— Veuillez m'excuser, Votre Honneur. Je voulais dire que Max a fini par avoir une attitude ouvertement hostile à l'égard de mon fils.

— Comment cela se manifestait-il ? demande Langley.

Elle lui lance un regard douloureux.

— J'ai personnellement assisté à quelques démonstrations de cette hostilité, toutes plus perturbantes les unes que les autres. Comme je vous l'ai dit, mon fils essayait de créer le contact. Il s'asseyait à côté de Max, il lui montrait un jouet… ce genre de choses. Plus le temps passait, moins Max semblait supporter les témoignages d'amitié de Jonas. Il devenait nerveux, impatient, et allait jusqu'à gifler mon fils quand personne ne le voyait. J'en ai parlé à Danielle, mais elle m'a dit que Max ne ferait jamais une chose pareille.

Sa voix se brise et un sanglot la secoue brutalement. Elle met la main sur sa bouche et se reprend.

— Si seulement j'avais cru mon fils au lieu de Danielle… Mais comment pouvais-je savoir qu'elle était si effrayée des changements qui s'opéraient en Max qu'elle préférait se mentir à elle-même ?

Langley hoche gravement la tête et lui tend un autre mouchoir en papier.

— Pouvez-vous nous dire quelle a été la pire manifestation d'agressivité de Max Parkman à l'égard de Jonas ?

Marianne tamponne le Kleenex sur sa joue pour éponger une coulée de mascara.

— C'est si difficile pour moi de parler de ça…

— Prenez votre temps, madame Morrison, dit Langley d'une voix pleine de sollicitude.

— Un matin…, commence-t-elle avant de s'interrompre pour inspirer profondément, les yeux clos.

Elle semble réprimer un nouveau sanglot, secoue doucement la tête et reprend :

— Un matin, Jonas, Danielle, Max et moi étions dans la salle des familles. Il y régnait une ambiance agréable, très paisible. Je tricotais et Jonas tenait la pelote de laine pour moi. Comme toujours lorsqu'il était avec nous, Max dormait sur le canapé. A un moment, Danielle est sortie pour aller fumer une cigarette, chose qu'elle faisait assez souvent. Jonas s'est approché de Max et l'a gentiment réveillé. Quand il a voulu le prendre dans ses bras pour lui témoigner son affection, Max est devenu fou furieux. Il a bondi du canapé et s'est mis à hurler sur mon Jonas avant de l'attraper par les cheveux et de lui frapper la tête contre la table basse…

Sa voix se brise encore et elle lutte quelques instants contre les larmes avant de reprendre son témoignage.

— Bien sûr, il n'y avait ni infirmière ni surveillant pour mettre un terme à ce carnage…

Tony note sur son calepin : *Prépare le terrain pour future action en justice contre Maitland.*

— Alors je me suis précipitée vers mon fils pour lui venir en aide et je l'ai trouvé au sol, une large entaille au front et du sang partout sur le visage. Mon intervention a au moins dissuadé Max de continuer à lui donner des coups de pied. Dieu sait jusqu'où il serait allé si je n'avais pas été là…

Elle enfouit le visage dans ses mains et s'abandonne aux sanglots qui soulèvent ses épaules par intermittence.

Max se lève, rouge de colère.

— C'est une menteuse ! Ce n'est pas comme ça que ça s'est passé !

Tony s'empresse de le repousser sur sa chaise, mais

pas assez vite pour éviter que la juge ne lui décoche un regard noir charbon.

— Monsieur Sevillas ! Vous allez me faire le plaisir de maîtriser votre client ou je le fais placer en détention. Le témoignage que nous écoutons — ou plutôt que nous *essayons* d'écouter — est celui d'une mère endeuillée. Je vous demande un minimum de respect.

Ses yeux furieux se posent sur Max.

— Ecoutez-moi bien, jeune homme. Soit vous vous tenez tranquille jusqu'à la fin de cette audience, soit je vous fais expulser. Et, cette fois-ci, c'est entre deux policiers que vous sortirez. Est-ce clair ?

Les yeux de Max s'agrandissent et il respire fort par le nez. Finalement, il hoche la tête, mâchoires serrées.

— Oui, Votre Honneur.

Tony se lève.

— Il ne sera pas nécessaire d'en arriver là, Votre Honneur, dit-il.

Il s'assoit et pose une main ferme sur le bras de l'adolescent. Max semble toujours sur le point d'exploser. Tony se penche vers lui.

— Tiens-toi peinard, d'accord ? murmure-t-il à son oreille. Tu fais le jeu de l'accusation en t'énervant comme ça. Tu as envie que la juge pense que tu es vraiment dingue, comme Langley et Mme Morrison essaient de le faire croire ?

Max ne répond rien. Il croise les bras, visage fermé, et se laisse glisser sur sa chaise, les fesses au bord de l'assise.

Langley s'avance jusqu'à la barre des témoins et vient frotter doucement l'épaule de Marianne. Lorsque le visage du témoin finit par émerger de ses mains, le procureur fait quelques pas en arrière.

— Madame Morrison, pouvez-vous nous dire ce qui s'est passé une fois que vous vous êtes précipitée au secours de votre enfant ?

— Je vais essayer, monsieur Langley. Après ça, donc, les infirmières et les surveillants ont fini par arriver de tous côtés. Il n'y en avait pas un seul au moment où il l'aurait fallu, et là, il y en avait presque trop. Ils ont ceinturé Max, qui restait menaçant et qui s'est mis à délirer — il n'y a pas d'autres mots, Votre Honneur — sur le fait que mon fils voulait le tuer. Cette horrible jeune fille qui s'appelle Naomi se trouvait là, elle aussi, et elle mettait de l'huile sur le feu. Non sans mal, un surveillant a fini par emmener cette furie hors de la pièce. Pendant ce temps, Max se débattait comme un beau diable pour essayer de se libérer des bras de Dwayne, le surveillant le plus costaud, qui était le seul à avoir réussi à le maîtriser. Max se tortillait en hurlant comme un possédé. Il essayait de frapper et de mordre Dwayne, c'était un spectacle inimaginable… On aurait dit qu'il était devenu complètement fou. Je me demande encore comment Dwayne est parvenu à le ramener dans sa chambre.

Elle prend une profonde inspiration et poursuit son récit en se tordant les mains.

— Ce n'est qu'alors que l'infirmière — Mlle Kreng — s'est occupée de mon pauvre Jonas. Mais ses blessures étaient trop sérieuses pour qu'elle les traite elle-même, et mon fils a dû être emmené aux urgences de l'hôpital de Plano pour se faire poser des points de suture et passer des radios.

Elle se tourne légèrement, de manière à ce que les journalistes puissent mieux voir son visage ravagé de douleur.

— Si j'ai autorisé qu'on laisse mon enfant dans la même unité de soins que Max Parkman, c'est parce qu'on m'avait assuré que ce garçon ne serait plus jamais en contact avec Jonas. Et aussi parce que Danielle m'avait promis qu'elle ferait tout son possible pour que Max soit transféré dans une autre unité.

Max fourre une note qu'il vient de griffonner à la hâte dans la main de Tony : *Elle est maboule !* Tony secoue la tête, incrédule. Cette femme invente de nouveaux détails au fur et à mesure de son récit.

Langley se rengorge un instant devant la presse avant de poursuivre sa minutieuse entreprise de démolition.

— Savez-vous si Jonas a été victime d'autres agressions physiques de la part de Max ?

— Je n'ai pas assisté personnellement à d'autres agressions, mais j'ai parlé avec les infirmières après ce grave incident, et elles m'ont appris quelque chose que j'ignorais.

— De quoi s'agit-il ?

Tony n'y tient plus.

— Objection, Votre Honneur, dit-il en se levant. Le témoin rapporte des ouï-dire.

C'est à peine s'il a droit à un regard de la juge.

— Vous aurez l'occasion d'y revenir lors du contre-interrogatoire. Poursuivez, madame Morrison.

— Merci, Votre Honneur. Les infirmières m'ont donc appris que Max avait cassé le miroir du poudrier de sa mère et qu'il avait menacé Jonas avec un des morceaux de verre.

Tony agrippe fermement l'épaule de Max.

— N'y songe même pas, murmure-t-il entre ses dents.

Max lui lance un regard mauvais, mais il ne bronche pas.

— Autre chose, madame Morrison ? demande Langley.

— Eh bien, ça me gêne de raconter ça, mais une infirmière m'a dit que lorsqu'elle voyait Jonas elle comprenait à quel point c'était une chance pour un enfant perturbé d'avoir une bonne mère. Et elle a ajouté, aussitôt après, qu'elle ne comprenait pas que Danielle continue à se voiler la face au lieu d'accepter les terribles problèmes mentaux de…

— Merci, madame Morrison, l'interrompt Langley avec un coup d'œil nerveux en direction de Tony. Passons maintenant à la mère de Max, si vous le voulez bien. Avez-vous personnellement assisté à un comportement de Mme Parkman que vous avez jugé étrange, voire anormal ?

— J'ai bien peur que oui, monsieur Langley.

— Pourriez-vous nous décrire ce comportement ?

— Je vais faire de mon mieux, répond Marianne.

Elle se tourne vers la juge comme si elles étaient en train de boire un verre à la terrasse d'un café.

— Un jour, alors que nous étions assises dehors, Danielle m'a demandé une chose vraiment bizarre. Nous parlions d'un tout autre sujet, et je dois avouer que sa question m'a prise au dépourvu.

La juge semble suspendue à ses lèvres.

— Elle m'a dit : « Marianne, tu t'y connais en réseau informatique hospitalier ? » Je lui ai répondu que pendant mes années d'internat j'étais devenue assez compétente en informatique et que j'avais eu l'occasion, au cours de ma carrière d'infirmière, de perfectionner ces connaissances. Elle m'a alors posé tout un tas de questions sur les systèmes de codage, les mots de passe, etc. En fait, elle s'intéressait essentiellement à la protection des données. Je trouvais ça plutôt inhabituel, comme conversation, mais après tout nous ne nous connaissions pas si bien que ça, et j'ai songé qu'elle avait peut-être besoin de renseignements pour une affaire qu'elle s'apprêtait à plaider. Et puis, soudain, elle est restée silencieuse de longues secondes avant de me regarder droit dans les yeux et de me demander : « Marianne, qu'est-ce que tu sais sur le système informatique de Maitland ? » Quand je lui ai demandé ce qu'elle voulait dire par là, elle a eu un regard si bizarre que ça m'a fait froid dans le dos. Et puis elle m'a dit sans détour qu'elle cherchait un moyen de s'introduire dans les ordinateurs de la clinique.

A ces mots, les petits yeux de la juge s'élargissent considérablement. Quant à Langley, on croirait voir Grosminet avec les plumes jaunes de Titi qui lui sortent de la bouche.

— Pourquoi voulait-elle faire une chose pareille ? demande-t-il.

— Objection. Ouï-dire.

Tony a prononcé ces mots sans la moindre conviction. Il sait que la juge va l'envoyer balader. C'est ce qu'elle fait d'un geste de la main.

Les yeux de Marianne sont d'un bleu limpide.

— Elle voulait consulter le dossier médical de Max. Lire les notes prises par l'équipe qui le traitait. Elle était persuadée qu'il y avait une sorte de complot contre elle et son fils, que la clinique fabriquait des symptômes de toutes pièces.

Elle secoue tristement la tête.

— Bien entendu, je lui ai dit d'oublier tout de suite cette idée. Je ne me suis pas contentée de lui déconseiller de se lancer dans cette aventure, vous savez. Non, je lui ai dit de façon très directe ma façon de penser. D'ailleurs, j'ai bien peur d'avoir été un peu dure avec elle, Votre Honneur. Mais il se trouve que j'ai des valeurs morales particulièrement strictes, et je lui ai expliqué qu'il ne fallait pas compter sur moi pour prendre part à une entreprise illégale.

Ça ne finira donc jamais ? songe Tony en fermant les yeux.

— Et ensuite ? relance Langley.

Marianne hausse les épaules.

— Je crois qu'elle m'en a un peu voulu. Elle m'a dit qu'elle trouverait un moyen de consulter ces informations, avec ou sans mon aide.

— Et, à votre connaissance, Mme Parkman est-elle parvenue à s'introduire dans les ordinateurs de Maitland ?

— Oui, si j'en crois ce qu'elle m'a dit elle-même, répond Marianne d'une voix calme. Quelques jours après cette conversation, elle s'est vantée d'avoir pu consulter toutes les notes de l'équipe médicale en charge de Max. Elle a ajouté qu'elle savait que la clinique, pour une raison qui lui échappait, avait falsifié ces informations.

La juge lève un sourcil et jette un regard à Tony, qui conserve un visage impénétrable. Langley insiste :

— Mme Parkman vous a-t-elle raconté autre chose sur ce même sujet ?

Marianne s'adresse directement à la juge Hempstead.

— Elle m'a dit que la lecture de ces notes l'avait rendue furieuse et qu'elle les avait modifiées.

Tony secoue la tête. Pour lui, il ne fait aucun doute que Marianne Morrison ment comme une arracheuse de dents. Mais, en l'absence de Danielle pour réfuter ces calomnies, la défense n'a guère de moyens de la contredire. Ses poings se ferment sous l'effet de la frustration. Il jette un coup d'œil à Georgia, qui, tout comme Max, semble ronger son frein. Elle lui lance un regard de connivence. Elle aussi est avocate et elle sait que, lorsqu'on se fait marcher dessus par la partie adverse, il faut faire le gros dos et surtout ne pas se décourager.

Langley marche lentement jusqu'à l'estrade d'où la juge domine les débats.

— Madame Morrison, vous venez bien de nous dire que Mme Parkman s'était vantée d'avoir modifié le dossier médical de son fils ?

— C'est en tout cas ce qu'elle m'a dit.

— Pourquoi aurait-elle fait une chose pareille ? Le lui avez-vous demandé ?

Une expression angoissée s'affiche sur le visage de Marianne.

— Franchement, monsieur Langley, j'ai eu peur de creuser le sujet. Danielle avait l'air tellement… perturbée, vous comprenez ? Je dirais même qu'elle était…

Le procureur la met en garde du regard et Marianne s'arrête là.

— Merci, madame Morrison.

Langley va chercher une grande enveloppe en papier kraft qu'il ouvre de façon théâtrale. Une alarme sonne dans la tête de Tony, qui se lève d'un bond alors que le procureur extirpe déjà un objet métallique de l'enveloppe.

— Madame la juge ! Objection ! crie Tony en voyant le peigne que Langley brandit sous le nez de Marianne.

Elle a un mouvement de recul, sa main étouffant un cri.

— Quel que soit cet objet, poursuit Tony sur le même ton indigné, il n'a pas été versé dans les règles au dossier en tant que pièce à conviction ! Je ne vois pas ce qui autoriserait le ministère public à produire des objets qui n'ont pas été inclus lors de la procédure de divulgation des pièces.

— Votre Honneur, se défend Langley, notre intention n'est sûrement pas de contrevenir aux…

La juge Hempstead lui montre sa main pour le faire taire tandis qu'un cyclone tropical se lève sur son visage.

— Approchez-vous.

Lorsqu'ils sont tous deux au garde-à-vous face à elle, la juge se penche et murmure d'une voix tendue :

— Peut-on savoir quel tour de passe-passe vous êtes en train d'exécuter, monsieur Langley ?

— Aucun tour de passe-passe, Votre Honneur. Nous ne comptons pas demander à Mme Morrison si cet objet est l'arme du crime. Nous voulons simplement établir qu'elle a vu, à un moment ou à un autre, un peigne comme celui-ci en possession de l'accusée.

Tony laisse échapper un petit rire goguenard.

— Ben voyons !

Il ouvre les bras comme s'il prenait la salle entière à témoin.

— Exhibons cet objet — quel qu'il soit — sorti du haut-de-forme du prestidigitateur Langley et promenons-le sous le nez du témoin, de la juge, de la presse et du public sans l'avoir inclus dans le processus de divulgation des pièces ni avoir établi une quelconque chaîne de responsabilité ! Cet objet n'a même pas été communiqué au médecin légiste afin que celui-ci nous dise s'il pourrait correspondre, ne serait-ce que vaguement, à l'arme qui a causé la mort de Jonas Morrison ! Et, pendant ce temps, qui fait les frais de tout ce cirque ? Mes clients, bien entendu !

Le regard acéré de la juge se plante dans celui de Langley.

— Etes-vous en train d'affirmer que cet objet est l'arme qui, selon vous, a servi à tuer Jonas Morrison et qui, toujours selon vous, a été retrouvée sur la scène de crime ?

— Non, Votre Honneur.

— Avez-vous retrouvé le véritable objet qui, selon vous, a servi à tuer Jonas Morrison ?

Langley secoue la tête.

— Il n'a pas encore été localisé avec précision, mais ce peigne est la réplique exacte de celui retrouvé en possession de Mme Parkman.

— Et comment peut-on être certain qu'il s'agit d'une réplique exacte ?

— Parce que nous nous sommes rendus dans le salon

où Mme Parkman s'est fait coiffer, et que la propriétaire dudit salon nous a fourni ce peigne en nous affirmant que c'était le même modèle que celui qu'elle avait elle-même vendu à l'accusée.

Il s'interrompt et Tony frappe le bureau de la juge du plat de la main.

— Et alors, Votre Honneur ? Qu'est-ce que ça change si M. Langley nous affirme que cet objet est censé ressembler à je ne sais quel peigne prétendument retrouvé sur la scène de crime ? Il n'en reste pas moins vrai que le ministère public n'a produit aucune arme du crime, et que son représentant tente à présent de porter préjudice à mes clients en essayant d'introduire cette supposée copie par des moyens détournés. La défense maintient son objection.

La juge examine un instant le peigne et s'éclaircit la voix.

— Dans d'autres circonstances, votre objection pourrait être retenue par la cour, monsieur Sevillas. Et, si nous nous trouvions devant un jury, je serais d'accord avec vous pour estimer que le risque de préjudice est bien réel pour vos clients.

Elle se tourne vers Langley.

— Toutefois, cette audience est une enquête préliminaire et non un procès d'assise. Je suis, comme je l'ai déjà expliqué, parfaitement capable de séparer le bon grain de l'ivraie et de protéger la défense comme l'accusation contre tout risque de préjudice. Je vais donc vous permettre de poser vos questions liées à cet objet, monsieur Langley.

Le soulagement de Langley est palpable.

— Cependant, sachez que je mettrai un terme à votre interrogatoire si vous suggérez — ne serait-ce qu'une seule fois — que le peigne que vous avez en main est lié d'une manière ou d'une autre aux blessures de Jonas Morrison.

Elle pointe un doigt sévère sous le nez du procureur.

— Ai-je été suffisamment claire, monsieur Langley ?

Il hoche vigoureusement la tête.

— Parfaitement claire, Votre Honneur.

Furieux, Tony tourne les talons sans faire le moindre

commentaire sur la décision de la juge. Il regagne son banc d'un pas qui trahit son humeur, puis jette rageusement son stylo sur le calepin avant de s'asseoir. Le visage de Max, qui semblait s'être vidé de son sang en apercevant le peigne, a conservé une extrême pâleur. Cette fois-ci, c'est lui qui prend la main de Tony.

Langley revient vers la barre des témoins et brandit de nouveau le peigne devant Marianne.

— Madame Morrison, j'ai ici un objet versé au dossier en tant que pièce à conviction numéro trois, que j'aimerais vous demander d'identifier.

Elle se mord la lèvre et ouvre de grands yeux horrifiés.

— Oh, mon Dieu… Est-ce que c'est…

Langley l'interrompt aussitôt.

— Je dois vous demander de ne faire aucun commentaire qui ne soit pas en rapport direct avec mes questions, dit-il d'une voix ferme. Pouvez-vous faire ça, madame Morrison ?

Ses joues se colorent d'une jolie teinte rosée.

— Eh bien… je vais faire de mon mieux.

— Madame Morrison, qu'est-ce que je tiens à la main ?

— Ma foi, c'est un peigne, monsieur Langley.

— Est-ce la première fois que vous voyez un tel peigne ?

— Non.

— Où avez-vous vu un peigne semblable avant aujourd'hui ?

— J'ai vu exactement le même peigne à Maitland.

— Et, à votre connaissance, à qui appartenait-il ?

— A Danielle Parkman.

— Qu'est-ce qui vous fait dire ça ?

— Eh bien, elle le conservait toujours dans son sac à main, et je l'ai souvent vue s'en servir.

Sa tête pivote en direction de la juge.

— Elle s'est fait faire une permanente peu de temps après que Max a été admis à Maitland, Votre Honneur.

Une pause.

— Je la voyais tout le temps avec ce peigne à la main.

Langley marche avec une lenteur affectée jusqu'au

banc de la défense. Il s'immobilise juste devant Tony et se tourne vers son témoin.

— Madame Morrison, je voudrais vous remercier d'être venue ici aujourd'hui et d'avoir produit ce témoignage qui, je le sais, vous a été pénible et douloureux. Toutefois, avant de vous libérer, j'aimerais vous poser une dernière question. Saviez-vous que, si nous sommes réunis ici aujourd'hui, c'est en partie parce que Mme Parkman a demandé à conserver sa liberté sous caution jusqu'à la date de son procès ?

Tony commence à se lever, mais la juge lui coupe l'herbe sous le pied.

— Monsieur le procureur, dans la mesure où l'accusée a de toute évidence violé les termes de sa libération sous caution, il me semble que la question de savoir si celle-ci va être révoquée ou non ne se pose plus vraiment.

— J'ai une autre raison pour interroger le témoin à ce sujet, Votre Honneur.

La juge pose les yeux sur Marianne, puis sur le procureur.

— Monsieur Langley, c'est ici que je trace la limite à ne pas franchir. Je ne vois pas en quoi l'opinion du témoin sur l'éventuelle révocation de la libération sous caution de Mme Parkman pourrait faire avancer les débats.

— Votre Honneur, je ne compte évidemment pas demander à Mme Morrison si elle est d'accord pour que cette libération soit prolongée. Je compte l'interroger sur un événement auquel elle a participé, et qui a un rapport direct avec le volet de cette audience.

La juge le regarde un instant avec une expression dubitative.

— Très bien, monsieur Langley, je vais vous laisser commencer. Mais, au moindre coup tordu, je vous impose le silence. C'est bien compris ?

Tony secoue la tête avec une moue désabusée. *Elle va donc tout laisser passer ?*

Langley inspire profondément et se tourne vers Marianne.

— Madame Morrison, pouvez-vous expliquer à Mme la juge ce que vous m'avez dit pour la première fois ce matin ?

Marianne a suivi l'échange entre la juge et le procureur comme si elle regardait la finale de l'US Open depuis la tribune d'honneur.

— Certainement, monsieur Langley. Je n'ai aucun plaisir à raconter ceci, Votre Honneur, mais il me semble de mon devoir de porter à votre connaissance certains actes et certaines paroles de Mme Parkman qui m'ont donné la certitude d'être en présence d'une femme violente et même dangereuse.

— Objection, Votre Honneur ! s'exclame Tony. On nage en pleine supputation ! Ce volet du témoignage de Mme Morrison devrait être clos sur-le-champ. Ce n'est qu'une tentative gratuite de laisser la mère de la victime porter un coup bas…

— Monsieur Sevillas ! l'interrompt la juge d'une voix sévère. Parler de « coup bas » dans une cour de justice me semble d'autant plus déplacé que cette expression vise le témoignage d'une femme dont le fils vient de perdre la vie dans des conditions particulièrement odieuses.

— Je sais, Votre Honneur, mais…

— Il n'y a pas de « mais ».

Elle se tourne vers Marianne et sa voix se fait douce. Le contraste est saisissant.

— Madame Morrison, j'aimerais que vous nous donniez les faits, et non ce que vous en déduisez. Peut-être pourriez-vous vous adresser directement à moi, puisque le ministère public semble incapable d'encadrer votre témoignage.

— Eh bien, voilà, Votre Honneur. Un jour, très peu de temps avant le meurtre, Danielle et moi avons dîné ensemble. Comme elle avait bu beaucoup trop de vodka, je lui ai proposé de la reconduire à l'hôtel. Lorsque nous y sommes arrivées, elle est sortie de la voiture en titubant. Elle semblait hébétée, désorientée, et soudain elle a piqué une crise de rage et s'est mise à m'accuser de mentir au sujet de Max. Elle a même levé la main pour me frapper…

— Votre Honneur !

Tony ne peut plus supporter d'entendre cette femme proférer des mensonges. Il marche d'un pas furieux jusqu'au banc de la juge. Lorsqu'il parle de nouveau, sa voix est froide, maîtrisée.

— Votre Honneur, ce témoin ment.

— Monsieur Sevillas, arrêtez ça tout de suite !

La juge appuie ses paroles d'un coup de marteau et d'un regard noir.

— Il n'y aura pas de témoignage d'avocat sous ma présidence ! Vous allez devoir attendre le contre-interrogatoire de Mme Morrison pour vous exprimer, ou alors l'interrogatoire de Mme Parkman, si tant est qu'elle veuille bien cesser de jouer l'Arlésienne ! Et maintenant, retournez à votre place, si vous ne voulez pas que je vous fasse condamner pour outrage à la cour.

Tony est tellement remonté que ces menaces ne lui font ni chaud ni froid. Et puis l'affaire est si mal engagée qu'il n'a plus rien à perdre.

— Je vais y retourner, Votre Honneur, mais je tiens à dire qu'il est scandaleux de voir ce témoin mentir aussi effrontément dans une cour de justice. Comment Mme Morrison peut-elle calomnier une femme qui s'est toujours comportée en amie avec elle ? C'est honteux !

Le regard de Marianne s'enflamme.

— Je ne mens jamais, dit-elle d'une voix tremblante d'indignation.

Puis son visage se lève vers la juge et elle fond en larmes.

— Le fils de Danielle a tué mon petit garçon, Votre Honneur, articule-t-elle entre deux sanglots. Il l'a poignardé à mort pendant son sommeil. Il n'y a plus rien à faire pour mon pauvre Jonas, mais je sais à présent — sans l'ombre d'un doute — que le comportement violent de Max est grandement imputable à sa mère.

Elle s'abandonne un instant à ses pleurs, puis tourne un visage implorant vers la presse et le public.

— Oh, mon Dieu… Aidez-moi !

Grimaçant de colère, la juge pointe son marteau en direction de Tony.

— Vous êtes officiellement reconnu coupable d'outrage à la cour ! Je déciderai de votre sort à la fin de cette audience.

Tony ne répond rien. Il va s'asseoir et fusille Marianne du regard.

— Bien…, dit la juge en reposant son marteau. Je vais me charger moi-même d'interroger le témoin. Madame Morrison, voulez-vous me dire si Max Parkman vous a déjà menacée physiquement.

Marianne se déplace légèrement afin que les journalistes puissent avoir une meilleure vue de son profil inconsolable, puis pose ses yeux de sainte martyre sur la juge Hempstead.

— Un jour, environ une semaine avant le meurtre, j'étais sur le canapé de la salle des familles en train de tricoter un chandail, quand Max a brusquement sorti de sa poche un objet qui brillait comme du métal.

Une rumeur choquée parcourt le public, et de nombreuses têtes se tournent vers l'adolescent. Tony lui saisit le poignet et ne le lâche pas tant que ses poings fermés ne se sont pas rouverts.

— Et ensuite ? demande la juge.

Marianne écarquille des yeux affolés. On croirait une actrice de cinéma muet.

— Ensuite, il l'a brandi au-dessus de ma tête.

La juge s'efforce de masquer l'effet que lui font ces paroles, mais Tony voit bien qu'elle vit intensément chaque instant de ce témoignage.

— Etiez-vous seule avec M. Parkman quand cet incident s'est produit ?

— Hélas, oui.

Marianne secoue la tête.

— Le temps que je me remette de mes émotions, Max s'était enfui vers une autre partie du bâtiment.

— J'imagine que vous avez rendu compte de cet incident à un médecin ou à une infirmière.

— Bien entendu. Mais, apparemment, la caméra placée

dans la salle des familles était hors service ce jour-là, et je n'ai pas pu prouver ce que j'avançais. C'était la parole de Max contre la mienne.

La juge fronce les sourcils.

— Je suppose que l'équipe médicale de cette clinique accorde plus de crédit aux affirmations d'un parent qu'à celles d'un patient souffrant de problèmes psychiatriques ?

Marianne hausse tristement les épaules.

— Ils ont fouillé l'unité de soins de fond en comble, y compris la chambre de Max, mais ils n'ont rien trouvé.

— Avez-vous parlé de cet incident à Mme Parkman ?

— Oui, bien sûr.

Le revers de sa main pâle se pose délicatement sur son front, et elle ferme les yeux un instant, comme si elle souffrait d'une affreuse migraine.

— Elle m'a dit que ce n'était pas possible. Que je m'étais forcément trompée.

— Avez-vous demandé à l'équipe médicale de prendre des mesures plus strictes pour encadrer Max Parkman ? Comme le fouiller avant de le laisser sortir de sa chambre, par exemple ?

— Oui, Votre Honneur. Mais je crains de ne pas avoir été prise au sérieux.

La juge hoche la tête et écrit quelque chose sur son bloc-notes. Elle relève le visage et observe le témoin par-dessus ses lunettes de lecture.

— Et ensuite ?

— Ensuite, Max a cessé d'être violent avec Jonas.

Marianne jette un regard éperdu de chagrin en direction des journalistes.

— Jusqu'au jour où il l'a sauvagement assassiné.

Langley se lève avant que Tony ne puisse formuler une nouvelle objection.

— Le témoin est à la défense.

39

— Souhaitez-vous procéder à un contre-interrogatoire, monsieur Sevillas ?

Tony jette un dernier regard vers la porte de la salle d'audience, comme s'il espérait un miracle. Mais elle reste désespérément close. Les dés sont jetés, à présent. Danielle ne viendra plus, et il devra se débrouiller seul.

Max pose sur lui des yeux agrandis par la peur. L'avocat lui fait un clin d'œil et se tourne vers la juge.

— Certainement, Votre Honneur.

— Alors, faites, monsieur Sevillas.

Tony s'avance vers le témoin. Il ouvre la bouche pour poser sa première question, quand un brouhaha se fait entendre au fond de la salle. Tous les yeux se tournent vers la femme qui descend l'allée centrale, vêtue d'un élégant tailleur-pantalon. Doaks et le lieutenant Barnes marchent dans son sillage. Max bondit de sa chaise et court se jeter dans les bras de sa mère. Danielle le presse contre elle, les yeux fermés. Une joie solaire illumine le visage de l'adolescent, dont le regard exprime un immense soulagement.

— Je suis là, mon chéri, murmure-t-elle à son oreille. Je t'aime.

— Moi aussi, je t'aime, maman.

Il reprend sa place sans se soucier d'essuyer les larmes qui inondent son visage. Danielle se penche par-dessus la balustrade pour poser un baiser sur la joue de Georgia, puis croise le regard de Tony. Il semble aussi furieux que soulagé. Au lieu de s'asseoir, elle marche d'un pas décidé vers la juge, qui l'arrête net d'un violent coup de marteau.

— Silence !

Le regard qu'elle pose sur Danielle lance des éclairs. On dirait Zeus maniant la foudre.

— Et peut-on savoir qui nous avons là ?

— Je m'appelle Danielle Parkman, Votre Honneur.

Elle jette un coup d'œil à Tony, dont le visage trahit toujours des émotions contradictoires.

— Tiens, tiens… l'accusée fantôme, ironise la juge d'une voix coupante. Approchez, madame Parkman.

— Oui, Votre honneur.

— Huissier, veuillez placer Mme Parkman sous mandat de dépôt.

— Votre Honneur, proteste Danielle, laissez-moi vous expliquer… S'il vous plaît…

La juge pointe le marteau de bois dans sa direction.

— Non, madame Parkman. Vos explications ne m'intéressent pas. Vous êtes une accusée qui a commis un crime en violant gravement les termes de sa libération sous caution. J'ordonne donc votre placement en détention.

Elle se tourne vers l'huissier.

— Passez-lui les menottes.

Danielle surprend le regard satisfait de Marianne tandis que l'huissier s'avance vers elle, menottes à la main.

— Votre Honneur, la façon dont vous répondez à mes agissements est parfaitement compréhensible, mais je dois vous demander la permission de procéder au contre-interrogatoire de Mme Morrison. Je suis en possession de preuves cruciales qui ont un lien direct avec…

La juge se penche par-dessus son bureau tandis que les menottes se referment sur les poignets de Danielle.

— Vous pouvez bien avoir la preuve que le monde est plat, madame Parkman, sachez que je m'en contrefiche. Vous allez être conduite à la prison du comté et vous y resterez jusqu'à votre procès. En tant qu'avocate et auxiliaire de justice, vous étiez pleinement consciente des conséquences de vos actes. Je ne vous apprends donc rien en vous disant que vous avez bafoué les lois de cet Etat, ainsi que les décisions de cette cour de justice.

Sa voix est dure, impitoyable.

— Vous n'êtes pas à New York, madame Parkman. Vous êtes dans *mon* tribunal sous *ma* juridiction.

Danielle se tourne vers Tony, qui hausse à peine les épaules avec une discrète moue d'impuissance. *Désolé*, dit son regard, *mais je ne peux rien pour toi.*

Max, pétrifié, la dévisage.

L'huissier pose la main sur l'épaule de Danielle, qui fait un pas de côté pour se dégager.

— Votre Honneur, dit-elle, je demande qu'il me soit permis d'assurer ma propre défense.

La juge lui jette un regard furibond.

— Vous êtes déjà représentée par un avocat.

Elle désigne Tony du menton.

— Toutes les questions que vous souhaitez poser à la cour devront être formulées par le biais de M. Sevillas.

L'huissier lui saisit le bras. Danielle se dégage de nouveau et fait un pas vers la juge.

— Votre Honneur, dit-elle d'une voix ferme, mon avocat a une annonce à faire.

Tony ouvre de grands yeux alarmés, et Danielle croise son regard. Après quelques secondes d'hésitation, il secoue la tête.

— Il semblerait que votre avocat ne soit pas de cet avis, madame Parkman.

La juge fait signe à l'huissier d'emmener Danielle.

— M. Sevillas renonce à poursuivre ma défense, Votre Honneur, lance Danielle.

La juge Hempstead jette un regard surpris à Tony.

— Vous confirmez, monsieur Sevillas ?

Doaks hoche vigoureusement la tête, au premier rang du public. Tony le fusille du regard avant de croiser celui de Danielle. Là, les yeux dans les yeux, un déclic se produit.

Tony se tourne vers la juge.

— Votre Honneur, je fais respectueusement part à la cour de mon intention de renoncer à poursuivre la défense de Mme Parkman.

La juge hésite une fraction de seconde.

— Requête rejetée.

Tony et Danielle échangent un rapide regard, et l'avocat se tourne de nouveau vers la juge.

— Avec tout le respect que je vous dois, Votre Honneur, je crains de devoir me retirer malgré tout.

La juge enlève ses lunettes et se penche en avant, l'air menaçant.

— Dois-je vous rappeler que vous venez d'être condamné pour outrage à la cour ?

— Non, Votre Honneur.

Sa tête pivote d'un coup sec vers Danielle. Ses lèvres, pincées par la fureur, s'ouvrent à peine quand elle parle :

— Je ne peux pas vous contraindre à conserver votre avocat, madame Parkman, pas plus que je ne peux vous interdire d'assurer votre propre défense. Mais écoutez bien ce que je vais vous dire. Cette audience va se poursuivre dans le strict respect de la loi et des règles qui régissent une cour de justice. Il n'y aura aucune tolérance pour d'éventuels dérapages. Franchissez la ligne jaune une seule fois, et l'huissier vous placera en détention. Et ne vous donnez pas la peine d'essayer de me convaincre de prolonger votre libération sous caution. Une fois l'audience levée, vous serez directement conduite en prison. Votre libération sous caution est officiellement révoquée par décision de la cour. Huissier, veuillez retirer les menottes de Mme Parkman.

L'huissier s'exécute, maniant sa petite clé avec dextérité. Danielle se masse les poignets.

— Et maintenant, poursuit la juge, veuillez les passer à M. Sevillas et le conduire dans la cellule du palais de justice.

L'huissier, qui commençait déjà à raccrocher les menottes

à sa ceinture, à côté de son arme de service, interrompt son geste et se dirige vers Tony.

— Votre Honneur…, commence Danielle.

La juge ne la laisse pas finir sa phrase.

— Préparez-vous à procéder au contre-interrogatoire du témoin, madame Parkman.

Impuissante à son tour, Danielle regarde les menottes se refermer sur les poignets de Tony, que l'huissier entraîne bientôt hors de la salle. Elle ne peut rien faire non plus pour calmer la peur qu'elle lit maintenant dans les yeux de son fils. Pas encore, en tout cas.

— Veuillez commencer, madame Parkman, dit la juge d'une voix glaciale.

Danielle fait un signe à Doaks, qui se lève et va déposer une large boîte en carton sur la table de la défense. Danielle le rejoint et soulève le couvercle. Ses doigts fouillent la boîte quelques secondes, puis ressortent avec une liasse de documents. Elle échange un regard avec Max, inspire profondément et pivote vers le témoin.

— Madame Morrison, j'aimerais vous poser quelques questions sur votre passé.

Marianne la regarde franchement, sans se troubler le moins du monde.

— Avec plaisir, madame Parkman, dit-elle d'une voix dépourvue de chaleur.

— Où êtes-vous née ?

— En Pennsylvanie.

— Pas au Texas ?

— Non.

Son regard est serein.

— Où avez-vous été élevée ?

Marianne soupire.

— Mon père était militaire et j'ai visité tout le pays durant mon enfance.

— Avez-vous déjà vécu dans le Vermont ?

— Non.

— En Floride ?

— Non.

— Dans l'Illinois ?

Une infime hésitation.

— Non.

— Merci.

Danielle passe en revue les documents qu'elle tient à la main.

— Pourriez-vous me rappeler le nombre de fois où vous avez été mariée, madame Morrison ?

Celle-ci joint les mains avec une expression guindée.

— Une seule.

— Avec qui, je vous prie ?

— Avec Raymond Morrison.

— Vous n'avez pas été mariée avant ?

— Non.

— Avez-vous eu d'autres enfants avant Jonas ?

Son regard est toujours aussi serein.

— Non.

Danielle marche lentement jusqu'à la barre des témoins.

— Pas d'autres enfants, c'est bien ça ?

— Votre Honneur, intervient Langley d'une voix plaintive. Question posée, réponse reçue ! Si Mme Morrison avait d'autres enfants, il me semble qu'elle s'en souviendrait.

Quelques rires étouffés se font entendre dans la salle.

— Je vais passer à autre chose, Votre Honneur, dit vivement Danielle. Madame Morrison, avez-vous souffert d'un problème physique chronique ?

Marianne lève des yeux chagrinés vers la juge.

— J'ai souffert de plusieurs maladies au cours de ma vie. Je n'ai pas évoqué ce sujet ici, parce que cela me semblait déplacé.

— Peut-être pourriez-vous nous faire un bref résumé de votre parcours médical ? demande Danielle.

Les joues de Marianne s'empourprent.

— J'ai eu tellement de problèmes… Je ne saurais pas où commencer.

— Laissez-moi vous aider. Avez-vous été hospitalisée pour les problèmes que vous évoquiez à l'instant ?

— Oh, oui.

— Combien de fois ?

— Trop pour les compter.

— Laissez-moi avancer le chiffre de soixante-huit opérations chirurgicales, madame Morrison. Diriez-vous que c'est une estimation exacte ?

Un murmure stupéfait s'élève de la salle.

Langley se dresse pour intervenir, mais Marianne est plus prompte que lui.

— C'est grotesque, dit-elle avec un rire dédaigneux.

— Madame Parkman, intervient la juge, êtes-vous en mesure d'étayer ce que vous laissez entendre ?

— J'y arrive, Votre Honneur.

— C'est ce que vous dites, mais je ne vois rien venir.

Danielle se replie vers le banc de la défense. Doaks, assis sur la chaise de Tony, lui tend un carnet rose qu'il vient de sortir de sa mallette défoncée.

— Avez-vous déjà consulté un médecin pour un problème psychologique, madame Morrison ?

— Votre Honneur, intervient Langley, l'état psychologique de cette pauvre femme n'a rien à voir avec la charge d'homicide qui pèse contre l'accusé. Nous nous opposons catégoriquement à toute manœuvre de la défense qui viserait à mettre en doute la santé mentale du témoin.

La juge pose un regard désapprobateur sur Danielle.

— Madame Parkman, j'ai l'intention de vous accorder une latitude identique à celle dont a bénéficié le ministère public pour interroger ses témoins tout au long de la journée — journée, faut-il le rappeler, où vous avez brillé par votre absence —, mais je suis d'accord avec M. le procureur pour dire que la santé physique ou mentale du témoin est sans rapport avec les charges qui pèsent contre votre fils.

Elle pointe son marteau sur Langley.

— Je constate par ailleurs que le ministère public

conteste peu ou prou toutes les questions posées par Mme Parkman. Aussi, monsieur Langley, vais-je vous demander de nous épargner des objections à répétition et de nous faire gagner du temps. Restez assis, je vous prie, et laissez-moi m'assurer que les questions de la défense sont pertinentes.

Danielle reprend la parole, la voix calme et assurée.

— Madame la juge, il est vrai que je n'ai pu assister aux débats de la matinée et du début de l'après-midi, ce dont je vous prie une nouvelle fois de m'excuser. Toutefois, je suis certaine que ma santé mentale ainsi que celle de mon fils ont été évoquées, pour ne pas dire mises en cause, au cours des interrogatoires principaux. Il me semble donc équitable que ce témoin, qui a élevé un enfant perturbé, soit soumise au même type de questions.

La juge Hempstead fronce les sourcils.

— C'est au tour de la défense d'interroger le témoin et de faire valoir son point de vue, madame Parkman. Libre à vous d'emprunter un chemin tortueux qui risque de vous faire perdre le bénéfice du contre-interrogatoire. Parce que je n'hésiterai pas à y mettre un terme si je juge vos questions hors de propos. Poursuivez, mais à vos risques et périls.

Langley se tourne vers la presse et secoue la tête avec une mimique scandalisée digne d'un acteur de série Z. Les journalistes se mettent à griffonner furieusement des notes sur leurs carnets.

Danielle s'approche de Marianne.

— Pouvez-vous répondre à ma question, s'il vous plaît ?

— Je n'ai jamais eu de problèmes psychologiques.

— Un médecin vous a-t-il déjà dit que vous souffrez d'une pathologie psychiatrique ?

— Jamais, madame, répond-elle avec une arrogance indignée. Comme tout le monde, il m'arrive d'avoir des moments de doutes, des heures plus sombres que d'autres, mais je gère cela en tête à tête avec moi-même et je m'en remets à la grâce de Dieu pour m'aider à traverser les épreuves.

Elle lance un regard outré à la juge et caresse avec ostentation la croix qu'elle porte au cou.

— Madame Morrison, quand avez-vous appris pour la première fois de la bouche d'une personnalité compétente que votre fils avait un problème ?

— Pour être parfaitement honnête, je dois admettre que j'avais compris que quelque chose n'était pas normal chez mon fils avant qu'un spécialiste ne me le confirme.

Elle s'adresse directement à la juge.

— Une mère sait ces choses-là, Votre Honneur. Il avait des problèmes d'apnée lorsqu'il était bébé. Il s'arrêtait brusquement de respirer, comme ça, sans raison.

— Comment a-t-il été traité pour ce problème d'apnée ? demande Danielle.

— Eh bien...

Elle se redresse, gonfle sa poitrine et se met à s'exprimer avec ses mains, comme si le sujet la passionnait.

— C'était une chose absolument terrifiante pour une jeune maman, vous savez. Je devais le surveiller jour et nuit. Lorsqu'il cessait de respirer, il prenait cette affreuse teinte bleuâtre. Il fallait alors que j'appelle les secours ou que je le conduise moi-même aux urgences. C'était la panique chaque fois.

Ses yeux s'emplissent de larmes. Le procureur, qui s'est transformé en distributeur de Kleenex, accourt aussitôt.

— Que faisaient les médecins urgentistes, dans ces cas-là ? demande Danielle pendant que Marianne se tamponne doucement les yeux avec le mouchoir en papier.

Les traits du témoin se contractent comme si elle retenait de nouvelles larmes.

— Ils lui mettaient un masque à oxygène pour qu'il puisse respirer normalement.

— Combien de fois est-ce arrivé, madame Morrison ? Combien de fois Jonas a-t-il dû être traité en urgence pour ses problèmes respiratoires ?

Marianne tord le mouchoir autour de ses doigts.

— Mon pauvre bébé était né depuis à peine quinze jours

quand j'ai dû le conduire aux urgences pour la première fois. Là, ils m'ont donné un moniteur de surveillance respiratoire. Une alarme se déclenchait chaque fois que Jonas cessait de respirer. C'était affreux…

— Est-il arrivé qu'un membre du personnel médical croisé lors de ces séjours aux urgences vous fasse part de ses doutes quant à la réalité de ces apnées ?

Marianne semble déconcertée.

— Je ne comprends pas la question.

Danielle fait un pas vers elle.

— Est-il arrivé qu'un médecin, un interne ou un infirmier vous dise qu'il vous soupçonnait d'asphyxier volontairement votre fils ?

Langley se détend comme un ressort.

— Votre Honneur ! C'est une honte !

— Je m'en charge, monsieur Langley, dit la juge avant de pointer un doigt furieux en direction de Danielle. Mettez immédiatement un terme à cet axe de questionnement, madame l'avocate de la défense ! Dans cette cour de justice, lorsqu'on veut développer un argument, on l'introduit dans les règles. Or, vous n'avez rien présenté jusqu'ici qui puisse soutenir la thèse d'une maltraitance de la part du témoin. Peut-être est-ce ainsi qu'on conduit les contre-interrogatoires à New York, mais certainement pas dans ma juridiction !

Danielle hausse à peine les épaules.

— Bien, Votre Honneur.

— Poursuivez.

Danielle pose son regard imperturbable sur Marianne.

— Qui a été le premier à vous annoncer que Jonas était autiste et qu'il avait un retard mental ?

Marianne la considère un instant, un air haineux sur le visage.

— Je me souviendrai de ce jour aussi longtemps que je vivrai, dit-elle. Nous habitions à Pittsburgh à l'époque, et Jonas était âgé de quatre ans. Je n'étais pas entièrement satisfaite des soins qu'il recevait jusque-là et j'avais entendu dire qu'un spécialiste renommé était de passage à l'hôpital. Je suis allée le consulter avec mon garçon, et après des heures de tests et d'examens il est venu me chercher. Il m'a emmenée dans un bureau et m'a fait asseoir avant de m'expliquer que mon petit ange ne serait jamais un enfant comme les autres. Il m'a simplement dit que son cerveau était endommagé…

Elle se mord la lèvre puis pose brièvement la main sur sa bouche, le regard un peu perdu.

— Oui, « endommagé »…, répète-t-elle. C'est bien le terme qu'il a utilisé. Puis il m'a expliqué que Jonas avait un retard mental et qu'il présentait tous les signes d'un autisme profond.

Elle essuie quelques larmes qui perlent au coin de ses yeux et cherche le regard de la juge.

— A compter de ce jour, j'ai décidé de me consacrer entièrement à mon enfant. Jusqu'à sa fin tragique, je n'ai songé qu'à lui donner de l'amour et à m'assurer qu'il recevait les meilleurs soins possibles. Je ne me suis jamais remariée, et plus rien n'a eu d'importance pour moi en dehors de mon fils.

Danielle conserve un visage impénétrable durant cette déclaration larmoyante. Elle regagne tranquillement le banc de la défense, consciente qu'une partie du public la regarde comme si elle venait de cracher sur une statue de la Vierge Marie. Langley ne peut réprimer un sourire aussi goguenard que jubilatoire.

— Madame Morrison, reprend Danielle, est-il arrivé qu'un médecin, après avoir examiné Jonas, avance l'hypothèse qu'une autre cause soit à l'origine de ses troubles ?

— Que voulez-vous dire par là ?

— Vous nous avez affirmé que les problèmes de Jonas avaient commencé quelques jours après sa naissance. Aucun médecin ne vous a dit soupçonner que ces problèmes s'étaient en réalité développés bien plus tard, et que leur origine n'était pas celle qu'on croyait ?

— Non, personne ne m'a dit une chose pareille.

— Personne n'a jamais suggéré qu'une intervention extérieure pouvait être à l'origine des dommages cérébraux dont souffrait Jonas ?

Marianne lui jette un regard plein de morgue.

— Je ne sais pas ce que vous essayez de me faire dire avec vos questions tordues, mais la réponse est non. Personne n'a suggéré une telle chose. Et sachez que je me suis toujours très bien occupée de mon fils.

— Madame Parkman, dit sèchement la juge, les soins que Mme Morrison a prodigués à son fils durant sa petite enfance et dans les années qui ont suivi ne sont pas en cause dans l'affaire qui nous occupe aujourd'hui.

— Permettez-moi de ne pas partager votre avis à ce sujet, Votre Honneur.

La juge hausse les sourcils.

— Si vous avez des preuves ou des éléments de preuves propres à soutenir ce que vous avancez, c'est le moment de les produire. Sinon, il doit bien exister un axe de questionnement pertinent pour votre défense. Trouvez-le.

— Certainement, Votre Honneur.

Danielle vient poser la main sur la barrière circulaire et regarde Marianne droit dans les yeux.

— Madame Morrison, vous avez fait des études de médecine et vous avez une longue expérience d'infirmière, n'est-ce pas ?

Le visage de Marianne se détend.

— En effet, j'ai choisi d'exercer la profession d'infirmière bien que je sois diplômée en médecine. Cela m'a permis d'avoir du temps pour Jonas. Comme je l'ai dit, son bien-être a toujours été ma priorité.

— Vous êtes une infirmière spécialisée, je crois ?

Marianne sourit.

— En effet. Je suis infirmière en pédiatrie.

Danielle se penche un peu vers le témoin.

— Est-il exact que ce travail vous a permis de vous familiariser avec les systèmes informatiques d'un certain nombre d'établissements pédiatriques ?

— Oui, c'est exact.

Danielle poursuit d'une voix douce et posée :

— Est-il également exact que vous vous êtes introduite illégalement dans d'autres systèmes informatiques bien avant que vous ne m'ayez expliqué comment me procurer le mot de passe pour accéder à celui de Maitland ?

C'est comme si un raz de marée venait de frapper la salle d'audience. La juge abat son marteau si fort qu'il rebondit sur le bloc de bois. Langley jaillit de sa chaise comme un diable hors de sa boîte, jetant les mains en l'air.

— Objection ! Nous demandons à ce que la question soit retirée et que l'avocate de la défense soit frappée d'un blâme pour ses propos scandaleux !

Une colère noire se propage sur le visage de la juge, contaminant son regard et sa voix.

— Madame Parkman, êtes-vous bien consciente de ce que vous êtes en train de faire ?

Danielle se tourne vers la juge, mains derrière le dos.

— Votre Honneur, je vous promets que je ne diffame pas gratuitement le témoin. Si la cour veut bien m'autoriser une certaine liberté d'action…

— Liberté d'action ! hurle Langley. Votre Honneur !

Danielle inspire profondément.

— C'est Marianne Morrison qui s'est introduite dans les ordinateurs de Maitland et qui a falsifié les observations des…

— Arrêtez, ordonne la juge. Vous n'êtes pas autorisée à poursuivre dans cette voie. Passez immédiatement à autre chose.

La juge reprend la parole avant que Danielle puisse ouvrir la bouche.

— Encore un mot, madame Parkman.

— Oui, Votre Honneur ?

— Si vous avez une envie démesurée de rejoindre votre ancien avocat dans la cellule du palais de justice, continuez comme ça. Je vous préviens, il n'y aura pas d'autre avertissement.

Danielle regagne le banc de la défense et plonge un instant les yeux dans la grosse boîte en carton avant de faire volte-face vers le témoin.

— Madame Morrison, avez-vous conservé des traces de votre vie avec Jonas ?

— Des traces ? répète Marianne avec son accent traînant. Qu'entendez-vous par là ?

Danielle lui sourit.

— Oh, vous savez… Des albums photos, des souvenirs, des traces écrites… ce genre de choses.

— Bien entendu.

Elle pose un regard douloureux sur la juge.

— Quelle maman ne conserve pas de photos de son enfant ? Je dois en avoir des centaines.

Danielle hoche la tête d'un air songeur.

— Des photos, bien sûr… Et quoi d'autre ?

Cette fois-ci, Marianne ne répond pas tout de suite. Elle fixe ses mains du regard pendant de longues secondes, puis relève lentement le visage vers Danielle. Quand elle se décide enfin à parler, c'est d'un ton circonspect.

— Je ne suis pas certaine de comprendre ce que vous me demandez.

Danielle lui adresse un sourire compréhensif.

— Je vais préciser ma question, dans ce cas. Avez-vous tenu ce qu'on appelle un journal intime, madame Morrison ?

Marianne reste silencieuse, visage fermé.

— Un journal dans lequel vous relatiez jour après jour les événements de votre vie et vos pensées les plus secrètes ? insiste Danielle avec un sourire.

Un raclement de chaise vient rompre le silence assourdissant, et Langley dresse une fois de plus sa silhouette raide face à la juge.

— Objection, Votre Honneur. Le fait que Mme Morrison tienne ou non un journal intime n'a aucun rapport avec la question de savoir si Max Parkman a tué son fils. L'avocate de la défense harcèle gratuitement le témoin.

— Retenue, dit la juge. Poursuivez, madame Parkman.

Danielle passe lentement devant Marianne, puis se retourne brusquement, comme un félin qui vient de flairer une proie.

— Madame Morrison, où vous trouviez-vous le matin du jour où votre fils est mort ?

— A l'hôtel, répond Marianne d'une voix faible.

— Vraiment ? Je croyais que vous rendiez visite à Jonas tous les matins. Que vous n'auriez manqué ce rendez-vous pour rien au monde…

— Oui, c'est vrai. Comme je l'ai déjà dit, j'arrivais d'ordinaire à 7 heures à Maitland pour…

— Mais pas ce matin-là ? coupe Danielle.

— Je ne me sentais pas au mieux de ma forme et j'ai préféré rester à l'hôtel plutôt que prendre le risque de passer mon rhume à Jonas.

Ses yeux se mettent à briller et sa voix à trembler.

— Si vous saviez comme je regrette ce choix… Bien sûr, c'était pour son bien, mais si j'avais su que je ne le reverrais pas vivant…

De nouveaux sanglots l'empêchent de terminer sa phrase.

Danielle poursuit le contre-interrogatoire, du même ton calme et presque bienveillant.

— Donc, si je comprends bien, vous ne vous êtes pas rendue à Fountainview, ce jour-là, avant qu'on vous appelle pour vous annoncer la mort de votre enfant ?

Marianne lutte contre les sanglots qui hachent sa voix.

— C'est exa… exact, oui.

— Se peut-il que vous fassiez erreur ?

Les sanglots cessent comme par enchantement et Marianne lance un regard vénéneux à Danielle.

— Non, c'est impossible.

Danielle vient appuyer les mains sur la barrière de bois et regarde Marianne au fond des yeux.

— Le prénom Kevin vous évoque-t-il quelqu'un en particulier, madame Morrison ?

La question ne semble pas troubler Marianne. C'est tout juste si elle se raidit un peu.

— J'ignore de quoi vous parlez.

Danielle se penche encore un peu plus près d'elle, un sourire entendu sur les lèvres.

— Et moi, je crois au contraire que vous le savez très bien.

Pour toute réponse, Marianne secoue la tête.

— Et Ashley ? murmure Danielle. Vous ne trouvez pas que c'est un prénom adorable pour une petite fille ?

Marianne jette un regard implorant à la juge.

Langley frappe la table de l'accusation du plat de la main et bondit comme si sa chaise abritait un nid de guêpes.

— Votre Honneur ! La défense harcèle le témoin avec des questions absurdes dans le seul but de l'intimider.

Le visage de la juge est à encadrer et à présenter à tous les enfants désobéissants : *Si tu n'es pas sage, la juge Hempstead va venir te gronder !* Effet garanti, et ça fonctionne à peine moins bien sur Danielle, qui sent que la foudre s'apprête à frapper.

— Objection retenue. Madame Parkman, éloignez-vous immédiatement de la barre des témoins.

Danielle ne se le fait pas dire deux fois.

— Alors, c'est à ça que vous sert la liberté d'action que vous me réclamez ?

La voix de la juge est plus cassante que jamais.

— Au lieu de saisir l'opportunité de ce contre-interrogatoire pour mettre en place une défense sérieuse, vous avez manifestement décidé de vous enfoncer, madame Parkman, et d'entraîner votre fils et client dans votre chute. Si votre prochaine question n'est pas pertinente, je libère le témoin.

— Très bien, Votre Honneur.

Danielle tend son stylo à Marianne, ainsi qu'une page blanche qu'elle vient de déchirer de son bloc-notes.

— Madame Morrison, pourriez-vous, je vous prie, écrire les mots suivants : *Clinique psychiatrique de Maitland* ?

— Madame Parkman, intervient la juge, vous avez deux minutes pour faire apparaître devant la cour le lien qui unit les différentes questions de ce contre-interrogatoire. Une fois passé ce délai, je compte mettre fin à cette audience et vous envoyer en prison.

Danielle se contente de hocher la tête. Marianne lui lance un regard mauvais avant d'écrire les mots qui viennent de lui être dictés. Lorsqu'elle rend le morceau de papier à Danielle, il est noirci d'une écriture arrondie et minutieuse.

— Merci, dit Danielle avant d'aller chercher un des carnets recouverts de tissu rose dans la grande boîte en carton.

Elle se tourne tranquillement et observe la réaction de Marianne lorsqu'elle aperçoit le carnet dans sa main. Sa bouche s'ouvre et se referme aussitôt. Ses yeux bleus ne sont plus que des fentes. Un regard méfiant. Un regard animal. Danielle lui tend le carnet.

— Je souhaite verser cet objet au dossier en tant que pièce à conviction numéro un de la défense. Pouvez-vous l'identifier, madame Morrison ?

Marianne l'examine distraitement.

— Je n'ai jamais vu ce carnet auparavant, répond-elle d'un ton glacial.

— J'aimerais que vous ouvriez les pages que j'ai pris soin de marquer et que vous les lisiez devant la cour, dit Danielle.

— Objection ! s'écrie Langley. La demande de la défense n'est pas fondée ! Le témoin vient juste de dire qu'elle ne pouvait identifier ce carnet.

Danielle tend le carnet à la juge, ainsi que le morceau de papier sur lequel Marianne vient d'écrire.

— Votre Honneur, j'aimerais que la cour constate que l'écriture du témoin est la même que celle qui couvre les pages de ce journal intime.

La juge jette un rapide coup d'œil aux pièces que lui présente Danielle et secoue la tête en signe de refus.

— Franchement, dit-elle sèchement, je suis surprise par ce que vous nous montrez aujourd'hui, madame Parkman. Votre façon de procéder ressemble plus aux tâtonnements d'une étudiante en droit qu'à la stratégie d'une avocate ayant une longue expérience des prétoires. Vous n'avez fait citer aucun expert graphologue à la barre, pas plus que vous n'avez présenté de preuves préliminaires ou établi une chaîne de responsabilités pour introduire cette pièce à conviction.

— Votre Honneur, je demande respectueusement à la cour de bien vouloir suspendre brièvement le contre-interrogatoire de Mme Morrison pendant que j'appelle à la barre le lieutenant Barnes, de la police de Plano.

La juge lui oppose un visage si fermé qu'on le croirait taillé dans un bloc de marbre.

— Je n'ai pas l'intention de vous autoriser à interrompre le contre-interrogatoire de Mme Morrison.

— Mais, Votre Honneur, proteste Danielle, en m'empêchant de questionner Mme Morrison à ma guise, vous m'empêchez aussi de présenter à la cour les preuves préliminaires qui me permettraient d'introduire mes pièces à conviction, dont celle que vous tenez en main. Si vous vous donniez la peine d'ouvrir ce journal intime et d'en lire quelques pages, vous connaîtriez la vérité.

— Et de quelle vérité s'agit-il donc, madame Parkman ?

Danielle prend une bonne inspiration et pointe l'index sur Marianne, à présent secouée par d'incontrôlables sanglots.

— La vérité est que Marianne Morrison n'est pas la femme qu'elle prétend être. Elle ne mérite pas le titre de mère, et encore moins de maman. Cette femme est une menteuse patentée, un maître chanteur, une psychopathe et une meurtrière.

— Taisez-vous, madame Parkman ! Tout de suite !

La juge est debout, rouge de colère.

— Huissier, veuillez placer Mme Parkman en détention.

L'huissier se précipite vers Danielle, si vite que ses chaussures couinent sur le parquet. Langley est déjà auprès d'une Marianne hystérique qu'il entoure de ses bras.

Les yeux de la juge Hempstead mitraillent Danielle à l'arme lourde.

— Mme Parkman, le comportement que vous avez eu dans cette cour de justice est méprisable.

Elle martèle chaque mot comme si c'étaient des clous qu'elle plantait dans le crâne de Danielle.

— Je ne vous permettrai pas de continuer à traumatiser ce témoin ou à transformer cette audience en pantalonnade !

Elle se tourne vers l'huissier.

— Veuillez conduire directement Mme Parkman à la prison du comté.

— Votre Honneur…

L'huissier veut la saisir par le bras, mais elle esquive la main qui se tend et parcourt en un clin d'œil la distance qui la sépare du banc de la juge.

— L'occasion ne m'a pas été donnée de répondre à votre décision m'interdisant de poursuivre le contre-interrogatoire de Marianne Morrison.

La juge Hempstead secoue la tête avec une expression incrédule.

— Je ne pense pas que vous soyez en position de formuler quelque plainte ou requête que ce soit.

— Votre Honneur, dit Danielle, je sais que vous allez me mettre en prison et j'accepte votre décision. Mais, avant d'être incarcérée, je me permets d'insister pour que vous me laissiez répondre à la décision de la cour. Si nous ne suivons pas la procédure, la cour d'appel ne manquera pas de nous le reprocher, à moi comme à vous.

La juge lui lance un regard un peu méfiant.

— Très bien, madame Parkman. Observons strictement la procédure. La cour a retenu l'objection du ministère public. Votre réponse ?

— La défense souhaite déposer plainte en cassation.

La juge écarquille les yeux.

— Je vous demande pardon ?

— La défense souhaite déposer plainte en cassation, répète calmement Danielle.

Le visage de la juge exprime une fureur sans nom.

— Madame Parkman, je vous mets solennellement

en garde. Réfléchissez-y à deux fois avant de m'acculer de la sorte.

Danielle sait que la juge ne peut refuser à la défense de déposer cette plainte. Ce procédé juridique séculaire permet à la partie qui a le sentiment d'avoir été lésée par une décision du juge de produire la preuve exclue par ladite décision, considérée comme injuste. Cette preuve sera versée au dossier afin que la cour de cassation ait une vue complète des éléments exclus, de manière à ce qu'elle puisse ensuite déterminer si la preuve aurait dû être admise. Mais la juge Hempstead sait parfaitement que Danielle se sert de cet outil juridique pour contourner sa décision et poursuivre ce qu'elle était en train de faire, que ça plaise ou non à la cour. Danielle ne lui aurait pas adressé un message différent si elle lui avait fait un doigt d'honneur.

La juge croise les bras et se renverse sur son fauteuil. *Touché*, semble dire l'expression de son visage.

— Je vous en prie, madame Parkman, produisez votre preuve comme vous le permet votre plainte en cassation. La cour vous y invite sans réserve.

Danielle n'hésite pas longtemps avant de porter son choix sur une des preuves découvertes par Doaks dans la chambre d'hôtel de Marianne — preuve qu'elle a eu le temps de consulter sur les marches du palais de justice. Elle sait néanmoins que la juge l'attend au tournant et qu'elle ne ratera pas l'occasion de la museler si elle ne reste pas strictement dans les clous de la procédure. Elle jette un regard à Marianne, qui s'est un peu ressaisie, même si elle affiche encore un air misérable, avec sa pâleur maladive et son maquillage qui coule sur son visage. Danielle s'empare du carnet et s'avance jusqu'à la barre des témoins.

— Madame Morrison, quel est votre numéro de chambre, à l'hôtel où vous séjournez actuellement ?

Les larmes qui noient toujours les yeux bouffis de Marianne sont des tessons de verre, hostiles et coupants, qui voudraient empêcher Danielle de pénétrer son regard. De voir au-delà des apparences.

— Vingt-trois, répond-elle d'une voix forte.

Danielle lui tend une nouvelle fois le carnet couvert de tissu rose.

— Et vous affirmez que ce journal intime n'est pas le vôtre et qu'il n'était pas dans votre chambre d'hôtel ce matin ?

Marianne se redresse.

— C'est exact.

— Et ceci n'est pas votre écriture ?

Les yeux de Marianne se plissent tandis qu'elle les pose sur la page que Danielle vient d'ouvrir devant elle.

— Non, ce n'est pas mon écriture, dit-elle en s'adressant directement à la juge.

C'est la voix ferme d'une femme sûre de son bon droit.

— Votre Honneur, dit Danielle, la défense souhaite que les lumières de la salle d'audience soient tamisées et que l'huissier abaisse l'écran de projection afin de montrer au témoin un extrait tiré de la pièce à conviction numéro un.

— Pièce à conviction que le témoin n'a pas identifiée, souligne la juge.

— Oui, Votre Honneur.

Marianne se tourne vers la juge, le visage ravagé par une nouvelle crise de larmes.

— Votre Honneur, si je pouvais avoir un moment pour me ressaisir…

— Bien sûr, madame Morrison. Vous pouvez quitter la barre des témoins et reprendre votre siège dans la salle pendant la projection.

Langley se précipite pour escorter Marianne jusqu'aux bancs alignés derrière la balustrade. Elle renonce au premier rang pour aller s'asseoir un peu plus vers le fond où elle essuie ses larmes, prostrée sur le bois dur.

— Vous pouvez procéder, madame Parkman, dit la juge d'un ton sec.

Danielle fait un signe de tête à l'huissier, qui va dérouler un écran de projection avant d'éteindre les lumières. La salle est maintenant plongée dans l'obscurité, seulement trouée par les signes lumineux des sorties de secours et l'ordinateur portable de Danielle, dont l'écran éclaire vaguement le visage de Doaks. Avant de pénétrer dans le palais de justice, Danielle a utilisé son iPhone pour photographier et télécharger dans son ordinateur certaines pages du carnet trouvé par le détective. Elle rejoint Doaks derrière la table de la défense et fait un double-clic pour lancer la projection.

La salle retient sa respiration. Les mots s'affichent bientôt sur le grand carré blanc, l'obscurité leur donnant un côté étrange et menaçant avant même qu'ils ne dévoilent la pensée dérangée de leur auteure. L'écriture de Marianne court sur l'écran avec des entrelacs féminins, des arabesques adolescentes et des bulles enfantines qui coiffent les i et chaussent les points d'exclamation.

Quelle magnifique expérience que le séjour de Jonas à Maitland ! Sans nul doute le plus grand moment de ma vie. Chaque journée a apporté son lot de surprises et de rebondissements, comme dans ces spectacles d'improvisation qu'on peut voir à Broadway. Quoi de plus excitant que de se mesurer à des spécialistes aussi réputés ? Ce n'était pas gagné d'avance, mais je crois avoir été plus qu'à la hauteur ! Oui, je pense les avoir impressionnés par mon savoir. Par mon courage, aussi. Je regrette seulement que ces semaines de rêve touchent à leur fin. Et puis il y a quelque chose de triste à se retrouver seule au sommet. Personne, hélas, ne saura jamais à quel point je suis brillante. J'aimerais tellement que mon génie éclate au grand jour ! Mais ce n'est pas possible, parce que le prix serait trop cher à payer. Je suis peut-être la seule à savoir ce que je vaux vraiment, mais ça n'enlève rien à mon mérite. L'important est que j'ai triomphé de tous les obstacles et que j'ai été plus forte que tout le monde. Et ce n'est pas fini ! Le bouquet final est encore à venir. Ça va être grandiose. Mon heure de gloire, vraiment.

C'est dommage pour Jonas, mais ça ne pouvait durer indéfiniment. Sans doute ai-je fait preuve d'égoïsme en le gardant aussi longtemps avec moi. Je me suis débrouillée pour que Kevin, Ashley et Raymond quittent ce monde lorsque leur heure avait sonné et, à présent, j'ai la certitude que le Seigneur souhaite rappeler Jonas auprès de lui. Je crois avoir tiré tout le bonheur que je pouvais de cet enfant. L'euphorie que j'ai éprouvée en parvenant à convaincre ces sommités de la médecine que Jonas est tel qu'il semble être — c'est-à-dire tel que je l'ai créé — est une formidable conclusion à cette aventure. Oui, la boucle est bouclée et il est temps de laisser Jonas reposer en paix. Je dois maintenant me concentrer sur le merveilleux plan que j'ai conçu pour clore ce chapitre de ma vie.

Si, dans Sa grande bonté, le Seigneur a mis Max sur mon chemin, c'est forcément pour qu'il m'aide à faire passer Jonas dans l'autre monde, là où ses souffrances cesseront à jamais. Bien sûr, perdre Max sera douloureux pour Danielle, mais Dieu saura qu'elle a fait le sacrifice ultime. Et puis la vie est toujours cruelle quand on se met au service d'une cause supérieure. Jésus en est l'exemple le plus parlant. Un exemple auquel je songe souvent pour me souvenir que les bonnes actions accomplies ici-bas sont toujours récompensées là-haut.

Tout comme moi, Danielle aura mérité sa place au paradis.

Des exclamations et des commentaires étouffés fusent ici et là au fur et à mesure que le public termine la lecture. Max presse la main de sa mère.

— Ça va aller, murmure-t-elle. Le cauchemar est bientôt fini.

Elle fait un nouveau signe de tête à l'huissier, qui rallume une partie des lumières, de manière à éclairer les bancs de la juge, de la défense et de l'accusation, le public restant encore masqué par la pénombre. Le visage de Clarissa Hempstead apparaît, aussi blanc que l'écran de projection. Ce qu'elle vient de lire semble l'avoir laissée sans voix, et c'est en silence qu'elle regarde Danielle sortir un autre élément de la boîte en carton. Quelques instants plus tard, elle ouvre l'écrin en velours violet que Danielle vient de lui remettre. Toujours muette et de plus en plus pâle, la juge regarde son contenu un moment avant de fermer les yeux. Danielle lui reprend l'écrin sans un mot et va le déposer sur la table de l'accusation. Langley semble complètement assommé par ce qu'il voit alors. Il s'affaisse sur sa chaise, son maintien militaire en prenant un sacré coup.

La juge retrouve l'usage de la parole, mais sa voix est aussi mal assurée qu'elle a été sèche et tranchante tout au long de l'audience.

— Madame Parkman, veuillez identifier ce que vous venez de me montrer à l'instant.

— Votre Honneur, le lieutenant Barnes a obtenu un mandat de perquisition pour fouiller la chambre d'hôtel de Marianne Morrison tôt ce matin. Il y a découvert le journal intime dont nous venons de lire une page, plusieurs seringues et ampoules contenant une substance encore indéterminée, ainsi que cet écrin et son contenu que voici.

Les doigts protégés par le mouchoir que Doaks vient de lui tendre, Danielle saisit l'objet que renferme l'écrin et le brandit devant la juge.

— Il s'agit de mon peigne, Votre Honneur, trouvé ce matin par le lieutenant Barnes dans la penderie de Mme Morrison. Il est couvert de sang séché et de tissu humain que des analyses identifieront sans nul doute comme appartenant à la victime.

Même les mouches n'osent plus voler dans la salle d'audience. Le visage de la juge exprime un mélange d'horreur, de confusion et un soupçon de regret.

— Avez-vous pu déterminer la façon dont Mme Morrison s'est procuré ce peigne ?

— Oui, Votre Honneur, répond Danielle. Le lieutenant Barnes témoignera qu'une fois que Mme Morrison a été emmenée au poste de police, le jour du drame, elle est restée un court moment seule dans la salle où séchaient les pièces à conviction, et ce afin d'échapper aux journalistes qui faisaient le siège du poste. Le lieutenant Barnes estime que c'est à ce moment-là que Mme Morrison a subtilisé le peigne.

La juge fronce les sourcils.

— Mais pourquoi se serait-elle emparée de ce peigne ? demande-t-elle. En agissant ainsi, elle a fait du tort à l'accusation.

Danielle hoche la tête.

— C'est exact, Votre Honneur, mais les divers journaux intimes de Mme Morrison indiquent clairement que cette femme tient à conserver des souvenirs de ses meurtres, souvenirs qui font pour elle office de trophées macabres. De plus, Marianne était manifestement persuadée qu'elle ne se ferait jamais prendre. Elle a réussi à tromper tout le monde, y compris de prestigieuses personnalités du monde médical.

La juge hoche la tête lentement, comme si celle-ci était devenue trop lourde à porter.

Danielle s'avance vers elle.

— La défense en a terminé avec la production de sa preuve dans le cadre de la plainte en cassation, Votre Honneur. Nous rappelons Marianne Morrison à la barre.

L'huissier rallume toutes les lumières, et la salle est soudain baignée d'une lumière crue. Cela crée un bourdonnement confus parmi l'assistance, qui a besoin de quelques secondes pour habituer ses yeux.

La voix tonitruante de l'huissier stoppe l'agitation.

— Mme Marianne Morrison à la barre !

Une nouvelle rumeur parcourt les bancs du public et se met à enfler au point que la juge doit intervenir d'un violent coup de marteau.

— Silence !

Nouveau coup de marteau.

— Silence ou je fais évacuer la salle !

— Mme Marianne Morrison à la barre ! crie une nouvelle fois l'huissier.

Un silence de plomb lui répond.

Marianne a disparu.

40

Le chaos règne dans la salle d'audience. La juge est debout, en grande conversation avec l'huissier. Le procureur Langley est toujours affalé sur sa chaise, la bouche entrouverte et l'œil vague.

Danielle ne perd pas une minute.

— Doaks !

— Je suis sur le coup, répond le détective. Si cette tarée se balade encore dans cette foutue ville, je la retrouverai.

A peine ces mots prononcés, il fend la foule qui s'est levée des bancs et disparaît derrière la grande porte. Danielle se rue vers Max, qui se jette dans ses bras.

— C'est presque terminé, mon chéri, lui murmure-t-elle à l'oreille. Ce n'est pas le moment de craquer, d'accord ?

Elle le serre longuement contre elle, puis se dirige vers le banc de la juge, qui frappe son marteau.

— Silence !

La salle obtempère et un calme tendu succède au désordre.

— Approchez, dit la juge.

Danielle n'a qu'un pas à faire. Langley arrive à son tour, le visage défait.

— Monsieur Langley, où est le témoin principal du ministère public ?

Langley balaie la salle avec de grands yeux affolés.

— Je l'ignore, Votre Honneur. Elle était assise là, dit-il en pointant bêtement le doigt vers le public, et… et maintenant elle n'y est plus.

— Merci de nous avoir éclairés sur ce point, ironise la juge, qui, pour l'occasion, a retrouvé son ton cassant. Et vous n'avez pas songé à aller la chercher, au lieu de rester avachi sur votre chaise ?

Il la regarde, muet et pétrifié.

Elle balaie l'air de la main.

— Peu importe. Je vois que vous n'êtes pas en état de prendre des décisions et, de toute manière, l'huissier est parti à la recherche de Mme Morrison. J'espère pour vous qu'elle se trouve encore dans le bâtiment, sans quoi vous allez avoir des explications à nous donner.

Elle se tourne vers Danielle.

— Je ne suis pas non plus ravie de votre comportement, madame Parkman. Vous ne pensez pas qu'il aurait été plus approprié de mettre la cour et le ministère public au courant de cette nouvelle preuve, au lieu de transformer ce tribunal en salle de spectacle ?

— Ce n'est pas faute d'avoir essayé, Votre Honneur.

— Oui, oui, bon, passons.

Pour la première fois, elle s'autorise à laisser ses émotions transparaître derrière le masque dur de son visage.

— L'un d'entre vous peut-il m'expliquer ce qui est arrivé à ce pauvre garçon ?

— Madame la juge, dit Danielle, la défense compte appeler un dernier témoin à la barre. Je crois que cette personne sera en mesure de répondre à toutes les questions que vous vous posez.

L'huissier revient à ce moment-là, le visage rouge et le souffle court.

— Impossible… de… la trouver, madame la juge.

— Continuez à la chercher, lance-t-elle.

Elle se tourne vers Danielle et hausse la voix.

— Madame Parkman, souhaitez-vous appeler un autre témoin à la barre ?

— La défense appelle le Dr Amelia Reyes-Moreno à la barre, dit Danielle. Votre Honneur ?

— Oui ?

— Pouvons-nous demander à ce que M. Sevillas soit autorisé à rejoindre le banc de la défense ?

La juge Hempstead cherche l'huissier du regard, mais il est reparti. Elle fait alors signe aux deux policiers qui gardent les portes du tribunal.

— Veuillez libérer M. Sevillas et le prier de regagner la salle d'audience.

— Merci, Votre Honneur, dit Danielle.

Elle attend nerveusement le retour de Tony, qui prend place moins de cinq minutes plus tard derrière la table de la défense. Leurs regards se croisent et se sourient comme si la séparation avait duré une éternité. Après ce qu'elle vient d'endurer, tourner le dos aux promesses qu'elle lit dans les yeux de Tony — ne serait-ce que jusqu'à la fin de l'audience — lui demande un immense effort. Elle le fait néanmoins lorsque la voix de l'huissier, rentré bredouille après avoir vainement cherché Marianne dans les couloirs, appelle le Dr Reyes-Moreno à la barre.

La psychiatre descend l'allée centrale d'un pas nerveux, les mains chargées de deux carnets et d'un dossier accordéon. L'huissier lui pose la question rituelle, et le Dr Reyes-Moreno prête serment. Elle a le visage fermé et le regard sombre.

Danielle marche lentement devant elle, tête basse, comme si elle réfléchissait à la question qu'elle s'apprête à poser. Elle s'immobilise brusquement, relève les yeux et les plante dans ceux de la psychiatre.

— Docteur, avez-vous eu le temps de consulter les documents que la défense vous a remis, y compris le carnet découvert ce matin dans la chambre d'hôtel de Marianne Morrison ?

— J'en ai lu une grande partie, oui.

— En avez-vous lu suffisamment pour diagnostiquer l'état mental de Mme Morrison ?

— Oui, madame Parkman. Tout concorde parfaitement, et je suis en mesure d'établir un diagnostic avec une quasi-certitude.

Elle secoue tristement la tête.

— Si seulement j'avais pu m'apercevoir plus tôt que Mme Morrison avait de graves problèmes psychiatriques…

Danielle hoche gravement la tête.

— Veuillez, je vous prie, dire à la cour de quoi souffre Mme Morrison.

— Mme Morrison souffre du syndrome de Münchhausen et du syndrome de Münchhausen par procuration. Quant à Jonas Morrison, son état n'était pas le résultat d'un problème neurologique ou psychiatrique, mais des sévices infligés par sa mère.

La juge se penche vers le témoin.

— Docteur, ne s'agit-il pas tout simplement d'une abominable affaire de maltraitance envers un enfant ?

— Si vous le permettez, j'aimerais tout d'abord vous expliquer la différence entre syndrome de Münchhausen et syndrome de Münchhausen par procuration.

— Faites, je vous en prie, dit la juge.

— Les personnes souffrant du syndrome de Münchhausen, également appelé trouble factice, simulent des maladies dans le but d'attirer l'attention et de se faire plaindre. Un des cas les plus spectaculaires de cette pathologie concerne une femme qui a subi deux cents opérations exécutées dans plus de quatre-vingts établissements différents. Ce n'est qu'à l'âge de soixante ans, alors qu'elle avait été hospitalisée pour une nouvelle opération, que sa véritable pathologie a été découverte.

La juge secoue lentement son visage blême.

— Poursuivez, docteur.

Amelia Reyes-Moreno retire ses minuscules lunettes cerclées d'or.

— Le syndrome de Münchhausen par procuration est similaire en ce sens que la personne qui en est atteinte cherche aussi à attirer l'attention en simulant des maladies, mais il s'agit toutefois d'un trouble distinct. En effet, les problèmes de santé ne concernent plus, dans ce cas, l'adulte atteint du syndrome, mais l'enfant dont il a la charge. La personne atteinte de ce syndrome va donc provoquer de manière délibérée et répétitive des graves problèmes de santé chez son enfant avant de le conduire aux urgences en feignant d'être affolée. Le comportement des Münchhausen se caractérise entre autres par le mensonge pathologique et de multiples déménagements, qui ont pour but d'éviter de se faire repérer par le voisinage ou les autorités médicales.

Elle remet ses lunettes et regarde alternativement Danielle et la juge.

— Laissez-moi terminer cette présentation succincte en vous disant que les cas d'enfants de plus de quatre ans subissant des sévices de la part d'un parent atteint de ce syndrome sont très rares.

— Pourquoi ? demande Danielle.

— Passé cet âge, la plupart des enfants maltraités dénoncent leur bourreau, ou au moins expriment verbalement leur souffrance, ce qui explique que la plupart des victimes sont des enfants en bas âge ou des nourrissons.

Danielle inspire profondément.

— Parlez-nous de la personnalité des personnes atteintes de ce syndrome, dit-elle.

— Précisons tout d'abord que, si la forme simple concerne presque autant d'hommes que de femmes, la très grande majorité des Münchhausen par procuration sont des femmes. Celles-ci présentent généralement les signes d'une personnalité antisociale, accompagnés d'une étrange absence d'empathie pour l'enfant notamment caractérisée par une quasi-indifférence face à sa souffrance physique et psychologique. Elles se passionnent pour le domaine médical et éprouvent un intense plaisir à manipuler les médecins et à créer de toutes pièces la maladie qui va leur permettre de faire hospitaliser leur enfant.

— Avez-vous autre chose à nous dire sur la personnalité des mères atteintes de Münchhausen par procuration ? demande Danielle.

— Oui. Comme c'est le cas pour Marianne Morrison,

ces femmes ont souvent une intelligence largement au-dessus de la moyenne et paraissent entièrement dévouées à l'enfant qu'elles martyrisent. Avec le recul, on s'aperçoit que ce dévouement même est exagéré.

— Quels sont les symptômes les plus courants chez les enfants victimes de ces mères gravement perturbées ?

Une grimace déforme un instant les traits de la psychiatre.

— C'est là que ça se complique, voyez-vous. L'éventail des maladies créées par la mère couvre l'ensemble du corps humain. Ça va des détresses respiratoires aux infections systémiques en passant par des retards de croissance ou des problèmes de dysphagie. Il existe des cas répertoriés de mères ayant fait avaler de la nitroglycérine à leurs enfants sur de longues périodes ; d'autres qui ont mis de l'acide ou de la soude caustique dans leurs aliments ; d'autres encore qui les ont entaillés avant de tremper leurs blessures dans l'eau des toilettes ou qui leur ont administré des anticoagulants afin de les faire saigner. C'est pour cela que les médecins qui accueillent la victime ont tant de mal à détecter une maltraitance. Ils voient un bébé ou un jeune enfant arriver aux urgences avec des symptômes inexplicables et ils ne songent qu'à le sauver. S'ils ne parviennent pas à trouver le problème, l'enfant va être soumis à un nombre très important d'examens, voire d'opérations chirurgicales, pour le plus grand plaisir de sa mère.

L'énoncé de ces horreurs semble avoir eu raison de la carapace pourtant épaisse de la juge Hempstead. Ses épaules s'affaissent et son visage exprime un sentiment à mi-chemin entre révolte et dégoût.

Danielle s'approche du témoin.

— En dehors de la complexité des symptômes dont souffrent les enfants maltraités par une mère atteinte du syndrome de Münchhausen par procuration, pourquoi a-t-on tant de mal à démasquer ces femmes ?

Les yeux verts de la psychiatre se voilent d'une lassitude proche de la tristesse.

— Qui veut croire qu'une mère peut prendre plaisir à altérer la santé de son enfant, à le mettre volontairement en danger de mort ?

Elle secoue la tête.

— Certes, le plaisir de la mère est lié à l'attention qu'elle reçoit et non à la souffrance même de l'enfant, mais ce qui rend ce syndrome si incompréhensible pour la société n'en reste pas moins cette notion de jouissance liée à la souffrance d'un être sans défense.

— Docteur Reyes-Moreno, avez-vous découvert un lien quelconque entre le comportement violent de Max Parkman et les médicaments qu'il a pris lors de son séjour à Maitland ?

La psychiatre lance un regard désolé à Danielle.

— J'ai bien peur que la réponse ne soit affirmative.

Elle lève les yeux vers la juge.

— Notre clinique s'est récemment adjoint les services du Dr Fastow, un expert en psychopharmacologie dont le parcours professionnel et l'excellente réputation semblaient faire consensus au sein du monde médical. Par ailleurs, le conseil d'administration de Maitland a procédé — comme c'est la règle chez nous — à de nombreuses vérifications avant de donner son accord pour embaucher M. Fastow. Je dois ajouter que la direction de l'hôpital viennois où ce médecin exerçait avant de nous rejoindre n'a émis aucune réserve sur la qualité de son travail. Au contraire, elle nous l'a chaudement recommandé.

Elle s'interrompt un instant pour essuyer ses lunettes dont les verres se sont embués.

— Le Dr Fastow avait pour mission de nous épauler dans le traitement des cas les plus complexes, ainsi que de poursuivre ses recherches très prometteuses sur divers psychotropes.

Son visage se ferme et elle passe une main nerveuse dans ses cheveux blancs.

— Ce que nous ignorions, et qui semble désormais établi, c'est que le Dr Fastow, au lieu de conduire des essais cliniques dans les règles, testait un nouveau protocole médicamenteux sur certains de nos patients, et ce hors de tout contrôle, et bien entendu sans l'autorisation de sa direction. Comme vous le savez, M. Fastow semble avoir disparu. Lorsque le lieutenant Barnes m'a fait lire le rapport toxicologique de Max, j'ai compris que le Dr Fastow l'avait traité avec des substances expérimentales entraînant de graves effets secondaires.

Danielle sent sa gorge qui se serre.

— Pouvez-vous nous donner des précisions sur ces effets secondaires, je vous prie ?

— Certainement, madame Parkman, répond le Dr Reyes-Moreno d'un ton qui laisse deviner ses profonds regrets pour le préjudice subi par Max et sa mère. Aussitôt après avoir lu le rapport toxicologique de votre fils, j'ai demandé à mon assistante de m'apporter les dossiers des patients traités avec le nouveau protocole du Dr Fastow. Il s'avère qu'ils ont tous connu, au cours de leur période d'évaluation, des épisodes significatifs durant lesquels ils présentaient des comportements bizarres et violents. Bien que quelques parents nous aient affirmé que ces comportements n'existaient pas avant le placement de leur enfant dans notre clinique, les psychiatres en charge de ces patients — et je suis navrée de devoir me compter parmi eux — ont estimé que les affirmations desdits parents étaient à mettre sur le compte d'un refus de regarder la réalité en face.

Le regard que la psychiatre lance à Danielle est plus éloquent qu'une lettre d'excuses.

— Est-il exact que ces comportements dus aux expériences du Dr Fastow ont induit les médecins de Maitland en erreur ? demande Danielle.

— Oui, cela ne fait aucun doute.

— Est-il exact qu'ils ont conduit ces mêmes médecins à poser des diagnostics erronés en ce qui concerne la santé mentale de certains patients ?

Le Dr Reyes-Moreno hoche doucement la tête, les lèvres serrées et les yeux un instant fermés.

— Oui, c'est exact.

— Max Parkman fait-il partie des patients concernés par ces erreurs de diagnostic ?

— Oui, madame Parkman. Nous nous sommes trompés à son sujet et j'en suis profondément désolée.

Danielle esquisse un sourire satisfait et se tourne vers son fils. L'immense soulagement qu'elle lit sur le visage de Max lui donne envie de pleurer. Mais elle ne se laisse pas aller, et c'est Max qui noie son grand sourire sous un torrent de larmes.

Elle reporte son attention sur la directrice adjointe de Maitland.

— Revenons à Marianne Morrison, si vous le voulez bien. Que révèle son journal intime sur ses rapports avec Jonas ?

— Mme Morrison a trompé l'ensemble du personnel médical en charge de son fils dans le seul but d'attirer l'attention et la pitié sur sa personne. Pour elle, Jonas n'était qu'un moyen d'assouvir sa soif d'attention et de reconnaissance. Marianne s'est servie de lui sans souci pour son bien-être ou sa santé. Pire, elle lui a infligé les pires sévices pour assouvir un besoin pathologique.

Elle secoue tristement la tête.

— Et, quand elle a estimé qu'il n'y avait plus rien à tirer de Jonas pour construire le monument qu'elle ne cesse d'ériger à sa propre gloire, elle a décidé de se débarrasser de lui.

— Quel rôle Max a-t-il joué dans les plans pervers de Mme Morrison ?

— Oh, il s'est juste trouvé au mauvais endroit au mauvais moment. Mme Morrison a tout de suite compris le parti qu'elle pouvait tirer de ses épisodes de violence. Le journal intime de Marianne est très explicite sur ce point. Une fois que Max est devenu agressif avec Jonas, elle a décidé qu'il ferait un coupable idéal pour le meurtre de son fils et elle s'est mis en tête de le piéger. Pour autant que je sache, elle n'avait aucun moyen de savoir que la violence de Max était due aux expériences du Dr Fastow. Je pense qu'elle a bénéficié d'un coup de pouce du destin et qu'elle a su profiter de l'occasion.

Danielle se tourne de nouveau vers le banc de la défense. Max ne pleure plus, mais ses joues sont encore luisantes et son sourire ne semble plus vouloir quitter ses lèvres. Le regard de Danielle glisse lentement sur Tony. Les yeux de l'avocat sont une porte ouverte sur un monde de promesses.

Mais l'heure n'est pas encore venue de s'y engouffrer. Pas tout à fait. Elle s'avance vers le témoin.

— Avez-vous quelque chose à ajouter ?

Le Dr Reyes-Moreno se frotte les mains, visiblement mal à l'aise.

— Je n'ai jamais entendu parler d'un cas pareil, vous savez.

— Que voulez-vous dire par là ?

— Eh bien…

Elle agrippe la barrière de bois.

— Jonas Morrison n'est pas né autiste et avec un handicap mental, pas plus qu'il n'est né avec un trouble obsessionnel compulsif ou des tendances automutilatrices, dit-elle. Il faut comprendre que l'autisme est une terminologie qui désigne à la fois des troubles neurologiques et psychiatriques. Mme Morrison est malheureusement parvenue à créer l'illusion de cette maladie en compromettant gravement la santé d'un enfant qui n'avait sûrement aucun problème particulier. A la lumière de ce qu'on vient d'apprendre sur Mme Morrison, il apparaît clairement que ce pauvre garçon essayait, avec les moyens restreints dont il disposait, de se libérer du joug de sa mère et de la vie de souffrance qu'elle lui faisait mener depuis sa naissance.

La juge intervient :

— Pourquoi Mme Morrison a-t-elle choisi de s'exposer aux risques d'une enquête judiciaire, alors qu'elle aurait pu tuer son fils en l'empoisonnant ou en surdosant tel ou tel médicament ? Avec ses connaissances médicales, elle n'aurait eu aucun mal à faire croire à un accident.

— Il faut comprendre la nature profonde du désordre dont souffre la mère de Jonas, répond la psychiatre. Marianne Morrison a un besoin dévorant d'attirer l'attention sur elle. Votre Honneur, que pensez-vous qu'une telle femme préfère ? Etre la mère d'un enfant atrocement handicapé qui meurt d'une surdose accidentelle ou…

Elle plante ses yeux vert émeraude dans ceux de la juge.

— … l'héroïne d'un procès couvert par la presse nationale et l'objet de toutes les sympathies ?

La juge hoche lentement la tête, le visage grave. Pas un son ne vient troubler l'épais silence qui pèse sur le tribunal. Le léger grincement qui se fait alors entendre résonne bruyamment dans cette cathédrale qu'est devenue la salle d'audience. Toutes les têtes se tournent vers la porte du fond. C'est l'huissier, qui était de nouveau parti à la recherche de Marianne.

— Huissier, tonne la juge, avez-vous pu localiser Mme Morrison ?

— Non, Votre Honneur. Elle s'est volatilisée dans la nature.

41

Le soleil s'est couché. L'huissier a relevé les stores qui masquaient les fenêtres rectangulaires de la salle d'audience, et les lumières de la ville s'invitent à travers les carreaux. La juge Hempstead revient après une courte suspension, dont les journalistes ont profité pour appeler leurs rédactions et leur communiquer les derniers rebondissements de l'audience.

— Veuillez vous lever !

Tout le monde se met debout dans un bruissement de pieds tandis que la juge prend place derrière son imposant bureau. Ses traits accusent la fatigue d'une dure journée, mais c'est d'une voix résolue qu'elle reprend les débats.

— Madame Parkman ?

Danielle se lève sans toutefois lâcher la main de Max.

— Oui, Votre Honneur ?

— Le shérif de Plano vient de m'informer que les efforts de ses hommes pour retrouver Mme Morrison n'ont pas encore été couronnés de succès. Y a-t-il autre chose dont vous souhaiteriez faire part à la cour avant de clore cette audience ?

— Oui, Votre Honneur, répond Danielle.

Elle se résout à lâcher la main de Max et plonge le bras dans la boîte en carton.

— J'ai justement ici un autre élément de preuve que j'aimerais montrer à la cour, dit-elle en brandissant un DVD. Cet enregistrement vidéo a également été trouvé ce matin dans la chambre d'hôtel de Mme Morrison, lors de la perquisition effectuée par le lieutenant Barnes. Si vous souhaitez que je l'appelle à la barre pour…

La juge agite la main.

— Ce ne sera pas nécessaire, madame Parkman. Je suis certaine que toutes ces preuves seront présentées dans les règles au juge qui présidera les débats lors du procès de Mme Morrison.

Une petite mimique lasse — et peut-être même sceptique — tord ses lèvres et hausse un sourcil.

— Si on la retrouve un jour, bien sûr.

— Puis-je lancer la projection, Votre Honneur ?

— Faites, faites, madame Parkman.

Danielle murmure quelque chose à Max avant de faire signe à Georgia, qui prend gentiment l'adolescent par la main et l'accompagne hors de la salle. Un autre signe à Doaks — revenu tout aussi bredouille que l'huissier et les hommes du shérif Wollensky —, et le détective va lui-même dérouler l'écran de projection et tamiser les lumières. Elle insère le DVD dans son ordinateur et se tourne vers la juge.

— Je crois que ce document va lever vos derniers doutes sur la culpabilité de Mme Morrison, Votre Honneur, si tant est qu'il en soit resté dans votre esprit. Comme je vous l'ai dit, la vidéo que vous allez voir a été trouvée ce matin dans la chambre d'hôtel de Mme Morrison. Elle a manifestement été dérobée dans le poste de sécurité de Maitland le jour de la mort de Jonas Morrison.

Danielle clique sur « Lecture », et le projecteur vidéo relié à son ordinateur commence à diffuser le film.

Elle pénètre dans la chambre et traîne une forme indistincte hors du champ de la caméra. La forme est inerte. Marianne ferme la porte, puis la bloque à l'aide d'une cale en caoutchouc. Elle enfile une fine paire de gants en latex et s'accroupit. L'angle de la caméra donne maintenant l'impression que ses sabots d'infirmière émergent directement de sous sa robe. Elle s'approche à petits pas du lit.

Jonas est allongé, le visage tourné vers le mur. Il semble si vulnérable, ainsi recroquevillé, si innocent… Des mèches couleur sable voilent une partie de son visage. Ses yeux sont fermés, ses traits parfaitement détendus. On dirait un ange tombé du ciel.

Marianne s'assoit sur le lit, juste à côté de son fils. Elle pose un grand sac de courses par terre, au pied du lit, puis place doucement les mains sur les épaules de Jonas. On croirait presque sentir la chaleur de ce corps endormi sur ses paumes. Délicatement, elle desserre les ceintures de contention qui emprisonnent les poignets et les chevilles de l'adolescent, puis les retire complètement. La main droite toujours sur son fils, elle plonge la gauche dans le sac de courses. Elle caresse le peigne, comme si le métal froid lui était agréable au toucher, avant de poser l'instrument sur le bord du lit.

Tout est si calme…

Jonas bat des paupières tandis que Marianne lui secoue l'épaule, puis le regard du garçon finit par se fixer sur elle. Il s'assoit, ramène ses genoux contre lui et observe attentivement sa mère.

— Vas-y, Jonas. Vas-y, fais-le, maintenant.

Il commence aussitôt à se frapper la tête contre le mur ; d'abord l'arrière du crâne, quatre fois, puis le côté, quatre fois, encore l'arrière, quatre fois, et enfin quatre fois l'autre côté. Il fait cela en rythme, les yeux clos, selon le rituel. Quatre fois l'arrière, quatre fois le côté gauche, quatre fois l'arrière, quatre fois le côté droit. Quatre, quatre, quatre, quatre. Lorsque le nombre de coups est atteint, il commence à se gifler lentement, d'abord avec la main droite, puis avec la gauche. Droite, gauche, droite, gauche. Ses mains se mettent bientôt à bouger plus vite, de plus en plus vite, à frapper de plus en plus fort. La peau se colore sous les coups.

Jonas ouvre les yeux et cherche le regard de sa mère, comme pour s'assurer qu'elle approuve ce qu'il fait. Elle secoue la tête. Non, elle n'est pas satisfaite. Il commence à se mordre le dessus de la main droite, mord, mord, mord, mord. Marianne ramasse le peigne en métal aux longues dents pointues et se penche vers son fils, tapotant l'instrument contre sa paume. Tap, tap, tap, tap. C'est un métronome qui donne le tempo aux blessures qu'il s'inflige.

Alerté par ce bruit mat, Jonas lève les yeux et voit le peigne qui brille dans la lumière. Le regard fasciné de l'adolescent s'agrippe à l'instrument. Il se mord plus fort encore, mais ses mains, déformées par des callosités à force d'avoir été meurtries, mettent du temps à saigner.

Marianne continue à tapoter le peigne contre sa main ouverte, hochant la tête comme pour entretenir la curiosité qu'elle voit naître dans le regard de Jonas.

— Oui, mon bébé, oui…, murmure-t-elle en lui souriant. Tu vas bientôt pouvoir le toucher, mon amour, et tu te sentiras tellement mieux.

Sa voix roucoule, ses yeux applaudissent.

A présent, la main gauche de Jonas saigne abondamment, là où ses dents ont rencontré une veine. Il s'attaque de nouveau à la main droite, déchirant toujours plus la peau qui cède peu à peu sous l'effet de petites morsures précises et colériques. Sa tête se balance doucement de haut en bas — en haut, en bas — sans que ses yeux quittent un instant le peigne qui bat la mesure contre la paume de Marianne. Il ne cherche plus le regard de sa mère, comme s'il savait désormais ce qu'elle attend de lui. Il a les yeux vitreux, hypnotisés.

Lorsqu'elle voit qu'il a réussi à entailler la peau de sa main droite et qu'il continue à se mordre férocement, elle s'approche un peu de lui avec d'infinies précautions, le peigne en métal imprimant toujours la cadence de cette danse macabre.

C'est sur le côté du lit qu'elle tape maintenant l'instrument : un battement doux, ininterrompu. Elle caresse les cheveux de Jonas de la main droite tandis que la tête de l'adolescent ondule au rythme des soubresauts du peigne. Le visage de Marianne rayonne d'amour.

— Là, là…, murmure-t-elle.

Elle se penche vers lui et l'embrasse au sommet de son crâne couvert de fins cheveux blond roux, mère aimante qui tape le peigne avec un bruit plus doux encore à présent que sa surface métallique s'écrase contre les draps bleu pâle. Ce n'est plus seulement la tête de Jonas, mais tout le haut de son corps qui ondoie au gré des battements du peigne.

— N'est-ce pas que c'est un bel objet ? Tout brillant, tout neuf…

Il se balance plus vite et tend sa main gauche tout abîmée par les morsures.

— Oh, non, mon amour…, murmure-t-elle sur un ton de doux reproche. Pas encore, pas encore.

Elle tire les draps, découvrant les jambes nues de son fils. Il cesse de se mordre, grogne doucement, puis tend une nouvelle fois les doigts vers le peigne. Le geste est plus décidé, cette fois-ci, et elle le fourre dans sa main droite, qui se referme aussitôt sur l'instrument. Marianne place alors la main gauche du garçon par-dessus l'autre, de manière à ce qu'elle l'enveloppe étroitement.

Elle conserve ses propres mains autour de celles de Jonas et l'aide à lever le peigne, puis à presser les dents pointues contre sa peau, juste assez fort pour laisser cinq marques rouges sur sa cuisse gauche. Il fixe le peigne niché au creux de ses mains d'un regard fasciné. De nouveau, elle l'incite à le lever, avec les encouragements d'une maman qui aiderait son enfant à faire ses premiers pas.

— Oui… Là… C'est bien… Bravo !

Lentement, elle lève plus haut encore les mains ensanglantées, les immobilisant un instant à hauteur du visage de Jonas avant de les entraîner brusquement vers le bas et de planter les dents de métal dans la cuisse nue de son fils.

Pas un cri, pas même un gémissement ne sort de la

bouche de Jonas. Il semble comme envoûté par la vision des gouttelettes rouges qui se forment aux endroits où les dents viennent de percer la peau. A présent, il lève le peigne sans l'aide de sa mère, si haut que l'instrument se dresse au-dessus de sa tête. Marianne se tient tout près, la main tendrement posée sur la nuque de son enfant.

— Je suis fière de toi, Jonas. Tellement fière de toi…

C'est la voix d'une maman émue des progrès de son petit garçon.

Il est concentré sur sa tâche, monomaniaque. Il rejette violemment la tête en arrière pour se libérer de la main qui caresse sa nuque. Marianne quitte le lit et va se placer dans un coin de la chambre d'où elle observe la scène. C'est comme si elle savait ce qu'il allait faire. Elle consulte sa montre.

— Vingt-deux minutes, dit-elle à voix basse.

Jonas s'assoit au bord du lit, sa main droite agrippant le peigne en métal. Avec l'autre main, il se pince le dessus des cuisses avant de les poignarder alternativement. Cuisse droite, cuisse gauche, droite, gauche, droite, gauche. Malhabile lors des premières tentatives, il trouve vite un meilleur angle et un rythme plus soutenu. Cuisse droite, cuisse gauche, droite, gauche, droite, gauche. Ses yeux ont perdu toute expression et une plainte étouffée s'échappe en continu de ses lèvres entrouvertes. Le sang dégouline abondamment sur ses jambes. Les coups qu'il se porte sont de plus en plus rapprochés, de plus en plus profonds. Sans cesser de se poignarder, il se tourne brusquement vers sa mère. Son regard retrouve un peu de vie. Où, maintenant ? Où, maintenant ? *semble-t-il demander.*

— Nomamah, Jonas, nomamah ? murmure-t-elle. Tu es prêt, mon bébé ? Si tu te sens prêt, vraiment prêt, je vais te laisser partir là où il n'y a plus de souffrance.

Elle fait quelques pas en arrière, croise les bras sur sa poitrine et commence à se balancer doucement comme si elle berçait un nouveau-né.

— Nomamah, nomamah, nomamah.

Jonas semble psalmodier un chant funèbre.

Elle traverse la chambre pour aller s'asseoir sur le seul fauteuil de la pièce, qu'elle couvre d'abord d'un drap blanc.

— Regarde-moi, mon bébé, je vais te montrer comment faire. Je vais te montrer comment tout arranger.

Elle étire les jambes et pointe l'index sur la veine qui saille un peu dans la région de l'aine. D'un geste calme et résolu elle joint les mains comme si le peigne s'y trouvait, les élève au-dessus de sa tête, puis les laisse tomber d'un coup sec, faisant mine de poignarder sauvagement son artère fémorale.

Marianne se redresse dans le fauteuil et regarde son fils avec un sourire rêveur.

— Tout va devenir paisible, mon chéri. Il n'y aura plus de souffrance. Plus la moindre.

Elle ferme les yeux, son sourire se faisant mystique comme pour donner à Jonas une idée de la paix bienheureuse qui lui est promise. Il n'a d'yeux que pour elle. Au bout d'un moment, elle se lève et va le rejoindre. Elle prend une de ses chaussettes blanches parmi les affaires pliées près du lit et l'enfonce dans sa bouche. Il ne réagit pas, comme s'il avait l'habitude qu'elle fasse ça.

Marianne jette un nouveau coup d'œil à sa montre.

— Quatorze minutes.

Jonas la suit des yeux tandis qu'elle regagne le fauteuil. Le peigne est toujours dans sa main, mais il ne le tient plus qu'avec deux doigts. Il ne semble voir ni les trous rouges qui lardent ses cuisses ni le sang qui coule le long de ses jambes. Brusquement, ses mains se ferment sur le peigne. Doigts mêlés sur son manche visqueux, il le lève au-dessus de sa tête.

Jonas lance un dernier regard à sa mère. Un regard sans haine mais rongé de douleur ; un regard qui parle de torture physique et mentale, d'enfer sur terre, et surtout, surtout, de confiance trahie. Son visage se tend vers le plafond comme s'il cherchait le ciel. L'instant d'après, le peigne plonge avec une violence inouïe vers le triangle fémoral. Malgré la chaussette qui l'étouffe, un cri fou, atroce, s'échappe de sa bouche. Son cou se tord comme s'il était en caoutchouc et sa tête se renverse en arrière, gorge parallèle au plafond. Il reste ainsi paralysé, foudroyé dans cette position inhumaine pendant d'interminables secondes avant de s'effondrer sur le lit.

Le geyser rouge qui jaillit de son aine est d'une telle puissance que Marianne semble hésiter entre horreur et admiration. Arrosée de sang comme tout ce qui se trouve dans la pièce, elle est à cheval sur Jonas en un clin d'œil, plaquant un oreiller sur son nez et sa bouche déjà obstruée. L'adolescent se débat un moment, mais la beauté sordide de cette gerbe de sang semble avoir décuplé les forces de sa mère.

Des yeux bleus fixent un instant l'objectif de la caméra de surveillance. C'est le regard d'une bonne mère et d'une femme vertueuse.

Elle les baisse de nouveau vers son fils et termine sa besogne, forte comme un homme. Lorsqu'au bout de quelques minutes Jonas a cessé de bouger, elle ôte l'oreiller de son visage et le replace contre la tête de lit, le tapotant doucement comme si elle était venue faire la chambre. Elle revient vers son fils et sort la chaussette de sa bouche. Puis elle lui prend délicatement le peigne des mains et le place sans hésiter dans celles d'une silhouette sans visage allongée au pied du lit.

Il y a du sang partout. Sur le lit, sur le sol, sur le plafond. Elle regarde si ses vêtements sont tachés. Des éclaboussures rouge sombre souillent sa robe et ses sabots. Elle se nettoie les bras et le visage avec des lingettes, puis sort des vêtements de rechange du sac de courses et les enfile rapidement. Elle roule les habits souillés dans le drap dont elle avait couvert le fauteuil et fourre le tout dans le grand sac. Elle lève le poignet pour regarder l'heure. Sa main ne tremble pas.

— Six minutes.

Elle hisse le sac de courses sur son épaule et jette un dernier regard à Jonas.

Ses yeux sans vie contemplent le plafond, et son corps mutilé gît sur les draps rouge sang.

Ses yeux sans vie contemplent le paradis.

42

Les lumières se rallument peu à peu. Danielle regarde la juge. Toutes les deux ont le visage inondé de larmes. Danielle se tourne vers Tony et Doaks, qui se lèvent pour venir l'entourer, tandis que Max et Georgia regagnent la salle d'audience. Bientôt, ils ne forment plus qu'un groupe ému, une mêlée de bras qui se chevauchent, de têtes qui se frottent, de mains qui se pressent. Chacun finit par reprendre sa place, les yeux brillants et la gorge serrée.

La juge Hempstead, qui a séché ses larmes et s'est composé un visage plus conforme à ses fonctions, adresse un signe à la greffière, puis s'éclaircit la voix.

— Monsieur Langley ?

Le procureur a la tête d'un homme qui vient de découvrir un scorpion dans son slip.

— Oui, Votre Honneur ?

— Le ministère public souhaite-t-il adresser une requête à la cour ?

— Je vous demande pardon, Votre Honneur ?

Elle frappe son stylo avec humeur sur le plateau du bureau.

— Debout, monsieur Langley. Vous souhaitez adresser une requête à la cour.

Il se dépêche d'obéir.

— Je… euh… Le ministère public requiert l'abandon des poursuites à l'encontre de Max et Danielle Parkman.

La juge hoche gravement la tête.

— Madame Parkman, veuillez vous lever.

Danielle se met debout.

— Madame Parkman, la cour ordonne que soient immédiatement abandonnées toutes les charges qui pèsent contre vous et votre fils. Vous êtes tous les deux libres de quitter cette cour de justice.

Clarissa Hempstead se dresse du haut de son estrade, mains jointes comme pour une prière.

— Avant de vous laisser partir, je voudrais toutefois vous adresser mes plus profondes excuses, ainsi qu'à votre fils, au nom de cette cour et de l'Etat de l'Iowa. Vous avez vécu une terrible épreuve, et je regrette de tout cœur qu'elle n'ait pu vous être épargnée. Malheureusement, le mal sait parfois revêtir les apparences de la décence et de la vertu pour mieux tromper la justice des hommes.

Elle esquisse un sourire à l'intention de Tony.

— Bien entendu, la charge d'outrage à la cour qui pesait contre M. Sevillas est également abandonnée.

— Merci, Votre Honneur, dit Tony.

— Vous faites bien de me remercier, marmonne-t-elle, parce que j'aurais quelques raisons de maintenir cette charge.

Elle s'en va sur ces mots d'un pas énergique, sa robe noire se soulevant dans son sillage.

— Veuillez vous lever ! lance l'huissier.

Doaks balance la tête en direction de la sortie.

— Foutons-le camp d'ici.

— Enfin une parole sensée qui sort de ta bouche, dit Tony avant de passer le bras autour des épaules de Danielle pour la protéger des assauts de la presse et des curieux.

L'épuisement et les émotions qu'elle s'efforçait de retenir jusque-là se déversent en elle comme un torrent dévale la montagne après l'orage. Elle enfouit le visage dans le cou de Tony, incapable de retenir ses sanglots. *Max a un avenir, Max a un avenir* se répète-t-elle à travers la brume qui enveloppe ses pensées. Même si elle ne s'est jamais autorisée à accorder du crédit au terrible verdict de Maitland, l'immense soulagement qu'elle éprouve lui fait comprendre à quel point le diagnostic du Dr Reyes-

Moreno et de son équipe lui a pesé. Elle quitte les bras de Tony pour ceux de Georgia, qui la comprime comme si elle voulait la transformer en sculpture de César. Danielle abandonne son amie après un dernier baiser, et c'est à son tour d'étreindre Max de toute la force de son amour.

— C'est bon, maman, dit-il en riant. Je n'ai pas l'intention de m'enfuir.

Elle lui sourit à travers ses larmes.

— Même si tu le voulais, je te poursuivrais jusqu'au bout du monde.

Tony repasse le bras autour de ses épaules.

— C'est fini, Danielle, dit-il d'une voix encore tendue.

Il secoue la tête comme s'il n'arrivait pas tout à fait à y croire.

— Dieu merci, c'est fini.

Elle lève les yeux vers lui.

— Mais Marianne a réussi à échapper à la justice.

— Pour le moment, dit-il. Je suis sûr qu'ils vont la retrouver.

Elle secoue la tête.

— Ça m'étonnerait, Tony.

Doaks tire son bras.

— Hé, ma jolie, on ne va pas camper ici, quand même ! Moi, en tout cas, j'ai besoin de me rincer le gosier pour me remettre de mes émotions !

Elle le regarde avec un sourire tendre et hoche doucement la tête. Epaules contre épaules, tous les cinq remontent l'allée jusqu'à la porte du fond. Danielle la franchit sans jeter un regard en arrière.

Epilogue

Allongée dans sa chaise longue, Danielle met la main en visière pour se protéger du soleil étincelant de ce bel après-midi. Elle agite les doigts en direction de Max, qui revient d'une longue promenade dans les collines boisées qui entourent leur nouvelle maison, située juste au nord de Santa Fe. Comme il a bonne mine, avec ses joues rosies par le vent et ses cheveux que fait briller le soleil ! Max s'arrête et lui rend son salut, le visage éclairé d'un grand sourire.

Elle a quitté Blackwood & Price un an plus tôt pour ouvrir son propre cabinet dans cette petite ville. Les dossiers qu'elle y traite — essentiellement des affaires de succession — n'ont pas le prestige de celles qu'on lui confiait à New York, et c'est très bien ainsi. Tony fait la navette entre l'Iowa et le Nouveau-Mexique, profitant de chacun de ses moments libres pour venir les voir. Max s'est remis de son séjour cauchemardesque à Maitland, même s'il a fallu des mois pour que son organisme évacue les derniers résidus des substances expérimentales du Dr Fastow, et plus longtemps encore pour que l'adolescent surmonte le traumatisme de cette douloureuse expérience. Quelques semaines après l'audience, le Dr Reyes-Moreno a appelé Danielle pour l'informer que le psychopharmacologue avait été retrouvé au Mexique, dans un petit village de pêcheurs, et que Maitland le poursuivait en justice.

Elle regarde Max — en bonne santé et débordant de vie — et elle n'en revient pas de vivre un tel bonheur. Une fois l'organisme de Max nettoyé, Maitland a confirmé qu'il n'était ni psychotique ni violent. Le Dr Reyes-Moreno lui a rendu son fils avec un diagnostic de bipolarité qui explique ses brusques sautes d'humeur et ses accès de colère.

A contrecœur, Danielle finit par détacher les yeux de son enfant pour les baisser vers sa montre. Il est bientôt l'heure de partir chercher Tony à l'aéroport. Il vient juste d'accepter un poste d'associé dans un gros cabinet de Santa Fe. Elle écarte un peu les doigts et regarde l'anneau ancien qui orne sa main gauche, ses diamants incendiés de soleil. Bientôt, Tony ne repartira plus.

Elle prend son verre de vin blanc et parcourt les quelques mètres qui la séparent de la boîte aux lettres. Elle y trouve une enveloppe, réexpédiée de son ancienne adresse new-yorkaise. A l'intérieur, une carte postale au cachet illisible. C'est une scène africaine : une antilope qui bondit dans le veld au milieu d'une nuée d'oiseaux aux plumages bigarrés. Danielle retourne la carte. Une écriture arrondie et minutieuse remplit tout l'espace.

Les voies du Seigneur sont impénétrables.
J'ai adopté deux adorables jumelles.
Elles sont toutes à moi !
Plein de baisers et de pensées affectueuses,
M.

REMERCIEMENTS

Je voudrais remercier l'ensemble de ma famille et de mes amis de m'avoir soutenue et encouragée jour après jour. Ils ont lu mon manuscrit, encore et encore, sans jamais montrer de signe de lassitude… ni remettre en question leurs sentiments à mon égard ! Merci aussi à mon excellent agent littéraire, Al Zuckerman, d'avoir pris le risque de s'occuper d'une auteure novice et d'être resté intransigeant sur la qualité de mon travail. Merci à Donna Hayes et à Linda McFall d'avoir aimé mon livre et de l'avoir publié. Merci à Glenn Cambor d'avoir été le premier à m'inciter à écrire et de s'être assuré que je ne quittais pas ma table de travail lorsque j'ai fini par m'y mettre. Merci à Beverly Swerling, ma première lectrice, sans qui ce roman serait toujours sous mon bureau, dans une boîte à chaussures.

Merci du fond du cœur à Jim et Jeanine Barr de m'avoir fait profiter de leurs compétences en droit criminel ; à Wayman Allen d'avoir partagé avec moi ses connaissances sur la police et les enquêteurs privés ; à Cynthia England et Dawn Weightman pour leur amour et leur soutien indéfectible ; à Lane, Tom et Kelly de m'avoir fait rire tous les jours.

Merci également à Jim Sentner, mon second père, qui a toujours soutenu mes projets les plus fous avec amour et patience. Un merci tout particulier à mes trois fils — Brendan, Sam et Jack —, qui m'ont inspirée pour écrire ce livre. Les enfants, être votre mère est un immense privilège.

Merci enfin à Bill, mon correcteur, mon amour, ma vie.

Best-Sellers n°593 • thriller

Indéfendable - Pamela Callow

Lorsqu'Elise Vanderzell bascule par-dessus la rambarde de son balcon par une bell nuit d'été, ses enfants se réveillent en plein cauchemar. Leur mère est morte. Et c'es leur père qu'on accuse du meurtre.

Kate Lange, jeune avocate, sort tout juste d'une période personnelle très noir dont elle garde de profondes cicatrices. Elle sait ce que c'est que de vivr un cauchemar, aussi accepte-t-elle de défendre Randall Barrett, son patron - mais également un être très cher –, soupçonné du meurtre de sa femm Elle découvre alors un dossier complexe, car Randall est le suspect idéal. E apparence, tout l'accuse : son ex-femme l'a trompé, il a la réputation d'êtr un homme impulsif et violent, il s'est disputé avec la victime quelques heure avant sa mort…

Confrontée à une famille hostile, meurtrie par le doute et les conflits, Kate sa qu'elle n'a rien à attendre non plus des légistes d'Halifax. Ceux-ci préfèrent l'évidence voir Randall en prison, plutôt que de défendre l'indéfendable. Et ell est désormais la seule à pouvoir prouver l'innocence de Randall. Il y a urgence car dans l'ombre, un personnage silencieux attend le moment propice pou porter le coup fatal.

Best-Sellers n°594 • suspense

Les secrets de Heron's Cove - Carla Neggers

Une collection de somptueux bijoux russes, mystérieusement disparue quatre ans plu tôt, serait sur le point de refaire surface à Heron's Cove ? Quand Emma Sharpe, agen du FBI spécialisé dans le trafic d'œuvres d'art, apprend cette incroyable nouvelle, ell est aussitôt convaincue que cette affaire est liée à celle dont s'occupe Colin Donova son collègue au FBI, qui revient tout juste d'une périlleuse mission d'infiltratio auprès de trafiquants russes… Certes, elle se serait bien passée de collaborer ave Colin, pour lequel elle éprouve des sentiments ambigus, très déstabilisants. Mai elle sait pourtant qu'elle n'a pas le choix : ce n'est qu'en joignant leurs forces qu'il parviendront à déjouer les plans de ces dangereux criminels…

Best-Sellers n°595 • suspense

La demeure des ténèbres - Heather Graham

L'adolescent surgit de la forêt et s'arrêta au milieu de la route. Il était nu. Et couvert de sang…

Le jeune Malachi Smith a-t-il massacré les membres de sa famille à coups d hache ? Sam Hall, le célèbre avocat qui a choisi de le défendre, exclut cett hypothèse : jamais cet adolescent malingre et inoffensif n'aurait pu commettre u crime d'une telle violence. Tout comme il refuse de croire que Malachi ait été - comme tous le murmurent dans les ruelles de la vieille ville de Salem – possédé par le démon… Non, Sam en est persuadé : le véritable meurtrier court toujours et il doit à tout prix le démasquer. Voilà pourquoi il a accepté l'aide que Jenn Duffy lui propose. Bien sûr, il ne croit pas un seul instant au don que cette rousse incendiaire prétend posséder – et qui lui permettrait de communiquer avec le morts. Mais Jenna est un agent reconnu du FBI. Et puis, comme lui, elle est prête à tout pour faire éclater la vérité…